Das Buch

London 1616. Um sich ihres Stiefsohns Deverall zu entledigen, begeht die verbitterte Lady Leigh einen Mord. Deverall gerät in Verdacht und muß fliehen, und so wird Lady Leighs eigener Sohn, der junge Adrian, zum Titelerben. Doch das vermeintliche Verbrechen seines älteres Halbbruders wird auch Adrian zum Verhängnis. Als sich einige Jahre später die schöne siebzehnjährige India, eine reiche Erbin, in ihn verliebt, lehnt ihre Familie Adrian als Bewerber um Indias Hand ab. Die beiden Liebenden beschließen, nach Italien zu fliehen. Da wird das Schiff, auf dem sie reisen, von Piraten des Ottomanischen Reiches überfallen. Adrian muß als Rudersklave Frondienste leisten, während India im Harem des Dey Caynan Reis eingesperrt wird. Und dann ruft der Dey seine neue Sklavin zu sich …

Die Autorin

Bertrice Small ist in New York geboren und lebt mit Mann, Sohn und Katzen in Southold im Staat New York. Sie schreibt seit 1978 sehr erfolgreiche historische Liebesromane.

Bertrice Small

GELIEBTE SKLAVIN

Roman

Aus dem Amerikanischen
von Norbert Jakober

WILHELM HEYNE VERLAG
MÜNCHEN

HEYNE ALLGEMEINE REIHE
Band-Nr. 01/13102

Die Originalausgabe
BEDAZZLED
erschien bei Kensington Books

Umwelthinweis:
Dieses Buch wurde auf
chlor- und säurefreiem Papier gedruckt.

Redaktion: Birgit Groll

Deutsche Erstausgabe 4/2000

Printed in Germany 2000
Umschlagillustration: John Ennis/Agentur Schlück, Garbsen
Umschlaggestaltung: Nele Schütz Design, München
Satz: Buch-Werkstatt GmbH, Bad Aibling
Druck und Bindung: Presse-Druck, Augsburg

ISBN: 3-453-16285-4

http://www.heyne.de

Für meine Schwiegertochter
MEGAN KELLEY SMALL,
in Liebe.

PROLOG

London, 1616

»Ist er tot, Mutter?« Der Junge betrachtete voller Neugier den Körper, der in sich zusammengesackt auf dem dunkelblau bezogenen Stuhl ruhte.

Die Frau hielt dem reglosen Mann einen kleinen Spiegel an die Nase, um zu überprüfen, ob er noch atmete. »Er ist tot, mein Sohn«, antwortete sie trocken. Dann holte sie aus dem Ausschnitt ihres Kleides einen Dolch hervor, dessen Griff reich mit Edelsteinen geschmückt war. Einen Augenblick betrachtete sie die kunstvoll gefertigte Waffe voller Bewunderung, offensichtlich bedauernd, daß sie das schöne Stück nicht behalten konnte. Dann reichte sie die Klinge ihrem Sohn und sagte: »Stoß sie ihm ins Herz, so wie ich es dir gezeigt habe.«

Der Junge starrte die Waffe mit großen Augen an. »Ich habe diesen Dolch immer schon haben wollen«, meinte er nachdenklich. »Warum muß es ausgerechnet dieser Dolch sein, Mutter? Jetzt werde ich ihn nie besitzen, nicht wahr? Das ist einfach ungerecht!«

»Wir haben das wirklich oft genug besprochen, mein Sohn«, erwiderte die Frau mit ruhiger Stimme. »Jeder weiß, daß diese Waffe deinem älteren Bruder gehört. Und nachdem er mit Lord Jeffers in aller Öffentlichkeit wegen dieser Lady Clinton in Streit geriet, wird man annehmen, daß dein Bruder ihn getötet hat, noch zumal wenn man seinen Dolch in Lord Jeffers' Herz findet.« Sie lächelte dem Jungen zu. »Du willst doch der Erbe deines Vaters sein, nicht wahr, *caro mio*? Das ist doch viel besser, als nur der zweitgeborene Sohn zu sein.«

»Wahrscheinlich«, sagte der Junge und seufzte. »Werden sie Dev für diesen Mord hängen, Mutter?«

»Wenn sie ihn erwischen«, antwortete die Frau. »Aber dazu kommt es nicht, hoffe ich. Ich möchte wirklich nicht den Tod deines älteren Bruders auf dem Gewissen haben. Alles, was ich will, ist, daß *mein* Liebling der Erbe seines Vaters ist. Es ist ja nicht unsere Schuld, daß dein Vater, bevor er mein Mann wurde, schon einmal verheiratet war und aus dieser Ehe einen Sohn hat.«

»Aber wenn sie meinen Bruder nicht hängen, wie kann ich dann der Erbe sein? Was ist, wenn Dev beweist, daß er unschuldig ist?«

»Das wird ihm nicht gelingen, mein Liebling«, erwiderte seine Mutter in geduldigem Ton. »Wir haben das alles ja schon mehrmals besprochen. Dein Bruder ist ein sehr impulsiver Mensch. Er wird Hals über Kopf aus England fliehen, bevor sie ihn festnehmen können. Er wird es nicht wagen, zurückzukommen, wo ihm hier der Galgen droht. Jetzt mach schon und stoß den Dolch in Lord Jeffers' Herz, mein Lieber.« Sie berührte aufmunternd seine Hand.

Der Junge tat, was seine Mutter von ihm verlangte – und es schien ihm letztlich sogar ein gewisses Vergnügen zu bereiten, wie sie – ohne besonders schockiert zu sein – bemerkte. Die Frau nahm den Becher zur Hand, aus dem ihr Opfer getrunken hatte, und goß den Inhalt ins Kaminfeuer, woraufhin ein kurzes Zischen zu hören war. Mit ihrem Taschentuch entfernte sie die Reste des fein zermahlenen Glases, das – mit Haaren vermischt – den Tod des Mannes verursacht hatte. Dann goß sie aus der Karaffe Wein in den Becher und stellte ihn auf den Tisch zurück. »So«, sagte sie schließlich, zufrieden mit ihrem Werk.

Ihr Sohn jedoch schien sich nicht mehr allzu wohl in seiner Haut zu fühlen. »Können wir jetzt gehen, Mutter?« fragte er voller Ungeduld.

Sie nickte und nahm ihn an der Hand, woraufhin die beiden unbemerkt das Haus verließen, das Lord Jeffers stets gemietet hatte, wenn er sich in London aufhielt. Sein Diener, der einzige, den Lord Jeffers beschäftigte, hatte den Abend freibekommen. Die Frau hatte mit Hilfe eines ihrer Dienstmädchen dafür gesorgt, daß er nicht vor dem Morgengrauen zurückkehren würde. Und während sie und ihr Sohn auf ihre Pferde stiegen, um zu ihrem eleganten Wohnsitz zurückzukehren, konnte sie darauf zählen, daß ihr Stiefsohn bereits von Lord Jeffers' Tod in Kenntnis gesetzt worden war und man ihm nahegelegt hatte, zu fliehen, um nicht des Mordes angeklagt zu werden.

Natürlich würde sich der junge Mann nicht so einfach in sein Schicksal ergeben – das war nun einmal nicht seine Art –, doch der arme, ziemlich verzweifelte Rogers, seines Zeichens Haushofmeister, würde ihn schließlich doch überreden, denn er liebte den Jungen, den er seit dessen Geburt kannte, wie einen eigenen Sohn. Rogers war heute ein alter, schon ein wenig seniler Mann. Die Frau hatte ihm, bevor sie mit ihrem Sohn das Haus verließ, ziemlich kühl und gelassen mitgeteilt, daß Lord Jeffers am nächsten Morgen tot aufgefunden werden würde, mit dem Dolch des jungen Herrn im Herzen. Wenn Rogers den jungen Mann nicht warnte, würde man ihn mit Sicherheit festnehmen, verurteilen und wegen Mordes hängen. Wußte nicht alle Welt von seinem Streit mit Lord Jeffers wegen dieser Hure namens Lady Clinton? Lord Jeffers hatte, soviel man wußte, keine anderen Feinde.

»Aber Mylady, wie könnt Ihr das denn nur wissen?« fragte der alte Mann mit zitternder Stimme. Das Lächeln, mit dem sie ihn anblickte, ließ ihn erschaudern. Bei all seiner zeitweiligen Verwirrung verstand er in diesem Augenblick sehr wohl, daß sie selbst es war, die das Verbrechen begehen würde. Er hatte sie immer schon für eine gefährliche Frau gehalten, aber als Diener hatte er ihr zu gehorchen. Sein Herr befand sich zur Zeit am Hof des Königs. Er würde ihn nicht rechtzeitig von der Sache in Kenntnis setzen können. Außerdem war es fraglich, ob sein Herr eine so haarsträubende Geschichte überhaupt geglaubt hätte.

Rogers hatte immer schon gewußt, daß seine Herrin es dem jungen Herrn des Hauses nicht gönnte, der Erbe zu sein, und daß sie ihren eigenen Sohn an dessen Stelle sehen wollte. Aber nie hätte er gedacht, daß sie so weit gehen würde, für ihren Sohn einen Mord zu begehen. Wenigstens ließ sie dem älteren Sohn die Chance, zu fliehen und mit dem Leben davonzukommen – auch wenn er alles andere verlieren würde. Sein Erbe würde ihr in die Hände fallen.

Er brachte eine steife Verbeugung zustande. »Ich werde dafür sorgen, daß mein Herr unverzüglich flieht, Mylady.«

Die Frau nickte. »Ich wußte, daß ich auf dich zählen kann«, sagte sie und fügte gleich darauf hinzu: »Du warst immer schon ein sehr umsichtiger Mann, Rogers. Ist es nicht tröstlich, zu wissen, daß er in Sicherheit ist und daß du selbst einen angenehmen Lebensabend verbringen kannst?«

»Ja, Mylady, sehr freundlich von Euch«, antwortete er mit ausdrucksloser Miene. Doch kaum hatte sie das Haus verlassen, rannte er so geschwind die Treppe hinauf, wie er es in seinem Alter nicht mehr für möglich gehalten hätte. Er überbrachte seinem jungen Herrn die schlechte Nachricht und überredete ihn schließlich mit viel Mühe, sich rasch in Sicherheit zu bringen. Ein knappes Jahr später starb Rogers friedlich im Schlaf. Die Wahrheit über Lord Jeffers' Tod nahm er mit ins Grab.

TEIL 1

England, 1625–1626

1

Willkommen in Frankreich, Madame«, sagte der Herzog von St. Laurent zu seiner Schwiegermutter, als er ihr aus der großen Reisekutsche half.

»*Merci*, Monseigneur«, antwortete Catriona Stewart-Hepburn und machte einen steifen Knicks. Ihre vielgerühmten leuchtend grünen Augen begegneten den seinen für einen kurzen Moment, wandten sich jedoch sogleich wieder von ihm ab.

James Leslie, der Herzog von Glenkirk, trat rasch vor, ein Lächeln auf den Lippen, und schloß seine Mutter in die Arme.

»Jemmie!« rief sie mit Tränen in den Augen, und er küßte sie zärtlich auf die Wange. »Mein Junge!«

Glenkirk lachte und drückte seine Mutter erneut an sich. »Nun, ein Junge bin ich wohl nicht mehr – in meinem Alter.« Er trat einen Schritt zurück, um sie anzublicken. »Es tut gut, dich zu sehen. Als wir hörten, daß du kommst, haben wir gleich die ganze Sippe zusammengetrommelt, damit du endlich deine Enkelkinder kennenlernst. Einige von ihnen sind ja schon erwachsen.«

»Und deine Gemahlin, Jemmie«, sagte seine Mutter. »Jetzt bist du schon seit mehr als zehn Jahren verheiratet, und ich habe deine Frau immer noch nicht kennengelernt.«

»Jasmine war immer so beschäftigt mit den vielen Kindern, daß ich sie nicht reisen lassen konnte. Sie war kein junges Mädchen mehr, als wir heirateten.« Er bot ihr den Arm, und sie hakte sich bei ihm unter. »Komm, gehen wir ins Schloß hinüber. Sie warten alle schon auf dich – meine Frau und die Kinder, und natürlich auch meine Schwester und ihre Kinder.«

»Jean-Claude«, sagte Lady Stewart-Hepburn, zu ihrem Schwiegersohn gewandt, »es ist wirklich freundlich von dir, uns alle hier zu beherbergen.«

»Das Schloß ist groß genug«, antwortete der Herzog von St. Laurent in herzlichem Ton, »und ein paar Kinder mehr fallen da kaum ins Gewicht.«

Seine Schwiegermutter hob kurz eine Augenbraue und lachte im nächsten Augenblick laut auf. James Leslie hatte drei eigene Söhne, dazu zwei Stieftöchter und zwei Stiefsöhne – wahrlich keine Kleinigkeit, insbesondere wenn man bedachte, daß ihre Tochter mit ihrem Schwiegersohn ebenfalls sechs Kinder hatte. Lady Stewart-Hepburns jüngste Tochter Francesca hatte ihren schneidigen jungen Herzog vor vierzehn Jahren geheiratet, als sie gerade sechzehn war, und führte seither mit ihm eine glückliche Ehe. Kurz danach erkrankte ihr geliebter zweiter Ehemann, Francis Stewart-Hepburn, schwer und starb wenig später. Doch er hatte wenigstens noch erleben dürfen, daß seine beiden Töchter gut verheiratet waren – Francesca mit ihrem Jean-Claude, und Jean, oder Gianna, wie man sie auch nannte, mit dem Marchese di San Ridolfi. Ihr Sohn Ian jedoch war ein Kapitel für sich; er war immer noch unverheiratet.

»Wie geht es Jeannie?« wollte der Herzog von Glenkirk von seiner Mutter wissen, als sie das Haus betraten.

»Sie ist mittlerweile eine richtige Italienerin geworden. Kein Mensch würde vermuten, daß sie aus Schottland stammt«, antwortete seine Mutter.

»Und Ian? Was treibt der alte Halunke denn so?«

»Über Ian müssen wir uns noch unterhalten«, lautete ihre knappe Antwort.

Sie betraten den hellen Salon, wo die ganze Familie versammelt war.

»Grandmère! Grandmère!« riefen Francescas Kinder aus und rannten zu ihr hin, um sie zu begrüßen.

»Willkommen, Mama«, sagte die Herzogin von St. Laurent und gab ihrer Mutter einen Begrüßungskuß. »Ich danke Gott, daß du wohlbehalten bei uns angekommen bist.«

»Die Reise ist lang und ziemlich öde, Francesca«, gab ihre Mutter zurück, »aber gefährlich ist sie eigentlich nicht.« Wie schön sie doch ist, dachte Cat. Sie hat *sein* schönes kastanienbraunes Haar, und meine Augen. Wenn sie lächelt, dann sehe ich *ihn* vor mir. Sie begrüßte ein jedes der sechs Kinder – es waren vier Söhne und zwei Töchter – mit seinem Namen. Dann blickte sie sich im Salon um und sah, daß ihr ältester Sohn an die Seite einer wunderschönen Frau getreten war, deren Haar so schwarz wie Ebenholz war und die prachtvollen Schmuck trug.

Als der Herzog von Glenkirk sah, wen seine Mutter anblickte, trat er mit seiner Ehefrau zu ihr hin. »Meine Gemahlin, Jasmine Leslie.«

Jasmine machte einen anmutigen Knicks. »Willkommen in Frankreich, Madame. Ich freue mich, daß wir uns endlich kennenlernen.«

»Die Freude ist ganz auf meiner Seite«, sagte die ältere Frau und küßte ihre Schwiegertochter auf beide Wangen. Dann trat sie einen Schritt zurück. »Du bist eine schöne Frau, Jasmine Leslie. Was für ein Unterschied zu jener Frau, die ich für Jemmie aussuchte, als er noch ein junger Bursche war.«

»Ich hoffe, ich schneide gut ab bei diesem Vergleich, Madame«, sagte Jasmine.

Lady Stewart-Hepburn lachte. »Isabelle war ein liebes Kind, aber mit dir könnte sie sich nicht messen, meine Liebe. Aber jetzt möchte ich meine Enkelkinder kennenlernen! Und zwar alle! Ich betrachte *deine* Kinder genauso als meine Enkel – immerhin war ihnen mein Jemmie länger ein Vater als ihr leiblicher Vater, nicht wahr?«

Jasmine war für einen Augenblick sprachlos, und ihre türkisblauen Augen begannen zu glänzen. Dann winkte sie ihre Kinder zu sich. Die Großzügigkeit und Güte ihrer Schwiegermutter berührten sie zutiefst.

»Madame, meine älteste Tochter, India Lindley.«

Das junge Mädchen machte einen artigen Knicks.

»Und mein ältester Sohn, Henry Lindley, Marquis von Westleigh. Meine zweite Tochter, Lady Fortune Lindley. Mein Sohn, Charles Frederick Stuart, Herzog von Lundy.«

Während die Mädchen sich mit einem Knicks vorstellten, machten die Jungen eine Verbeugung.

Lady Stewart-Hepburn begrüßte sie alle freundlich. Zu dem elfeinhalb Jahre alten Herzog von Lundy sagte sie: »Wir sind entfernt miteinander verwandt, mein Junge, und zwar über deinen Vater.«

»Mein Großvater hat mir einmal von Euch erzählt«, gab der junge Herzog zurück. »Er hat gesagt, Ihr wärt die schönste Frau von ganz Schottland. Wie ich sehe, hat er die Wahrheit gesagt, Madame.«

Lady Stewart-Hepburn lachte laut auf. »Du lieber Himmel, du bist ein richtiger Stewart!« Sie fragte sich, was der Junge wohl sagen würde, wenn er gewußt hätte, daß sein mittlerweile verstorbener Großvater einst ein richtiger Frauenheld war, der dafür sorgte, daß ihre erste Ehe in die Brüche ging.

»Und das sind Jemmies Jungen«, fuhr Jasmine fort. »Unser Ältester, Patrick, dann Adam und Duncan. Wir hatten noch ein kleines Mädchen – leider ist die Kleine vor zwei Jahren an Masern gestorben – nur einen Monat nach dem Tod meiner lieben Großmutter. Wir nannten sie nach ihr und nach Janet Leslie auf den Namen Janet Skye.«

»Ich erinnere mich noch an meine Urgroßmutter Janet«, sagte Cat. »Wir haben sie *Mam* gerufen. Sie war wirklich eine großartige Frau.«

»Genau wie meine Großmutter«, warf Jasmine ein.

»Stimmt es, daß du einst in einem Harem warst?« platzte plötzlich India Lindley heraus.

Cat wandte sich dem Mädchen zu. Sie war schon beinahe eine Frau und um nichts weniger schön als ihre Mutter, mit ihrem schwarzen Haar und ihren wunderbaren goldfarbenen Augen. »Ja«, antwortete sie. »Ich war im Harem von des Sultans Großwesir.«

»Welcher Sultan war das?« wollte India wissen.

»Es gibt nur einen Sultan«, antwortete Cat, »den türkischen.«

»War es aufregend oder schrecklich?« fragte India mit unverhohlener Neugier.

»Beides«, entgegnete Cat.

»India!« rief Jasmine, der das ungebührliche Benehmen ihrer Tochter sehr peinlich war. Aber das paßte ganz zu India, denn sie war immer schon sehr impulsiv gewesen.

»Meine Mutter ist in einem Harem aufgewachsen«, verriet India der älteren Dame.

»Tatsächlich?« sagte Cat, nun ihrerseits ziemlich neugierig.

»Mein Vater war der Großmogul von Indien«, erklärte ihr Jasmine. »Meine Mutter war Engländerin. Sie ist mit dem Earl von BrocCairn verheiratet.«

»Ich erinnere mich an Velvet, deine Mutter«, gab Cat zurück. »Sie ist vor Jahren einmal bei uns in Hermitage gewesen. Du siehst ihr nicht sehr ähnlich, nicht wahr?«

»Ein paar Kleinigkeiten habe ich von ihr geerbt, aber im wesentlichen bin ich eine Mischung aus meiner Großmutter mütterlicherseits und meinem Vater«, antwortete Jasmine.

Dies erklärte wohl ihre leicht orientalisch wirkenden türkisfarbenen Augen sowie den zartgoldenen Farbton ihrer Haut, dachte Lady Stewart-Hepburn. Sie wandte ihren Blick der kecken India zu. Das Mädchen hatte ein milchweiße Haut, und ihr schwarzes Haar zeigte einen leichten blauen Schimmer. Aber von wem hatte sie nur diese unglaublichen Augen – diese goldfarbenen, schwarz gesprenkelten Katzenaugen? Die ältere Dame nahm auf einem Stuhl am Kamin Platz. In Frankreich war es im April stets noch empfindlich kalt. Die Aufregung rund um ihre Ankunft hatte sich mittlerweile gelegt. Ihre Kinder und deren Ehepartner hatten sich auf einem kleinen Sofa sowie auf Stühlen rund um sie geschart, während die Enkelkinder ihren Spielchen nachgingen.

»Wie alt ist India eigentlich?« wollte sie wissen.

»Ende Juni wird sie siebzehn«, antwortete Jasmine und ahnte schon, was ihre Schwiegermutter als nächstes fragen würde.

»Und sie ist noch nicht verheiratet?«

Jasmine schüttelte den Kopf.

»Verlobt?«

»Nein, Madame.«

»Dann solltest du bald dafür sorgen, daß sich das ändert«, riet sie ihrer Schwiegertochter ganz unverblümt. »Das Mädchen ist reif für das Ehebett. Fast schon überreif. Sonst könnte sie bald eine Menge Dummheiten anstellen.«

James Leslie lachte über die Worte seiner Mutter. »India hat eben noch keinen Mann getroffen, für den sie sich interessiert, Mutter. Ich möchte, daß meine Mädchen aus Liebe heiraten. Schließlich habe ich selbst es genauso gemacht, und ich bin glücklich damit geworden.«

»Meine Mutter hat mich mit vier Jahren mit deinem Vater verlobt, und wir heirateten kurz bevor du zur Welt kamst, als ich gerade sechzehn war«, erwiderte Lady Stewart-Hepburn. »Es war nicht von Liebe die Rede, als die Ehe vereinbart wurde – und doch habe ich deinen Vater mit der Zeit sehr lieb gewonnen.«

»Aber Lord Bothwell hast du wirklich geliebt«, erinnerte der Herzog von Glenkirk seine Mutter. »Außerdem hat deine erste Heirat vor siebenundvierzig Jahren stattgefunden. Seit damals haben sich die Zeiten geändert, Mutter.«

»Und du würdest deiner Tochter tatsächlich erlauben, eine Ehe mit einem ungeeigneten Mann einzugehen, nur weil sie ihn liebt?« fragte Cat und staunte im nächsten Augenblick selbst darüber, daß die Vorstellung sie schockierte. Wie es scheint, werde ich langsam alt, dachte sie.

Da schaltete sich Jasmine in den Wortwechsel zwischen ihrem Gemahl und seiner Mutter ein. »India würde nie eine unkluge Wahl treffen, denn sie ist sehr stolz, und sie ist sich ihrer Herkunft sehr wohl bewußt. Sie ist die Enkeltochter eines bedeutenden Herrschers, und ihr Vater ist von überaus vornehmer Herkunft. Sie ist stolz darauf, daß sowohl mein Stiefvater als auch ihr Stiefvater mit der königlichen Familie verwandt sind. Sie liebte meine Großmutter, Madame Skye, und konnte gar nicht genug von den Geschichten aus ihrem abenteuerlichen Leben bekommen. Ich bin sicher, India wird den Richtigen wählen, wenn der Zeitpunkt gekommen ist.«

»Gab es denn noch keine Anträge?« wollte Cat wissen.

»O ja, einige, aber India wollte ganz einfach nicht. In den meisten Fällen hatte sie das Gefühl, daß es den Männern und ihren Familien weniger um sie selbst als um ihr Vermögen ging«, erklärte der Herzog von Glenkirk seiner Mutter. »Und sie hatte recht. India ist in manchen Dingen wirklich sehr klug.«

»Ein Mädchen, das sich zum ersten Mal verliebt, handelt selten besonders klug«, warf Cat ein.

»Nun, nachdem es noch niemanden gibt, für den sie sich interessiert, haben wir in dieser Hinsicht wohl keinen Grund zur Sorge«, erwiderte Jasmine.

Der Herzog von Glenkirk war mit seiner Familie nach Frankreich gekommen, um sein Land bei der Ferntrauung zu vertreten, durch die der junge König Charles I. mit der französischen Prinzessin Henrietta-Marie den Bund der Ehe schließen würde. König James war erkrankt und ziemlich unerwartet am siebenundzwanzigsten März gestorben. Die Eheverhandlungen waren bereits abgeschlossen gewesen, wenngleich es noch einige Probleme wegen der Religion der Prinzessin gab. Charles Stuart hatte keine Zeit, lange mit seiner Regierung zu diskutieren. Er war von einem Tag auf den anderen König geworden – und er hatte keinen Erben. Er wollte einerseits das Land jetzt nicht verlassen, wo doch sein Vater eben erst gestorben war – doch andererseits war es ihm ein Anliegen, seine Heirat so rasch wie möglich in die Wege zu leiten und seine Königin an seiner Seite zu haben.

Die Hochzeit hätte ursprünglich im Juni stattfinden sollen, wurde aber nun auf den ersten Mai vorverlegt, damit die Feinde von Charles I. im Parlament keine Zeit haben würden, etwas gegen die Heirat zu unternehmen oder einen Aufschub zu erwirken. Eigentlich hätte der Herzog von Buckingham den König bei der Hochzeitszeremonie in Frankreich vertreten sollen, doch nun mußte er der Bestattung des alten Königs beiwohnen, die erst für Ende April angesetzt war – denn es war durchaus nichts Ungewöhnliches, daß ein König mehrere Wochen feierlich aufgebahrt lag. Und so wurde beschlossen, daß der Herzog von Chevreuse den jungen König in Frankreich vertreten würde. Chevreuse war sowohl mit dem französischen als auch dem englischen Königshaus verwandt, und zwar durch einen gemeinsamen Vorfahren, den Herzog von Guise. Er war somit für diese Aufgabe bestens geeignet und wurde von beiden Seiten akzeptiert.

Der Großteil des englischen Hofes blieb in England, doch Charles hatte den Herzog von Glenkirk und dessen Familie gebeten, der Hochzeitszeremonie beizuwohnen. Es würde ohnehin eine viel freudigere Angelegenheit werden als die Bestattung des guten alten Jamie, wie der Herzog gegenüber seiner Frau anmerkte – und wenn seine Schwester, die Herzogin von St. Laurent, ihre Mutter bitten würde, aus Neapel zu kommen, dann würden Jasmine und die Kinder endlich Catriona Hay Leslie Stewart-Hepburn kennenlernen.

Der Grund, warum der junge König den Herzog von Glenkirk ausgewählt hatte, war der, daß James Leslie ebenfalls entfernt mit Charles verwandt war und daß sein Stiefsohn, der kleine Charles Frederick Stuart, der Neffe des neuen Königs war, auch wenn er nicht als eheliches Kind zur Welt gekommen war. Doch solche Schönheitsfehler spielten für die Stuarts keine allzu große Rolle, außer wenn es um die Erbfolge ging. Ansonsten galten auch uneheliche Kinder stets als willkommene und gleichberechtigte Mitglieder des Clans. Der König wollte ganz einfach, daß einige seiner Verwandten bei der Hochzeitszeremonie anwesend waren, und die Leslies von Glenkirk würden diese Aufgabe aufs Beste erfüllen. Außerdem waren sie nicht so überaus prominent, daß sie bei den Begräbnisfeierlichkeiten nicht fehlen durften, da sie nur sehr selten bei Hof anwesend waren.

Das Schloß der St. Laurents befand sich auf dem Land, etwa zwei Stunden von Paris entfernt. Die Leslies waren sowohl zur Unterzeichnung des Ehevertrages und der Verlobung am achtundzwanzigsten April als auch zur Trauung am ersten Mai eingeladen. Sie würden in Begleitung ihrer fünf ältesten Kinder an den Feierlichkeiten teilnehmen. Die St. Laurents, Lady Stewart-Hepburn sowie die beiden jüngsten der Leslie-Kinder würden nur zur Hochzeit selbst kommen. Die Lindley-Kinder und ihr Halbbruder Charles Frederick Stuart waren nie am Hof von König James gewesen, als Königin Anne von England noch gelebt hatte. Sie war gestorben, als India gerade elf Jahre alt war. Die Königin hatte alle Arten von Festlichkeiten und Bällen geliebt. Ihr Herz schlug außerdem für die Kunst, für Musik und Tanz, während ihr Ehemann die Liebhabereien seiner Gemahlin bestenfalls tolerierte, ohne selbst Gefallen daran zu finden. Als die Königin starb, blieb kaum noch etwas von den vielen Festlichkeiten am Hofe übrig. Man hoffte nun, daß mit der neuen, aus Frankreich stammenden Königin neues Leben an den Hof von Charles Stuart kommen würde, so wie es durch Anne von Dänemark geschehen war, als sie James Stuart geheiratet hatte.

Glenkirk und seine Familie waren zutiefst beeindruckt von der eleganten Pracht des Louvre-Palasts. Es gab in England absolut nichts Vergleichbares. Sie wurden von den beiden königlichen Gesandten Englands, dem Earl von Carlisle und dem Viscount Kensington, in jene Räumlichkeiten von König Ludwig XIII. geleitet, wo die Unterzeichnung des Ehevertrages stattfinden würde. Zuvor jedoch mußte das übliche Zeremoniell eingehalten werden. Die beiden Gesandten übergaben den Vertrag dem König und seinem Kanzler, damit sie ihn durchlesen konnten. Danach gab der König seine Zustimmung zu den Vertragsbestimmungen, die zuvor ausgehandelt worden waren. Erst als dies geschehen war, wurde die Schwester des Königs von Frankreich und zukünftige englische Königin gerufen.

Henrietta-Marie wurde von ihrer Mutter Maria de Medici sowie den Hofdamen begleitet. Sie trug ein prächtiges Kleid aus Gold- und Silberbrokat, das von oben bis unten mit dem Lilienwappen der französischen Könige bestickt war und außerdem reich geschmückt mit Diamanten, Rubinen, Smaragden und Saphiren. Nachdem die Braut ihren Platz eingenommen hatte, wurde der Stellvertreter des Bräutigams gerufen. Der Herzog von Chevreuse betrat den Raum im schwarz gestreiften Gewand, das ebenfalls reich mit Diamanten geschmückt war. Er verneigte sich zuerst vor dem König, dann vor der Prinzessin, ehe er dem König unter einer erneuten Verbeugung sein Ermächtigungsschreiben überreichte. Ludwig XIII. nahm den Brief entgegen und reichte ihn an seinen Kanzler weiter, um gleich darauf den Ehevertrag zu unterzeichnen. Danach setzten auch Henrietta-Marie, Maria de' Medici, Anna von Österreich, die Königin von Frankreich, sowie der Herzog von Chevreuse und die beiden englischen Gesandten ihre Unterschrift unter den Vertrag.

Nachdem die Unterzeichnung des Ehevertrages abgeschlossen war, wurde die Verlobungszeremonie durch den Taufpaten der Prinzessin, Kardinal de la Rochefoucauld, durchgeführt, und der Herzog von Chevreuse gab für den nicht anwesenden englischen König seine Zustimmung. Nachdem die Zeremonie vorüber war, zog sich die Prinzessin in das Kloster der Karmeliterinnen von Faubourg St. Jacques zurück, um sich dort mit Gebeten auf die Hochzeit am 1. Mai vorzubereiten. Währenddessen kehrten der Herzog von Glenkirk und seine Familie zum Schloß der St. Laurents zurück.

An Henry Lindleys sechzehntem Geburtstag, dem 30. April, reisten die Glenkirks sowie die Familie St. Laurent zusammen mit Lady Stewart-Hepburn nach Paris, um der königlichen Hochzeit beizuwohnen. Der Herzog von St. Laurent war der Ansicht, es sei besser, schon am Tag vorher anzureisen, doch die Straßen waren bereits heillos verstopft in Erwartung des großen Ereignisses. Zufällig lag das kleine Haus von James' Schwager in derselben Straße wie jenes von Jasmines französischen Verwandten, die nicht zur Hochzeit kommen würden. Die Familie de Saville lebte an der Loire, viele Meilen von Paris entfernt, und sie war zwar durchaus eine alte Adelsfamilie, stand jedoch dem Königshaus nicht sehr nahe. Außerdem war es Frühling und somit Zeit, sich um ihre berühmten Weinberge in Archambault zu kümmern, so daß sie ihr Haus in Paris ihren Verwandten überlassen konnten.

Der Tag der Hochzeit begann grau und bewölkt. Obwohl es auch noch zu regnen begann, hatte sich um zehn Uhr vormittags bereits eine beträchtliche Zahl von Schaulustigen auf dem großen Platz vor der Kathedrale Notre-Dame versammelt, und es wurden mit jeder Minute mehr. Der Erzbischof von Paris war in einen handfesten Streit mit dem Kardinal de la Rochefoucauld geraten. Der Grund dafür war, daß der Kardinal damit betraut wurde, die Trauung zu vollziehen – und das, obwohl Notre-Dame eigentlich zur Provinz des Erzbischofs gehörte. Die königliche Familie hatte die Proteste des Erzbischofs jedoch vollkommen ignoriert. Daraufhin zog sich der Erzbischof erbost auf seinen Landsitz zurück, um erst nach der Hochzeit wieder nach Paris zurückzukehren. Doch bei all seinem Zorn konnte er der Prinzessin den Zutritt zu seinem Palast nicht verwehren, der direkt neben der Kathedrale lag – und so verließ Henrietta-Marie um zwei Uhr nachmittags bei strömendem Regen ihre Gemächer im Louvre, um den erzbischöflichen Palast aufzusuchen, wo sie sich für die Trauungszeremonie ankleiden würde.

Zwischen dem erzbischöflichen Palast und der Kathedrale hatte man eine Galerie errichtet, die auf etwa zwei Meter hohen Säulen ruhte, welche mit dem französischen Lilienwappen geschmückt waren. An der Westpforte der Kathedrale befand sich eine Art Podium, mit einem Baldachin überdacht, welcher mit Wachs abgedichtet war, damit der Regen nicht durchdringen konnte. Um sechs Uhr abends schließlich verließ die Braut mit ihrer Prozession den Palast des Erzbischofs, um sich in die Kathedrale zu begeben.

Die Prozession wurde von hundert Mann aus der Schweizergarde des Königs angeführt. Die beiden ersten Reihen wurden von Trommlern und Soldaten mit blaugoldenen Fahnen gebildet. Nach den Männern der Garde marschierte die königliche Musikkapelle – insgesamt zwölf Oboisten, acht Trommler und zuletzt zehn Trompeter, die eine Fanfare spielten. Auf die Musiker folgten der Zeremonienmeister sowie einige Ritter aus dem Orden des Heiligen Geistes, die juwelenbesetzte Umhänge trugen. Nach ihnen marschierten sieben königliche Herolde in ihren rot- und goldgestreiften Wappenröcken.

Hinter drei hohen Adligen folgte schließlich der Stellvertreter des Bräutigams, der Herzog von Chevreuse, der ein Gewand aus schwarzem Samt trug, unter dem hier und da das Futter aus Goldbrokat hervorblitzte. Auf dem Kopf trug er eine samtene Kappe mit einem prachtvollen Diamanten, dessen Funkeln trotz des trüben Wetters weithin zu sehen war. Hinter dem Herzog gingen der Earl von Carlisle und der Viscount Kensington, die beide mit Gewändern aus Silberbrokat bekleidet waren.

Die Zuschauer drängten sich zu beiden Seiten der Galerie

im strömenden Regen, um möglichst viel von dem Ereignis mitverfolgen zu können. Von allen Seiten ertönten Rufe wie ›Gott schütze den König‹ und ›Viel Glück der Prinzessin‹. Die meisten der geladenen Gäste gingen unter dem auf Säulen ruhenden Podium hindurch, um ihre Plätze in der Kathedrale einzunehmen. Nur einigen Auserwählten war es vorbehalten, auf dem Podium zu bleiben und von dort aus die Zeremonie zu verfolgen. Da nämlich der König von England kein Katholik war, mußte die Trauung vor den Toren der Kathedrale stattfinden – doch da früher alle Trauungen auf diese Weise vollzogen worden waren, fand man nichts Besonderes dabei. Anschließend würde man ohnehin eine Messe im Inneren von Notre-Dame feiern.

India Lindley gehörte zu jenen, die die Trauung mitverfolgen durften. Vor Kälte zitternd zog sie ihren Umhang enger um sich. Sie hätte den mit Kaninchenfell gefütterten Umhang nehmen sollen, dachte sie bei sich, doch der war nicht annähernd so modisch wie das Kleidungsstück, das sie trug. Sie betrachtete die französischen Höflinge in ihren prachtvollen Gewändern. Nie zuvor hatte sie so etwas gesehen. Neben diesen nach der neuesten Mode gekleideten Menschen fühlte sie sich selbst wie ein armes Mädchen vom Lande. Ihre Mutter verfügte wenigstens über prächtigen Schmuck, der ihre altmodische Kleidung großteils aufwog, aber sie und Fortune schnitten wohl eher dürftig ab – selbst im Vergleich mit der elfjährigen Catherine-Marie St. Laurent, die noch nicht einmal den Hauch eines Busens besaß, dafür aber ein reizendes Kleid aus weinroter Seide und Goldbrokat trug.

»Da kommt die Braut«, machte Fortune sie aufmerksam. Fortune schien jeden Augenblick dieses riesigen, farbenfrohen Spektakels zu genießen. Es schien ihr nicht das Geringste auszumachen, daß ihre Mutter und ihre Schwester wie zwei biedere Bürgerstöchter aussahen.

India richtete ihre Aufmerksamkeit auf Henrietta-Marie, die von ihren beiden Brüdern begleitet wurde – König Ludwig XIII., der mit einem prächtig gold- und silberglänzenden Gewand bekleidet war, sowie Prinz Gaston, der in seinem himmelblauen Seidengewand ebenfalls äußerst elegant wirkte. Die kleingewachsene sechzehnjährige Braut trug ein atemberaubendes Kleid aus cremefarbener Seide, das von oben bis unten mit dem französischen Lilienwappen bestickt war und an dem außerdem Dutzende von Perlen und Diamanten prangten, so daß das Kleid bei jedem Schritt glitzerte und funkelte. Das dunkle Haar schmückte eine zarte goldene Krone, an deren mittlerer Zacke eine riesige Perle hing, welche die Zuschauer mit Staunen betrachteten.

»Da hab' ich bessere Stücke daheim«, murmelte die Herzogin von Glenkirk, und ihre Schwiegermutter mußte sich das Lachen verbeißen.

Nach der Braut und ihren Brüdern folgte die Mutter der Braut, Maria de' Medici, die wie immer, seit sie verwitwet war, in Schwarz gekleidet war; allerdings hatte sie zu diesem besonderen Anlaß ihren prachtvollsten Schmuck angelegt. Schließlich folgte noch die Königin von Frankreich, Anna von Österreich, in einem Kleid aus gold- und silberdurchwirktem Brokat, das über und über mit Saphiren und Perlen geschmückt war. Die wenigen englischen Gäste waren bereits auf das überdachte Podium geführt worden, wo sie die Braut samt Familie und Gefolge erwarteten.

Der Kardinal vollzog die Trauung, worauf die Braut, ihre Familie sowie die Angehörigen des französischen Königshofes die Kathedrale betraten, um dort die Messe zu feiern. Im Inneren von Notre-Dame wartete bereits eine große Zahl von geladenen Gästen: Parlamentsabgeordnete, andere Politiker sowie hohe Staatsdiener, die zu diesem Anlaß prächtige hermelinbesetzte Gewänder aus rotem Samt trugen. Die Wände der Kathedrale waren mit kostbaren Wandteppichen geschmückt. Nachdem die Braut und ihr Gefolge die Kathedrale betreten hatten, nahmen sie ihre Plätze auf einer leicht erhöhten Estrade ein, wo die Braut zu einem kleinen Thron geführt wurde. Daraufhin verließ der Herzog von Chevreuse mit den beiden englischen Gesandten sowie den wenigen englischen Gästen die Kathedrale, da diese der Messe nicht beiwohnen würden.

»Lächerlich!« murmelte Jasmine vor sich hin.

»Sei still!« wies James Lesley sie leise, aber bestimmt, zurecht. Er stimmte zwar mit seiner Frau darin überein, daß all die Vorurteile zwischen Katholiken und Anglikanern sowie jene innerhalb der verschiedenen protestantischen Glaubensrichtungen absurd waren, doch man mußte sich nun einmal mit der Situation abfinden; sich auf die Streitigkeiten zwischen den Konfessionen einzulassen, hätte gewiß bedeutet, sich so manchen Mächtigen zum Feind zu machen. Da war es auf jeden Fall besser, stets neutral zu bleiben. Lady Stewart-Hepburn nickte ihrem Sohn angesichts seiner klugen Haltung anerkennend zu.

»Hast du die Kleider gesehen?« wandte sich India aufgeregt an ihre Mutter. »Noch nie habe ich solche Kleider gesehen!«

»Ein Hochzeitskleid sollte ja auch schön sein«, erwiderte Jasmine.

»Nein, nicht das Hochzeitskleid«, gab India zurück. »Ja, gewiß, es ist auch sehr schön – aber ich meine vor allem die Kleider der Frauen vom französischen Königshof. Du mit deinem wunderbaren Schmuck kannst gewiß manches wettmachen, aber Fortune und ich sehen neben diesen Ladies wie kleine graue Spatzen aus. Sogar die flachbrüstige Catherine-Marie sticht uns glatt aus. Das ist doch wirklich peinlich! Wir sind schließlich hier, um den König zu vertreten – da sollten wir wirklich nicht wie arme Dienstmägde aussehen!«

»Was stimmt denn nicht mit unseren Kleidern?« fragte Fortune ihre ältere Schwester. »Wir sehen doch ganz nett aus, finde ich. Aber ich muß sagen, mir gefällt das kurze Haar von Königin Anna besonders gut. Darf ich mein Haar auch so tragen, Mama?«

»Nein«, antwortete Jasmine. »Du hast so schönes Haar, mein Kind. Warum willst du es abschneiden? Wenn die Königin von Frankreich es so kurz und gekräuselt trägt, dann wohl deshalb, weil ihr Haar nicht so schön ist wie deines, Fortune.«

»Und nicht so rot«, brummte Fortune.

»Ich lasse mir eine völlig neue Garderobe anfertigen, wenn wir wieder in England sind«, sagte India. »Ich werde den ganzen englischen Hof verblüffen mit meinen französischen Kleidern in all den wunderbaren Farben. Unsere Landsleute ziehen sich entweder ganz farblos oder sehr düster an. Blaßblau, rosa, braun und schwarz. Und, Mama, du hast so viel prächtigen Schmuck. Kann ich nicht ein wenig davon haben, *bitte?*«

»Sie scheut sich nicht zu fragen, wenn sie etwas will, nicht wahr?« sagte Cat, zu ihrem Sohn gewandt. »Ich schätze, es war wohl nicht ganz einfach, sie großzuziehen, was, Jemmie?«

Der Herzog von Glenkirk lächelte. »Sie ist auch nicht schlimmer als andere Mädchen, Mutter«, erwiderte er. »Sie war im Grunde immer ein recht folgsames Kind.«

»Gib ihr, was sie will, und dann sorg dafür, daß sie einen guten Ehemann bekommt«, riet ihm seine Mutter. »Sie wird nämlich nicht mehr sehr lange folgsam sein, schätze ich.«

»Ich muß deiner Mutter recht geben«, warf Jasmine ein. »India hat tatsächlich etwas Wildes an sich, das mir früher eigentlich nie so aufgefallen ist. Vielleicht wollte ich es einfach nicht sehen, weil es mich an meinen Bruder Salim erinnert. Ich weiß noch genau, wie mein Vater Salim verhätschelt hat, auch wenn sein Ungehorsam wirklich unverzeihlich war. Und doch hat unser Vater alles wortlos hingenommen. Wie oft hat er sich betrunken, seiner Lüsternheit gefrönt und andere bestohlen. Sogar zum Mörder ist er geworden. Und doch gab es nur eines, das mein Vater ihm nicht gestattet hat.«

»Was war das?« wollte Lady Stewart-Hepburn wissen, deren Neugier nun geweckt war.

»Salim hat mich begehrt, so wie ein Mann eine Frau begehrt. Mein Vater gab aber in diesem Punkt nicht nach und verheiratete mich mit meinem ersten Gemahl, Prinz Javid Khan. Doch Salim ließ ihn ermorden. Mein Vater wußte damals wohl bereits, daß er nicht mehr lange zu leben hatte, und ließ mich heimlich aus Indien fortbringen. Als ich ungefähr so alt war wie India heute, wurde ich zum zweiten Mal verheiratet – mit Indias Vater.«

»Dann wird es wirklich Zeit, daß ihr einen Ehemann für India findet«, sagte Cat. »Sonst könnte es sein, daß sie irgendwann einmal einen Skandal verursacht. Wenn ich doch nur einen geeigneten Kandidaten in Neapel kennen würde!«

»O nein!« rief Jasmine aus. »Ich möchte nicht, daß sie so weit weg von uns ist. Wie meine Großmutter hätte ich gern meine Familie in meiner Nähe – und unsere Angehörigen leben nun einmal alle in England oder Schottland. Bis auf meinen Onkel Ewan O'Flaherty – der lebt in Irland. Und natürlich du – das Königreich Neapel ist leider sehr weit entfernt. Jemmie hat mir von deinem … äh … Problem mit dem verstorbenen König erzählt – aber jetzt wo James Stuart tot und begraben ist, willst du da nicht vielleicht wieder nach Schottland heimkehren? In Glenkirk ist immer ein Platz für dich frei.«

»Das ist nett von dir, meine liebe Jasmine«, sagte Cat gerührt, »aber mein geliebter Bothwell ist in Neapel begraben, im Garten unserer Villa, und dort will auch ich einmal liegen, wenn es soweit ist – an seiner Seite, so wie im Leben. Außerdem sind meine alten Knochen zu sehr an das warme Klima gewöhnt; ich könnte das feuchte, kalte Wetter in Schottland nicht mehr ertragen.«

»Auch deine Urgroßmutter ist einst aus dem warmen Klima heimgekehrt«, wandte der Herzog ein.

»Ich bin nicht Janet Leslie«, entgegnete Cat.

Während sie sich im Salon unterhielten, war plötzlich lauter Chorgesang zu hören.

»Wie es scheint, ist die Messe bald vorüber«, bemerkte der Earl von Carlisle trocken.

»Wurde aber auch Zeit«, meinte der Viscount Kensington. »Glauben diese Katholiken wirklich, daß Gott über all ihre Unzucht und ihre übrigen Missetaten hinwegsieht, nur weil sie stundenlang in der Kirche herumknien? Nun, hoffen wir, daß die kleine Königin, die wir bekommen, sich als genauso fruchtbar erweist wie ihre alte Mutter.«

»Kommt her und seht euch das an«, forderte der Earl sie auf, der beim Fenster stand. »Es hat aufgehört zu regnen, und jetzt schießen sie ein Feuerwerk ab.«

Sie sahen zu, wie die Raketen zum Himmel hochstiegen, um gleich darauf in einem Meer aus Grün, Rot, Gold und

Blau zu zerbersten. Schließlich begab sich die Hochzeitsgesellschaft zum Palast des Erzbischofs hinüber, wo im großen Saal, der mit Wandteppichen aus dem Louvre geschmückt war, ein Festmahl abgehalten würde.

Die Tafel erstreckte sich von einem Ende des Saales zum anderen. Der König hatte in der Mitte Platz genommen, direkt unter einem goldfarbenen Baldachin. Zu seiner Rechten saß seine Mutter, zu seiner Linken seine Schwester, die neue Königin von England. Der Stellvertreter des Bräutigams hatte neben Henrietta Platz genommen. Bedient wurde die Braut von einem hohen Adligen, dem Baron Bassompierre, einem Freund seit Kindheitstagen, sowie von zwei französischen Hofmarschallen.

Als das Festmahl schließlich zu Ende ging, zogen die Vertreter der Pariser Zünfte an der Königin vorüber, und auch die Schweizergarde ihres Bruders marschierte vor ihr auf. Um elf Uhr zog sich die erschöpfte Braut schließlich in den Königspalast zurück. Während der darauffolgenden Woche feierte ganz Paris ausgelassen die königliche Hochzeit, die enge Bande zwischen England und Frankreich knüpfte. Die Bälle und Bankette waren so zahlreich, daß man Mühe hatte, sie alle zu besuchen. Die herausragendste Festlichkeit wurde jedoch von der Mutter der Königin in ihrem neuen und besonders prachtvollen Palais de Luxembourg veranstaltet.

Dann traf überraschend George Villiers, der Herzog von Buckingham, in Frankreich ein. Er war gekommen, so verkündete er mit großer Gebärde, um Englands neue Königin heimzuführen. Buckingham war ein großgewachsener und sehr gutaussehender Mann. Wenn er mit seinen dunklen Augen eine Frau ansah, gab er ihr das Gefühl, die einzige Frau auf der Welt zu sein. Seine Gemahlin war ihm treu ergeben, und er selbst galt zwar als Schwarm der Damenwelt, ohne seiner Frau jedoch wirklichen Grund zur Eifersucht zu geben. Aufgrund seines blendenden Aussehens hatte der verstorbene König James ihm einst den Spitznamen Steenie gegeben; der alte König hatte gemeint, George Villiers hätte die feinen Gesichtszüge des heiligen Stefan, der für seine Schönheit bekannt gewesen war.

Die französische Königin machte sich erst gar nicht die Mühe, ihre Bewunderung für den gutaussehenden Engländer zu verbergen. Doch die männlichen Angehörigen des französischen Hofes haßten ihn vom ersten Augenblick an, denn sie hielten Villiers für besonders arrogant. In ihren Augen benahm er sich so, als wäre er selbst der König, so daß sie seine Anwesenheit kaum zu ertragen schienen. Ihre Gemahlinnen teilten diese Abneigung ganz und gar nicht, und sie warfen ihm sehnsüchtige Blicke zu, sobald er in ihre Nähe kam. Seufzend bewunderten sie seine kastanienbraunen Locken, seinen makellos gepflegten Schnurrbart und den kleinen Spitzbart. Die Königin sowie die übrigen Damen des Hofes waren stets entzückt, wenn der englische Herzog ihnen Gesellschaft leistete. Als er die Damen eines Nachmittags wieder einmal besuchte, trug er ein Gewand aus silbergrauer Seide, das über und über mit Perlen geschmückt war. Nun passierte es aber immer wieder, daß sich Perlen von dem Stoff lösten und über den Fußboden kollerten. Sobald die Dienstboten herbeigeeilt kamen, um die Perlen aufzulesen und sie ihm zurückzugeben, winkte der Herzog von Buckingham nur mit großzügiger Geste ab und lächelte. Die Perlen seien doch gar nicht der Rede wert, sagte er, womit er andeutete, daß er zu Hause noch viel mehr davon habe. »Behaltet sie ruhig«, sagte er zu den Dienern.

»Das habt Ihr absichtlich gemacht«, wandte sich die Herzogin von Glenkirk hinterher vorwurfsvoll an George Villiers. »Ihr habt die Perlen so locker annähen lassen, daß sie natürlich abreißen mußten. Und das alles nur, um die armen Franzosen zu ärgern. Was seid Ihr doch nur für ein boshafter Mensch, Steenie!« Sie kannten einander, seit Villiers vor vielen Jahren an den Hof von König James gekommen war.

Er hob eine Augenbraue und blickte sie mit einem schelmischen Lächeln an, ohne jedoch ein Wort zu sagen.

Am dreiundzwanzigsten Mai verließ die neue Königin von England schließlich mit ihrem Gefolge Paris. Mehrere hundert Begleiter machten sich mit ihr auf den Weg, darunter nicht nur jene adligen Damen und Herren, die ihr an ihrem neuen Hof Gesellschaft leisten würden, sondern auch eine große Zahl von Bediensteten: Köche, Stallburschen, Ärzte, ein Apotheker, eine Schneiderin, eine Stickerin, ein Parfumhersteller, ein Uhrmacher, elf Musikanten, außerdem Mathurine, ihr Hofnarr, sowie zweiundzwanzig Priester, darunter sogar ein Bischof.

Der König litt an einer schweren Halsentzündung, so daß er kaum sprechen konnte. Er verabschiedete sich von seiner Schwester in Compiegne und kehrte dann nach Paris zurück, um sich zu erholen. In Amiens bekam Maria de' Medici plötzlich Fieber, so daß Henrietta-Marie gezwungen war, ihre Reise ohne ihre Mutter fortzusetzen. Charles schickte bereits ungeduldige Botschaften nach Frankreich, in denen er die baldige Anreise seiner Braut verlangte. Schließlich erreichte der Troß Boulogne, wo zwanzig Schiffe warteten, um die neue Königin mit ihrem großen Gefolge nach England zu bringen. Es waren auch einige englische Ladies und Gentlemen gekommen, um ihre Königin zu begrüßen, doch Henrietta-Marie brachte bei aller Höflichkeit nur wenig Sympathie für diese Mitglieder ihres neues Hofes auf. Die engstirnigen religiösen Ratgeber der Königin legten ihr nahe, sich möglichst wenig mit diesen Protestanten abzugeben; wichtiger als einen guten Eindruck zu machen, so meinten sie, sei es, ihr Seelenheil nicht zu gefährden.

Der Herzog von Glenkirk und seine Familie hatten sich bereits in Paris von der jungen Königin verabschiedet. Da sie sie ohnehin in England wiedersehen würden, war es nicht notwendig, sich dem großen Troß anzuschließen, der mit Henrietta-Marie nach England reiste. Sie kehrten statt dessen mit den St. Laurents zu deren Schloß zurück, um noch einige Tage mit Lady Stewart-Hepburn verbringen zu können, die den Sommer bei ihrer jüngsten Tochter in Frankreich verbringen würde.

James Leslie tat sein Möglichstes, um seine Mutter zu überreden, wieder nach Schottland zurückzukehren. »Du kennst den neuen König ja gar nicht, Mutter, und seine Eltern, deine letzte Verbindung mit dem Hause Stuart, leben beide nicht mehr. Komm mit uns nach Schottland. In Glenkirk ist immer ein Platz für dich frei.«

Catriona Hay Leslie Stewart-Hepburn schüttelte nur den Kopf. Sie war einst in ihrer Jugend eine atemberaubende Schönheit gewesen. Die Jahre waren zwar auch an ihr nicht spurlos vorübergegangen, doch sie war immer noch eine schöne Frau. Ihr einstmals blondes Haar war mittlerweile schneeweiß, doch ihre grünen Augen hatten sich kein bißchen verändert. Sie waren so klar und schön wie in ihrer Jugend. In diesem Augenblick waren sie auf ihren Sohn gerichtet. »Jemmie«, sagte sie, »du bist mein Ältester, und ich liebe dich sehr, aber ich werde Bothwell nicht verlassen, das habe ich auch Jasmine schon gesagt. Außerdem habe ich ja schon erwähnt, daß meine Knochen einfach zu sehr an die Sonne des Südens gewöhnt sind. Wenn ich jetzt nach Schottland zurückkehre, dann würde das mein Leben sicher um zehn Jahre verkürzen. Und auch wenn ich meinen Francis noch so sehr vermisse, habe ich es nicht so eilig, ihn wiederzusehen. Dazu machen mir meine Enkelkinder viel zuviel Freude.« Sie lachte und tätschelte seine Hand. »Du bist all die Jahre ganz gut ohne mich zurechtgekommen.«

»Vermißt du denn deine Kinder gar nicht?« beharrte er. »Meine Brüder und Schwestern haben dir auch schon Enkelkinder geschenkt.«

»Und alle sind sie hin und wieder mit ihren Familien zu mir nach Neapel gekommen, um mich zu besuchen«, erwiderte sie. »Sie brauchen mich kein bißchen, Jemmie. Eine Frau zieht ihre Kinder groß, und auch wenn sie sie noch so sehr liebt, muß sie sie eines Tages ziehen lassen, damit sie ihr eigenes Leben führen können. Vater und Mutter sind eine Zeit lang wie die Sonne, um die sich für ihre Kinder alles dreht. Doch eines Tages ändert sich das alles. Die Kinder werden groß und werden selbst zur Sonne für die eigenen Kinder, so daß ihre Eltern für sie nicht mehr im Mittelpunkt ihres Lebens stehen. Das ist nicht weiter traurig, denn eine Mutter wünscht sich ja, daß ihre Kinder ihr eigenes Leben führen. Sie bleiben nicht stehen, und das tun auch wir Älteren nicht. Ich liebe alle meine Kinder, aber ihr wart nicht mein einziger Lebensinhalt. Bald werden auch Jasmines drei ältesten Kinder das schützende Nest verlassen, das ihr beide für sie gebaut habt. Und ihr müßt sie ziehen lassen, Jemmie, so wie ich dich und deine Brüder und Schwestern einst ziehen ließ. Und genauso mußt du *mich* ziehen lassen, mein Sohn. Es ist dir vielleicht gar nicht aufgefallen, aber genau das hast du schon vor Jahren getan, als ich Schottland verließ und du das Oberhaupt der Leslies von Glenkirk wurdest. Du bist ganz einfach ein wenig nostalgisch geworden, jetzt, wo wir uns nach so vielen Jahren wiedergesehen haben.«

»Ich wußte gar nicht, wie sehr ich dich vermißt habe, Mutter. Erst jetzt ist mir das wieder klar geworden«, meinte James Leslie. »Willst du denn gar nie mehr nach Schottland zurückkehren?«

»Ich würde ihn nie verlassen«, antwortete sie.

»Es würde ihm auch gefallen, in seiner Heimaterde begraben zu sein«, sagte der Herzog von Glenkirk nachdenklich und begann schließlich zu kichern. »Ich wette, er hat Vetter Jamie und Königin Anne am Himmelstor erwartet. Sie hat Bothwell immer gemocht, nicht wahr?«

Cat nickte. »Alle Frauen haben Francis gemocht«, sagte sie lächelnd, »aber wenn er Jamie am Himmelstor erwartet hat, dann dürfte sich der König gefragt haben, ob er nicht am falschen Ort gelandet ist. Nun, der Anblick seiner Anne wird ihm schon gesagt haben, daß alles seine Richtigkeit hat.« Sie lachte, wurde aber gleich darauf etwas nachdenklich. »Ja, es hätte ihm gewiß gefallen, seine letzte Ruhestätte in seinem Heimatland zu finden, Jemmie.«

»Meinst du, er hätte etwas dagegen, in die Heimaterde verpflanzt zu werden – in den Boden der Leslies?« fragte der Herzog seine Mutter.

»Bei der alten Abtei«, sagte Cat nachdenklich. »Meinst du das ernst, Jemmie? Findest du nicht, daß wir damit das Andenken deines Vaters beleidigen?«

»Mein Vater ist nicht in Glenkirk begraben«, sagte der Herzog. Seine Mutter konnte es nicht wissen, da sie schon zu lange aus Schottland fort war – doch der fünfte Earl von Glenkirk war nicht auf hoher See verschollen, wie man gemeinhin annahm, ehe der König ihn für tot erklären ließ. In Wirklichkeit war er den Spaniern in die Hände gefallen und hatte sich schließlich ihnen angeschlossen, um die Neue Welt zu erkunden, wo er ein völlig neues Leben begann.

Der Herzog selbst hatte davon vor fünfundzwanzig Jahren erfahren, als sein Vater plötzlich in Glenkirk auftauchte, um sich für seine lange Abwesenheit zu rechtfertigen. Er war sehr erleichtert gewesen, daß er sein neues Leben fortsetzen und zu der jungen Frau zurückkehren konnte, die an einem Ort namens St. Augustine auf ihn wartete. James Leslie hatte seinen Vater nie wiedergesehen, obwohl alle paar Jahre eine Nachricht von ihm eintraf, in der er nicht nur von seinen Abenteuern berichtete, sondern auch von James' Halbgeschwistern, die seine neue Frau ihm geschenkt hatte. »Mein Vater war ein guter Schotte, Mutter, und wenn es möglich gewesen wäre, dann wäre er wohl auch in Glenkirk beigesetzt worden. Ich glaube nicht, daß er etwas dagegen hätte, wenn du und Bothwell dort wärt«, sagte der Herzog nachdenklich, um dann hinzuzufügen: »Außerdem, wer außer uns wird je davon erfahren?«

»Dann werden wir eines Tages gemeinsam nach Hause zurückkehren, er und ich«, sagte Lady Stewart-Hepburn mit Tränen in den Augen. »Ach«, fügte sie mit leiser Stimme hinzu, »was waren das doch für wunderbare Zeiten, als wir noch gemeinsam durch das Land reiten konnten.« Schließlich gelang es ihr, die Gefühle, die in ihr hochwallten, zu bezähmen. »Wir werden in einem gemeinsamen Sarg reisen. Auf diese Weise wird es keine Fragen geben. Jeder wird meinen, es sei nur die alte Mutter des Herzogs von Glenkirk, die zurückkehrt, um in ihrer Heimaterde begraben zu werden. Und niemand wird je wissen, wo Bothwells Grab liegt, denn auch in Neapel gibt es nur wenige, die diese absurden Geschichten glauben, wonach sich der Hexenzauber der Protestanten auf Francis übertragen hätte. Es kommen immer wieder Leute, die Erde von seinem Grab holen, weil sie glauben, sie besäße magische Kräfte. Ich lasse ständig jemanden sein Grab bewachen – sonst stehlen sie womöglich noch seinen Leichnam, um ihn für ihre üblen Riten zu verwenden.«

»Ich glaube nicht, daß wir dich allzubald zu Hause erwarten können, Mutter«, sagte der Herzog in dem Bestreben, wieder einen etwas leichteren Ton in das Gespräch zu bringen.

»Nein«, pflichtete sie ihm lächelnd bei und umarmte ihn. »Danke, Jemmie, für deine Großzügigkeit.«

»Es hat mir immer schon Spaß gemacht, ein Geheimnis mit dir zu teilen, Mutter«, sagte er lachend. »Außer uns soll es nur Jasmine erfahren.«

»Einverstanden«, stimmte sie zu. »Ich werde dich vermissen.«

»Ich dich auch«, sagte er und ging mit ihr zu einem letzten gemeinsamen Spaziergang in die Gärten seiner Schwester hinaus.

2

Was für ein Aufwand!« sagte die Gräfin von Alcester in mißbilligendem Ton zu ihrer Nichte. »Du verwöhnst das junge Ding viel zu sehr, Jasmine, wenn du ihr solche Kleider gestattest. Ihr werdet bald alle Mitgiftjäger des Königshofes auf den Fersen haben, wenn India sich in solchem Glanz präsentiert.«

»Hältst du mich denn für so dumm, Großtante«, warf India ein, »daß ich Wahrheit nicht von Lüge unterscheiden kann? Ich habe immerhin bereits ein halbes Dutzend Verehrer in Schottland abgewiesen, weil mir klar war, daß sich die Gentlemen weniger für mich als vielmehr für mein Geld interessierten. Daß ich solche feinen Kleider trage, heißt nicht, daß sich mein Blick für die Realität trübt.«

»Du bist ein wenig zu naseweis für ein Mädchen aus gutem Hause«, bemerkte die Gräfin in beißendem Ton. *India ist einfach zu dickköpfig, genauso wie es auch ihre Mutter war. Und wie meine Mutter früher. Gott sei Dank sind meine Töchter immer folgsam gewesen, und meine Enkeltöchter ebenfalls, außer vielleicht eine oder zwei von ihnen, bei denen man vielleicht ein wenig aufpassen muß.* »Du willst meinen Rat wahrscheinlich nicht hören, Jasmine, aber ich gebe ihn dir trotzdem: Du und James solltet zusehen, einen passenden Ehemann für India zu finden, dann hört dieser Unsinn mit diesen sündteuren Kleidern von alleine auf.« Lady Edwardes, Gräfin von Alcester, erhob ihre massige Gestalt aus dem Stuhl, in dem sie gesessen hatte, und schüttelte ihre dunklen Röcke aus. »Mir gefällt es nicht mehr in London«, brummte sie. »In dieser Jahreszeit sollte wirklich niemand in London sein. Es ist viel zu warm und feucht hier, aber was bleibt uns übrig? Wir müssen ja die neue Königin begrüßen.«

»Ich finde die Königin sehr hübsch«, warf India ein.

»Junge Mädchen sind immer hübsch«, sagte ihre Großtante, »und diese junge Frau ist es nicht mehr und nicht weniger als viele andere. Aber es wird wegen ihrer Religion eine Menge Ärger geben, darauf könnt ihr euch verlassen. Und wenn sich all die Franzosen in ihrem Gefolge weiterhin so rüpelhaft benehmen, dann wird der König gut daran tun, sie fortzuschicken.« Sie trat zur Türe hin. »Ich gehe wieder ins Haus deines Onkels zurück«, verkündete sie. »Wir sehen uns ja dann morgen früh, wenn wir den Hof besuchen, und ich hoffe, Jasmine, daß deine Tochter wie eine anständige junge Engländerin gekleidet sein wird, und nicht wie irgendeine Ausländerin«, fügte die Gräfin von Alcester hinzu und stampfte zur Tür hinaus, die ein Diener ihr aufhielt.

»Fette alte Kuh!« murmelte India, als die Tür wieder geschlossen war.

»Sie hat bloß vergessen, wie es ist, jung zu sein«, sagte Jasmine, auch wenn sie insgeheim die Einschätzung ihrer Tochter durchaus teilte. Tante Willow war immer schon pedantisch und engstirnig gewesen. Es war fast, als bemühte sie sich, anders als ihre eigene Mutter zu sein, die eine sehr begeisterungsfähige und interessante Frau gewesen war. Im Gegensatz zu ihrer Mutter wirkte sie stets blaß und gouvernantenhaft. »In einem Punkt hat deine Großtante aber recht, India«, sagte Jasmine. »Morgen, wenn wir zur Begrüßung der Königin gehen, wirst du eines deiner weniger auffallenden Kleider tragen. Wie würde es aussehen, wenn du Ihre Majestät in den Schatten stellst, wo sie sich ohnehin bemühen muß, einen guten Eindruck bei ihren neuen Untergebenen zu hinterlassen. Bestimmt wird sie etwas unsicher sein, wo sie eben erst in unserem Land angekommen ist.«

»Ist es dir auch so ergangen, als du nach England kamst?« wollte India wissen.

Jasmine nickte. »Die Königin kann wenigstens nach Frankreich reisen, wenn sie Heimweh hat. Als ich einst Indien verließ, gab es kein Zurück mehr für mich.«

»Tut es dir manchmal leid, daß du weggegangen bist?« fragte India weiter.

Jasmine schüttelte den Kopf. »Nein. Ich hatte dort keine Zukunft mehr. Mein Schicksal war zuerst hier bei deinem Vater, und später in Schottland bei deinem Stiefvater, meinem lieben Jemmie. Man darf nie gegen sein Schicksal ankämpfen, India, auch wenn es nicht das ist, was man sich selbst aussuchen würde.«

»Mein Schicksal sieht nicht besonders interessant aus, Mama«, sagte India. »Ich werde schon bald einen Ehemann wählen müssen, sonst laufe ich Gefahr, als alte Jungfer zu enden. Ich werde eine Familie haben, so wie du und Großmama Velvet, und auch wie meine Urgroßmutter, Madame Skye. Das scheint kein allzu aufregendes Schicksal zu sein. Nichts Außergewöhnliches jedenfalls.«

»Weder Madame Skye noch meine Mutter noch ich selbst hatten ein langweiliges Leben, als wir jung waren«, rief Jasmine ihrer Tochter in Erinnerung, »obwohl ich hoffe, daß du nicht jedes Abenteuer erlebst, das wir durchmachen mußten. Ich weiß nicht, ob du das durchstehen würdest, wo du doch eine ganz andere Erziehung genossen hast.«

»Großmutter Velvet ist genauso erzogen worden wie ich und hat ihre Abenteuer trotzdem bestanden«, wandte India ein.

»Das waren andere Zeiten damals«, erwiderte Jasmine mit sanfter Stimme und dachte bei sich, daß ihre in England aufgewachsene Tochter keine Ahnung hatte, um welche Abenteuer es sich tatsächlich handelte.

»Komm und hilf mir aussuchen, was ich morgen tragen soll, Mama«, sagte India. »Und wir müssen auch etwas für Fortune finden. Du weißt ja, daß sie sich nicht um ihr Äußeres kümmert. Wenn wir das nicht in die Hand nähmen, würde sie wie ein armes Waisenkind aussehen.«

Die Herzogin von Glenkirk lachte laut auf, als sie hörte, wie ihre älteste Tochter ihre jüngere Schwester einschätzte. Es war tatsächlich zutreffend. India achtete sehr darauf, wie sie aussah und auf andere wirkte. Ihr Haar war stets gut frisiert, ihre Kleider makellos und ihre Fingernägel sauber geschnitten. Fortune hingegen war ein richtiger Wildfang. Ihr rotes Haar sah man zumeist zerzaust, und ihre Röcke schienen kaum jemals wirklich sauber zu sein. Jasmines Mutter meinte stets, daß Fortune sich mit der Zeit schon ändern würde, doch das Mädchen war nur noch wenige Wochen von seinem fünfzehnten Geburtstag entfernt und zeigte immer noch keinerlei Anzeichen einer solchen Entwicklung. Wie um alles in der Welt hatten sie und Rowan Lindley bloß zwei so unterschiedliche Töchter in die Welt setzen können? »Kümmern wir uns zuerst um ein passendes Kleid für deine Schwester«, schlug Jasmine vor, weil sie wußte, daß India wieder sehr lange brauchen würde, um sich für ein Kleid zu entscheiden.

India nickte zustimmend. »Das Hauptproblem wird sein, überhaupt etwas zu finden, das einigermaßen sauber ist«, sagte sie. »Nelly tut gewiß, was sie kann – aber ich weiß nicht, ob sie bei Fortune mit dem Waschen nachkommt.« Im nächsten Moment lachte India laut auf. »Niemand kann mich wütender machen als Fortune, Mama. Sie kümmert sich um nichts, was anderen Menschen wichtig ist – aber ich liebe sie trotzdem!«

»Das weiß ich ja«, gab die Herzogin zurück, ehe sie beide die Treppe hinaufeilten, um passende Kleider auszuwählen, wobei Indias elegante Seidenröcke nur so rauschten.

India war so beeindruckt gewesen von den prachtvollen Kleidern, die sie am französischen Hof gesehen hatte, daß sie sogleich daranging, mindestens ein Dutzend neuer Kleider anfertigen zu lassen, die den kostbaren französischen Modellen nachempfunden waren – mit Edelsteinen besetzt und vorne so geschnitten, daß auch die Brokatunterröcke darunter zu sehen waren. In Indias Augen waren die Reifröcke und die glockenförmigen Röcken aus den Zeiten ihrer Urgroßmutter, ihrer Großmutter und auch noch ihrer Mutter viel eleganter als die heutige Mode, wo die Röcke vorne in einfache Falten gelegt und hinten hochgerafft waren. Mit schönen, kostbaren Stoffen könnte man bestimmt auch aus dieser weniger eleganten Mode noch etwas Annehmbares machen, dachte India.

Aus diesem Grund hatte sie sofort nach ihrer Rückkehr die Lagerräume der O'Malley-Small-Handelsgesellschaft durchstöbert, wo stets außergewöhnliche Stoffe zu finden waren, die zum Teil ihre Mutter vor zwanzig Jahren aus ihrer indischen Heimat mitgebracht hatte. Dort war ein solcher

Berg von Kostbarkeiten gelagert, daß sie und Fortune sich getrost Dutzende von Kleidern hätten anfertigen lassen können – und selbst dann wäre immer noch genug übrig geblieben, um ihrem kleinen Schwesterchen Autumn eine reiche Aussteuer zu sichern. Sorgfältig hatte India jene Stoffe ausgesucht, die in Farbe und Material am besten zu ihrem Teint paßten. Anschließend hatte sie die Arbeit an den Kleidern persönlich überwacht – und das Ergebnis konnte sich sehen lassen: Die Kleider waren viel üppiger und eleganter, als dies in England üblich war, so daß sie sich durchaus mit den französischen Vorbildern messen konnten, die dieser Tage von der jungen Königin und ihren Hofdamen getragen wurden.

Es war auch auf englischem Boden eine Hochzeitszeremonie abgehalten worden – und zwar in der St. Augustine's Abbey von Canterbury. Danach hatte sich das Brautpaar nach London begeben – eine Reise, die per Schiff auf der Themse vorgenommen wurde, weil in der Stadt die Pest grassierte. Es war nicht der prunkvolle Empfang, den Henrietta-Marie sich erwartet hatte – dennoch winkte die junge Königin durch das offene Fenster des Schiffes der Menge zu, die sich trotz Wind und Regen am Ufer versammelt hatte, um sie willkommen zu heißen. Der König hingegen war sehr reserviert und winkte – wenn überhaupt – mit ziemlich düsterer Miene seinem Volk zu. Danach zog sich die Königin zurück, um sich von den Strapazen ihrer langen Reise auszuruhen. Erst jetzt, Ende Juni, fühlte sie sich soweit erholt, um der feierlichen Verkündigung ihrer Heirat beizuwohnen.

Die Zeremonie fand im großen Saal von Whitehall Palace statt. Der König und die Königin saßen auf ihren Thronen, während der Ehevertrag vor den versammelten Würdenträgern und dem Hof verlesen wurde. India blickte sich neugierig um und stellte mit Genugtuung fest, daß sie die mit Abstand bestangezogene Engländerin im Saal war. Fortune hatte nur die Augen verdreht, als sie sah, wie ihre Schwester sich in das enge Korsett zwängte – doch India wußte, daß es sich lohnte, denn ihre kleinen Brüste wölbten sich auf diese Weise ganz leicht über den tiefen Ausschnitt ihres Kleides heraus. Das Kleid selbst war aus weinroter Seide mit einem breiten elfenbeinfarbenen Spitzenkragen. Die Ärmel reichten bis zum Ellbogen und ließen durch ihre Schlitze gold- und elfenbeinfarbenen Brokat erkennen. Die Herzogin hatte es ihrer Tochter nicht gestattet, ihre eigenen berühmten Rubine zu tragen, denn sie erachtete Perlen als diesem Anlaß angemessener. Indias Frisur war genauso modisch wie ihr Kleid; die dunklen Locken waren zu einem einfachen Knoten zurückgebunden, während eine Locke mit einem goldenen Band versehen war, das ihr linkes Ohr umspielte.

»Also, wenn das nicht das schönste Mädchen ist, das ich je gesehen habe ...«, sagte Adrian Leigh, der Viscount Twyford, zu seinem Freund, Lord John Summers.

»Zu reich und nobel für dich«, erwiderte Lord Summers trocken.

»Du weißt, wer sie ist, Johnny? Und warum sollte ich mich nicht um so ein wunderbares Wesen bemühen?«

»Weil sie die Stieftochter des Herzogs von Glenkirk ist und überdies die Schwester des Marquis von Westleigh. Eine Jungfrau und Erbin, die für dich bestimmt nicht in Frage kommt. Außerdem willst du gar nicht heiraten, Twyford. Dir geht es nur darum, sie zu verführen. Aber wenn du diese Schönheit verführst, dann kostet dich das Kopf und Kragen. Was immer sie für Lady India Lindley geplant haben – du spielst in diesen Plänen sicher keine Rolle.«

»Ich werde eines Tages Earl von Oxton sein, Johnny«, entgegnete Viscount Twyford. »Was wäre sie nicht für eine wunderbare Gräfin an meiner Seite! India, sagst du? Ein eigenartiger Name.«

»Die Herzogin von Glenkirk, ihre Mutter, stammt aus Indien, obwohl ihre Mutter Engländerin oder Schottin ist – so genau weiß ich das nicht mehr. Aber was ich weiß, ist, daß sie eine ungemein reiche Familie hat; sie sind sogar mit dem König verwandt. Lady Lindleys Halbbruder, der Herzog von Lundy, ist der Neffe des Königs. Er ist zwar ein uneheliches Kind, aber du kennst ja diese Stuarts, Adrian.«

»Die Frauen sind jedenfalls ziemlich heißblütig«, sagte Viscount Twyford, während er India mit seinen blauen Augen unverwandt anblickte.

»Sei vorsichtig, Adrian«, stichelte sein Freund. »Wenn deine Mama merkt, daß du dich für ein so schönes Mädchen interessierst, wird sie nicht sehr erfreut sein. Ich weiß doch, wie vernarrt sie in dich ist. Es heißt, daß sie dich nie einer anderen Frau überlassen würde.«

»Meine Mutter täte gut daran, in Oxton Hall zu bleiben und sich um meinen Vater zu kümmern. Es geht ihm seit einigen Jahren nicht allzu gut«, erwiderte Twyford mit säuerlicher Miene.

»Sie ist immer noch eine schöne Frau«, stellte Lord Summers fest.

»Sie bemüht sich ja auch sehr, es zu bleiben«, gab der Viscount zurück. »Das ist übrigens ihr einziges Interesse. Das und *gewisse Männer*. Sie wird mich nicht daran hindern zu heiraten, Johnny, wenn ich das richtige Mädchen finde – und ich glaube, genau das ist soeben passiert. Es ist meine Pflicht, eines Tages einen Erben zu haben. Das würde meinen Vater gewiß freuen.« Er blickte seinen Freund eindringlich in die Augen. »Ich muß unbedingt dieser Lady India Lindley vorgestellt werden, Johnny. Kennst du nicht jemanden aus ihrer Familie?«

»Ich bin mit ihrem Bruder, Henry Lindley, gut bekannt. Er ist der Marquis von Westleigh. Mein kleiner Landsitz bei Cadby grenzt direkt an seine Ländereien. Wenn er auch hier ist, kann es sein, daß wir ihn für dein Anliegen in Anspruch nehmen können. Er ist ein sehr gutmütiger Mensch.« Lord Summers blickte sich suchend im Saal um. »Ah, da ist er ja! Zusammen mit seinem Stiefvater, dem Herzog. Komm mit, Adrian. Eine bessere Gelegenheit werden wir wohl nicht mehr bekommen, schätze ich.«

Die beiden Männer kämpften sich durch den überfüllten Raum. Nachdem der Ehevertrag verlesen worden war, hatte sich der König in einen angrenzenden Raum begeben, um zu speisen, während die Königin sich in ihre Gemächer zurückzog. Damit konnten sich die Höflinge ganz ihrer Lieblingsbeschäftigung widmen, nämlich dem Tratsch über ihresgleichen.

Als sie in die Nähe des Herzogs von Glenkirk gelangt

waren, wartete Lord Summers, bis Henry Lindley auf ihn aufmerksam wurde, und sagte dann: »Ich bin gekommen, um Euch meine Aufwartung zu machen, Mylord, und um Euch meinen Freund vorzustellen, den Viscount Twyford. Er hat kurz zuvor Eure Schwester Lady India gesehen und mir versichert, er würde sterben, wenn er ihr nicht umgehend vorgestellt würde.« Lord Summers lächelte dem drei Jahre jüngeren Marquis von Westleigh freundschaftlich zu.

»Stell mich doch diesen Gentlemen vor, Henry«, verlangte der Herzog von Glenkirk, während er die beiden jungen Männer musterte.

»Lord John Summers, Vater. Sein Landsitz grenzt direkt an den meinen. Wir gehen gelegentlich gemeinsam zur Jagd, wenn ich in Cadby bin«, sagte Henry Lindley. »Und das ist sein Freund, Viscount Twyford.«

»Habt Ihr auch einen Namen, junger Mann?« fragte der Herzog von Glenkirk.

»Adrian Leigh, Sir. Ich bin der Sohn und Erbe des Earl von Oxton.« Er verbeugte sich vor James Leslie und dem jungen Marquis.

»Und Ihr wünscht meine Stieftochter kennenzulernen, Sir? Zu welchem Zweck, wenn ich fragen darf?« fragte der Herzog nun mit etwas mehr Nachdruck in der Stimme.

Im nächsten Augenblick wandte sich die Herzogin von Glenkirk lachend zu ihnen um, denn sie hatte das kleine Gespräch mitangehört. »Was für eine Frage, Jemmie. Viscount Twyford scheint mir ein recht respektabler junger Mann zu sein, und India ist ein schönes junges Mädchen. Also zu welchem Zweck könnte er sie wohl kennenlernen wollen?« Sie lachte erneut und sagte schließlich: »Henry, führ die beiden jungen Herren zu India und stell sie ihr vor.« Sie legte ihre Hand ganz leicht auf Adrians Arm. »Ihr seid doch respektabel, Sir, oder etwa nicht?«

»Jawohl, Madame, das bin ich«, sagte er in jungenhaftem Ton.

»Dann geht nur mit meinem Sohn, Mylord«, forderte Jasmine ihn auf.

Die drei jungen Männer eilten durch den Saal auf India

zu, die sich gerade mit einem anderen Mädchen unterhielt. Sie lächelte, als sie ihren Bruder kommen sah, und streckte ihm die Hand entgegen.

»Henry.« Sie warf einen raschen Blick auf seine beiden Begleiter und sah ihren Bruder fragend an.

»Mama hat gemeint, ich darf dir die beiden Gentlemen vorstellen, India.«

»Aber ich kenne doch Lord Summers bereits«, sagte India mit einem freundlichen Lächeln. »Ihr geht doch oft mit Henry zur Jagd, nicht wahr?«

»Ich wußte nicht, daß Ihr mich gesehen habt, Mistress. Wir wurden einander ja noch nicht vorgestellt – bis jetzt zumindest«, sagte Lord Summers und verbeugte sich vor ihr.

»Wie könnte ich einen so gutausehenden Gentleman übersehen«, sagte India und schlug kokett die Augen nieder.

»O Gott!« stieß das Mädchen neben ihr hervor.

»Fortune!« sagte India und blickte sie empört an. »Meine jüngere Schwester«, erklärte sie und fügte in entschuldigendem Ton hinzu: »Sie ist es noch nicht gewohnt, sich in der Gesellschaft zu bewegen. Ich fürchte nur, sie wird es nie lernen, sich korrekt zu benehmen.«

»Ist es denn korrekt, auf so unerhörte Weise mit einem Mann zu flirten, den man eben erst kennengelernt hat?«

India errötete. »Ich habe doch nicht geflirtet! Ich war bloß höflich.«

Fortune stieß ein kurzes Schnauben aus.

Henry Lindley lachte. »Schwestern«, sagte er in verächtlichem Ton, und drückte damit aus, daß er sie beide für ziemlich dumme Geschöpfe hielt. »India, wenn du dich genug empört hast, dürfte ich dir dann vielleicht Viscount Twyford vorstellen, der aus irgendeinem Grund darauf bestanden hat, deine Bekanntschaft zu machen. Als er vorhin über dich sprach, ist ihm sogar das Wort *wunderschön* über die Lippen gekommen.«

India Lindley richtete ihre goldfarbenen Augen auf Adrian Leigh und streckte ihm die Hand entgegen. »Es freut mich, Eure Bekanntschaft zu machen, Mylord«, murmelte sie.

»Und mich erst, Mylady«, antwortete dieser, ehe er ihre zarte Hand in die seine nahm und küßte.

Fortune verdrehte die Augen. »Henry, mir wird plötzlich übel. Kannst du mich nicht woandershin begleiten, damit ich dieses süßliche Geschwätz nicht mehr hören muß?«

India hörte ihre Schwester gar nicht mehr. Sie hatte zwar die Geistesgegenwart, dem Viscount Twyford ihre Hand zu entziehen, doch ansonsten war sie ziemlich von ihm gefesselt.

»Zut alors, India! Un Anglais avec charme«, hörte sie plötzlich eine männliche Stimme sagen, und im nächsten Augenblick trat ein ausnehmend gut gekleideter junger Mann vor sie hin. Er nahm Indias Hand, die der Viscount Twyford eben erst losgelassen hatte, und küßte sie galant. *»Bonjour, ma belle cousine.«*

»René! Oh, René, du bist ja ein erwachsener Mann!« India betrachtete erfreut den gutaussehenden Franzosen.

»Oui, chérie, je suis un homme.«

»Sprich doch Englisch, René! Du bist hier in England, nicht in Frankreich«, sagte India vorwurfsvoll. »Und du sprichst gewiß besser Englisch, als die meisten Engländer französisch sprechen, lieber Vetter. Ach, ich freue mich wirklich, dich zu sehen!« Sie wandte sich erneut Lord Summers und Viscount Twyford zu. »Das ist Chevalier St. Justine, mein Vetter. René, darf ich vorstellen – Lord John Summers und Adrian Leigh, Viscount Twyford. René, ich wußte gar nicht, daß du mit der Königin nach England kommen würdest. Ich habe dich in Paris gar nicht gesehen. Gibt es einen besonderen Grund, warum du hier bist?«

»Einer der Begleiter Ihrer Majestät erkrankte im letzten Augenblick, und da ich gerade geschäftlich von Archambault nach Paris gekommen war und in den Palast kam, um König Louis meine Aufwartung zu machen, fügte sich eins zum anderen. Es ist wirklich eine große Ehre für die Familie, daß ich ausgewählt wurde, *chérie.*«

»Und wie seid Ihr genau verwandt?« wollte der Viscount Twyford wissen – wie es schien, nicht bloß aus Neugier, sondern auch aus einer gewissen Eifersucht. Sie hatte ihn ihren Vetter genannt – aber die Frage war, wie eng diese Verwandtschaft tatsächlich war. Dieser Franzose war verdammt gutaussehend und charmant.

Lord Summers, der Chevalier und der junge Henry Lindley bemerkten sehr wohl das Mißtrauen in Adrian Leighs Stimme. Es war absolut unschicklich, eine solche Frage zu stellen, doch India schien nichts Besonderes dabei zu finden.

»Renés Urgroßmutter und mein Urgroßvater waren Geschwister«, antwortete sie dem Viscount. »Ich habe einen Teil meiner Kindheit in Frankreich verbracht. René und ich waren damals Spielkameraden. René! Kennst du Henry überhaupt noch? Auch er hat sich verändert. Und Fortune ist auch da – sie steht dort drüben bei Mama.«

Der Chevalier verbeugte sich vor dem Marquis. »Es freut mich, dich wiederzusehen. Aber jetzt muß ich gleich einmal euren Eltern meine Aufwartung machen – und natürlich auch Lady Fortune.«

»Ich komme mit dir«, sagte India und hakte sich bei ihm unter. »Mama wird staunen, dich hier zu sehen, René. Henry …«, forderte sie ihren Bruder auf, »du kommst auch mit.« Dann lächelte sie den beiden anderen Gentlemen zu, ehe sie mit ihren beiden Begleitern quer durch den Saal schritt.

»Du hast einen Bewunderer, *ma petite*«, sagte René St. Justine mit einem schelmischen Lächeln.

»Ein bißchen forsch für meinen Geschmack«, warf Henry Lindley ein. »Ich habe einmal etwas über seine Familie gehört, das nicht sehr vorteilhaft war – ich kann mich aber nicht mehr erinnern, was es war.«

»Ich hoffe, du bist nicht so wie manche Brüder, die einen übertriebenen Beschützerinstinkt entwickeln«, wies ihn India zurecht. »Vergiß nicht, daß ich älter bin als du. Ich finde Viscount Twyford recht charmant – außerdem sieht er wirklich gut aus.«

»Du bist ganze zehn Monate älter als ich, India«, wandte ihr Bruder ein. »Darauf brauchst du dir nicht allzuviel einzubilden. Ah! Jetzt hab' ich's! Der Earl von Oxton! Sein ältester Sohn war in einen Mordfall verwickelt. Es ging um eine Frau – sein Rivale wurde ermordet, und gleich darauf floh der junge Mann aus England. Er verschwand spurlos, und man hat nie wieder etwas von ihm gehört. Der Earl fiel daraufhin in eine tiefe Niedergeschlagenheit und zog sich aus der Öffentlichkeit zurück. Dein Verehrer ist der jüngere Halbbruder des Flüchtigen, der Sohn der zweiten Gemahlin des Earl; von ihr heißt es, daß sie ihre Liebhaber vor allem unter den Dienstboten auswählt. Wirklich fein! Es erstaunt mich, daß ein so anständiger Kerl wie Summers sich mit einem solchen Menschen einläßt. Ich glaube nicht, daß Viscount Twyford geeignet für dich ist, India.«

»Du kannst doch nicht dem Viscount die Schuld für das Verhalten seines Halbbruders oder seiner Mutter geben. Das ist doch absolut ungerecht!« ereiferte sich India. »Ich mag ihn, und wenn er beschließt, mir den Hof zu machen, dann habe ich nichts dagegen einzuwenden. Wenn du Vater gegenüber auch nur ein Wort über seine Verwandten sagst, dann erfährt er von mir, was du damals in Greenwood im dunklen Hausflur mit dem kleinen Hausmädchen angestellt hast. Oder hast du geglaubt, ich hätte es nicht bemerkt?«

»Verdammt!« stieß er hervor. »Woher weißt du das bloß?«

»Machen alle Männer einen solchen Lärm, wenn sie es mit einer Frau treiben?« dachte India laut vor sich hin.

Der Chevalier lachte laut auf. »India, du hast dich kein bißchen verändert. Ach, ich freue mich wirklich!« Dann hielt er einen Augenblick inne, ehe er hinzufügte: »Aber in einem Punkt hat Henry schon recht, *chérie*. Ein Mann unterscheidet sich meistens nicht allzusehr von seiner Familie. Außerdem hast du sicher bessere Aussichten, als einen Viscount zu heiraten. Du bist die Tochter eines Marquis und die Stieftochter eines Herzogs. Du hast einen Marquis zum Bruder und einen Herzog obendrein; letzterer ist sogar der Neffe des Königs. Ach, *chérie*, du hast ganz andere Möglichkeiten, als einen kleinen Viscount zum Mann zu bekommen.«

»Ich werde das tun, was mir gefällt«, erwiderte India, und er lachte erneut. »Ich stamme nicht nur aus noblem Hause, sondern bin noch dazu ziemlich reich, René – und wenn man reich ist, dann kann man tun und lassen, was einem gefällt.«

»Solange man bestimmte Regeln einhält«, warf ihr Bruder mißbilligend ein.

Während die Königin damit beschäftigt war, sich an ihrem neuen Hof zurechtzufinden, und ihre französischen Begleiter sowie die englischen Höflinge um die Vorherrschaft kämpften, freundeten sich die jüngeren Mitglieder ihres Gefolges, allen voran der Chevalier St. Justine, mit den jüngeren englischen Höflingen an. Ihnen ging es nicht um Macht und Einfluß – sie wollten ganz einfach das Leben genießen. Es war immerhin Sommer, das Wetter war angenehm, und die jungen Menschen waren neu am königlichen Hof, so daß für sie alles noch sehr aufregend war. Sie gingen gemeinsam zur Jagd, machten Ausflüge und Bootsfahrten, spielten Tennis oder veranstalteten Wettbewerbe im Bogenschießen. Nachdem sie auf solche oder ähnliche Weise den Tag verbracht hatten, tanzten sie meistens noch die ganze Nacht hindurch. Oft schloß sich ihnen auch die junge Königin an, denn genauso wie ihre verstorbene Schwiegermutter Anne von England fand sie an derlei Veranstaltungen großes Vergnügen. Der König jedoch, der in seiner Jugend die Festlichkeiten seiner Mutter durchaus genossen hatte, wurde nunmehr von der Bürde seines Amtes niedergedrückt, so daß ihm nur noch selten nach Vergnügungen zumute war.

»Ich möchte nach Queen's Malvern zurückkehren«, beklagte sich Lady Fortune Lindley eines warmen und schwülen Vormittags bei ihrer Mutter. »Warum müssen wir denn so lange hier am Hof bleiben? Das haben wir doch auch früher nie getan. Bald ist der Sommer vorüber, und dann müssen wir nach Glenkirk zurück.«

»Deine Schwester gehört jetzt auch der Gesellschaft an, und wenn wir jemals einen Ehemann für sie finden wollen, dann müssen wir hier am Hof bleiben. Im Moment sind so gut wie alle jungen Männer hier, die in Frage kommen«, erklärte Jasmine ihrer Tochter.

»India kann doch hierbleiben, wenn sie will!« entgegnete Fortune. »Wir können ja trotzdem nach Queen's Malvern fahren. Ich bin ja nicht die Einzige, die fahren will. Auch die anderen wollen weg, nicht wahr, Henry?«

»Ich wär' gern in Cadby«, stimmte ihr Bruder zu.

Jasmine blickte die übrigen Kinder an. »Charly?« fragte sie.

»Ich habe meinem Onkel und seiner Gemahlin meine Aufwartung gemacht, Mama«, antwortete Charles Frederick Stuart, der Herzog von Lundy. »Für mich ist es nicht nötig, noch länger hierzubleiben. Es genügt, wenn ich zur Krönung wiederkomme – und die wird erst im Winter stattfinden, hat mir mein Onkel gesagt.«

Die Herzogin von Glenkirk wandte sich mit fragendem Blick ihren drei Leslie-Söhnen zu.

»Wir wären auch lieber draußen auf dem Land, Mama«, sagte Patrick, der für sich und seine beiden Brüder Adam und Duncan sprach.

»Ich schätze, wir könnten euch alle nach Queen's Malvern schicken«, sagte Jasmine nachdenklich, »und euer Vater und ich könnten mit India hierbleiben; aber ihr müßt mir versprechen, daß ihr euch anständig benehmt«, fügte sie warnend hinzu.

»Adali ist ja auf Queen's Malvern, Mama«, erinnerte Fortune ihre Mutter. »Du weißt ja, Adali würde es nicht zulassen, daß wir alles auf den Kopf stellen. Er ist viel strenger als du und Papa.«

»Nun ...«, überlegte Jasmine vor sich hin.

»Und ich werde ihm helfen, auf die Jungs aufzupassen«, sagte Fortune mit sanfter Beharrlichkeit.

»Und ich werde nach Cadby gehen, Mama«, wandte Henry ein. »Adali müßte nur auf unsere jüngeren Brüder und das Baby aufpassen. Fortune wird wahrscheinlich den ganzen Tag reiten, und dabei kann sie kaum etwas anstellen.«

»Ich sehe keinen Grund, warum euer Vater etwas dagegen haben sollte«, sagte Jasmine schließlich. »Also schön, ihr könnt alle nach Queen's Malvern aufbrechen.«

»Jaaa!« jubelten ihre Kinder im Chor.

»Wann?« wollte Fortune voller Ungeduld wissen.

»Gleich morgen, wenn ihr bis dahin eure Sachen gepackt habt«, antwortete ihre Mutter, was die Kinder mit erneutem Jubel quittierten.

»Was ist denn hier los?« wollte India wissen, die soeben das Zimmer betreten hatte. Sie hatte sich zum Reiten angezogen und trug einen blauen Samtrock und eine mit Silberfäden durchwirkte Jacke.

»Wir fahren nach Queen's Malvern …«, begann Fortune.

»Nein!« rief India voller Enttäuschung. »Ich will noch nicht aufs Land hinaus. Es ist so langweilig dort, und dann müssen wir ohnehin gleich wieder nach Schottland heim. *Ohhh!* Ich werde Adrian nie wiedersehen!« Sie wandte sich ihrer jüngeren Schwester zu. »Das habe ich sicher dir zu verdanken, Fortune! Du bist einfach eifersüchtig, weil sich die Gentlemen zu mir hingezogen fühlen und an dir und deinem roten Haar keinen Gefallen finden! *Ohhh!* Ich hasse dich! Das werde ich dir nie verzeihen! Ich sterbe, wenn ich nicht am Hof bleiben kann!« Völlig außer sich ließ sie sich in einen Stuhl fallen.

»Wenn ihr mich fragt, dann sollte man sie gleich nach Glenkirk schicken«, murmelte Henry Lindley mürrisch vor sich hin.

»Du mußt ja nicht nach Queen's Malvern, India«, sagte ihre Mutter schließlich. »Ich dachte mir, daß du mit deinem Vater und mir hierbleiben würdest – aber jetzt frage ich mich, ob Henry nicht vielleicht recht hat. Entschuldige dich auf der Stelle bei deiner Schwester! Übrigens wußte ich gar nicht, daß du so viel für den Viscount Twyford übrig hast. Er ist ganz und gar nicht geeignet für ein Mädchen deiner Herkunft und deinem Vermögen.«

Henry Lindley warf India einen kurzen Blick zu und schüttelte den Kopf, wie um sie zu erinnern, daß sie ihre Geheimnisse für sich behalten sollten.

»Aber ich mag Adrian wirklich, Mama. Er ist charmant und sehr unterhaltsam, und außerdem scheint er mich zu mögen«, fügte sie ein wenig selbstgefällig hinzu.

»Hat er das gesagt?« fragte Jasmine ihre Tochter.

»Himmel, nein!« antwortete India. »Aber René meint, daß es so ist.«

»Fortune wartet immer noch auf deine Entschuldigung«, sagte Jasmine mit ruhiger Stimme.

India schloß ihre Schwester spontan in die Arme. »Es tut mir leid«, sagte sie. »Du weißt ja, daß ich es nicht so gemeint habe, Fortune.«

»Wenn man so wird, sobald man sich für Männer interessiert«, gab Fortune zurück, »dann hoffe ich, daß niemals irgendein Gentleman ein Auge auf mich wirft.« Dann hob sie ihre Röcke hoch und eilte hinaus, wobei sie noch hinzufügte: »Ich muß jetzt packen, damit wir bis morgen fertig sind. Kommt mit, Jungs.«

Ihre Brüder sprangen sogleich auf und rannten hinter Fortune her.

»Warum fahrt ihr, du und Papa nicht mit ihnen aufs Land?« fragte India mit unschuldiger Miene.

Jasmine lachte. »Weil du ein bißchen Aufsicht nötig hast.«

»Aber ich bin doch schon siebzehn!« erwiderte India.

»Eben deshalb!« gab Jasmine zurück.

»Zu Großmutter Velvets Zeiten kamen viel jüngere Mädchen als ich an den Hof«, brummte India. »Ich verstehe nicht, warum ich nicht allein hierbleiben kann.«

»In den Tagen deiner Großmutter dienten junge Mädchen in deinem Alter der Königin Bess als Hofdame; ansonsten waren sie entweder verheiratet oder in Begleitung eines Verwandten auf der Suche nach einem Ehemann von guter Herkunft und Vermögen, so wie du. Eine junge Dame aus gutem Haus wird heute in jedem Fall von ihrer Familie begleitet, damit nicht der unangenehme Eindruck entsteht, sie sei ihrer Familie gleichgültig oder ihr Benehmen konnte nicht korrekt sein.«

»Du bist *sooo* altmodisch«, murmelte India.

»Und wenn schon«, erwiderte ihre Mutter gelassen. »Solange du in meinem Haus lebst und nicht im Haus deines Gemahls, so lange wirst du mir auch gehorchen. Außerdem könntest du es ruhig ein wenig zu schätzen wissen, daß ich hier bei dir bleibe, obwohl ich viel lieber mit deinen Geschwistern aufs Land hinausgefahren wäre. Aber ich kann es mir durchaus noch anders überlegen, India. Jetzt erzähl mir mehr von diesem Viscount Twyford. Möchte er dir wirklich den Hof machen? Ich finde, er ist wirklich nicht geeignet für dich.«

»Aber warum denn nicht?« fragte India, weil sie wissen wollte, ob ihre Mutter vielleicht etwas über ihn und seine Familie gehört hatte.

»Die Familie seines Vaters ist ja durchaus ehrenwert«, antwortete Jasmine. »Aber du hast bestimmt von seinem Bruder gehört, Deverall heißt er. Es war ein Riesenskandal damals, und solche Dinge lassen sich nicht so einfach wegwischen.«

»Deverall Leigh hat einen Rivalen getötet«, sagte India.

»Ja, so hatte es den Anschein. Und daß er aus England floh, trug auch nicht gerade dazu bei, ihn zu entlasten. Es gab jedoch viele, die nicht dieser Ansicht waren. Deverall Leigh war ein anständiger junger Mann – aber es war nun einmal sein Messer, das in der Brust des Toten steckte, und außerdem suchte er das Weite. Seine Stiefmutter und ihr Sohn Adrian profitierten jedenfalls davon. Und es gab niemanden, der etwas über die Ermordung von Lord Jeffers wußte. Sein Diener hatte ausgerechnet an diesem Tag seinen freien Abend, und sonst war niemand im Haus. Und das Messer sprach natürlich eine eindeutige Sprache. Deverall Leigh kann jedenfalls nicht nach England zurückkehren, ohne dem Henker in die Hände zu fallen, denn es gibt niemanden, der seine Unschuld bezeugen könnte, falls er denn unschuldig sein sollte. Ich habe gehört, daß sein Vater ihn enterbt hat. Was blieb dem armen Mann auch anderes übrig? Also, dein Freund Adrian wird eines Tages Earl von Oxton sein – und dieser Tag dürfte gar nicht mehr so fern sein, wenn man den Gerüchten glauben schenken darf.«

»Aber warum machst du Adrian für das Verhalten seines Bruders verantwortlich, Mama? Du hast gesagt, die Leighs sind eine ehrenwerte Familie«, erwiderte India.

»Ich sagte, die Familie seines *Vaters* ist ehrenwert. Seine Mutter hingegen ist ein Kapitel für sich. Sie ist keine Engländerin. Ihre Familie kann der ihres Gemahls nicht das Wasser reichen. Es heißt, daß sie jede Menge Liebhaber hat, und das sogar unter den Dienstboten. Ihr Gemahl ist ein gebrochener Mann. Manche meinen, ihr Benehmen sei genauso verwerflich wie die Tat, die Deverall Leigh begangen haben soll. Dieser junge Mann, für den du dich da interessierst, ist *ihr* Sohn. Er wurde von *ihr* aufgezogen. Was kann das schon für ein Mensch sein? Weißt du, India, der Apfel fällt nun mal nicht weit vom Stamm. Außerdem sind die Leighs nicht allzu vermögend, und du bist doch stets solchen jungen Männern aus dem Weg gegangen, die nur auf dein Geld aus waren. Warum denkst du, bei Adrian Leigh könnte das anders sein?«

»Weil er sich ganz offensichtlich wirklich für *mich* interessiert, Mama! Die anderen haben immer nach meinen Ländereien gefragt und nach meinem Vermögen. Adrian spricht nie von solchen Dingen.«

»Dann mag er vielleicht wirklich anders sein, India, aber er ist trotzdem nicht geeignet für dich«, erwiderte Jasmine. »Nun, solange er sich korrekt benimmt, sehe ich keinen Grund, warum du ihn nicht mehr treffen solltest.« *Besser, sie denkt, daß ich gar nicht so viel gegen den jungen Mann habe. Ich möchte sie ihm nicht auch noch in die Arme treiben. Er ist ganz schön gerissen, dieser Adrian Leigh. Bestimmt weiß er genau, wie reich India ist. Das war ja nie ein Geheimnis. Er ist ganz einfach sehr geduldig und wartet auf seine Chance, um sie für sich zu gewinnen. Ein wirklich gefährlicher Gegner. Verdammt! Warum kann denn nicht der Richtige für sie aufkreuzen und Indias Herz erobern? Jemmies Mutter hatte ganz recht. Meine Tochter ist wirklich reif für das Ehebett. Ein Mädchen, das sich zum ersten Mal verliebt hat, ist immer in Gefahr, irgendeine Dummheit zu begehen.*

Am folgenden Morgen stand James Leslie mit seiner Gemahlin vor dem Haus, um seinen Kindern auf Wiedersehen zu sagen, die soeben im Begriff waren, mit ihren Dienern nach Queen's Malvern aufzubrechen. »Ich würde am liebsten mit ihnen gehen«, sagte er etwas mürrisch, doch er sah ein, daß es notwendig war zu bleiben. Aber wenn der Herbst kam, würden sie wieder Richtung Norden abreisen, egal ob es India gefiel oder nicht. Doch er stimmte mit seiner Frau darin überein, daß sie India ein gewisses Maß an Freiheit zugestehen mußten – denn nichts war schlimmer für ein junges Mädchen, als auf Schritt und Tritt überwacht zu werden.

Noch am selben Abend tanzte India unermüdlich in ihrem prächtigen Kleid aus pfauenblauer Seide mit silbernem Spitzenkragen, das mit Perlen und Diamanten besetzt war. Ihr schwarzes Haar war ebenfalls mit Perlen geschmückt, und an einer Locke war ein silbernes Band befestigt, das mit glitzernden Kristallen besetzt war. Außerdem trug sie ein Halsband mit cremefarbenen Perlen. Ihre Wangen waren leicht gerötet, und ihr Gesicht leuchtete nur so vor Vergnügen.

»Ihr seid das allerschönste Mädchen auf der Welt«, versicherte ihr Adrian Leigh voller Leidenschaft mit funkelnden blauen Augen.

»Ich weiß«, gab India zurück und lachte, als sie sein verdutztes Gesicht sah. »Wäre es Euch lieber, wenn ich verschämt kichern würde wie irgendein schüchternes kleines Mädchen?« fragte sie herausfordernd.

»Nein«, antwortete er zu ihrer Überraschung. »Wenn Ihr mich schon fragt, was mir am liebsten wäre, dann muß ich sagen, ich würde mich am liebsten mit Euch in ein Schlafzimmer zurückziehen und Euch stundenlang lieben. Würde Euch das gefallen, meine India?«

»Als Jungfrau habe ich keine Ahnung, ob es mir gefallen würde oder nicht«, erwiderte sie schlagfertig, »und ich bin nicht *Eure* India. Auch wenn ich einmal verheiratet bin, werde ich niemandem gehören außer mir selbst, Adrian. Die Frauen in meiner Familie waren immer schon unabhängig in ihrem Denken, und auch, was ihr Vermögen betraf. Ich sehe keinen Grund, daran etwas zu ändern, Ihr etwa?«

»Ich würde überhaupt nichts an Euch ändern«, antwortete er in leidenschaftlichem Ton. »Ich bete Euch an – genau so wie Ihr seid, India.« Er beugte seinen blondgelockten Kopf und streifte ihre Lippen in einem flüchtigen Kuß.

India wich ein Stückchen zurück. »Ich habe Euch noch nicht die Erlaubnis gegeben, mich zu küssen«, sagte sie und zog ganz leicht an dem himmelblauen Seidenstoff seines Wamses.

»Ich wäre ein kläglicher Verehrer, wenn ich schüchtern auf Eure Erlaubnis warten würde«, erwiderte er und zog sie mit sich in eine abgelegene Nische. Mit feurigem Blick starrte er in ihre goldfarbenen Augen. »Es ist Zeit für einen Kuß, finde ich, und ich schwöre, daß keine anderen Lippen als meine jemals die Euren berühren sollen«, verkündete Adrian

Leigh, ehe sich seine Lippen zum ersten Mal über den ihren schlossen.

Warm. Fest. Ganz und gar nicht unangenehm. Indias Herz begann wie wild zu pochen – immerhin war es ihr allererster Kuß. In ihrem Inneren machte sich ein seltsam schwebendes Gefühl breit.

Als er sich wieder von ihr löste, lächelte er ihr zu. »Hat es dir gefallen, India?« wollte er wissen.

Sie nickte.

»Hast du mir denn gar nichts zu sagen?« fragte er dann.

»Noch einmal«, forderte sie ihn auf. »Ich möchte wissen, ob es beim zweiten Mal genauso nett ist wie beim ersten Mal.«

Adrian Leigh lachte. »Na schön«, sagte er und küßte sie noch einmal. Diesmal spürte er, wie ihre Lippen seinen Druck erwiderten. Schließlich hob er den Kopf. »Ja, genau, India. Es ist gut, daß du meinen Kuß erwiderst.« Dann küßte er sie ein drittes Mal, und Indias Arme schlangen sich um seinen Nacken. Ihre kleinen runden Brüste drückten sich gegen ihn.

»Na, na, na! Ich denke, das reicht jetzt, *chérie*«, hörte India plötzlich ihren Vetter, den Chevalier St. Justine, mit gespielter Empörung sagen.

Schuldbewußt wich India vom Viscount zurück. *»René!«*

Sie errötete leicht, während er sie aus der Nische zog. »Du mußt auf deinen guten Namen achten, *chérie*, wenn Monsieur le Viscount es schon nicht tut.«

»Meine Absichten sind durchaus ehrenhaft, Chevalier«, wandte Adrian Leigh ein.

»Wenn das wirklich so ist«, erwiderte René St. Justine, »warum führt Ihr dann eine angesehene Jungfrau in eine dunkle Nische und entflammt ihre unschuldigen Leidenschaften mit Euren Küssen?«

»René!« warf India empört ein. »Verdammt noch mal, ich bin kein Kind mehr!«

»Der Gentleman weiß genau, was ich meine, India, auch wenn du mich nicht verstehst«, entgegnete er. »Komm schon, meine Liebe, und tanz mit mir.« Er führte sie mit sich und ließ Viscount Twyford im Halbdunkel stehen. India wurde wirklich gut beschützt, dachte Adrian Leigh bei sich, doch er mußte sie dennoch zur Frau bekommen. Zu seiner Überraschung hatten ihre unschuldigen kleinen Küsse ihn ziemlich erregt.

»War das dein erster Kuß, *chérie*?« wollte René wissen.

»Wie froh werde ich sein, wenn ich meiner Familie nicht mehr für jeden Schritt, den ich tue, Rechenschaft ablegen muß«, murmelte India, während sie nebeneinander hergingen. »Woher wußtest du überhaupt, wo wir waren, René?« India schwankte immer noch zwischen Verwirrung und Zorn.

»Ich sah, wie er dich in die Nische zog, und als du nicht gleich wieder herausgekommen bist, da kam ich, um dich zu retten«, antwortete er. »Wenn ich es gesehen habe, dann haben es auch andere gesehen, India. Du bist doch kein leichtes Mädchen – aber wenn du einem Gentleman erlaubst, dich in dunkle Winkel zu führen, dann wirst du dir einen bestimmten Ruf einhandeln, ob dir das gefällt oder nicht. Dein Viscount hatte es darauf abgesehen, dich in eine mißliche Lage zu bringen, fürchte ich, und du bist noch zu unerfahren, um das zu verstehen. Aber jetzt weißt du es ja, nicht wahr?«

»Warum denkt bloß jedermann, daß Adrian so böse ist?« fragte India.

»Vielleicht nicht böse«, erwiderte der Chevalier nachdenklich, »aber auf seinen Vorteil bedacht dürfte er schon sein. Eine Erbin wie Lady India Lindley zu erobern, das wäre für ihn gewiß ein unerhörter Fang.«

»Aber ich habe doch nie gesagt, daß ich ihn heiraten will, René, und auch er hat nie von so etwas gesprochen«, entgegnete India.

»Das muß er auch gar nicht, *chérie*. Wenn er deinen guten Namen in Verruf bringt, dann wird dich trotz deines Vermögens und deiner Schönheit kein Mann mehr haben wollen. Dann würdest du ihm in den Schoß fallen wie eine reife Frucht, *ma petite*. Ich glaube nicht, daß dir das recht wäre, nicht wahr, India?« sagte René St. Justine mit fragendem

Blick. Dann beugte er sich zu ihr und küßte sie auf die Wange.

»Aber ich mag ich wirklich, René«, entgegnete India. »Trotzdem hast du recht; ich will mich wirklich nicht in eine so mißliche Lage bringen lassen. Die Schlußfolgerung daraus lautet dann also: Laß dich nie von einem Gentleman in einen dunklen Winkel führen.« Sie lachte. »Ich hielt mich schon für so erwachsen, René. Wie es scheint, habe ich mich geirrt. Ich bin froh, dich als meinen Schutzengel zu haben. Henry ist mit meinen Geschwistern aufs Land gefahren. Es hat ihnen hier am Hof nicht allzusehr gefallen.«

»Leider kann ich nur noch kurze Zeit hierbleiben, India. Der Gentleman, dessen Stelle ich eingenommen habe, hat sich wieder erholt und wird schon bald aus Paris anreisen. Außerdem werde ich zu Hause gebraucht. Ich bin zum einen ein französischer Chevalier, und zum anderen mache ich auch den besten Wein von Archambault. Ich muß rechtzeitig zur Ernte wieder in Frankreich sein, und du mußt ja auch bald nach Schottland zurückkehren.«

»Der König möchte, daß Papa zur Krönung wiederkehrt«, sagte India. »Ich hoffe, ich kann mit ihm kommen.«

»Wenn du dich ordentlich benimmst und deinen Eltern keine Schwierigkeiten machst, *chérie*, dann werden sie es dir bestimmt erlauben«, antwortete René lächelnd. »Aber du mußt auf jeden Fall schön artig sein.«

India lachte. »Keine Angst, René«, versprach sie ihm, »denn wir fahren ja schon in wenigen Wochen zurück nach Schottland – und wenn ich nicht zur Krönung kommen kann, dann werde ich Adrian ohnehin nie wiedersehen. Dann werde ich eben als alte Jungfer enden«, fügte sie lachend hinzu.

»*Non, non!*« wandte der Chevalier mit gespielter Entrüstung ein. »Du wirst gewiß nicht als alte Jungfer enden, *chérie*! Irgendwo da draußen in der Welt gibt es gewiß einen großartigen Mann, der nur darauf wartet, dich glücklich machen zu dürfen. Du wirst ihn finden, India, da bin ich mir ganz sicher!«

3

George Villiers, der Herzog von Buckingham, war schon als junger Mann an den Königshof gekommen. Er hatte sich die Gunst von König James erworben und sich vom zweiten Sohn eines Ritters bis zum Herzog hochgearbeitet. Seine Gemahlin Lady Katherine Manners war immerhin die Tochter eines Earls. Doch James Stuart war bereits sehr alt, und so bemühte sich George Villiers zunehmend, sich auch die Gunst dessen einzigen Sohnes, des Thronfolgers, zu sichern. Auch in dieser Hinsicht war Villiers erfolgreich gewesen, so daß er nun neben König Charles der mächtigste Mann in ganz England war.

Reichtum und Macht hatten in ihm das Verlangen nach noch mehr Erfolg geweckt. In der jungen Königin sah er eine Rivalin, und so setzte er alles daran, zu verhindern, daß sie Einfluß auf den jungen König gewann. Einst hatte er die Strategie verfolgt, unmerklich einen Konflikt zwischen dem alten König und dessen Sohn heraufzubeschwören. Als es zum offenen Streit kam, trat schließlich der getreue Steenie in Erscheinung, um zwischen König und Prinz zu vermitteln und Frieden zu stiften. Er stellte das Ganze so geschickt an, daß weder James Stuart noch sein Sohn Charles jemals merkten, wie Villiers sie für seine Zwecke benutzte.

Nun beschloß der Herzog, die gleiche Strategie bei der Königin anzuwenden, doch Henrietta war bei weitem scharfsinniger als ihr Gemahl und außerdem an derartige Intrigen schon gewöhnt. Sie setzte George Villiers heftigen Widerstand entgegen, so daß dieser in seiner Angst, seine Position zu verlieren, alles daranzusetzen begann, ihre Beziehung zu Charles Stuart zu untergraben, indem er immer wieder Mißverständnisse zwischen den beiden schürte. Bei ihrem Gemahl konnte sich Henrietta nicht beklagen, denn genauso wie sein Vater vor ihm war Charles der festen Überzeugung, daß George Villiers sein bester Freund sein.

Sowohl der König als auch die Königin waren vor ihrer Hochzeitsnacht noch unberührt gewesen, denn Charles war viel zu prüde, um sich eine Mätresse zu nehmen oder irgendwann einmal ein Dienstmädchen draußen im Stall zu vernaschen. Da sowohl sein Vater als auch Buckingham vermeiden wollten, daß irgend jemand außer ihnen Einfluß auf Charles gewinnen könnte, taten sie alles, um ihn von Frauen fernzuhalten. Die jungen Eheleute wagten es nicht, mit irgend jemandem über ihre Probleme zu sprechen, und so konnte sich ihre körperliche Beziehung bei weitem nicht so entwickeln, wie es wünschenswert gewesen wäre. Beide waren sie in dieser Hinsicht sehr schüchtern, wenngleich der König durchaus gewisse Ansprüche stellte – immerhin hatte Villiers ihm eingeredet, daß die Wünsche des Mannes gottgewollt waren, da der Mann über der Frau stehe. Villiers konnte Charles schließlich auch davon überzeugen, daß die Schüchternheit seiner Frau eine Verweigerung seiner Wünsche darstelle und einen Versuch, die Oberhand zu gewinnen. Auf diese Weise wuchsen die Probleme des Königs immer weiter an.

»Wer hat denn schon einmal einen Namen wie Henrietta gehört?« stichelte Villiers eines Tages gegenüber dem König. »Das klingt ganz und gar nicht englisch. Die Königin ist jetzt Engländerin und sollte einen guten englischen Namen tragen. Vielleicht sollten wir sie Königin Henry nennen.«

Wie der Herzog vorhergesehen hatte, war Henrietta außer sich vor Zorn, als sie von diesem Vorschlag erfuhr. *»Mon nom est Henrietta!«* schrie sie wütend. *»Henry? La Reine Henry? C'est impossible! Non! Non! Non! Je suis Henrietta!«*

Charles fand ihren Wutausbruch völlig ungebührlich. »Wir unterhalten uns weiter, wenn du dich beruhigt hast, meine Liebe«, sagte er in kaltem Ton und blickte sich in ihrer Kammer um. »All diese *monsieurs*«, sagte er abschätzig, womit er sowohl die männliche als auch die weibliche Dienerschaft seiner Gemahlin meinte. »Sie müssen jetzt endlich weg, meine Liebe. Es wird Zeit, daß du von deinen Landsleuten bedient wirst.«

»Das sind meine Landsleute«, entgegnete die Königin in scharfem Ton.

»Sie sind Franzosen, Madame. Du bist jetzt die Königin von England und solltest von guten englischen Dienern und Mägden betreut werden«, gab der König in gleicher Schärfe zurück.

»Mein König, es war doch ausgemacht«, sagte Henrietta und bemühte sich, ruhig zu bleiben, »daß ich das Recht habe, meine Höflinge selbst auszuwählen.«

»Aber es war nicht ausgemacht, daß sie *alle* Franzosen sein sollen«, erwiderte der König. »Buckingham wollte seine Schwester, der Gräfin von Denbigh, in den Kreis deiner Höflinge aufnehmen, und du hast dich strikt geweigert. Das gefällt mir ganz und gar nicht!«

»Die Gräfin ist Protestantin«, antwortete die Königin. »Du kannst doch nicht von mir verlangen, daß ich tagtäglich eine Protestantin um mich habe.«

»Ich bin selbst Protestant«, erwiderte der König. »Das hat dich nicht daran gehindert, mich zu heiraten und eines Tages meine Erben zur Welt zu bringen – und sie werden ebenfalls Protestanten sein.« Er blickte sie mit finsterer Miene an.

»Eure Majestät«, warf Madame St. George ein, die einst die Gouvernante der Königin gewesen war. Sie hatte die Absicht, den Streit auf das ursprüngliche Thema zurückzubringen. »Wenn der Name der König Henrietta, für eine Königin von England unpassend ist, wäre dann nicht vielleicht Marie, also Königin Mary, besser geeignet? Ich weiß, daß Eure Majestät nicht so kleinlich sind, die Königin mit einem anderen Namen anzusprechen als ihrem eigenen – aber Königin Mary wäre dann ihre offizielle Anrede, wenn Eure Majestät damit einverstanden ist.« Sie machte einen Knicks. »Mary ist doch ein englischer Name, nicht wahr? Und außerdem ist es der zweite Vorname meiner Herrin.«

»Das scheint mir ein guter Kompromiß zu sein«, sagte der König zufrieden, daß er seinen Willen bekommen hatte, worauf seine Gemahlin mit einem Kopfnicken ihre Zustimmung signalisierte.

Der Herzog von Buckingham war ebenfalls erfreut, aber aus einem anderen Grund. Die Engländer hatten ein gutes Gedächtnis, und sie erinnerten sich noch an Mary Tudor, die letzte katholische Königin auf dem englischen Thron, die die Protestanten hatte verfolgen lassen. Sie war nicht sehr populär gewesen, und genauso würde es dieser Königin ergehen. Ja, er fand, daß er wirklich zufrieden sein konnte.

Als das Parlament wieder zusammentrat, war die Königin nicht anwesend, weil ihrem Beichtvater Bischof de Mende irgendwie zu Ohren gekommen war, daß zu diesem Anlaß auch eine religiöse Zeremonie der Church of England stattfinden sollte. Der König war außer sich vor Zorn. Das Parlament zeigte sich ebenfalls beleidigt und gewährte dem König nur ein Siebtel jener Gelder, die er gebraucht hätte. Er vertagte die Sitzung und zog sich mit seinem Gefolge nach Hampton Court zurück, da in London immer noch die Pest wütete.

Buckingham tat weiterhin, was er nur konnte, um der Königin zu schaden; er warf ihr vor, ihre Kleider seien viel zu prunkvoll für eine gute Engländerin, ihre Frisur widerspreche allen Gepflogenheiten und sie sei viel zu aufbrausend. Er riet ihr, die Wünsche ihres Gemahls mehr zu respektieren, da Charles sie sonst nach Frankreich zurückschicken würde. Dann versuchte er erneut, seiner Schwester einen Platz am Hof zu verschaffen – und darüber hinaus auch seiner Frau und seiner Nichte. Die Königin war erbost und beschwerte sich diesmal auch bei ihrem Gemahl. Charles jedoch vermied die Auseinandersetzung mit seiner Gemahlin und zog es vor, zur Jagd zu gehen. Währenddessen ließ die Gräfin von Denbigh eine öffentliche Messe am Hof abhalten. Die Königin und ihr Gefolge störten die Zeremonie gleich zweimal, indem sie lachend und plaudernd durch den Saal gingen und dabei sogar ihre Hunde mit sich führten – so als würde gar nichts Außergewöhnliches vor sich gehen. Buckingham berichtete diesen Vorfall natürlich umgehend dem König, um ihn ordentlich aufzuhetzen.

Und der König war tatsächlich ungemein wütend – aber nicht auf Lady Denbigh, die seine Gemahlin gereizt hatte, sondern auf die Königin selbst. Er beschloß, sie dadurch zu bestrafen, daß er ihr gesamtes Gefolge zurück nach Paris schickte. Nun wurde Buckingham bewußt, daß er zu weit gegangen war. Er wollte nicht schuld daran sein, daß das Bündnis zwischen England und Frankreich, das durch diese Ehe symbolisiert wurde, in Gefahr geriet.

In Paris hatten König Louis und seine Mutter sehr wohl von den Streitigkeiten zwischen den beiden Jungvermählten gehört. Sie zeigten sich ziemlich besorgt und schickten einen Gesandten nach London, der die Vorfälle untersuchen sollte. Buckingham überredete den König rasch, das Gefolge der Königin zunächst einmal hierzulassen.

Nachdem die Pest endlich überwunden war, wurde die Krönungszeremonie für den zweiten Februar angesetzt. In Glenkirk zeigte sich James Leslie ganz und gar nicht erfreut, mitten im Winter die beschwerliche Reise vom schottischen Hochland nach London machen zu müssen. Das Land war tief verschneit, so daß die Fahrt eine halbe Ewigkeit in Anspruch nehmen würde. Man würde gleich nach dem Dreikönigstag aufbrechen müssen.

»Ich kann euch diesmal nicht alle mitnehmen«, sagte der Herzog zur versammelten Schar seiner Kinder. »Henry, Charles und Patrick sollen mitkommen; die ersten beiden, weil sie Engländer sind, und Patrick, weil er mein Erbe ist.«

India hielt den Atem an und warf ihrer Mutter einen flehenden Blick zu. Adrian Leigh hatte mit ihr korrespondieren dürfen, so daß India über den Klatsch am Hof sowie die Pläne bezüglich der Krönung auf dem Laufenden war.

»Ich denke, India sollte auch mitkommen«, sagte Jasmine schließlich.

»Warum?« wollte James Leslie wissen.

»Weil sie Rowans Erstgeborene ist und eine englische Adlige aus einer altehrwürdigen Familie. Deshalb sollte sie auch bei der Krönung ihres Königs anwesend sein«, antwortete Jasmine mit ruhiger Stimme. »Außerdem wäre das eine willkommene Gelegenheit, die jungen Männer aus gutem Haus zu begutachten. Bei der Krönung werden viele anwesend sein, die sich sonst nie bei Hof blicken lassen. Es wäre wirklich eine gute Gelegenheit für India. Außerdem würde es mich freuen, meine Tochter bei mir zu haben, Jemmie.«

»Na schön«, gab er ein wenig widerwillig nach, »aber ich möchte India nicht dauernd in Begleitung dieses jungen Viscount sehen.« Er blickte seine Stieftochter mit ernster Miene an. »Er ist nicht der Richtige für dich. Hast du mich verstanden, India? Ich war ohnehin nachsichtig genug, ihm zu erlauben, daß er dir einmal im Monat schreibt – aber heiraten wirst du einen solchen Kerl nicht. Diesmal möchte ich andere Freier in deiner Nähe sehen. Und deinen Vetter René kannst du diesmal auch nicht als Ausrede gebrauchen. Meinst du, ich wüßte nicht, daß du vor allem mit dem jungen Leigh zusammensein wolltest, und nicht mit René, wie du behauptet hast?«

India verbiß sich die Bemerkung, die ihr auf der Zunge lag, und senkte statt dessen zerknirscht den Kopf. Sie würde auf jeden Fall tun, was ihr gefiel, aber das würde sie im Augenblick noch für sich behalten, zumindest so lange, bis sie in England waren. »Ja, Papa«, sagte sie in reumütigem Ton, »und danke, daß du mich mitkommen läßt.«

»Und du wirst dir einen Ehemann suchen, India«, redete James Leslie seiner Stieftochter ins Gewissen. »Entweder in England oder hier in Schottland. Du wirst diesen Juni achtzehn, da wird es wirklich höchste Zeit.«

»Mama war auch erst achtzehn, als ich zur Welt kam«, erwiderte India.

»Aber sie war bereits zum zweiten Mal verheiratet«, sagte er. »Außerdem braucht es seine Zeit, bis ein Kind zur Welt kommt.«

»Ich möchte einen Mann heiraten, den ich liebe«, wandte India ein.

»Ich werde dich nicht mit Gewalt vor den Altar schleppen, Mädchen«, antwortete er, »aber du mußt die ganze Sache auch ein wenig praktischer sehen.«

»Ich werde es versuchen, Papa«, versprach India.

»Gut«, sagte der Herzog. Dann überlegte er einen Moment. »Fortune soll uns begleiten. Sie kann dir Gesellschaft leisten.«

»Was bist du doch für eine Lügnerin«, verspottete Fortune ihre ältere Schwester, als sie nachher in ihrem Zimmer allein waren. »Du willst immer noch Adrian Leigh heiraten, das weiß ich genau! Und er will dich heiraten, obwohl ich nicht glaube, daß er dich liebt. Er liebt nur dein Vermögen.«

»Natürlich liebt er mich«, entgegnete India verärgert. »Das hat er mir auch in seinen Briefen geschrieben.«

Fortune schüttelte den Kopf. »Ich verstehe dich nicht, India. Du hast immer so darauf achtgegeben, nicht auf einen Mitgiftjäger hereinzufallen, und jetzt bist du auf einmal wie Wachs in den Händen dieses Viscounts. Was ist bloß mit dir?«

»Das verstehst du nicht«, antwortete India.

»Das weiß ich schon«, gab Fortune zu, »aber ich würde es gern verstehen, India. Du bist meine Schwester und ich liebe dich. Wir sind nur zwei Jahre auseinander, und wenn wir auch sehr verschieden sind, so heißt das noch lange nicht, daß es mir egal ist, was mit dir geschieht. Weißt du, ich finde, daß es sich nicht gehört, wie Adrian Leigh dir schreibt. Er benimmt sich so, als wärt ihr verlobt.«

»Du hast doch nicht etwa meine Briefe gelesen?« fragte India aufgebracht.

»Natürlich habe ich sie gelesen«, antwortete Fortune geradeheraus. »Du versteckst sie ja nicht allzu gut. Wenn Mama sie auch gelesen hätte, dann würdest du jetzt nicht nach England fahren können. Dieser Adrian Leigh nimmt sich ganz schön viel heraus, finde ich.«

»Er hat mich geküßt«, sagte India. »Beim ersten Mal hat René mich ertappt und mir Vorwürfe gemacht. Danach waren wir ein wenig vorsichtiger. Oh, Fortune, ich kann mir mein Leben ohne ihn nicht mehr vorstellen! Papa *muß* einfach seine Ansicht über Adrian ändern. Ich könnte es nicht ertragen, einen anderen heiraten zu müssen.«

»Aber warum denn?« fragte Fortune verdutzt. Dieser Adrian Leigh sah doch gewiß um nichts besser aus als beispielsweise ihre Brüder. Und was er India in seinen Briefen schrieb, hörte sich ziemlich dumm an – ihre Lippen wären wie zwei Tauben –, und das Ganze war noch dazu gespickt mit Rechtschreibfehlern. Was um alles in der Welt war denn so Besonderes an ihm, daß India auf einmal völlig den Kopf verlor?

»Ich kann es dir nicht erklären«, sagte India ziemlich hilflos. »Er ist einfach wunderbar, Fortune, und ich liebe ihn. Eines Tages wirst du das verstehen.«

Fortune schüttelte den Kopf. »Du solltest dich vorsehen, Schwesterherz«, warnte sie India. »Wenn du dir nicht selbst einen Ehemann suchst – und dein Verehrer kann es nun mal nicht sein –, dann wird es Papa für dich tun. Das tun Eltern immer, wie du ja weißt. Es ist ihr gutes Recht. Mama und Papa waren ohnehin sehr geduldig mit uns.«

»Aber es muß ganz einfach Adrian sein«, erwiderte India beharrlich.

Erneut schüttelte Fortune den Kopf. »Wir werden keinen Frieden in diesem Haus haben, fürchte ich, bis du endlich verheiratet bist, India.«

»Mit Adrian«, gab India zurück, und Fortune lachte.

»Ich kann nur hoffen, daß ich nie eine Tochter wie dich haben werde«, sagte sie.

Der Herzog und die Herzogin von Glenkirk brachen Anfang Januar aus Schottland auf und trafen Ende des Monats in ihrem Haus in London, Greenwood, ein. Sie hatten kaum Zeit, ihre Kleider auszupacken. Bei ihrer Ankunft tauchte auch gleich Viscount Twyford auf, der eine ganze Reihe von Neuigkeiten mitzuteilen hatte. James Leslie zeigte sich gar nicht erfreut, den jungen Mann zu sehen, doch er hörte ihm trotzdem höflich zu.

Wie es schien, würde die Königin nicht an der Zeremonie teilnehmen. Einmal mehr hatte sie auf ihre geistlichen Ratgeber gehört und die Bitten ihrer Mutter und ihres Bruders, des Königs von Frankreich, in den Wind geschlagen, die sich wünschten, daß sie zusammen mit ihrem Gemahl gekrönt würde. Henrietta hatte sich jedoch von Bischof de Mende überzeugen lassen, daß es sich gehörte, wenn ihr der protestantische Erzbischof von Canterbury die Krone auf ihr katholisches Haupt setzte. Nur ihm als katholischem Bischof aus Frankreich komme dieses Recht zu.

Doch das erschien den Engländern völlig unzumutbar, und so würde die Königin überhaupt nicht gekrönt werden –

ja, sie würde bei der Krönung nicht einmal an der Seite ihres Gemahls sein. Das Verhalten der Königin wurde allgemein als skandalös betrachtet. Der Herzog von Buckingham war erzürnt und sprach von einer Beleidigung der englischen Staatskirche sowie des Königs. Am Hof wurde von nichts anderem mehr gesprochen, berichtete Adrian Leigh, während er India immer wieder sehnsuchtsvolle Blicke zuwarf, die von dieser auch erwidert wurden.

Adrian Leighs Mutter war zu seiner Verärgerung ebenfalls nach London gekommen, um der Krönung beizuwohnen. Als sie von ihrem Sohn erfuhr, daß India auch hiersein würde, begann sie ihm Ratschläge zu geben – und wenngleich er keineswegs mehr an ihr hing, so mußte er doch zugeben, daß sie eine verdammt schlaue Frau war.

»Ihr Stiefvater will gar nicht mit mir über eine Heirat sprechen«, berichtete Viscount Twyford seiner Mutter. »Ich wollte das Thema heute zur Sprache bringen, als ich nach Greenwood kam, um sie zu begrüßen. Ich fragte ihn, ob ich ihn kurz sprechen könne, doch er hob nur seine große Hand und sagte, es gäbe nichts zwischen uns zu bereden. Wie zum Teufel soll ich um die Hand des Mädchens anhalten, wenn er mich nicht läßt? India meint, er habe vor allem aus zwei Gründen etwas gegen unsere Familie – einerseits wegen der Ermordung von Lord Jeffers und andererseits wegen deines schlechten Rufes. Warum mußt du dich auch mit Dienstboten einlassen? Wenn du dir schon einen Liebhaber nimmst, dann könnte es doch wenigstens ein Mann von nobler Herkunft sein. Zumindest etwas diskreter könntest du vorgehen.«

»Die Blaublütigen sind nicht immer die heißblütigsten«, gab MariElena Leigh trocken zurück. »Außerdem gehen dich meine Liebhaber wirklich nichts an, Adrian.« MariElena Leigh war immer noch eine schöne Frau mit glatter weißer Haut, schwarzem Haar und außergewöhnlichen Augen. Sie griff mit ihren langen schlanken Fingern nach einer Praline auf dem Teller vor ihr und steckte sie in den Mund, wobei sie sich mit der Zungenspitze ein Honigtröpfchen von ihren sinnlichen Lippen leckte.

»Wenn du mich mit deinen Skandalen daran hinderst, eine der reichsten jungen Damen in ganz England zu heiraten, dann geht mich das sehr wohl etwas an«, erwiderte er verärgert.

»Was geschehen ist, läßt sich nun mal nicht ändern, Adrian«, sagte sie. »Wenn ihre Familie etwas gegen dich hat, dann mußt du dir eine andere Strategie einfallen lassen, mein Lieber. Es überrascht mich, daß du noch nicht selbst darauf gekommen bist. Liebt dich das Mädchen denn?«

»Sie glaubt wohl, daß sie mich liebt«, antwortete er nachdenklich, »aber ich bin der einzige, der sie je geküßt hat oder ihr den Hof gemacht hat. Sie ist noch unerfahren, weil ihre Familie sie immer sehr behütet hat. Sie haben es ihr gestattet, die Verehrer zurückzuweisen, die sich bisher für sie interessierten. Und warum? Weil sie gemeint hat, sie wären nur auf ihr Geld aus gewesen. Ich hingegen habe nie von ihrem Geld gesprochen. Obwohl ich natürlich weiß, daß sie ein riesiges Vermögen erbt.«

»Eine fette Mitgift könnte uns helfen, Oxton Court zu renovieren«, sagte seine Mutter nachdenklich. »Liebst du sie denn? Könntest du mit diesem Mädchen glücklich werden?«

»Sie ist vielleicht eine Spur zu unabhängig für meinen Geschmack, aber ihr Vermögen würde es mir nicht schwer machen, über ihr Benehmen hinwegzusehen. Außerdem, wenn wir einmal verheiratet wären, dann würde ich schon dafür sorgen, daß sie sich ändert. Die Frauen in ihrer Familie sind alle sehr fruchtbar, und wenn sie ein Kind nach dem anderen bekommt, dann wird ihr das schon ein wenig von ihrem Temperament nehmen«, sagte er und lachte. »Ich werde es jedenfalls genießen, im Bett mit ihr zusammenzusein. Ja, ich wäre durchaus zufrieden mit Lady India Lindley – und ihrem Vermögen.«

»Dann mußt du dir nehmen, was du dir wünscht, mein Sohn«, riet ihm seine Mutter und leckte sich die von der Praline klebrigen Finger.

»Was meinst du damit?« wollte er wissen. »Ihr Stiefvater will ja nicht einmal mit mir sprechen.«

»Adrian, wenn du dir das Mädchen nicht nimmst, solange

du die Chance dazu hast, dann garantiere ich dir, daß der Herzog von Glenkirk dafür sorgen wird, daß du keine weitere Chance bekommst. Überrede sie dazu, mit dir durchzubrennen. Selbst wenn sie dich erwischen, bevor du sie heiraten kannst, ist ihr Ruf ruiniert – und kein Mann wird sie noch haben wollen. Auf diese Weise hättest du dein Ziel genauso erreicht«, erklärte die Gräfin von Oxton ihrem Sohn.

»Ich möchte aber nicht erwischt werden«, erwiderte er. »Ich will sie heiraten und ins Bett bekommen, bevor ihre Familie eingreifen kann. Wenn sie uns vorher erwischen, dann ist der Herzog durchaus in der Lage, sie nach Schottland mitzunehmen und sie mit irgendeinem Highlander zu verheiraten, der von dem Skandal nichts weiß und der durchaus zufrieden wäre, daß seine Braut noch Jungfrau ist. Ich muß sie irgendwohin mitnehmen, wo man uns nicht vermuten würde. Aber wohin, das ist die Frage.«

»Fahr mit ihr nach Neapel – mein Bruder hat dort ein Haus«, schlug seine Mutter vor. »Dein Onkel Giovanni wird dich in der Villa di Carlo aufnehmen. Dann kannst du das Mädchen heiraten und dich nach Herzenslust mit ihr vergnügen. Die Leslies von Glenkirk werden dich kaum dort vermuten. Wenn sie dir einen Sohn geschenkt hat, dann kannst du mit ihr nach England zurückkehren. Ihre Familie wird gezwungen sein, dich in ihrer Mitte aufzunehmen, Adrian.«

Zum ersten Mal seit vielen Jahren umarmte Adrian seine Mutter. »Du bist so verdammt schlau, Mama!« sagte er anerkennend. »Du hast stets mein Bestes im Sinn gehabt. Ja, so machen wir es!«

Sie löste sich aus seiner Umarmung und sagte: »Du mußt das Mädchen erst noch überreden, Adrian. Und glaub mir, das wird nicht leicht.« Sie lehnte sich in ihrem Stuhl zurück und griff nach dem Becher, um einen Schluck von dem Wein zu nehmen, den er ihr zuvor eingeschenkt hatte.

»Aber warum denn? Sie liebt mich doch«, wandte Adrian voll jugendlicher Begeisterung ein. Er griff nach seinem Becher und leerte ihn in einem Zug.

»Aber ihre Familie liebt sie ebenfalls«, entgegnete die

Gräfin von Oxton nachdenklich. »Sie wird sich hin und her gerissen fühlen. Du mußt dafür sorgen, daß sie sich für dich entscheidet, mein Sohn, sonst hast du keine Chance, auch wenn sie dich noch so sehr mag.«

»Aber wie, Mutter?«

»Wir müssen sichergehen, daß der Herzog und seine Familie dich weiterhin kühl behandeln, obwohl du dich ihnen gegenüber tadellos benimmst. Je freundlicher du zu ihnen bist, und je abweisender sie darauf reagieren, um so bereitwilliger wird das Mädchen sich auf deine Seite schlagen. Nie darfst du ihre Familie kritisieren, mein Lieber. Du mußt sie sogar verteidigen und sagen, daß du genauso handeln würdest, wenn du eine so schöne Tochter hättest und überzeugt wärst, daß sie den Falschen heiraten will. Erinnere sie gelegentlich daran, was für eine altehrwürdige Familie die Leighs doch sind. Sag zum Beispiel: ›Wir sind nicht so reich und mächtig wie deine Familie, aber wir sind ehrenwert und nobel.‹ Das wird sie auch für dich einnehmen. Du wirst ihr als ein würdiger und tugendhafter junger Mann erscheinen, dem man ungerechterweise das verwerfliche Verhalten seines älteren Bruders und seiner lasterhaften Mutter vorwirft – ein Verhalten, das du ganz und gar nicht billigst, ja, du würdest sie sogar enterben, wenn das nicht deinem armen Vater das Herz brechen würde.«

Adrian Leigh lachte – so sehr amüsierte ihn die Gerissenheit seiner Mutter. »Wie durchtrieben du doch bist«, sagte er. »Ja, ein wirklich perfekter Plan, Mutter, und ich danke dir dafür.« Er beugte sich in seinem Stuhl vor und küßte sie auf die Wange.

»Wenn sie sich allzusehr sträubt, Adrian, dann mußt du ihre Leidenschaft wecken, um sie zu überzeugen. Ich meine damit nicht, ihr die Unschuld zu rauben, nein – aber soweit ich weiß, habt ihr euch bisher nur geküßt. Streichle ihre Brüste – zuerst nur durch den Stoff ihres Kleides, dann laß deine Hand ins Innere des Kleides schlüpfen und liebkose sie ganz zärtlich. Du mußt acht geben, daß du ihr keine Angst machst, denn sonst würde sie sich wieder abwenden.«

»Das wird mir gewiß gefallen«, sagte er mit leiser Stimme.

»Sie hat die reizendsten kleinen Brüste, die ich je gesehen habe.«

Die Gräfin von Oxton schenkte ihrem Sohn ein wissendes Lächeln. Er war ihr viel ähnlicher, als er selber wahr haben wollte. Seine Frau würde nicht unglücklich mit ihm sein, so wie sie es mit ihrem Gemahl, diesem Widerling, gewesen war.

Die Krönung fand zu Mariä Lichtmeß, am zweiten Februar 1626, in Westminster Abbey statt. Die Königin verfolgte die feierliche Prozession von einem Fenster von Whitehall Palace aus. Der König trug einen Anzug aus weißem Satin – doch insgesamt gab es bei der Festlichkeit nur wenig Prunk zu sehen, da die königliche Schatzkammer nahezu leer war. Nur der Großzügigkeit einiger reicher Familien, die vom Herzog von Buckingham überredet worden waren, war es zu verdanken, daß anschließend ein großes Festmahl veranstaltet werden konnte. Der Herzog und die Herzogin von Glenkirk hatten India nicht aus den Augen gelassen, doch es zeigte sich, daß ihre Tochter sich während der Zeremonie ohnehin sehr sittsam und zurückhaltend benahm. Danach jedoch, beim Festmahl, gelang es ihr, ihren Eltern zu entwischen und sich mit Adrian Leigh zu treffen, der sie überschwenglich willkommen hieß.

Doch James Leslie sah genau, wie sich die beiden aus dem Staub machten, wenn es ihm auch nicht möglich war, es zu verhindern, ohne großes Aufsehen zu erregen. Als sie am Abend wieder in ihr Haus von Greenwood zurückgekehrt waren, ging der Herzog wütend im Salon auf und ab. »Sie hat sich absichtlich unseren Anordnungen widersetzt, Jasmine, und ich muß sagen, ich habe jetzt wirklich genug von ihrer Dickköpfigkeit. Wir werden Anfang nächster Woche nach Schottland zurückkehren.«

»Was hätte das für einen Sinn?« wandte seine Gemahlin ein. »India wird dem jungen Leigh weiterhin schreiben, und im Sommer kehren wir ohnehin wieder nach England zurück.«

»Es wird keine Briefe mehr geben! Und bis zum Sommer

wird India entweder verlobt, oder, noch besser, verheiratet sein«, erwiderte James Leslie unnachgiebig. »Wenn India sich nicht selbst nach einem geeigneten Ehemann umsieht, müssen wir das für sie in die Hand nehmen.«

»Oh, Jemmie!« rief seine Gemahlin. »Ich möchte das India wirklich nicht antun. Ich möchte, daß sie aus Liebe heiraten kann.«

»Dein Vater hat Prinz Jamal, deinen ersten Ehemann, für dich ausgesucht. Du hast ihn vorher überhaupt nicht gekannt, und doch bist du glücklich mit ihm gewesen«, erinnerte der Herzog seine Frau. »Deine Großeltern haben Rowan Lindley, Indias Vater, als deinen zweiten Gemahl ausgewählt, und mit der Zeit hast du auch ihn lieb gewonnen, nicht wahr? Du wärst doch fast vor Kummer gestorben damals, als er getötet wurde. König James hat mich zu deinem dritten Ehemann bestimmt, und wir sind doch auch nicht gerade unglücklich miteinander, oder? Ich weiß, daß du mich liebst, mein Schatz, und ich liebe dich ebenfalls. India benimmt sich einfach kindisch. Sie hat es sich in den Kopf gesetzt, einen Mann zu bekommen, der nicht für sie in Frage kommt. Und sie denkt, wenn sie nur beharrlich bleibt, dann werden wir schon irgendwann nachgeben, so wie wir es immer getan haben. Nur geht es diesmal nicht um ein Kleid oder ein Hündchen. Hier geht es um Indias Leben, und ich kann es nicht zulassen, daß sie unglücklich wird, nur weil sie den falschen Mann wählt. Das schulde ich auch ihrem Vater.«

»Hast du eine Idee, wo wir einen geeigneten Ehemann für sie finden könnten?« fragte Jasmine.

»Nun, du könntest ja deine Tante Willow fragen – die kennt vielleicht jemanden, der in Frage kommt. Und ich weiß zum Beispiel, daß Angus Drummond und Ian MacCrae ledige Söhne haben. Die hätten bestimmt nichts dagegen, unsere Tochter zur Frau zu bekommen. Die Drummonds und auch die MacCraes sind sehr ehrenwerte Familien. Zwar kein hoher Adel, aber sehr gebildet, und auch nicht fanatisch, was den Glauben betrifft. Aber vielleicht kennt deine Tante ja irgendeinen englischen Adligen, der in Frage kommt. India ist in England geboren und würde es vielleicht vorziehen, in

England zu leben – in der Nähe ihrer beiden Brüder Henry und Charles.«

»Ich schätze, du hast recht«, gab Jasmine schließlich nach. Ihr Gemahl mochte zwar etwas streng sein, aber war er sagte, hatte durchaus etwas für sich, dachte sie. India würde wahrscheinlich heulen und toben, wenn sie von dieser Entscheidung erfuhr, aber sie hatten keine andere Wahl. Bevor das Mädchen mit dem falschen Mann einen Skandal verursachte, würden sie sie mit einem geeigneten Mann verheiraten.

»Spätestens bis Sommer wird es eine Hochzeit geben«, beschloß der Herzog. »Dann werden wir beide uns überlegen, was mit Fortune geschehen soll, denn sie wird im Juli sechzehn und sollte auch demnächst heiraten.«

»Ich habe mir gedacht, daß sie vielleicht in Irland am besten aufgehoben wäre«, sagte Jasmine. »Sie soll einmal MacGuire's Ford samt den Ländereien bekommen. Deshalb wäre es gut, wenn sie einen Iren oder einen Engländer mit irischen Vorfahren zum Ehemann nähme.«

»Ausgezeichnet«, stimmte ihr Gemahl zu. »Wir werden noch diesen Sommer mit Fortune nach Irland fahren. Henry wird nach Cadby gehen und Charlie nach Queen's Malvern. Patrick wird in Glenkirk bleiben, bei unserer kleinen Autumn, und die beiden anderen Jungs können entweder nach England fahren oder auch in Glenkirk bleiben. Das hätten wir dann geklärt, nicht wahr, meine Liebe?«

Jasmine nickte. »So soll es geschehen«, pflichtete sie ihm bei. »Es ist höchste Zeit, die Mädchen unter die Haube zu bringen, auch wenn mir der Gedanke nicht gefällt, sie zu verlieren. Die Zeit ist so schnell vergangen. Gerade noch waren sie kleine Mädchen, die barfuß durch die Weingärten von Belle Fleurs gelaufen sind. Erinnerst du dich noch an jenen Sommer, als wir zum ersten Mal mit ihnen nach Glenkirk fuhren und sie nackt im See schwammen? Ich weiß noch, wie sie lange nicht aus dem kalten Wasser kommen wollten, obwohl sie schon ganz blaue Lippen hatten.« Ihre Augen verklärten sich. »Was ist nur aus meinen kleinen Mädchen geworden, Jemmie? Wo sind sie nur hin?«

Er legte ihr tröstend den Arm um die Schulter. Er hatte

keine Antwort auf ihre Fragen, und so sagte er: »Du hast ja noch ein Mädchen, meine liebe Jasmine – unsere kleine Autumn. Wenn sie nur halb so lebhaft wird wie die beiden anderen, dann werden wir ohnehin genug mit ihr zu tun haben.« Der Herzog lachte und gab seiner Gemahlin einen zärtlichen Kuß.

India hatte von einem dunklen Winkel des großen Raumes aus alles mitangehört, verließ nun still und leise ihr Versteck und schlich sich unbemerkt zur Tür hinaus, wo sie direkt in ihre Schwester hineinlief.

»Du hast gelauscht«, sagte Fortune vorwurfsvoll.

»Sei still!« zischte India ihr zu. »Mama und Papa könnten dich hören. Ich wollte nicht lauschen. Ich war im Zimmer, als sie hereinkamen, und sie haben mich nicht gesehen, deshalb verdrückte ich mich in einen Winkel und hörte ihnen zu. Du wirst es nicht glauben, was ich da gehört habe! Komm mit!« Sie zerrte ihre Schwester mit sich, die Treppe hinauf und in das Zimmer, das sie sich teilten. Nachdem sie die Tür hinter sich geschlossen hatte, verkündete sie mit großen Augen: »Wir sollen verheiratet werden!«

»Was?« kreischte Fortune ungläubig. »Haben sie deinen Viscount doch akzeptiert? Und was meinst du mit *wir*?« Sie warf sich auf das Bett. »Na los, red schon, India!«

»Sie lassen mich nicht Adrian heiraten, nein, sie wollen selbst einen Ehemann für mich aussuchen. Entweder irgendeinen Sohn von Papas ungehobelten Freunden oder jemanden, den unsere Großtante Willow, dieser Drachen, für geeignet hält. Papa hat gemeint, ich soll spätestens bis Sommer verheiratet sein. Dann wird sich Henry nach Cadby zurückziehen, und Charlie nach Queen's Malvern.«

»Und was ist mit mir?« wollte Fortune wissen. »Du hast gesagt, *wir* würden verheiratet werden. Ich kenne niemanden, den ich heiraten möchte.«

»Sie fahren diesen Sommer mit dir nach Irland. Mama meint, sie würde dir MacGuire's Ford samt den Ländereien geben – vermutlich, weil du dort geboren bist. Sie war nicht mehr in Irland, seit unser Vater getötet wurde, bevor du zur Welt kamst. Sie wollen sich für dich nach einem Iren oder einem Engländer mit irischen Vorfahren umsehen. Auch du wirst vielleicht noch diesen Sommer verheiratet sein. Nun, Schwesterherz, was hältst du davon?«

Fortune schwieg eine ganze Weile, ehe sie sagte: »Zu MacGuire's Ford gehören gut dreitausend Morgen Land. Es ist wirklich ein schönes Gut. Ich frage mich, ob auch die Pferde zu meiner Mitgift gehören werden. Damit bekomme ich sicher einen guten Ehemann.«

India war verblüfft über die Reaktion ihrer Schwester. Sie hatte erwartet, daß Fortune genausowenig mit diesen Plänen einverstanden sein würde wie sie selbst. »Macht es dir denn gar nichts aus, daß du mit einem Fremden verheiratet werden sollst?« wollte sie wissen.

Fortune blickte ihre Schwester mit ihren türkisfarbenen Augen an. »Eine Frau muß nun einmal heiraten – besonders eine Frau von unserem Stand und Vermögen. Ich habe absolut keine Erfahrung mit Männern, und so werde ich mich bei der Wahl des Ehemanns ganz auf meine Eltern verlassen. Sie würde uns bestimmt nicht zu einer Ehe zwingen, in der wir unglücklich wären. Ich schätze, sie werden mich dann selbst entscheiden lassen, welchen der in Frage kommenden Männer ich wählen möchte. Wenn du nicht so halsstarrig wärst, dann würdest du dich jetzt nicht in einer so verzwickten Lage befinden. Mama und Papa haben ja von Anfang an klar gesagt, daß Adrian Leigh nicht der Richtige für dich ist – aber du mußt ja unbedingt deinen Willen haben. Lieber würdest du sterben als nachzugeben, nicht wahr, Schwesterherz? Aber diesmal wirst du deinen Kopf nicht durchsetzen, daran solltest du dich schon einmal gewöhnen. Es ist wirklich Zeit, daß wir beide heiraten.«

»Ich werde den Mann heiraten, den ich liebe!« erwiderte India unnachgiebig.

»Sei doch nicht so dumm, India!« entgegnete ihre Schwester ebenso beharrlich.

»Du wirst doch Mama und Papa nicht sagen, daß ich gelauscht habe?« fragte India besorgt.

»Natürlich nicht«, beruhigte Fortune sie, um dann hinzuzufügen: »Wir haben ja noch einige Monate bis dahin.« Dann wurde sie sehr nachdenklich. »Ich frage mich, wie er wohl sein wird. Es wird mir bestimmt gefallen, mein eigenes Zuhause zu haben, auch wenn ich die Familie natürlich vermissen werde.« Fortune konnte zwar ein richtiger Wildfang sein – aber wie sich jetzt zeigte, war sie überaus praktisch veranlagt.

Doch India hörte ihrer Schwester gar nicht mehr zu. Irgendwie mußte sie Adrian finden und ihm von den jüngsten Neuigkeiten berichten. Immerhin drohte ihnen die Trennung für immer. Er würde schon wissen, was zu tun war. Sie ließ Fortune allein zurück und eilte wieder die Treppe hinunter zum Schreibraum, wo sie eine Botschaft an Viscount Twyford verfaßte, sie mit Wachs versiegelte und ihren Siegelring darauf preßte. Dann eilte sie hinaus und lief quer über die Wiesen zum Fluß hinunter.

»Hallo!« rief sie einem vorüberfahrenden Fährmann zu, der, als er sie hörte, sein Boot ans Ufer ruderte.

»Ja, Lady? Wohin wollt Ihr denn?«

India übergab ihm den Umschlag und überreichte ihm eine Münze. »Bringt das nach Whitehall. Sorgt dafür, daß es unverzüglich dem Viscount Twyford überbracht wird. Bringt ihn dann direkt hierher. Habt Ihr verstanden?«

Der Fährmann spürte das Gewicht der Münze in seiner Hand. Er brauchte sie nicht anzusehen, um zu wissen, daß sie das Doppelte, vielleicht sogar das Dreifache des üblichen Fahrpreises ausmachte. »Jawohl, Mylady«, sagte er und stieß sein Boot vom Ufer ab, um gleich loszurudern. Er kam gar nicht auf den Gedanken, vielleicht das Geld zu behalten und die Botschaft in den Fluß zu werfen, denn er war ein ehrlicher Mensch. Außerdem schätzten es die hochwohlgeborenen Herrschaften gar nicht, wenn man sie betrog.

India sah ihm nach, wie er davonruderte. Alles würde in Ordnung kommen. Sie und Adrian würden gemeinsam überlegen, was sie tun sollten. Sie raffte ihre Röcke hoch und eilte ins Haus zurück. Erst jetzt merkte sie, wie kalt ihr war. In ihrer Eile hatte sie vergessen, ihren Umhang mitzunehmen, doch das war völlig unwichtig. Nichts war mehr wichtig, außer ihrer Zukunft mit Adrian Leigh.

4

Greenwood House lag völlig still, als India um Mitternacht plötzlich Steine ans Fenster prallen hörte. Rasch stieg sie aus dem Bett, das sie mit Fortune teilte, und huschte über den eiskalten Fußboden, um nachzusehen, was los war. Sie öffnete einen Fensterflügel und blickte hinunter. Als sie Adrian Leigh im Mondlicht stehen sah, rief sie ihm mit gedämpfter Stimme zu: »Ich komme gleich.« Dann schloß sie das Fenster wieder, schnappte sich ihren Umhang und eilte zur Schlafzimmertür. Fortune murmelte irgend etwas im Schlaf und drehte sich um, so daß India kurz innehielt, um sicherzugehen, daß sie ihre Schwester nicht aufweckte. Dann schlüpfte India zur Tür hinaus, warf sich den Umhang um die Schultern und rannte die Treppe hinunter, über den Flur und in das Bibliothekszimmer. Dort öffnete sie eines der riesigen Fenster und rief ihrem Verehrer zu sich.

»Adrian! Hier bin ich!« rief sie und winkte ihm aufgeregt zu.

Der Viscount kletterte durch das Fenster herein und schloß es hinter sich. Dann nahm er India in die Arme und küßte sie.

Erschrocken und atemlos löste sie sich aus seiner Umarmung und lachte nervös auf. »Adrian! Schäm dich! Ich habe dich doch nicht zu einem Schäferstündchen hierher bestellt.« Sie war heftig errötet, und ihr Herz pochte wie wild. Er war so unglaublich kühn, dachte sie bei sich.

»Nicht, Liebling? Da bin ich aber enttäuscht«, neckte er sie. »Dann sag mir, warum hast du mich denn gerufen?« Er nahm ihre Hand in die seine und küßte ihre Finger.

»Oh, Adrian, ich weiß nicht mehr, was ich tun soll«, stieß sie in verzweifeltem Ton hervor und ließ ihn gewähren, als er sie wieder in die Arme nahm und ihr langsam über das schwarze Haar strich.

»Was ist denn los, mein Schatz?« fragte er. »Sag es mir,

und ich werde versuchen, es in Ordnung zu bringen.« Er küßte sie zärtlich auf die Stirn. Sie war so vertrauensvoll und süß, und noch dazu so reich. Er wußte, daß sie so gut wie sein war.

»Wir werden nächste Woche nach Hause zurückkehren. Papa sagt, er werde einen geeigneten Ehemann für mich aussuchen, weil ich selbst dazu nicht in der Lage sei. Aber ich will nicht irgendeinen Fremden heiraten! Oh, was sollen wir nur tun, Adrian? Sie werden uns für immer trennen«, sagte India schluchzend. »Wenn sie mich mit nach Glenkirk nehmen, dann werde ich dich nie wiedersehen! Oh, ich weiß, es hört sich kühn an, was ich da sage – aber ich könnte es nicht ertragen, wenn wir beide getrennt würden! Ich würde sterben, da bin ich mir sicher!«

»Das kann ich nicht zulassen«, sagte er mit leiser Stimme. Es war ihm bewußt, daß sein künftiger Schwiegervater ihm soeben die Gelegenheit verschafft hatte, Lady India Lindley zur Flucht zu bewegen. Er hatte sich das Ganze nicht so einfach vorgestellt, als seine Mutter diesen Vorschlag gemacht hatte.

»Aber Adrian!« Sie blickte zu ihm auf, und er konnte nicht umhin, festzustellen, wie schön sie war. »Was können wir denn tun?«

»Dein Vater läßt uns keine Wahl, Liebling«, sagte er mit ruhiger und vernünftig klingender Stimme. »Wir müssen durchbrennen und heiraten, bevor sie dich nach Schottland mitnehmen können.«

Sie blickte zu ihm auf und fühlte sich innerlich zerrissen. Er sah so gut aus mit seiner langen, geraden Nase und seinem weichen blonden Haar. In seinen saphirblauen Augen spiegelte sich die ganze Liebe und Zärtlichkeit, die er für sie zu empfinden schien. »O Adrian! Ich weiß nicht, ob ich so weit gehen möchte.«

»Ach, India! Liebst du mich denn gar nicht?« fragte er in einem Ton, der zutiefst verletzt klang.

»O doch, Adrian! Natürlich liebe ich dich!« platzte es aus ihr heraus, worauf sie heftig errötete ob ihres Geständnisses.

»Und ich liebe dich, mein Schatz«, versicherte er ihr rasch, weil er wußte, daß er ihr angesichts ihrer Offenheit mit einer Liebeserklärung seinerseits antworten mußte.

»Aber ich liebe auch meine Familie«, wandte sie ein und biß sich vor Sorge auf die Unterlippe.

»Du mußt ja auch nicht aufhören, sie zu lieben, mein Schatz, nur weil du auch mich liebst«, sagte er verständnisvoll. »Aber ist es wirklich gerecht von ihnen, uns auseinanderbringen zu wollen, wo wir uns doch lieben? Ich weiß, daß meine Mutter und mein Halbbruder Schande über unsere Familie gebracht haben, aber ich bin vor allem der Sohn meines Vaters, des Earl von Oxton. Wir sind eine alte und ehrwürdige Familie. Ist es gerecht von deinem Vater, mich für das Verhalten von Deverall und meiner Mutter verantwortlich zu machen? Nein, ich weiß, daß der Herzog von Glenkirk im Grunde ein gerechter Mensch ist. Ich verstehe nur zu gut, daß er seine Tochter beschützen will, auch wenn ich glaube, daß er sich in diesem Fall irrt. Wenn wir erst verheiratet sind, dann können wir unser Schicksal selbst in die Hand nehmen. Gewiß, deine Eltern werden zuerst ziemlich wütend sein, aber wenn sie sehen, wie glücklich wir sind, dann werden sie uns vergeben, da bin ich mir ganz sicher.«

»Aber wohin sollen wir gehen, Adrian? Würden sie uns denn nicht überall sofort finden?« fragte India und schmiegte sich an ihn. Sie fühlte sich so sicher in seiner Nähe.

»Wir müssen das Land verlassen«, antwortete er und wartete einen Augenblick, wie sie auf seinen Vorschlag reagierte.

»Das Land verlassen?« stieß sie erschrocken hervor.

»Uns bleibt nichts anderes übrig, India. Wo sollten wir uns denn in England verstecken, mein Liebling? Deine Familie ist groß und über das ganze Land verstreut. Und nach Norden können wir ja wohl auch nicht, oder?« Er lachte und küßte sie auf die Nasenspitze.

»Wir können aber auch nicht nach Frankreich gehen«, wandte sie nachdenklich ein. »Wir haben auch dort Verwandte.«

»Aber nach Neapel könnten wir fahren«, schlug er vor.

»Neapel? Warum ausgerechnet Neapel, Adrian?« Er strich

ihr mit einer Hand sanft über den Rücken, was sie als durchaus angenehm empfand.

»Mein Onkel, der Conte di Carlo, lebt dort«, antwortete er. »Wir könnten zu ihm gehen und dort heiraten. Wir würden dann bei meinem Onkel leben, bis unser erstes Kind zur Welt gekommen ist. Wenn wir dann mit unserem Sohn nach England zurückkehren, kann dein Vater unsere Ehe nicht mehr für ungültig erklären lassen.«

»Die Mutter meines Vaters lebt in Neapel«, entgegnete India. »Lady Stewart-Hepburn. Papas Schwester ist die Marchesa di San Ridolfi. Was ist, wenn wir ihnen begegnen, Adrian? Dann wüßte Papa, wo wir sind.«

»Wir werden ganz im Stillen heiraten, Liebling, und auf dem Gut meines Onkels sind wir sicher. Hast du diese Ladies jemals selbst gesehen, India?«

»Meine Großmutter war letzten Sommer in Frankreich, als wir auch dort waren, aber die Marchesa habe ich noch nie gesehen«, antwortete sie. Plötzlich kamen ihr starke Zweifel an dem ganzen Plan. Es erschien ihr so unbesonnen, einfach wegzulaufen und zu heiraten.

»Vielleicht liebst du mich ganz einfach nicht genug, India, um ein solches Wagnis einzugehen«, stichelte er, als er die Unentschlossenheit in ihrem Gesicht sah.

»O doch!« erwiderte sie empört.

»Nein, das glaube ich nicht«, entgegnete er bekümmert, um sie weiter zu reizen.

»Du irrst dich, Adrian! Ich schwöre es dir!« beharrte India.

»Dann sag, daß du meine Frau sein willst, Liebling, für immer«, sagte er mit eindringlicher Stimme. »Sag, daß du mich heiraten und meine Kinder zur Welt bringen willst! Sag es!« Doch bevor sie noch antworten konnte, küßte er sie leidenschaftlich mit hungrigen Lippen. Seine Hand wanderte unter ihren Umhang, um ihre Brüste ganz leicht zu streicheln.

In India begann sich alles zu drehen, so wunderbar fühlte sich seine Berührung an. Als seine Hand schließlich ins Innere ihres Kleides schlüpfte, um eine ihrer Brüste zu umschließen, hielt sie überrascht den Atem an. Noch nie hatte jemand ihre Brüste berührt! Seine warme Hand fühlte sich sehr angenehm an, und als er mit Daumen und Zeigefinger ganz leicht ihre Brustspitze kniff, glaubte sie in Ohnmacht zu fallen vor Verzückung. Wenn das Liebe war, so war die Liebe etwas Wunderbares!

Er hob den Kopf und sagte fast flehend: »Sag, daß du mich heiraten willst, Liebling. Spürst du denn nicht, wie sehr ich mich nach dir sehne? Wie sehr ich dich liebe, meine teure India? Sag es! Sag es, oder ich stürze mich noch heute Nacht in den Fluß, denn ich kann ohne dich nicht leben!«

»Ja, ja«, hauchte sie.

Er zog seine Hand zurück und beugte sich hinunter, um die sanfte Wölbung ihrer Brüste zu küssen. »Deine Unschuld ist mir ein kostbares Juwel, meine Liebe«, sagte er in feierlichem Ton. »Ich muß unser Liebesspiel beenden, sonst verliere ich noch die Beherrschung über meine Leidenschaft und bringe Schande über uns beide. Wir haben noch ein ganzes Leben vor uns, um uns all die Genüsse zu schenken – aber nicht, bevor wir verheiratet sind.«

»O Adrian, ich liebe dich wirklich!« sagte sie, wenngleich sie in diesem Augenblick wünschte, er wäre nicht ganz so nobel. Sie hatte seine Zärtlichkeiten und seine Küsse genossen. Sie fühlte sich lebendiger als je zuvor – aber daß sie an ihrer intimsten Stelle zwischen den Beinen plötzlich so feucht war, das verwirrte sie doch ein wenig. Sie wußte nicht, was das war, und ihre Mutter konnte sie in diesem Fall auch nicht gut fragen.

»Weißt du, an welchem Tag genau deine Eltern vorhaben, nach Schottland abzureisen?« fragte er sie in nüchternem Ton. »Ich muß ein Schiff finden, das nach Neapel fährt. Ich schätze, wir haben nicht allzuviel Zeit.«

»In drei oder vier Tagen, glaube ich«, antwortete India. »Er hat uns noch nicht gesagt, daß wir mit dem Packen beginnen sollen.«

»Ich werde gleich morgen früh zu den Docks hinuntergehen und uns ein Schiff suchen«, sagte er. »Bestimmt gibt es eines, daß schon bald Richtung Mittelmeer abfährt.«

»Geh zu den Docks der O'Malley-Small-Handelsgesellschaft«, riet ihm India. »Ich reise mit keinem anderen Schiff als mit einem von ihnen. Wenn wir uns Fremden anvertrauen, könnte es sein, daß man uns ausraubt und ermordet, Adrian. Eine Seereise kann gefährlich sein, aber die Schiffe der O'Malley-Small-Gesellschaft gehören meiner Familie – da werden wir sicher sein.«

»Aber werden dich diese Leute nicht erkennen, India?«

»Nicht, wenn ich das Schiff verkleidet betrete, Adrian«, erwiderte sie und fühlte sich ziemlich schlau dabei. »Du bist einfach ein Sohn des Conte di Carlo, und ich bin deine ältliche Großtante, Lady Monypenny, deren Mann soeben verstorben ist und die keine Kinder hat – eine alte Frau, die nach vielen Jahren nach Neapel heimkehrt, wo sie ihre Kindheit verbracht hat, um dort ihr Leben zu beschließen. Du wurdest von deinem Vater, meinem Neffen, geschickt, um mich zu begleiten. Auf diese Weise können wir zwei Kabinen mieten, ohne irgendeinen Verdacht zu wecken. Ich werde während der ganzen Reise meine Kabine nicht verlassen, um sicherzugehen, daß mich niemand erkennt. Bin ich nicht schlau, mein Geliebter?« fragte sie mit einem schelmischen Grinsen.

»In der Tat«, stimmte er zu, ein wenig überrascht von ihrem Einfallsreichtum. Vielleicht war India ein wenig *zu* gerissen, wenn es darum ging, jemanden zu täuschen, überlegte er, doch dann rief er sich in Erinnerung, wie reich sie war und wie schön, und wie bereitwillig sie auf seine Zärtlichkeiten reagiert hatte. Er würde sie schon zu zähmen wissen. Alle Frauen waren zu zähmen, wenn man es nur richtig anpackte, und er würde ganz gewiß kein allzu strenger Herr sein.

»Du mußt jetzt gehen«, sagte sie. »Komm morgen Nacht wieder und wirf ein paar Steine ans Fenster, um mich zu rufen. Bis dahin muß unser Plan fertig geschmiedet sein.«

Der Viscount gab India noch einen raschen Kuß, ehe er das Fenster öffnete und in die Nacht hinaustrat. »Bis morgen, meine Liebe«, sagte er und verschwand in der Dunkelheit.

India seufzte, als sie das Fenster schloß. Er war so wundervoll, ihr Adrian, und bald schon würden sie Mann und Frau sein. Wie einfühlsam er doch war! Er hatte sogar Verständnis für Papa, obwohl dieser sich so uneinsichtig zeigte.

Und wie rührend er sich um sie und ihre Unschuld sorgte – das zeigte ihr, daß er ein Mann von wahrlich untadeligem Charakter war. Ihre Eltern täuschten sich in ihm. Er war der ideale Mann für sie. Sie verließ das Bibliothekszimmer und stieg die Treppe zu ihrem Schlafzimmer hoch, wo sie sogleich neben ihrer Schwester ins Bett schlüpfte, die friedlich vor sich hin schnarchte. India dachte, vor Aufregung nicht wieder einschlafen zu können, doch nach wenigen Minuten schlummerte auch sie tief und fest.

Am nächsten Morgen gab sie vor, Kopfschmerzen zu haben, und blieb den halben Vormittag im Bett. Sie trank schwarzen Tee, den ihre Mutter ihr gebracht hatte, um das ›Hämmern‹ in ihren Schläfen zu lindern.

»Wir möchten den Nachmittag am Hof verbringen«, berichtete Jasmine ihrer Tochter. »Fühlst du dich wohl genug, um mitzukommen?«

India seufzte tief. »Ich glaube nicht, Mama«, sagte sie. »Die Schmerzen lassen zwar nach, aber durch die Bootsfahrt in der kalten, feuchten Luft würden sie bestimmt wieder stärker werden. Wir reisen ja noch nicht morgen aus London ab, oder? Ich werde doch noch Gelegenheit haben, mich vom König und der Königin zu verabschieden, nicht wahr?«

»Dein Vater hat beschlossen, am Dienstag abzureisen«, antwortete die Herzogin. »Wir haben erst Samstag. Also wirst du ihnen schon noch auf Wiedersehen sagen können.«

»Dann bleibe ich heute lieber zu Hause«, sagte India. »Morgen geht es mir bestimmt wieder gut.«

»Macht es dir etwas aus, wenn wir trotzdem nach Whitehall fahren?« fragte Jasmine. »Henry und Charles haben einige wichtige Leute kennengelernt, und vielleicht finde ich ja auch einen reizenden Gentleman für dich, India.«

India brachte ein schwaches Lächeln zustande. »Für mich gibt es keinen außer Adrian, Mama.«

»Oh, mein Liebling«, sagte Jasmine. »Du mußt ihn dir aus dem Kopf schlagen. Er ist einfach nicht geeignet für dich, und dein Vater will nichts mehr von ihm hören. Jemmie hat sich so viel Mühe gegeben, dich so zu erziehen, wie Rowan

Lindley es getan hätte, und nun würde Rowan gewiß mit Jemmie übereinstimmen, was diesen Viscount betrifft. Vergiß ihn, mein Kind, denn nur so kannst du jemals glücklich werden.«

India seufzte. »Ich werde es versuchen, Mama«, murmelte sie.

»Mehr verlange ich im Moment ja gar nicht von dir«, antwortete Jasmine.

Als die Leslies nach Whitehall aufgebrochen waren – auch Fortune war mit ihnen gefahren –, stand India auf und begann ihre Koffer zu packen. Weder sie noch Fortune hatten auf dieser Reise Dienstboten mitnehmen dürfen. Im Haus war es still, und es waren nur jene fünf Diener anwesend, die sich ständig um Greenwood kümmerten – der Haushofmeister, die Haushälterin, die Wäscherin, die Köchin und der Stallknecht. India nahm einen Berg Wäsche und trug sie zur Wäscherin.

»Wir brechen am Dienstag auf«, sagte sie. »Ich möchte mit sauberer Unterwäsche reisen, Dolly. Macht es dir etwas aus, wenn du das schon heute wäscht? Ich bin sicher, Mama und Fortune möchten ihre Sachen auch gewaschen haben, und auf diese Weise kommt nicht alles auf einmal für dich zusammen.«

»Aber sicher, Mylady, das ist wirklich zuvorkommend von Euch«, antwortete die Wäscherin.

India eilte in die Bibliothek und entfernte die falsche Wandtäfelung, hinter der ihre Eltern ihre Wertsachen versteckt hielten, wenn sie in London waren. Sie griff in den Hohlraum und holte den Beutel aus Sämischleder hervor, der prallvoll mit Münzen war. Der Herzog hatte offensichtlich bereits das Geld für die Rückreise vorbereitet. Zufrieden legte sie den Beutel an seinen Platz zurück. Sie hatte die Absicht, das Geld mitzunehmen, wenn sie mit Adrian aufbrach. Es würde eine Art Anzahlung auf ihre Mitgift sein. Bestimmt würde Adrian nicht mehr viel haben, wenn er die Fahrt bezahlt hatte, so daß er dankbar sein würde, wenn sie auch etwas beisteuerte. Mit dem Gold ihres Vaters würden sie ein

Jahr recht ordentlich leben können. Schließlich kehrte sie in ihr Schlafzimmer zurück.

Ihre Familie war noch nicht zurück, als Adrian Leigh sich um Mitternacht mit Steinen am Fenster bei ihr meldete. India riß das Fenster auf und rief hinunter: »Du mußt acht geben. Meine Familie ist noch nicht von Whitehall zurück. Sie kommen auf dem Flußweg. Was gibt es Neues, Liebling? Ich komme lieber nicht hinunter. Von hier oben kann ich den Fluß besser überblicken; du mußt auf jeden Fall fort sein, bevor sie zurückkommen.«

»Du hattest recht, mein schlaues Püppchen«, sagte er. »Die *Royal Charles*, das allerneueste Fracht- und Passagierschiff der O'Malley-Small-Handelsgesellschaft, bricht Montag früh Richtung Mittelmeer auf. Sie wird in Neapel Halt machen. Ich habe uns zwei Kabinen gebucht, so wie du es gesagt hast, und wir müssen bis spätestens fünf Uhr morgens an Bord sein.«

»Wer ist der Kapitän?« wollte sie wissen.

»Thomas Southwood«, antwortete er.

»Mein Vetter«, sagte sie nachdenklich. »Aber nachdem er mich seit Jahren nicht gesehen hat, haben wir wohl nichts zu befürchten – zumal ich ja als Lady Monypenny verkleidet sein werde. Komm um vier Uhr früh hierher. Ich werde zwei kleine Koffer mitnehmen und meinen Schmuck – komm also nicht mit einem allzu kleinen Boot. Das hast du wirklich großartig gemacht, mein Liebling.« India warf ihm eine Kußhand zu. »Geh jetzt, bevor wir erwischt werden. Ich liebe dich, Adrian!« Als sie das Fenster schloß, fühlte sie sich einfach großartig. In wenigen Tagen würde sie fort von hier sein! Sie ging zu Bett und schlief bereits tief und fest, als ihre Familie nach Hause kam.

Der nächste Tag war Sonntag, und sie besuchten die Messe in Whitehall Palace. Der König zog die herkömmliche anglikanische Messe einer puritanischen vor, was den vielen Puritanern an seinem Hof gar nicht recht war.

»Geht und haltet eure eigene Messe ab, wenn ihr wollt«, wies er sie zurecht. »Habt ihr denn schon vergessen, daß ich geschworen habe, so tolerant wie möglich zu sein? Ihr könnt Englands Kirche nicht leiden – und den Glauben der Königin ebensowenig. Also geht und feiert eure eigene schmucklose Messe – ohne Kerzen oder sonstigen Zierrat, wie ihr es liebt.«

Als der Herzog und seine Familie die Kapelle des Königs verließen, sahen sie Adrian Leigh, wie er soeben aus der Kapelle der Königin kam.

»Noch ein Grund, warum du den Kerl nicht heiraten kannst«, sagte James Leslie und hielt India am Arm fest, um sie daran zu hindern, sich ihrem Verehrer anzuschließen. »Er ist praktizierender Katholik, und das ist heutzutage in England eine gefährliche Sache.«

»Auch die Leslies von Glenkirk waren früher katholisch, und Mama ebenso«, gab India keck zurück. »Hat nicht Königin Elisabeth einst gesagt, daß es nur einen Herrn Jesus Christus gibt und daß alles andere nebensächlich ist?«

»Früher waren wir alle katholisch«, erwiderte der Herzog geduldig, »aber die Zeiten haben sich nun mal geändert. Ich persönlich glaube ja nicht, daß Gott sich auch nur einen Deut darum schert, auf welche Weise man ihn verehrt – aber trotzdem sollten wir uns auf nichts einlassen, India. Diese Familie, und auch die Familie deiner Mutter, hat deshalb überlebt, weil wir immer darauf geachtet haben, uns nicht in die Politik oder in Glaubensstreitigkeiten einzumischen. Wir behalten unsere Ansichten für uns und zahlen unsere Steuern, ohne zu murren. Da wäre es einfach unklug von dir, einen Katholiken wie Viscount Twyford zu heiraten – selbst wenn er ein geeigneter Kandidat wäre, was er jedoch keineswegs ist. Es ist nicht gut, allzusehr im Blickpunkt der Öffentlichkeit zu stehen, denn so zieht man nur allzu leicht den Neid vieler Menschen auf sich, die einem dann schaden wollen.«

India entzog sich dem Griff ihres Vaters. »Dies ist mein letzter Tag am Hof«, sagte sie. »Laßt mich doch tun, was mir gefällt, Papa, und laßt mich vor allem zusammensein mit wem ich will. Ich bin jetzt siebzehn Jahre alt und kein kleines Mädchen mehr, dem man sagen muß, was es tun soll. Wenn ihr mich schon von dem Mann trennt, den ich liebe, und mich zwingt, irgendeinen Fremden zu heiraten, dann haben Adrian und ich wenigstens noch diesen einen Tag zusammen!« Mit diesen Worten wandte sie sich zornig um und verschwand.

»Laß sie gehen«, riet Jasmine ihrem Gemahl. »Sie ist ein vernünftiges Mädchen und wird sich schon mit der Situation abfinden, wenn du sie nicht weiter reizt, Jemmie. Sie muß allein mit ihren Gefühlen klarkommen.«

»Manchmal könnte ich sie übers Knie legen, diese Göre«, erwiderte der Herzog.

Jasmine lachte und antwortete schließlich: »Ich schätze, du erträgst es nicht, daß sie erwachsen geworden ist, Jemmie. Kein Vater sieht das gerne. Dazu kommt noch, daß sie plötzlich einen anderen Mann dir vorzieht. Das empfindest du wahrscheinlich als Verrat!« Sie zog ihn an sich und küßte ihn auf die Wange. »Aber ich werde dich immer lieben, mein Schatz, und ich werde dich nie wegen eines anderen verlassen, außer dem Tod – und auch das nur widerwillig.«

Er schmunzelte zufrieden. »O Jasmine, Liebling. Wie gut, daß du weiser bist als ich. Komm, laß uns den Tag genießen. Wir wollen uns von unseren Freunden und Verwandten verabschieden und bald abreisen. Hier liegt mir zuviel Zank und Streit in der Luft, wo Buckingham nun einmal beschlossen hat, der Königin das Leben schwerzumachen. Jetzt hat doch tatsächlich der französische König einen Abgesandten geschickt, der untersuchen soll, warum der König und seine hübsche kleine Königin einfach nicht miteinander auskommen. Und die Puritaner gewinnen mit jedem Tag mehr Einfluß und Macht. Die werden uns allen noch große Schwierigkeiten bereiten, das sage ich dir. Es gibt nichts Schlimmeres als Menschen, die überzeugt sind, daß ihr Weg der einzig wahre ist und jeder bestraft werden muß, der sich ihnen nicht anschließt. Ich freue mich schon darauf, wieder in Glenkirk zu sein. Ich glaube nicht, daß ich so bald wieder nach London zurückkehre. Übrigens, hast du schon mit deiner Tante Willow gesprochen – ich meine, wegen eines geeigneten Mannes für India? Ich möchte sie so bald wie möglich verheiratet haben. Soll sich doch ihr Ehemann mit ihr herumplagen. Wir haben noch zwei Töchter und fünf Söhne zu verheiraten, bevor unsere Aufgabe erledigt ist.«

»Meinst du denn wirklich, wir sind unserer elterlichen Pflichten enthoben, wenn wir sie alle verheiratet haben?« wollte Jasmine wissen. »Ganz gleich, wie alt sie werden – sie werden immer unsere Kinder sein, und es wird uns niemals gleichgültig sein, was mit ihnen geschieht, Jemmie Leslie!«

»Aber sie werden zumindest aus dem Haus sein«, wandte er gutgelaunt ein.

Sie verbrachten den Tag damit, sich von allen zu verabschieden, und James Leslie nahm zufrieden zur Kenntnis, daß India sie bereits am Flußufer erwartete, ohne daß Viscount Twyford irgendwo zu sehen war. Die Abenddämmerung war bereits hereingebrochen, als sie in Greenwood House ankamen. Kaum hatten sie das Haus betreten, da bat India ihre Brüder, ihr die Koffer in die Vorhalle herunterzutragen.

»Aber Liebling«, wandte ihre Mutter ein, »wir fahren doch erst Dienstag morgen. Es eilt doch nicht so.«

»Papa meint doch, daß ich beim Packen immer so lange brauche und deshalb alle auf mich warten müssen. Darum habe ich diesmal beschlossen, als erste damit fertig zu sein. Ich habe sogar dafür gesorgt, daß die Wäscherin gestern schon meine Kleider gewaschen hat, damit sie am letzten Tag nicht so viel Arbeit hat. Ich möchte, daß meine Koffer in der Vorhalle bereit stehen, Mama.« Und mit einem liebenswürdigen Lächeln fügte sie hinzu: »Das ist vielleicht das einzige Mal in meinem ganzen Leben, daß ich fertig bin, bevor Papa es erwartet.«

»Na los, holt die Koffer eurer Schwester«, befahl James Leslie seinen Söhnen. »Wenn sie schon fertig ist, dann gebührt ihr Anerkennung, und wir werden morgen voller Bewunderung ihre Koffer betrachten, wenn wir selbst damit beschäftigt sind, unsere Sachen zu packen.«

India schenkte ihrem Vater ein fröhliches Lächeln, während ihre Brüder das Gepäck heruntertrugen. »Ich war nicht nett zu dir, Papa – und das tut mir leid. Aber ich entschuldige mich nicht dafür, daß ich Adrian liebe – auch wenn du uns nicht gestattest zu heiraten. Ich finde, daß es ungerecht von dir ist. Du gibst ihm ja nicht einmal eine Chance, sondern machst ihn dafür verantwortlich, was seine Mutter und sein Halbbruder getan haben. Das ist nicht richtig, Papa, davon bin ich überzeugt. Du warst doch sonst immer ein so gerechter Mensch«, fügte sie hinzu und machte einen Knicks.

Der Herzog biß die Zähne zusammen und bemühte sich, seinen Ärger zu bezähmen. »Du weißt, daß ich dich liebe, India. Du mußt akzeptieren, daß ich weiß, was am besten für dich ist. Ich will doch nur dein Glück und dafür werde ich verdammt noch mal alles tun, was notwendig ist, auch wenn du selbst dich dagegen sträubst.« Er hielt kurz inne, um sich zu beruhigen. »Die erste Liebe ist immer besonders heftig, aber meist hält sie nicht lang. Du hast dir eine Liebe verdient, die wirklich Bestand hat. Du hast mir doch immer vertraut, India. Warum kannst du mir nicht auch in dieser Sache vertrauen? Du bist doch meine Tochter, und ich möchte nicht, daß dich jemand verletzt.«

»Wenn du mich Adrian nicht heiraten läßt, dann werde ich mein ganzes Leben lang unglücklich sein«, verkündete India mit Verzweiflung in der Stimme.

»Nachdem ihr beiden euch nicht einigen könnt«, warf Jasmine ein, »sollten wir das Ganze für heute ruhen lassen. India, das ist wirklich großartig, daß du schon fertig gepackt hast. Da kannst du morgen deiner Schwester und mir beim Packen helfen. Aber geh jetzt besser schlafen. Du weißt ja, wie anstrengend die Reise ist, die wir vor uns haben«, fügte Jasmine hinzu.

India gab ihrer Mutter und ihrem Vater einen Gutenachtkuß und stieg ruhig und gelassen die Treppe hinauf, um sich in ihr Schlafzimmer zurückzuziehen. Sie hatte ihrem Vater eine letzte Chance gegeben, weil sie gehofft hatte, er könnte es sich doch noch anders überlegen, so daß sie nicht würde durchbrennen müssen. Sie seufzte tief. Adrian hatte von Anfang an recht gehabt. Ihr Vater ließ ihnen keine andere Wahl. Nun, morgen um diese Zeit würden sie bereits unterwegs nach Italien sein, und aufgrund der Nachricht, die sie ihnen zu hinterlassen beabsichtigte, würden alle wissen, daß sie mit Adrian fortgegangen war, um ihn zu heiraten.

»Warum mußt du Papa immer so ärgern?« fragte Fortune, als India das Zimmer betrat. »Er handelt doch nicht unvernünftig. Der Viscount ist wirklich nicht der Richtige für dich, India, aber du mußt ja immer deinen Kopf durchsetzen.«

»Papa hat nie gesagt, daß er etwas gegen Adrian hätte – es ist nur seine Familie, die ihn stört«, entgegnete India.

»Ein Mensch gehört nun einmal zu seiner Familie«, gab Fortune zurück. »Ich wette, du hast nur deshalb so früh gepackt, damit du dich morgen davonschleichen kannst, um deinen Verehrer zu treffen, habe ich nicht recht?« neckte sie ihre ältere Schwester. »Aber ich sage dir, ich bin sehr kleinlich, wenn es ums Packen geht. Du wirst viel zu tun haben morgen, wenn du mir hilfst – da werden wir sicher den ganzen Tag beschäftigt sein.«

»Wenn du weiter so vorlaut bist«, drohte India ihrer Schwester, »dann packe ich deine Kleider und werfe sie aus dem Fenster!«

»Ha! Ha!« gab Fortune zurück, schnappte sich ein Kissen und warf es India an den Kopf.

Binnen weniger Augenblicke war die schönste Kissenschlacht im Gange, bis sie sich schließlich beide lachend aufs Bett sinken ließen.

»Ich werde dich vermissen, kleine Schwester«, sagte India.

»Mich vermissen?« wunderte sich Fortune.

»Wenn Vater mich in wenigen Monaten mit irgendeinem Fremden verheiratet«, beeilte sich India hinzuzufügen. »Du lieber Himmel! Ist dir eigentlich klar, daß unsere Jugend so gut wie zu Ende ist? Nächstes Jahr um diese Zeit sind wir vielleicht beide schon schwanger!« Sie stopfte sich eines der Kissen unter die Röcke und schritt im Zimmer auf und ab. »Oh, ich hoffe so sehr, daß ich meinem geliebten Gemahl einen Sohn schenken kann.«

Fortune kicherte vergnügt. »Wie kommt es bloß, daß Männer sich immer Söhne wünschen?« fragte sie sich laut.

»Nun, unser wirklicher Vater hat jedenfalls ein wenig

warten müssen, bevor er einen bekam. Zuerst kam ja ich, dann erst Henry und zuletzt, als er bereits tot war, noch du.«

»Erinnerst du dich denn noch an unseren Vater?« fragte Fortune etwas wehmütig.

India seufzte tief. »Da ist nur noch eine schwache Erinnerung an einen großen Mann, der mich lachend aufs Pferd hob und mit mir durch die Gegend preschte, aber das ist auch schon alles.«

»Das ist immerhin mehr, als Henry und mir geblieben ist«, sagte Fortune. »Unser Vater war nicht einmal mehr am Leben, als ich zur Welt kam, aber an Prinz Henry erinnere ich mich noch ein klein wenig. Er sah sehr gut aus, und er konnte seinen Blick nicht von Mama wenden. Stell dir bloß vor, was gewesen wäre, wenn er Mama hätte heiraten dürfen. Dann wäre unser Charlie heute König, und nicht sein Onkel Charles.«

»Mama wurde als nicht geeignet erachtet«, sagte India. Als die Ältere von ihnen beiden erinnerte sie sich noch an so manches aus jenen Tagen.

»Genauso wie Adrian nicht geeignet ist für dich«, fügte Fortune hinzu.

»Ich gehe jetzt zu Bett«, sagte India schließlich, um das Gespräch zu beenden.

Die beiden Schwestern wuschen sich, zogen die Nachthemden an und legten sich ins Bett. Am anderen Ende des Zimmers brannte das Feuer im Kamin noch recht munter und strahlte eine angenehme Wärme aus. India blies die Kerze aus. Wenn sie nicht rechtzeitig aufwachte, würde Adrian kleine Steine ans Fenster werfen. Da ihre Koffer bereits unten in der Vorhalle standen, würde sie nicht lange brauchen, bis sie reisefertig war. Sie war sich nicht sicher, ob sie überhaupt würde schlafen können, doch nach einer Weile schlummerte sie tief und fest.

Plötzlich wachte sie in der Dunkelheit auf. Die Uhr draußen auf dem Flur schlug dreimal. Einige Minuten lang lag sie still da, ehe sie aufstand. Sie zuckte zusammen, als ihre nackten Füße den kalten Fußboden berührten. Sie ging zum Kamin und gab ein paar Kohlen ins Feuer, worauf es bald wieder lebendiger zu züngeln begann. Langsam zog sie sich ein schwarzes Samtkleid mit gestärkter weißer Halskrause an. An den Füßen trug sie bequeme schwarze Stiefel. Auf dem Dachboden hatte sie einen Trauerschleier gefunden, den sie zusammen mit ihren schwarzen Handschuhen und dem dunklen Umhang tragen würde. Während sie sich sorgfältig ankleidete, schlug die Uhr zuerst halb, und dann dreiviertel vier. India stopfte den Beutel mit ihrem Schmuck in den Muff aus Biberfell und verließ auf leisen Sohlen das Zimmer.

Auf Zehenspitzen stieg sie die Treppe hinunter, ging so leise wie nur möglich den Flur entlang und betrat die Bibliothek. Sie entfernte jenes Stück der Täfelung, hinter der ihr Vater die Wertsachen verwahrte, und holte den ledernen Beutel hervor. Dann vergewisserte sie sich, daß er mit Goldmünzen gefüllt war, und steckte ihn ebenfalls in ihren Muff. Schließlich eilte sie wieder in den Flur hinaus und öffnete mit einiger Mühe den Türriegel. Sie mußte nicht lange warten, bis sich etwas tat.

Ein Kratzen war draußen an der Tür zu hören; India öffnete rasch und ließ den Viscount Twyford zusammen mit einem anderen Mann ins Haus ein. Dieser hob sogleich einen von Indias Koffern auf und eilte damit zum Fluß hinunter.

»Nimm den anderen Koffer«, forderte India Adrian auf. »Ich möchte die Tür wieder verriegeln, damit sie am Morgen nicht gleich bemerken, was los ist. Ich werde dann aus dem Fenster in der Bibliothek steigen, Liebling. Ich bin gleich bei dir.«

Der Viscount nahm den zweiten Koffer, und India schloß die Tür hinter ihm und schob den Riegel vor. Dann eilte sie in die Bibliothek, stieg aus dem großen Fenster und schob es von außen zu, so gut es ging. Gewiß würde niemand bemerken, daß das Fenster nicht verriegelt war, wenn es so aussah, als wäre es geschlossen. Ohne sich noch einmal umzublicken, rannte sie über den Rasen zum Fluß hinunter, wo Adrian bereits auf sie wartete. Als er ihr ins Boot half, zweifelte sie einen kurzen Augenblick an der Richtigkeit ihres Vorhabens, doch dann siegte das überwältigende Gefühl der Freiheit.

»Lüfte deinen Schleier, meine Liebe, damit ich sehe, daß es tatsächlich du bist, und nicht dein Vater«, neckte er sie.

India hob das seidene Gewebe hoch. »Ich bin es wirklich, mein Liebling«, sagte sie.

Der Fährmann steuerte sein Boot direkt auf die Docks der O'Malley-Small-Handelsgesellschaft zu. Adrian Leigh stieg aus dem kleinen Boot und half India an Land. Er geleitete sie zu einer Landungsbrücke, die zu einem großen Segelschiff führte, und ging mit ihr an Bord. India ging mühsam und gebückt, wie es von einer alten Dame nicht anders zu erwarten war.

»Ah, Signore di Carlo«, ertönte eine wohlklingende Stimme. »Ihr seid pünktlich, Sir. Und das ist also Eure Tante? Mein aufrichtiges Beileid, Madame.«

»Monypenny war schon sehr alt. Er hat ein gutes Leben gehabt«, antwortete eine rauhe Stimme, die von dem Schleier gedämpft wurde. »Ihr seid einer von Lynmouths Jungen, nicht wahr?«

»Jawohl, Madame, ich bin sein vierter Sohn«, antwortete Kapitän Thomas Southwood. »Geoff ist der Erbe, John ist Pfarrer und Charles hat eine reiche Erbin geheiratet. Ich jedoch bin mit der See verheiratet. Sie macht einem weniger Kummer als eine Ehefrau, und sie stellt keine hohen Ansprüche.«

»He, he«, tönte es hinter dem Schleier hervor. »Dann seid Ihr wie Eure Großmutter, die – so heißt es – Piratin war.«

»Da ist natürlich absolut nichts Wahres dran, Madame«, erwiderte Kapitän Southwood lächelnd. »Mein Steward wird Euch gleich Eure Kabine zeigen«, fügte er hinzu und verbeugte sich.

»Was sollte denn das ganze Geschwätz?« fragte Adrian Leigh nervös, als sie wieder allein waren. »Du verrätst uns noch, bevor die Flucht so richtig begonnen hat.«

»Ich bin eben eine alte Dame, die ein wenig dem Klatsch zuneigt, und da ist es doch nicht ungewöhnlich, daß ich über seine Familie Bescheid weiß. Er zweifelt bestimmt nicht daran, daß ich die alte Lady bin, als die ich mich ausgebe.«

Die *Royal Charles* verließ planmäßig den Hafen und glitt

majestätisch die Themse hinunter. India hielt sich in ihrer Kabine auf. Sie stand an dem kleinen Bullauge, durch das sie auf das Deck und darüber hinaus auf den Fluß hinausblicken konnte. Sie ließen Greenwich hinter sich, und danach die Schiffswerft von Tilbury. Es war ein grauer, aber windstiller Februartag. Als sie Greenwood verlassen hatten, war es India so vorgekommen, als läge ein Hauch von Frühling in der Luft. Wie lange würde es wohl dauern, bis sie wieder einen Frühling und einen Sommer in England erleben würde? Als das Schiff die Mündung der Themse in das Meer erreichte, war ihr bewußt, daß es kein Zurück mehr gab. Und zum ersten Mal in ihrem Leben fragte sich India Lindley, ob sie wirklich das Richtige getan hatte. Zitternd zog sie den pelzgefütterten Umhang enger um sich.

5

Die *Royal Charles* war ein Schiff, das nur in wirklich seriösen Geschäften unterwegs war. Sie verließ England mit einer Ladung Wolle und Zinngegenständen, durchquerte den Ärmelkanal, vorbei an Land's End, und segelte hinunter in den Golf von Biskaya, ehe in Bordeaux eine größere Menge Rotwein geladen wurde. Danach führte die Reise vorbei an Kap Finisterre bis hinunter nach Lissabon, wo eine Ladung Felle aufgenommen wurde. Anschließend glitt das Schiff für eine Weile die Küste entlang, vorbei am Kap Sao Vicente und hinein in den Golf von Cadiz, wo man in der Stadt Cadiz Halt machte, um einige Körbe Orangen und Zitronen an Bord zu nehmen. Danach ging es durch die Straße von Gibraltar, woraufhin in Malaga einige Fässer Sherry geladen wurden. In dieser Stadt verließen die beiden anderen Passagiere das Schiff. Als nächstes würde die Reise nach Marseille führen, wo man den Wein ausladen und dafür gesalzenen Fisch an Bord nehmen würde. Anschließend würden sie nach Neapel weiterfahren, wie Adrian sogleich India berichtete, nachdem es ihm der Kapitän mitgeteilt hatte.

India verließ kaum jemals ihre Kabine; nur spätabends wagte sie sich gelegentlich – von Schleiern verhüllt – für einen kurzen Spaziergang an Deck. Adrian hatte Kapitän Southwood erklärt, daß sich Lady Monypenny in tiefer Trauer befinde und es deshalb vorziehe, allein zu sein. Das Meer, so sagte er, habe eine tröstende Wirkung auf sie.

Tom Southwood lachte. »Wir können von Glück sagen, daß wir bisher so gutes Wetter hatten, Signore di Carlo, denn sonst würde Lady Monypenny das Meer bestimmt nicht mehr so angenehm empfinden. Es tut mir leid, daß sie uns bei den Mahlzeiten nicht Gesellschaft leisten will. Ich finde sie sehr unterhaltsam, außerdem scheint sie kein Blatt vor den Mund zu nehmen. Sie erinnert mich sehr an meine verstorbene Großmutter, Lady de Marisco.«

»Tja, leider«, antwortete Adrian. »Meine Tante empfindet das Meer zwar einerseits als tröstlich, aber auf ihren Magen hat es eine nicht ganz so vorteilhafte Wirkung.«

Mittlerweile war es sehr warm geworden. Sie befanden sich nun im engsten Abschnitt des Mittelmeeres, wie Adrian India mitteilte. Sie wirkte etwas nervös und launenhaft und gestattete ihm nie allzu lange, ihr in ihrer Kabine Gesellschaft zu leisten. Er fürchtete, daß sie ihren Entschluß bereits bereute – doch India sagte kein Wort in diese Richtung, so daß er annahm, daß es nur die Strapazen der Reise waren, die ihr zu schaffen machten. Wenn sie später nach England würden zurückkehren können, dann würden sie über Land reisen, beschloß Adrian bei sich, so daß sie nur für die kurze Überquerung des Kanals ein Schiff würden betreten müssen.

Sie hatten Marseille bereits einige Tage hinter sich gelassen, als der Steward, der für das Wohl der Passagiere zuständig war, zu Tom Southwood kam. »Käpt'n, kann ich Euch einen Augenblick sprechen?« Der Steward stand in der Tür zur Kapitänskajüte.

»Nur herein, Knox. Was gibt's denn?«

»Nun, Käpt'n, es ist wegen dieser Lady ... die nach Neapel reist. Sie sollte doch eine alte Lady sein, nicht wahr, Sir?«

»Ja.« Tom Southwood hatte keine Ahnung, worauf der Mann hinauswollte.

»Nun, Käpt'n, sie ist aber keine alte Lady. Sie ist sogar sehr jung.« Knox schien die ganze Sache ziemlich unangenehm zu sein. »Ich ging heute nachmittag an ihrer Kabine vorbei, und da sah ich sie auf ihrer Koje sitzen; sie kämmte sich gerade das Haar. Ich blieb stehen, weil ich mich wunderte, daß eine alte Lady so schönes Haar hatte. Da drehte sie den Kopf ganz leicht ... Sie hat mich nicht gesehen, Sir ... Und was ich da sah, war ganz und gar nicht das Gesicht einer alten Lady. Ich sah ein sehr schönes junges Mädchen, Käpt'n!«

»Verdammt!« stieß Tom Southwood hervor. Was zum Teufel ging hier bloß vor sich? Er mußte es auf jeden Fall herausfinden, bevor sie in den nächsten Hafen einliefen. Eine junge Lady. Und dann dieser Signore di Carlo, der akzentfreies

Englisch sprach. *Er hatte erzählt, daß er in England zur Schule gegangen war. Die beiden brannten durch*! Das war die einzig mögliche Erklärung. Signore di Carlo brannte mit irgend jemandes Tochter durch. Aber wessen Tochter mochte sie sein? Und was sollte Kapitän Tom Southwood nun unternehmen? »Kommt mit«, sagte er zu Knox und ging mit ihm zur Kabine des geheimnisvollen Passagiers. Er klopfte an ihre Tür und trat ein, ohne die Aufforderung der Lady abzuwarten. Ein junges Mädchen sprang augenblicklich von der Koje auf und gab einen erschrockenen Laut von sich. »Lieber Himmel!« stieß Tom Southwood hervor. »India Lindley!«

»Tut mir leid, Kapitän, aber Ihr müßt mich mit jemandem verwechseln«, entgegnete India mit möglichst tiefer Stimme.

»India, du bist zwar ein wenig gewachsen, seit ich dich das letzte Mal gesehen habe«, erwiderte Tom Southwood in grimmigem Ton, »aber du siehst deiner Mutter sehr ähnlich – einschließlich dieses reizenden Muttermals über der Oberlippe. Außerdem trägst du den Siegelring der Lindleys, den du von deiner Mutter hast. Nun, sag schon, was soll dieser Auftritt als alte Lady? Obwohl ich mir die Antwort schon denken kann.«

»Warum fragst du dann, Tom?« gab India verärgert zurück.

»Ist er vielleicht dein italienischer Privatlehrer, dieser Signore di Carlo?« fragte der Kapitän. »Du brennst mit ihm durch, nicht wahr, und dafür hast du dir mein Schiff ausgesucht? Ich habe ja gehört, daß du ein richtiger Wildfang bist, aber daß du einen solchen Skandal heraufbeschwören würdest, das hätte ich mir doch nicht gedacht! Wenn irgend jemand erfährt, was du getan hast, dann bist du erledigt. Kein anständiger Mann wird dich noch haben wollen.«

»Aber Adrian *ist* ein anständiger Mann!« rief India empört aus, um ihren Geliebten in Schutz zu nehmen. »Er ist nicht mein italienischer Privatlehrer, Vetter Tom. Er ist Viscount Twyford, der Erbe des Earl von Oxton. Wir sind gezwungen, das Haus seines Onkels in Neapel zu erreichen, um dort zu heiraten, weil Papa einfach nicht Vernunft annehmen will. Ich liebe ihn, und er liebt mich! Ich habe dein Schiff ausgewählt, weil ich wußte, daß wir hier sicher sein würden. Und die Gründe für meine Verkleidung sind ja wohl klar.«

»Knox, bringt Lady Lindleys Sachen in meine Kajüte, und sorgt dafür, daß der Gentleman für den Rest der Reise in seiner Kabine eingesperrt bleibt«, sagte Tom Southwood.

»Tom! Das kannst du doch nicht machen!« rief India, den Tränen nahe.

»Liebe Cousine«, erwiderte er in strengem Ton, »wenn wir Glück haben, befindet sich ein Schiff unserer Gesellschaft in Marseille, das nach England abfährt. Wenn es so ist, wirst du darauf nach Hause zu deinen Eltern zurückkehren. Wenn nicht, bleibst du hier und fährst mit mir nach England zurück. Was deinen Verehrer betrifft, er hat die Fahrt nach Neapel bezahlt und deshalb werden wir ihn auch dort absetzen, *aber ohne dich!«*

»Nein!« rief sie verzweifelt. »Nein!«

Tom Southwood nahm sie am Arm und zog sie mit sanftem Druck in seine Kajüte hinüber. Als sie an Adrian Leighs Kabine vorüberkamen, hörten sie, wie dieser empört mit den Fäusten gegen die Tür trommelte. Nachdem Tom Southwood India in sein geräumiges Quartier gebracht hatte, sagte er: »Ich werde mit deinem Viscount sprechen und ihm erklären, daß sich die Lage geändert hat. Du wirst nach Hause zurückkehren, junge Lady!«

»Ich hasse dich, Tom Southwood!« rief India und warf eine Karaffe nach ihm. »Ich hasse dich!«

Er duckte sich und verließ eilig die Kajüte, die er hinter sich absperrte. Dann kehrte er zur Kabine von Viscount Twyford zurück. Der junge Mann sprang sogleich von seiner Koje auf. »Nun, Mylord, das Spiel ist aus«, sagte Southwood mit grimmiger Miene. »Wir werden Euch in Neapel an Land setzen. Meine Cousine India wird hingegen nach England zurückkehren. Bis Neapel werdet Ihr hier in Eurer Kabine bleiben.«

»Ihr habt kein Recht ...« begann Adrian mit großer Gebärde, doch der Kapitän ließ ihn nicht ausreden.

»O doch, Mylord, ich habe sehr wohl das Recht dazu. Als Kapitän der *Royal Charles* bin ich Herr auf diesem Schiff, auf dem Ihr Euch gegenwärtig befindet. Ihr habt nicht die Erlaubnis des Herzogs von Glenkirk, seine Tochter zu heiraten. Ihr habt ein unschuldiges junges Mädchen überredet, seine Familie zu verlassen. Ihr seid ein Schuft, Mylord. Und jetzt lasse ich Euch allein, damit Ihr darüber nachdenken könnt, was Ihr angestellt habt. Ich denke, es wird lange dauern, bis Ihr Euch wieder in England blicken lassen könnt. Wir sind eine große Familie, Mylord, und wir halten fest zusammen. Ich bete zu Gott, daß die Sache nicht bekannt wird und Indias Ruf keinen Schaden nimmt. Habt Ihr mich verstanden?«

»Darf ich India wenigstens Lebewohl sagen?« fragte Viscount Twyford.

»Ihr habt meiner Cousine bereits mehr als genug gesagt«, erwiderte Kapitän Southwood. »Und es ist zwecklos, zu versuchen, durch die Kabinenwand mit ihr zu sprechen. Ich habe sie nämlich in meine Kajüte gebracht. Und dort wird sie auch bleiben, bis sie dieses Schiff verläßt. Ich wünsche Euch einen guten Tag, Sir.«

Danach sprach Thomas Southwood mit Francis Bolton, seinem ersten Offizier, und erklärte ihm die Lage.

»Da haben wir uns ja was Schönes eingebrockt, Sir«, sagte Bolton und schüttelte den Kopf. »Es hat schon seine Vorteile, wenn man Junggeselle ist. Wir können nur hoffen, daß die junge Lady nicht ihren Ruf ruiniert hat.«

India war so wütend auf ihren Vetter, daß sie sich an diesem Abend weigerte, etwas zu essen. »Geschieht dir ganz recht, wenn ich verhungere«, verkündete sie mit großer Gebärde. »Dann kannst du mit meiner Leiche nach England zurückkehren. Papa wird dich umbringen dafür!«

Thomas Southwood mußte sich das Lachen verbeißen. Er hatte eine jüngere Schwester namens Laura, die sich in Indias Alter genauso theatralisch benommen hatte. »Wie du willst«, sagte er in freundlichem Ton. »Aber der Fisch hier schmeckt wirklich köstlich. Knox hat ihn heute frisch gefangen, und die Artischocken haben wir in Cadiz geladen. Möchtest du vielleicht eine frische Orange? Sie sind wirklich sehr süß.«

»Geh zum Teufel!« stieß India wütend hervor, während ihre Hand sich gefährlich einem Zinnbecher näherte.

Rasch erhob er sich, und bevor sie irgend etwas nach ihm werfen konnte, zog er sie von ihrem Stuhl hoch und ging mit ihr ans Ende der Kajüte. »Du kannst in meinem Bett schlafen, India.« Er schob sie in die etwas kleinere Schlafkajüte und schloß die Tür hinter ihr ab. »Du hast Wasser zum Waschen und zum Trinken da drin, meine Liebe«, rief er ihr noch zu und kehrte dann an den Tisch zurück, um sein Mahl zu beenden, während sie ihn aus ihrem Gefängnis mit unflätigen Beschimpfungen bedachte.

Am Morgen suchte Knox sie in ihrer Kajüte auf. »Der Käpt'n sagt, Ihr könnt Euch tagsüber frei in seinem Quartier bewegen, Mylady«, sagte der Steward in freundlichem Ton. »Kann ich Euch irgend etwas zu essen bringen? Vielleicht etwas Obst?«

»Nein, danke«, antwortete India in höflichem Ton. »Wo ist mein Vetter?«

»Der Käpt'n schläft nie mehr als vier, fünf Stunden, Mylady. Noch bevor der Tag anbrach, ist er an Deck gegangen«, antwortete Knox. »Nun, wenn ich nichts mehr für Euch tun kann, dann kümmere ich mich jetzt um den jungen Gentleman.«

»Knox! Wartet! Würdet Ihr bitte eine Nachricht von mir an Viscount Twyford überbringen?« bat India ihn. »Ihr sollt es nicht bereuen.«

Der Steward schüttelte bedauernd den Kopf und ging sogleich zur Tür, um India keine Zeit zu geben, eine Karaffe oder einen Becher nach ihm zu werfen. »Es tut mir leid, Mylady, aber Ihr wißt, daß ich das nicht tun kann.« Im nächsten Augenblick war er auch schon draußen.

India hörte, wie der Schlüssel im Schloß umgedreht wurde, und biß vor Zorn die Zähne aufeinander. Die ganze Mühe konnte doch nicht umsonst gewesen sein. Sie setzte sich ans Fenster der großen Kapitänskajüte und blickte hinaus. Es gab kein Entkommen. Das Fenster ging direkt aufs Meer hinaus, und auch von der Schlafkajüte gab es keinen Zugang zum Deck. Der einzige Weg an Deck führte durch die versperrte Tür. Aber ihr würde schon etwas einfallen. Und sie war sich sicher, daß auch ihr geliebter Adrian bereits nach einem Weg sann, wie sie ihrem Gefängnis entfliehen konnten. Vielleicht würde sie in Marseille entkommen können, wenn ihr Vetter beabsichtigte, sie auf ein anderes Schiff zu bringen. Und während sie nach ihr suchten, würde sie an Bord zurückkehren und Adrian befreien. Dann würden sie eben auf dem Landweg nach Neapel weiterreisen. Nein, so leicht ließ sich eine India Lindley nicht aufhalten!

»Schiff ahoi!«

Sie hörte den Ruf, der an Deck erschallte. Als sie aus dem Fenster blickte, sah sie ein Schiff in der Ferne, das allmählich näherkam, so daß sie bald seine scharlachrot- und goldgestreiften Segel erkennen konnte. Sie drehte sich um, als die Tür aufging und ihr Vetter die Kajüte betrat, einen besorgten Ausdruck auf dem Gesicht.

»Hör mir gut zu«, sagte er. »In wenigen Minuten werden Piraten aus einem der Barbareskenstaaten Nordafrikas unser Schiff kapern.«

India wurde bleich im Gesicht und rang nach Luft. »Können wir ihnen denn nicht entkommen?« fragte sie.

»Unter normalen Umständen könnten wir das wohl, aber der verdammte Wind läßt uns gerade jetzt im Stich – und ohne Wind sind sie schneller als wir. Du mußt mir jetzt gut zuhören, India, denn was ich dir jetzt sage, kann dir das Leben retten. Meine Großmutter war einmal in einer ähnlichen Situation. Wenn sie dich auffordern, dich zum Islam zu bekehren, dann darfst du dich nicht weigern. Wir brauchen keine Märtyrer in der Familie. Wenn du zustimmt, dann bedeutet das, daß sie dich an einen hochgestellten Herrn verkaufen. Andernfalls machen sie dich zu einer ganz gewöhnlichen Sklavin – und du wirst geschändet und zur Hurerei gezwungen.«

»Aber können wir denn nicht freigekauft werden?« fragte sie entsetzt.

»Keiner von uns ist wichtig genug dafür«, antwortete er. »Möglicherweise kann ich eines Tages eine Nachricht nach Hause schicken, und dann, vielleicht ...« Er hielt inne und blickte ihr in die Augen. »Vielleicht kannst du dann nicht mehr zurückkehren.«

»Oh, Tom!« rief India verzweifelt. »Du meinst, ich kann Mama und Papa nie mehr wiedersehen?«

»In unserer Familie hat es immer wieder abenteuerlustige Frauen gegeben, die ein Talent dafür hatten, in Schwierigkeiten zu geraten. Meistens haben sie aber recht gut überlebt. Du mußt jetzt einiges lernen, India, um dich durchzukämpfen. Und du darfst nicht vergessen, daß du, sobald sie dich in ihrer Hand haben, nicht länger die Tochter des Herzogs von Glenkirk bist, sondern nur noch eine schöne Sklavin. Du wirst deinem Herrn auf Gedeih und Verderb ausgeliefert sein, wer immer das auch sein wird. Halt dein Temperament im Zaum, India, und vor allem hüte deine Zunge, damit sie sie dir nicht herausreißen. Mit den Piraten aus den Barbareskenstaaten ist nicht gut Kirschen essen.«

»Lieber sterbe ich, als daß ich mich ihnen unterwerfe!« rief India theatralisch aus.

Tom Southwood packte seine Cousine an den Armen und schüttelte sie kräftig. »Sei nicht dumm, India«, sagte er, ehe er sie losließ und die Kajüte verließ. Zu ihrer Enttäuschung hörte sie, wie der Schlüssel im Schloß umgedreht wurde. Vergaß er denn niemals etwas?

Als das Piratenschiff zu ihnen aufgeschlossen hatte, sah India, warum sie so rasch eingeholt worden waren. Das Schiff war nicht nur mit Segeln ausgestattet, es verfügte auch über Ruder, die überaus nützlich waren, wenn es galt, bei Windstille ein großes Handelsschiff einzuholen. India wünschte, sie hätte jetzt an Deck sein können. Was würde ihr Vetter nur tun? Ob er sich zur Wehr setzen würde?

»Die Mannschaft ist bereit, das Schiff zu verteidigen, Sir«, sagte Bolton.

Tom Southwood schüttelte den Kopf. »Widerstand wäre zwecklos«, entgegnete er seinem ersten Offizier, der diese Antwort schon erwartet hatte. »Seht Euch bloß ihre Kanonen an. Außerdem möchte ich, daß mein Schiff ganz bleibt. Irgendwann werden wir es schon zurückgewinnen, Francis Bolton«, sagte er und lachte. »Ihr habt den Männern doch gesagt, wie sie sich verhalten sollen, oder?«

»Jawohl, Sir, aber zwei von ihnen sind irische Katholiken und ein halbes Dutzend halsstarrige Puritaner. Der Segelmacher ist Jude, und der Koch sagt, er glaubt an gar nichts. Sie werden sich nicht bekehren.«

»Nun, ich habe sie jedenfalls gewarnt. Ich hoffe nur, daß genügend von ihnen vernünftig sind, damit wir das Schiff eines Tages nach Hause segeln können«, erwiderte der junge Kapitän. »Kopf hoch, Bolton, da kommen sie schon!« Er stand aufrecht da und begutachtete das Schiff der Piraten. Es war eine große Galeere mit insgesamt achtundzwanzig Ruderbänken. Auf jeder Bank saßen vier oder fünf Männer. Am Heck befand sich ein überdachter Bereich, was darauf hindeutete, daß sich Janitscharen an Bord befanden; der Rest des Decks war offen. Bewaffnet war das Schiff mit einer mächtigen Kanone und mehreren Geschützen.

Ein großer kräftiger Mann trat auf ihn zu. Er sprach akzentfreies Französisch. »Ich bin Aruj Aga, Hauptmann des Janitscharenkorps von El Sinut, und ich stehe unter dem Kommando des Dey. Mit wem habe ich es zu tun?«

»Thomas Southwood aus London, Kapitän der *Royal Charles*, unterwegs in Namen der O'Malley-Small-Handelsgesellschaft. Wir dürfen uns für gewöhnlich frei in diesen Gewässern bewegen, Aruj Aga. Warum habt Ihr uns aufgehalten? Habt Ihr denn unsere Fahne nicht gesehen?«

»Das hat für mich keine Bedeutung«, lautete die höfliche Antwort. »Euer Schiff ist sozusagen Freiwild und gehört jetzt dem Dey von El Sinut. Was habt Ihr geladen?«

»Wolle, Zinngegenstände aus Cornwall, Felle, Früchte und einige Kisten Sherry«, antwortete Thomas Southwood. »Ich habe außerdem zwei Passagiere an Bord, für die ein gutes Lösegeld erzielt werden könnte. Es sind der Sohn des Earl von Oxton und meine eigene Cousine, die Tochter des Herzogs von Glenkirk. Ihr jüngerer Bruder ist der Neffe von König Charles. Ihr Vater wird eine stattliche Summe bezahlen, um sie wiederzubekommen. Sie wollte ihre Großmutter in Neapel besuchen.«

»Wenn Ihr mit unserer Welt vertraut seid, Käpt'n Southwood, dann wißt Ihr ja, was mit Gefangenen geschieht. Ich hoffe um Eurer Cousine willen, daß sie ein häßliches kleines Mädchen ist.«

Thomas Southwood verzog das Gesicht, und Aruj Aga lachte. »Nein? Nun, dann laßt Ihr sie mich besser gleich einmal sehen«, sagte er.

»Ich habe sie in meiner Kajüte eingesperrt, weil ich um ihre Sicherheit fürchtete. Bitte folgt mir.«

»Sehr klug«, sagte Aruj Aga anerkennend. »Wir nehmen Euer Schiff in Schlepptau, darum könnt Ihr selbst, Eure Passagiere und ein paar Männer an Bord bleiben, bis wir den Hafen erreicht haben. Dazu werde ich einige meiner Männer an Bord schicken. Wir müßten El Sinut in drei Tagen erreichen.«

»Und der Rest meiner Mannschaft?«

»Eure übrigen Männer kommen an Bord meiner Galeere und werden in Ketten gelegt. Der Dey wird entscheiden, was mit ihnen zu geschehen hat«, antwortete Aruj Aga.

Tom Southwood war keineswegs überrascht. Der Dey würde den Männern die Chance geben, zum Islam überzutreten und auf seinen Schiffen tätig zu sein. All jene, die sich weigerten, würden entweder verkauft werden, als Sklaven auf den Galeeren landen oder in den Bergwerken arbeiten müssen. Als er seine Kajüte erreichte, schloß er die Tür auf und rief ins Innere: »Cousine, ich bin's.«

Sie stand in der Mitte des Raumes, einen Degen in der Hand. »Du hast dich kampflos ergeben«, sagte sie vorwurfsvoll.

»Wir sind ein Handelsschiff, India. Und sie haben Kanonen«, erklärte er ihr. »Wo zum Teufel hast du diesen Degen her? Leg ihn sofort hin. *Sofort*, sage ich.«

»Das kann ich nicht. Ich muß die Familienehre hochhalten, die du befleckt hast. Den Degen habe ich übrigens unter der Koje gefunden. Ich werde mich jedenfalls nicht kampflos ergeben«, verkündete India.

Aruj Aga blickte India voller Bewunderung an. Das Mädchen war eine echte Schönheit. Sie trug einen dunkelroten Samtrock sowie ein Hemd mit langen Ärmeln. Um die Taille hatte sie einen breiten Ledergürtel gebunden. Sie trug ihre langen dunklen Locken offen, und ihre goldenen Augen schienen Funken zu sprühen. Sie war ein richtiges Prachtexemplar!

»En garde, infidèle!« rief India und richtete die Waffe auf ihn.

»Lieber Himmel!« murmelte Tom Southwood. Wie hatte er nur die Waffe unter der Koje vergessen können!

Doch Aruj Aga brach in schallendes Gelächter aus. »Kommt, meine Schöne«, redete er ihr mit freundlichem Lächeln zu. »Euer Vetter hat genau das Richtige getan. Es hätte mir leid getan, dieses schöne Schiff mit Mann und Maus in die Luft jagen zu müssen. Euch wird nichts geschehen. Ja, ich kann mir sogar eine wunderbare Zukunft für Euch vorstellen – als Lieblingsfrau im Harem Eures Meisters. Gebt mir jetzt den Degen.« Er streckte die Hand aus. India versuchte ihn mit einem wilden Hieb zu treffen, daß der Aga zog rasch seine Hand zurück, so daß die Klinge ihn nur noch streifte, woraufhin ein wenig Blut an seiner Fingerspitze zu sehen war.

Dann sprang India vor, um ihn anzugreifen. Der Janitschare schien seine gute Laune mit einem Schlag verloren zu haben. Er wich ihrem Angriff aus, riß ihr den Degen aus der Hand und stieß sie grob zu Boden, wo er sie mit dem Stiefel niederdrückte. Tom Southwood zeigte keinerlei Regung. Er wußte, daß der Aga India nicht ernstlich verletzen würde. Sie war allzu wertvoll als Gefangene – doch wenn sie nicht bald einsah, welcher Platz ihr in dieser neuen Welt zukam, dann würde sie noch ins Verderben laufen.

»Tom! Wie kannst du nur zulassen, daß er mich so behandelt?« rief India empört. »Hilf mir doch!« Sie wand sich verzweifelt unter dem Stiefel ihres Peinigers.

»Ich habe dich gewarnt, India«, sagte Southwood auf Englisch zu ihr. »Und jetzt halt den Mund, bevor er dich noch auspeitschen läßt. So behandelt man hier nämlich widerspenstige Sklavinnen. Ich hoffe, du hast jetzt begriffen, in welcher Gefahr du dich befindest.« Er wandte sich dem Janitscharen zu und sagte auf Französisch: »Ich habe ihr gesagt, daß sie sich benehmen soll, Aruj Aga, aber sie ist immer sehr verwöhnt worden. Ich kann nicht garantieren, daß sie auf mich hört.«

»Ich weiß, wie man mit wilden Stuten umgeht, Kapitän. Ich schäme mich dafür, daß ich mich von einem jungen Mädchen habe überraschen lassen. Sie ist noch Jungfrau, da bin ich mir sicher. Jungfrauen reagieren immer ein wenig unberechenbar in solchen Situationen.« Er blickte auf India hinab. »Bist du jetzt bereit, dich ein wenig gesitteter zu benehmen, meine Schöne?« Er hob den Fuß von ihrem Rücken und half ihr auf.

»Geh zum Teufel!« stieß India wütend hervor. »Ich werde dich töten, wenn sich die Chance dazu bietet. Ich werde niemandes Sklavin sein, verdammt!«

Aruj Aga kicherte in sich hinein. »Die temperamentvollen Stuten sind die besten«, meinte er. »Ist sie immer so freundlich, Kapitän?«

»Ich fürchte ja«, antwortete Tom Southwood.

»Wo ist Adrian?« fragte India ihren Vetter. »Wenn sie ihm etwas angetan haben, dann werden sie teuer dafür bezahlen!«

»Halt endlich den Mund, India«, warnte er sie. »Du machst alles nur noch schlimmer für deinen Freund. Es kann durchaus sein, daß sie ihn gegen ein Lösegeld freilassen, wenn der Dey großzügig ist – und habgierig. Und jetzt tu, was man dir sagt, Cousine.«

»Wenn *er* gegen ein Lösegeld freigelassen wird, warum nicht auch ich?« wollte sie wissen.

»Weil du eine schöne Jungfrau – und deshalb als Konkubine sehr gefragt bist. Die Leute hier können sich nicht vorstellen, daß irgendein Vater so viel bezahlen würde, daß es sich lohnt, dich heimkehren zu lassen – zumal dein Ruf in unserer Heimat ziemlich ramponiert sein dürfte, nachdem du in der Hand der Piraten warst. Und jetzt tu einfach, was man von dir verlangt, India. Mit Aruj Agas Erlaubnis werde ich später kommen und dich besuchen.« Den letzten Satz hatte er auf Französisch gesprochen, damit der Janitschare ihn verstehen konnte.

»Aber sicher«, bestätigte Aruj Aga. »Wir wollen doch, daß

das Mädchen zufrieden ist. Die Angst raubt einer Frau ihre Schönheit.«

Die beiden Männer verließen die Kajüte und versperrten die Tür. India hörte, daß draußen rege Betriebsamkeit herrschte – der Großteil der Mannschaft der *Royal Charles* wurde auf das Piratenschiff gebracht, wo die Männer in Ketten gelegt wurden. Sie hörte fremde Stimmen, die in einer ihr unverständlichen Sprache redeten. Nur hin und wieder war ein englisches Wort zu vernehmen. Sie fürchtete um Adrians Sicherheit, zumal Tom ihr nicht das Geringste über ihn mitgeteilt hatte. Ihr Kopf dröhnte, und ihre Hüfte schmerzte, nachdem Aruj Aga sie zu Boden geworfen hatte. India fühlte, wie die Tränen in ihr hochstiegen.

Da hörte sie, wie sich erneut der Schlüssel im Schloß drehte, und im nächsten Augenblick trat Knox, der Steward, ein. »Der Käpt'n wollte, daß ich Euch sage, was nun geschieht, und daß ich Euch etwas zu essen bringe. Ihr habt keinen Bissen angerührt seit gestern abend, und das ist gar nicht gut. Ihr müßt sehen, daß Ihr bei Kräften bleibt.«

»Wo ist Adrian?« wollte India in ihrer Verzweiflung wissen, und eine Träne lief ihr die Wange hinunter.

»Macht Euch doch keine Sorgen um den jungen Gentleman, Mylady«, erwiderte Knox, dem das Mädchen leid tat. »Er ist in seiner Kabine eingesperrt, genau wie Ihr. Der Käpt'n meint, er käme gegen ein Lösegeld frei. Der Großteil der Mannschaft ist auf die Galeere gebracht worden – außer dem Käpt'n, dem ersten Offizier, dem zweiten Offizier, dem Koch und mir. Dafür haben wir jetzt jede Menge Ungläubige hier an Bord.« Er stellte das Tablett, das er in Händen hielt, auf den Tisch und lüftete die Serviette.

India betrachtete ohne große Begeisterung sein Angebot und seufzte. »Ich glaube nicht, daß ich auch nur einen Bissen hinunterbringe«, sagte sie.

»Wenn Ihr alles aufeßt, Mylady, dann überbringe ich dem jungen Gentleman eine Botschaft von Euch«, versuchte er sie zu überreden. »Der Koch hat heute die letzten Hühner geschlachtet und gebraten. Dazu hat er frisches Brot gebacken. Ich habe Euch außerdem eine Artischocke mitgebracht, und

Weintrauben, sogar eine Orange ist dabei. Jetzt eßt mal schön. Wenn ich dann dem Gentleman das Essen bringe, teile ich ihm auch gleich Eure Nachricht mit. In Ordnung?«

India griff widerwillig nach den Speisen, die der Steward ihr gebracht hatte. Sie nahm einen Bissen, dann noch einen, und stellte zu ihrer Überraschung fest, daß sie ziemlich hungrig war, obwohl sie sich so niedergeschlagen fühlte. Rasch löste sie das Fleisch des Hühnchenflügels vom Knochen und aß mit großem Appetit. »Ist auch Käse da?« fragte sie den Mann.

»Unter dem Brot«, antwortete er und verbiß sich ein Lächeln. Das arme Mädchen hatte einen ganzen Tag nichts gegessen. Sie mußte einen Riesenhunger haben. Besser, sie aß sich noch einmal satt, denn wer konnte schon sagen, was für seltsame heidnische Speisen man ihnen vorsetzen würde. *Ich werde langsam zu alt für solche Abenteuer. Wenn ich je wieder nach England heimkehren sollte, dann suche ich mir eine nette Witwe, die ein wenig beiseite gelegt hat, und lasse mich mit ihr in einem kleinen Cottage in Devon nieder, mit Blick aufs Meer. Das wär' genau das Richtige für mich. Wenn ich je wieder nach England komme.*

Als India alles aufgegessen hatte, nahm Knox das Tablett an sich und fragte: »Was soll ich dem jungen Gentleman sagen, Mylady?«

»Sagt ihm, daß ich ihn liebe«, begann India, »und daß ich für unsere Rettung bete. Sagt ihm, daß auch er dafür beten soll, daß wir alle, die wir auf der *Royal Charles* unterwegs waren, bald wieder in Freiheit sind. Und daß er sich überlegen soll, wie wir fliehen könnten«, fügte India hinzu.

»Jawohl, Mylady«, sagte Knox und dachte bei sich, daß er den letzten Teil ihrer Botschaft für sich behalten würde. Das hätte ihnen gerade noch gefehlt, daß der junge Herr versuchte, eine Heldentat zu begehen und dabei zugrunde ging. Knox glaubte zwar ohnehin nicht, daß der junge Mann das Zeug zum Helden hatte – nein, er hielt ihn viel mehr für einen Opportunisten, der nur das tat, was ihm selbst nützte –, dennoch beschloß Knox, kein Risiko einzugehen.

Als India wieder allein war, blickte sie durch das Fenster

auf die offene See hinaus. Direkt vor ihr ging die Sonne im Westen unter. Der Himmel war immer noch klar und blau, doch der Horizont hatte sich bereits purpurrot und golden verfärbt. Als es nach und nach dunkler wurde, erschien ein erster Stern am Abendhimmel. India seufzte. Es war ein so unglaublich schöner Anblick. Sie fragte sich, ob auch Adrian gerade den Sonnenuntergang bewunderte und ob er genauso an sie dachte wie sie an ihn. Als sich die Tür hinter ihr öffnete, wandte sie sich vom Fenster ab. Sie hatte erwartet, ihren Vetter zu sehen, doch es war Aruj Aga. India erstarrte förmlich, als sie ihn in der Türe stehen sah.

»Keine Sorge, schöne Lady«, sagte er in beruhigendem Ton. »Es wird dir nichts geschehen, solange ich für dich verantwortlich bin. Laßt mich eine Lampe anzünden. Hier drin ist es ja völlig dunkel.« Mit dem Docht der Lampe, die er mit sich trug, zündete er eine Öllampe an. »Bleib nur sitzen, ich möchte mich gerne ein Weilchen mit dir unterhalten. Du weißt doch, was heute geschehen ist, nicht wahr?«

»Ihr habt zusammen mit Euren Piraten unser Schiff gekapert«, erwiderte India in scharfem Ton.

Er lächelte über ihr ungebrochenes Temperament. »Es ist mein gutes Recht, euer Schiff zu kapern, Mädchen«, sagte er. »Diese Gewässer werden von Allahs gütigstem Diener, Murat IV., beherrscht. Er ist zwar noch ein Knabe, aber wir hoffen, daß er eines Tages ein großer Sultan sein wird. Als ein Schiff von Ungläubigen seid ihr Freiwild für uns, meine Liebe.«

»Wer seid Ihr?« fragte India mit plötzlicher Neugier. »Seid Ihr Türke?«

»Ich bin Bosnier; ich komme aus einem Land, das zum osmanischen Reich gehört, obwohl es in Europa liegt. Ich wurde schon mit acht Jahren zu den Janitscharen einberufen. Das war eine große Ehre für meine Familie. Mein Onkel ist ebenfalls ein Janitschare. Ich wurde dort ausgebildet und habe mich allmählich nach oben gearbeitet, bis ich mir den Rang eines *Aga* erwarb – bei euch würde man das wohl Hauptmann nennen.«

»Was wird mit mir geschehen?« wollte India wissen.

»Mein Vetter sagt, daß ich jetzt eine Sklavin bin. Aber das kann doch nicht sein! Ich bin die Tochter des Herzogs von Glenkirk. Zwei meiner Brüder sind Herzöge, und einer ist Marquis. Ich bin die Erbin eines großen Vermögens und darüber hinaus mit dem englischen König blutsverwandt.«

Aruj Aga braune Augen funkelten, und er strich sich nachdenklich durch den rostbraunen Bart. »Das ist ein wirklich eindrucksvoller Stammbaum, meine Schöne, aber es ändert leider überhaupt nichts. Dein Vetter hat die Wahrheit gesagt.«

India sprang von ihrem Platz am Fenster und stampfte empört mit dem Fuß auf. »Meine Familie wird Euch ein saftiges Lösegeld zahlen, wenn ich sicher nach Hause zurückkehren kann. Ich könnte Euch das Lösegeld sogar selbst bezahlen. Versteht Ihr mich, Aruj Aga? *Ich bin reich!* Ich besitze zwei Handelsschiffe, die *Star of India* und die *Prince of Kashmir*. Sie werden im Ostindienhandel eingesetzt und bringen Gewürze, Seide und Edelsteine nach England. Außerdem werde ich ein großes Vermögen erben.«

»Ich habe dir aufmerksam zugehört, meine Schöne, und jetzt mußt du mir zuhören. Ich habe nicht das Recht, irgendeine Entscheidung über dein Schicksal zu treffen. Du und dieses Schiff mit allem, was sich darauf befindet, gehört dem Dey von El Sinut, der im Namen des Sultans dort regiert. Er ist es, der entscheiden wird, was mit dir geschehen soll. Meine Aufgabe ist es, dich sicher in den Hafen von El Sinut zu bringen, und mit Allahs Hilfe werde ich das auch tun.« Er erhob sich von seinem Stuhl. »Und jetzt wünsche ich dir eine gute Nacht. Du brauchst keine Angst zu haben, meine Schöne. Du bist in Sicherheit.«

»Und mein Vetter?« fragte sie.

»Ich werde ihm erlauben, dich morgen früh zu besuchen«, antwortete der Aga, verbeugte sich und verließ die Kajüte, die er hinter sich absperrte.

India schritt im Raum auf und ab. Das war einfach unerhört. *Und das alles wäre nicht passiert, wenn du auf deine Eltern gehört hättest,* sagte eine leise Stimme in ihrem Inneren. »Verdammt und zugenäht«, fluchte sie, doch die Stimme hatte recht, das wußte sie genau. Wenn sie auf ihre Familie gehört hätte, anstatt ihren Gefühlen zu gehorchen, dann säße sie jetzt sicher zu Hause in Schottland und wäre nicht in der Gewalt von heidnischen Piraten. Ihre Eltern hätten sie ohnehin nie gezwungen, jemanden zu heiraten, den sie nicht liebte. Sie hätten es vielleicht versucht, aber am Ende hätte sie schon ihren Willen bekommen, wenn sie nur ein wenig geduldiger gewesen wäre. Und so sehr sie Adrian auch liebte, sie war nun überzeugt, daß es falsch von ihm gewesen war, sie zur Flucht zu überreden. Jetzt sahen sie ja, was sie davon hatten!

Und *er* würde höchstwahrscheinlich gegen Lösegeld freigelassen werden, was man ihr, so versicherten ihr alle, nicht zugestehen würde. Ein Mädchen in einer solchen Situation war anscheinend für immer gebrandmarkt. Gewiß, ihre Urgroßmutter, ihre Großmutter und ihre Tante Valentina hatten einst Ähnliches durchgemacht und waren danach heimgekehrt, um ein ehrenhaftes Leben zu führen. Aber das war viele Jahre her. Die Zeiten hatten sich geändert seit damals; die Menschen waren früher toleranter und aufgeschlossener gewesen. Wenn öffentlich bekannt würde, daß Lady India Lindley von Piraten gefangen genommen worden war, dann würde das einen Riesenskandal auslösen, und kein anständiger Mann würde je um ihre Hand anhalten. Und wenn Adrian vor ihr heimkehren durfte und sie später nachkam, dann würde nicht einmal er sie noch heiraten wollen! »Verdammt!« murmelte India. Was war sie nur für ein Dickkopf gewesen!

Was um alles in der Welt sollte sie jetzt bloß tun? Wie konnte sie sich aus dieser mißlichen Lage retten? Würde sie den Dey überreden können, sie gegen ein stattliches Lösegeld zusammen mit Adrian ziehen zu lassen? Das schien ihre einzige Chance zu sein. Was ihr sonst noch blieb, war, sich das Leben zu nehmen – und India wußte, daß sie nicht den Mut dazu aufbringen würde. Außerdem wollte sie ganz einfach nicht sterben. Aber was war, wenn dieser Dey sie behalten wollte? India lächelte grimmig vor sich hin. Sie würde das bissigste und halsstarrigste Geschöpf sein, daß ihm je begegnet war; dann würde er sie gewiß nach Hause schicken und ein dickes Lösegeld ihrer Gegenwart vorziehen. Niemals würde sie irgendjemandes Sklavin sein! Das war unvorstellbar. Sie würde es ganz einfach nicht zulassen!

India lehnte sich zurück und blickte aus dem Fenster. Der Himmel war nun völlig dunkel, und die schmale Mondsichel spiegelte sich im Meer. Rundherum hatten sich die leuchtenden Sterne versammelt. Ob ihre Schwester in diesem Augenblick ebenfalls den Mond betrachtete? Die liebe Fortune, die ohne zu murren die Entscheidung ihrer Eltern akzeptierte, einen Ehemann für sie in Irland zu suchen. Sie war vollauf zufrieden damit, sich auf MacGuire's Ford niederzulassen und Herrin über ihre Ländereien zu sein. *Wie viel leichter wäre alles für uns gewesen, wenn ich nur ein wenig mehr wie Fortune wäre.* Dabei war auch Fortune ein richtiger Wildfang und alles andere als gefügig; der Unterschied war, daß sie viel praktischer veranlagt war als India.

Wie lange wird es wohl dauern, bis ich meine Schwestern und Brüder wiedersehe – und natürlich meine Eltern, fragte sich India. »Verdammt, ich vermisse sie so sehr!« murmelte sie vor sich hin. »Ich habe mich so dumm benommen. Das werde ich bestimmt nicht wieder tun.« Sie seufzte, während sie auf das Meer hinausblickte und sah, wie sich das Kielwasser der *Royal Charles* kräuselte, die Kurs auf El Sinut nahm.

TEIL 2

El Sinut, 1626–1628

1

Möchtest du an Deck kommen? Wir fahren jetzt in den Hafen ein«, schlug Aruj Aga an jenem Morgen vor, als sie El Sinut erreichten. »Vergiß aber nicht, deinen Umhang mitzunehmen, meine Schöne.«

»Soll ich den pelzgefütterten Umhang aus schwarzer Wolle nehmen oder den aus türkisblauer Seide?« fragte India. »Der hat auch eine Kapuze.«

»Der seidene ist für unser warmes Klima hier sicher besser geeignet«, antwortete Aruj Aga. »Aber wir brauchen noch etwas, mit dem wir dein Gesicht verschleiern können.«

India kramte in ihrem Koffer, bis sie schließlich ein großes, spitzenbesetztes Taschentuch hervorholte. »Würde das hier gehen? Aber warum muß mein Gesicht bedeckt sein? Habt Ihr Angst, daß mich jemand erkennen könnte und Ihr gezwungen wärt, mich freizulassen?«

»Nein«, antwortete er lächelnd. Sie war wirklich hartnäckig, dachte er bei sich. »Hier bei uns ist es üblich, daß eine ehrbare Frau in der Öffentlichkeit ihr Haar und ihr Gesicht bedeckt. Das gibt der Frau mehr Freiheit, sich auf der Straße zu bewegen, ohne Gefahr zu laufen, andauernd von Männern angesprochen zu werden. Nur Frauen von geringem Ansehen, die ihre Reize verkaufen, zeigen sich ganz offen.« Er half ihr, den langen Umhang anzulegen. »Wenn du dich in El Sinut oder sonst irgendwo im Reich des Sultans in der Öffentlichkeit bewegen willst, mußt du stets einen Schleier tragen.« Er zog ihr die Kapuze über den Kopf. »Wir müssen den Schleier irgendwie befestigen. Hast du vielleicht irgendwelche Nadeln?«

»In meinem Schmuckkästchen«, antwortete India. »Wird man mir auch den Schmuck abnehmen? Das sind alles Erinnerungsstücke von meiner Familie.«

»Ich werde mit dem Dey darüber sprechen«, sagte er, »aber das kann nur er entscheiden, nicht ich. Das mußt du verstehen.« Vorsichtig befestigte er das weiße Tuch vor Indias Gesicht, so daß nur noch ihre goldfarbenen Augen und die dunklen Brauen zu sehen waren. Er trat einen Schritt zurück und schien zufrieden zu sein. »Jetzt sind wir soweit«, sagte er mit einem breiten Lächeln. »Ich schätze, ich würde eine hervorragende Kammerzofe abgeben.«

India lachte unwillkürlich und gestattete ihm, sie an Deck zu führen. Die Luft war heiß und trocken. Die große Galeere vor ihnen, deren Segel sich leicht im Wind blähten, wurde nun in den Hafen gerudert. Ihre Beute, das Handelsschiff, zog sie hinter sich her. Die Hafeneinfahrt wurde von zwei Leuchttürmen begrenzt.

»Zwischen den Türmen ist eine große Kette gespannt«, erklärte ihr Aruj Aga. »Sie ist im Augenblick unter Wasser, aber im Notfall wird sie hochgezogen, um die Einfahrt zu blockieren.«

»Im Goldenen Horn von Istanbul gibt es eine ähnliche Vorrichtung«, warf Tom Southwood ein, der den Hafen aufmerksam begutachtete. Es waren noch mindestens drei weitere große Galeeren vorhanden, daneben einige Galeonen, Brigantinen, Fregatten und kleine Felucken, die nur drei bis fünf Bänke für je einen Ruderer enthielten – ganz im Gegensatz zu der Galeere, die sie ins Schlepptau genommen hatte und die über achtundzwanzig Bänke mit je zwei Rudern verfügte, an denen je vier bis fünf Männer saßen. In dem großen Hafen herrschte rege Betriebsamkeit, wie Tom Southwood feststellte; es würde deshalb bei weitem nicht so leicht werden, wie er gedacht hatte, die *Royal Charles* wieder an sich zu bringen und zu entkommen. Aber als achtbarer Seemann mußte er es zumindest versuchen.

India war an dem Hafen und seinen Schiffen nicht im geringsten interessiert. Es war El Sinut selbst, das sie faszinierte. Nie zuvor hatte sie eine solche Stadt gesehen. Die Häuser waren allesamt weiß, und sie leuchteten hell in heißen Vormittagssonne. Sie waren nicht alle gleich hoch, und die meisten schienen terrassenförmig angelegt zu sein, so daß jedes nachfolgende Stockwerk gegenüber dem darunter liegenden ein wenig zurückgesetzt war. Im Zentrum der Stadt erhob sich ein riesiges Gebäude, dessen Kuppel mit funkelndem Blattgold überzogen war.

»Ist das der Palast eures Dey?« fragte India den Aga.

»Nein«, antwortete er, »das ist die große Moschee von El Sinut.«

»Was ist eine Moschee?« fragte India.

»So nennt man bei uns einen heiligen Ort, wie bei euch eine Kirche«, erklärte er ihr. »Siehst du die vier Türme rund um die Kuppel? Man nennt sie Minarette. Sechsmal am Tag geht der Imam, so nennt man bei uns die Priester, dort hinauf, um die Menschen zum Gebet zu rufen.«

»Ihr betet sechsmal am Tag?« fragte India verblüfft.

»Wir sind ein gläubiges Volk«, antwortete er.

»Was soll nun geschehen, Aruj Aga?« fragte India, als das Schiff am Kai anlegte.

»Nun, wir werden uns zum Palast des Dey begeben. Er befindet sich dort drüben.« Er zeigte auf eine Gruppe von Gebäuden, die auf einem niedrigen Hügel direkt unterhalb der Moschee standen. Sie unterschieden sich jedoch kaum von den übrigen Häusern der Stadt.

»Man wird eine Sänfte für dich bringen«, sagte er, um gleich vorweg die Frage zu beantworten, die sie wohl als nächstes gestellt hätte.

»Und die anderen?« wollte sie wissen. »Mein Vetter? Viscount Twyford? Müssen sie auch zum Dey?«

»Sie werden uns folgen, meine Schöne«, antwortete er. »Ich muß dich jetzt für einen Augenblick allein lassen und mich um den Transport kümmern«, fügte er hinzu. »Dein Vetter ist ja bei dir.« Und er verschwand, bereits ganz in seine Aufgaben vertieft.

»Ich habe Angst«, sagte India, zu Tom Southwood gewandt.

»Das darfst du dir aber nicht anmerken lassen«, warnte er sie. »Vor allem nicht gegenüber den Frauen des Harems. Du mußt verstehen, daß sie alle um die Aufmerksamkeit eines einzigen Mannes buhlen und daß sie einander hassen. Sie werden alles tun, was in ihrer Macht steht, um eine Rivalin auszuschalten.«

»Ich glaube fast, es wäre besser, wenn sie mich zum Rudern auf eine Galeere schicken würden«, sagte sie mit einigem Galgenhumor, wie um sich selbst zu beruhigen.

»Auf eines solltest du unbedingt achten, India«, sagte er. »Du darfst unter keinen Umständen irgendjemandem verraten, daß du mit Viscount Twyford durchgebrannt bist. Wenn die geringsten Zweifel an deiner Jungfräulichkeit aufkommen, dann könnte es sein, daß du auf dem Sklavenmarkt landest und dich in einem Bordell wiederfindest. Im Haus des Dey wirst du noch am sichersten sein.«

»Aber was ist, wenn er mich an jemand anderen weitergibt?« wollte India wissen.

»Dann ist es immer noch besser, du gehörst dem Harem eines reichen Mannes an, als in einem Bordell zu stecken. Außerdem werde ich dich auf diese Weise leichter finden.«

»Aber der arme Adrian«, wandte India voller Sorge ein. »Er wird denken, daß ich ihn betrogen habe, und das wird ihm das Herz brechen! Ich kann das nicht tun, Tom!«

»Adrian wird gewiß verstehen, daß deine Sicherheit an erster Stelle steht«, entgegnete Tom Southwood. »Das sollte er einsehen, wenn er dich wirklich liebt. Bitte, India, versprich mir, meinen Rat zu beherzigen. Ich werde uns schon aus dieser mißlichen Lage befreien, aber du mußt mir vertrauen und tun, was ich dir sage.«

In diesem Augenblick kehrte Aruj Aga zu ihnen zurück. »Sagt Eurer Cousine Lebewohl, Kapitän. Ihr seht gewiß ein, daß Ihr nachher nicht mehr mit ihr sprechen könnt. Rasch! Wir müssen gleich zum Palast des Dey aufbrechen.«

Tom Southwood schloß India in die Arme und flüsterte ihr dabei ins Ohr: »Versprich es mir!«

»Ich werd's versuchen«, flüsterte sie zurück.

»Kommt jetzt«, forderte der Janitschare sie auf, nahm sie am Arm und führte sie die Landungsbrücke hinunter. Wenige Augenblicke später hatte India zum ersten Mal seit Wochen wieder festen Boden unter den Füßen. Sie schwankte ein klein wenig, und der Aga half ihr in die Sänfte, die schon bereit stand. »Leg deinen Schleier nicht ab, meine Schöne, und auch die Vorhänge müssen geschlossen bleiben«, sagte er in strengem Ton.

»Man bekommt nicht genug Luft mit dem Ding«, beklagte India sich. Wo würde er sie nur hinbringen? Was sollte aus den anderen werden? Und Adrian? Sie hatte ihn jetzt seit Tagen nicht mehr gesehen. Sie wußte nicht einmal, wie es ihm ging.

»Leg dich auf die Kissen«, riet er ihr in etwas freundlicherem Ton, als er bemerkte, wie sehr sie sich fürchtete, auch wenn sie sich tapfer bemühte, es sich nicht anmerken zu lassen. »An einer Seite der Sänfte findest du einen kleinen Beutel, und darin ein Fläschchen mit Trinkwasser. Du wirst feststellen, daß du durch die Vorhänge zwar nach außen sehen kannst, dir aber von außen niemand so nahe kommt, um dich in der Sänfte zu sehen. Die Stadt ist schön, es wird dir bestimmt gefallen, sie auf diese Weise besichtigen zu können. Es ist nicht allzu weit zum Palast des Dey.« Er lächelte ihr zu, ehe er die Vorhänge der Sänfte schloß.

Er hatte nicht gelogen, wie India bald feststellte – sie konnte tatsächlich hinaussehen!

Aruj Aga war diesen Morgen sehr hübsch gekleidet, dachte India bei sich. Er trug eine Hose aus roter Seide, ein grün- und gold-gestreiftes Hemd mit einer dazupassenden Schärpe um die Taille und einen hübschen Umhang aus grüner Seide. An seiner Schärpe hing ein krummer Säbel. Seine Stiefel waren aus rotem Leder, und auf dem Kopf trug er einen kleinen Turban, der mit einer Perle geschmückt war. Ein schöner kastanienbrauner Wallach wurde gebracht, und er stieg mit einer eleganten Bewegung auf, um das Entladen der *Royal Charles* zu beaufsichtigen.

Die Fracht wurde auf mehrere Wagen geladen, die von Mauleseln gezogen wurden. Dann sah India, wie die englische Mannschaft die Piratengaleere verließ. Sie waren an den Beinen mit Ketten gefesselt; außerdem hatte man ihnen ein eisernes Halsband angelegt, über das jeder der Männer durch eine Kette mit seinem Vorder- und Hintermann verbunden war. Nur Kapitän Thomas Southwood durfte sich ohne Fesseln bewegen; er ging an der Spitze seiner Männer, nachdem er sein Ehrenwort gegeben hatte, keinen Fluchtversuch zu unternehmen. India suchte aufgeregt die Reihe der aneinandergeketteten Männer nach Adrian Leigh ab. Sie stieß einen Laut des Erschreckens aus, als sie ihn an der Spitze der Reihe erblickte, direkt neben Knox. Man behandelte ihn also wie einen gewöhnlichen Seemann. Wie konnten sie es nur wagen!

Noch ehe sie sich bei Aruj Aga beschweren konnte, wurde ihre Sänfte von vier Janitscharen hochgehoben, die ebenfalls von der Galeere gekommen waren. Die Prozession verließ den Hafen und bewegte sich durch die engen gewundenen Straßen der Stadt. Ihr wurde klar, daß sie nichts tun konnte, um Adrian zu helfen – und so befolgte sie den Rat des Agas und legte sich auf die bunten Seidenkissen. Sie stellte fest, daß die Häuser keine Fenster auf der Höhe der Straße aufwiesen. Manche der höhergelegenen Fenster waren mit Gittern ausgestattet. Wenn sie hie und da einen Blick in einen Innenhof erhaschte, sah sie Keramikgefäße mit einer bunten Vielfalt an Blumen in allen Formen und Größen. Auch manch ein Springbrunnen war zu sehen. Die Straßen waren auffällig sauber, und die Menschen wirkten sehr friedlich und gesittet, wie sie ihren täglichen Beschäftigungen nachgingen. India merkte rasch, daß die verschleierten Gestalten Frauen waren, wenngleich sie auch nur wenige von ihnen sah. Sie überquerten einen großen, offenen Marktplatz. Überall waren Verkaufsstände zu sehen, an denen alle Arten von Gemüse und Blumen feilgeboten wurden, außerdem Fleisch und Fisch, Güter des täglichen Bedarfs sowie Stoffe und Lederwaren. Sogar Singvögel in hölzernen Käfigen und andere lebende Tiere konnte man hier kaufen. Im nächsten Augenblick erschauderte sie, als sie die Sklaven sah, die ebenfalls zum Kauf angeboten wurden. Die Menschen auf dem Markt lachten spöttisch, als sie die gefangenen Seeleute vorbeiziehen sahen – doch ansonsten gab es keine feindseligen Reaktionen.

Die Straße, die am anderen Ende des Marktplatzes wegführte, stieg leicht an; sie war terrassenförmig mit breiten Stufen angelegt. Die Häuser hier waren größer – offensichtlich gehörten sie wohlhabenderen Bürgern der Stadt. Die Straße selbst wurde immer breiter, je weiter sie kamen. India sah die Kuppel der großen Moschee und wußte deshalb, daß sie ihrem Ziel, dem Palast des Dey, schon recht nahe sein mußten. Sie erreichten erneut einen großen Platz, der jedoch menschenleer war. Er war nicht einmal von Gebäuden gesäumt, sondern lediglich von Mauern – und darüber war nichts zu sehen als der wolkenlose blaue Himmel. Der Platz war mit cremefarbenem und rotem Marmor gepflastert. Im nächsten Augenblick sah India, daß sie direkt vor dem weißen Marmorpalast des Dey standen.

Durch einen breiten Torbogen erreichten sie den Hof des Palastes. Überall standen bewaffnete Wachen. Die Prozession bewegte sich erneut durch ein Gewölbe, bis sie einen weiteren Hof erreichten, in dessen Mitte ein großer Springbrunnen stand. Indias Sänfte wurde behutsam niedergesetzt, und im nächsten Augenblick öffnete Aruj Aga die Vorhänge und reichte ihr die Hand, um ihr herauszuhelfen. Er blickte sie schweigend an und nickte dann mit einer gewissen Zufriedenheit.

»Du wirst mir folgen, meine Schöne. Und sprich nicht, solange dich der Dey nicht dazu auffordert. Wenn er dich etwas fragt, dann kannst du antworten. Nun, gehen wir. Die Audienz des Dey ist ohnehin fast schon vorüber.«

India blickte rasch um, doch ihr Vetter sowie die anderen englischen Gefangenen waren schon weggebracht worden … aber wohin, das war die Frage. Sie durfte jetzt vor allem keine Angst zeigen. Sie war zutiefst davon überzeugt, daß ihr Leben davon abhing, wie stark sie jetzt war, und so folgte sie rasch dem Janitscharen zum Palast. Er führte sie einen breiten Gang entlang, bis sie einen großen, von Säulen begrenzten Raum erreichten, der von einer Kuppel bedeckt wurde, durch den gedämpftes Sonnenlicht hereinströmte. Sie zitterte, obwohl es hier drin sehr warm war. Am anderen Ende des Raumes sah sie einen Mann mit überkreuzten Beinen auf einem von Säulen gesäumten Podium sitzen. Er war ganz in Weiß gekleidet, bis auf die goldene Schärpe, die er um die Taille trug. Seine weite weiße Hose war mit goldenen Stickereien und Perlen verziert – doch was India am meisten erstaunte, war die Tatsache, daß er barfuß war. Er trug ein weit ausgeschnittenes weißes Seidenhemd, und auf der glatten bronzefarbenen Haut seiner Brust prangte eine schwere Goldkette mit einem Anhänger. Sein Umhang aus weißem Satin war mit einer dünnen Goldkette am Hals befestigt. Auf dem Kopf trug er einen kleinen Turban, der mit einer Feder sowie einem wundervollen runden Diamanten geschmückt war.

»Aruj Aga, mein Herr«, verkündete der große schwarze Sklave, der die Rolle des Türstehers innehatte, mit dröhnender Stimme.

»Warte hier«, befahl ihr der Janitschare. »Wenn ich dich rufe, dann kannst du kommen, meine Schöne.« Dann eilte er zum Dey hin, kniete nieder und küßte seine Füße.

»Steh auf, Aruj Aga. Du bist früher zurückgekehrt, als ich erwartet hatte. Dann hast du wohl gute Beute gemacht, wie ich annehme?«

»In der Tat, Caynan Reis, mein Herr.« Der Aga erhob sich unter Verbeugungen.

»Was hast du uns mitgebracht?« fragte der Dey. Er hatte ein ovales Gesicht, das von einem kurzgeschnittenen schwarzen Bart umrahmt war.

»Ein feines englisches Schiff. Es ist nicht einmal ein Jahr alt und sollte im Ostindienhandel eingesetzt werden, doch der Kapitän wollte sich für den Anfang mit der Route London-Istanbul begnügen. Seine Fracht ist bedauerlicherweise nicht besonders wertvoll – nur portugiesische Felle, englische Wolle und Zinngegenstände, außerdem Orangen und Zitronen aus Cadiz und einige Fässer Sherry aus Malaga, die wir gleich ins Meer geworfen haben, da unser Prophet ja vor dem Genuß von Wein gewarnt hat. Doch die Mannschaft besteht aus gut ausgebildeten Seeleuten – nicht so wie das Gesindel, das wir üblicherweise auf solchen Schiffen vorfinden. Viele von ihnen, einschließlich des Kapitäns, haben bereits angekündigt, daß sie bereit sind, sich zum Islam zu bekehren und unter der Flagge des Sultans und El Sinuts zu segeln. Außerdem waren zwei Passagiere an Bord – ein junger englischer Lord, der zweifellos ein stattliches Lösegeld einbringen wird, und die Cousine des Kapitäns, eine junge Adlige, die angeblich Erbin eines großen Vermögens ist. Sie wollte ihre Großmutter in Neapel besuchen. Ich bin mir sicher, daß sie noch Jungfrau ist, Caynan Reis, mein Herr. Sie ist, glaube ich, ein wirklich guter Fang.«

»Schön?« fragte der Dey. Seine langen Finger spielten mit seinem Bart.

»Gewiß, mein Herr«, antwortete der Aga.

Der Dey lachte. »Nun, alles der Reihe nach«, sagte er. »Bring mir den Kapitän des Schiffes, damit ich mich selbst davon überzeugen kann, ob er vertrauenswürdig ist.«

Thomas Southwood wurde von zwei Janitscharen hereingeführt. Er verneigte sich tief und berührte dann als Geste der Ehrerbietung, so wie man es ihm gesagt hatte, den Fuß des Dey mit der Stirn. Er blieb auf seinen Knien und richtete nur den Oberkörper auf.

»Sag mir, wie du heißt und aus welcher Familie du stammst«, forderte der Dey ihn auf.

»Kapitän Thomas Southwood, Besitzer der *Royal Charles* aus London, mein Herr. Ich bin der vierte Sohn des Earl von Lynmouth. Mein Schiff gehört zur O'Malley-Small-Handelsgesellschaft, von der ich selbst einen kleinen Anteil besitze. Ich stehe Euch nun zu Diensten, ehrenwerter Dey.«

»Du bist also bereit, dich zum Islam zu bekehren und für mich zur See zu fahren?«

»Jawohl, Herr.«

»Du zögerst nicht mit deinen Antworten, Kapitän, aber so viel Bereitschaft macht mich ein wenig mißtrauisch. Kann es sein, daß du an Flucht denkst? Daß du hoffst, deine Freiheit zu erlangen, indem du dich bekehrst, um dann von hier zu fliehen? Ich bin nicht so ein Narr, wie du vielleicht denkst. Antworte mir.«

»Ehrenwerter Dey, ich müßte lügen, wenn ich sage, daß ich nicht den geringsten Gedanken an Flucht hegte. Jeder Gefangene träumt davon, zu entkommen. Doch vor vielen, vielen Jahren war auch meine Großmutter Gefangene Eures Reiches. Sie konnte jedoch schließlich nach Hause zurückkehren und erklärte ihren Kindern und Enkelkindern, daß es dumm sei, für irgendeine Lehre oder Weltanschauung zu leiden und so seine Talente zu vergeuden. Sie meinte, daß Christen, Juden und Moslems denselben Gott anbeten – gleich, welchen Namen sie ihm geben. Ich werde ohne zu zögern zum Islam übertreten und Euch meine Dienste als Kapitän und Steuermann anbieten. Es wäre doch eine Vergeudung meiner Talente, wenn ich auf einer Galeere rudern oder in einem Bergwerk oder auf den Feldern arbeiten würde. Ich habe keine Ehefrau, die auf mich wartet, und so bin ich für den Augenblick zufrieden damit, hier in El Sinut dem Sultan zu dienen, so wie viele andere vor mir es getan haben, ehrenwerter Dey. Ich weiß, daß Ihr über mein Schicksal bestimmt, aber wenn Ihr wollt, so bin ich Euer Diener.«

»Du weißt gut mit Worten umzugehen«, stellte der Dey fest. Er wandte sich Aruj Aga zu und fragte ihn in arabischer anstatt in französischer Sprache: »Was meinst du, alter Freund? Kann man dem englischen Kapitän trauen?«

»Für den Augenblick würde ich sagen ja, mein Dey. Er war sehr offen zu mir. Natürlich kannst du auch ein hohes Lösegeld für ihn fordern, wenn er wirklich der Sohn eines Adligen ist.«

»Das ist meist mit mehr Aufwand verbunden, als man dabei gewinnen kann«, erwiderte der Dey. »Ich gebe dir meine neue Galeere, die *Gazelle*, Aruj Aga. Nimm diesen Engländer als Steuermann mit. Wenn ihr andere Schiffe angreift, kannst du ihn ja solange einsperren – zumindest, bis er seine Treue bewiesen hat. Inzwischen kannst du dich seiner Fähigkeiten bedienen, wenn er in diesem Punkt nicht gelogen hat.«

»Das glaube ich nicht, mein Herr. Und vielen Dank für die *Gazelle*. Ich werde gleich mit ihr in See stechen, wenn du gestattest«, sagte der Aga. »Was gedenkst du mit dem englischen Schiff zu tun?«

»Ich denke, ich werde es behalten, und vielleicht, wenn der Engländer seine Treue bewiesen hat, kann er unseren Leuten beibringen, wie man damit umgeht. Nun, wo ist der andere englische Adlige, von dem du gesprochen hast?«

Der Aga gab ein Zeichen, und zwei Janitscharen führten Viscount Twyford herein. Doch Adrian Leigh weigerte sich, niederzuknien oder sich auch nur vor dem Dey zu verbeugen. Statt dessen begann er sogleich mit einer heftigen Tirade. »Ich bin der Erbe des Earl von Oxton, Sir. Ihr werdet für mich eine stattliche Summe bekommen. Leitet also sofort alles in die Wege, damit ich diesen unzivilisierten Ort verlassen kann.«

»Auf die Knie, du elender Hund!« brüllte Aruj Aga ihn an.

»*Wie bitte?* Ich soll vor einem Ungläubigen niederknien?« entgegnete der Viscount.

»Knie nieder, du verdammter Narr!« knurrte Tom Southwood ihm zu. »Sie werden dir den Kopf abschlagen, ohne mit der Wimper zu zucken!«

Doch Aruj Aga wartete nicht auf die Einsicht des jungen Engländers. Er packte Adrian Leigh an dem eisernen Halsband, trat ihm die Beine unter dem Körper weg und schleuderte ihn so heftig zu Boden, daß die aristokratische Nase des Engländers gegen den Marmorboden prallte und sogleich zu bluten begann.

Der Dey verfolgte die Szene, ohne eine Miene zu verziehen. Dann sagte er: »Schickt ihn auf eine Galeere. Ich kann mit diesem arroganten jungen Mann hier nichts anfangen. Schickt ihn auf die *Gazelle*. Fort mit ihm.«

»Was … was soll das bedeuten?« fragte Adrian Leigh wütend und wischte sich mit dem zerrissenen Ärmel über die Nase.

»Sie schicken Euch auf eine Galeere für Eure Dummheit«, stellte Tom Southwood trocken fest.

»Ich werde nicht gegen ein Lösegeld freigelassen?« fragte Viscount Twyford verständnislos.

»Ihr sprecht mit dem Herrn von El Sinut, als wäre er irgendein kleiner Dienstbote, und da erwartet Ihr, daß er Euch gegen ein Lösegeld freiläßt? Gott helfe Euch, Viscount. Ihr seid wirklich ein unglaublicher Narr«, sagte Tom Southwood zu ihm, als sie aus dem Audienzzimmer des Dey weggeführt wurden. »Und während der ganzen Zeit, seit unser Schiff gekapert wurde, habt Ihr nicht ein einziges Wort über India verloren. Fragt Ihr Euch denn gar nicht, was aus ihr wird? Sie sorgt sich um Euch, aber Ihr – Ihr seid ein selbstsüchtiger Bastard. Ihr empfindet überhaupt nichts für sie, nicht wahr?«

»Wir wissen doch alle, was mit Frauen in einer solchen Situation passiert«, entgegnete Adrian Leigh in kaltem Ton. »Selbst wenn sie uns alle freilassen würden, wäre India sicher nicht mehr als Ehefrau geeignet für mich. Dieser Aga hat sich ja sehr um sie gekümmert. Vielleicht hat sie sich sogar schon mit ihm eingelassen, um ihre Haut zu retten. Man würde gar nicht glauben, wie leidenschaftlich das kleine Luder sein kann.«

Tom Southwoods große Faust landete krachend auf Adrian Leighs Nase, die unter der Wucht des Hiebes brach. »Verdammter Bastard!« brüllte er, und im nächsten Augenblick waren bereits Wachen zur Stelle, um ihn von dem Viscount wegzuzerren, dessen Nase erneut zu bluten begonnen hatte. »Es ist Euch immer nur um ihr Vermögen gegangen, nicht wahr?« stieß Tom Southwood hervor. »Aber das unschuldige Ding wollte ihrer Familie ja nicht glauben.«

»Natürlich war es ihr Vermögen«, antwortete Adrian Leigh mit einem Stöhnen. »Warum zum Teufel sollte ein Mann denn sonst eine Frau heiraten wollen, wenn nicht wegen ihrer Mitgift?«

India hatte noch gesehen, wie Adrian und Tom den Raum verlassen hatten – doch sie hatte keine Ahnung, was danach zwischen ihnen vorgefallen war, denn von ihrem Platz am hinteren Ende des Audienzzimmers hatte sie es nicht hören können. Ihre Angst war jedoch um einiges größer geworden, als sie das Blut im Gesicht des Viscount gesehen hatte. Da hörte sie Aruj Aga nach ihr rufen, und er kam ihr entgegen, um sie zum Thron des Dey zu führen. Rasch nahm er ihr den langen Umhang sowie den Schleier ab. India stand schweigend in ihrem seidenen Hemd und ihrem dunklen Seidenrock da und wartete. Der Aga hatte ihr zuvor noch nahegelegt, den Blick gesenkt zu halten. In ihrer Angst war sie nur allzu bereit, seiner Aufforderung Folge zu leisten. Es kam ihr vor, als wäre im ganzen Raum kein Laut mehr zu hören, außer dem wilden Pochen ihres Herzens.

Der Dey erhob sich und kam von seinem Podium herunter auf India zu. Er streckte die Hand aus und hob ihr Kinn an. »Laß mich deine Augen sehen«, befahl er. Seine Stimme war tief und wohlklingend, und sein Französisch makellos.

Sie hob schüchtern den Blick und erschrak fast, als sie seine saphirblauen Augen sah.

Er hielt ihr Kinn zwischen Daumen und Zeigefinger fest und blickte ihr so eindringlich in die Augen, daß India die Röte in die Wangen stieg. »Sie hat Augen wie ein junge Löwin«, verkündete der Dey, zum Aga gewandt, so als wäre sie gar nicht hier oder als könnte sie ihn ohnehin nicht verstehen.

»Sie ist sehr temperamentvoll, ehrenwerter Dey«, warnte Aruj Aga ihn.

»Ach, tatsächlich?« sagte der Dey in amüsiertem Ton. Zu India gewandt, fragte er: »Spricht mein Hauptmann die Wahrheit? Bist du wirklich eine dornige englische Rose?«

»Bitte, Herr, was ist mit meinem Vetter und Viscount Twyford passiert?« platzte es aus India heraus.

»Sie hat wirklich Temperament«, bestätigte der Dey und fügte, zu India gerichtet, hinzu: »Dein Vetter wird sich zum Islam bekehren und zusammen mit Aruj Aga zur See fahren. Was diesen arroganten jungen Mann betrifft – den habe ich auf eine Galeere geschickt.«

Auf eine Galeere! Die Worte gingen India durch und durch. Das war so gut wie ein Todesurteil. Adrian würde diese Strafe nicht überleben. Sie hatte gesehen, wie schwer die Sklaven auf Aruj Agas Galeere schuften mußten. Und wenn der Aufseher unzufrieden mit ihnen war, wurden sie mit der Peitsche angetrieben. India stieß einen Schrei der Wut und Verzweiflung aus. In diesem Augenblick sah sie den Dolch, den der Dey in seiner Schärpe trug. Sie griff rasch nach dem mit Edelsteinen besetzten Griff, riß die Waffe heraus und stieß wie wild mit dem Dolch nach ihm. *»Ihr habt Adrian getötet! Ihr habt ihn getötet!«* schrie sie, außer sich vor Wut.

»Allah schütze uns!« rief der Aga aus und sprang hinzu, riß India den Dolch aus der Hand und warf sie zu Boden. »Mein Herr, bist du ernstlich verletzt? Oh, ich werde es mir nie verzeihen, daß ich dieses Miststück in deine Nähe gelassen habe. Mein Herr, sag mir, bist du verletzt?«

Doch der Dey lachte nur. »Wie sagtest du doch? Temperamentvoll ist sie? Nun, ich würde sagen, das beschreibt sie nicht annähernd«, sagte er und rieb sich die Schulter, an der sie ihn verletzt hatte. »Keine Sorge, mein guter Aga. Sie hat mich nur leicht gestreift. Dafür hat sie meinen Umhang zerfetzt.« Dann gab er zwei seiner aufgeregten Diener ein Zeichen.

Sie hoben India auf und zogen sie quer durch das Zimmer, um sie zwischen zwei Marmorsäulen festzubinden. Man riß ihr das Hemd herunter, so daß ihr Rücken entblößt war. Dann trat der Dey zu ihr hin.

»Ich kann es nicht zulassen, daß du mich angreifst und ungestraft davonkommst«, sagte er mit leiser Stimme. »Aber ich werde nicht allzu fest zuschlagen und dir keine Wunden zufügen. Du bekommst fünf Peitschenhiebe. Ich lasse Gnade walten, weil du gerade erst angekommen bist und noch nicht weißt, wie du dich hier zu benehmen hast. Ich bin überzeugt, daß man in England für versuchten Mord mit einer weitaus strengeren Bestrafung zu rechnen hätte.«

»Es ist mir egal, was Ihr mit mir macht«, stieß India hervor. »Mit Eurer Grausamkeit werdet Ihr den Viscount töten.«

»Aber was sollte *dich* das kümmern?« fragte er mit plötzlicher Neugier.

»Ich liebe ihn!« stieß sie schluchzend hervor.

Der Dey schwieg und trat hinter sie. India hörte, wie die Peitsche niedersauste. Sie schrie auf vor Schmerz. »Ich hasse Euch!« stieß sie hervor. Der Dey lächelte grimmig und fuhr mit der Bestrafung fort. Er verabreichte ihr vier weitere Hiebe, doch India preßte die Lippen aufeinander und zwang sich, nicht mehr zu schreien.

Als er fertig war, sagte der Aga: »Ich bringe sie zum Markt und verkaufe sie, ehrenwerter Dey.«

»Nein«, erwiderte Caynan Reis. »Ich werde sie behalten, Aruj Aga.«

»Aber sie hat versucht, dich zu töten, Herr! Das Miststück ist viel zu gefährlich. Ich würde es mir nie verzeihen, wenn sie dich noch einmal angreift und mehr Erfolg hätte. Nein! Laß mich sie verkaufen.«

Der Dey kicherte vergnügt. »Nein«, sagte er. »Ein wenig Gefahr finde ich ganz unterhaltsam. Sie ist noch Jungfrau, nicht wahr? Nun, wir wissen doch, wie leidenschaftlich Jungfrauen sein können. Sie hat mich angegriffen, weil sie angeblich diesen arroganten Kerl liebt und weil sie glaubt, daß ich ihn zum Tode verurteilt habe. Ich werde sehen, ob ich sie nicht doch zur Vernunft bringen kann – das ist eine echte Herausforderung für mich. Eines Tages ist sie vielleicht der Stolz meines Harems. Jetzt will ich mir einmal näher ansehen, was für ein Prachtexemplar du mir da mitgebracht hast, Aruj Aga. Zieht sie aus!« befahl er seinen Dienern.

Die Sklaven banden India los und trugen sie zum Podium, wo der Dey stand. Die Überreste ihres Hemdes und Unterhemdes wurden ihr vom Leib gerissen, so daß ihr Oberkörper nackt war. India schluckte erst einmal, doch sie wußte, daß jeder Widerstand zwecklos war. Der Dey würde schließlich doch seinen Willen bekommen. Auch ihre Röcke und Unterkleidung wurden entfernt. Einer der Sklaven kniete nieder, um ihr die ledernen Schuhe auszuziehen. Es war zutiefst beschämend. Nie in ihrem ganzen Leben hatte sie sich so nackt und schutzlos gefühlt.

Caynan Reis stand schweigend da, während Indias Reize entblößt wurden. Er begutachtete sie eingehend mit seinen dunkelblauen Augen. Ihre Brüste waren rund – vielleicht ein wenig klein, aber auf jeden Fall wunderschön geformt. Durch die Freuden der Liebe würden diese kleinen Früchte schon zur vollen Reife gelangen. Die Brustspitzen waren wie kleine Knospen, die nur darauf warteten, zu erblühen. Das schwarzgelockte Dreieck zwischen ihren Beinen würde natürlich rasiert werden, doch er sah auch so genügend von ihrem prallen Venushügel.

Der Dey kam von seinem erhöhten Platz herunter und trat vor sie hin. »Sieh mich an!« befahl er ihr, und als sie zu ihm aufblickte, griff er mit einer Hand an ihren Hintern und ließ seine Hand ein Stück weit hinuntergleiten. »Deine Haut ist wie feinste Seide«, sagte er anerkennend. Er ging um sie herum, um sie zu begutachten. Sie war makellos gebaut, und auch nicht zu dünn. Ihre Beine waren lang, ihre Füße klein und zart. Plötzlich schlang er einen Arm um sie, zog sie mit dem Rücken an sich und umfaßte eine ihrer Brüste mit einer Hand. »Sag die Wahrheit«, flüsterte er ihr ins Ohr und liebkoste dabei ihre Brust mit den Fingern. »Bist du wirklich noch Jungfrau?«

India nickte heftig; sie war vor Schreck nicht in der Lage, zu sprechen. Ihr war gleichzeitig heiß und kalt, und sie hatte Mühe, aufrecht stehen zu bleiben, denn ihre Beine fühlten sich an, als würden sie jeden Augenblick unter ihr nachgeben. Seine große Hand lag nun auf ihrem Bauch – und sie fühlte sich heiß auf ihrer Haut an. Sie fragte sich, ob er wohl ihr Zittern spürte. Schließlich gelang es ihr doch zu sprechen. »Natürlich bin ich Jungfrau«, stieß sie hervor. »Warum meint Ihr, daß es nicht so sein sollte?«

»Weil du mir gesagt hast, daß du diesen Mylord liebst«, antwortete der Dey.

»Ich liebe ihn, aber ich bin bestimmt kein leichtes Mädchen«, murmelte India. »Und wenn er mich schon gehabt hätte, würdet Ihr uns dann freilassen?« O Gott! Sie wünschte, seine Hände wären nicht so besitzergreifend. Jedesmal, wenn er sie streichelte, lief es ihr heiß und kalt über den Rücken.

»Nein, ich würde dich nicht freilassen, obschon es mich nicht freuen würde, wenn schon ein anderer den Pfad beschritten hätte, der doch mir allein vorbehalten sein sollte.« Seine Lippen streiften ihr Ohr. »Ich werde dir die Freuden der Liebe zeigen«, flüsterte er ihr zu. »Ich werde dich küssen und liebkosen, bist du mich anflehst, dich von der Bürde deiner Jungfräulichkeit zu erlösen.«

»Niemals!« flüsterte sie empört.

»Und ich werde dir beibringen, wie du mir die gleichen Freuden schenken kannst.« Seine große Hand zog ihren Kopf zur Seite, und er bedeckte ihren Hals mit feurigen Küssen. »Sag mir, wie du heißt, meine dornige Rose.«

Sie war unfähig zu atmen. »India«, brachte sie schließlich mühsam hervor.

»India«, hauchte er ihr ins Ohr.

»Ich bin Lady India Lindley, Tochter des Herzogs von Glenkirk ... Ich habe einen Bruder, der Herzog ist ... und mein anderer Bruder ist Marquis ... Ich bin reich und kann Euch jedes Lösegeld zahlen, das Ihr verlangt. O Gott! Bitte, laßt das sein! Laßt mich bitte gehen, mein Herr!«

»Es gibt nicht genug Gold auf der ganzen Welt, um dich von mir loszukaufen«, entgegnete der Dey. Seine Hand glitt an ihr hinab, bis er schließlich die Stelle zwischen ihren zitternden Schenkeln erreichte und ihren Venushügel umschloß. »Du gehörst mir«, sagte er.

India sank augenblicklich gegen ihn. Es war einfach zuviel für sie, seine Hand an ihrer intimsten Stelle zu spüren, und mit einem kleinen Aufschrei sank sie in Ohnmacht. Der Dey fing sie auf und übergab sie einem der Eunuchen. Er strich India mit dem Handrücken über die heiße Wange und lächelte. Aruj Aga irrte sich gewaltig. Das englische Schiff hatte sehr wohl eine äußerst wertvolle Fracht mit sich geführt, und ihm, dem Dey, stand es zu, diese Fracht in Besitz zu nehmen.

»Bring sie zu Baba Hassan«, sagte er zu dem Eunuchen, »und sag ihm, das Mädchen soll wie eine Prinzessin behandelt werden. Ich werde später mit ihm sprechen.«

Der Eunuch drehte sich um und verließ das Audienzzimmer, das Mädchen behutsam in den Armen tragend.

»Wenn sie dich tötet, trifft mich keine Schuld«, sagte Aruj Aga mit einem schmerzlichen Lächeln. »Ich glaube, am Ende wird eher sie dich beherrschen als umgekehrt.«

»Wir werden beide in einem Meer der Leidenschaft untergehen«, erwiderte der Dey. »In letzter Zeit habe ich mich ein wenig gelangweilt. Das ist nun vorbei. Sie reizt mich, mein Freund. Sie hat sich zu Tode geängstigt, aber sie wollte es nicht zeigen. Ich weiß es, denn ich habe gespürt, wie sie ganz leicht zitterte.«

»Als sie sagte, daß sie den Mylord liebt, da fürchtete ich schon, sie sei keine Jungfrau mehr und ich hätte dir ein wertloses Geschenk mitgebracht«, sagte der Aga, »aber als sie dann in Ohnmacht fiel, als du sie an ihrer intimsten Stelle berührtest, da wußte ich, daß sie tatsächlich noch Jungfrau ist. Ich wünsche dir viel Freude mit dem Mädchen, Herr. Ich werde dich jetzt verlassen.« Aruj Aga verneigte sich tief vor seinem Herrn.

»Was den englischen Lord betrifft«, sagte Caynan Reis, »töte ihn nicht, mein Freund. Ich möchte, daß er am Leben bleibt, damit ich ihn später gegen ein hohes Lösegeld freilassen kann. Aber zuerst braucht er eine Lektion in richtigem Benehmen.«

»Du willst ihn freilassen, trotz der Schwierigkeiten, die damit verbunden sind?« Der Aga war ziemlich überrascht. »Warum?«

»Das Mädchen glaubt, ich hätte ihn zum Tode verurteilt. In einigen Monaten wird sie sehen, daß dem nicht so ist und daß ich ein gütiger Mann bin. Bis dahin werde ich auch ihre Liebe gewonnen haben, und wir werden ihn gegen ein Lösegeld freilassen. Nun geh, und Allah sei mit dir, Aruj Aga. Ich wünsche dir eine gute und sichere Reise und daß du mir weitere Schätze für unseren Herrn, den Sultan, bringst.«

Der Janitschare verließ das Audienzzimmer des Dey, woraufhin Caynan Reis seine Diener entließ und sich auf seinem Podium niederließ. *Viscount Twyford*. Was für ein eigenartiges Gefühl es doch war, diesen Titel aus dem Mund seines Halbbruders zu hören. Seine Mutter hatte ihn zu einem arroganten Mistkerl erzogen, der so sehr von sich selbst eingenommen war, daß er Deverall Leigh nicht einmal erkannt hatte – aber es waren immerhin auch zehn Jahre vergangen, seit sie einander zum letzten Mal gesehen hatten. Zehn Jahre konnten eine halbe Ewigkeit sein, dachte der Dey.

In dieser Zeit hatte sich sein Halbbruder von einem rotznäsigen Bengel zu einem hochmütigen und überheblichen Schurken entwickelt. Einer der Wächter, die Kapitän Southwood und Adrian aus seinem Audienzzimmer geführt hatten, war als Matrose auf dem Schiff gewesen, mit dem er einst aus England geflohen war. Dieses Schiff war, ebenso wie die *Royal Charles*, von Seeräubern gekapert worden, die für El Sinut unterwegs waren. Der Wächter war ebenso wie Deverall Leigh zum Islam übergetreten und führte seither ein ruhiges, angenehmes Leben. Obwohl er seine englische Muttersprache nur noch sehr selten zu hören bekam, hatte der Mann seinem Herrn sogleich von der Auseinandersetzung zwischen dem englischen Kapitän und Adrian berichtet, als der Dey daranging, India für ihren Angriff auf ihn zu bestrafen. Kapitän Southwoods Eintreten für seine Cousine hatte seinen Grund wohl darin, daß die dumme, unerfahrene India mit Adrian hatte durchbrennen wollen. Der Dey war überzeugt, daß seine Stiefmutter ihre raffgierigen Finger im Spiel hatte. Er konnte sich nicht vorstellen, daß die Familie des Mädchens diese Verbindung gebilligt hätte – vor allem, wenn man bedachte, welch schlechten Ruf seine Stiefmutter genoß und welch großen Skandal die Ermordung von Lord Jeffers ausgelöst haben mußte, die man ihm zur Last legte.

Er sollte Adrian ganz einfach in den Kerker werfen und warten, bis das Lösegeld für ihn eintraf, auch wenn er wußte, daß sein Vater kein reicher Mann war. Trotzdem würde Mari-Elena Leigh alles tun, um ihren Liebling zu befreien. Der Dey lächelte grimmig. Er konnte sich lebhaft vorstellen, was sie durchmachte. Doch der kleine Bastard hatte ihn mit seiner Arroganz maßlos geärgert. Noch bevor er ein Wort gesagt hatte, hatte er auch schon den Befehl gegeben, ihn auf eine Galeere zu schicken. Nun, ein paar Monate auf einer Galeere würden Adrian schon nicht umbringen. Vielleicht würde auf diese Weise sogar ein besserer Mensch aus ihm. Schließlich hatte der Dey von El Sinut einst selbst zwei Jahre auf einer Galeere verbracht, und er hatte es überlebt. Bestimmt würde das auch seinem Halbbruder gelingen.

Und wenn das Lösegeld schließlich bezahlt war, so beschloß Caynan Reis, dann würde er sich Adrian zu erkennen geben. Und er würde ihm anvertrauen, was für ein großartiger Fang die schöne India war – denn auch wenn sein Halbbruder nun anscheinend nichts mehr von dem Mädchen wissen wollte, mit dem er durchgebrannt war, so würde es ihn doch über die Maßen ärgern, daß sie nun Deverall Leighs Mätresse war und das auch bleiben würde, bis er ihrer überdrüssig war. Adrian hatte es schon als Kind gehaßt, sein

Spielzeug mit ihm zu teilen, auch wenn er selbst längst das Interesse daran verloren hatte.

Seine Stiefmutter hatte ihm eine wichtige Lektion beigebracht: Frauen konnte man nicht trauen. Dennoch wollte er sich diese Gelegenheit zur Rache nicht entgehen lassen, und schließlich würde Adrian ja nicht allzusehr zu leiden haben. Immerhin würde er wieder nach England heimkehren können und jenen Titel erben, der eigentlich Deverall Leigh zustand. Doch Deverall würde nie mehr zurückkehren können, denn man klagte ihn des Mordes an Lord Jeffers an. Er wußte, daß es seinem Vater das Herz brach, denn Deverall war stets der Lieblingssohn des Earl von Oxton gewesen.

Und genau das schmerzte den Dey am allermeisten – daß sein Vater so sehr litt, weil sein Sohn hatte fliehen müssen und dessen Halbbruder nun seinen Platz einnahm. Wenn es doch nur einen Weg gegeben hätte, um seine Stiefmutter für all das büßen zu lassen, was sie getan hatte – doch dazu würde es wohl nie kommen. Trotzdem würde er über die Sache nachdenken. Wie hieß es doch so schön: Nichts ist so tief in Stein gemeißelt, daß es nicht mehr zu ändern wäre.

2

India öffnete die Augen. Sie war von blaßgoldenen Vorhängen umgeben. Langsam drehte sie den Kopf. Sie lag nackt auf scharlachroten Laken aus Seide. Neben ihr stand ein niedriger Tisch, dessen Oberfläche aus einem blau- und weißfarbenen Mosaik bestand. Auf dem Tisch stand ein kostbarer Becher, der mit einer blassen, pfirsichfarbenen Flüssigkeit gefüllt war. India war unerhört durstig, doch sie konnte sich kaum bewegen. Sie stöhnte leise auf, und im nächsten Augenblick erschien ein schwarzes Gesicht vor ihr. Sie stieß einen erschrockenen Laut aus und versuchte ihre Blöße zu bedecken.

»Ich bin Baba Hassan, der Haremswächter des Dey. Du bist gewiß durstig.« Es war keine Frage, sondern eine Feststellung. Der Eunuch half India, sich aufzusetzen, und hielt ihr den Becher an die Lippen. »Trink langsam«, riet er ihr. Er schien gar nicht zu bemerken, daß sie nackt war.

Die Flüssigkeit war kühl und fruchtig, wie Balsam auf ihrer ausgetrockneten Kehle. »Was ist das?« fragte sie, als sie ihren Durst gelöscht hatte. Das Getränk hatte einen süßen Geschmack, und sie spürte, wie die Kraft langsam in ihre müden Glieder zurückkehrte.

»Es ist eine Mischung aus mehreren Fruchtsäften«, antwortete er und legte sie wieder auf die Matratze zurück.

»Wo bin ich hier?« wollte India wissen.

»Du bist im Harem des Dey Caynan Reis, Allah schütze ihn«, sagte Baba Hassan. »Man hat mir gesagt, ich soll dich sanft behandeln, trotz deines unverzeihlichen Verhaltens von vorhin«, fügte er mit vorwurfsvoller Miene hinzu.

»Ich habe ihn nicht einmal verletzt«, versuchte India sich zu verteidigen.

»Allein der Versuch ist schon ein Verbrechen. Was sind denn das für Manieren?« sagte Baba Hassan in strengem Ton. »Du bist ein hübsches Mädchen – und nicht irgendeine Wilde.«

»Ist unsere junge Attentäterin schon wach?« erklang eine glockenhelle Stimme.

India drehte sich um und sah eine schöne ältere Frau mit silbrigem Haar und mandelförmigen türkisblauen Augen. Sie war schlank und hatte eine aufrechte Körperhaltung. Ihr faltenfreies Gesicht zeigte einen amüsierten Ausdruck.

»Ich bin Azura, die Herrin des Harems«, sagte die Frau. »Wie geht es dir jetzt, mein Kind?«

»Ich bin müde«, gab India zurück. »Schwach und müde. Was ist nur los mit mir?«

»Das kommt von der langen Seereise und von der Aufregung und den Ängsten, die du auszustehen hattest«, antwortete Azura mit ruhiger Stimme. »Außerdem dürfte es dir einen leichten Schock versetzt haben, daß du vom Dey ausgepeitscht wurdest. Ich schätze, du bist noch nie so streng bestraft worden, mein Kind, nicht wahr?« fügte die ältere Frau mit besorgter Miene hinzu.

»Ich bin die Tochter eines Adligen, ich bin mit dem König selbst verwandt. Natürlich bin ich noch nie im Leben geschlagen worden«, antwortete India aufgebracht und kämpfte gegen die Tränen an, die sie in sich hochsteigen fühlte. Sie wollte unter allen Umständen vermeiden, irgendeine Schwäche zu zeigen.

Azura griff nach Indias Hand und drückte sie fest. »Du brauchst die Tränen nicht zurückzuhalten, mein Kind. Sie werden dir Erleichterung bringen.«

»Wenn ich weine, werdet ihr mich für schwach halten«, erwiderte India mit steinerner Miene. »Ich bin nicht schwach! Ich weine nicht vor Fremden.«

»Ich verstehe«, sagte Azura mit ruhiger Stimme, »aber wenn du später allein bist, dann spüle ruhig den Kummer mit deinen Tränen weg. Sag, bist du nicht hungrig?«

India nickte.

»Baba Hassan wird dafür sorgen, daß du zu essen bekommst, und danach werden wir dich in die Badestube bringen«, sagte Azura und erhob sich. »Ich komme später wieder, mein Kind, wenn du gegessen hast. Wir müssen uns unterhalten.«

»Wer ist sie?« fragte India den Eunuchen, als Azura draußen war. »Ist sie die Gemahlin des Dey?«

»Caynan Reis hat keine Gemahlin«, erwiderte Baba Hassan. »Azura war die Lieblingsfrau des früheren Dey. Auf seinem Totenbett bat er Caynan Reis, sich um sie zu kümmern und sie hierzubehalten, nachdem sie den Großteil ihres Lebens hier verbracht hat. Selbstverständlich war er bereit, diese Bitte zu erfüllen. Sie sorgt für Ordnung unter den Haremsfrauen, die manchmal ein wenig schwierig sind, wie das bei Frauen nun einmal üblich ist«, fügte Baba Hassan hinzu. Er klatschte plötzlich laut in die Hände, woraufhin eine Sklavin mit einem Tablett erschien. »Hier ist dein Mahl, junge Dame«, sagte er.

India setzte sich langsam auf, während eine zweite Sklavin hereinkam, die ein Kissen hinter Indias Rücken stopfte. Als sie das Tablett im Schoß liegen hatte, begutachtete India neugierig, was man ihr gebracht hatte. In einer der Schalen waren gelbe Körner mit grünem Lauch und kleingeschnittenem Hühnerfleisch gemischt, dazu gab es einen halben Brotfladen, außerdem Weintrauben sowie eine dünne Schnitte einer blaßgoldenen Frucht. »Was ist das?« fragte sie den Haremswächter.

»Safranreis mit Zwiebeln und Hühnerfleisch, das Brot und die Weintrauben kennst du ja bestimmt, und dann ist da noch eine Melone, eine sehr süße Frucht«, erklärte er ihr.

India begann zu essen, wozu sie einen kleinen silbernen Löffel sowie ihre Hände benutzte. Messer und Gabel waren nirgends zu sehen. Der Reis und das Hühnerfleisch waren überaus wohlschmeckend, das Brot war noch warm, und die Melone schmeckte einfach köstlich – sie schmolz förmlich auf ihrem Gaumen. »Es schmeckt alles sehr gut«, sagte sie, als sie fertig war. Sie wusch ihre Hände in einem silbernen Wasserkrug, den eine Sklavin ihr reichte, und trocknete sich an einem kleinen Leinentuch ab. Dann trug man das Tablett weg.

»Wir gehen jetzt ins Bad«, verkündete Baba Hassan.

»Aber ich habe nichts an!« wandte India protestierend ein.

»Zum Baden brauchst du keine Kleider, und ich muß

sagen, daß du ein Bad dringend nötig hast«, lautete die scharfe Antwort. »Du hast eine zarte Haut, also bist du an regelmäßiges Waschen wohl gewöhnt – aber ich bezweifle, daß du das an Bord des Schiffes tun konntest. Warum also so schamhaft, junge Dame? Es sind ohnehin nur Frauen hier.«

»Aber du bist keine Frau«, entgegnete India.

»Aber auch kein Mann«, gab er trocken zurück und half ihr aufzustehen. »Komm jetzt mit. Azura wird schon auf uns warten.« Er zog den Vorhang zurück.

Sie befanden sich in einem großen Raum, wie India jetzt feststellen konnte. Hier und dort waren Teile des Zimmers durch hauchdünne Vorhänge abgetrennt. India sah schöne junge Frauen auf niedrigen Diwanen ruhen. Durch die vergitterten Fenster wehte warme Luft herein. Es war India peinlich, sich mitten unter all den Frauen aufhalten zu müssen, doch sie rief sich die Warnung ihres Vetters in Erinnerung, biß die Zähne zusammen und hielt den Kopf hoch. Sie ignorierte die höhnischen Bemerkungen, die die Frauen auf Französisch machten, damit India sie nur ja verstand, während sie den Harem durchquerte.

»Ihre Brüste sind viel zu klein. Seid ihr sicher, daß sie ein Mädchen ist?«

»Dunkles Haar. Wie *gewöhnlich*«, sagte eine nicht mehr ganz junge Blondine.

»Und unten ist sie nicht einmal rasiert!«

»Aber ihr Hintern ist nicht häßlich.«

»Ja, aber so ist der Dey nun mal nicht veranlagt«, lautete die Antwort, worauf höhnisches Gelächter folgte.

»Was meint ihr, ob sie wohl noch Jungfrau ist?« fragte eines der Mädchen.

»Ganz bestimmt. Wer würde eine solche Göre schon haben wollen?« kam prompt die Antwort.

»Ich glaube nicht, daß unser Herr großes Interesse an ihr haben wird, wenn er ihr einmal die Unschuld genommen hat.«

»Wenn es überhaupt so weit kommt und er sie nicht schon vorher irgendeinem Wüstenscheich zu Geschenk macht, dem er damit das Gefühl geben will, ihm eine Ehre zu erweisen.«

Wieder erklang schallendes Gelächter im ganzen Harem, und India fühlte, wie ihr die Zornesröte in die Wangen stieg. Sie hatte den starken Drang, es diesen verwöhnten Gören heimzuzahlen, um ihnen zu zeigen, daß sie keine leichte Beute sein würde. Sie blieb plötzlich stehen, drehte sich um und sagte ganz langsam und deutlich: »Ich frage mich, welche von euch ich als erste umbringen soll.« Dann ging sie weiter und folgte Baba Hassan scheinbar folgsam hinaus. Doch hinter ihr trat eine Stille des blanken Entsetzens ein.

»Du hast wirklich einen Sinn für das Dramatische«, stellte der Haremswächter fest, als sie den Raum verlassen hatten und die Bäderäume betraten.

»Ah, da bist du ja«, sagte Azura und trat lächelnd auf sie zu.

»Ich werde dich nun in Azuras Hände übergeben, während ich versuche, wieder Ordnung in dem Chaos zu schaffen, das du soeben angerichtet hast. Die Hälfte der Frauen wird wahrscheinlich weinen, so sehr hast du sie mit deiner scharfen Bemerkung erschreckt«, sagte der Eunuch und ging.

»Was hast du denn bloß angestellt?« wollte Azura wissen.

»Diese schrecklichen Frauen haben mich beleidigt«, antwortete India. »Ich habe nur laut darüber nachgedacht, welche von ihnen ich als erste umbringen soll. Das haben sie doch wohl nicht ernst genommen. Ich habe das nur gesagt, um es ihnen heimzuzahlen.«

Azura lachte. »Du hast ihnen bestimmt einen schönen Schreck eingejagt«, sagte sie. »Immerhin kommst du aus einem Land, wo die Frauen viel freier sind als hier. Bei euch dürfen Frauen Land besitzen, sie können unverschleiert durch die Straßen gehen und bisweilen sogar bei der Wahl ihres Ehemannes mitreden. Diese verwöhnten Geschöpfe im Harem des Dey könnten mit so viel Freiheit gar nichts anfangen. Ihr einziger Lebenszweck ist es, Caynan Reis zu gefallen, und jeder Neuankömmling wird als Bedrohung empfunden, den es einzuschüchtern gilt. Aber du hast keine Angst gezeigt und hast sie deinerseits bedroht, und nachdem sie bestimmt schon wissen, daß du den Dey angegriffen hast, werden sie deine Worte sicher nicht als leere Drohung auffassen. Es war wirklich nicht schön von dir, ihnen eine solche Angst einzujagen«, sagte sie und lachte.

»Aus welchem Land kommst du eigentlich?« wollte India wissen.

»Ich kam in Poitou zur Welt«, antwortete Azura in ruhigem Ton. »Auch ich stamme aus adligem Haus. Ich war die älteste Tochter und wurde mit zwölf Jahren, als meine Heirat in die Wege geleitet wurde, nach Marseille geschickt, wo ich Verwandte besuchte. Eines Tages stürmten Piraten die Küste, und ich geriet zusammen mit meinen Cousinen in Gefangenschaft. Der frühere Dey, Sharif el Mohammed, hatte keine Kinder. In einer solchen Situation gibt man den Frauen die Schuld – aber das tat mein Gebieter nicht, und so hat er mich nie von sich gestoßen.« Sie lächelte India zu. »Du wirst gewiß tausend Fragen haben, mein Kind, aber wir müssen jetzt zusehen, daß du gebadet wirst. Ich wette, du hast noch nie ein solches Bad gesehen.«

Das traf tatsächlich zu. Der Raum, den die beiden betraten, war aus cremefarbenem Marmor; die Säulen, welche die Kuppel trugen, aus blaßgrünem Marmor. In der Mitte befand sich ein rundes Becken direkt unter der Kuppel. An den Wänden blinkten goldene Wasserhähne, aus denen das Wasser in die Vertiefungen im Marmorboden floß. Überall standen marmorne Bänke in verschiedenen Höhen. Der Raum war warm und feucht und von Rosenduft erfüllt. Sogleich kamen einige Sklavinnen herbei, die sich höflich vor Azura verbeugten.

»Hier ist das neue Mädchen«, sagte Azura. »Ihr müßt sie für unseren Herrn vorbereiten. Sie hat mehrere Wochen auf einem Schiff verbracht und braucht viel Pflege – aber an ihrer zarten Haut könnt ihr erkennen, daß sie regelmäßige Körperpflege gewohnt ist.«

Die Dienerinnen nahmen sich sogleich Indias an.

»Ich bleibe bei dir«, versicherte Azura ihr.

Die Dienerinnen rümpften ein wenig die Nase über den Zustand von Indias dichten schwarzen Locken und bewunderten ihre goldfarbenen Augen, ehe sie sich an die Arbeit machten. Sie führten sie zu einer der Vertiefungen im Marmorboden, wo man sie unter den Wasserstrahl stellte und eine von ihnen ihr mit Hilfe eines kleinen gekrümmten Geräts den Schmutz von der Haut schabte. India staunte nicht schlecht, als sie sah, wieviel Schmutz sich löste. Danach unterzog man sie erneut einer kurzen Dusche, ehe zwei der Frauen sie mit Schwamm und Seife gründlich zu waschen begannen. Als sie fertig waren und die Seife abspülten, kniete sich eine der Frauen hin, um ihren Körper so eingehend zu untersuchen, daß India vor Verlegenheit errötete.

»Was tut sie denn bloß?« wandte sich India an Azura, als die Frau einen rosafarbenen Brei, der nach Mandeln roch, auf ihre Beine und ihren Venushügel strich. »Muß sie mich denn unbedingt hier berühren?«

»Unsere Männer mögen es nicht, wenn Frauen Haare am Körper haben«, erklärte Azura ihr, während die Frau Indias Arme hob, um den Brei auch in den Achselhöhlen aufzutragen. »Mit diesem Mandelbrei geht es leichter. Es dauert nicht lang, das verspreche ich dir.«

Während man darauf wartete, daß das Enthaarungsmittel seine Wirkung tat, wurden Indias Haare gewaschen und mit einem Tuch getrocknet. Azura betrachtete bewundernd die natürlichen Locken des Mädchens, die bis zur Mitte des Rückens herabfielen. Sie hob eine Strähne hoch und befühlte sie voller Bewunderung.

»Du hast wirklich schönes Haar«, sagte sie. »Hier im Reich des Sultans gelten Frauen mit goldfarbenem oder leuchtend rotem Haar als die wertvollsten, aber deine schwarzen Locken sind wirklich prachtvoll«, versicherte ihr die ältere Frau.

Der rosafarbene Brei wurde abgewaschen, und es war India einigermaßen peinlich, ihren Venushügel nun so völlig entblößt zu sehen. Azura führte sie in das große Becken, dessen warmes Wasser eine überaus entspannende Wirkung hatte. India staunte, wie gut gebaut Azura trotz ihres Alters war.

»Wenn du dich entspannt hast, dann lassen wir uns von

den Sklavinnen massieren und mit duftendem Öl einreiben«, erklärte ihr Azura.

»Macht ihr das hier jeden Tag?« wollte India wissen.

»O ja«, antwortete Azura. »Baden gehört bei uns ganz einfach zum Leben. Die Armen besuchen die öffentlichen Bäder, wo Männer und Frauen für sich sind. Man geht nicht nur hin, um sich zu waschen, sondern auch um den neuesten Klatsch zu erfahren und sich zu unterhalten.«

»Der Dey muß wohl sehr auf dich hören«, sagte India. »Immerhin vertraut er dir seinen Harem an. Du mußt ihm sagen, daß ich sehr reich bin und daß ich mir durchaus die Freiheit erkaufen kann. Ich will unbedingt zu meiner Familie zurück. Als Adrian und ich durchbrannten, wollte meine Familie gerade nach Schottland zurückkehren. Vielleicht hat meine Flucht noch gar keinen Skandal ausgelöst. Wenn ich wieder nach Hause zurückkehren könnte, dann wäre alles wieder in Ordnung.«

Azura schwieg eine ganze Weile, ehe sie antwortete: »Ich will dich nicht anlügen, mein Kind. Caynan Reis braucht dein Geld nicht, denn er ist selbst unermeßlich reich. Es kommt höchst selten vor, daß ein junges, schönes Mädchen gegen Lösegeld freigelassen wird. Ich habe einst genauso gedacht wie du. Ich war todtraurig, und erst als ich mein Los akzeptierte, wurde ich wieder glücklich. Du bist nicht so wie die kleinen Dummerchen in seinem Harem. Du bist ein kluges Mädchen. Du kannst seine Gunst gewinnen, wenn du es nur versuchst. Ich glaube nicht, daß er jemals geliebt hat – deshalb fällt es ihm so leicht, seine Frauen wieder wegzugeben, wenn er ihrer überdrüssig ist. Ich vermute, daß er einst von einer Frau betrogen wurde, für die er etwas zu empfinden begann, und so traut er keiner Frau mehr wirklich vorbehaltslos, nicht einmal mir. Wenn du ihm keine Freude schenkst, dann wird er dich jemandem geben, den er auf diese Weise ehren will. Und wenn du ihn gar wütend machst, dann wird er dich seinen Soldaten überlassen, damit sie sich mit dir vergnügen. Das hat er schon des öfteren getan.«

»Hat er denn überhaupt kein Herz?« fragte India, nun doch ein wenig verängstigt.

»Oh, er hat durchaus ein Herz«, antwortete Azura, »aber es ist tief unter dem Eis seiner Seele begraben. Irgendjemand muß ihn berühren und das Eis zum Schmelzen bringen. Ich kann mir vorstellen, daß dieser Jemand du sein könntest, India.«

»Aber ich weiß gar nichts über die körperliche Liebe«, entgegnete India fast im Flüsterton. »Und wie soll ich einem Mann, den ich gar nicht kenne, so etwas schenken?«

»Natürlich weißt du nichts über die körperliche Liebe«, sagte Azura lächelnd. »Du bist ja noch Jungfrau, woher solltest du es also wissen? Aber wenn du deine Jungfräulichkeit erst einmal verloren hast, dann werde ich dich persönlich in den Künsten der Liebe unterrichten. Das habe ich nie zuvor für irgendein Mädchen getan, aber ich kann mir vorstellen, daß du etwas ganz Besonderes für unseren Dey werden kannst.« Sie tätschelte aufmunternd Indias Wange. »Komm jetzt, mein Kind, lassen wir uns massieren. Danach wirst du dich viel besser fühlen.«

Sie verließen die Wärme des Beckens und ließen sich mit dicken, flauschigen Tüchern abtrocknen, wie India sie nie zuvor gesehen hatte. Dann legten sie sich auf Tische, die mit Matten bedeckt waren. Die Masseurinnen rieben sie mit duftenden Ölen ein und begannen ihren Körper mit ihren kräftigen Händen zu kneten, bis India ein Gefühl tiefer Entspannung verspürte. Sie wußte, daß sie sich von alldem Luxus von ihrer eigentlichen Lage ablenken ließ, doch sie wollte in diesem Augenblick nicht dagegen ankämpfen.

Als die Massage beendet war, erhoben sie sich, um sich anzukleiden. Azura reichte India ein korallenrotes Gewand, das sie als Kaftan bezeichnete. Die weiten Ärmel sowie der Ausschnitt waren mit goldenen Stickereien verziert. Azura befahl einer der Dienerinnen, Indias Haar zu bürsten und ihr ein goldenes Stirnband umzubinden. Dann brachte eine Sklavin ein Schmuckkästchen, aus dem Azura Ohrgehänge aussuchte, die sie vorsichtig an Indias Ohrläppchen befestigte. Sie waren aus Gold und hatten die Form von Sternen. Dann erhielt sie noch zwei Armreife, ehe die Herrin des Bades persönlich Indias Finger- und Zehennägel so kurz wie möglich schnitt.

»Jetzt ist es soweit, Madame Azura«, sagte die Frau schließlich.

Azura, die inzwischen einen purpur- und silberfarbenen Kaftan angelegt hatte, wandte sich wieder ihrem Schützling zu. »A ja, sie sieht wirklich reizend aus«, sagte sie. »Kompliment, Fatima. Das hast du, wie immer, wirklich großartig gemacht.«

Die Frau strahlte geradezu vor Zufriedenheit.

»Komm mit, mein Kind«, rief Azura India zu und führte sie in den Harem zurück.

Die anderen Mädchen ruhten auf ihren Matratzen und schliefen.

Azura führte India in ihr kleines abgegrenztes Schlafgemach. »Ich werde wiederkommen, wenn es soweit ist«, sagte sie.

»Soweit wofür?« fragte India ein wenig erschrocken.

»Aber Kind, du hast doch gewiß verstanden, daß der Dey möchte, daß du heute abend bei ihm bist«, sagte die Herrin des Harems und tätschelte Indias errötete Wange. »Es wird schon gut gehen, India. Du mußt mir vertrauen. Ich will wirklich nur das Beste für dich.« Mit diesen Worten verließ sie den Raum.

India saß der Schreck immer noch in den Gliedern. Sie kannte diesen Mann überhaupt nicht, und er sie ebenso wenig – und dennoch wollte er, daß sie heute Nacht das Bett mit ihm teilte? In was für eine Welt war sie da geraten? Erneut wünschte sie sich, auf ihre Eltern gehört zu haben, anstatt mit allen Mitteln ihren Willen durchzusetzen. Plötzlich fiel ihr wieder ein, daß sie Lady Stewart-Hepburn damals gefragt hatte, wie es im Harem gewesen sei – aufregend oder schrecklich. *Beides,* hatte ihre Großmutter geantwortet, aber Cat Leslie war damals keine Jungfrau mehr gewesen, als sie sich der Leidenschaft eines mächtigen Türken gegenübersah. Und während es für India aufregend gewesen war, zusammen mit Azura das Bad zu besuchen, so wagte sie an das, was nun folgen mochte, gar nicht zu denken. Wenn sie erst einmal das Bett des Dey geteilt haben würde, dann gab es keinen Weg mehr zurück. Sie würde niemals mehr nach Hause zurückkehren können. Niemals mehr würde sie ihre Eltern, ihre Brüder und Fortune wiedersehen. Sie würde nicht miterleben, wie die kleine Autumn aufwuchs. Nach und nach kamen die Tränen, und sie weinte lautlos, denn sie wollte nicht, daß irgendjemand sie in ihrem Kummer hörte.

Aber vielleicht bestand ja noch Hoffnung. Vielleicht würde Azura Mitleid mit ihr haben, auch wenn sie ihr so unverblümt zu verstehen gegeben hatte, daß es nun kein Zurück mehr gäbe. Wenn Azura Mitleid hätte, dann würde sie gewiß mit dem Dey sprechen. India hatte die Erfahrung gemacht, daß reiche Menschen immer noch mehr Reichtum wollten, von einigen wenigen Ausnahmen abgesehen. Dieser Dey war gewiß nicht so reich, daß er sein Vermögen nicht noch vergrößern wollte. Erschöpft legte sich India schließlich auf die Matratze und döste vor sich hin – doch ehe sie ganz einschlief, betete sie noch, der Dey möge nachgeben und sie gegen ein stattliches Lösegeld nach Hause schicken.

Azura zwar inzwischen direkt zum Dey gegangen. Er bot ihr einen Stuhl an, und ein Diener reichte ihr einen Becher mit frischem Fruchtsaft. Azura trank langsam und blickte dann zum Dey auf. »Sie hat große Angst«, sagte sie, »auch wenn sie es niemals zugeben würde, ehrenwerter Dey. Du mußt dieses Mädchen sehr rücksichtsvoll behandeln.«

»Du weißt, daß ich meine Frauen niemals grob behandle«, erwiderte er.

»Mein Herr, ich bin überzeugt, daß Allah selbst dir dieses Mädchen geschickt hat«, fuhr Azura fort. »Sie stammt aus deinem eigenen Volk, sie ist so wie du von vornehmer Geburt, und wenn du sie für dich gewinnen könntest, dann würde sie dir eine ausgezeichnete Gemahlin sein. Sie ist sehr schön, Herr.«

»Ich hatte noch kaum Gelegenheit, das festzustellen«, entgegnete er in spöttischem Ton. »Ich war zu sehr damit beschäftigt, mich gegen die kleine Wildkatze zu verteidigen.«

Azura lachte. »Sie hat nicht gut gezielt. Sie hat dir kaum einen Kratzer zugefügt, wie mir der Arzt berichtet hat.«

»Du magst die Kleine, nicht wahr, Azura? Ich habe noch

nie erlebt, daß du für eine meiner Frauen etwas übrig hättest«, sagte der Dey.

»Vielleicht werde ich langsam alt«, antwortete Azura. »Dieses Mädchen könnte für mich die Tochter sein, die ich nie hatte. Ich kenne sie kaum, und doch mag ich sie. Sie hat irgend etwas an sich, das mich berührt. Vielleicht ist es ihre Tapferkeit, denn obwohl sie große Angst hat, bemüht sie sich nach Kräften, sie nicht zu zeigen. Als diese dummen Geschöpfe in deinem Harem sie vorhin beleidigten, da hat sie sich ganz laut die Frage gestellt, welche von ihnen sie wohl als erste umbringen würde. Damit hat sie ihnen einen gehörigen Schrecken eingejagt.« Azura lachte und fügte dann hinzu: »Das war wirklich äußerst schlagfertig von ihr. Sie werden es sich gut überlegen, bevor sie sich noch einmal mit ihr anlegen. Aber wenn man freundlich zu ihr ist und sie zu überzeugen versucht, dann kann man durchaus mit ihr zurecht kommen. Ich hatte überhaupt keine Schwierigkeiten mit ihr.«

Er schwieg einen Augenblick nachdenklich und sagte dann: »Du meinst also, ich bräuchte eine Gemahlin, meine liebe Azura? Warum?«

»Du wünscht dir doch gewiß einmal Söhne, nicht wahr? Jeder Mann wünscht sich Söhne«, antwortete sie. »Vielleicht kehrst du ja eines Tages nach England zurück und nimmst deine Söhne in das Haus deines Vaters mit.«

Das Gesicht des Dey verdunkelte sich. »Ich werde nie mehr nach Hause zurückkehren, Azura. Wie sollte ich auch, wo man mich doch des Mordes beschuldigt? Ich brauche keine Söhne für Oxton, und auch keine englische Gemahlin. Was ich will, ist allein Rache, und ich habe jetzt die Möglichkeit, mich zu rächen. Der junge Mann, den ich heute vormittag auf eine Galeere geschickt habe, der Mann, nach dem India sich sehnt, ist mein Halbbruder, nun der Erbe meines Vaters – das heißt, falls er lange genug lebt, um sein Erbe anzutreten. Er hat mich nicht erkannt, denn immerhin sind zehn Jahre vergangen, seit wir uns zum letzten Mal gesehen haben. Ich hätte ihn wohl auch nicht wiedererkannt, wenn er sich nicht so anmaßend benommen hätte. Ich habe Aruj Aga angewiesen, ihn ein wenig im Auge zu behalten – aber er soll sich ruhig einmal die Hände blutig rudern, bevor ich seiner lieben Mutter mitteile, daß er als Gefangener hier ist. Ich bin sicher, MariElena wird alles in ihrer Macht Stehende tun, um ihren Liebling freizubekommen – und erst wenn sie das Lösegeld für ihn bezahlt hat, werde ich mich meinem Bruder zu erkennen geben.«

»Und India?« fragte Azura.

»Ihre bloße Anwesenheit hier wird ihren Ruf in England ein für allemal ruinieren«, antwortete der Dey.

»Sie hat mir erzählt, daß ihre Familie gerade nach Schottland heimkehren wollte, als sie mit deinem Halbbruder durchgebrannt ist. Sie glaubt, ihr Ruf wäre noch zu retten, wenn sie bald gegen ein Lösegeld freikäme. Nimm Rache an deinem Bruder, aber schick India nach Hause zu ihrer Familie. Für dich kommt es doch nicht auf dieses eine Mädchen an«, fügte Azura hinzu. Sie hatte nicht die Absicht gehabt, auf diese Weise für India einzutreten, bis sie von den Plänen des Dey erfahren hatte. Es gefiel ihr nicht, daß er so rachsüchtig war. Natürlich konnte er sehr hart sein – und das war auch nötig, um zu regieren, aber in diesem Fall verhielt er sich einfach grausam.

»Nein«, erwiderte Caynan Reis unnachgiebig. »Es wird mir eine doppelte Genugtuung bereiten, wenn ich Adrian mitteile, welche Freuden mir seine Verlobte im Bett geschenkt hat. Natürlich will er sie – Schuft, der er ist – ohnehin nicht mehr haben. Er glaubt, sie habe sich Aruj Aga hingegeben, weil der Aga so freundlich zu ihr war, als sie sich unter seiner Obhut befand. Er kann sich nun einmal nicht vorstellen, daß jemand freundlich ist, ohne etwas dafür zu verlangen. Ich kann mich noch gut erinnern, daß er mir schon als Knabe nicht das kleinste Spielzeug überlassen wollte, auch wenn es ihn selbst gar nicht mehr interessierte. Zu wissen, daß ich das Mädchen bekam und er nicht, wird ihn vor Zorn erbeben lassen – und das wird mir große Genugtuung verschaffen. Außerdem habe ich den Verdacht, daß die Familie des Mädchens ihn nicht akzeptiert hat und daß er India überreden mußte, mit ihm durchzubrennen, um ihn zu heiraten.

Wenn sie erfahren, daß er gegen ein Lösegeld freigekommen ist, während sie immer noch gefangen ist, wird sein Leben nicht mehr allzuviel wert sein. Meine Stiefmutter wird ihn nicht vor Lady Indias Vater und ihren Brüdern schützen können«, sagte Caynan Reis mit grimmigem Lächeln.

»Aber was ist mit deinem Vater?« wandte Azura ein. »Wenn Indias Familie deinen Halbbruder tötet, wer soll dann deinem Vater nachfolgen?«

»Ich weiß es nicht«, antwortete der Dey. »Mein Vater hat ja, wie ich erfuhr, nicht lange gezögert, mich zu enterben, nachdem dieses Miststück, das er nach dem Tod meiner Mutter geheiratet hat, ihn dazu gedrängt hat. Es geschieht ihm ganz recht, daß sein Geschlecht ausstirbt. Wie konnte er nur glauben, daß ich es fertig brächte, einen Mann wegen irgendeiner Hure zu töten? Es stimmt, daß wir wegen ihr in Streit gerieten, aber weder Lord Jeffers noch ich wären je aus so einem Anlaß zum Mörder geworden.«

»Mir war nicht bewußt, mein Herr, wie tief dein Schmerz tatsächlich sitzt«, sagte Azura mit sanfter Stimme.

»Das Mädchen, India«, sagte Caynan Reis, um das Thema zu wechseln. »Meinst du wirklich, daß sie noch Jungfrau ist? Wenn Adrian sie dazu überreden konnte, ihre Familie zu verlassen, dann hat er es vielleicht auch geschafft, ihr die Unschuld zu rauben.«

»Gewißheit hätten wir erst, wenn der Arzt sie untersucht hat«, antwortete Azura, »aber wenn man mich nach meiner Meinung fragt, so würde ich sagen: ja, sie ist noch Jungfrau. Ihr ganzes Verhalten ist so schamhaft und unschuldig.« Sie nahm seine große Hand in die ihre und fügte fast flehend hinzu: »Versprich mir, Herr, daß du sie rücksichtsvoll behandelst.«

»Hältst du mich denn für ein Ungeheuer?« fragte er ein wenig schroff und entzog ihr seine Hand.

»Du bist zornig, mein Herr«, wandte Azura ein, »aber vergiß nicht, daß sie selbst ein Opfer der Heimtücke deines Halbbruders und deiner Stiefmutter ist. Deshalb bitte ich dich, sei gütig zu ihr.«

»Kein Wunder, daß Sharif Mohammed dich geliebt hat«,

sagte Caynan Reis. »Du hast ein gutes Herz, Azura, und ich verspreche dir, daß ich dem Mädchen kein Haar krümmen werde. Vorausgesetzt, sie selbst trachtet mir nicht mehr nach dem Leben«, fügte er mit dem Hauch eines Lächelns hinzu. »Ich werde jedenfalls darauf achten, daß ich keine Waffe mit mir trage, wenn wir uns heute abend treffen.«

»Dann soll ich sie also zu dir bringen, mein Herr?«

»Ich muß zuerst noch ein Bad nehmen, Azura. Ich bin heute noch nicht dazu gekommen. Bring sie in einer Stunde zu mir, dann kannst du zu Bett gehen. Sag Baba Hassan, daß ich sie bis zum Morgen bei mir behalten werde. Dann kann er sie abholen und zum Harem zurückbringen.«

Azura erhob sich und verneigte sich vor dem Dey. Dann verließ sie das Zimmer, um den Haremswächter aufzusuchen. Baba Hassan hatte es sich in seinem eleganten Quartier bequem gemacht und rauchte seine Wasserpfeife, als Azura zu ihm kam. Er wischte das Mundstück der Pfeife ab und bot sie ihr an, nachdem sie sich ihm gegenübergesetzt hatte. Sie nahm einen tiefen Zug und blies den Rauch aus, was in ihr eine angenehm beruhigende Wirkung entfaltete. Sie wischte das Mundstück ab und gab ihm die Pfeife zurück.

»Ich komme gerade vom Dey. Er wird das Mädchen die Nacht über bei sich behalten. Du sollst sie dann am Morgen abholen und zum Harem zurückbringen.«

»So so«, sagte Baba Hassan lächelnd, »dann hast du also begonnen, deinen kleinen Plan in die Tat umzusetzen, nicht wahr, meine liebe Freundin?«

»Ich möchte dir lieber nicht erzählen, was ich heute von ihm erfahren habe«, teilte Azura ihrem Freund mit, »aber ich bin mir sicher, daß er es dringend nötig hat, jemanden zu lieben und selbst geliebt zu werden. Und ich glaube, daß dieses Mädchen diejenige sein könnte, die den Weg zu seinem Herzen findet.«

»Es ist aber kein sehr guter Zeitpunkt für ihn, sich von den Regierungsgeschäften ablenken zu lassen. Man hört nämlich so einiges – ich fürchte, es wird Ärger geben.«

»Was denn für Ärger?« wollte sie wissen.

»Es sind wieder einmal die Janitscharen«, erläuterte Baba

Hassan mit müder Stimme. »Sie planen eine Revolte gegen den Sultan und die Hohe Pforte. Sie schicken ihre Leute quer durch das ganze Reich, um Unterstützung für ihre Pläne zu suchen. Sie bemühen sich, irgendwelche Schwachstellen bei den verschiedenen Vasallenstaaten zu finden. Ich habe gehört, daß sie den einzelnen Herrschern die Unabhängigkeit vom Reich versprechen, so daß sie keinen Tribut mehr an Istanbul bezahlen müßten, wenn die Herrscher bereit wären, die Janitscharen zu unterstützen.«

Sie fragte nicht, woher er seine Informationen hatte oder ob die Quelle verläßlich war, denn sie wußte, daß Baba Hassan nicht davon sprechen würde, wenn es sich bloß um irgendwelche haltlosen Gerüchte gehandelt hätte. Und so begnügte sie sich damit, ihn zu fragen: »Weiß der Dey schon davon?«

Der Eunuch schüttelte verneinend den Kopf. »Bis jetzt ist noch kein Abgesandter aus Istanbul nach El Sinut gekommen.«

»Und Aruj Aga?« fragte sie weiter. »Glaubst du, er hält dem Sultan die Treue, oder wird er sich als Janitschare auf die Seite seiner Freunde schlagen?«

»Aruj Aga ist genauso lange in El Sinut wie Caynan Reis«, antwortete Baba Hassan nachdenklich. »Ich glaube, er würde dem Sultan die Treue halten, aber die Kameradschaft innerhalb des Korps ist ungemein stark, und seine Familie hat seit vielen Generationen Janitscharen hervorgebracht.«

»Und wen wollen sie an Sultan Murats Stelle setzen?«

»Die Mutter des Sultans hat drei Söhne von Sultan Ahmed. Murat hat noch zwei jüngere Brüder, Ibrahim und Bayazet.«

»Aber es ist die Sultansmutter, die in Wirklichkeit die Macht in Istanbul innehat, denn Sultan Murat ist ja erst dreizehn«, wandte Azura ein. »Was macht es da für einen Unterschied, welcher ihrer Söhne der Sultan ist, wenn ohnehin sie regiert?«

»Sie haben die Absicht, sie und Sultan Murat zu töten«, antwortete Baba Hassan. »Sie wollen ihre eigenen Leute an die Macht bringen, um im Namen des nächsten Sultans zu herrschen, der viel zu jung sein wird, um selbst zu regieren. Möglicherweise werden sie auch den zweiten Prinzen töten, damit kein Zweifel an ihrer Herrschaft aufkommen kann. Die Janitscharen kennen keine Gnade. Erinnere dich nur an den jungen Osman, den sie vor einigen Jahren brutal ermordeten. Sie sind während der vergangenen hundert Jahre sehr einflußreich geworden. Sie sind unersättlich in ihrer Gier nach Reichtum und Macht. Wenn es ihnen möglich wäre, ohne Sultan zu herrschen, dann würden sie das ohne zu zögern tun.«

»Dann wäre es vielleicht gar nicht so schlecht, wenn sich der Dey gerade jetzt verlieben würde, Baba Hassan«, wandte die Herrin des Harems nachdenklich ein. »Denn im Augenblick ist sein Herz versteinert. Er hegt nur bittere Erinnerungen an seine Familie und seine Heimat. Er könnte unüberlegt handeln, denn was hat er schließlich zu verlieren? Aber wenn er das Mädchen liebt, wenn sie ihm ein Kind schenkt, dann würde er eine weisere Entscheidung treffen, weil er die Zukunft seiner Familie nicht würde gefährden wollen.«

»Ich muß zugeben, daß auf deinen Instinkt immer Verlaß war, Azura«, sagte der Eunuch nachdenklich. »Vielleicht hast du ja auch diesmal recht. Aber vielleicht ist das alles ohnehin nur ein Gerücht – und die Janitscharen geben zumindest fürs Erste Ruhe.«

»Die Janitscharen werden niemals Ruhe geben«, entgegnete sie, »aber Istanbul ist weit von El Sinut entfernt. Mit etwas Glück werden wir uns aus dieser Verschwörung heraushalten können.«

»Ich bete zu Allah, dem Barmherzigen, daß du recht hast, Azura«, antwortete Baba Hassan inbrünstig.

»Das tu' ich auch«, sagte sie lächelnd. »Aber jetzt muß es unser oberstes Ziel sein, alles zu tun, damit India und Caynan Reis sich ineinander verlieben.«

»Sie sind zwei recht schwierige junge Menschen. Ich schätze, es dürfte einfacher sein, mit den Janitscharen fertig zu werden«, antwortete er mit einem schmerzlichen Lächeln.

3

India döste im Halbschlaf vor sich hin und fühlte sich ziemlich entspannt. Der weiche Stoff des Kaftans war angenehm kühl auf ihrer Haut. Doch zu ihrem Ärger wurde sie plötzlich wachgerüttelt, und im nächsten Augenblick hörte sie Azuras Stimme.

»Wach auf, mein Kind. Es ist Zeit.«

India öffnete langsam die Augen und wandte sich der älteren Frau zu. »Zeit wofür, Madame?«

»Zeit, um zum Dey zu gehen«, antwortete Azura.

Sie war mit einem Schlag hellwach. »Heute noch? Er will tatsächlich, daß ich heute zu ihm komme – nach dem, was ich getan habe?« fragte sie, und ihr Herz begann vor Angst heftig zu pochen.

Azura zog India sanft in die Höhe. »Es gibt nichts, wovor du Angst haben müßtest, mein Kind«, redete sie ihr beruhigend zu.

»Ich habe keine Angst«, erwiderte India, doch sie wußte, die Wahrheit sah anders aus. Aber hatte nicht Tom Southwood ihr ans Herz gelegt, niemals Angst zu zeigen? India war fest entschlossen, ihre Gefühle unter allen Umständen zu verbergen.

Azura ignorierte ihre Einwände und begann Indias schwarze Locken zu bürsten. Dann forderte sie sie auf, den Mund mit Minzwasser auszuspülen, ehe sie sie aus dem Harem in einen schwach beleuchteten Gang führte, an dessen Ende sich zwei große, mit einem Bogen versehene Türen befanden. Azura öffnete die Türen ein Stückchen und sagte mit leiser Stimme: »Geh hinein, mein Kind. Er wartet schon auf dich.« Dann schob sie India mit sanftem Nachdruck in das Zimmer und zog die Türen hinter ihr zu.

Der Raum war von einer großen Öllampe schwach erleuchtet. Sie hörte das leise Plätschern eines Springbrunnens, das, wie India dachte, aus dem Garten kommen mußte, der sich jenseits des großen Zimmers befand. Die Vorhänge zwischen den Säulen bewegten sich ganz leicht im Abendwind. Der Fußboden war mit Steinplatten ausgelegt. Die Einrichtung war einfach, und doch elegant; sie bestand großteils aus poliertem Holz und Messing. India sah einige Schränke und Tische sowie einen einzigen mit Leder bezogenen Stuhl.

»Komm her!«

India erschrak, als sie die befehlende Stimme hörte, und ihr Blick fiel auf ein großes Podium aus geschnitztem Holz, das mit Silber und Gold verziert war und auf dem sich ein großes Bett befand, das mit korallenrot- und goldgestreifter Seide bezogen war. Der Dey, der nur seine weite weiße Hose anhatte, lümmelte in arroganter Pose auf dem Bett, die Augen auf sie gerichtet. Nie zuvor hatte sie einen Mann so ... so spärlich bekleidet gesehen. Es war ziemlich verwirrend. Seine Brust wirkte glatt und goldfarben. Sein einziges Kleidungsstück saß tief auf seiner schmalen Hüfte, so daß sogar sein Nabel zu sehen war. Er trug nicht einmal einen Turban, so daß sie nun sehen konnte, daß er schwarzes Haar hatte.

»Komm her!« forderte er sie erneut auf.

India schüttelte kaum merklich den Kopf.

Caynan Reis betrachtete sie schweigend, wie sie leicht zitternd dastand, den Rücken gegen die Tür gepreßt. Sie war das absolut schönste Geschöpf, das er je zu Gesicht bekommen hatte. Ihre Haut war wie aus makellosem Elfenbein. Das war ihm schon zuvor aufgefallen, als er sie ausgepeitscht hatte. Nun, wo Azura sich um sie gekümmert hatte, konnte er so richtig erkennen, was für ein Prachtstück er seinem Bruder weggeschnappt hatte. Es verlangte ihn danach, die vollen Lippen zu küssen und ihre schwarzseidenen Locken zu berühren. Er konnte deutlich sehen, daß sie starr vor Angst war. Ihre goldenen Augen verrieten es – doch ihre Haltung ließ nichts als Trotz erkennen. Er glitt vom Bett herunter – neugierig, zu sehen, wie weit sie in ihrem Widerstand gegen ihn gehen würde.

Als India ihn auf sich zukommen sah, wirbelte sie herum und versuchte verzweifelt, die Tür aufzudrücken. Sie biß sich auf die Unterlippe, um nicht aufzuschreien, als sie ihn hinter sich spürte, seinen Körper leicht gegen den ihren gedrückt. Sie konnte kaum noch atmen, doch sie unterdrückte den Schrei, der ihr auf den Lippen lag, und stand regungslos da, obwohl sie sein bedrohliches regelmäßiges Atmen hören konnte. Als er plötzlich mit einer Hand direkt neben ihrem Kopf gegen die Tür schlug, erschrak sie fast zu Tode.

Er lachte leise auf. »Du hast Angst«, stellte er fest und griff nach ihren schwarzen Locken, um im nächsten Augenblick ihren Nacken zu küssen.

»Nein!« stieß India mühevoll hervor, während sie ihre Nase gegen die schwere Eichenholztür drückte.

»Ich werde dir nicht weh tun«, sagte er und begann sanft an ihrem Ohr zu knabbern. »Mmm. Genau wie ich erwartet hatte. Du schmeckst wundervoll.«

Sie schwieg und rührte sich nicht von der Stelle, wenngleich seine Liebkosungen ihr einen Schauer über den Rücken jagte.

»Du bist eine sehr ungehorsame kleine Sklavin«, sagte er, während seine Hand mit ihren Locken spielte.

»Ich bin keine Sklavin«, erwiderte India wütend. »Ich bin Lady India Anne Lindley, Tochter des Herzogs von Glenkirk, Schwester des Marquis von Westleigh, des Herzogs von Lundy und von Lord Leslie of Glenkirk. Du hast kein Recht, mich hier festzuhalten! Ich bin eine freie englische Frau und keine Sklavin!«

»Deine Herkunft ist wirklich beeindruckend«, entgegnete er mit sanfter Stimme, »aber das ist alles Vergangenheit, India – es hat mit der Gegenwart nichts mehr zu tun. Du bist eine Kriegsbeute, die mir einer meiner Männer mitgebracht hat, und so bist du zur Sklavin geworden.« Er drückte sich enger an sie. »Es wird Zeit, daß du deine Stellung in dieser neuen Welt akzeptierst, die du soeben betreten hast. Du bist meine Sklavin. Ab jetzt bist du nur noch für mich da.«

»Niemals!« Sie drückte sich noch enger an die Tür.

Er lachte über ihren Trotz und kniff sie mit den Zähnen sanft in den Nacken. »Was bleibt dir denn anderes übrig?« neckte er sie.

»Lieber sterbe ich«, gab sie grimmig zurück.

»Kleine Närrin«, knurrte er ihr zu, »glaubst du denn, das würde ich zulassen? Zuerst würde ich dich den Janitscharen überlassen, damit sie sich mit dir vergnügen können. Glaubst du, daß sie deinen Widerstand akzeptieren würden? Sie würden dich nackt ausziehen und dich niederdrücken, während sie sich, einer nach dem anderen, das nehmen, was sie von dir wollen. Du müßtest alle nur erdenklichen Abartigkeiten über dich ergehen lassen, meine kleine Jungfrau, und wenn sie schließlich dein Temperament und deine Schönheit zerstört hätten, dann wärst du nichts weiter als eine gewöhnliche Hure. Es würde Jahre dauern, bis du schließlich an irgendwelchen Krankheiten und Unterernährung sterben würdest, India. Ist es das, was du möchtest?«

Seine Worte erschreckten sie zu Tode. »Nein«, flüsterte sie.

»Dann wirst du dich mir hingeben«, fügte er in ruhigem Ton hinzu.

Erneut schüttelte sie den Kopf. »Du magst mich schänden, mein Herr, aber ich werde mich dir niemals hingeben. Niemals!«

»Schänden?« stieß er angewidert hervor. »Schänden? Ich möchte dich lieben, du kleine Närrin. Ich möchte deine weiche Haut liebkosen.« Er ließ seine große Hand unter ihren weiten Ärmel gleiten und strich über ihren Arm. »Ich möchte jeden Zentimeter deines Körpers liebkosen und deine reizenden Lippen küssen, bis sie wund sind.« Seine Hände umfaßten ihre Schultern. »Ich möchte dich vor Lust schreien hören, wenn unsere Körper miteinander verschmelzen, aber ich würde dich doch nicht schänden.«

»Du wirst mich aber nicht anders bekommen als mit Gewalt«, erwiderte India hartnäckig.

Er stieß einen Laut der Verärgerung aus und ließ seine Hände sinken. »Kleine Närrin«, sagte er mit drohendem Unterton. »Ist dir denn nicht klar, daß ich dich festbinden lassen könnte, so daß du mir hilflos ausgeliefert wärst? Und du würdest jauchzen vor Vergnügen, wenn ich fertig bin, weil ich dir das Paradies gezeigt hätte. Nein, das verstehst du nicht, und ich werde auch bestimmt nicht ein unwissendes kleines Mädchen zu irgend etwas zwingen. Dazu lasse ich mich von dir nicht provozieren.« Er packte sie am Arm, riß sie von der Tür zurück, die er sogleich öffnete, um India den Gang entlangzuzerren, bis sie Azuras Privatgemächer erreichten. Er trat ein, warf India zu Boden und drückte sie mit einem Fuß nieder. »Mit dieser Sklavin ist einfach nichts anzufangen«, sagte er zu der erschrockenen Azura. »Behalte sie heute Nacht bei dir, und morgen soll dann Baba Hassan sie darauf vorbereiten, daß sie mir als meine Leibsklavin dient. Ich sollte sie den Janitscharen überlassen, aber ich habe ein zu weiches Herz dazu. Doch dienen muß sie mir in jedem Fall. Wenn es ihr in meinem Bett nicht gefällt, dann wird sie sich eben auf andere Weise nützlich machen.« Er hob seinen Fuß und schob das verdatterte Mädchen zu Azura hin, ehe er sich umdrehte und ging.

India kauerte zitternd auf dem Fußboden.

»Was ist denn passiert?« wollte Azura wissen und bemühte sich, ihren Zorn zu unterdrücken. Würde diese verwöhnte kleine Jungfrau mit ihrer Halsstarrigkeit all ihre Pläne zunichte machen? *Das werde ich nicht zulassen.* Azura war wütend. Sie packte India und zog sie hoch.

»Ich habe mich ihm verweigert«, antwortete das Mädchen mit kreidebleichem Gesicht. »Ich habe ihm gesagt, daß ich mich nicht freiwillig hingeben würde und daß er mich schon schänden muß. Das ist mein Ernst.«

Azura schüttelte verzweifelt den Kopf. »Ist dir überhaupt klar, was dir hätte passieren können?« rief sie empört. »Du hattest wirklich Glück, daß er sich so gnädig gezeigt hat. Er ist ein gerechter Mensch, wenn auch ein wenig schwierig. Er hätte dich auf der Stelle töten können, und das wäre sein gutes Recht gewesen, denn du bist nur eine Sklavin, India. Oh, ich weiß wirklich nicht, was aus dir noch werden soll! Allah! Wir müssen ihn dazu bringen, dir dein unerhörtes Benehmen zu verzeihen und dich noch einmal in seinem Bett aufzunehmen.«

»Ich werde aber nicht seine Hure sein!« erwiderte India und brach in Tränen aus. Das alles war einfach zuviel für sie. Zuerst hatte der Dey ihr gedroht, sie den Janitscharen zu überlassen, und als er sie dann den Gang entlangzerrte, glaubte sie, er würde seine Drohung wahrmachen. »Ich will nach Hause«, stieß sie schluchzend hervor.

»Du bist zu Hause«, erwiderte Azura in scharfem Ton. »Außer du benimmst dich weiter so töricht. Allah allein weiß, wo du dann noch endest! Vielleicht im Zelt irgendeines Scheichs draußen in der Wüste, wo dir die Sonne deine zarte Haut verbrennt und du deinem Herrn seine Mahlzeiten aus Couscous und Ziegenfleisch kochst.« Azura beruhigte sich ein wenig und legte India schließlich den Arm um die Schulter, um sie zu trösten.

»Vielleicht wird mich der Dey ja jetzt gegen ein Lösegeld freilassen?« brachte India, immer noch schluchzend, hervor.

»Nein, mein Kind. Ich habe dir ja schon gesagt, daß du darauf nicht hoffen kannst. Du mußt dein Schicksal annehmen. Und was ist denn so Schreckliches daran, die Geliebte von Caynan Reis zu werden? Er sieht gut aus, ist jung, und wenn du ihm noch dazu ein Kind schenken würdest, dann wäre deine Stellung in diesem Haus für immer gesichert, vor allem, wenn dieses Kind ein Sohn wäre. Wäre dein Schicksal in England nicht ähnlich gewesen? Zu heiraten und Kinder zur Welt zu bringen?«

»Du meinst, ich soll den Dey heiraten?« fragte India verblüfft.

»Er würde dich gewiß zur Frau nehmen, wenn du ihm ein Kind gebärst«, versicherte ihr Azura, auch wenn es, wie sie dachte, ganz leicht übertrieben war.

»Aber ich bin Christin, und er ist ein Ungläubiger«, wandte India ein.

»Er folgt den Lehren des Islam, mein Kind«, erwiderte Azura.

»Mamas Vater, ihr richtiger Vater, nicht BrocCairn, war auch ein Moslem«, sagte India nachdenklich.

»Wir verehren doch alle denselben Gott«, sagte Azura. »Was macht es da für einen Unterschied, *wie* wir ihn verehren?«

India dachte eine Weile nach, ehe sie fragte: »Was soll nun mit mir geschehen? Was hat der Dey gemeint, als er sagte, ich soll ihm als seine Leibsklavin dienen?«

»Du wirst deinem Herrn auf den leisesten Wink gehorchen, und das Tag und Nacht, mein Kind. Du wirst ihm in jeder erdenklichen Weise dienen, nicht nur im Bett«, erklärte Azura. »Du wirst keinen Platz im Harem erhalten.«

»Aber wo soll ich dann schlafen?« rief India aus.

»Wo immer der Dey es dir gestattet«, antwortete Azura. »Hab' keine Angst, India. Es ist eine sehr milde Strafe, wenn man bedenkt, wie sehr du seinen Stolz verletzt hast. Vielleicht ist es ohnehin besser so. Auf diese Weise kannst du ihn erst einmal kennenlernen.« Sie lächelte dem Mädchen aufmunternd zu. »Du kannst heute nacht hier bei mir auf dem Diwan schlafen. Morgen früh wird dir dann Baba Hassan erklären, was du alles zu tun hast.« Sie tätschelte sanft Indias Hand. »Leg dich jetzt hin, mein Kind. Du siehst ja völlig erschöpft aus, so als könntest du dich kaum noch auf den Beinen halten.«

Der Morgen war noch kaum angebrochen, als Baba Hassan kam, um India zu wecken. Er blickte sie ziemlich vorwurfsvoll an, als er sie aufforderte: »Aufstehen, Mädchen! Du mußt deinen Herrn wecken und ihn baden.«

India rappelte sich verschlafen hoch und warf Azura einen verzweifelten Blick zu, doch die Herrin des Harems ignorierte ihr stummes Flehen.

»Komm mit«, forderte Baba Hassan sie auf, und India folgte ihm rasch. »Wenn du den Dey geweckt hast, dann wirst du ihn zur Badestube begleiten, wo du ihn baden und ankleiden wirst. Danach bringst du ihm sein Frühstück. Heute werde ich dir noch dabei helfen, aber ab morgen mußt du deinen Pflichten allein nachgehen.« Baba Hassan öffnete die Tür zu den Gemächern des Dey und rief: »Wach auf, Herr. Der Tag bricht an, und du hast heute viel zu tun.« Er zog das nackte Mädchen hoch, das an seiner Seite lag. »Geh zurück in den Harem, Layla.« Dann wandte er sich India zu. »Berühre ihn sanft und weck ihn auf.«

Sie streckte vorsichtig die Hand aus und berührte ihn ganz sacht an der Schulter. »Wach auf, mein Herr«, sagte sie, fast im Flüsterton.

Caynan Reis drehte sich um und blickte zu ihr auf. »Sie ist nicht korrekt gekleidet«, sagte er zu Baba Hassan.

»Sie muß dich baden, mein Herr. Sie bekommt ihre neuen Kleider, sobald sie ihre ersten Pflichten erledigt hat«, antwortete der Haremswächter seinem Herrn.

Der Dey erhob sich. »Dann laß uns beginnen.«

Indias Augen weiteten sich vor Überraschung und Schreck. Der Dey war splitternackt. Sie wußte nicht, wo sie hinsehen sollte – und was das Ganze noch schlimmer machte, war das spöttische Lächeln auf seinen Lippen. Zuerst dieses Weibsbild in seinem Bett! Erwartete man vielleicht von ihr, daß sie jeden Morgen diese Weiber wecken sollte? Und nun seine nackte Gestalt, wo er doch wissen mußte, daß sie noch nie in ihrem Leben einen nackten Mann gesehen hatte! Ihre Wangen brannten vor Scham.

»Der Dey hat seine eigene private Badestube«, teilte Baba Hassan ihr mit. Er ging quer durch das Zimmer und schritt durch eine Tür. »Zieh deinen Kaftan aus, Mädchen«, forderte er sie auf. »Du kannst deinen Herrn nicht angezogen baden. Das Wasser und der Dampf würden dem Stoff schaden.« Sie kamen im Vorzimmer der Badestube an, wo der Eunuch ihr rasch den Kaftan auszog und ihn einer wartenden Sklavin reichte.

India hatte keine Zeit, etwas einzuwenden oder sich ihrer Nacktheit zu schämen. Sie schluckte erst einmal und wagte es nicht, in Caynan Reis' hübsches Gesicht zu sehen, denn sie spürte instinktiv, daß er sie amüsiert betrachtete, so daß sie den dringenden Wunsch verspüren würde, ihm eine Ohrfeige zu geben. Doch sie hatte bereits gelernt, daß es nicht toleriert wurde, wenn man den Dey angriff. Sie staunte, daß ihr Rücken keine schmerzhaften Spuren von den fünf Peitschenhieben aufwies, die er ihr am Vortag verpaßt hatte.

»Das Erste, was du zu tun hast«, begann Baba Hassan und fuhr damit fort, ihr zu erklären, wie sie ihren Herrn genau zu baden hatte.

»Nimm du den Schaber«, forderte der Dey den Eunuchen auf. »Ich sehe es noch nicht so gern, wenn sie einen spitzen Gegenstand in der Hand hat.«

India spülte Caynan Reis ab, nachdem Baba Hassan ihm Schmutz und Schweiß abgeschabt hatte.

»Sehr gut«, lobte der Eunuch. »Und jetzt mach weiter, wie ich es dir gesagt habe. Wenn sich der Herr dann in das geheizte Becken zurückzieht, kannst du dich selbst waschen, denn mehr Zeit wirst du den ganzen Tag über nicht dazu haben. Danach geleitest du den Herrn zur Masseurin, und ich werde dir dann deine neuen Kleider bringen.« Baba Hassan eilte hinaus und ließ India mit dem Dey allein.

Caynan Reis setzte sich auf eine marmorne Bank und forderte India mit einem Kopfnicken auf, mit dem Waschen zu beginnen. Zuerst wusch sie seine schwarzen Haare, spülte sie aus und trocknete sie mit einem Tuch. Dann kniete sie nieder, um seine Füße und die Unterschenkel zu waschen. Er stand auf, so daß sie auch seine Oberschenkel sowie Brust und Bauch waschen konnte. Danach eilte sie rasch hinter ihn, um sich seinen Rücken, die Schultern, das Gesäß sowie die Rückseite seiner Beine vorzunehmen. Danach spülte sie ihn gründlich ab. Er hatte einen wirklich schönen Körper, dachte sie anerkennend, fragte sich dann aber, ob es sich wohl für eine Frau schickte, einen Mann völlig nackt zu sehen und seinen Körperbau zu bewundern. Dennoch konnte sie nicht umhin, festzustellen, wie schlank und fest alles an ihm zu sein schien.

»Ich bin fertig, Herr«, sagte sie mit leiser Stimme.

»Das glaube ich nicht«, erwiderte er. »Du hast mein Geschlecht noch nicht gewaschen, India. Vergiß nicht, daß du meine Leibsklavin bist und es deine Pflicht ist, mich *ganz* zu waschen. Und mein Geschlecht ist ein wichtiger Körperteil.«

»Kannst du es denn nicht selbst waschen?« wandte sie ein. Mein Gott! Er konnte doch nicht allen Ernstes verlangen, daß sie ihn *dort* berührte!

»Nimm den Schwamm, knie nieder und tu deine Pflicht, India«, sagte er mit fester Stimme.

India biß die Zähne zusammen. *Ich werde es ihm nicht gestatten, mich zu schikanieren.* Sie kniete sich vor ihn hin. O Gott! Das Ding ragte ihr förmlich entgegen. War das denn bei allen so riesig? Und was war das, was dahinter herunterhing? Sie tauchte den Schwamm in den Alabasterkrug mit der Seife.

»Schön behutsam«, warnte er sie. »Er ist sehr empfindlich. Du wirst ein so treffliches Werkzeug doch nicht verletzen wollen.«

»Ich bin überzeugt, daß es bessere gibt«, platzte es aus ihr heraus.

Zu ihrer Erleichterung lachte er nur. »Mag sein«, sagte er, »aber du kannst mir ruhig glauben, meine kleine Jungfrau, daß meine Männlichkeit nicht zu verachten ist. Jedenfalls hat sich noch keine meiner Frauen bei mir beklagt.«

India wusch ihn und spülte sein Geschlecht mit warmem Wasser ab. »Deine Frauen würden es nicht wagen, sich bei dir zu beklagen, mein Herr. Es könnte ja sein, daß sie dann aus der Bequemlichkeit des Harems verstoßen würden. Ich glaube, du bist jetzt bereit für das große Becken.« Sie wandte sich von ihm ab, während der Dey in das Becken stieg. Rasch begann sie sich nun selbst zu waschen, während er sich in dem duftenden warmen Wasser entspannte. Als sie fertig war, winkte er sie zu sich.

»Komm zu mir herein«, forderte er sie auf.

India stieg die Stufen ins Becken hinunter und seufzte, als die angenehme Wärme des Wassers sie umfing.

»Du hast einen so sinnlichen Mund«, sagte er nach einer Weile. »Bist du schon einmal richtig geküßt worden?«

Sie nickte. Seine Augen waren wirklich unglaublich blau.

»Von deinem Geliebten, dem englischen Mylord?«

»Er war nicht mein Geliebter, mein Herr. Wir wollten heiraten.«

»Wer hat dich sonst noch geküßt?« wollte er wissen.

»Niemand«, erwiderte India.

Er kam rasch auf sie zu, bis er direkt vor ihr stand. Im nächsten Augenblick streifte er ihre Lippen ganz leicht mit den seinen. »Hat dich dein Mylord jemals berührt?«

»Einmal«, flüsterte sie. Es war ziemlich verwirrend für sie, hier mit ihm zusammen im warmen Wasser zu stehen und seine Haut ganz leicht auf der ihren zu spüren. »Er hat einmal meine Brüste berührt«, sagte sie und errötete heftig.

»Etwa so?« Er umfaßte eine ihrer Brüste sanft mit der Hand.

India schloß für einen Augenblick die Augen. »Ja.«

»Und es hat dir gefallen«, sagte er mit sanfter Stimme.

India wich hastig von ihm zurück, denn seine Nähe hatte etwas äußerst Beunruhigendes an sich. Rasch verließ sie das Becken. »Die Masseurin wartet schon, mein Herr. Bitte komm, damit ich dich abtrocknen kann.«

»Irgendwann«, sagte er, »wirst du schon nachgeben, India, aber ich werde Geduld mit dir haben, denn ich glaube, daß du es wert bist.« Dann verließ er die Badestube, und sie kam völlig verwirrt hinter ihm her.

Baba Hassan wartete bereits auf sie. »Hier habe ich dein neues Gewand, das du als Leibsklavin des Herrn tragen wirst.« Er reichte ihr eine Hose aus weißer Seide, die am Bund mit goldenen und silbernen Stickereien verziert war. Sie war so tief geschnitten, daß ihr Nabel entblößt war. Der Eunuch stand vor ihr, einen kleinen Topf mit Farbe in der einen Hand, einen Pinsel in der anderen. Er tauchte den Pinsel ein und bemalte ihre Brustwarzen mit karminroter Farbe. Als er fertig war, sagte er: »Jetzt bist du soweit, Mädchen. Geh und hilf deinem Herrn, sich für den Tag anzukleiden.«

»Ich bin doch noch nicht fertig angezogen«, stieß sie erschrocken hervor und blickte auf ihre leuchtend roten Brustwarzen hinunter.

»Das ist die Bekleidung für eine Leibsklavin«, antwortete der Haremswächter. Plötzlich runzelte er die Stirn. »Wo hab' ich denn nur meinen Kopf!« rief er aus und holte aus einer Tasche eine wunderschöne goldene Halskette hervor, die mit allen Arten von Edelsteinen besetzt war, angefangen von Diamanten, Rubinen, Smaragden bis hin zu Perlen und Saphiren. Er legte ihr die Kette vorsichtig an. »Ist sie auch nicht zu eng?« fragte er.

Wortlos schüttelte India den Kopf. Sie war zu schockiert, um etwas zu sagen.

»Dann geh jetzt und kümmere dich um den Dey, Mädchen. Wenn er angezogen ist und du ihn zurück zu seinen Gemächern begleitet hast, dann zeige ich dir den Weg zur Küche. Geh jetzt und warte an der Seite deines Herrn, bis die Masseurin ihre Arbeit beendet hat.«

Caynan Reis lag auf einer Matte, die man auf den Marmortisch der Masseurin gelegt hatte. Er lag auf dem Bauch, den Kopf zur Seite gewandt, während eine kleingewachsene stämmige Frau von unbestimmbarem Alter mit kräftigen Fingern seine Hinterbacken bearbeitete. Er öffnete die Augen und warf India einen trägen Blick zu. »Stell dich da hin, damit ich dich sehen kann«, sagte er und schloß die Augen wieder.

India stand wie versteinert da, während ihre Gedanken wie wild durcheinanderliefen. Sie war eine englische Adlige, und nicht irgendeine Sklavin, doch in diesem Augenblick war sie nun einmal eine Sklavin und nichts anderes. Sie war nicht die erste Frau aus ihrer Familie, der solches widerfuhr. Schon ihre Großmutter und ihre Urgroßmutter waren ebenso wie ihre Großtante Valentina und die Mutter ihres Stiefvaters irgendwann in ihrem Leben Sklavinnen gewesen. Aber allen war es schließlich gelungen, der Gefangenschaft wieder zu entkommen, und genau das hatte auch India vor. Es gab nur einen Unterschied zwischen India und ihren Verwandten: Die anderen waren alle keine Jungfrauen mehr gewesen, als sie in Gefangenschaft gerieten. Sie waren alle verheiratet oder verwitwet gewesen.

Indias Blick schweifte zu der schlanken Gestalt des Dey hinüber. Die Masseurin war gerade dabei, sein rechtes Bein zu kneten. Es war ein wohlgeformtes Bein, dachte India anerkennend, mit einem kräftigen Oberschenkel und einer hübsch abgerundeten Wade. Der Fuß war lang und schlank. Die Masseurin knetete mit ihren kräftigen Daumen seinen Rist, dann den Fußballen und zog schließlich langsam und behutsam an jedem einzelnen Zeh. India verfolgte fasziniert jede ihrer Bewegungen und merkte nicht, daß Caynan Reis sie aus zusammengekniffenen Augen beobachtete.

Als die Masseurin mit ihrer Arbeit fertig war, sprach sie ein paar leise Worte zum Dey, verneigte sich und zog sich zurück.

»Hilf mir auf«, forderte er India auf, und sie half ihm, sich umzudrehen und aufzusetzen, woraufhin er seine langen Beine über den Tisch schwang und aufstand. »Meine Kleider für den heutigen Tag sind in dem Zedernholzschrank dort drüben«, sagte er. »Ab heute wirst du dafür sorgen, daß jeden Morgen und jeden Abend frische Kleider für mich da sind. Baba Hassan wird dir meinen Tagesablauf mitteilen und dir sagen, ob ich Alltagskleider anziehe oder mich für einen besonderen Anlaß kleiden muß. Natürlich kannst du ab jetzt nicht mehr so lange schlafen wie heute, India. In Zukunft mußt du lange vor mir aufstehen, um die nötigen Vorkehrungen zu treffen, hast du mich verstanden?«

»Ich bin ja nicht dumm, mein Herr. Ich habe sehr wohl verstanden«, antwortete sie in scharfem Ton.

Er packte sie am Handgelenk und sagte ziemlich streng: »Wenn jetzt noch irgendjemand außer uns im Zimmer gewesen wäre, als du so mit mir gesprochen hast, dann hätte ich dich wieder schlagen müssen, India. Wenn du mit mir sprichst, muß deine Stimme stets höflich und bescheiden klingen, wie es einer gehorsamen Sklavin zukommt. Du hast mich gestern abend aufs Gröbste beleidigt, aber ich wollte nicht allzu streng mit dir sein. Ich sah ja, daß du Angst hattest, weil das alles für dich sehr ungewohnt war. Deshalb gebe ich dir eine zweite Chance als meine Leibsklavin, aber ich werde nicht tolerieren, daß du ungehorsam oder unhöflich bist. Wenn du mich weiter ärgerst, dann überlasse ich dich meinen Wachen, damit sie dich zähmen.«

India hatte schon eine bissige Bemerkung auf den Lippen, doch sie besann sich rechtzeitig des Rates, den ihr Vetter ihr gegeben hatte. »Jawohl, mein Herr«, sagte sie. »Es tut mir leid.«

»Wenn du mir zu meiner Zufriedenheit dienst, dann wirst du feststellen, daß man durchaus mit mir auskommen kann«, sagte er, »aber ich bin nun einmal der Herr von El Sinut, und das ist keine leichte Aufgabe. Wenn ich auch nur die geringste Schwäche zeige, und sei es auch nur in meinen eigenen vier Wänden, dann würde man sofort meine Autorität in Frage stellen. Ich würde meinem Herrn, dem Sultan, kein guter Diener sein, wenn ich auch nur die kleinste Unstimmigkeit in seinem Vasallenstaat zuließe. Hast du mich verstanden, India? Ich bin der Dey, nicht irgendein dummer Höfling.«

Seltsamerweise verstand sie genau, was er meinte. »Jawohl, mein Herr. Ich verstehe sehr gut«, antwortete sie und ging zum Schrank hinüber, um seine Kleider zu holen. Sie fand ein Hemd aus weißer Seide, das mit Goldfäden verziert war. Die Ärmel waren mit Edelsteinen geschmückt. Sie brachte ihm das Hemd und zog es ihm über den Kopf, so daß es über seine breiten Schultern und den Oberkörper fiel. Das Hemd war bis zur Mitte der Brust geöffnet, wie India jetzt sehen konnte. Danach brachte sie ihm die weißseidene Hose.

»Ich sehe nirgends eine Unterhose«, sagte sie etwas verlegen.

»Ich trage keine«, gab er mit ruhiger Stimme zurück.

Sie errötete und wußte nicht recht, was sie tun sollte.

»Du mußt mir in die Hose helfen«, forderte er sie auf und hob einen Fuß, damit sie ihm die Hose anziehen konnte.

India verbiß sich die scharfe Bemerkung, die ihr auf der Zunge lag. Sie richtete sich wieder auf und zog die Hose an seinen langen Beinen hoch, und über seine schmalen Hüften, so daß sie auch sein Geschlecht bedeckte, das unter ihrem Blick, so schien es, größer geworden war. Sie band die Enden der Schnur am Hosenbund zusammen und steckte sie ins Innere, wobei ihre Hände seinen flachen Bauch berührten. Erneut errötete sie, doch sie sagte mit möglichst ruhiger Stimme: »Es liegen zwei Schärpen bereit, mein Herr. Welche soll ich nehmen?«

»Heute trage ich die silberne«, antwortete er. »Ich zeige dir, wie man sie anlegt«, fügte er hinzu und band sich die Schärpe um, nachdem sie sie ihm gebracht hatte.

Dann löste er sie wieder und forderte sie auf: »Jetzt machst du es, India«, und als sie die Aufgabe in tadelloser Weise gelöst hatte, sagte er anerkennend: »Kluges Mädchen! Du hast mir gut zugesehen!«

»Nimmst du heute den Umhang, der mit Silberbrokat gefüttert ist, mein Herr?« Es war ein besonders schönes Stück, dachte India; die Vorderseite war mit Silber- und Goldstickereien verziert, außerdem waren kleine Aquamarine und tiefblaue Turmaline angenäht.

»Ja«, antwortete er.

»Er ist so schön. Gibt es heute einen besonderen Anlaß, mein Herr?«

Er schüttelte verneinend sein dunkles Haupt. »Nein, India, aber heute können die Menschen von El Sinut mit ihren Anliegen zu mir kommen, wie das einmal die Woche üblich ist. Sie kommen, damit ich ihre Meinungsverschiedenheiten schlichte. Da ich den Sultan in Istanbul hier vertrete, ist es notwendig, daß ich ein wenig majestätisch wirke. Damit erweise ich sowohl den Menschen als auch dem Sultan Ehre.«

India ging erneut zum Schrank und holte seidene Schuhe und einen silberfarbenen Turban hervor, welcher mit einem wasserblauen Aquamarin geschmückt war. »Willst du den Turban und die Schuhe jetzt anlegen?« fragte sie.

»Bring alles her«, antwortete er. »Nach dem Frühstück werde ich mich dann fertig anziehen.« Er drehte sich um, und sie folgte ihm in seine Gemächer, wo Baba Hassan bereits wartete.

Der dunkelhäutige Eunuch betrachtete den Dey aufmerksam. »Sie hat ihre Sache gut gemacht«, stellte er fest.

»Ja«, gab der Dey lächelnd zurück, »das hat sie.«

»Wir werden jetzt dein Frühstück holen, mein Herr. Wo möchtest du es zu dir nehmen – drinnen oder auf der Terrasse?«

»Es ist ja noch früh, und die Terrasse liegt auf der Westseite. Ich kann also getrost draußen sitzen, ohne die glühende Sonne fürchten zu müssen.«

Der Eunuch gab India ein Zeichen. »Komm mit, Mädchen«, sagte er ungeduldig, und sie hatte kaum Zeit, die Schuhe und den Turban niederzulegen, ehe sie hinter ihm hereilte.

Draußen auf dem Flur rief sie dem Eunuchen nach: »Bitte, Baba Hassan, nicht so schnell, sonst finde ich nachher nicht allein zurück.«

Der Eunuch sagte kein Wort, verlangsamte jedoch seine

Schritte, damit sie sich den Weg einprägen konnte. Sie betraten die Küche, und er stellte India Abu vor, der hier das Regiment führte.

»Das also ist das Mädchen«, sagte Abu in vielsagendem Ton und musterte sie von oben bis unten. »Du hast dich sehr dumm benommen«, fügte er hinzu.

»Ich komme, um das Frühstück für den Dey zu holen«, sagte India, seine Bemerkung gar nicht beachtend. »Willst du mir helfen, oder muß ich zurückgehen und ihm sagen, daß du dich weigerst?« fragte sie im allerhöflichsten Ton und blickte Abu direkt in die Augen.

»Der Herr war viel zu nachsichtig mit dir«, sagte Abu mit säuerlicher Miene.

»Es steht mir nicht zu, den Dey zu kritisieren«, erwiderte India. »Es ist ziemlich gewagt von dir, solche Worte auszusprechen, aber ich werde dem Dey nicht mitteilen, daß du seine Handlungsweise getadelt hast. Jetzt sag mir, was ißt er zum Frühstück? Ich kenne eure Speisen noch nicht so gut.«

Abu murmelte etwas in seinen Bart und zeigte India schließlich, was der Dey morgens alles zu sich nahm. »Er ißt gern Melone«, sagte er und schnitt eine Scheibe ab, die er in eine blauweiße Porzellanschüssel legte. »Außerdem Joghurt.« Er nahm ein wenig von einer weißen Masse aus einem irdenen Krug und häufte sie in eine andere Schüssel. Dann legte er einen kleinen runden Brotfladen auf einen silbernen Teller. »Honig.« Er legte eine halbe Wabe auf eine weitere blauweiß gefärbte Schüssel. »Und Kaffee, den der Kaffeesieder selbst für ihn zubereitet. Wenn er nicht noch irgendeinen anderen Wunsch äußert, dann ist das sein Frühstück. Wenn es keine Melone gibt, dann gebe ich dir eine andere Frucht für ihn mit – der Dey ißt nämlich sehr gern Obst.«

»Danke«, sagte India, nahm das Tablett und blickte zum Eunuchen hinüber.

»Nun, jetzt werden wir ja sehen, ob du aufgepaßt hast«, sagte Baba Hassan. »Führ mich zurück zu den Gemächern unseres Herrn.« Er war sehr zufrieden mit ihr, als es ihr tatsächlich gelang, und sagte ihr das auch. »Ich werde aber später noch einmal mit dir gehen, damit wir sicher sein können, daß du dir den Weg auch wirklich eingeprägt hast, denn morgen mußt du ihn allein finden.«

Sie betraten die Gemächer des Dey und gingen auf die Terrasse hinaus, die in den Garten führte. India stellte das Tablett vor dem Dey nieder, der an einem kleinen Tisch saß. Ein verhutzelter kleiner Mann kam mit einem Kohlenbecken, einem Topf, einer blauweißen Schale mit Untertasse sowie einigen anderen Gegenständen. Er hockte sich neben den Dey hin und schüttete dunkle Bohnen in ein eigenartiges Gefäß, das India sehr rasch als eine Mühle erkannte. Er mahlte die Bohnen, brachte auf dem Kohlebecken Wasser zum Kochen und goß beides in den Topf, welcher, wie der Dey India erklärte, zur Zubereitung des Kaffees diente.

Caynan Reis verzehrte sein Frühstück – und als er fertiggegessen hatte, brachte ihm der Mann den aromatischen türkischen Kaffee, der bereits stark gesüßt war. In kleinen Schlucken trank der Dey das dunkle Gebräu.

»Räum den Tisch ab«, flüsterte Baba Hassan ihr zu.

»Du kannst alles haben, was noch übrig ist«, sagte der Dey und wandte sich wieder von ihr ab, um seinen Kaffee zu genießen.

»Iß«, forderte Baba Hassan sie auf. »Was er übrigläßt, ist für gewöhnlich alles, was du bekommst, Mädchen.«

India spürte, wie der Zorn in ihr hochstieg, doch sie schaffte es, sich zu beherrschen. Sie würde es nicht zulassen, daß ihr Stolz sie wieder in eine unangenehme Situation brachte. An der Melonenschale war noch etwas Fruchtfleisch. Sie knabberte daran und stellte fest, daß es köstlich schmeckte. Der silberne Löffel befand sich immer noch in der Schüssel mit dem Joghurt, wie Abu die weiße Masse genannt hatte. »Was ist das?« fragte sie den Eunuchen.

»Milch, die man sauer werden und gerinnen läßt«, sagte er.

India nahm einen Löffel voll davon. Es schmeckte ziemlich sauer, aber nicht unangenehm, und so aß sie die Schüssel leer. Er hatte auch ein Drittel des Brotfladens übrig gelassen. India stopfte sich das Brot rasch in den Mund, denn sie sah, daß der Dey bereits fast mit dem Kaffee fertig war. Der Eunuch reichte seinem Herrn ein feuchtes Tuch, mit dem er sich Hände und Gesicht abwischte, ehe er es India gab.

»Leg es auf das Tablett«, sagte Baba Hassan, als sie sich ihrerseits Hände und Gesicht abgewischt hatte. »Eine Magd wird das Tablett nachher wegtragen. Du mußt an der Seite des Dey sein, während er sein Tagwerk erledigt, aber zuerst legst du ihm noch Schuhe und Turban an.«

India kniete sich vor den Dey, um ihm die Schuhe aus Seide und Silberbrokat anzuziehen. Dann erhob sie sich, nahm den Turban von Baba Hassan entgegen und setzte ihn auf Caynan Reis' dunkles Haupt.

»Jetzt tritt von deinem Herrn zurück und verneige dich vor ihm«, sagte der Eunuch. »So weiß er, daß du fertig bist.«

India tat, wie ihr geheißen, fragte sich dabei jedoch, warum der Dey nicht von selbst merkte, daß sie fertig war, wo sie ihm doch die Schuhe angezogen und den Turban aufgesetzt hatte. Doch sie behielt ihre Gedanken für sich und folgte zusammen mit Baba Hassan dem Dey, als dieser seine Gemächer verließ. Mit einem Mal kam ihr wieder zu Bewußtsein, daß ihr Oberkörper nackt war und ihre Brüste für jedermann zu sehen waren. Das war wirklich empörend, doch sie hielt es für klüger, still zu sein, um ihre Lage nicht noch weiter zu verschlimmern. Immerhin lebte sie noch, und irgendwann ergab sich vielleicht die Möglichkeit zur Flucht.

Sie betraten den Audienzsaal durch eine kleine Seitentür. Aruj Aga trat zum Dey hin, begleitet von Tom Southwood, der nun türkische Kleider trug. Tom sah zu seiner Cousine hinüber, um den Blick sogleich ziemlich schockiert wieder abzuwenden. Wie sehr sehnte India sich danach, mit ihm zu sprechen, doch sie wußte, daß dies im Augenblick unmöglich war. Baba Hassan führte sie zum Podium und reichte ihr einen langstieligen Fächern mit Pfauenfedern. Der Stiel war aus Elfenbein, und die Federn steckten in einer Fassung aus reinem Gold.

»Du wirst hier stehen«, sagte der Eunuch, »und dem Dey langsam Luft zufächeln. Du kannst gelegentlich eine Pause einlegen, denn es wird ein sehr heißer Tag werden, aber laß es ja nicht zu, daß dem Dey allzu heiß wird, sonst peitsche ich dich höchstpersönlich aus, hast du mich verstanden?«

India nickte. Warum fragte man sie bloß andauernd, ob sie verstanden hätte? Für wie dumm hielt man sie hier eigentlich? Sie bemühte sich zu verstehen, was der Aga mit dem Dey besprach.

»Wir werden morgen in See stechen, mein Herr«, sagte der Janitschare.

»Und der junge Mylord?« erkundigte sich Caynan Reis.

»Er war ziemlich schockiert, als man ihn an die Ruderbank kettete, aber sonst geht es ihm gut.«

»Sieh zu, daß ihm nichts geschieht. Wenn sich sein Benehmen bessert, dann werde ich ihn möglicherweise zu seiner Familie zurückkehren lassen. Warum sollten wir uns das Lösegeld entgehen lassen?« Er wandte sich Tom Southwood zu. »Bist du sicher, daß du die Aufgaben erfüllen kannst, die vor dir liegen?« fragte er ihn.

»Gewiß, mein Herr«, antwortete der Engländer. »Ich habe übrigens den Namen Osman angenommen, zu Ehren eines guten alten Freundes meiner Großmutter, die vor vielen, vielen Jahren in Algier lebte. Er war Astrologe.«

Aruj Aga blickte ihn mit offenem Mund an. »Osman, der Astrologe? *Der* Osman?« Er wandte sich dem Dey zu. »Mein Herr, er war sehr berühmt und genoß hohes Ansehen.« Dann ging sein Blick wieder zu Tom Southwood zurück. »Deine Großmutter hat tatsächlich Osman gekannt? Aber wie hat sie ihn kennengelernt?«

»Das ist eine lange Geschichte, ehrenwerter Aga, aber ich werde sie dir sehr gern erzählen, während unserer langen Nächte auf See.« Zum Dey gewandt, fügte er hinzu: »Mein Herr, ich hätte eine kleine Bitte ...«

»Ja, was gibt's, Steuermann Osman?« fragte der Dey.

»Meine Cousine ...?« murmelte Tom Southwood.

»Es geht ihr gut«, antwortete der Dey trocken. »Selbst ihre Jungfräulichkeit ist noch intakt. Ich habe mir vorgenommen, geduldig mit ihr zu sein, deshalb dient sie mir jetzt als meine Leibsklavin. Sie ist wohlauf, und daran wird sich auch nichts ändern, wenn sie sich zu benehmen weiß.«

»Vielen Dank, mein Herr«, sagte Tom Southwood und verbeugte sich. Danach begannen der Aga und der Dey sich über die bevorstehende Reise zu unterhalten. Der englische Kapitän blickte ein letztes Mal zu India hinüber, und sie nickte kaum merklich mit dem Kopf, um ihm anzuzeigen, daß sie alles gehört hatte und daß sie tatsächlich wohlauf war. Rasch wandte er sich wieder von ihr ab, gerade rechtzeitig, denn der Aga war schon bereit zu gehen.

Die beiden Männer verbeugten sich erneut vor dem Dey und verließen dann den Audienzsaal. Der Dey nahm auf seinem niedrigen Thron Platz und gab dem Haremswächter mit einem Kopfnicken zu verstehen, daß die Türen geöffnet werden konnten. India begann den Fächer hin und her zu schwenken. Der Sekretär des Dey, ein kleingewachsener, pedantisch wirkender Mann, kam herein und reichte ihm eine lange Schriftrolle, deren Buchstaben India nicht entziffern konnte. Die Diener öffneten schließlich die Türen, woraufhin sich der Saal mit einer großer Zahl von Menschen füllte, die zu Indias Erleichterung kein Interesse zeigten, ihre rotgefärbten nackten Brüste anzustarren.

Caynan Reis reichte dem Sekretär die Schriftrolle und sagte: »Fang an.«

»Die geschiedene Frau namens Fatima und der Händler Ali Akbar«, sagte der Sekretär und fügte hinzu, als die beiden Aufgerufenen vor den Dey traten: »Zuerst soll die Frau sprechen, danach Ali Akbar.«

Die Frau machte eine höfliche Verbeugung. Sie war sauber, aber ärmlich gekleidet und hatte die Blüte der Jugend bereits lange hinter sich. »Mein Herr, ich bin gekommen, um dich um Gerechtigkeit zu bitten. Vor etwa dreißig Jahren, als ich gerade vierzehn war, wurde ich Ali Akbars erste Frau. Ich habe ihm drei Söhne und eine Tochter geschenkt. In den darauffolgenden Jahren hat sich Ali Akbar drei weitere Frauen genommen, wie es ihm dem Gesetz nach zusteht. Um sich aber eine weitere Frau nehmen zu können, mußte er eine von uns aufgeben – und das war ich. Auf diese Weise war es ihm möglich, ein dreizehnjähriges Mädchen zu heiraten, von dem er sich erhofft, daß es ihm seine verlorene Männlichkeit wiedergibt. Ich will ganz ehrlich sprechen, mein Herr. Ich bin nicht unglücklich, von diesem Mann befreit zu sein. Die Liebe, die einst zwischen uns war, ist längst erloschen. Doch Ali Akbar weigert sich nun, mir meine Mitgift zurückzugeben, wie es mir nach dem Gesetz des Propheten zusteht. Ohne meine Mitgift bin ich nichts als eine arme Bettlerin. Ich habe kein Zuhause. Ich muß Fremde um mein täglich Brot anflehen. Bitte hilf mir, mein Herr. Ich baue ganz auf deine Güte und Barmherzigkeit.«

Caynan Reis wandte sich Ali Akbar zu. »Ist das wahr?« fragte er.

Der Händler wand sich unter dem strengen Blick des Dey. »Mein Herr«, begann er aufgeregt, »die Geschäfte gingen schlecht in letzter Zeit, und ich habe andere, wichtigere Verpflichtungen, denen ich nachkommen muß. Fatima könnte im Haus ihrer Tochter leben, aber sie zieht es vor, Schande über mich zu bringen, indem sie bettelnd durch die Straßen zieht und sich bei allen, die es hören wollen, über mich beklagt.«

»Hast du ihr die Mitgift zurückgegeben?« fragte der Dey unbeirrt.

»Nein, mein Herr.« Der Händler trat verlegen von einem Fuß auf den anderen.

»Gib sie ihr noch heute.« Der Dey wandte sich der Frau zu. »Weißt du, wieviel er dir schuldet?«

»Ja, mein Herr«, antwortete sie.

»Du wirst den Betrag nachher meinem Sekretär nennen«, sagte er. »Und du, Ali Akbar, wirst den Betrag bezahlen. Die Frau scheint mir ehrlich zu sein. Und als Strafe für deine Habgier wirst du Fatima ein Haus mit Garten kaufen, einschließlich zweier Sklaven. Sie darf das Haus und die Sklaven selbst auswählen. Und du, Fatima, wirst dafür aufhören, dich öffentlich über diesen Mann zu beklagen.«

»Mein Herr, das ist mein Ruin!« rief der Händler verzweifelt aus und erhob drohend die Faust gegen seine ehemalige Frau.

»Außerdem«, fuhr der Dey fort, »wirst du eine Strafe von zehn Goldstücken in die Schatztruhe des Sultans zahlen, und weitere zehn Goldstücke entrichtest du dem obersten Mullah von El Sinut, als Buße für deinen Versuch, die Gesetze des Propheten zu umgehen. Es ist zwar erlaubt, sich von einer Frau zu trennen, doch das Gesetz sieht vor, daß die Frau in diesem Fall geschützt werden muß. Du hast also dein Wort gebrochen, indem du dich geweigert hast, der Frau zu geben, was ihr zusteht. Und jetzt will ich keine Klagen mehr hören, Ali Akbar, sonst werde ich mir eine harte Bestrafung für dich ausdenken.«

Der Händler war nun doch ziemlich eingeschüchtert und verbeugte sich vor dem Dey, ehe er sich rasch umdrehte und den Saal verließ.

Die Frau namens Fatima jedoch fiel auf die Knie und küßte den Schuh des Dey. »Ich danke dir, mein Herr«, sagte sie, während ihr die Tränen über die Wangen liefen.

»Mach dich nicht der gleichen Habgier schuldig wie dein Gemahl, wenn du das Haus aussuchst«, warnte er sie. »Das Schwert der Rechtssprechung hat auch noch eine zweite Schneide.«

»Jawohl, ehrenwerter Dey«, sagte sie, erhob sich und verließ den Saal.

India war fasziniert. Für einige Augenblicke hatte sie ganz vergessen, den Fächer zu schwenken, damit dem Dey nicht zu heiß wurde. Sie hatte gedacht, El Sinut wäre ein Ort, an dem Frauen nicht viel zählten, doch wenn sie sich nicht verhört hatte, dann sorgten schon die Gesetze des Islam dafür, daß den Frauen ein gewisser Schutz zukam. Caynan Reis war gleichzeitig gütig und streng gewesen – mit einem Wort: er war gerecht. Die anderen Fälle, die vor den Dey gebracht wurden, waren nicht halb so interessant, doch India hatte den Eindruck, daß er sie alle mit großer Umsicht und mit dem gleichen Bemühen um Gerechtigkeit behandelte.

Irgendwann im Laufe des Nachmittags beendete der Dey die Audienz und schickte die noch verbliebenen Menschen nach Hause. Er hatte ohnehin die meisten Anliegen behandelt und würde sich mit den restlichen am Beginn der folgenden Woche beschäftigen. Er erhob sich, nahm seinen Turban ab, den er India reichte, und verließ den Saal. Diese übergab den Fächer rasch einer der Sklavinnen und eilte hinter ihm her.

»Ich habe Hunger«, teilte er ihr mit. »Geh in die Küche und hol mir etwas zu essen, India«, sagte er, als sie seine Gemächer betraten.

»Jawohl, mein Herr«, sagte sie und legte den Turban auf einen Tisch. »Wünschst du irgend etwas Bestimmtes?«

»Nein, nur etwas zu essen«, antwortete er.

»Ich finde den Weg schon allein«, sagte India zu Baba Hassan und lief los.

Als sie in der Küche ankam und Abu mitteilte, daß der Dey etwas zu essen wünsche, sagte der Koch, nun bereits etwas freundlicher: »Du wirst das nicht allein schaffen. Ich werde einige Küchensklavinnen mitschicken, die dir tragen helfen. Der Dey nimmt übrigens seine Hauptmahlzeit meist am frühen Nachmittag ein und macht dann ein Nickerchen, wenn es am heißesten ist.«

»Was gibst du mir denn für ihn mit?« wollte India wissen.

»Er ist kein sehr großer Esser«, antwortete Abu. »Ich werde ihm ein Brathuhn schicken, dazu Safranreis mit Rosinen, eine Schüssel Oliven, Gurkenscheiben in Öl, Brot und Früchte.« Während er sprach, verteilte er die Speisen auf mehrere Tablette, rief einige Küchenmägde herbei, befahl ihnen, die Tablette zu nehmen, und reichte India eine Karaffe. »Das ist Zitronensorbet; es ist sehr gut gegen den Durst. Du kannst die Karaffe und den silbernen Becher tragen.«

»Der Dey trinkt keinen Wein?« fragte India.

»Wein hat der Prophet verboten, wenngleich es auch hierzulande so manchen gibt, der sich nicht an die Anordnungen des Propheten hält«, antwortete Abu in düsterem Ton.

India dankte dem Koch, der sich nun bereits viel versöhnlicher zeigte, und führte die jungen Mägde zu den Gemächern des Dey. Da die Sonne schon hoch am Himmel stand, wurde die Mahlzeit im Haus eingenommen. Als der Dey fertig gegessen hatte, forderte er India erneut auf, sich von den Resten zu bedienen, nachdem sie ihn ausgezogen, mit Rosenwasser abgerieben und ihm zu Diwan geholfen hatte, wo er sich zur Rast legen wollte. Das ist doch lächerlich, dachte sie bei sich, führte aber seinen Befehl schweigend aus. Als er, wie es schien, eingenickt war, ging sie zum Tisch und begann zu essen. Abu geizte nicht mit dem Essen, so daß sie durchaus satt wurde. Danach trug sie die Tablette, eins nach dem anderen, in die Küche zurück. Als sie in die Gemächer des Dey zurückkehrte, wartete Baba Hassan bereits auf sie.

»Der Dey schläft bis kurz vor Sonnenuntergang, Mädchen«, teilte er ihr mit. »Du kannst dich ebenfalls ausruhen, jetzt, wo du deine Aufgaben erfüllt hast.«

»Wo soll ich denn schlafen?« fragte sie.

Der Haremswächter ging zu einem kleinen Schrank und holte eine schmale Matratze hervor, die er auf dem Boden ausrollte. »Das ist deine Matte. Du legst sie vor das Schlafzimmer des Dey und schläfst dort – es sei denn, er befiehlt dir etwas anderes. Er wird dich rufen, wenn er dich braucht. Wenn er aufsteht, holst du ihm den seidenen Kaftan aus dem Zedernholzschrank. Er erwartet keine Gäste heute abend.«

Sie sollte auf einer Matte vor der Schlafzimmertür des Dey schlafen? Das war wirklich unerhört! Aber wenigstens war sie nicht auf einer Galeere an eine Ruderbank gekettet, dachte India. Schweigend rollte sie die Matte aus und ließ sich darauf nieder. Dann begann sie lautlos zu weinen. Soweit war sie nun gekommen mit ihrem Stolz, und wenn Adrian starb, dann war es ganz allein ihre Schuld.

4

Als India erwachte, war ihr heiß, und sie hatte Kopfschmerzen. Sie erhob sich, rollte die Matte zusammen und legte sie in den Schrank zurück. Dann goß sie sich aus einer Karaffe etwas Wasser in einen Becher. Es war warm, doch es linderte wenigstens ihren Durst, und auch ihre Kopfschmerzen ließen nach. Sie öffnete die Tür zum Schlafzimmer des Dey und sah, daß er immer noch schlief. Sie betrachtete einen Augenblick seine leicht gekrümmte Gestalt, ehe sie sich wieder zurückzog und in den Garten hinausging; die Tür ließ sie einen Spaltbreit geöffnet, um einen leichten Luftzug zu ermöglichen.

Der Garten war von Mauern begrenzt. In der Mitte befand sich ein Springbrunnen, an dessen Rand sie sich niederließ, um sich dank der sprühenden Tröpfchen ein wenig abzukühlen. Auf der Oberfläche des Wassers schwammen blaßgelbe Seerosen. Als sie ihre Hand in das Wasser eintauchen ließ, schreckte sie einen fetten Goldfisch auf, und sie sah ihm lachend nach, wie er davonschwamm.

Die Luft um sie herum war mit Blumendüften erfüllt. Die rosafarbenen Damaszenerrosen standen in voller Blüte, daneben aber auch noch eine Reihe anderer Blumen, die India erkannte, darunter Stockrosen in Weiß, Creme, Gelb und Purpurrot sowie blaue Glockenblumen. Dahinter im Halbschatten wuchsen scharlachrote Lilien, deren Stengel jeweils acht bis zehn leicht herabhängende orangerote Blüten aufwiesen. In einem sonnigeren Teil des Gartens gediehen kaukasische Lilien, die einen feinen Duft verströmten. In großen Töpfen aus blauweißem Porzellan standen Sträucher in verschiedenen Größen, an denen riesige trompetenartig geformte Blüten in Rosa, Gelb und Rot prangten – Pflanzen, wie sie sie nie zuvor gesehen hatte. Sie roch daran, mußte aber feststellen, daß sie keinerlei Duft aufwiesen – doch allein ihr Äußeres war schon überaus eindrucksvoll. Sie sah einen Strauch mit dicken grünen Blättern, den sie ebenfalls nicht kannte, sowie eine ganze Reihe von großen, schön gewachsenen Zedern.

Aus allen Richtungen war Vogelgesang zu hören, ohne daß jedoch irgendwo ein Vogel zu sehen gewesen wäre. Dafür tanzten bunte Schmetterlinge durch die Luft, während pelzige Hummeln von Blüte zu Blüte flogen. Für einen kurzen Augenblick gelang es ihr fast, sich vorzustellen, daß sie irgendwo anders wäre. Irgendwo, nur nicht in El Sinut. Plötzlich schreckte sie hoch, als sie seine Hand auf ihrer Schulter spürte.

»Gefallen dir meine Gärten, India?« fragte der Dey.

»Hätte ich vorher fragen müssen, ehe ich sie betrat?« fragte sie, immer noch ziemlich erschrocken.

»Du bist meine Leibsklavin und darfst meine Gärten betreten, sooft du möchtest, solange du deine Pflichten nicht vernachlässigst. Du brauchst keine Angst zu haben, weil du, ohne zu fragen, hierher gekommen bist. Gefällt es dir?« Er nahm seine Hand von ihrer Schulter.

»O ja, es ist wunderschön, und so friedlich. Ich habe für einen Augenblick fast vergessen, wo ich bin, mein Herr«, antwortete sie freimütig.

Der Hauch eines Lächelns erschien auf seinen Lippen. »Kannst du Schach spielen?« wollte er wissen.

»Ja«, antwortete sie.

»Dann bring mir einen frischen Kaftan aus dem Schrank, India, und wir spielen eine Partie hier im Garten. Ich hole das Brett und die Figuren. Spielst du gut? Die Haremsfrauen können mich leider nicht wirklich fordern.«

»Ich spiele sehr gut«, antwortete sie und fügte schließlich errötend hinzu: »Mußt du denn immerzu nackt herumlaufen, mein Herr?«

Ihr Einwand schien ihn zu amüsieren. »Bei dieser Hitze ist es einfach bequemer so, aber ich respektiere dein Schamgefühl, deshalb habe ich ja auch nach einem Kaftan verlangt. Wärst du eine meiner Haremsdamen, so würde ich mir die Mühe sparen; ihnen würde meine Nacktheit auch nichts ausmachen. Sagt nicht die Heilige Schrift, daß der Mensch nach Gottes Bild erschaffen wurde?«

»Ich kann mir nicht vorstellen, daß Gott so aussieht wie du, mein Herr«, gab sie zurück und ging ins Haus, um seinen Kaftan zu holen.

Ihre Bemerkung brachte ihn erneut zum Lachen. Die Kleine hatte wirklich Temperament. Sie war bei weitem die interessanteste Frau, die ihm in den letzten Jahren begegnet war. Er wußte, daß Baba Hassan und Azura die Hoffnung hegten, er würde eines Tages eine Frau finden, für die er genug empfände, um sie zu heiraten und Kinder von ihr zu haben. Die Frauen seines Harems waren aufgrund eines Tranks, den sie regelmäßig nahmen, unfruchtbar. Er hatte sofort, nachdem er Dey geworden war, klargestellt, daß er keine Kinder wollte – denn Kinder konnten allzu leicht von anderen gegen ihn verwendet werden, um die Macht in El Sinut an sich zu reißen. Es waren unsichere Zeiten, in denen er lebte und herrschte, überall wurden Intrigen gesponnen, was noch durch die Tatsache begünstigt wurde, daß die Zentralgewalt in Istanbul in den vergangenen Jahren nicht so stark war, wie man dies in früheren Zeiten gewohnt war. Dennoch würde er sich vielleicht irgendwann eine Frau nehmen, aber Kinder wollte er keine haben. India hatte durchaus ihre Qualitäten. Sie war Engländerin so wie er, wenngleich er im Moment nicht die Absicht hatte, ihr seine Herkunft zu verraten; schließlich verständigten sie sich ganz gut in Französisch. Und sie war die Tochter eines Adligen, so wie er der Sohn eines Adligen war.

Ihr übertriebener Stolz würde mit der Zeit schon nachlassen. Es lag wohl großteils an ihrer jugendlichen Unerfahrenheit und ihrer Angst, daß sie bisweilen so hochnäsig war. Er konnte sich gut vorstellen, wie Adrian es geschafft hatte, sie zur Flucht zu überreden. Auch wenn sie es wahrscheinlich niemals zugeben würde, hatte sie möglicherweise bereits Zweifel an der Richtigkeit ihres Entschlusses gehabt, mit Adrian durchzubrennen. Insofern kam es ihr vielleicht durchaus gelegen, daß ihr englischer Vetter, der Schiffskapitän, ihr auf die Schliche gekommen war, denn auf diese Weise brauchte sie nicht zuzugeben, einen Fehler begangen zu haben. Sie wäre unter Protest nach Hause zurückgekehrt, doch insgeheim wäre sie wohl erleichtert gewesen, daß ihr die Entscheidung abgenommen wurde. Wenn ihre Eltern Adrian schon zuvor abgelehnt hatten, so würden sie ihn nun, wo ihre Tochter als Gefangene in El Sinut festsaß, um so entschiedener zurückweisen. Er lachte erneut. Vor allem, wenn sie erfuhren, daß India sozusagen vom Regen in die Traufe gekommen war.

India kam mit seinem Kaftan herbeigeeilt. Es war ein bequemes Gewand aus Baumwolle, das blau und naturfarben gestreift war. Es hatte weite Ärmel und war vorne bis zum Nabel ausgeschnitten. Ohne ein Wort zu sagen, zog sie ihm den Kaftan so rasch über den Kopf, daß er kaum Zeit hatte, die Arme in die Ärmel zu stecken.

»Bringt dich mein nackter Körper denn so aus der Fassung, daß du ihn so schnell wie möglich bedecken mußt?« neckte er sie.

»Ich bin so etwas nicht gewohnt«, erwiderte sie. »Sag mir, wo das Schachbrett ist, damit ich es holen kann.«

»Es ist im Schrank in meinem Zimmer«, antwortete er lächelnd. Ja, sie hatte gewiß ihre Qualitäten. Sie lernte bereits, ihn vor den anderen mit dem nötigen Respekt zu behandeln, während sie sich, wenn sie mit ihm allein war, durchaus unbefangen benahm. Sie war unglaublich schön mit ihrer makellosen Haut, ihren dunklen Locken und ihren faszinierenden goldfarbenen Augen. Er hatte noch nie in seinem Leben solche Augen gesehen. Es würde seine Zeit brauchen, sie zu umwerben und zu gewinnen, wenngleich sie gar nicht bemerken würde, daß er sie umwarb. Sie mußte von selbst zu ihm kommen, denn nur dann würde sie mit ihrer Entscheidung wirklich glücklich sein. Mit diesem Schritt würde sie eine Trennung von ihrem früheren Leben vollziehen, und dazu war sie im Augenblick noch nicht bereit.

India brachte das Schachbrett mit den roten und weißen Marmorfiguren und stellte das Ganze auf einem niedrigen Tisch auf der Terrasse auf. Dann nahmen sie auf großen Kissen Platz. Zu seinem Vergnügen spielte sie ganz ausgezeichnet, so daß sie ihn an den Rand der Niederlage brachte, ehe er schließlich doch »Schachmatt« sagen konnte, was sie stirnrunzelnd zur Kenntnis nahm.

»Wo habe ich nur den Fehler gemacht?« überlegte sie laut,

und erst da wurde ihm klar, daß sie tatsächlich hatte gewinnen wollen. Es überraschte und erfreute ihn gleichermaßen. Die Frauen seines Harems hätten ihn unter allen Umständen gewinnen lassen, wenn sie je in die Situation gekommen wären, selbst gewinnen zu können. Er zeigte ihr den entscheidenden Fehler. »Das wird mir nicht noch einmal passieren«, versprach sie ihm.

Sie gewann das zweite Spiel, und er das dritte. Es war mittlerweile fast völlig dunkel im Garten, und die nachtaktiven Insekten erfüllten die Luft mit ihrem Gesumm. Er hatte sich seit Jahren nicht mehr so gut unterhalten. »Komm«, sagte er, als er sich erhob und ihr half aufzustehen. »Hast du Hunger? Ich esse am Abend nur Brot und Früchte.«

»Ich hole es gleich«, sagte sie und eilte fort.

Als sie zurückkehrte, lud er sie ein, mit ihm draußen im kühlen Garten zu essen. Als sie sich Weintrauben, Melonen und warmem Brot gesättigt hatten, tauchte Baba Hassan auf.

»Ich muß ihr zeigen, wie sie deine Kleider für den morgigen Tag vorzubereiten hat, mein Herr«, sagte er.

»Nimm sie mit«, antwortete der Dey. »Ich werde wohl solange ohne sie zurechtkommen.«

Während er mit ihr wegging, erklärte der Haremswächter: »Morgen trifft sich der Dey mit dem obersten Baumeister der Stadt. Das große Aquädukt, das frisches Wasser aus den Bergen in die Stadt leitet, muß dringend repariert werden. Er trägt dazu ganz einfache Kleider.« Baba Hassan führte India in einen großen Raum. Entlang der Wände waren silberne Stangen angebracht, auf denen Hunderte von Kleidungsstücken hingen. »Auf diesen Gestellen«, sagte der Eunuch und zeigte mit der Hand in eine Richtung, »findest du die eleganteren Gewänder. Auf den übrigen hängen die einfacheren Kleider.« Er beugte sich vor und öffnete eine Zedernholztruhe. »In diesen Truhen findest du seine Hosen, Schärpen und Hemden. Die Schuhe stehen auf den Regalen hier drüben. Der Schmuck des Dey ist in einem Kasten in seinem Schlafzimmer aufbewahrt. Du wirst feststellen, daß er einen sehr schlichten Geschmack hat.«

»Wie schafft man es denn, daß immer genügend frische

und saubere Kleider da sind?« wollte India wissen. »Hier ist es immer so heiß, daß er gewiß jeden Tag frische Kleider braucht, Baba Hassan. Ist es meine Aufgabe, seine Wäsche zu waschen? Dann möchte ich dich gleich warnen, denn ich habe in solchen Dingen keine Erfahrung.«

Der Haremswächter lachte kurz auf. »Nein, Mädchen, Wäscherinnen haben wir genug.« Er zeigte auf einen großen geflochtenen Korb. »Leg die Wäsche des Dey jeden Abend hier hinein, wenn du kommst, um die Kleider auszusuchen, die du für den kommenden Tag in den Schrank legst. Eine Dienstmagd bringt den Korb dann zu den Wäscherinnen. Und hier in diesem Wandschrank legst du die frischen Kleider. Er öffnet sich nach zwei Seiten, und auf der anderen Seite befindet sich das Ankleidezimmer des Bades. Jeden Abend vor dem Zubettgehen wählst du die Kleider für den nächsten Tag aus. Ich werde dir sagen, welche Art Kleidung notwendig ist. Nun, fangen wir an. Was würdest du für den morgigen Tag aussuchen?«

Indias sorgfältige und treffende Wahl erfreute Baba Hassan. Der oberste Baumeister von El Sinut war zwar ein wertvoller Diener des Staates, doch er war keine hochrangige Persönlichkeit. »Der Dey wird keinen Turban brauchen. Aber wo finde ich die Turbane, wenn ich sie brauche?«

Er zeigte es ihr und sagte nach einer Weile: »Bist du zufrieden damit, daß du dem Dey auf diese Weise dienst und nicht seinem Harem angehörst?«

»Ich bin nicht zufrieden, überhaupt hier zu sein«, entgegnete India freimütig, »aber da es nun einmal so ist, bin ich lieber seine Leibsklavin als seine Hure. Ich wünschte nur, ich müßte nicht halbnackt herumlaufen.«

»Der Rang eines Menschen drückt sich nun einmal in den Kleidern aus«, erwiderte der Eunuch. »Du hast genau den Rang, den dein Herr dir zuweist.«

»Was für eine Sprache sprecht ihr hier eigentlich?« wollte India wissen. »Ich habe ein ganz gutes Gefühl für Sprachen, wie die meisten Frauen in unserer Familie. Ich würde gern die Sprache eures Landes lernen. Könntest du sie mir beibringen, Baba Hassan?«

Ihre Frage setzte ihn in Erstaunen. »Wir sprechen Arabisch hier«, antwortete er. »Wenn der Dey nichts dagegen einzuwenden hat, dann kann Azura dich unsere Sprache lehren. Ich werde ihn gleich morgen fragen. Jetzt kehren wir aber zu den Gemächern des Dey zurück. Das Letzte, was ich dir noch zeigen muß, ist, wie man jene Tücher vorbereitet, mit denen Mann und Frau sich reinigen, nachdem sie der Liebe gefrönt haben. Unser Herr ist von einer ausgeprägten Männlichkeit und wünscht jede Nacht weibliche Gesellschaft.«

»Ich weiß, wie man solche Tücher vorbereitet«, sagte sie, womit sie ihn neuerlich überraschte.

»Aber du bist doch noch Jungfrau«, wandte er verblüfft ein.

»Das bin ich auch«, bestätigte sie. »Aber meine Mutter war die Tochter des Großmoguls Akbar. Sie wuchs in Indien auf, und als sie nach England kam, brachte sie ihre Dienerinnen mit. Als meine Regel einsetzte, zeigte mir Rohana, eine der Bediensteten, mit der Erlaubnis meiner Mutter, was man für diese Reinigungstücher braucht. Mama sagte immer, daß jeder Mann die Lust verliert, wenn er die Spuren von vergangenen Vergnügungen an einer Frau zu sehen bekommt.«

Der Eunuch nickte. »Deine Mutter hat recht, Mädchen, und jetzt verstehe ich auch, woher deine mandelförmigen Augen kommen. Man sieht es dir an, daß du die Nachfolgerin eines Großmoguls bist.«

Als sie die Tür zu den Gemächern des Dey erreichten, sagte er, ehe er wegging: »Da du ja weißt, was du zu tun hast, brauche ich dir nichts mehr zu sagen.«

India betrat die Gemächer. In einem der Wandschränke fand sie einen silbernen Krug. Sie füllte ihn mit Wasser, in das sie etwas Rosenöl gab. Neben der Waschschüssel befand sich ein Stapel von ordentlich gefalteten Leinentüchern. Sie nahm etwa ein Dutzend davon und trug sie zusammen mit der Schüssel ins Schlafzimmer des Dey, wo sie das Ganze an seinem Bett abstellte. Dann ging sie wieder in den Garten hinaus, wo Caynan Reis gerade den Mond betrachtete. »Ich glaube, ich habe meine Pflichten für heute erfüllt, mein Herr.

Kann ich noch irgend etwas für dich tun, bevor ich mich auf meine Schlafmatte zurückziehe?«

»Geh zum Harem und hole eine der Frauen her, und zwar Nila«, sagte er. »Du erkennst sie an ihrem blonden Haar und ihren üppigen Formen. Ich wünsche heute nacht ihre Gesellschaft.« Er blickte India mit seinen dunklen, unergründlichen Augen an.

»Ich soll deine Huren holen?« stieß India empört hervor.

»Entweder du holst sie oder du nimmst selbst ihren Platz ein – etwas anderes steht dir nicht zur Auswahl«, entgegnete er in kühlem Ton. »Und nenn sie nicht Huren, India. Sie sind ehrenwerte Haremsdamen, die in meinem Haus großes Ansehen genießen. Du solltest dir kein Urteil über Dinge anmaßen, die du nicht verstehst. Wir leben hier nicht in England, sondern in El Sinut. Wenn du Nila zu mir gebracht hast, kannst du dein Lager vor meiner Schlafzimmertür ausbreiten, damit du mich hörst, falls ich dich brauchen sollte.«

India drehte sich um und rannte hinaus. Dies war der Gipfel der Demütigung, dachte sie. Zuerst hatte man sie gezwungen, den ganzen Tag halbnackt herumzulaufen, mit leuchtend rot bemalten Brustwarzen. Dann hatte sie diesen arroganten Dey bedient, hatte ihn gebadet und angekleidet! Und jetzt sollte sie ihm auch noch seine Huren ins Bett bringen? Das war einfach unerhört, aber wenn sie sich weigerte, dann würde sie es womöglich zu büßen haben. Er war wirklich schwer zu durchschauen. Er war so gütig und gerecht zu jenen, über die er zu urteilen hatte – doch dann wieder konnte er so grausam sein, wie zum Beispiel zu Adrian, den er, ohne mit der Wimper zu zucken, auf eine Galeere geschickt hatte. Sie wurde einfach nicht schlau aus diesem Mann, doch sie hatte rasch gelernt, daß er keinerlei Ungehorsam duldete.

Als sie zum Harem gelangte, sah sie sich zunächst einmal um. Die Frauen ignorierten sie, denn sie war als Leibsklavin von niedrigerer Stellung. Es waren sieben Frauen, aus denen sie die Richtige zu wählen hatte. Vier von ihnen waren blond und üppig. Da trat Azura an ihre Seite und murmelte ihr leise zu: »Welche wünscht er denn heute?«

»Nila«, antwortete India im Flüsterton.

»Das ist die, deren Brüste zwei großen weichen Kissen gleichen«, sagte Azura. »Die Blonde mit den längsten Haaren von allen ist Mirmah. Layla trägt ihr Haar stets in einem dicken Zopf, und die vierte Blonde ist Deva. Die Rothaarige ist Sarai. Die große Brünette ist Samara. Die kleine Brünette ist Leah. Aber sag, hattest du einen schönen Tag?«

India lachte. »Es war recht interessant«, antwortete sie.

»Besuch mich doch einmal, wenn du Zeit hast«, sagte Azura. »Jetzt geh und hol die Auserwählte.«

India trat direkt zu Nila hin. »Der Dey wünscht deine Gesellschaft. Komm mit«, sagte sie, drehte sich um und verließ den Harem, in der Annahme, daß Nila ihr sogleich folgen würde. Die Konkubine des Dey rappelte sich hoch, blickte sich selbstgefällig nach den anderen Frauen um und eilte hinter India her.

»Lauf doch nicht so schnell«, beklagte sie sich. »Meine Beine sind nicht so lang und stämmig wie die deinen. Ich bin eben von zarter Statur.«

India schwieg, doch sie beschleunigte ihre Schritte noch ein wenig. Diese Frau – und von zarter Statur? Sie sah eher wie eine Bäuerin aus!

»Ich werde mich beim Dey beklagen, wie unhöflich du bist«, rief Nila ihr nach.

India blieb stehen und drehte sich um. »Und ich werde ihm sagen, daß du verächtlich über seine Männlichkeit gesprochen hast. Ich hab' es genau gehört, als ich in den Harem kam«, entgegnete sie der üppigen Blondine. »Ich war schockiert, als ich dich sagen hörte, sein Geschlecht gleiche dem eines Wurms!«

»Das würdest du nicht wagen!« sagte Nila mit angstgeweiteten blauen Augen.

»Du solltest dir mich nicht zur Feindin machen, Nila«, drohte India und ging weiter, um die Frau in die Gemächer des Dey zu führen. »Von hier aus findest du dich wohl allein zurecht«, sagte sie mit gespielter Freundlichkeit.

Nila rannte fast an ihr vorbei, und als sie schließlich das Schlafzimmer betrat, hörte India sie trällern: »Oh, mein Herr, ich bin gekommen, so schnell ich konnte!«

»India! Bring uns eine Karaffe Sorbet«, hörte sie den Dey rufen. »Es sollte schon längst hier sein. Beeil dich!«

Sie verließ eilig seine Gemächer und rannte den kühlen Gang entlang zur Küche. Es war niemand anwesend, doch auf einem silbernen Tablett fand sie eine Karaffe mit Fruchtsorbet sowie zwei kleine Becher. Sie nahm das Tablett und eilte zurück. Langsam trat sie in das Schlafzimmer ein. Der Dey und die Frau waren bereits beide nackt. Nila saß zwischen den gespreizten Beinen ihres Herrn und saugte langsam an seinen Fingern, während er ihre riesigen Brüste streichelte. Ihre Augen waren halb geschlossen, und ihr ganzes Gesicht drückte pures Verlangen aus. India blieb stehen – unschlüssig, wohin sie das Tablett stellen sollte.

Nila hörte auf, an seinen Fingern zu saugen, und führte seine Hand an ihren Venushügel. Seine Finger begannen sie überall zu streicheln, so daß sie sich unter seinen Berührungen zu winden begann. Da fiel der Blick des Dey auf India. Er sah die Verwirrung in ihrem schönen Gesicht. Sie wollte den Blick abwenden, brachte es aber nicht fertig, woraufhin sie heftig errötete.

»Stell das Tablett neben das Bett, dann kannst du gehen«, sagte er schließlich, als er Mitleid mit ihr bekam.

Seine rauhe Stimme schien sie aus ihrer Erstarrung zu reißen, und sie stolperte beinahe über ihre eigenen Füße, als sie loslief, um diese verwirrende, und doch aufregende Szene, deren Zeuge sie geworden war, hinter sich zu lassen. Ihr Herz pochte wie wild. Ihre Knie schlotterten. Sie holte ihre Matte aus dem Schrank, breitete sie vor der Schlafzimmertür des Dey aus und legte sich nieder – doch als sie die Augen schloß, sah sie wieder den Dey mit seiner Mätresse vor sich. Sie riß die Augen auf. Warum verwirrte sie das alles so sehr? Der Dey hatte Nila doch nicht weh getan – ja, sie hatte ihn geradezu ermuntert, sich ihr auf diese Weise zuzuwenden. Das alles war gewiß in Ordnung, wenn beide ihre Freude daran hatten. Sie schloß erneut die Augen und schlief schließlich ein, doch nach einer Weile wurde sie von lautem Stöhnen geweckt. India kroch näher zur Türe hin und lauschte.

»Ohhh! Ohhh! Ohhh, mein Herr, nicht aufhören! Ich bin im Paradies! Oh! Oh! Jaaaa!« hörte sie Nila rufen.

Indias Augen weiteten sich vor Schreck, und im nächsten Augenblick hörte sie auch den Dey stöhnen – ein Laut, der größte Lust auszudrücken schien.

»Ich werde nicht aufhören, du unersättliches kleines Biest«, sagte er. »Ich werde weitermachen, bis du endlich genug hast!«

»Ohhh! Ohhh! Ja! Ja! Ja!« stieß Nila halb schluchzend hervor.

India rollte sich zusammen und preßte sich die Hände an die Ohren. Sie war zwar noch Jungfrau, doch was diese Laute bedeuteten, das verstand sie nur zu gut. Aus irgendeinem Grund verstörte sie das alles zutiefst, und erneut erinnerte sie sich daran, wie der Dey Nila überall gestreichelt hatte. *O Gott, was ist nur los mit mir?* Sie versuchte sich Adrian und sich selbst auf die gleiche Weise vorzustellen, doch es gelang ihr nicht. Zu ihrem größten Kummer sah sie sich selbst an Nilas Stelle. Es war einfach zu abstoßend, um auch nur daran zu denken. Sie kannte diesen Mann doch überhaupt nicht. Wie konnte sie sich nur vorstellen, mit einem Mann intim zu werden, den sie gar nicht kannte? Was war das nur für eine Lüsternheit, die plötzlich von ihr Besitz ergriff?

Die folgenden Tage verliefen nach dem gleichen Muster wie der erste Tag, den sie als Leibsklavin von Caynan Reis verbracht hatte – und doch war jeder Tag ein wenig anders als der vorhergehende. Sie freute sich besonders auf jene Tage, an denen der Dey Audienz hatte oder an denen Besucher kamen, um mit ihm zu sprechen. Wie sich zeigte, fiel es nur den Europäern und Juden schwer, nicht auf ihre rot bemalten Brüste zu starren. Seltsamerweise begann die Situation sie sogar zu amüsieren. Die Nachmittage waren lang und heiß und meist ziemlich langweilig. Der Dey gestattete Azura, India die arabische Sprache zu lehren. Es fiel ihr nicht leicht – immerhin mußte sie zuerst ein ganz neues Alphabet lernen –, doch es war eine Herausforderung, die Indias Eifer anstachelte. Eines Nachmittags, einige Monate, nachdem sie nach El Sinut gekommen war, beendete sie den Unterricht, und Azura ließ für sie beide Sorbet und Honigkuchen bringen.

»Das hast du wirklich gut gemacht«, lobte Azura. »Caynan Reis hat viel länger gebraucht, um das zu lernen, was du in den vergangenen vier Monaten gelernt hast. Du hast eine große Begabung für Sprachen, mein Kind.«

»Wer ist er eigentlich, Azura? Ich meine Caynan Reis. Wie kommt es, daß ein Fremder hier eine so hohe Stellung einnehmen kann?«

»Er war ein Gefangener, genauso wie dein Vetter, der jetzt mit Aruj Aga zur See fährt. Er hat fast zwei Jahre auf den Galeeren verbracht, doch dann eines Tages, als sein Schiff im Hafen vor Anker lag, wurde mein Herr, der damalige Dey Sharif el Mohammed, in einem Ruderboot zum Schiff gebracht, weil er den Kapitän sprechen wollte. Caynan hatte sich mittlerweile bewährt, so daß er nicht mehr angekettet war. Er diente dem Kapitän als dessen Sekretär. Nachdem Sharif el Mohammed sein Gespräch mit dem Kapitän beendet hatte, verließ er das Schiff, doch als er in sein Boot steigen wollte, fiel er ins Meer. Er konnte nicht schwimmen und wurde von seinen schweren Kleidern hinabgezogen. Caynan sprang sofort ins Wasser und rettete den Dey.

Aus Dankbarkeit schenkte mein lieber Herr dem jungen Caynan die Freiheit und nahm ihn in seine Dienste auf. Sie schlossen rasch Freundschaft, und als mein Herr krank wurde, übernahm Caynan Reis zunehmend seine Pflichten. Mein Herr schrieb nach Istanbul und teilte dem Sultan mit, daß er nicht mehr lange zu leben habe; er bat darum, daß Caynan Reis an seine Stelle treten dürfe. Der Sultan stimmte zu. Kurz darauf starb mein Herr, doch er hatte die Genugtuung, daß El Sinut in guten Händen war.« Azura hatte Tränen in ihren blauen Augen.

India legte ihr instinktiv die Hand auf den Arm, um sie zu trösten. »Weine nicht«, sagte sie.

Mit einem schmerzlichen Lächeln sagte Azura: »Es ist lange her, daß mir die Tränen kamen, wenn von Sharif el Mohammed die Rede war. Er bat Caynan Reis damals, mir zu erlauben, hier im Palast bleiben zu dürfen – denn das hier ist das einzige Zuhause, das ich je kannte, seit ich in Gefangenschaft geriet. Caynan Reis ist für mich wie ein Sohn. Er hat mich stets sehr rücksichtsvoll behandelt. Sag mir, India, magst du ihn nicht schon ein wenig?«

India nickte. »Ja, aber nicht immer. Manchmal kann er ziemlich grausam sein, obwohl er es vielleicht nicht so meint.«

»Es ist klug von dir, daß du das so siehst«, meinte Azura. »Ich weiß nicht, was ihm in seinem Heimatland zugestoßen ist und ihn veranlaßt hat, es zu verlassen, aber es muß sein Herz verhärtet haben. Nur eine ganz besondere Frau wird das Eis zum Schmelzen bringen können, das sein Herz umschließt. Vielleicht bist du diese Frau. Du kannst nicht für den Rest deines Lebens seine Leibsklavin bleiben. Du könntest viel mehr als das haben, wenn du nur willst, mein Kind.«

»Ich weiß nicht, ob ich dazu schon bereit bin«, wandte India ein.

»Du weißt doch, daß du nicht in deine Heimat zurückkehren kannst, nicht wahr? Das ist einfach nicht möglich. Dein Platz ist jetzt hier.«

India dachte über Azuras Worte nach, als sie diese Nacht auf ihrer Matte lag und versuchte, die Schreie der Lust, die die Konkubine des Dey ausstieß, aus ihrem Bewußtsein zu verbannen. Warum schrien all diese Frauen nur jedesmal so laut, wenn sie bei ihm waren? Und auch er verhielt sich alles andere als leise. Das Ganze war ein großes Rätsel für sie, und sie würde es wohl nicht lösen können, wenn sie sich nicht selbst Caynan Reis hingab. Sollte sie es wirklich tun? Hatte Azura recht? Würde sie wirklich nie wieder nach England zurückkehren? Und wenn dem so wäre – würde sie damit zufrieden sein, für immer so wie jetzt zu leben?

Sie kannte seinen Körper nun gut genug, dachte India, und der Anblick machte ihr mittlerweile keine Angst mehr. Das Problem war nur, daß sie keine Ahnung hatte, was nach dem Küssen und Liebkosen geschehen sollte. Sie erinnerte sich, daß sie ihre Mutter einmal gefragt hatte, was zwischen Mann und Frau vor sich ging. Jasmine war sehr nachdenklich geworden und hatte dann ihrer ältesten Tochter geantwortet, daß sie alles erfahren würde, bevor sie heiratete, daß es sich aber für eine Frau nicht schickte, all das schon lange vorher zu wissen. Es könnte sie dazu verführen, eigene Erfahrungen zu sammeln – und das sei eine überaus gefährliche Angelegenheit. Außerdem, so hatte Jasmine lachend gemeint, sei es besser, wenn der Mann sich selbst für erfahren, und die Frau für unerfahren halte. Wenn seine Braut schon alles wisse, so würde ihm das den Spaß verderben.

India fragte sich, ob Azura sie aufklären würde, und kam zu dem Schluß, daß sie in dieser Sache wohl auf ihre ältere Freundin zählen konnte. Sie würde sie gleich morgen darum bitten. Sie wußte, Azura würde erfreut sein, wenn India endlich auch an diesen Dingen Interesse zeigte.

»Ah, mein Herr, es ist so wunderbar!« hörte sie es aus dem Schlafzimmer rufen.

»Oh, sei doch still, du dummes Ding!« murmelte India vor sich hin. *Ich schwöre, daß ich mich nicht so lächerlich verhalten werde. Ich glaube, das tun sie nur, um ihm eine Freude zu machen. Nichts kann so wunderbar sein, daß man in eine solche Verzückung gerät. Oder vielleicht doch?* Die Frage war nur: Würde sie den Mut haben, es herauszufinden? Was war, wenn er sie gar nicht mehr wollte? Nein. In letzter Zeit war ihr des öfteren aufgefallen, daß er sie beobachtete, wenn er sich unbeobachtet wähnte. Und wenn sie ihn dabei ertappte, warf er ihr ein wissendes Lächeln zu. Ahnte er vielleicht, daß sie Interesse hatte? Du lieber Himmel! Wie peinlich!

India schlief schließlich ein und wachte genau zu Sonnenaufgang auf, wie es ihr mittlerweile zur Gewohnheit geworden war. Sie stand auf und verstaute ihre Matte im Schrank. Dann öffnete sie die Tür zum Schlafzimmer des Dey, trat lautlos ans Bett und stieß das nackte Mädchen an, das neben Caynan Reis lag. »Samara«, flüsterte sie der langbeinigen Brünetten zu. »Samara, es ist Zeit zum Aufstehen. Geh in den Harem zurück.«

»Mmmmh«, murmelte Samara verschlafen, drehte sich auf den Rücken und öffnete die Augen. »Wenn ich noch bleibe, vielleicht will er mich dann noch einmal haben.«

India zog das Mädchen am Arm. »Steh auf!« sagte sie in schroffem Ton. »Du weißt, was Baba Hassan gesagt hat, und wenn du nicht augenblicklich in den Harem zurückgehst, hole ich ihn her! Dann wirst du bestraft.«

Samara rappelte sich hoch. Sie war genauso groß wie India. »Du bist doch nur eifersüchtig, weil der Dey dich nicht begehrenswert findet«, stieß sie in boshaftem Ton hervor. »Du bist die Niedrigste von allen. Du bist nur seine Leibsklavin.«

India schob das nackte Mädchen aus dem Zimmer und drückte ihr den Kaftan in die Hand. »Du irrst dich, du verblühende Damaszenerrose. Ich bin es, die den Dey nicht begehrenswert findet. Ich glaube, es wird lange dauern, bis du wieder das Schlafzimmer des Dey betrittst.« Sie lächelte ihr süßlich zu. »Weißt du, mein Herr vertraut mir so sehr, daß er mich entscheiden läßt, wer sein Bett teilen soll. Ich glaube nicht, daß ich dich so bald wieder auswählen werde.«

Samara blickte sie mit offenem Mund an. »Du lügst«, stieß sie ungläubig hervor. »Du lügst!«

India lachte. »Geh nur in den Harem zurück und warte auf die nächste Aufforderung deines Herrn. Du wirst alt und fett sein, bevor sie kommt.« Sie stieß Samara auf den Gang hinaus und schloß die Tür. »Blöde Kuh«, murmelte sie vor sich hin. »Eher würde ich selbst mit ihm schlafen, bevor ich dich noch einmal in sein Bett lasse!«

»Wirklich, India?« Der Dey stand in der Schlafzimmertür und blickte sie neugierig an.

»Was meinst du, mein Herr?« fragte sie in unschuldigem Ton.

Er lachte. »Du hast eine spitze Zunge, India, und du behandelst meine Frauen ziemlich schlecht. Bist du vielleicht eifersüchtig auf sie?«

»Mein Herr, ich bin im Augenblick vielleicht deine Sklavin, aber ich bin trotzdem die Tochter eines Herzogs. Deine Frauen sind alle von niedrigerer Herkunft, und wenn ich ihnen nicht hin und wieder die Flügel stutzen würde, dann wären sie unmöglich zu ertragen.« Sie vermied es, auf seine Frage einzugehen. »Komm, mein Herr, es ist Zeit für dein Bad.«

»Jawohl, Madame«, neckte er sie und folgte ihr in die Badestube.

Sie schrubbte ihn so heftig ab, daß er schließlich protestierte. »Du bist doch kein kleiner Junge mehr«, sagte sie. »Ich bin fertig. Du kannst jetzt ins große Becken gehen.«

Er stand bis zum Hals in dem warmen, duftenden Wasser und sah ihr zu, wie sie sich wusch. Seit jenem ersten Morgen, als sie gelernt hatte, worin ihre Pflichten bestanden, hatte er sich ihr nicht mehr genähert. Nun überlegte er, ob er es erneut versuchen sollte, um zu sehen, wie sie reagierte. Er beobachtete sie aus halbgeschlossenen Augen, wie sie sich mit mehreren Schüsseln Wasser die Seife abspülte. Dann stieg sie ebenfalls ins Becken, wo sie sich, wie immer, ihm gegenüber stellte.

»Du hast heute keine Besucher, mein Herr«, sagte sie.

»Ich muß die Pläne des Baumeisters für das Aquädukt durchsehen«, teilte er ihr mit. »Ich frage mich, ob ich nicht einfach ein neues Aquädukt bauen lassen sollte, anstatt das alte reparieren zu lassen, das noch aus der Zeit der Römer stammt.«

»Warum läßt du die alte Anlage nicht wenigstens soweit reparieren, daß man sie noch verwenden kann, bis die neue fertig ist?« schlug India vor. »Auf diese Weise ist sichergestellt, daß El Sinut auch weiterhin stets mit frischem Wasser versorgt wird. Wenn das alte Aquädukt tatsächlich schon so alt ist, wie du sagst, mein Herr, dann könnte jeden Moment irgendein Schaden auftreten. Das wäre eine Katastrophe für die Stadt.«

»Manche würden sagen: Das Aquädukt hat so lange gehalten – warum sollte man ein Vermögen aufwenden, um ein neues zu bauen?« wandte er ein.

»Wenn es um das Wohl der Menschen geht, mein Herr, dann sollte eine Regierung nicht knausrig sein«, hielt ihm India entgegen. »Sind deine Schatzkammern nicht voll? Wozu solltest du all das Gold horten? Wozu Steuern einnehmen, wenn nicht, um das Leben der Menschen angenehmer und sicherer zu machen? Ich habe in den vergangenen Monaten immer wieder gehört, daß die Mutter des Sultans alles tut, um eventuelle Unruhen zu vermeiden, die die Herrschaft ihres Sohnes gefährden könnten. Sie möchte ihn in Frieden aufwachsen sehen, damit er eines Tages selbst die Herrschaft übernehmen kann. Wenn die Wasserversorgung von El Sinut zusammenbricht, würden die Menschen sich gegen die Verantwortlichen wenden – und was könnte Istanbul dann aus der Ferne unternehmen, um zu helfen? Sie würden Truppen schicken, um den Aufstand niederzuwerfen. Dann würden sie wieder abrücken, doch das Problem wäre nach wie vor ungelöst. Es wäre besser, wenn du dich schon jetzt um die Frage des Aquädukts kümmern würdest, mein Herr, damit es gar nicht erst zu solchen Unruhen kommen kann«, fügte India hinzu.

»Dein Rat hat etwas für sich«, gestand er ihr zu und dachte bei sich, daß er noch nie eine Frau mit solch hohen geistigen Fähigkeiten getroffen hatte. Sie hatte sich offensichtlich bereits seit einiger Zeit Gedanken über diese Frage gemacht, denn ihre Argumente waren wirklich wohldurchdacht.

Sie schenkte ihm ein herzliches Lächeln. »Komm, mein Herr«, sagte sie und stieg aus dem Becken. »Du kannst nicht den ganzen Tag hier drin bleiben.« Sie reichte ihm ein großes Tuch. »Die Masseurin wartet schon.« Sie hüllte ihn in ein Tuch und begann ihn abzutrocknen.

Caynan Reis lachte in sich hinein. Er hatte vorgehabt, heute morgen einen Versuch zu starten, sie zu verführen, und dann hatte sie ihn mit ihrem Vorschlag so fasziniert, daß er alles darauf vergaß. *Sie muß von allein zu dir kommen,* riet ihm seine innere Stimme.

Er ließ sich massieren, worauf India ihn ankleidete und ihm sein Frühstück brachte. Dann zog er sich in seine Bibliothek zurück, nachdem er ihr die Erlaubnis gegeben hatte, bis zur Hauptmahlzeit zu tun, was ihr gefiel. Für einen Wintertag war es ausgesprochen warm. Als er die Pläne des Baumeisters durchging, wurde ihm immer deutlicher bewußt, wie klug ihr Vorschlag war. Er ließ schließlich den Baumeister rufen und besprach mit ihm die Möglichkeit, eine neue Anlage zu errichten.

»Das wäre wohl der bessere Weg, mein Herr«, stimmte

der Mann zu. »Wir könnten tatsächlich einige kleinere Reparaturen an der alten Anlage vornehmen, die uns für einige Jahre Sicherheit geben würden. Der Bau eines neues Aquädukts würde drei Jahre dauern. Wir können einfach nicht wissen, wie schwer die Schäden an der alten Anlage bereits sind – darum wäre es gewiß sehr klug, ein neues Aquädukt zu bauen, das die Wasserversorgung für die nächsten Jahrhunderte garantieren würde.«

»Und welche Kosten kommen damit auf uns zu?« wollte der Dey wissen.

»Sie werden nicht viel höher sein als umfassende Ausbesserungsarbeiten, mein Herr. Noch zumal wir vor weiteren Reparaturen nicht gefeit wären.«

»Dann bauen wir ein neues Aquädukt«, entschied der Dey und gab dem Baumeister seine Pläne zurück. »Fangt sofort damit an.«

Als er in seine Gemächer zurückkehrte, fand der Dey seine Mahlzeit bereits auf dem Tisch vor. Er hatte leichte Kopfschmerzen, doch sein Appetit wurde dadurch nicht beeinträchtigt. Als er fertig war, stand er auf und sagte zu India: »Ich denke, es wird bald regnen.«

»Soll ich dich für dein Schläfchen vorbereiten?« fragte sie.

Er nickte. Sie zog ihn aus und befeuchtete ihn mit Rosenwasser. Er sagte kein Wort, doch seine dunkelblauen Augen suchten ihr Gesicht nach irgendeinem Zeichen ab, daß ihr Widerstand vielleicht zusammenbrechen könnte. India hielt den Blick wohlweislich von ihm abgewandt. Wenn sie ihn anblickte, dann war sie verloren, befürchtete sie. Sie verstand selbst nicht, welche Gefühle sich plötzlich in ihr regten.

»Ist alles in Ordnung, mein Herr?« fragte sie, als sie spürte, wie unruhig er war.

»Ich habe Kopfschmerzen«, antwortete er.

»Setz dich, mein Herr, ich werde dich ganz leicht massieren«, schlug sie vor.

»Nein«, erwiderte er, denn er fürchtete, daß er explodieren würde, wenn sie ihn noch einmal berührte. »Ich werde mich ausruhen, dann vergeht es gewiß von allein«, fügte er hinzu. »Geh und nimm deinen Unterricht bei Azura.«

»Nein«, erwiderte India. »Azura meint, daß ich viel schneller gelernt habe als all ihre Schüler bisher. Ich werde hierbleiben, damit du mich rufen kannst, wenn du mich brauchst.«

»Komm und leg dich zu mir«, sagte er mit leiser Stimme.

Sie schüttelte verneinend den Kopf.

»Du sollst dich nur zu mir legen, India. Ich verspreche dir, daß nichts zwischen uns passieren wird. Deine Gegenwart würde mich beruhigen«, fügte Caynan Reis hinzu.

»Ich habe noch nicht gegessen«, wandte India ein, »und dann muß ich die Tablette in die Küche zurückbringen, sonst wäre der arme alte Abu ziemlich böse auf mich.«

»Wenn du fertig bist, komm zu mir«, sagte er schließlich.

»Ist das ein Befehl, mein Herr?« fragte sie ihn.

»Nein«, antwortete er und schloß die Augen.

India huschte aus dem Schlafzimmer und nahm ihre Mahlzeit ein. Dann trug sie die Tablette zu Abu in die Küche zurück. Als sie in die Gemächer des Dey zurückkehrte, rang sie zunächst eine Weile mit sich selbst, ehe sie das Schlafzimmer betrat und sich zu ihm legte. Es hatte zu regnen begonnen, und das gleichmäßige Prasseln der Tropfen draußen auf dem Kiesweg und auf den Blättern der Bäume hatte etwas Beruhigendes an sich. Ihre Augenlider wurden immer schwerer, bis sie schließlich einschlief.

Caynan Reis atmete tief ein und legte den Arm um das schlummernde Mädchen. Sie stieß einen leisen Seufzer aus und schmiegte sich an ihn. Er hatte alle Mühe, sich zu beherrschen. Sie war aus freien Stücken zu ihm gekommen. Er betrachtete aufmerksam ihr Gesicht. Sie war wunderschön, und sie war beinahe sein. Wie gern hätte er diese vollen Lippen geküßt. Er zwang sich, die Hände von ihr zu lassen, um sie nicht zu vertreiben. Ihm war bewußt, daß andere Männer seine Haltung gegenüber India als lächerlich angesehen hätten. Wenn eine Frau einem Mann gehörte und er sie begehrte, dann hatte sie ihm ihren Körper zu geben … sonst würde er sich nehmen, was ihm gehörte. Doch er war von Anfang an nicht in der Lage gewesen, Gewalt anzuwenden. Plötzlich wurde ihm klar, daß er sich wünschte, India würde sich ihm um seiner selbst willen zuwenden – und nicht, weil er der Dey von El Sinut war.

Die Frauen aus seinem Harem waren reizend, aber India hatte recht, wenn sie meinte, daß sie Angst vor ihm hätten. In ihrer Welt hielt er alle Macht über sie in seinen Händen. Sie bemühten sich, ihn zufriedenzustellen, weil sie alles, was sie waren oder besaßen, Caynan Reis verdankten. Er mochte vielleicht Indias Stolz ein wenig gezügelt haben, doch ihr Temperament, ihren Willen hatte er nicht gebrochen. Sie sprach stets offen und ehrlich mit ihm und begnügte sich nicht damit, ihn mit hohlen Phrasen zu langweilen. Ihm wurde bewußt, daß er mehr brauchte als nur willfährige Frauen, die ihm jederzeit ihren Körper zur Verfügung stellten. Er brauchte eine Frau, die ihm eine Geliebte war und eine echte Gefährtin – eine Frau, die ihm die Wahrheit sagte. Er brauchte India. Die Frage war nur, wie er ihr das am besten klarmachen konnte.

In letzter Zeit war ihm aufgefallen, daß sie ihn oft mit einem fragenden Blick ansah. Was für Gedanken gingen ihr bloß durch den Kopf? Würde sie ihn jemals wirklich lieben können, wenn man bedachte, unter welchen Umständen sie hierher gekommen war? Wären sie in England gewesen und nicht in El Sinut – hätte sie ihn dann als ihren Gemahl in Erwägung gezogen? Sie war siebzehn, also ziemlich alt für eine Jungfrau, und sie war noch keinem Mann versprochen gewesen. Er fragte sich, warum das wohl so war. Eines Tages würde er sie das fragen, dachte er.

Sein Kopfschmerz ließ allmählich nach, bis er schließlich in einen tiefen Schlaf sank. Als er aufwachte, fühlte er sich erfrischt. Der Regen hatte aufgehört, und India lag nicht mehr an seiner Seite. War alles nur ein Traum gewesen?

»India!« rief er.

»Ja, mein Herr?« Sie stand in der offenen Schlafzimmertür.

»Meine Kopfschmerzen sind verschwunden«, sagte er und kam sich ziemlich dumm vor. Wie ein kleines Kind hatte er plötzlich befürchtet, sie könnte ihn verlassen haben.

»Das freut mich, mein Herr«, antwortete sie. »Das Abendessen steht bereit, und auch das Schachbrett habe ich geholt. Es ist zu feucht, um draußen im Garten zu spielen.«

Er erhob sich, und sie zog ihm einen Kaftan über den Kopf.

»Wen soll ich heute abend auswählen, um das Bett mit mir zu teilen?« fragte er. »Welche soll ich wählen?«

Sie schwieg eine Weile und warf ihm einen Blick zu, den er nicht zu deuten vermochte. Dann sagte sie mit leiser Stimme: »Es schickt sich nicht, mein Herr, daß ich für dich wähle. Ich weiß, daß du gehört hast, wie ich heute morgen gegenüber Samara damit geprahlt habe, aber das habe ich nur gesagt, um der dummen Gans eine Lektion zu erteilen.«

»Welche soll ich nehmen, India?« wiederholte er. Er stand direkt vor ihr, die Hände ganz leicht auf ihre Schultern gelegt.

Ich verliere langsam den Verstand, dachte sie. Nein, das kann ich nicht tun!

»India?«

»Nimm *mich*, mein Herr«, sagte sie schließlich. »Nimm *mich*.«

5

Er war sich nicht sicher, ob er sie richtig verstanden hatte. Er umfaßte ihr Gesicht mit beiden Händen und blickte direkt in ihre unvergleichlichen Augen. »India?«

»Nimm *mich*, mein Herr«, wiederholte sie mit leiser Stimme.

»Bist du sicher?« Sein Herz klopfte wie wild, und seine Knie zitterten vor Verlangen nach ihr. Doch das war nicht bloß Verlangen, wurde ihm mit einem Mal bewußt. Das war *Liebe!*

»Ich bin sicher«, gab sie zurück. »Aber, bitte, mein Herr, hab' Geduld mit mir. Du weißt, ich bin nicht dumm, aber von der Leidenschaft weiß ich sehr wenig.« Ihre Worte trieben ihr die Röte in die Wangen.

Caynan Reis beugte sich vor und berührte ihre Lippen mit den seinen. Es war ein zarter Kuß voller Verheißung.

Als er seine Lippen von den ihren löste, ging Indias Hand unwillkürlich zu ihrem Mund, voller Staunen über das, was soeben geschehen war. Sie war sich nicht sicher, was sie erwartet hatte, aber ganz bestimmt nicht eine solche Zärtlichkeit. Dieser Kuß überstieg ganz einfach ihr Vorstellungsvermögen. Als er ihre Verwirrung sah, war er sich absolut sicher, daß sie noch Jungfrau war.

»Ich werde dir alles zeigen, was ich darüber weiß, India«, sagte er und nahm sie in seine Arme.

Ihre Wange ruhte an seiner Brust. Durch den Stoff seines Kaftans fühlte sie sein Herz schlagen. Sie erzitterte und wich von ihm zurück, zornig über sich selbst, weil sie sich eine so unverzeihliche Schwäche erlaubte. Sanft zog er sie wieder zurück in seine Arme. Er strich ihr mit der Hand beruhigend über die schwarzen Locken. »Leidenschaft ist am Anfang immer verwirrend. Später ist sie höchstens überraschend«, sagte er.

»Ich fühle mich ziemlich dumm«, gestand sie ihm.

»Das mußt du nicht, meine dornige kleine Jungfrau«, neckte er sie liebevoll. »Ich hatte noch nie eine Jungfrau in meinem Bett, und ich muß sagen, ich finde die Vorstellung ziemlich aufregend.«

»Was soll ich bloß tun?« fragte India unsicher.

»Irgendwann später einmal werde ich dir zeigen, was mir alles gefällt, und Azura wird dir auch so manches beibringen, mein Liebling. Aber heute nacht möchte ich dich einfach nur in die Freuden der Liebe einweihen.«

»Oh!«

Er spürte, wie alles in ihr sich anspannte vor Aufregung, deshalb wechselte er das Thema. »Aber jetzt hol unser Abendessen, India. Meine Kopfschmerzen sind verschwunden, und ich bin ziemlich hungrig.«

Sie schlüpfte aus seinen Armen und verließ erleichtert das Zimmer. Es war nicht so, daß sie alles zurücknehmen wollte, was sie zuvor gesagt hatte, nein, aber sie fühlte doch Erleichterung darüber, daß er ihr Zeit ließ, sich an alles zu gewöhnen. Wie würde es wohl sein, fragte sie sich. Würde sie genauso aufschreien wie diese dummen Weiber? Sie war sehr neugierig, zu erfahren, was es war, das eine Frau vor Lust schreien ließ. Sein Kuß war wirklich wunderschön gewesen. Viel schöner als Adrians Küsse, und für einen Augenblick hatte sie ein schlechtes Gewissen, das jedoch rasch wieder verging.

Sie sah nun, welch ein Narr Adrian war. Der Dey war alles andere als ein grausamer Mensch, aber er bestand darauf, daß man ihm den gebotenen Respekt entgegenbrachte. Wenn Adrian sich besser benommen hätte, dann wäre er womöglich schon längst gegen ein Lösegeld freigelassen worden, und ihre Familie wüßte, wo sie war. Und ihre Familie hätte Himmel und Hölle in Bewegung gesetzt, um sie zurückzuholen – doch Adrian hatte mit seiner Dummheit diese Chance zunichte gemacht. Er selbst würde vielleicht eines Tages entkommen können – ihr aber würde dies wahrscheinlich nie gelingen.

War das der Grund, warum sie Caynan Reis' Werben jetzt nachgab? Wollte sie sich auf diese Weise einen Platz in ihrer neuen Welt verschaffen? Oder fühlte sie sich tatsächlich von diesem Mann angezogen, der so gütig und gleichzeitig so grausam sein konnte. Sie fragte sich, ob ein anderer Mann soviel Geduld mit ihr gehabt hätte. Und was wäre gewesen, wenn sie sich niemals dazu entschlossen hätte, sich ihm hinzugeben?

In der Küche fand sie das Tablett schon bereitstehen; es enthielt eine Karaffe mit Sorbet, eine Schüssel mit reifen Früchten und einen Teller mit frischem, warmen Brot. Sie nahm das Tablett und ging zu den Gemächern des Dey zurück.

»Ich habe die Schachfiguren schon aufgestellt«, sagte er, als sie das Tablett niederstellte.

Sie setzte sich ihm gegenüber, und sie begannen mit der ersten Partie. Sie hatte viel über das Schachspiel von ihm gelernt und war ihm mit der Zeit ein immer stärkerer Gegner geworden. Doch heute abend schien sie sich nicht konzentrieren zu können, so daß er schließlich, nachdem sie dreimal in Folge verloren hatte, die Lust am Spiel verlor.

Er griff nach ihrer Hand, hob sie an die Lippen und begann ihre Fingerspitzen zu küssen. Sie konnte nicht anders, als ihre Hand von sich aus an seine Lippen zu drücken, und er begann ganz sanft an ihren Fingerspitzen zu saugen. Erschrocken zog sie die Hand zurück. Dann streckte er seine Hand aus und berührte ihre Lippen. »Tu, was ich getan habe, India«, forderte er sie mit leiser Stimme auf.

Zögernd nahm sie seine Finger zwischen die Lippen – ein wenig schüchtern zunächst, bis sie schließlich heftiger daran zu saugen begann. Ihre Augen weiteten sich vor Staunen, und ihr Herz begann immer heftiger zu schlagen. Sie spürte, wie ihr die Hitze in die Wangen stieg. Es war so unglaublich sinnlich, was sie da tat, und sie zwang sich schließlich – auch wenn es ihr schwerfiel –, damit aufzuhören. Sie blickte ihn fragend an.

Der Dey streichelte zärtlich ihr Gesicht. »Bist du hungrig?« fragte er.

India nickte aufgeregt, obwohl sie eigentlich überhaupt keinen Hunger verspürte – doch es war ihr alles recht, was ihre Gedanken von den ungeheuerlichen Fantasien abzubringen vermochte, die sie mit einem Mal heimsuchten. Sie erhob sich rasch, er ebenfalls, und sie gingen gemeinsam zu dem Tisch mit den Speisen hinüber. India schenkte ihm einen Becher Fruchtsorbet ein und reichte ihm das kühle Getränk. Wie gewohnt, aß er von den Früchten und dem Brot. Sie saßen einander gegenüber und aßen eine Weile schweigend. Er nahm sich von den Weintrauben und begann die einzelnen Beeren langsam mit den Zähnen von den Stengeln zu pflücken. Seine Augen trafen die ihren. Fasziniert betrachtete sie seine kräftigen weißen Zähne und seine Zunge, die hie und da etwas Traubensaft von den Lippen leckte.

Er nahm sich eine Scheibe eines Granatapfels, entfernte die Kerne und schnitt die Scheibe in kleine Stücke, mit denen er sie zu füttern begann. Sie aß einige Stückchen der süßen Frucht und leckte dabei, zu ihrem eigenen Erstaunen, den Saft von seiner Hand. Wie kühn sie doch plötzlich geworden war, dachte India und errötete, als sie das Lächeln in seinen Mundwinkeln sah. Konnte er ihre ungehörigen Gedanken lesen? Sie hoffte, daß es nicht so war.

Caynan Reis nahm eines der feuchten Tücher, die stets beim Abendessen bereitlagen, beugte sich vor und wischte ihr die Hände und das Gesicht damit ab, ehe er sich selbst reinigte. Dann lehnte er sich in seinem Stuhl zurück und sagte: »Zieh dich für mich aus, India.«

Sie wandte nichts dagegen ein. Nacktheit war zwischen ihnen längst zu etwas Natürlichem geworden. India erhob sich und öffnete ihre Hose, so daß sie von ihren Hüften auf den Boden glitt. Sie hob das Kleidungsstück auf und hängte es über den Stuhl.

»Komm zu mir«, sagte er, und als sie vor ihm stand, begann er mit dem feuchten Tuch die karminrote Farbe von ihren Brüsten zu entfernen. »Ich sehe dich lieber so, wie Allah dich geschaffen hat«, sagte er. Er erhob sich ebenfalls und zog den Kaftan aus, um ihn neben ihre Hose zu legen. Dann zog er sie in seine Arme, so daß ihre Körper sich ganz leicht berührten. »Du kannst dir gar nicht vorstellen, mein Schatz, wie sehr ich dich begehre«, sagte er mit leiser Stimme, »aber es ist mir wichtig, daß du keine Angst vor dem hast, was heute nacht zwischen uns passieren wird, verstehst du?«

Sie nickte stumm, unfähig, seinen Blick zu erwidern. Es war lächerlich, daß sie plötzlich so schüchtern wurde, doch sie konnte es nicht ändern.

»Ich werde dir nicht weh tun«, versprach er ihr, »und wenn du Angst bekommst, mußt du es mir sagen. Es ist keine Schande für eine Jungfrau, plötzlich unsicher zu werden. Die Liebe soll vor allem Freude bereiten, und es ist mir wichtig, daß du es genauso genießt wie ich.«

Sie nickte, und ihr wurde mit einem Mal bewußt, daß er ihr mit seiner großen Hand zärtlich den Rücken streichelte. Sie blickte ihn fragend an, und ohne ein Wort zu sagen umschlossen seine Lippen die ihren, was ihr ein so schönes Gefühl vermittelte, daß sie ganz auf ihre Angst vergaß. Zu ihrem eigenen Erstaunen erwiderte sie seinen Kuß, und sie öffnete sich ihm, wie sie es gegenüber Adrian Leigh niemals getan hatte. *Ich will ihn, dabei weiß ich nicht einmal, was genau ich von ihm will.*

Er nahm ihr Gesicht in beide Hände und bedeckte es mit zärtlichen Küssen, so daß sie schließlich das Gefühl bekam, daß er kein noch so winziges Fleckchen ausgelassen hatte. »Du bist so schön«, murmelte er an ihren Lippen, zu denen es ihn hinzuziehen schien, wie eine Biene zu einer duftenden Blüte. Er begann sanft an ihnen zu knabbern, ehe er India mit Nachdruck aufforderte, die Lippen weiter zu öffnen. Als sie seinem Wunsch nachkam, ließ er seine Zungenspitze zuerst über die feuchte Haut gleiten, ehe er unerwartet in ihren Mund eindrang und ihre Zunge mit der seinen berührte.

India stieß einen Laut des Erschreckens aus. Sie wollte zurückweichen, doch die unglaubliche Sinnlichkeit, die sich ihrer bemächtigte, hielt sie gefangen. Sie begann die Berührung seiner Zunge zu erwidern – zögernd zuerst, dann immer kühner –, bis sich in ihrem Inneren eine seltsame Glut auszubreiten begann, die zwar ungewohnt, aber alles in allem überaus angenehm war. Sie schlang ihre Arme um seinen Nacken und zog ihn zu sich, so daß sie eng umschlungen waren.

Für einen Augenblick hielt er den Atem an, als er ihre Brüste an seiner Brust spürte. Sie hatte absolut keine Ahnung, was sie in ihm auslöste. Wäre sie irgendeine andere Frau gewesen, so hätte er sie jetzt auf den Boden geworfen und sie hier und jetzt genommen. Statt dessen löste er seine Lippen langsam von den ihren und ließ seine Hände an ihrer Taille hinuntergleiten, um sie umzudrehen und ihre Brüste mit beiden Händen zu umschließen. Wie zwei weiße Tauben saßen sie in dem Nest seiner Hände. Ganz sanft strich er mit den Daumen über ihre Brustspitzen und lächelte, als sie unter seiner Berührung anschwollen.

India schloß die Augen, während er sie liebkoste. Seufzend lehnte sie den Kopf gegen seine Schulter. Nie in ihrem ganzen Leben hatte sie so sehr das Gefühl gehabt, geliebt zu werden. Sie fühlte sich so wohl mit diesem Mann, wie sie sich mit Adrian nie gefühlt hatte. Wie konnte das nur sein? Sie hatte Adrian doch geliebt. Sie *hatte* ihn geliebt? War es denn schon Vergangenheit? Ja, es war tatsächlich vorbei, wurde ihr mit einem Mal bewußt, und sie stellte fest, daß ihr Vater recht gehabt hatte; es war wirklich nur eine kurze, heftige Verliebtheit gewesen, die sie in ihrer jugendlichen Unerfahrenheit für etwas viel Größeres gehalten hatte. Doch was war nun das, was sie für Caynan Reis empfand? War es überhaupt mehr als bloße Neugier oder einfach Lust, die in ihr aufkeimte? Wenn sie keine tiefen Gefühle für ihn hegte, wie konnte sie ihm dann erlauben, all das mit ihr zu tun? Denn sie hatte es ihm tatsächlich erlaubt. Er hatte sie zu nichts gezwungen. Hinter dieser Ausrede, die lüsterne Mädchen bisweilen verwendeten, konnte sie sich gewiß nicht verstecken!

»Was ist los, India?« klang seine sanfte Stimme an ihrem Ohr, ehe er an ihrem Ohrläppchen zu knabbern begann. »Du bist angespannt, ich fühle es genau.« Seine großen Hände liebkosten weiterhin ihre Brüste.

»Ich frage mich, was ich nur für ein Mensch bin, daß ich deine Zärtlichkeiten auch noch genieße«, sagte sie freimütig. »Mir hat man beigebracht, daß das, was ich jetzt mit dir zulasse, etwas ist, das nur zwischen Eheleuten erlaubt ist – und dennoch lasse ich mich von dir küssen und berühren ... ohne ein schlechtes Gewissen zu haben. Wie kann das nur sein? Vielleicht bin ich doch nicht von so untadeligem Charakter, wie ich immer geglaubt habe, und unterscheide mich überhaupt nicht von den leichten Mädchen, die ihren Körper für Geld anbieten.«

Seine Hände lösten sich von ihren Brüsten, und er faßte sie an den Schultern, um sie zu sich herumzudrehen. »Sieh mich an«, sagte er in festem Ton, um dann – als sie seinen Blick erwiderte – fortzufahren: »Wir sind hier nicht in England, India. Deine Eltern haben dich gut erzogen, daß du so hohe moralische Ansprüche an dich selbst stellst – aber selbst in England sind solche Ansprüche nicht die Norm, auch wenn König und Kirche es noch so gern hätten. Und hier bei uns gilt es nicht als Sünde, wenn ein Mann eine Frau begehrt. Das ist auch der Grund, warum wir bis zu vier Frauen haben dürfen, und Mätressen obendrein.« Er strich ihr zärtlich über die Wange. »Ist dir noch nie der Gedanke gekommen, India, daß du vielleicht etwas für mich empfinden könntest und daß das der Grund ist, warum du kein schlechtes Gewissen hast bei dem, was wir tun?« Seine Lippen streiften ganz leicht die ihren, und seine tiefblauen Augen blickten sie fragend an.

India errötete, und ein Beben ging durch ihre schlanke Gestalt. »Ich … ich … Oh! Ich hasse es, so verwirrt zu sein!« rief sie plötzlich aus.

»Ich habe dir doch gesagt, daß nichts zwischen uns sein würde, wenn du es nicht genauso willst wie ich«, erinnerte er sie und betete im Stillen, daß sie sich nicht von ihm abwenden möge. Er zwang sich, geduldig mit ihr zu sein.

»Aber ich will es ja … wirklich!« entgegnete India und barg den Kopf an seiner Brust. Warum um alles in der Welt benahm sie sich bloß so unglaublich dumm? Was war nur los mit ihr? Empfand sie wirklich etwas für ihn?

Allah! dachte er. Ob wohl alle Jungfrauen sich so benahmen? Doch egal, sie hatte ihre Zustimmung gegeben, und er würde nicht länger warten. Ohne ein weiteres Wort hob er sie hoch, trug sie zu seinem Bett und ließ sich mit ihr in die Kissen sinken.

»Oh!« stieß sie mit großen Augen hervor und spürte instinktiv, daß es nun kein Zurück mehr gab. Als er sie aus der Wärme und Sicherheit seiner Umarmung entließ und sie in die Laken legte, blickte er sie voller Leidenschaft an. India dachte plötzlich an ihre Mutter. Hatte sich nicht auch Jasmine aus freien Stücken mit Prinz Henry Stuart eingelassen? Aus dieser Liaison war schließlich ihr Halbbruder Charles Henry Stuart hervorgegangen. Und das war sogar in England gewesen!

»Woran denkst du gerade?« wollte er wissen.

»Daß ich Angst habe, unter deinem Blick zu verglühen«, sagte sie, um ihren wahren Gedanken zu verbergen.

Er lachte und küßte sie erneut zärtlich auf den Mund. »Wenn du meine Gedanken lesen könntest, kleine Jungfrau, dann würdest du tatsächlich in Flammen aufgehen«, sagte er. »Ich kann mich nicht erinnern, jemals eine Frau so sehr begehrt zu haben, wie ich dich begehre, meine süße India.« Er streichelte ihr Gesicht mit dem Handrücken.

»Noch bin ich keine Frau«, erwiderte sie im Flüsterton.

»Das werden wir rasch ändern«, sagte er und küßte ihren Hals und schließlich ihre Brüste.

Seine Lippen waren warm und schienen ihre Haut zu verbrennen, wo immer sie sie berührten. Ihre Sinne waren seltsam geschärft für jedes kleinste Detail seiner Leidenschaft. Ihre Brüste schienen anzuschwellen unter seinen Zärtlichkeiten, so daß sie fast schmerzten, und als er schließlich an einer der Brustwarzen zu saugen begann, stieß sie einen kurzen Schrei aus. »Oh, Gott!« Sie spürte, wie seine Zunge ihre Brustspitze umspielte, ehe er ganz sanft mit den Zähnen daran zu knabbern begann. »Ohhh!« Wiederum spürte sie seine Zunge, so als wolle er ihren Schmerz lindern, doch in Wirklichkeit hatte er ihr mit seinen Zähnen alles andere als Schmerz zugefügt. Als er den Kopf hob, führte sie ihn mit ihren Händen zur anderen Brust, damit auch sie diesen Genuß erfahren möge.

Dann begann er mit der Hand ihren Bauch zu streicheln, so daß sich eine seltsame Vorfreude in ihr auszubreiten begann. Seine Hand wanderte tiefer und kam auf ihrem Venushügel zu liegen, und India hielt den Atem an. Mit einem Finger glitt er noch tiefer, an den feuchten Spalt, und zu einer Stelle, von der sie gar nicht gewußt hatte, daß es sie gab. India stieß einen Laut des Erschreckens aus, als er sie mit dem Finger zu streicheln begann. Unwillkürlich grub sie ihre Finger in seine Schultern.

»Das ist der Mittelpunkt deiner Lust«, murmelte er, während er seine Finger rund um den empfindlichen kleinen Knoten kreisen ließ. »Du spürst es, nicht wahr, mein Liebling? Die Lust regt sich in dir, nicht wahr?«

»Ja!« O Gott, es war wunderschön. Sie glaubte zu sterben vor Lust, als sie sich ihm entgegenhob. Sie hatte das Gefühl, sich unaufhaltsam aufzulösen, als die Lust sich über ihren ganzen Körper ausbreitete und sie durchströmte wie warmer Wein, bis sie ganz plötzlich wieder verschwunden war. »Nein!« rief sie enttäuscht.

»Es wird noch viel schöner«, versprach er ihr. »Das ist erst der Anfang.« Dann drang er mit dem Finger tiefer in sie ein und begann sie sanft zu erkunden. Er hatte nicht an ihrer Jungfräulichkeit gezweifelt – dennoch war er hocherfreut, als er tatsächlich ihr Jungfernhäutchen intakt vorfand. Sie war schon feucht, und ihr junger Körper sehnte sich mit jeder Faser nach der Vereinigung. Er spürte, daß er keinen Augenblick länger warten konnte. Er zog seine Hand zurück und legte sich auf sie, um sie mit aller Leidenschaft zu küssen.

Sie registrierte mit hellwachen Sinnen jede seiner Bewegungen, und sie spürte auch die Härte seines Geschlechts an ihrem Bauch. Sie zitterte, als er sanft ihre Beine auseinanderdrückte und sie erneut küßte. Er hatte einen Ausdruck auf dem Gesicht, den sie schwer hätte beschreiben können. Da war weniger Lust als vielmehr unendliche Zärtlichkeit. »Caynan?« flüsterte sie ein wenig verwirrt.

Er blickte aus seinen tiefblauen Augen zu ihr hinunter. »Kleine Närrin«, murmelte er. »Hast du denn noch nicht bemerkt, daß ich dich liebe?« Dann drang er ohne ein weiteres Wort tief in sie ein.

Ihr Staunen über seine Worte hielt noch an, als sie den kurzen Schmerz ihrer Entjungferung verspürte. Dann begann er sich in ihr zu bewegen, und India stieß einen leisen Schrei aus angesichts der Lust, die sie empfand. Sie spürte ihn tief in sich und öffnete sich ihm, schüchtern zuerst, dann immer kühner, und zog ihn mit den Armen noch enger an sich.

»Schling deine Beine um mich«, flüsterte er ihr ins Ohr.

Sie gehorchte und schrie auf, als er noch tiefer in sie eindrang. Nie hätte sie gedacht, daß es so wundervoll sein könnte! So unbeschreiblich! Sie konnte nicht anders, als sich mit den Fingernägeln an ihm festzukrallen – es war eine so unerhörte Spannung in ihr, die nach Erlösung drängte. »Ohhh, Gott!« wimmerte sie. »Ich kann nicht mehr! Bitte nicht aufhören!« Dann war es ihr plötzlich, als steige sie aus ihrem Körper hoch, direkt zwischen die Sterne hinein, während sie von heißen Wellen der Lust durchflutet wurde, bis sie schließlich nach Atem rang.

Er spürte völlig verblüfft, wie sich ihre Scheide um sein pulsierendes Geschlecht zusammenzog. India war noch Jungfrau gewesen, und doch war sie bereits zu einer Leidenschaft fähig, die ihn mitriß. Im nächsten Augenblick stöhnte er auf und gab sich ihr hin, so wie sie sich ihm hingegeben hatte. *Ich möchte Söhne von dieser Frau*, war sein letzter bewußter Gedanke, ehe er sich neben sie legte, um sie nicht zu erdrücken, während er sie immer noch fest in den Armen hielt.

Als er wieder zu sich kam, hörte er sie leise weinen. »India, was ist denn los, mein Schatz? Allah vergebe mir, wenn ich dir weh getan habe! Sag, mein Liebling, was ist geschehen?« Er beugte sich über sie und küßte ihr die Tränen von den Wangen.

»Ich bin so glücklich«, sagte sie schluchzend. »Wird es immer so sein zwischen uns? Wirst du mich weiterhin begehren, oder habe ich meinen Reiz für dich verloren, jetzt, wo du mich bekommen hast?« Sie blickte zu ihm auf, so verletzlich, daß es ihm fast das Herz brach.

»Ich liebe dich«, versicherte er ihr erneut. »Hast du gedacht, ich hätte das nur gesagt, um dein Gewissen zu beruhigen, bevor ich dich nahm? Ich hätte nie gedacht, daß ich jemals eine Frau lieben würde, aber nun liebe ich dich. Ich werde dich immer begehren, du Dummerchen. Immer! Ich werde dich zu meiner Frau machen, und zwar so schnell wie möglich. Du wirst die erste Frau des Dey sein.«

»Die *erste* Frau?« Sie setzte sich auf.

»Mir sind vier Frauen gestattet«, neckte er sie.

»Und wirst du dir auch vier nehmen?« fragte sie mit zornigem Blick.

»Ich schätze, ich werde an dir mehr als genug haben, mein Schatz«, antwortete er lachend. »Allah, ich fange schon wieder an, dich zu begehren! Ich kann es nicht glauben, aber es ist wirklich so!«

»Und dein Harem, mein Herr?« beharrte sie.

»Der Dey von El Sinut würde als Narr dastehen, wenn er sich von seiner Gemahlin beherrschen ließe und auf seinen Harem verzichtete«, antwortete er. »Aber darüber wollen wir jetzt nicht diskutieren, India. Gib mir lieber einen Kuß.«

»Wirst du mit den Frauen aus dem Harem schlafen?«

Er drückte sie an sich und küßte sie auf den Mund. »Das werde ich wohl tun müssen mit einer so ungehorsamen Gemahlin«, gab er lachend zurück. »Soll ich denn auf das Zusammensein mit einer Frau verzichten, wenn du meine Kinder in dir trägst oder wenn du deine Tage hast?«

»Bist du denn gar so lüstern?« fragte sie.

»Und ob«, gab er grinsend zurück. »Und jetzt gib mir eins von den Tüchern – mein Hunger nach dir wächst mit jeder Minute.«

Sie schmollte zwar, stand aber doch auf, um die Schüssel und die weichen Tücher zu holen. Zuerst jedoch wusch sie sich selbst und erschrak über das Blut an ihren Schenkeln, den Beweis ihrer verlorenen Jungfräulichkeit. Dann brachte sie ihm die Schüssel mit frischem Wasser.

»Es ist deine Pflicht, mein Glied zu waschen«, sagte er mit verschlagener Miene.

India betrachtete sein Geschlecht ein wenig mißtrauisch. Sie hatte ihn natürlich bereits früher im Bad gewaschen, aber nun ... nun erschien es ihr in gewisser Weise gefährlicher als vorher. Sie befeuchtete das Tuch und begann ihn zu säubern.

Als sie fertig war und sie die Tücher sowie die Schüssel an ihren Platz gestellt hatte, rief er sie wieder zu sich.

»Ich möchte, daß du meinen Liebesspeer streichelst«, sagte er. »Berühre ihn ruhig, India. Halt ihn in deiner Hand. Er tut dir nichts.«

Sie saß ihm gegenüber – voller Neugier, mehr über diesen Körperteil zu erfahren, der ihr solche Freuden geschenkt hatte. Vorsichtig berührte sie sein Geschlecht mit den Fingerspitzen. Es war warm und regte sich ganz leicht unter der Berührung. Erschrocken zog sie die Hand zurück, nahm jedoch gleich darauf ihren ganzen Mut zusammen, um ihn erneut zu berühren. Sanft schlossen sich ihre Finger um sein Geschlecht. »Es wirkt irgendwie lebendig«, sagte sie. »Ich fühle, wie es pulsiert.« Sie öffnete ihre Hand und begann es, nun etwas sicherer geworden, zu streicheln, so wie man ein Haustier streichelt. Zu ihrem Erstaunen begann es förmlich zu wachsen; es wurde immer länger und dicker, und der rotfarbene Kopf trat hervor. »Oh«, entfuhr es India in ihrer Verblüffung.

»Jetzt siehst du, welche Macht du über mich hast, mein Schatz«, sagte er. »Ich brauche nur an dich zu denken, und schon bin ich erregt. Und wenn du mich berührst, passiert genau das gleiche.« Er streckte die Hand aus und begann ihre Brüste zu streicheln.

»Ich kann deinen Appetit genauso entfachen wie du den meinen«, sagte sie und verstand genau, was er ihr begreiflich machen wollte.

Er zog sie in seine Arme und küßte sie. »Genau das habe ich gemeint, India.«

»Liebe mich noch einmal, Caynan«, sagte sie mit leiser Stimme, »und zeig mir, was ich für dich tun kann.«

»Das zeige ich dir ein andermal. Heute sollst du es ganz einfach genießen, mein Liebling. Für mich ist es wunderbar genug, wenn ich weiß, daß ich dir Vergnügen bereitet habe.« Seine Lippen umschlossen die ihren, und es war einfach himmlisch, dachte India. Erneut verlor sie sich in der Glut der Gefühle, die er in ihr auslöste, so daß sie die Welt um sich herum vergaß.

Azura hatte jedoch bemerkt, daß der Dey in dieser Nacht keine der Frauen aus dem Harem hatte rufen lassen. Um Mitternacht eilte sie zu Baba Hassan, um mit ihm zu sprechen. »Er hat heute abend keine der Frauen rufen lassen«, teilte sie ihm mit. »In all den Jahren, seit er Dey ist, hat es keine Nacht gegeben, in der er ohne weibliche Gesellschaft war.«

»Das heißt wohl, daß unser widerspenstiges Mädchen schließlich doch nachgegeben hat«, antwortete Baba Hassan. »Ist dir nicht aufgefallen, was für Blicke er ihr in letzter Zeit zugeworfen hat, wenn sie ihn nicht ansah? Seine Geduld war wirklich erstaunlich für einen normalsterblichen Mann.« Baba Hassan erhob sich aus den Kissen. »Komm, Azura, wir wollen sehen, was mit den beiden geschehen ist.«

»Das können wir nicht! Damit würden wir auf unverzeihliche Weise in die Privatsphäre des Dey eindringen«, erwiderte sie.

Baba Hassan kicherte nur amüsiert. »Azura, er wird es nie erfahren, daß wir ihm nachspioniert haben.« Er nahm eine kleine Öllampe zur Hand. »Komm«, sagte er. Er ging ans andere Ende des Zimmers und drückte gegen eine der Kacheln, woraufhin sich eine verborgene Tür öffnete, die in einen engen Durchgang führte. Baba Hassan trat durch die Tür, und Azura folgte ihm. Die Tür schloß sich hinter ihnen. »Hier entlang«, flüsterte er ihr zu, und sie ging ziemlich verblüfft hinter ihm her.

Der Geheimgang führte bald in diese, bald in jene Richtung. Die Luft war abgestanden, doch man konnte sie durchaus atmen. Wie kam es, dachte Azura, daß sie nie von diesem Geheimgang erfahren hatte? Mehrmals gelangten sie zu Wegkreuzungen, wo der Haremswächter zielsicher die eine oder andere Richtung einschlug. Die Flamme der kleinen Öllampe warf zitternde Schatten an die pechschwarzen Wände, und allmählich fühlte sich Azura ziemlich unwohl in der Enge des Ganges. »Dauert es noch lange, Baba Hassan?« fragte sie, als er zu ihrer Überraschung plötzlich stehen blieb. Sie sah, wie er die Lampe hob und einen kleinen Vorsprung in der Wand umfaßte, an dem er drehte, woraufhin eine kleine Öffnung in der Wand erschien.

Baba Hassan drehte sich zu ihr um und sagte: »Schau hindurch, Azura, und sag mir, was du siehst.«

Sie blickte durch die Öffnung und sah zu ihrem größten Erstaunen das Schlafzimmer des Dey vor sich. Ihr Blick wanderte unwillkürlich zum Bett hinüber, und im nächsten Augenblick lächelte sie zufrieden. India lag in Caynan Reis' Armen, und der Dey liebte sie mit aller Leidenschaft. Und was das wichtigste für Azura war – India schien das Zusammensein mit ihrem Herrn durchaus zu genießen. Azura drehte sich um und sagte zu Baba Hassan: »Es ist so, wie du gesagt hast.«

Der Eunuch warf selbst einen kurzen Blick in das Schlafzimmer, ehe er das Guckloch schloß und zusammen mit seiner Begleiterin in seine Gemächer zurückkehrte. Die beiden setzten sich mit Verschwörermiene zusammen und tranken Kaffee miteinander, als Baba Hassan sich an Azura wandte: »Jetzt bleibt nur noch zu hoffen, daß sie ihm so viel Freude beschert, daß er nicht gleich wieder genug von ihr hat. Sie muß ihm ein Kind gebären.« Er blickte Azura in die Augen. »Sie hat nicht etwa von dem gewissen Trank getrunken, oder?«

»Nein, das war ja auch nicht nötig, weil sie ja bisher nichts von ihm wissen wollte«, antwortete Azura. »Wenn er mir nicht aufträgt, daß ich ihn ihr geben soll, werde ich es auch nicht tun.« Sie lächelte, als sie an das Bild dachte, das sie vorhin gesehen hatte. »Er war so zärtlich zu ihr, Baba Hassan.«

»Er liebt sie«, bemerkte der Haremswächter trocken.

»Ist es nicht vielleicht nur Lust?« wandte Azura ein.

»Nein es ist Liebe«, erwiderte Baba Hassan. »Er verhält sich ihr gegenüber genauso, wie unser früherer Herr dir gegenüber, Azura. Das Mädchen kann sich glücklich schätzen.«

»Wir müssen zu Allah beten, daß uns genug Zeit bleibt, bevor die Janitscharen ernst machen«, stellte Azura fest. »India muß einen so festen Platz in seinem Herzen haben, daß er eine weise Entscheidung trifft. Oh, Baba Hassan, warum müssen Männer andauernd Kriege führen und Intrigen spinnen?«

»Das liegt eben in ihrer Natur«, antwortete Baba Hassan. Im nächsten Augenblick erschien ein Lächeln auf seinen Lippen. »Morgen wirst du einen anderen Krieg erleben – nämlich im Harem, wenn die anderen erfahren, daß India jetzt eine Frau ist und möglicherweise sogar der erklärte Liebling unseres Herrn.«

Azuras Miene verdüsterte sich; sie fand die Vorstellung alles andere als amüsant. »Die Intrigen, die sie sich ausdenken werden, können sich wahrscheinlich mit denen der Janitscharen messen«, brummte sie. Sie erhob sich von ihrem Platz. »Ich gehe jetzt besser zu Bett. India wird mich morgen früh brauchen. Ich muß sie vor den anderen beschützen. Sie wissen ja genau, da er keine von ihnen hat rufen lassen, und sie haben sich vorhin auch schon den Kopf darüber zerbrochen, bis ich sie ins Bett scheuchte. Bis morgen früh werden sie das Rätsel gewiß gelöst haben.«

»Du wirst schon mit ihnen fertig«, sagte der Haremswächter.

»Natürlich«, gab sie zurück, »aber ich mag es nicht, wenn in unserer kleinen Welt Unruhe herrscht, Baba Hassan. Doch wenn es sein muß, werde ich nicht zögern, die Unruhestifter zu entfernen.« Mit diesen Worten verließ sie das Zimmer.

Als sie fort war, wurde das Gesicht des Haremswächters wieder ernst. Der Abgesandte der Janitscharen war noch nicht in El Sinut eingetroffen, doch Baba Hassan hatte erfahren, daß bereits ein Mann aus Istanbul aufgebrochen war, um seine Mission zu erfüllen. Es war schlau von den Janitscharen, nur einen Mann loszuschicken, um so keinerlei Verdacht aufkommen zu lassen. Die Frage war nur, wo er mit seiner Mission begann. Würde er zuerst nach Algier reisen oder doch gleich El Sinut aufsuchen? Und wie würde er versuchen, den Dey zu überzeugen? Aruj Aga war immer noch mit seinem Schiff unterwegs. Baba Hassan seufzte. Er mußte jetzt einen kühlen Kopf bewahren. Alles würde so kommen, wie Allah es wollte, doch er haßte die Vorstellung, daß es zu einer Rebellion kommen könnte.

Schon seit längerem herrschte Friede in El Sinut. Als kleinster der Vasallenstaaten des Sultans war er stets in Gefahr, von seinen größeren, mächtigeren Nachbarn geschluckt zu werden. Nur dem Geschick der verschiedenen Deys war es zu verdanken gewesen, daß ihnen dieses Schicksal erspart geblieben war. Natürlich war auch hilfreich gewesen, daß El Sinut über eine verhältnismäßig große Flotte verfügte. Doch mit einer ernstzunehmenden Rebellion gegen den Sultan hatte man es noch nie zu tun gehabt. Jetzt hieß es, zu Allah, dem Barmherzigen, zu beten, daß ihnen Anarchie und Chaos erspart bleiben möge, dachte Baba Hassan bei sich.

6

Guten Morgen, mein Herr. Es ist Zeit zum Aufstehen. Ich habe dir das Frühstück gebracht«, sagte Baba Hassan mit ausdruckslosem Gesicht.

Caynan Reis rollte sich auf den Rücken und öffnete verschlafen die Augen. »Danke, Baba Hassan«, sagte er. »Müssen wir wirklich schon aufstehen?« Er stützte sich auf einen Ellbogen und beugte sich zu India hinüber, um sie wachzuküssen.

»Heute ist der Tag der allgemeinen Audienz, mein Herr«, erinnerte Baba Hassan den Dey. »Natürlich könnte ich sagen, daß du krank bist, aber das würde Betroffenheit hervorrufen, fürchte ich. Soll ich dich zum Bad begleiten?«

»Das ist meine Aufgabe, Baba Hassan«, sagte India und setzte sich im Bett auf; es schien ihr gar nichts auszumachen, daß sie splitternackt war.

»Deine Pflichten haben sich geändert, mein Schatz«, warf der Dey lächelnd ein und küßte sie auf die Nasenspitze.

»Aber ich bade dich gern, Caynan«, erwiderte sie.

»Also schön«, antwortete er, und sie verließen gemeinsam das Bett und schritten Hand in Hand zur Badestube des Dey.

Ein breites Lächeln erschien auf den Lippen des Haremswächters. *Das ist wirklich ausgezeichnet. Die beiden sind tatsächlich verliebt.* Doch im nächsten Augenblick schwand sein Lächeln. Würde India bei ihrem Plan mitmachen und den Dey davor bewahren, sich gegen den Sultan zu wenden? Die Engländer liebten ihre Unabhängigkeit, doch ihrem Herrscher waren auch sie in Treue zugetan. Und das Mädchen war ja wirklich nicht dumm. Wenn sie ihr alles genau erklärten, würde sie bestimmt einsehen, wie vernünftig der Plan war, den Baba Hassan mit Azura ausgeheckt hatte. Er eilte zum Harem, um mit Azura zu sprechen.

Seine Gefährtin hatte jedoch alle Hände voll zu tun, mit den wild durcheinander redenden Frauen fertig zu werden.

»Seid doch endlich still!« donnerte er, und sie wichen erschrocken einen Schritt zurück.

»Jetzt siehst du, wie es mir geht«, murmelte Azura.

»Was ist mit dem Dey los?« fragte die dunkelhaarige Samara geradeheraus.

»Oh, Baba Hassan! Bitte sag uns, ist unser Herr wohlauf?« flehte die schöne Mirmah ihn mit Tränen in ihren blauen Augen an.

»Der Dey erfreut sich bester Gesundheit, meine Damen«, versicherte ihnen der Haremswächter.

»Aber er hat vergangene Nacht keine von uns rufen lassen«, warf die rothaarige Sarai ein. »Er läßt sonst immer eine von uns in sein Bett kommen.«

»Er war nicht allein«, entgegnete Baba Hassan.

»Das englische Mädchen?« stieß Samara voller Verachtung hervor.

»O nein, nicht das englische Mädchen«, warf die blonde Deva im Flüsterton ein. »Sie ist so schön.«

»Ich werde ihr die Augen auskratzen«, knurrte Samara.

»Wenn du das auch nur versuchst, wirst du dich auf dem Sklavenmarkt wiederfinden«, sagte Azura in strengem Ton. »Wie verwöhnt ihr doch alle seid! Eure Pflicht ist es, dem Herrn Freude zu bereiten, und wenn India ihm Freude schenkt, dann solltet ihr euch für ihn freuen. Ich werde keine Eifersucht in diesem Harem dulden, und Caynan Reis wird das ebenfalls nicht zulassen. Wenn ihr euch nicht mit euren Pflichten begnügt, dann werdet ihr euch bei den Janitscharen wiederfinden.« Sie wandte sich von den Frauen ab. »Komm, Baba Hassan«, sagte sie, »wir haben einiges zu besprechen.« Sie führte ihn in ihre Gemächer und sagte: »Komm, setz dich, du hast sicher auch noch nicht gefrühstückt. Wo ist der Dey jetzt?«

»Ich habe die beiden vorhin geweckt«, antwortete der Haremswächter. »Ich habe ihnen das Frühstück gebracht, doch India hat darauf bestanden, ihren Herrn zu baden, so wie sie das während der vergangenen Monate getan hat. Gestern abend habe ich dir gesagt, daß er sie liebt, und heute kann ich dir sagen, daß sie ihn genauso liebt. Es ist genauso, wie wir es uns erhofft hatten, Azura. Jetzt müssen wir nur noch dafür sorgen, daß India unseren Plan unterstützt, damit uns die Dummheit der Janitscharen nicht alle ins Unglück stürzt.«

»Ich werde selbst zum Dey gehen und mich erkundigen, wie er sich Indias Zukunft vorstellt«, sagte Azura. »Bestimmt wird er jetzt nicht mehr erwarten, daß sie ihm als Leibsklavin dient. Ich werde ihr einen schönen Kaftan bringen. Wenn sie wirklich seine Lieblingsfrau ist, dann muß sie ihre eigenen Gemächer haben. Ich bin mit ihr befreundet, seit sie hier ist, und jetzt müssen wir auf dieser Freundschaft aufbauen. Sie ist ein intelligentes Mädchen, und sie wird unser Anliegen gewiß verstehen. Wenn sie ihn wirklich liebt, wie du glaubst, dann wird sie ihn auf alle Fälle schützen wollen. Noch etwas Melone, Baba Hassan?« Sie reichte ihm einen Teller, und während sie zusammen ihr Frühstück einnahmen, unterhielten sie sich ausführlich über die Frage, wie sie den Dey und El Sinut am besten schützen konnten. Als sie fertig waren, ging Azura zur Garderobe für den Harem, um einen erlesenen türkisblauen Kaftan auszuwählen, der mit Schmetterlingen aus Goldfaden bestickt und mit Perlen geschmückt war. Außerdem suchte sie einige blaßgoldene Schleier aus, für den Fall, daß India den Palast heute verlassen würde.

Azura eilte zu den Gemächern des Dey und grüßte ihren Herrn mit einem Lächeln, ehe sie ihm die Kleidungsstücke zeigte. »Ich dachte mir, mein Herr, daß du India heute vielleicht ein wenig anders gekleidet sehen möchtest. Ich habe dieses Gewand hier mitgebracht, um dich zu fragen, ob es dir gefällt.«

»Was meinst du, mein Liebling?« wandte sich Caynan Reis an India.

»Es ist wunderschön, mein Herr. Wenn du nichts dagegen hast, werde ich es gleich heute tragen. Ich möchte dich bitten, daß du mich heute bei der großen Audienz anwesend sein läßt. Ich sehe dir so gerne dabei zu, wie du deine Urteile fällst und Auseinandersetzungen schlichtest. Ich werde gern mit dem Fächer dafür sorgen, daß dir nicht zu heiß wird.«

»Nein, du wirst neben mir sitzen«, sagte er. »Jemand anders wird den Fächer halten. Jetzt geh und zieh deine neuen

Kleider an, während ich mich mit Azura unterhalte«, befahl ihr der Dey, und India nahm die Gewänder und eilte ins Schlafzimmer. »Ich möchte, daß ihr, du und Baba Hassan, heute auch im Audienzsaal seid – und die Mädchen aus dem Harem ebenfalls. Setz sie hinter einen Wandschirm, so daß sie zusehen können, ohne selbst gesehen zu werden.«

»Findet irgend etwas Besonderes statt, das ich vielleicht vergessen habe?« wollte Azura wissen.

Er lachte, und es klang so fröhlich und befreit, daß sie nur so staunte; in all den Jahren, seit sie ihn kannte, hatte sie ihn nicht ein einziges Mal so lachen hören. »Ich werde sie heiraten«, sagte der Dey. »Jetzt tu nicht so erstaunt, meine Liebe«, neckte er Azura. »Du und Baba Hassan habt sie mir doch die ganze Zeit unter die Nase gehalten. Ihr wolltet doch, daß das passiert, und ich muß zugeben, daß ich euch anfangs für verrückt gehalten habe – aber wie es scheint, kennt ihr mich besser, als ich mich selbst kenne.«

»Es ist doch nur natürlich für einen Mann, daß er sich wünscht, zu lieben und selbst geliebt zu werden, mein Herr«, antwortete Azura ein wenig zögernd.

»Ha!« lachte er auf. »Ihr habt die ganze Sache doch eingefädelt!«

»Mein Herr.« India war aus dem Schlafzimmer zurückgekehrt.

Caynan Reis' Augen weiteten sich vor Bewunderung. »Allah!« rief er aus. »Wie schön du doch bist, mein Liebling.«

»Dann gefällt es dir also?« Sie schenkte ihm ein glückliches Lächeln und wandte sich dann Azura zu. »Ich danke dir, daß du mir ein so wunderbares Stück gebracht hast.«

Azura nickte und wandte sich an den Dey: »Du willst doch bestimmt, daß India ihre eigenen Gemächer hat, nicht wahr, mein Herr?«

»Ja. Laß die leeren Zimmer neben den meinen für sie vorbereiten«, antwortete er.

»Aber, mein Herr, diese Zimmer befinden sich nicht innerhalb des Harems«, erinnerte Azura ihn ein wenig erstaunt.

»Der Harem ist für meine Konkubinen«, erwiderte er. »Die Räume in meiner Nähe sind für meine Gemahlin. Ich möchte nicht, daß meine Gemahlin fern von mir ist. India wird die Herrin meines Hauses sein und meine Kinder aufziehen – aber du, meine liebe Azura, wirst weiterhin Herrin über den Harem sein.«

»Jawohl, mein Herr«, antwortete Azura. Allah! Er liebte sie tatsächlich! Sie verneigte sich höflich vor ihm und verließ die Gemächer des Dey, um so rasch wie möglich zu Baba Hassan zu eilen. Sie mußte ihm unbedingt alles erzählen, was sie erfahren hatte, und auch die Mädchen des Harems auf die kommenden Ereignisse vorbereiten. Sie unterließ es jedoch, ihnen zu erzählen, daß der Dey die Absicht hatte, zu heiraten. Dieses kleine Geheimnis sollte er selbst lüften. Die Konkubinen würden gewiß betrübt über all die Veränderungen sein – und es war Azuras Aufgabe, ihnen zu versichern, daß sie einen festen Platz im Hause des Dey hatten. Er würde wohl ihre Gesellschaft fürs Erste nicht mehr so häufig in Anspruch nehmen, wie er dies in der Vergangenheit getan hatte, doch sie würden sich schon an die neue Situation gewöhnen. Sollte eine von ihnen Schwierigkeiten machen, würde Azura sie verkaufen und durch ein anderes Mädchen ersetzen.

Azura war zwar überaus froh, daß Caynan Reis sich eine Frau nahm und Kinder haben würde, doch Indias Einfluß auf ihren Gemahl durfte nicht so groß werden, daß er von seinen treuen Dienerinnen nichts mehr wissen wollte. Selbstverständlich müßte es irgendwann eine zweite Frau geben, oder wenigstens eine Lieblingskonkubine. India würde jedoch die einzige Frau bleiben, die ihm Söhne schenkte, damit El Sinut nicht die gleichen mörderischen Auseinandersetzungen erlebte, wie man sie von der Hohen Pforte kannte, wo die Frauen des Sultans einander bis aufs Messer bekämpften, um ihren Söhnen zur Macht zu verhelfen. Genau diese Rivalitäten hatten letztlich zu einer Schwächung des Reiches geführt, wodurch es den machtgierigen Janitscharen erst möglich geworden war, geheime Pläne zur Machtübernahme zu schmieden. Im Kampf gegen die Verschwörung der Janitscharen war India schon allein deshalb von großer Bedeutung, weil sie den Dey glücklich machte und ihn dadurch positiv beeinflußte.

»Kommt, meine Damen«, sagte sie, als sie in den Harem zurückkam. »Zieht eure feinsten Kleider an – ihr sollt an der Audienz des Dey teilnehmen.«

Mit Freudenschreien eilten die Frauen davon, um ihre schönsten Kleider auszuwählen und den prächtigsten Schmuck herauszusuchen. Sie riefen nach ihren Sklavinnen, die ihnen Parfums sowie verschiedene Cremes zur Schönheitspflege bringen sollten. Azura verfolgte das Ganze mit einem Lächeln auf den Lippen; sie sah, wie Samara leuchtend rote Kleider wählte, während die ebenfalls brünette Leah ein rosafarbenes Gewand anlegte. Die rothaarige Sarai war besonders prächtig in Grün und Gold gekleidet, während die vier blonden Mädchen sich für blasse Pastellfarben entschieden und sich in Rosa, Himmelblau, Pfirsichfarben und Apfelgrün kleideten. Nachdem die sieben Frauen auch noch ihre dazupassenden Schleier auf das mit Edelsteinen geschmückte Haar gesetzt hatten, um ihre hübschen Gesichter zu bedecken, führte Azura sie in den Audienzsaal.

Baba Hassan bahnte ihnen einen Weg durch die wartende Menge, die hocherfreut war, einen Blick auf die Haremsfrauen des Dey werfen zu können. Baba Hassan führte die Frauen in den Saal mit seinen grün und weiß gesprenkelten Säulen und ließ sie hinter einem Wandschirm Platz nehmen, von wo sie den Thron des Dey sehen konnten.

Samara zählte rasch die bereitstehenden Stühle. Es waren nur acht – also gerade genug für den Harem und Azura. Sie lächelte zufrieden. »Offensichtlich genießt das englische Mädchen nicht dieselben Vorrechte wie wir«, wandte sie sich selbstgefällig an die anderen Mädchen. »Bestimmt hat sie ihm nicht viel Freude bereitet.«

»Sie ist ja auch nur seine Leibsklavin«, warf Deva ein.

»Genau!« stimmte Samara ihr zu. »Sie bleibt in ihrer niedrigen Stellung und kann sich mit uns nicht messen.«

»Ich glaube, sie muß ihm doch Freude bereitet haben«, warf die blonde Layla ein. »Seht nur!«

Azura mußte sich das Lachen verbeißen, als sie die verblüfften Gesichter der sieben Frauen sah, die mit großen Augen zu dem Podium hinüberblickten, wo Caynan Reis stand. Neben ihm aber stand India, deren goldener Schleier im Morgenlicht glitzerte. Ringsum breitete sich eine erwartungsvolle Stille aus. India hielt den Kopf leicht gesenkt, was einen bescheidenen, aber nicht unterwürfigen Eindruck vermittelte.

Dann wandte sich der Dey an die Anwesenden. »Ich habe heute gute Neuigkeiten für euch«, sagte er. »Ich bin der glücklichste Mann der Welt, denn ich habe beschlossen, mir eine Gemahlin zu nehmen. Ich werde den Obersten Imam ersuchen, mich mit dieser Frau zu verheiraten, noch bevor die Sonne heute abend untergeht.« Er nahm Indias Hand in die seine und trat mit ihr ein paar Schritte vor. »Hier seht ihr die Frau, die mir die größte Freude geschenkt hat, die ich je erlebt habe.«

Daraufhin kniete India zu Azuras Erstaunen nieder, küßte den Saum seines mit Edelsteinen besetzten Umhangs und neigte den Kopf bis zum Boden hinunter. Im ganzen Saal brach lauter Jubel aus, während Caynan die junge Frau aufhob und den Arm um ihre Schultern legte. Er führte sie zu einem niedrigen, mit Satin bezogenen Stuhl und ließ sie dort Platz nehmen, ehe er sich auf seinen Thron setzte. Baba Hassan blickte zu dem Wandschirm hinüber, und Azura wußte, daß der Blick ihr allein galt. Er drückte damit aus, was Azura schon seit langem wußte: daß India einen starken Charakter hatte. Sie erwies dem Dey jenen Respekt, der ihm als Herrscher von El Sinut gebührte, wodurch sie ihm gewiß nur noch mehr ans Herz wuchs. Zweifellos wußte sie nun, wo ihr Schicksal und ihre Zukunft lagen.

»Erstaunlich«, sagte Sarai nachdenklich. »Ich hätte nie gedacht, daß man den Weg zum Herzen des Dey findet, indem man sich sträubt.« Sie zuckte die Achseln, so als schicke sie sich in das Unvermeidliche.

»Kein Grund zu verzweifeln«, murmelte Nila. »Der ersten Frau folgt bald schon die zweite. Wir werden schon unsere Chance bekommen, wenn unser Herr das widerspenstige Mädchen satt hat.«

»So widerspenstig hat sie aber eben nicht gewirkt«, wandte die scharfsinnige Samara ein. »Sie ist schlau. Viel schlauer als ich gedacht hätte, das kleine Miststück!«

»Wir sollten ihr eine Chance geben«, warf Mirmah ein, und Leah nickte zustimmend. »Wir kennen sie doch überhaupt nicht. Sie wird jetzt bei uns im Harem leben, und vielleicht werden wir ja sogar Freundinnen. Sie ist immerhin die erste Frau des Dey, und die erste Frau hat immer den größten Einfluß.«

»Nicht immer«, erwiderte Samara.

Azura mischte sich nicht in das Gespräch ein und gab ihnen nach einer Weile ein Zeichen, still zu sein, denn die Audienz begann. Sie würden noch früh genug merken, daß India nicht im Harem untergebracht sein würde, was unweigerlich zu noch größerer Eifersucht führen würde. Samara war ganz offensichtlich eine Unruhestifterin, und auch Nila und Sarai würde Azura im Auge behalten müssen. Mirmah hingegen schien Qualitäten zu besitzen, die Azura bisher nicht bemerkt hatte. Sie würde Baba Hassan davon berichten, denn möglicherweise kam Mirmah irgendwann als zweite Frau für den Dey in Frage. Sie bildete vielleicht das ideale Gegengewicht zu der eigenwilligen India. Mirmah war eine Tscherkessin, die von klein auf für den Harem erzogen worden war und die wußte, wie man einem Herrn am besten diente.

Der Dey war bestrebt, die öffentliche Audienz so rasch wie möglich hinter sich zu bringen, ohne dabei einen der Bittsteller zu vernachlässigen. Doch die Anwesenden hatten Verständnis dafür, daß seine Gedanken an diesem Tag woanders waren – und so erklärten sich viele bereit, mit ihrem Anliegen an einem anderen Tag wiederzukommen. Rasch leerte sich der Saal, denn die meisten der Anwesenden konnten es ohnehin kaum erwarten, in die Stadt zu gelangen und aller Welt die frohe Kunde zu berichten.

Als die Audienz schließlich vorüber war, trat Baba Hassan vor, verneigte sich vor seinem Herrn und sagte: »Soll ich India in die Frauenmoschee bringen, mein Herr, damit sie auf die Hochzeit vorbereitet werden kann?«

Caynan Reis nickte und wandte sich an India. »Du wirst dich speziellen Waschungen unterziehen, mein Liebling. Dann wird dir ein Imam einige Fragen stellen. Baba Hassan wird für dich übersetzen, was du nicht verstehst, und dir auch sagen, wie du antworten mußt.«

India erinnerte sich an verschiedene Geschichten, die man ihr einst zu Hause erzählt hatte. »Du möchtest, daß ich mich zum Islam bekehre«, sagte sie.

Er nickte. »Das ist notwendig, damit du meine Gemahlin werden kannst«, antwortete er. »Es ist durchaus üblich, daß Gefangene das tun«, fügte er hinzu.

Worte. Es waren doch bloß Worte, die sie zu sagen hatte. Was sie in ihrem Herzen trug, wußte nur Gott allein. Ihre Urgroßmutter war in einer ähnlichen Situation ebenfalls zum Islam übergetreten. Und die Urgroßmutter ihres Stiefvaters hatte das gleiche getan. *Mein eigener Großvater, den ich nie persönlich gekannt habe, aber von dem Mama immer sprach, der große Akbar, war der festen Überzeugung, daß alle Religionen den gleichen Wert hätten. Ich muß doch dadurch Christus nicht verleugnen.* »Ich werde es tun, mein Herr, aber dafür bitte ich dich um einen Gefallen.«

»Komm mit mir, mein Schatz«, sagte er und nahm sie am Arm, während er Baba Hassan mit einem Blick zu verstehen gab, daß er einen Augenblick mit ihr allein sein wollte. Als sie ein paar Schritte beiseite getreten waren, so daß niemand sie hören konnte, fragte er sie: »Was möchtest du von mir, India?«

»Ich habe dir erzählt, daß meine Mutter die Tochter des Großmoguls Akbar war. Als sie dreizehn Jahre alt war, wurde sie mit ihrem ersten Ehemann, einem jungen Prinzen, verheiratet. Der Prinz war ein überzeugter Moslem, doch meine Mutter – auch wenn sie alle Religionen respektierte – war eben Christin. Auf ihre Bitte hin wurde sie heimlich auch christlich getraut. Weil er sie liebte, hat der Prinz ihr diesen Wunsch erfüllt. Würdest du dasselbe für mich tun, mein Herr? Gibt es einen christlichen Priester hier in El Sinut, der uns trauen würde und es für sich behielte, um dich nicht in Gefahr zu bringen?«

Er überlegte eine Weile und sagte schließlich: »Ich bin mir nicht sicher, wem ich von der kleinen christlichen Gemeinde vertrauen kann, India. Doch ich verspreche dir, dich, noch bevor unser erstes Kind zur Welt kommt, auch in deinem Glauben zu heiraten. Ist dir dieses Versprechen genug, mein Schatz?«

»Ja«, antwortete sie. »Denn ich habe in den Monaten, die ich dir als Leibsklavin gedient habe, gesehen, daß du ein Ehrenmann bist.«

»Tatsächlich?« Ihre Worte berührten ihn zutiefst. Es war ihm nicht aufgefallen, daß sie ihn so genau beobachtet hatte. Durch ihr Lob ermuntert, fragte er sie: »Liebst du mich denn ein klein wenig, India? Oder heiratest du mich nur, weil es vorteilhaft ist?«

»Ich glaube, ich fange an, dich zu lieben. Ich weiß jedenfalls, daß ich dich nicht hasse. Es ist mir nun klar, daß alles, was man mir zu Beginn gesagt hat, wahr ist; ich werde nicht nach England zurückkehren – und selbst wenn ich die Möglichkeit dazu hätte, wäre es dort alles andere als leicht für mich. Ist es denn unter diesen Umständen nicht ratsam, mein Schicksal anzunehmen und zu versuchen glücklich zu werden?« Sie blickte ihn mit einem schüchternen Lächeln an.

»Ja«, antwortete er, zufrieden mit ihrer ehrlichen Antwort. Dann ging er mit ihr zu Baba Hassan zurück. »Bereite alles vor, was nötig ist«, wandte er sich an den Haremswächter. »Ich werde den Imam aufsuchen.«

»Wir müssen den Palast verlassen und zur Frauenmoschee gehen«, teilte Baba Hassan ihr mit. Er gab den Sklavinnen verschiedene Anweisungen, und wenig später saß India in einer Sänfte, um zum ersten Mal, seit sie vor fünf Monaten in El Sinut angekommen war, den Palast zu verlassen.

Die Frauenmoschee war ein prachtvolles Gebäude aus weißem Marmor. Im Inneren standen ganze Reihen von Säulen aus rotem und weißem Marmor, über denen sich hufeisenförmige Bögen wölbten. Baba Hassan übergab sie in die Hände einer alten Frau, die sie in das Bad brachte, wo die rituellen Waschungen vorgenommen wurden. India hatte das Gefühl, von allen Anwesenden mit großem Respekt behandelt zu werden. *Es ist ein wenig so, wie wenn man einen König heiratet.* Und dadurch, daß sie den Dey heiratete, war sie ja tatsächlich so etwas wie eine Königin.

Als sie fertig gebadet und massiert war, brachte man ihr frische Kleider: einen cremefarbenen Kaftan, der mit Silber- und Goldfäden bestickt und mit Perlen und Diamanten besetzt war. Ihre schwarzen Locken wurden mit Duftölen bestäubt, gebürstet und anschließend mit Perlen geschmückt. Dann befestigte man einen gold- und silberdurchwirkten Schleier auf ihrem Haar und bedeckte mit einem dazupassenden Schleier ihr Gesicht. Zuletzt zog man ihr weiche, mit Blattgold geschmückte Schuhe an.

»Das wäre alles, meine Herrin«, sagte die oberste Dienerin des Badehauses, die die Waschungen beaufsichtigt hatte. Dann führte sie India zurück in den Hof, wo Baba Hassan wartete.

»Komm«, forderte der Haremswächter sie auf. »Wir werden jetzt den Imam der Frauenmoschee aufsuchen. Ich werde alles für dich übersetzen.«

Sie wurde zu einem alten Mann mit weißem Bart gebracht. Er wirkte zwar etwas gebrechlich, hatte aber sehr kluge Augen, mit denen er sie durchdringend ansah. Instinktiv verneigte sich India vor ihm und wartete dann mit gesenktem Blick, daß er das Wort an sie richtete.

»Der Dey hat eine schöne Frau erwählt, Baba Hassan«, sagte der Imam. »Weiß sie, warum sie hier ist?«

»Jawohl, mein Herr«, sagte India, ehe Baba Hassan antworten konnte. »Ich bin gekommen, um den Islam anzunehmen, damit mein Herr, Caynan Reis, mich heiraten kann.«

Baba Hassan lächelte still über ihre in ausgezeichnetem Arabisch gesprochenen Worte.

Der Imam nickte. »Hast du je vom Islam gehört, bevor du nach El Sinut kamst, meine Tochter? Unser Glaube ist sehr alt, wenn auch nicht ganz so alt wie das Christentum, und schon gar nicht wie das Judentum.«

»Ich hatte schon vom Islam gehört, ehrenwerter Imam«, antwortete India. »Verehren wir denn nicht alle denselben Gott?«

»In der Tat, meine Tochter, so ist es. Komm, setz dich zu mir, damit ich dir von den fünf Säulen des Islam erzählen kann, auf die sich unser Glaube stützt.«

Sie setzten sich auf einen niedrigen Diwan, während Baba Hassan hinter ihnen stand. »Um ein guter Moslem zu sein«, fuhr der Imam fort, »mußt du an Gott glauben, außerdem an seine Engel, seine Bücher, seine Propheten sowie den Jüngsten Tag, an dem alle Menschen gerichtet werden. Unser Glaubensbekenntnis lautet: *Es gibt keinen Gott außer Gott, und Mohammed ist der Gesandte Gottes.* Würdest du mir das nachsprechen, meine Tochter?«

»Es gibt keinen Gott außer Gott, und Mohammed ist der Gesandte Gottes«, wiederholte India seine Worte.

»An Engel wirst du als Christin ohnehin glauben, und die Propheten kennst du gewiß aus eurer Heiligen Schrift. Unser heiliges Buch ist der Koran. Wir anerkennen auch die Schriften von Abraham, die Thora, die Psalmen Davids sowie das Evangelium von Jesus Christus als heilige Schriften. Die zweite Säule unseres Glaubens ist das Gebet. Wir beten fünfmal täglich. Nach dem Aufstehen, am frühen Nachmittag, am späten Nachmittag, bei Sonnenuntergang und zuletzt vor dem Schlafengehen. Die dritte Säule ist das Almosengeben. Genauso wie Christen und Juden glauben wir an die Mildtätigkeit gegenüber denen, die ein schwereres Schicksal zu tragen haben als wir. Die vierte Säule verlangt von uns, daß wir einen Fastenmonat einhalten, den wir Ramadan nennen. Zwischen Sonnenaufgang und Sonnenuntergang verzichten wir darauf, zu essen, zu trinken, zu rauchen und intimen Kontakt mit unseren Frauen zu haben. Die fünfte und letzte Säule des Islam verlangt von uns, zumindest einmal im Leben eine Wallfahrt nach Mekka zu unternehmen, wenn es irgendwie möglich ist. Das sind die Dinge, auf denen unser Glaube beruht. Kannst du sie annehmen, meine Tochter?«

»Ja«, antwortete India, ohne zu zögern.

»Nun, meine Tochter, wo du den Islam angenommen hast, hast du die Erlaubnis, den Dey zu heiraten«, sagte der alte Mann. »Eines möchte ich dir noch sagen: Es ist die Pflicht eines jeden Mannes, zu heiraten und Nachkommen zu zeugen, doch die Ehe hat nicht die religiöse Bedeutung eines Sakramentes wie im Christentum, sondern sie ist ein Vertrag zwischen zwei Menschen. Der Dey wird dir eine Morgengabe überreichen, die dir allein gehört. Du mußt deinem Gemahl in allem gehorchen, meine Tochter. Sollte er irgendwann den Wunsch haben, sich von dir zu trennen, so bleibt dir die Morgengabe. Wir können die Scheidung jedoch nicht gutheißen und raten allen Männern davon ab.«

»Was ist, wenn eine Frau sich von ihrem Gemahl trennen möchte, ehrenwerter Imam?« wollte India wissen.

»Das ist nicht gestattet«, antwortete er und erhob sich langsam von seinem Platz. »Baba Hassan, du kannst die junge Dame nun zur Trauung führen. Der Oberste Imam von El Sinut wartet schon auf sie.«

India verabschiedete sich von dem Geistlichen und folgte Baba Hassan in die Hauptmoschee, die sich direkt neben der Frauenmoschee befand. Sie mußten lediglich einen Hof überqueren, der zur Hälfte im Schatten der Wintersonne lag. Es war bereits später Nachmittag. Baba Hassan führte sie in einen kleinen Raum, von dem man den Garten überblicken konnte. Azura wartete auf sie zusammen mit dem Dey und dem Obersten Imam.

Der Imam Abd Allah war ein stattlicher Mann, der einen sehr sachlichen Eindruck machte. »Laßt uns beginnen«, sagte er. »Die Morgengabe ist vorbereitet, mein Herr? Gut!« Er wandte sich India zu. »Bist du bereit, diesen Mann zu deinem Ehemann zu nehmen?«

»Ja«, antwortete India mit leiser Stimme.

»Ausgezeichnet«, stellte der Imam lächelnd fest. »Schön. Ich werde jetzt euer Zeuge sein, wenn ihr das Ehegelübde sprecht. Du darfst beginnen, mein Dey.«

Caynan Reis nahm Indias Hand in die seine. »Azura wird dir die Worte leise vorsagen, wenn es soweit ist«, versicherte er ihr. Dann sprach er mit einem Lächeln sein Gelübde. »Ich, Caynan Reis, nehme dich, India, zu meiner mir angetrauten Ehefrau. Vor Gott und den hier Versammelten und in Übereinstimmung mit den Lehren des Koran gelobe ich, alles zu tun, damit diese Ehe zu einem Akt des Gehorsams gegenüber Gott werde, zu einer Gemeinschaft der Liebe und Barmherzigkeit, des Friedens und der Treue. Gott sei mein Zeuge, denn Gott ist der beste aller Zeugen. Amen.« Seine tiefblauen Augen waren direkt auf die ihren gerichtet, als er diese Worte sprach.

India spürte, wie ihr die Röte in die Wangen stieg. Sie war im Begriff zu heiraten, wenn auch ganz und gar nicht so, wie sie sich das vorgestellt hatte. Für einen Augenblick stiegen die Tränen in ihr hoch, und sie wünschte sich, ihre Eltern und Geschwister könnten jetzt hier bei ihr sein. Sie war nicht unglücklich mit ihrer Entscheidung, doch sie vermißte jene Menschen, die sie am meisten liebte. Er drückte ihre Hand, und sie blickte in sein hübsches Gesicht und lächelte ihm durch den Schleier zu, während sie begann, ihr Gelübde zu sprechen.

»Ich, India, nehme dich, Caynan, zu meinem mir angetrauten Ehemann. Vor Gott und den hier Versammelten und in Übereinstimmung mit den Lehren des Koran gelobe ich, alles zu tun, damit diese Ehe ein Akt des Gehorsams gegenüber Gott werde, zu einer Gemeinschaft der Liebe und Barmherzigkeit, des Friedens und der Treue. Gott sei mein Zeuge, denn Gott ist der beste aller Zeugen. Amen.«

»So sei es denn«, sagte Abd Allah mit einem breiten Lächeln. »Ich beglückwünsche dich, mein Dey. Wir freuen uns alle, daß du endlich eine Gemahlin an deiner Seite hast. Möge die Verbindung gesegnet sein, und möge deine Gemahlin dir viele prächtige Söhne schenken.«

»Ich werde zusehen, daß sie ihre Pflicht erfüllt«, antwortete der Dey mit einem breiten Lächeln.

»Komm«, sagte Azura und nahm India am Arm. »Wir müssen möglichst ungesehen zum Palast zurückkehren. Die Diener haben den ganzen Tag gearbeitet, um deine Gemächer fertigzustellen. Ich glaube, du wirst zufrieden sein.« Die beiden Frauen stiegen in die Sänfte, während Baba Hassan neben ihnen herging. »Und du mußt noch vor Sonnenuntergang den Harem besuchen.«

»Warum?« wollte India wissen. »Ich werde ja nicht dort leben. Diese Frauen haben mich schon gehaßt, bevor ich meinen Herrn geheiratet habe. Wie wird es dann erst jetzt sein? Ich bin zufrieden damit, daß sie in ihrem Teil des Palastes bleiben und ich in dem meinen.«

»Der Dey wird seinen Harem nicht aufgeben, India«, sagte Azura. »Es wäre sehr unklug von dir, anzunehmen, daß du seine einzige Frau sein wirst. Er hat in dieser Hinsicht einen ausgeprägten Appetit. Es wird Zeiten geben, in denen du unrein bist oder ein Kind in dir trägst. Du kannst nicht von ihm erwarten, daß er seine Begierden in dieser Zeit unterdrückt. So etwas wäre auch ungesund. Du bist jetzt das Oberhaupt seiner Frauen, und du mußt mit diesen dummen Geschöpfen Frieden schließen – um deines Ehemannes willen. In seinem Haus muß Ruhe und Frieden herrschen. Nun, ich möchte dir nur so viel sagen: Von den sieben Frauen ist Samara die gefährlichste. Sei streng, aber gerecht zu ihr. Sie wird dich nicht mögen, aber vielleicht gelingt es dir, sie von Dummheiten abzuhalten. Wenn nicht, dann werde ich sie verkaufen. Nila ist die schlaueste von ihnen; sie wird stets auf ihren Vorteil bedacht sein, deshalb darfst du ihr nicht trauen. Mirmah hingegen kannst du trauen, glaube ich. Sie ist sanft und gutmütig. Was die anderen betrifft, sie sind harmlos, wenn sie auch eine spitze Zunge haben. Ich habe kleine Geschenke für dich ausgesucht, die du ihnen darbringen kannst. Jedes ist anders, aber keines ist wertvoller als die anderen. Sie werden sich bestimmt freuen.«

India seufzte tief. »Na schön«, sagte sie. »Ich werde deinem Rat folgen, Azura. In diesen Dingen weißt du gewiß am besten, was zu tun ist.«

Azura lachte. »Du bist zu jung, um ohne Freundinnen zu sein, India. Die Frauen des Harems werden wie Schwestern für dich sein. Manche wirst du gern haben, andere wieder wirst du vielleicht hassen, aber ihr werdet schon miteinander auskommen.«

»Du klingst so überzeugt«, wandte India ein.

»Ich lebe jetzt schon seit über dreißig Jahren im Harem«, erwiderte Azura. »Du hast solches Glück! Sharif, mein damaliger Herr, nahm keine seiner Frauen zur Gemahlin. Er fürchtete seine Feinde zu sehr. Ich war zwar seine Lieblingsfrau, doch ich mußte seine Zuneigung mit den anderen Frauen des Harems teilen. Es war nicht immer leicht für mich, doch es machte ihn glücklich, daß ich für Ruhe und Frieden in seinem Hause sorgte. Ich habe mich nie bei meinem Herrn über die anderen beklagt. Sie waren dumm und lagen ihm ständig in den Ohren, weil sie mich ausstechen wollten. Aber mein Bestreben galt einzig und allein seinem Wohl. Ich habe um nichts gebeten und doch alles bekommen. Auch wenn du jetzt die Gemahlin des Dey bist, India, könntest du doch von meinem Beispiel profitieren«, fügte sie hinzu.

»War Baba Hassan schon damals in seiner heutigen Stellung?« wollte India wissen.

»Nein, der Haremswächter war damals der alte Baba Mahmud. Er starb kurz nach Sharif, meinem Herrn. Baba Hassan war mein persönlicher Diener, und Caynan Reis erhob ihn auf mein Anraten hin in seine heutige Stellung. Baba Hassan und ich, wir lieben Caynan Reis, als wäre er unser Sohn. Wir würden alles tun, um ihn glücklich zu sehen.«

»Wer ist er eigentlich?« überlegte India laut. »Ich weiß gar nichts über ihn, außer daß er selbst einst ein Gefangener war. Ich weiß nicht einmal, aus welchem Land er stammt oder was für eine Stellung er in seinem früheren Leben innehatte.«

»Er ist achtundzwanzig Jahre alt«, teilte Azura ihr mit. »Was das andere betrifft – spielt das denn eine Rolle? Das hat doch mit dem Heute nichts zu tun. Du liebst Caynan Reis, das ist alles, was zählt. Dein Platz ist hier bei ihm und nicht irgendwo an einem fernen Ort.«

India nickte. »Du hast recht, Azura. Die Vergangenheit zählt nicht mehr. Wir müssen in der Gegenwart leben.« Sie seufzte. »Ich wünschte nur, meine Familie wüßte, wie glücklich ich bin. Es betrübt mich, ihnen durch meine unüberlegte Flucht so viel Kummer bereitet zu haben.«

»Wenn sie wüßten, wo du bist«, sagte Azura, »dann würden sie bestimmt versuchen, dich zurückzuholen. Vielleicht darfst du ihnen in einigen Jahren, wenn du Kinder hast, eine Nachricht schicken.«

»Meine Großmutter würde besser als jeder andere verstehen, wie es mir geht«, sagte India. »Sie war einst in ihrer Jugend in einer ähnlichen Situation und wurde die vierzigste Frau des Großmoguls Akbar.«

»Und doch ist sie nach England zurückgekehrt?« fragte Azura erstaunt.

»Ihre Familie bekam heraus, wo sie war, und verlangte sie zurück, vor allem, weil ihr Gemahl, der Earl von BrocCairn, den sie selbst für tot hielt, noch am Leben war. Sie hatte gedacht, er wäre in einem Duell gestorben, und war mit ihrem älteren Bruder nach Indien gefahren, um ihre Eltern zu treffen. Dabei wurde sie entführt und zu meinem Großvater geschickt. Als ihre Familie sie fand, war sie bereits schwanger. Mein Großvater gestattete ihr jedoch nicht, das Kind nach England mitzunehmen, so daß Mama an Akbars Hof aufwuchs. Meine Familie läßt sich mit kaum einer anderen vergleichen«, fügte India hinzu.

»Das kann man wohl sagen!« stimmte Azura ihr zu. »Ah, da sind wir ja endlich«, sagte sie, als die Sänfte mit einem spürbaren Ruck niedergestellt wurde. »Komm mit, India, ich zeige dir deine neuen Gemächer. Dann müssen wir aber den Harem aufsuchen«, fügte sie hinzu und lachte, als die Jungvermählte die Nase rümpfte.

Indias neue Gemächer grenzten direkt an die ihres Gemahls. Sie verfügte über zwei Räume und ein kleines Dienstbotenzimmer sowie den Garten, den sie sich mit ihrem Gemahl teilte. Das Wohnzimmer hatte weiße Wände und war mit roten Steinplatten ausgelegt. In der Mitte befand sich ein kleiner Springbrunnen. Das Zimmer war vollständig eingerichtet, mit mehreren Diwanen aus blau- und gelb-gestreiftem Satin, einigen niedrigen Tischen aus Ebenholz und einem großen rechteckigen Tisch aus Zedernholz, auf dem eine Karaffe mit Zitronensorbet sowie eine blauweiße Schüssel mit frischen Früchten standen. Große farbenfrohe Kissen mit goldenen Quasten und bronzene Stehlampen rundeten das Bild ab. Von der Decke hingen Lampenschirme aus buntbemaltem Glas und Messing. In den Bögen, die zum Garten hinausführten, hingen seidene Vorhänge.

Das Schlafzimmer war sehr einfach eingerichtet. Auf einem Podium stand das Bett, dessen Matratze mit silber- und blaufarbener Seide bezogen war. Auch hier waren mehrere Kissen mit Quasten zu sehen. An den Wänden standen mehrere Schränke aus Zedernholz, und auf einem hübschen Tisch mit geschnitzten Beinen befand sich ein Handspiegel mit dazupassender Haarbürste. Am Bett stand ein niedriger Tisch mit einer silbernen Lampe, in der parfümiertes Öl brannte.

»Gefällt es dir?« wollte Azura wissen.

India nickte. »Es ist wunderschön. Du mußt unbedingt den Dienern meinen Dank übermitteln. Sie haben es wirklich schön gemacht. Was ist in den Truhen?«

»Ein Teil deiner Morgengabe, nehme ich an. Kleider, Edelsteine, Duftöle. Das alles kannst du dir ja später genauer ansehen.«

»Der Harem«, sagte India resignierend. »Wo sind die Geschenke?«

»Baba Hassan wird sie bringen, wenn wir soweit sind«, antwortete Azura. »Je eher du gehst, desto früher kannst du bei deinem Gemahl sein. Sehnst du dich denn nicht nach seinen Küssen und Umarmungen?«

India erröte und nickte. »Dann laß uns gehen«, sagte sie.

Als sie den Harem betraten, wurde es mit einem Mal still im Raum, und sieben Augenpaare waren auf India gerichtet.

»Verneigt euch vor der Gemahlin unseres Herrn, der Herrin des Hauses«, forderte Azura sie auf. Im nächsten Augenblick verbeugten sie sich ausnahmslos, auch Samara, wie Azura mit Genugtuung feststellte.

»Ich danke euch für die Begrüßung«, sagte India. »Ich habe euch allen kleine Geschenke mitgebracht – zur Feier meiner Hochzeit.« Sie wandte sich dem Haremswächter zu. »Baba Hassan, du weißt, welches Geschenk für welche Dame ist. Würdest du sie ihnen für mich überreichen? Ich muß zugeben, daß ich sie nicht selbst ausgesucht habe, denn ich kenne euch leider noch nicht gut genug – aber betrachtet sie trotzdem als mein Geschenk an euch.« Sie lächelte ihnen zu.

»Wird der Harem weiter bestehen?« fragte Samara frei heraus, wie es ihre Art war.

»Ob der Harem weiter besteht oder nicht, das entscheide nicht ich. Das ist allein Sache des Dey. Ich habe jedenfalls nichts dagegen, daß ihr hier seid, solange im Haus Friede herrscht. Zank und Streit können wir hier nicht dulden, Samara.«

Ihre Antwort schien die Frauen zu beruhigen, und so traten sie vor, um ihre Geschenke entgegenzunehmen. Die gutmütige Mirmah nahm Indias Hände in die ihren und drückte sie an ihre Stirn – eine Geste der Ehrerbietung gegenüber der neuen Herrin. Die anderen Mädchen folgten sogleich Mirmahs Beispiel. Samara war die letzte – offensichtlich kostete es sie einige Überwindung. India lächelte jeder einzelnen von ihnen zu – nicht allen gleich herzlich, aber immerhin –, als sie ihnen die Geschenke aushändigte, die in Seidentücher gehüllt waren. Die Damen stießen kleine Freudenschreie aus, als sie ihre Geschenke begutachteten, denn Baba Hassan war nicht geizig gewesen. Sie zeigten einander ihre Ohrringe und Halsketten, und alle waren zufrieden.

»Möchtest du eine kleine Erfrischung mit uns einnehmen, Herrin?« fragte Mirmah.

»Mit Vergnügen«, antwortete India und stellte fest, daß Azura sich zurückgezogen hatte.

Die Frauen führten India zum Diwan und ließen sie in ihrer Mitte Platz nehmen, während die Sklavinnen Traubensorbet, Honigkuchen und gehackte Nüsse brachten, außerdem Teigtaschen, die mit Rosinen, Nüssen und Honig gefüllt waren, sowie süße Datteln und saftige Feigen.

»Ihr wißt, daß ich Engländerin bin«, sagte sie, während sie aßen. »Ich möchte alles über euch wissen. Mirmah ist Tscherkessin, das hat Azura mir schon gesagt, aber was ist mit den anderen?«

»Ich bin Französin«, sagte Nila. »Ich bin siebzehn Jahre alt und kam mit fünfzehn in den Harem. Der Dey von Algier, mein erster Herr, hat mich unserem Herrn geschenkt.«

»Wir sind aus Griechenland«, sagte Layla und zeigte dabei auf sich und Deva. »Wir stammen aus demselben Dorf und sind seit unserem zehnten Lebensjahr Sklavinnen. Baba Hassan hat uns vor drei Jahren auf dem Sklavenmarkt von El Sinut gekauft.«

»Ich komme aus Venedig«, sagte Sarai. »Ich stamme aus einer Familie von reichen Kaufleuten. Ich war auf dem Weg nach Neapel, um verheiratet zu werden, als unser Schiff gekapert wurde. Nachdem der Piratenkapitän mir Gewalt angetan hatte, überließ er mich dem Dey, der ihn wegen des Vergehens enthaupten ließ. Weibliche Gefangene dürfen nämlich nicht mißhandelt werden.«

»Ich bin Maurin«, sagte Leah. »Meine Familie war sehr arm und hat mich in die Sklaverei verkauft, um zu überleben. Ich hatte zwei Herren, bevor ich vergangenes Jahr in den Harem des Dey kam.«

»Ich komme aus Syrien«, sagte Samara kurz angebunden.

India drängte Samara nicht, mehr von sich preiszugeben, denn ganz offensichtlich sträubte das Mädchen sich dagegen. »Zu Beginn war alles so eigenartig für mich«, sagte India schließlich. »Aber jetzt ist hier mein Zuhause. Ist es euch am Anfang auch so gegangen?«

Die anderen Mädchen nickten.

»Die meisten von uns kamen in Freiheit zur Welt«, warf Sarai ein. »Das Leben als Sklavin ist anfangs nicht leicht, selbst wenn man gewisse Vorrechte genießt. Es ist bemerkenswert, daß du in so kurzer Zeit das Herz von Caynan Reis erobern konntest – etwas, das wir alle nicht geschafft haben. Er war immer sehr rücksichtsvoll, aber er braucht uns nur, um seine Begierden zu stillen. Du hast mehr erreicht, Herrin, und offen gestanden beneiden wir dich darum.«

India errötete und wußte nicht, was sie sagen sollte.

»Aber wir sind in Sicherheit und führen ein angenehmes Leben«, wandte Mirmah ein, »und wir sollten alle Freundinnen sein. Ich wurde als Sklavin geboren und von Anfang an dazu erzogen, in einem Harem zu leben. Es ist viel besser, wenn die Frauen in einem Harem einander verstehen. Mein erster Herr war Aruj Aga, der mich auf dem großen Markt von Istanbul gekauft hat. Eines Abends, als der Dey zum Abendessen in das Haus des Agas kam, sah er mich, und ich gefiel ihm. Am nächsten Morgen ließ Aruj Aga mich in den Palast bringen. Es gefällt mir hier. Aruj Aga hatte keine anderen Frauen, weil er sich keine leisten konnte. Ich war sehr einsam, wenn er unterwegs auf See war. Es freut mich, daß unser Herr Caynan Reis eine Gemahlin gefunden hat.«

Ihr sympathisches Wesen berührte India sehr, und sie nahm Mirmah und Sarai an den Händen. »Ich stimme mit Mirmah überein. Wir sollten Freundinnen sein und Frieden im Hause unseres Herrn halten. Ich verspreche euch, eine gute Herrin zu sein.«

»Allah!« rief Samara aus. »Ich glaube, mir wird langsam übel von so viel Süßholzgeraspel.«

India lachte laut auf. »Du erinnerst mich an meine Schwester Fortune, Samara«, sagte sie. »Sie sagt auch immer, was sie sich denkt.«

Samara staunte über Indias Reaktion. Sie hatte erwartet, daß die Braut des Dey beleidigt sein würde, doch statt dessen lachte sie nur über Samaras unhöfliche Bemerkung. »Bist du wirklich mit dem Messer auf den Dey losgegangen, als du hierher kamst?« fragte sie – voller Neugier, ob die Geschichten, die man sich erzählte, der Wahrheit entsprachen.

»Ja, das stimmt«, gab India zu. »Doch zum Glück habe ich schlecht gezielt, denn nun liebe ich ihn«, fügte sie lachend hinzu.

»Allah! Du hast wirklich Mut«, gab Samara zähneknirschend zu.

»Was wirst du sagen, wenn unser Herr sich eine zweite Frau nimmt?« wollte Sarai wissen.

»Ich wäre eifersüchtig«, gab India offen zu, »aber ich werde damit leben müssen.« Sie hielt einen Augenblick inne. »*Wenn* er sich überhaupt eine zweite Frau nimmt«, fügte sie schließlich hinzu.

Die Frauen lachten über ihre Bemerkung.

»Ich schätze, es ist am besten, wenn alles so bleibt, wie es ist«, warf Samara nachdenklich ein. »Eine Gemahlin und der Harem. Wie es scheint, könnten wir alle damit zurechtkommen, wenn wir es versuchen.«

Die anderen murmelten zustimmend, und Azura, die hinter einem Wandschirm die Szene verfolgte, war hocherfreut, daß India ihren Rat beherzigte und Frieden mit den Frauen des Harems schloß. *Sie ist eine intelligente junge Frau. Sie wird schon auf uns hören, wenn wir offen mit ihr sprechen. Wir werden El Sinut vor den Machenschaften der Janitscharen schützen kön-*

nen, da bin ich mir ganz sicher. Sie wandte sich wieder den jungen Frauen zu, die rund um India saßen, und hörte mit großem Interesse zu, denn irgendwie war man auf das Thema Erotik gekommen.

India errötete, als die eine oder andere sie mit einer Bemerkung neckte, doch sie war klug genug, zuzugeben, daß sie von alldem nicht mehr wußte als das, was der Dey ihr vergangene Nacht beigebracht hatte. »Ich bin ja so unwissend«, sagte sie. »Ich weiß, es ist gewagt, wenn ich euch bitte, mir in dieser Hinsicht zu helfen, aber es wäre immerhin zum Besten unseres Herrn.«

Wie schlau von ihr, dachte Azura anerkennend. Mit ihrer offen eingestandenen Unerfahrenheit würde sie bestimmt die Sympathien der Frauen erobern. Es war überaus geschickt von ihr, daß Caynan Reis für sie nach wie vor ›unser Herr‹ war und nicht ›mein Gemahl‹. Sie stellte sich nicht über die anderen, sondern gab sich als eine von ihnen. Das war wirklich äußerst feinfühlig und schlau von ihr. Azura dachte, daß die Gemahlin des Dey ihre Erwartungen noch bei weitem übertreffen könnte.

Als sie ihre Aufmerksamkeit wieder dem Gespräch der jungen Frauen zuwandte, hörte Azura amüsiert, wie alle durcheinander zu reden begannen, denn jede von ihnen glaubte, India besonders gute Ratschläge geben zu können, wie sie den Dey zufriedenstellen könne. Azura blieb noch, um sicherzugehen, daß nicht eine von ihnen auf die Idee kam, India einen Streich zu spielen, doch sie waren viel zu erpicht darauf, ihr Wissen mitzuteilen. Die ältere Frau schüttelte staunend den Kopf. Das alles entwickelte sich noch viel besser, als sie gehofft hatte. Baba Hassan würde ebenfalls sehr zufrieden sein, wenn sie es ihm erzählte. Besser hätte es wahrlich nicht kommen können!

7

Baba Hassan betrat den Harem und verneigte sich höflich vor India. »Herrin, dein Gemahl wünscht dich zu sehen.«

India erhob sich, ohne zu zögern. »Ich glaube nicht, daß ich mir das alles merken kann«, sagte sie lachend. »Darf ich morgen wiederkommen?«

»Aber ja!« riefen die Haremsdamen im Chor und verabschiedeten sich überaus herzlich von ihr.

»Nun«, sagte Samara, als India das Frauengemach verlassen hatte. »Ich muß zugeben, sie ist nett. Zumindest hat es den Anschein. Macht euch schon mal auf eine Dürreperiode gefaßt, Mädchen. Ich glaube nicht, daß er so bald genug von ihr bekommt – und wir Närrinnen helfen ihr auch noch, sein Interesse an ihr wachzuhalten!«

»So wird sie um so früher schwanger sein«, warf Nila kichernd ein, »und dann wird der Dey uns wieder zu sich rufen.«

»Warum sollte sie ein Kind bekommen, wo wir doch nie schwanger wurden?« warf Leah ein.

»Dummerchen«, erwiderte Mirmah. »Man gibt uns etwas ins Essen oder ins Sorbet, damit wir unfruchtbar bleiben. Das ist in den Harems von Istanbul durchaus üblich. Habt ihr das denn nicht gewußt? Doch India wird nichts Derartiges bekommen – im Gegenteil, man wird sie genauso wie den Dey mit allen möglichen Köstlichkeiten füttern, damit sie bald ein Kind bekommen. Das stelle ich mir nett vor mit einem Kind hier im Haus.«

»Wenn sie nicht bald mit ihrem dummen Geplapper aufhört«, murmelte Samara, zu Sarai gewandt, »dann werde ich die Kleine noch erwürgen.«

Währenddessen folgte India Baba Hassan in ihre eigenen Gemächer. Beim Eintreten trat ein junges Mädchen zu ihr hin und verneigte sich wortlos vor ihr.

»Auf Geheiß des Dey habe ich in den vergangenen Wochen die Sklavenmärkte abgesucht, um ein Mädchen zu finden, das deine Sprache spricht – ein intelligentes Mädchen, eine Dienerin, der du vertrauen kannst«, sagte Baba Hassan. »Vor etwa einem Monat habe ich dieses Mädchen hier gefunden, und ich habe sie auf ihre Aufgabe vorbereitet. Wenn du mit ihr zufrieden bist, dann ist sie dein.«

India wandte sich lächelnd dem Mädchen zu. Sie sah sehr jung aus, war schlank und hatte leuchtend rotes Haar. »Wie heißt du denn?« fragte India auf Englisch.

»Margaret, Mylady, aber die meisten nennen mich Meggie«, antwortete das Mädchen.

»Bist du Engländerin?«

»Nein, Mylady, Schottin«, sagte Meggie.

»Ah«, sagte India lächelnd. »Ich hätte es gleich an deiner Aussprache erkennen müssen. Ich bin die Stieftochter des Herzogs von Glenkirk, Meggie. Ich bin nordwestlich von Aberdeen aufgewachsen. Woher kommst du denn?«

»Aus Ayr, Mylady, wo schneidige Burschen und hübsche Mädchen herkommen, wie es heißt«, antwortete Meggie ihrer neuen Herrin.

India wandte sich Baba Hassan zu. »Das Mädchen ist in Ordnung. Du hast sehr gut gewählt, Baba Hassan, aber etwas anderes hätte ich ohnehin nicht von dir erwartet. Sie ist übrigens keine Engländerin, sondern Schottin. Aber nachdem ich in Schottland aufgewachsen bin, haben wir einiges gemeinsam. Nun, wo ist der Dey?«

»Er speist heute abend mit Aruj Aga, der heute nachmittag von seiner Reise zurückgekehrt ist. Er wird anschließend zu dir kommen.«

»Ist mein Vetter, Osman der Steuermann, bei Aruj Aga? Ich würde mich gern erkundigen, ob es ihm gut geht.«

»Ich werde gleich nachsehen und es dir dann berichten.« Baba Hassan verneigte sich und machte sich sogleich auf den Weg.

»Komm«, sagte India und führte Meggie zu einem Diwan. »Erzähl mir, wie du nach El Sinut gekommen bist.«

»Mein Dad ist Schiffskapitän, Mylady«, sagte Meggie. »Ich habe ihn immer gebeten, mich einmal auf eine Reise mitzunehmen, wie er meine Mama früher mitgenommen hatte, als sie noch jung waren. Es war geplant, daß ich kommenden Sommer Ian Murray heirate, und so sagte Dad, daß er mich vorher noch auf eine Fahrt nach Bordeaux mitnehmen würde, wo er eine Ladung Wein holen wollte. Wir wurden im Golf von Biscaya angegriffen.« Tränen traten dem Mädchen in die Augen. »Mein Dad wurde vor meinen Augen getötet, sie haben ihn mit dem Schwert durchbohrt! Ich wurde zusammen mit den Seeleuten, die überlebten, mitgenommen. Sie taten mir nichts zuleide – ja, sie gaben sogar sehr darauf acht, daß mir nichts zustieß.« Im nächsten Augenblick strömten ihr die Tränen über die sommersprossigen Wangen. »Jetzt wird mein Ian bestimmt Flora MacLean heiraten, diese Zicke, die ohnehin die ganze Zeit hinter ihm her war.«

»Ja, das kann gut sein, Mädchen«, sagte India in aller Offenheit, »und du kannst nichts dagegen tun, fürchte ich. Frauen werden sehr selten gegen ein Lösegeld freigelassen. Du kannst von Glück sagen, daß der Haremswächter des Dey dich gekauft hat. Du hättest auch einen grausamen Herrn bekommen können, oder noch schlimmer, du hättest in einem Bordell enden können. Hier bei mir bist du sicher, und da ich die Gemahlin des Dey bin, nimmst du sogar eine besondere Stellung unter den Dienstboten ein.«

Meggie wischte sich die Tränen mit dem Handrücken ab und sagte mit einem Schluchzen: »Ich werde Euch eine gute Dienerin sein, Mylady, das verspreche ich.«

»Das wirst du bestimmt«, sagte India aufmunternd. »Weißt du, wie du zur Küche kommst?«

»Jawohl, Mylady.«

»Dann geh zu Abu, dem Koch, und sag ihm, daß ich gern mein Abendessen hätte. Bring es mir gleich her. Ich werde draußen im Garten essen. Mein Gemahl ißt mit einem alten Freund.«

»Sehr wohl, Mylady«, sagte Meggie und verschwand sogleich.

Baba Hassan kehrte zu India zurück und teilte ihr mit, daß ihr Vetter nicht bei Aruj Aga sei, sondern an Bord des

Schiffes. »Er hat sich als vertrauenswürdig erwiesen und wird bald damit beginnen, unseren Seeleuten beizubringen, wie man ein Schiff wie das seine steuert. Wir haben in den vergangenen Monaten zwei weitere Schiffe dieser Art gekapert, eines von den Franzosen und eines von den Holländern. Bist du mit dem Mädchen zufrieden? Sie scheint unsere Sprache nicht lernen zu können, aber dafür versteht sie ganz gut Französisch. Ich glaube, sie ist recht tüchtig.«

»Sie hat mitansehen müssen, wie ihr Vater getötet wurde, als das Schiff angegriffen wurde«, sagte India. »Er war der Kapitän, und sie selbst hätte bald heiraten sollen. Sie ist gerade dabei, den Schock zu überwinden. Ich werde versuchen, ihr die Sprache beizubringen – zumindest so viel, daß sie sich verständigen kann. Sie wird mir, glaube ich, eine gute Gefährtin werden. Ich danke dir, Baba Hassan. Aber eines wundert mich: Du hast gesagt, du hättest sie schon vor einem Monat gekauft. Damals war ich noch die Leibsklavin des Dey.«

»Aber es war schon zu erkennen, daß du dich in ihn verlieben würdest, und er sich in dich. Auch Azura hat es bemerkt. Ich wußte, daß es nur eine Frage der Zeit sein würde, bis euch die gegenseitige Anziehung zusammenführen würde. Du bist schließlich eine junge, schöne Frau und voller Leben. Wenn ich bis heute damit gewartet hätte, ein geeignetes Dienstmädchen für dich zu suchen, dann hätte es vielleicht Monate gedauert, bis ich eines gefunden hätte.«

India lachte. »Du bist sehr klug, Baba Hassan. Ich glaube, der Dey kann sich glücklich schätzen, daß er dich hat. Ich bin froh, dich und Azura als Freunde zu haben.«

»Herrin«, sagte der Haremswächter, »ich weiß, es ist der Tag deiner Hochzeit, aber darf ich kurz über eine sehr ernste Sache mit dir sprechen?«

India nickte.

»Ich muß dich bitten, deinem Gemahl nichts davon zu sagen. Es ist in seinem Interesse, das versichere ich dir.«

Seine Worte hatten Indias Neugier geweckt. »Ich werde es für mich behalten, Baba Hassan.«

»Ich habe gute Kontakte in allen Teilen des Reiches. Vor

wenigen Monaten kam mir zu Ohren, daß in Istanbul eine Verschwörung geplant würde, mit dem Ziel, den Sultan und dessen Mutter zu ermorden. Urheber der Verschwörung sind die Janitscharen. Sie haben bereits einen Abgesandten losgeschickt, der versuchen wird, die Herrscher der verschiedenen Vasallenstaaten hier in Nordafrika als Verbündete zu gewinnen. Er wird ihnen versprechen, daß sie frei und unabhängig von der Hohen Pforte regieren dürfen und auch keinen Tribut mehr an Istanbul zu zahlen hätten. Ein großzügiges Angebot, aber ich glaube nicht, daß dieser Plan Erfolg haben wird. All jene, die sich den Janitscharen anschließen, riskieren ihr Leben. Die Janitscharen selbst wird man zwar bestrafen, aber man wird ihnen vergeben – ganz einfach deshalb, weil sie sehr stark sind. Aber ihre Verbündeten können nicht mit Gnade rechnen. Nun ist El Sinut der kleinste der Barbareskenstaaten. Mag sein, daß sich die Janitscharen gar nicht an uns wenden – aber wenn doch, dann werden Azura und ich deine Hilfe brauchen, um den Dey zu überzeugen, nicht mit den Verschwörern gemeinsame Sache zu machen. Wie du weißt, ist Aruj Aga sein engster Freund, und Aruj Aga wird seinen Gefährten die Treue halten, auch wenn er ihre Anliegen nicht teilen sollte. Als Janitschare kann er es sich nicht leisten, sich gegen seine Gefährten zu stellen.«

»Wenn ich die Mutter des Sultans wäre«, sagte India, »dann würde ich die Janitscharen in den Barbareskenstaaten bestrafen. Sie sind nicht so bedeutend, und können als Janitscharen dennoch für den Verrat ihrer Gefährten verantwortlich gemacht werden. Genauso würde ich die Herrscher in diesen Staaten bestrafen und sie durch Männer ersetzen, die mir treu ergeben sind. Habe ich nicht recht, Baba Hassan?«

»Genau das wird die Mutter des Sultans tun. Erstaunlich, wie du das so schnell durchschaut hast.«

»Wenn sie sich an meinen Gemahl wenden«, sagte India, »dann werde ich dir und Azura helfen, daß ihr Plan mißlingt. Aber Caynan Reis werde ich nichts davon sagen, denn warum sollte er sich über etwas Sorgen machen, das vielleicht gar nicht eintritt? Wie aber würdest du handeln, wenn der Abgesandte der Janitscharen doch hierher kommt?«

»Wenn er zuerst nach El Sinut kommt, dann werde ich dem Dey raten, dem Mann zu sagen, daß er zuerst die Deys von Tunis, Algier und Marokko befragen und dann wiederkommen soll. Schließlich müsse El Sinut als kleinster der Barbareskenstaaten sicher sein, daß auch die größeren mitmachen, bevor er sich auf so etwas einläßt. Wenn El Sinut aber die letzte Station auf der Reise des Abgesandten ist, dann sollten wir ihn ganz einfach töten, damit er nicht nach Istanbul zurückkehren kann – und wir würden der Mutter des Sultans seinen Kopf schicken und ihr von der Verschwörung erzählen.«

»Könnte man ihn nicht auch töten, wenn er zuerst hierher kommt?« fragte India.

»Nein, denn wenn er zu den anderen geht und sie bereit sind, den Sultan zu verraten, während wir uns weigern, dann wird Caynan Reis um so besser dastehen. Vielleicht werden der Sultan und seine Mutter ihn fürstlich belohnen.«

»Und Aruj Aga? Was ist mit ihm?«

»Er wird es erst erfahren, wenn der Abgesandte aus dem Weg geräumt ist. Wir müssen seine treuen Dienste und seine Freundschaft nicht verlieren, wenn wir ihn nicht zwingen, sich zwischen uns und den Janitscharen zu entscheiden«, antwortete der Eunuch.

»Ich sehe, daß ich noch viel von dir lernen kann, Baba Hassan«, sagte India nachdenklich.

Er verbeugte sich tief und lächelte. »Es ehrt mich, daß du so denkst, Herrin«, gab er zurück.

Meggie kam zurück und hatte offensichtlich Mühe, das schwere Tablett zu tragen. Sie taumelte quer durch das Zimmer und stellte es schließlich mit lautem Geklapper auf dem Zedernholztisch ab. »Abu war sich nicht sicher, was Mylady wünscht«, sagte sie trocken, »und so hat er mir so gut wie alles mitgegeben, was in der Küche zu finden war.«

»Ich werde dich nicht länger von deiner Mahlzeit abhalten«, sagte Baba Hassan und verließ das Zimmer.

India ging zum Tisch hinüber und sah nach, was der Koch ihr hatte bringen lassen. Da war Hühnchen, eine Schüssel mit etwas, das wie Lammeintopf aussah, dazu Safranreis, gedünstete Artischocken, eine Schüssel mit Joghurt und grünen Äpfeln, ein Brotfladen, eine Honigwabe, eine Schüssel mit Orangen, Feigen, ein Granatapfel, Weintrauben und eine Karaffe mit frischem Sorbet.

»Du ißt heute abend mit mir, Meggie«, sagte India.

»Soll ich Euch etwas auf den Teller geben?« fragte das Mädchen.

India schüttelte den Kopf. »Das mache ich selbst«, erwiderte sie und schnitt sich ein paar Stücke von dem gebratenen Huhn ab, die sie sich zusammen mit etwas Safranreis und einer Artischocke auf den Teller legte.

Nachdem ihre Herrin sich bedient hatte, nahm sich Meggie von dem Lammeintopf und brach sich ein Stück von dem Brotfladen ab.

»Ist das gut?« fragte India.

»Ja! Und sicher besser gewürzt als der Eintopf meiner Mutter«, gab Meggie zu. »Und es ist echtes Lammfleisch, nicht Hammel, glaube ich.«

India nahm sich mit ihrem Löffel ebenfalls ein Stückchen Lammfleisch, um es zu kosten. »Schmeckt wirklich gut«, stimmte sie zu. »Aber du mußt nachher auch von dem Hühnchen versuchen. Abu hat es mit Zwiebeln und Salbei zubereitet.«

Nach der Hauptspeise nahmen sie sich auch noch von dem Joghurt und den Früchten. Meggie schenkte ihnen von dem zuckersüßen Sorbet ein, und als sie ihre Mahlzeit beendet hatten, räumte sie alles ab und trug es in die Küche zurück.

Nachdem sie zurückgekehrt war, fragte sie: »Wo soll ich denn schlafen, Mylady?«

»Das kleine Zimmer ist für dich«, antwortete India. »Wenn du dein Bett gemacht hast, kannst du mir dabei helfen, mich für das Zubettgehen vorzubereiten. Mein Gemahl wird mich wohl heute abend nicht zu sich rufen lassen, glaube ich.«

Meggie zog ihre Herrin aus und rieb sie mit Rosenwasser ein. Dann schlüpfte India nackt unter die seidene Bettdecke und wünschte ihrer Dienstmagd eine gute Nacht. Was war das nur für ein Tag gewesen, dachte sie. Wie viel in den vergangenen vierundzwanzig Stunden geschehen war! Sie hatte ihre Jungfräulichkeit verloren und sogar geheiratet. Nun tauchten die Geschichten ihrer weiblichen Verwandten wieder in ihrer Erinnerung auf. Sie hatte stets nur mit einem Ohr zugehört, wenn sie erzählt wurden – ganz im Gegensatz zu ihrer Schwester Fortune, die immer schon von diesen Abenteuern fasziniert gewesen war. India hatte sie stets für ein wenig übertrieben gehalten – für Geschichten, die vielleicht nicht ganz der Wahrheit entsprachen, die man sich ausdachte, um die Leute zu unterhalten. Jetzt wußte sie, daß nichts davon übertrieben war.

Sie dachte an die Ururgroßmutter ihres Stiefvaters, Janet Leslie, deren Porträt im großen Saal von Schloß Glenkirk hing. Es hieß, sie sei die Lieblingsfrau eines türkischen Sultans gewesen. Und nicht zu vergessen ihre eigene Urgroßmutter, die berühmte Skye O'Malley, die sowohl als Ehefrau wie auch als Haremssklavin in Algier gelebt hatte. Und ihre Großtante Aidan war einst die Gemahlin eines Tatarenprinzen gewesen, hatte aber auch als Gefangene dem Harem eines Sultans angehört. Tante Valentina wiederum war einst entführt worden und landete schließlich im Harem eines Paschas, demselben Pascha übrigens, dem auch die Mutter ihres Stiefvaters, die schöne Lady Stewart-Hepburn als Sklavin hatte dienen müssen. Und natürlich gab es da auch noch ihre eigene Großmutter, Velvet Gordon, die einst die vierzigste Frau von Akbar, dem Großmogul von Indien, gewesen war.

Wie es schien, hielt sie also eine gute alte Familientradition aufrecht, dachte India mit einem schmerzlichen Lächeln. Der einzige Unterschied bestand darin, daß all diese Frauen schließlich wieder nach Hause hatten zurückkehren können. Eine Träne lief ihr die Wange hinunter. Zum ersten Mal, seit sie in Gefangenschaft geraten war, wurde sie von unbändigem Heimweh überwältigt. Bis vor kurzem hatte sie es sich nicht gestattet, auch nur die geringste Schwäche zuzulassen. Doch nun brach es einfach aus ihr heraus. Sie wünschte sich so sehr, ihre Mama und ihren Papa wiederzusehen, und natürlich auch Fortune und Henry und all die anderen. Ob sie wohl geweint hatten, als sie von ihrer Gefangennahme erfuhren? Ob sie es überhaupt wußten? Oder nahmen sie ganz einfach an, daß sie mit Adrian Leigh durchgebrannt war, ihn längst geheiratet hatte und irgendwann zurückkehren würde? Ob sie sie überhaupt vermißten? Vielleicht wollten sie gar nichts mehr mit ihr zu tun haben und kümmerten sich nur noch darum, einen geeigneten Ehemann für Fortune zu finden. Fortune hatte es sehr praktisch gefunden, daß ihre Eltern einen Ehemann für sie suchen wollten. *Ob sie jemals erfahren, was aus mir geworden ist?* India begann leise zu schluchzen.

Caynan Reis hatte das Schlafzimmer seiner Gemahlin ganz leise betreten, doch als er ihr Schluchzen hörte, eilte er rasch zu ihr hin. »Was ist denn los, mein Liebling?« fragte er, während er sich zu ihr aufs Bett setzte und sie in die Arme nahm. »Warum bist du denn so traurig?«

»Ich … ich vermisse meine Familie so sehr«, antwortete sie schluchzend.

»Ah«, sagte er und verstand sofort. Er hielt sie in den Armen und strich ihr beruhigend über das Haar.

»Sie … sie wissen nicht einmal, wo ich bin!«

»Wenn du mir ein Kind schenkst, und mir dich keiner mehr wegnehmen kann, dann verspreche ich dir, daß du deiner Mutter eine Nachricht schicken darfst«, versicherte er ihr. »Ich habe dir gesagt, daß ich dich liebe, und das ist die Wahrheit. Ich könnte es nicht ertragen, wenn deine Eltern dich von hier fortholen würden.«

»Ich … ich liebe dich ja auch!« antwortete India. »Aber ich möchte, daß meine Familie weiß, wie glücklich wir sind, Caynan.«

»Sie werden es erfahren«, versprach er ihr und gab ihr einen innigen Kuß. »Du gehörst mir, Geliebte, und ich werde niemandem erlauben, dich mir wegzunehmen!«

Binnen weniger Augenblicke hatte er sie mit seiner Leidenschaft mitgerissen. Alle Gedanken an ihr früheres Leben verschwanden, als sie sein glühendes Verlangen spürte. Sie liebte und wurde selbst geliebt. Es konnte nichts Wundervolleres geben! »Oh, Caynan«, murmelte sie an seinen Lippen, »ich liebe dich so sehr.« Sie strich zärtlich mit der Hand über seine Schulter. »Ich bin so froh, bei dir zu sein. Laß mich dir zeigen, was mir die Frauen des Harems heute gezeigt haben, als ich sie besuchte. Nachher mußt du mir sagen, ob es dir gefällt.«

Zu seinem Erstaunen löste sie sich aus seinen Armen und drehte ihn auf den Rücken. Dann setzte sie sich auf ihn und ließ ihre Hände auf seiner Brust kreisen. Mit der Zeit wurde sie immer kühner, nahm seine Brustwarzen zwischen Daumen und Zeigefinger und begann sie sanft zu reiben. Er wollte schon nach ihren verlockenden Brüsten greifen, als sie sich plötzlich vorbeugte und seine Brust zu küssen begann. Langsam ließ sie ihre Zunge immer tiefer wandern, und er wagte kaum zu atmen, aus Angst, sie in ihrem Tun zu unterbrechen. Er fragte sich, wie weit sie wohl gehen würde, als ihre Hand sich plötzlich um sein Geschlecht schloß.

Währenddessen glitt ihre andere Hand seinen Schenkel hinauf, bis sie seine intimsten Teile umfaßte. India beugte sich weiter vor, über ihre eigene Kühnheit erstaunt, doch sie konnte nun nicht mehr innehalten. Das alles hatte so anstößig geklungen, als die Frauen des Harems ihr davon erzählt hatten, doch nun, da sie es selbst erlebte, stachelte es auch ihr eigenes Verlangen mit jeder Sekunde weiter an. Sie drückte ihn ganz sanft, und er wuchs immer weiter unter ihrer Berührung, bis sie sich schließlich hinunterbeugte und die Spitze seines Geschlechts mit den Lippen berührte.

Er bebte vor Lust und hielt den Atem an, als sich ihre Lippen um ihn schlossen und zu saugen begannen. Mit ihrer Zunge und den Zähnen steigerte sie seine Erregung immer weiter, bis sie schließlich einen Finger unter seine intimsten Teile gleiten ließ, an eine so empfindliche Stelle, daß er sich vor Lust krümmte. »Oh, du süße Hexe, du hast wirklich schnell gelernt! Ah! Genug! Genug!«

India ließ ihn los und blickte fragend zu ihm hinunter. »Gefällt es dir denn nicht?« fragte sie mit unschuldiger Miene.

»Und wie es mir gefällt, mein Schatz, aber ich wäre fast

gestorben vor Lust.« Er zog sie etwas höher und hob sie ein Stückchen hoch. »Komm, meine Geliebte, setz dich auf mich. Ich möchte mein Schwert in deine Scheide gleiten lassen.«

Nun hielt India den Atem an, als sie ihn eindringen fühlte. Sie schloß die Augen und ritt instinktiv auf ihm, bis sie spürte, wie seine Glut in ihr explodierte und sie selbst kurz darauf ihre Erfüllung fand und auf ihn hinuntersank. Er blieb in ihr, als er sie vorsichtig von sich herunterrollte, so daß nun er oben lag. Er bedeckte ihr Gesicht mit zärtlichen Küssen, und India seufzte tief, als sie langsam und widerwillig zur Erde zurückkehrte.

»Ich werde die Damen belohnen, die dir das beigebracht haben«, sagte er lächelnd.

India errötete, als ihr so richtig bewußt wurde, was sie vorhin getan hatte. »Ich war wohl ziemlich kühn«, sagte sie mit leiser Stimme, während sie zärtlich sein Gesicht streichelte.

»Sehr kühn«, pflichtete er ihr bei. »Und ich hoffe, daß deine Kühnheit nicht nachläßt, India. Es war einfach wunderbar.« Er küßte sie und dachte unwillkürlich, daß sie den verführerischsten Mund hatte, den er je gesehen hatte. Genau das sagte er ihr auch, als er sanft an ihrer Unterlippe zu knabbern begann.

»Ich küsse dich auch sehr gern«, sagte sie.

»Sind meine Küsse süßer als die deines englischen Lords?« wollte er wissen.

»O ja«, antwortete sie, und ihr wurde bewußt, daß es stimmte.

»Ich habe ihn nicht sehr oft geküßt«, sagte sie freimütig, »aber ich glaube nicht, daß er es so gut konnte wie du, Caynan.«

»Vielleicht lasse ich ihn gegen ein Lösegeld frei«, sagte der Dey.

»Das wäre gütig von dir«, stimmte India zu. »Die vergangenen Monate auf den Galeeren waren wohl Strafe genug für sein unhöfliches Benehmen dir gegenüber. Sein Vater ist alt und krank, und er ist das einzige Kind seiner Mutter.«

»Hast du seine Eltern je getroffen?« fragte er.

India schüttelte den Kopf. »Sein Vater hat sein Zuhause schon lange nicht mehr verlassen – wie es heißt, seit sein älterer Sohn Lord Jeffers getötet hat und dann aus England floh. Was seine Mutter betrifft, so hat selbst der arme Adrian zugegeben, daß sie wenig besser als eine Hure sei. Er wollte zuletzt kaum noch etwas mit ihr zu tun haben. Bestimmt wäre sie sehr für die Verbindung zwischen Adrian und mir gewesen, doch sie war klug genug, sich nicht bei meiner Familie blicken zu lassen. Meine Eltern wollten mit mir nach Schottland zurückfahren, damit ich Adrian nicht mehr sehen könnte – doch dann brannten wir durch.«

Er küßte ihren Hals, was ihr einen Schauer über den Rücken jagte. »Hattest du wirklich vor, ihn zu heiraten, oder gab es vielleicht noch andere Gründe für deine Flucht?« wollte er wissen.

Es war nicht leicht, über seine Frage nachzudenken, während sie seinen warmen Körper so nah bei sich spürte und seine Lippen so aufregende Dinge taten. »Ich wollte nicht weglaufen«, antwortete sie. »Aber Papa war so unnachgiebig und hart gegenüber Adrian. Heute scheint mir fast, daß das vielleicht der Grund für meine Flucht war, und weniger meine Liebe zu Adrian. Schon während der Reise bekam ich immer mehr das Gefühl, einen Fehler begangen zu haben. Ich hätte mich von Adrian nicht zu so einer unüberlegten Tat verleiten lassen dürfen. Auf diese Weise habe ich die Menschen verletzt, die mir am meisten bedeuten«, fügte India hinzu.

»Aber wenn du nicht weggelaufen wärst, dann wärst du nie meine Frau geworden«, murmelte er leise und erkundete ihr Ohr mit seiner Zunge.

»Das stimmt«, flüsterte sie. »Ah, du wirst schon wieder hart in mir, Caynan! Wie ist denn das möglich?« sagte sie, am ganzen Körper bebend.

»Sei still und laß mich dich lieben«, knurrte er nur. »Du erregst mich, wie keine andere Frau vor dir es konnte«, fügte er hinzu und begann sich auf ihr zu bewegen.

O Gott! Diese Liebe war so mächtig, dachte India, während sie ihn tief in sich spürte. Sie schloß die Augen, und ihr Atem ging immer flacher, während sie sich von seiner

Leidenschaft mitreißen ließ. Wenn sie das alles gewußt hätte, dachte sie benommen, dann hätte sie sich ihm nicht so lange verweigert. Sie fühlte sich so sicher in seinen Armen. Sie vertraute ihm ganz einfach, auch wenn sie gar nicht wußte, warum. Hoch auf den Wogen ihrer Lust trieb sie dahin, während sie sein Feuer tief in sich spürte.

»Ich liebe dich«, flüsterte er ihr ins Ohr. »Du bist meine einzige, meine angebetete Frau. Ich verehre dich mit meinem ganzen Körper, India.«

»Ich liebe dich, Caynan«, murmelte sie. »Nie habe ich ein solches Glück gekannt wie hier in deinen Armen. Ich möchte einen Sohn von dir, mein Liebling. Ich möchte einen Sohn von dir!«

Sie erreichten gemeinsam den Gipfel der Leidenschaft und sanken wenig später in einen tiefen Schlummer. So lagen sie ineinander verschlungen bis zum frühen Morgen, als der Dey schließlich erwachte.

Er blickte das Mädchen an, das an seiner Brust ruhte. *Ich möchte einen Sohn von dir*, hatte sie auf dem Gipfel der Leidenschaft ausgerufen. Allah, zweimal hatte er sich in dieser Nacht in die Winkel ihrer geheimen Gärten ergossen. Er wollte ihren Wunsch unbedingt erfüllen. Zum ersten Mal in seinem Leben wünschte er sich Kinder. Mit keiner anderen Frau hatte er je welche haben wollen, und keine der Frauen des Harems hatte je einen solchen Wunsch an ihn gerichtet. Er seufzte.

Wären sie in England gewesen, dann hätte er in aller Form um die Hand von Lady India Lindley angehalten und nicht eher geruht, bis sie sein gewesen wäre. Ihr erster Sohn wäre der künftige Earl von Oxton gewesen. Doch sie waren nun einmal nicht in England, sondern in El Sinut, und sein erster Sohn würde in ständiger Gefahr schweben, weil sein Vater der Dey war. Doch wenn er den Sultan dazu bringen konnte, das Amt für immer in seine Hände zu legen, dann würde sein Sohn gleichzeitig sein Erbe sein. Er mußte dem Sultan irgendeinen großen Dienst erweisen, dann vielleicht … Die Mutter des Sultans war bekannt dafür, daß sie all jene reich belohnte, die etwas für ihren Sohn taten.

Sein Ansinnen war ganz und gar nicht ungewöhnlich. Immer wieder war es in der Vergangenheit vorgekommen, daß es einem Mann gestattet wurde, das Amt des Dey an seine Söhne weiter zu vererben, vorausgesetzt, die Familie war dem Sultan treu ergeben. Er lächelte in der Dunkelheit des beginnenden Sonnenaufgangs. Er wußte noch nicht einmal, ob sie heute nacht schon dafür gesorgt hatten, daß seine Frau sein Kind in sich tragen würde. Er mußte sich weiter darum bemühen, bis sich schließlich die Zeichen einer Schwangerschaft einstellen würden.

In den folgenden Wochen wurde Caynan Reis immer deutlicher bewußt, daß er der glücklichste Mann auf der ganzen Welt war. Aruj Aga war am Morgen nach der Hochzeit des Dey zu einer seiner Fahrten aufgebrochen. Nun war er zurückgekehrt und würde für einige Wochen hierbleiben, bis die notwendigen Reparaturarbeiten am Schiff erledigt waren. Osman, sein englischer Steuermann, würde unterdessen einer Gruppe von arabischen Seeleuten zeigen, wie man mit einem solchen Schiff umging. Dabei würde die *Royal Charles*, die nun *Sultan Murat* hieß, zunächst den Hafenbereich nicht verlassen.

»Ich habe dich noch nie so rundum zufrieden erlebt«, neckte Aruj Aga seinen Freund, den Dey, als sie zusammen türkischen Kaffee tranken und die Wasserpfeife rauchten. »Ich hätte nicht gedacht, daß ausgerechnet du, Caynan Reis, für die Liebe empfänglich sein könntest.«

»Alle Menschen sind für die Liebe empfänglich«, erwiderte der Dey lachend. »Sogar du. Eines Tages wirst auch du die Richtige finden, mein Freund.«

»Es gab einmal eine Frau, dich ich liebte«, kam die überraschende Antwort des Agas, »aber es sollte nicht sein. Außerdem wäre eine Frau für einen Mann in meiner Position eine Belastung. Früher, zur Zeit von Sultan Selim I. und seinem Sohn Suleiman, war es den Janitscharen nicht gestattet, zu heiraten. Ich glaube, es war besser so. Ein Mann, der sich um seine Frau und seine Kinder sorgt, wird im Kampf stets allzu vorsichtig sein. Aber mit Vorsicht gewinnt man keine Kriege.

Die Schlachten gewinnen immer jene, die nichts zu verlieren haben und die den Tod nicht fürchten. Ein Mann mit einer Frau macht sich Sorgen um ihre Zukunft, falls er sterben sollte. Ich bin ohne Gefährtin besser dran.«

»Möchtest du denn keine Söhne?« wollte der Dey wissen.

»Ich bin überzeugt, daß ich bereits einige gezeugt habe, aber genau weiß ich es natürlich nicht«, sagte der Aga lächelnd.

In diesem Augenblick betrat Baba Hassan das Zimmer und verbeugte sich vor seinem Herrn. »Ein Besucher aus Istanbul ist da, mein Herr. Er möchte dich sprechen.«

»Hat das nicht Zeit bis zur Audienz morgen früh, Baba Hassan?« fragte Caynan Reis.

»Ich fürchte nein, mein Herr«, erwiderte der Haremswächter.

»Dann werde ich dich jetzt verlassen, mein Freund«, sagte Aruj Aga.

»Nein«, wandte Caynan Reis ein. »Du bist der Hauptmann der Janitscharen hier in El Sinut. Ein Besucher aus Istanbul, der mich so dringend sprechen möchte, soll auch von dir gehört werden. Ich vertraue wenigen Menschen so wie dir. Bring den Mann herein, Baba Hassan. Ich werde ihn sofort empfangen.«

Der Eunuch verneigte sich. Sein Gesicht ließ keinerlei Regung erkennen. Einige Augenblicke später kehrte er mit einem großgewachsenen, offensichtlich kampferprobten Mann zurück, der den für die Janitscharen typischen riesigen Schnauzbart trug. Der Mann verbeugte sich tief vor dem Dey.

Caynan Reis nahm seinen Gruß entgegen und sagte: »Sprich.«

»Mein Herr, du hast einen Gast. Was ich dir zu sagen habe, ist allein für dich bestimmt«, sagte der Besucher.

»Das ist Aruj Aga, Hauptmann der Janitscharen von El Sinut. Was immer du mir zu sagen hast – er darf es gewiß hören«, erwiderte der Dey.

»Heißt das, du bist den Janitscharen freundlich gesinnt, mein Herr?« fragte der Mann.

»Ich bin *allen* freundlich gesinnt, die unserem Herrn, Sultan Murat, möge er tausend Jahre alt werden, wohlwollen und ihm gewissenhaft dienen«, lautete seine kluge Antwort.

Der Besucher lächelte. »Ich bringe dir Grüße vom Hof der Janitscharen, mein Herr. Ich, Hussein Aga, bin gekommen, um mit dir über eine überaus heikle Angelegenheit zu sprechen. Kann ich sicher sein, daß niemand von dem erfährt, was hier zwischen uns gesprochen wird?«

Caynan Reis nickte. »Sprich«, forderte er ihn auf.

»Mein Herr, der Sultan ist sehr jung. Ein Knabe, der noch jahrelang nicht in der Lage sein wird, selbst zu herrschen. Wir werden von einer Frau regiert, der Mutter des Sultans. Das ist ein Zustand, den wir nicht tolerieren können. Sie darf nicht länger bestimmen, was in diesem Reich geschieht.«

»Und wie sollte man das erreichen?« fragte der Dey trocken. »Wollt ihr diese Frau töten und an ihrer Stelle für den Sultan regieren?«

»So einfach geht das nicht, mein Herr. Sultan Murat liebt seine Mutter. Man kann ihn nicht einfach von ihr trennen. Deshalb ist es besser, wenn er gar nicht mehr regiert, sondern zusammen mit seiner Mutter beseitigt wird.«

Der Dey strich sich nachdenklich über das Kinn. »Und wen wollt ihr an die Spitze des osmanischen Reiches stellen?«

»Der Sultan hat zwei jüngere Brüder«, antwortete der Aga.

»Ihr müßtet einen der beiden töten, damit nicht irgendeine andere Gruppe den Knaben für ihre Zwecke benützen kann«, warf der Dey ein. »Ich schätze, ihr würdet den nächstälteren töten und den jüngsten Bruder auf den Thron setzen, damit den Janitscharen eine lange Herrschaft sicher ist, oder? Wie alt ist denn der Jüngste? Vier? Fünf?«

»Das müssen die Verantwortlichen unseres Korps entscheiden«, sagte Hussein Aga mit starrer Miene.

»Warum kommst du dann zu mir?« fragte Caynan Reis. »Ich bin der Dey des kleinsten Barbareskenstaates. Ich habe nicht mehr Macht, als mir der Sultan übertragen hat, und sie reicht nicht über unsere Grenzen hinaus. Was willst du also von mir, Hussein Aga?«

»Deine Unterstützung in dieser Angelegenheit«, antwortete der Abgesandte der Janitscharen. »Wenn du für unsere Sache bist, schenken wir dir dafür die Unabhängigkeit für El Sinut. Du brauchst keinen Tribut mehr an Istanbul zu entrichten. Würde es dir nicht gefallen, wenn dein Sohn dieses kleine Königreich eines Tages erben würde?«

»Ich habe keinen Sohn«, entgegnete der Dey in ruhigem Ton.

»Aber du bist ein junger Mann und könntest noch viele Söhne haben. Wenn El Sinut dein ist, dann brauchen die Frauen deines Harems nicht länger den Trank zu schlucken, der sie unfruchtbar macht. Dann wärst du der Patriarch hier in El Sinut«, versuchte Hussein Aga ihn zu überreden und lächelte, wodurch er Caynan Reis an ein Frettchen erinnerte, das er als kleiner Junge besessen hatte.

»Hast du schon mit den Deys der größeren Staaten gesprochen?« fragte Caynan Reis seinen Besucher.

»Du bist der erste, mein Herr«, lautete die Antwort.

Erneut strich sich der Dey über seinen kurzgeschnittenen Bart, so als prüfe er den Vorschlag in aller Sorgfalt. Dann wandte er sich wieder an den Janitscharen: »Als Dey des kleinsten Staates riskiere ich mehr als die anderen, Hussein Aga. Was ist, wenn ich dir meine Unterstützung zusage, und die anderen weigern sich? Sowohl Algier als auch Tunis trachten seit Jahren danach, El Sinut an sich zu reißen. Ich habe erst vor kurzem geheiratet. Ich möchte nicht, daß meine Frau gleich zur Witwe wird, nur weil ich nicht vorsichtig genug war. Nein, ich kann erst dann in Erwägung ziehen, dich zu unterstützen, wenn das auch die anderen Staaten tun. Wenn der Umsturzversuch scheitert, wird so mancher hart bestraft werden. Möglicherweise wird El Sinut für die anderen büßen müssen. Ich muß an mein Volk denken. Versteh mich nicht falsch – es ist mir egal, wer das Reich regiert, solange man uns hier in Frieden leben läßt. Ich sage nicht, daß ich dir meine Unterstützung verweigere, aber ich möchte ganz einfach sicher sein, daß sich meine mächtigeren und reicheren Nachbarn ebenfalls beteiligen. Wenn du mir ihre Zusage bringen kannst, dann werde ich dir meine Antwort mitteilen, Hussein Aga. Vorsicht ist nun einmal die Mutter der Porzellankiste, nicht wahr?« fügte Caynan Reis lächelnd hinzu.

»Ich weiß deine Ehrlichkeit zu schätzen, ehrenwerter Dey, und ich verstehe dich sehr gut«, antwortete der Janitschare. »Ich werde morgen früh aufbrechen, um Algier, Tunis und Marokko zu besuchen.«

»Aber heute abend«, sagte der Dey in freundschaftlichem Ton, »bestehe ich darauf, daß du mein Gast bist.« Er klatschte in die Hände, und Baba Hassan trat an seine Seite.

»Mein Herr?«

»Sag Abu, er soll ein Lamm schlachten, damit wir ein Festmahl für unseren edlen Gast geben können.« Der Dey wandte sich wieder dem Janitscharen zu. »Du bleibst doch über Nacht hier bei uns im Palast – in der Kaserne der Janitscharen?«

Hussein Aga nickte zustimmend.

»Aruj Aga, mein Freund, bring unseren Besucher in die Badestube, damit er sich erfrischen kann. Baba Hassan wird dir frische Kleider für heute abend bringen und dafür sorgen, daß deine Kleider bis morgen gereinigt werden«, sagte Caynan Reis in liebenswürdigem Ton.

Erneut verneigte sich der Abgesandte tief »Du bist ein großzügiger Gastgeber, mein Herr. Ich werde es nicht vergessen.«

Die beiden Janitscharen verließen das Zimmer des Dey, begleitet von Baba Hassan. Caynan Reis saß allein da und dachte über all das nach, was soeben geschehen war. Baba Hassan hatte ihn vor zwei Tagen von der bevorstehenden Ankunft des Janitscharen in Kenntnis gesetzt. Der Haremswächter hatte im Laufe der Jahre ein äußerst wertvolles Netzwerk von Informanten aufgebaut, das von El Sinut bis nach Istanbul reichte, und von Algier bis Damaskus. Wann immer sich irgendwo etwas Wichtiges anbahnte, wußte Baba Hassan darüber Bescheid. Er war wirklich ein Mann von erstaunlichen Fähigkeiten und hätte es eigentlich verdient, in einem größeren Reich zu wirken – doch Caynan Reis war froh, daß Baba Hassan für ihn arbeitete.

Caynan Reis hatte, nachdem er von der Verschwörung gegen den Sultan erfahren hatte, mit India noch in derselben Nacht im Bett darüber gesprochen. Sie hatte ihm zur Vorsicht geraten und ihn gefragt: »Ist der junge Sultan denn ein schlechter Sultan?« Der Dey hatte ihr mitgeteilt, daß es eigentlich seine Mutter sei, die für den Knaben herrsche, und daß ihre Entscheidungen bisher stets klug und ausgewogen gewesen seien. Im ganzen Reich herrschten Friede und Wohlstand.

»Ich würde mich nicht gleich festlegen, Caynan«, riet India ihm. »Es erscheint mir sehr gefährlich. Außerdem – hat jemals ein Umsturzversuch der Janitscharen Erfolg gehabt? Sag diesen Verrätern nicht deine Unterstützung zu.«

Er war durchaus mit ihr einer Meinung gewesen und hatte Azura und Baba Hassan anvertraut, daß er seine Frau für überaus klug halte – was bei ihrer Jugend um so bemerkenswerter sei. Nun jedoch wurde ihm klar, daß sich ihm eine Möglichkeit bot, sicherzustellen, daß sein erstgeborener Sohn den Thron von El Sinut von ihm erbte. Wenn er die Mutter des Sultans rechtzeitig von dem Umsturzversuch in Kenntnis setzte, dann würde sie sich möglicherweise sehr dankbar zeigen – ein Gedanke, der Caynan Reis durchaus gefiel.

8

Dieser Caynan Reis gefällt mir nicht«, sagte Hussein Aga zu Aruj Aga, als sie sich gemeinsam in dem geheizten Becken entspannten. Er sprach Türkisch, damit die Dienstboten ihn nicht verstehen konnten.

»Warum?« fragte der jüngere der beiden Janitscharen den Abgesandten aus Istanbul. »Er ist ein guter Dey.« Er antwortete ebenfalls auf Türkisch, jener Sprache, die er bereits als Kind gelernt hatte, nachdem er in das Korps der Janitscharen eingetreten war.

»Er ist mir ein wenig zu schlau. Wenn ich nur an seinen Vorschlag denke, zuerst die Zustimmung der anderen Staaten einzuholen. Ich traue ihm einfach nicht. Er scheint nicht wirklich unser Freund zu sein – und wer nicht für uns ist, ist gegen uns.«

Mehrere Sklavinnen huschten im Bad umher, bereiteten die Massagetische für die Badenden vor und brachten vorgewärmte Tücher.

»Er ist eben vorsichtig«, nahm Aruj Aga seinen Dey in Schutz. »Ich kenne ihn jetzt seit zehn Jahren. Nicht *einmal* habe ich ihn bei einer Unehrlichkeit ertappt. Was du ihm angeboten hast – die Befreiung von der Tributpflicht und das Recht, den Thron an seinen Sohn zu vererben – ist gewiß eine unwiderstehliche Verlockung. Er hat erst vor wenigen Wochen geheiratet. Bestimmt wird er die Sicherheit für seine Kinder zu schätzen wissen, die du ihm angeboten hast. Aber er ist nun einmal der Herrscher in einem sehr kleinen Staat. Schon seit Jahren lauern die größeren Nachbarstaaten wie die Geier auf eine günstige Gelegenheit, um sich El Sinut einzuverleiben. Da ist es doch verständlich, daß Caynan Reis sehr vorsichtig handelt.«

»Warum in Allahs Namen sollte jemand auf dieses gottverlassene Fleckchen Erde Wert legen?« fragte Hussein Aga in höhnischem Ton.

»El Sinut hat einen großen Hafen; das ist auch der Grund, warum die Schiffe von El Sinut mehr Beute machen als jene von Algier und Tunis. Und außerhalb der Stadt erstrecken sich Dattelhaine, die eine reiche Ernte liefern. Die Datteln sind größer und süßer als anderswo. Das liegt am Boden, hat man mir gesagt. Und wir haben Salzminen und eine berühmte Mineralquelle, wo sich die Reichen – selbst aus Damaskus – einfinden, um Heilung zu finden«, erklärte ihm Aruj Aga.

»Ich wußte gar nicht, was für eine blühende Gegend das hier ist«, antwortete Hussein Aga nachdenklich. »Vielleicht hast du ja recht, und mein Mißtrauen ist unbegründet. Gewiß, deine Freundschaft mit diesem Dey ist nicht zu verachten. Ich war beeindruckt, als er darauf bestand, daß du bei meinem Gespräch mit ihm anwesend sein solltest. Das zeigt doch, daß er die Janitscharen respektiert.«

»Er hat stets mit uns zusammengearbeitet, Hussein Aga, und offen gestanden war er mehr als großzügig, wenn es darum ging, die Güter zu verteilen, die uns auf unseren Reisen in die Hände fielen. Hast du gewußt, daß er jedes Jahr ein ganzes Schiff als Tribut an das Janitscharenkorps schickt?«

»Deswegen hat man mich ja zuerst hierher geschickt«, sagte Hussein Aga. »Man ist der Ansicht, Caynan Reis sei unser Freund, ein Mann, dem wir vertrauen können.«

»Das können wir auch!« warf Aruj Aga voll Überzeugung ein. »Dafür lege ich meine Hand ins Feuer. Gewiß verstehst du jetzt, warum er so vorsichtig reagiert hat.«

»Dein Wort soll mir genügen«, antwortete Hussein Aga. »Ich kenne dich als Ehrenmann. Ich erinnere mich noch, wie du als Knabe die Schule besucht hast, und ich kenne auch deinen Onkel, der einer unserer Führer ist. Aber eines muß dir klar sein, Aruj Aga. Wenn dieser Dey uns auf irgendeine Weise verrät, dann ist es deine Pflicht, ihn zu töten. Das verstehst du doch, oder?«

»Ich werde gehorchen«, antwortete der Jüngere.

»Gut! Gut! Nun, meinst du, du könntest irgendwo ein hübsches Mädchen für mich finden, um mir den Abend zu verschönern? Ein junger Mann wie du kennt doch bestimmt Unmengen von Mädchen«, sagte der ältere Janitschare lachend.

»Das Mädchen wird dich nach unserem Abendessen mit dem Dey in deinen Gemächern erwarten«, antwortete Aruj Aga lächelnd.

Die beiden Männer stiegen aus dem Becken, um sich von Sklavinnen in warme Tücher hüllen zu lassen. Sie wurden abgetrocknet und massiert und anschließend in frische Gewänder gekleidet. Gemeinsam verließen sie die Badestube, um noch einen Spaziergang durch die Gärten des Palastes zu machen, bevor das Abendessen aufgetragen wurde.

Baba Hassan beobachtete sie für einen Augenblick von seinem Fenster aus und wandte sich dann der obersten Dienerin der Badestube zu, die gekommen war, um ihn zu sprechen. »Du wolltest mir etwas mitteilen, Oma?«

»Nicht ich, mein Herr, sondern Refet.« Sie ließ ein zartes junges Mädchen vortreten, das sich ein wenig hinter der Frau versteckt hatte.

»Sprich, mein Kind«, sagte Baba Hassan in freundlichem Ton zu dem Mädchen, das durch die Tatsache, vor dem ehrwürdigen Haremswächter des Dey zu stehen, ziemlich eingeschüchtert wirkte.

»Ich bin Türkin«, sagte sie. »Die beiden Janitscharen sprachen Türkisch miteinander. Der ältere der beiden hat gesagt, daß er dem Dey nicht traue, weil er dem Plan nicht zugestimmt hat, doch Aruj Aga hat ihm geschworen, daß der Dey vertrauenswürdig sei, wodurch die Bedenken des anderen zerstreut wurden. Trotzdem hat der Abgesandte gesagt, daß Aruj Aga den Dey töten müsse, falls er die Janitscharen verrate. Und Aruj Aga hat zugestimmt. Dann hat ihn der Mann noch gefragt, ob er ein Mädchen für die Nacht für ihn finden könne. Das ist alles, mein Herr.«

»Ich danke dir«, sagte Baba Hassan und entließ die beiden Frauen. Dann setzte er sich nieder, um zu überlegen, was er tun sollte. Natürlich mußte die Frau, die heute nacht das Bett des Besuchers teilen würde, sorgfältig ausgewählt werden. Da der Dey im Augenblick ohnehin wenig Interesse an seinem Harem hatte, würde er es vielleicht gestatten, daß zwei seiner eigenen Frauen die beiden Janitscharen unterhielten. Was India betraf, so war es gewiß besser, wenn sie an diesem Abend nicht an der Seite des Dey war. Dafür würde Samara sich freuen, bei Tisch anwesend sein zu dürfen. Und die süße Mirmah, die einst Aruj Aga gehört hatte, würde für diese eine Nacht wieder ihm gehören. Die leidenschaftliche rothaarige Sarai würde Hussein Aga gewiß zufriedenstellen. Vielleicht konnte das kluge Mädchen ihm einige weitere Informationen entlocken.

Baba Hassan erhob sich und ging zu seinem Herrn. Der Dey war in Gesellschaft seiner Frau, und es war nicht schwer zu erkennen, daß sie sich kurz vorher geliebt hatten. Der Haremswächter verneigte sich tief und verkniff sich ein Lächeln. Dann teilte er dem Dey mit, was er von dem Mädchen im Bad erfahren hatte, und sprach mit ihm über den Plan, den er für heute Abend zurechtgelegt hatte. »Es wäre günstig, wenn die beiden Mädchen, die den Janitscharen Gesellschaft leisten, unser Vertrauen genießen. Wenn du jedoch nicht die Absicht hast, zwei Frauen aus deinem Harem zur Verfügung zu stellen, dann werde ich zwei erfahrene Kurtisanen aus der Stadt kommen lassen, von denen ich weiß, daß sie vertrauenswürdig sind.«

Caynan Reis lachte leise, und mit einem Augenzwinkern sagte er: »Nein, Baba Hassan, meine armen Damen wurden in letzter Zeit arg vernachlässigt, nachdem ich ja mit meiner schönen Frau so überaus beschäftigt bin. Schick ihm ruhig meine Frauen, das wird Hussein Aga das Gefühl geben, daß ich ihm eine Ehre erweise.«

»Aber warum muß Samara meinen Platz an der Seite meines Gemahls einnehmen?« wollte India wissen. »Würde man dem Besucher aus Istanbul nicht auch Ehre erweisen, indem die Gemahlin des Dey mit ihm speist?«

»Wenn das ein gewöhnlicher Abend wäre, dann ja«, antwortete Baba Hassan. »Aber wir befinden uns in einer sehr gefährlichen Situation. Außerhalb des Palastes kennen nur wenige dein Gesicht. Es ist besser für dich, wenn dich dieser Mann aus Istanbul nicht zu sehen bekommt.«

»Ich stimme dir zu«, antwortete der Dey, »vor allem,

wenn ich an die Neuigkeiten denke, die mir meine Gemahlin heute nachmittag anvertraut hat.«

»Mein Herr!« rief Baba Hassan mit dem breitesten Lächeln aus. »Erwarten wir etwa ein Kind? Ahhh! Dafür haben wir alle gebetet, mein Dey!« Er wandte sich India zu. »Möge Allah dich segnen, gutes Kind! Darf ich es gleich Azura sagen?«

India wandte sich mit einem glücklichen Lachen an ihn. »Ich bin mir noch nicht ganz sicher – immerhin habe ich ja noch kein Kind bekommen, aber als älteste Tochter meiner Mutter habe ich schon einiges mitbekommen, und ich glaube, die Anzeichen sprechen ganz dafür. Ja, Baba Hassan, du kannst es Azura anvertrauen, und den Frauen aus dem Harem ebenfalls, denn das wird ihnen Hoffnung geben, meinen Gemahl bald wieder unterhalten zu dürfen. Dadurch wird auch keine Enttäuschung aufkommen, weil nur drei heute abend ausgewählt werden können, um an dem Abendessen teilzunehmen. Wenn ich auswählen müßte, Baba Hassan, dann würde ich dem Besucher gleich zwei Damen schicken, denn wenn es nur eine wäre, dann hätte er bestimmt den Verdacht, daß es eine Spionin sein könnte. Aber zwei Damen – das spricht eindeutig für die Großzügigkeit des Dey. Ich glaube nicht, daß man einen Dummkopf auf eine so heikle Mission geschickt hat. Warum geben wir ihm nicht Nila und Sarai? Er wird so überwältigt sein von ihren Reizen, daß ihm gar keine Zeit bleibt, an irgend etwas anderes zu denken, als möglichst viel Vergnügen mit den beiden zu erleben.«

»Du bist mindestens so schlau wie die Mutter des Sultans«, sagte Baba Hassan voller Bewunderung. »Mit der Erlaubnis meines Herrn soll es so geschehen.«

»Mach es ruhig so, wie meine Gemahlin vorgeschlagen hat«, stimmte der Dey zu. »Ist sie nicht klug, Baba Hassan? Was für Söhne ich von ihr bekommen werde!«

»Es könnte genausogut eine Tochter werden«, entgegnete India. »Meine Mutter hat auch zuerst mich bekommen, und dann erst meinen Bruder Henry.«

»Eine Tochter würde mich genauso freuen, wenn sie nur

so schön wie ihre Mutter ist«, gab er zurück und nahm Indias Hand, um sie liebevoll zu küssen. »Trotzdem hoffe ich, daß dieses erste Kind ein Sohn sein wird, mein Liebling, nicht bloß für mich, sondern für El Sinut.«

»Meine Mutter hat fünf Söhne«, sagte India lächelnd. In etwas ernsterem Ton fügte sie hinzu: »Du mußt dich jetzt für den Abend vorbereiten. Ein Bad wäre nicht schlecht – es war ein heißer Tag. Wenn Samara dich zu verführen versucht, dann werde ich sie eigenhändig erwürgen!«

Baba Hassan zog sich kichernd zurück und ging sogleich zu Azura, um ihr die freudige Nachricht zu überbringen, daß India ein Kind erwarte.

»Allah sei es gedankt!« sagte Azura und klatschte in die Hände. Mit einem Lächeln sagte sie zu Baba Hassan: »Wir haben wirklich großes Glück, nicht wahr? India ist die ideale Frau für Caynan Reis.«

»Du weißt noch nicht alles«, warf Baba Hassan ein und erzählte ihr, wie der Verlauf des Abends geplant war.

»Ich werde Sarai und Nila persönlich sagen, was sie zu tun haben. Mirmah wird sich einzig und allein um Aruj Aga kümmern. Ich glaube, sie hat ohnehin noch eine Schwäche für ihn, obwohl sie schon seit Jahren im Haus des Dey lebt. Was Samara betrifft – mit ihr mußt du selbst sprechen. Ich habe nicht die Geduld, mich mit ihr abzugeben, sie wird gar nicht damit zufrieden sein, daß für sie der Abend zu Ende ist, wenn sich der Dey zur Nachtruhe zurückzieht.«

»Ich weiß schon, wie ich mit ihr fertig werde«, antwortete der Haremswächter lächelnd. »Solange man ihr nicht ihre Würde nimmt, wird sie schon gehorchen.«

Die beiden Janitscharen trafen im Eßzimmer des Dey ein, wo sie von Mirmah, Nila, Sarai und Samara empfangen wurden, die allesamt prachtvolle Seidengewänder trugen. Ihre Gesichter waren hinter den durchsichtigen Schleiern gut zu erkennen. Wenig später schloß sich auch der Dey ihnen an. Er winkte Samara an seine Seite. Aruj Aga erkannte Mirmah sofort, die sich vertrauensvoll an ihn schmiegte; er staunte, daß der Dey offensichtlich einige Frauen aus seinem eigenen Harem eingeladen hatte, um ihnen Gesellschaft zu leisten.

»Ich dachte mir, daß du vielleicht heute abend gern weibliche Gesellschaft hättest, Hussein Aga«, sagte der Dey. »Diese Frauen sind aus meinem eigenen Harem. Die rothaarige Schönheit zu deiner Rechten heißt Sarai. Sie ist eine wahre Meisterin in verschiedenen exotischen Künsten. Das goldhaarige Mädchen zu deiner Linken ist meine gute Nila. Sie ist einfach unermüdlich und wird dir gewiß große Freude bereiten. Meine süße Mirmah soll Aruj Agas Begleiterin sein. Er hat sie mir vor Jahren überlassen, und ich dachte mir, daß er ihre Gesellschaft vielleicht genießen würde.«

Hussein Aga war einen Augenblick sprachlos. Die beiden Frauen, die ihm Gesellschaft leisten sollten, gehörten gewiß zu den sinnlichsten und verführerischsten Geschöpfen, die er je zu Gesicht bekommen hatte. Allein der Duft nach Lilien und Rosen, der von ihnen ausging, beflügelte seine Sinne. Er konnte nicht anders, als einen Finger über Sarais nackten Arm gleiten zu lassen. Ihre Haut war wie feinste Seide. Sie lächelte ihm verführerisch zu, so daß er ihre kräftigen weißen Zähne sah. Nila, die ebenfalls seine Aufmerksamkeit auf sich ziehen wollte, blickte ihm lächelnd in die Augen und leckte sich mit der Zunge über die vollen Lippen. Der Janitschare hatte das Gefühl, daß sich alles in ihm zu drehen begann, während sein Geschlecht sich unter seinen Kleidern kräftig regte. Waren diese Frauen etwa Spioninnen, die versuchen würden, ihm Geheimnisse zu entlocken? Er stellte fest, daß ihm das egal war, insbesondere als Sarai eine ihrer prallen Brüste gegen seine Brust drückte. »Ehrenwerter Dey«, brachte er schließlich hervor, »du erweist mir viel mehr Ehre, als ich verdiene. Nie zuvor habe ich so prächtige Frauen gesehen. Sie sind einfach unvergleichlich!«

»Durch meine langjährige Freundschaft mit Aruj Aga bin ich dem Korps der Janitscharen seit jeher freundlich gesinnt«, sagte der Dey wahrheitsgemäß. »Ich hoffe, du kehrst bald wieder von deiner Reise in die anderen Staaten zurück. Hoffentlich hast du Freude an meinen Frauen. Ich fürchte, ich habe sie etwas vernachlässigt, seit ich verheiratet bin.«

»In der Tat«, warf Samara freimütig ein. »Habe ich nicht recht, meine Damen? Mit der Gemahlin des Dey können wir uns anscheinend nicht messen. Sie ist schön, gebildet und charmant. Es ist schwer, sie nicht zu mögen. Trotzdem, jetzt wo sie ein Kind erwartet, haben wir bald wieder unsere Chance bei unserem Herrn, nicht wahr?«

»Dann wird dir deine Frau also einen Sohn schenken?« sagte Aruj Aga mit einem herzlichen Lächeln. »Allah hat dich wahrlich gesegnet, Caynan.« Er lachte kurz auf und fügte hinzu: »Wenn ich an den Tag denke, als sie in El Sinut ankam! Darf ich Hussein Aga die Geschichte erzählen? Sie ist überaus amüsant.«

»Natürlich«, antwortete der Dey und lächelte selbst bei dem Gedanken daran, wie temperamentvoll und widerspenstig India damals gewesen war. Als Aruj Aga zu erzählen begann, gab der Dey den Dienerinnen ein Zeichen, das Essen zu servieren.

Es gab eine vorzügliche Linsensuppe, Couscous in einer würzigen Sauce mit Gemüse und Rindfleisch, ein Lamm, auf dem Spieß gegrillt, sowie drei Hühner, mit Mandeln, Rosinen und Reis gefüllt. Außerdem wurden mehrere Schüsseln mit schwarzen und grünen Oliven in Kräuteröl sowie Gurken in Essig aufgetragen. Dazu wurden den Gästen frische, warme Brotfladen gereicht. Auch mehrere Schüsseln Joghurt mit geschälten grünen Weintrauben standen bereit sowie ein frisch gefangener Barsch in Fenchel und Zitronen. Es gab ein Dessert namens *Khtayef*, das aus Nüssen, Honig und Zucker zwischen dünnen Teigschichten bestand; dazu trank man Minztee. Auf einem großen silbernen Tablett lagen vielerlei Früchte, von grünen und roten Weintrauben, in Scheiben geschnittenen Melonen, Pfirsichen, Aprikosen, Granatäpfeln bis hin zu Feigen und Datteln. In kleineren Schüsseln wurden Mandeln und Pistazien angeboten.

Als alle Speisen außer den Früchten und Nüssen verzehrt waren, klatschte der Dey in die Hände, damit mit der Unterhaltung begonnen werde. Ein Schlangenbeschwörer erschien mit seinen Tieren, die in geflochtenen Körben verstaut waren. Ihm folgten einige Bauchtänzerinnen, die sich zu den Tönen einer Flöte im Rhythmus der Trommeln wiegten. Dabei legten sie auf verführerische Weise einen Schleier nach dem anderen ab, bis sie völlig nackt waren. Schließlich trat ein blindes junges Mädchen auf, das – begleitet von drei Frauen an Geige, Zungenpfeife und Trommel – rührende Liebeslieder sang.

Caynan Reis beobachtete, wie die Frauen aus seinem Harem sich den beiden Janitscharen mit ihren Verführungskünsten näherten. Sarai hatte bereits ihre Hand unter Hussein Agas Gewänder schlüpfen lassen, und nach dem Blick des Mannes zu schließen, machte sie ihre Sache ausgezeichnet. Nachdem das blinde Mädchen eine Weile gesungen hatte, hob der Dey die Hand und sagte: »Ich denke, es ist Zeit, daß ich mich zurückziehe. Ich werde mich morgen früh persönlich von dir verabschieden, Hussein Aga. Ich wünsche dir eine angenehme Nacht.« Mit diesen Worten erhob sich Caynan Reis und verließ das Zimmer zusammen mit Samara, die er zum Harem zurückbrachte. »Das hast du gut gemacht«, lobte er das Mädchen und küßte sie zärtlich auf die Lippen.

»Ich bin eine geduldige Frau, mein Herr«, gab sie mit funkelnden Augen zurück.

»Meine Gemahlin dürfte das nicht hören«, sagte er lachend und gab ihr noch einen Kuß. »Ich wünsche dir eine gute Nacht, Samara.«

Mit einem Lächeln auf den Lippen sah sie ihm nach, wie er den Flur entlangging. Bald würde man seiner Gemahlin die Schwangerschaft ansehen, und der Dey würde in seinem Harem Abwechslung suchen. Baba Hassan hatte ihr versichert, daß der Dey ihr bald wieder mehr Aufmerksamkeit schenken würde, und sie glaubte fest daran. Schließlich drehte Samara sich um und trat auf den Hof hinaus.

Caynan Reis hatte ihren Blick auf sich ruhen gefühlt, als er den Flur entlanggegangen war, um Baba Hassan aufzusuchen. Er mußte mit dem Haremswächter unbedingt über seinen Plan sprechen. Rasch trat er in die Gemächer des Eunuchen ein. »Baba Hassan«, wandte er sich ohne lange Vorrede an seinen Ratgeber, der auf dem Diwan saß und seine Wasserpfeife rauchte. »Ich habe einen Plan, der es uns ermöglichen wird, El Sinut aus der Verschwörung herauszuhalten, und der mir außerdem einige Vorteile bringen sollte.« Er ließ sich auf einem der lederbezogenen Stühle nieder.

»An welche Vorteile denkst du, mein Herr?« fragte Baba Hassan neugierig und legte die Pfeife nieder.

»Der Umsturzversuch der Janitscharen wird scheitern. Es ist noch jedesmal so gewesen. Die Hohe Pforte wird Vergeltung suchen, doch man wird nicht die wahren Schuldigen bestrafen, sondern die Vasallenstaaten hier in Nordafrika.«

»Das ist zweifellos richtig, mein Dey«, pflichtete Baba Hassan ihm bei.

»Aber was wäre, wenn El Sinut die Absichten der Janitscharen entlarvt, noch bevor es zum Umsturz kommt? Würde die Mutter des Sultans sich nicht dankbar erweisen? Würde sie den treuen Dey von El Sinut nicht fürstlich belohnen? Würde sie ihm nicht aus Dankbarkeit dieses kleine Reich anbieten, damit er den Thron eines Tages seinem Sohn vererben kann? Natürlich müßten wir weiterhin Tribut an Istanbul zahlen und dem Sultan treu dienen – aber die Herrschaft über El Sinut würde für immer in den Händen meiner Familie liegen.«

Baba Hassan schwieg eine ganze Weile. Ganz offensichtlich dachte er sorgfältig über die Worte des Dey nach, ehe er sich schließlich an seinen Herrn wandte. »Das ist gefährlich, Herr. Sehr gefährlich. Doch genauso gefährlich wäre es, von dem Plan der Janitscharen zu wissen und Istanbul nicht davon zu verständigen. Wenn du die Mutter des Sultans benachrichtigst, dann wirst du ihre Gunst gewinnen – doch die Janitscharen wirst du dir dadurch zu Todfeinden machen. Eines der Mädchen in der Badestube hat mit angehört, wie Aruj Aga den Befehl bekam, dich zu töten, falls du den Plan verrätst, und er hat sich dazu bereit erklärt.«

»Ich glaube, er hat das nur gesagt, um Hussein Aga zu besänftigen«, erwiderte der Dey. »Wir sind seit vielen Jahren Freunde. Aruj Aga würde mich niemals töten.«

»Mein Herr, eines ist dir vielleicht nie so richtig bewußt gewesen: daß die Treue deines Freundes vor allem seinen Gefährten, den Janitscharen, gilt. Schon sein Großvater war Janitschare, und auch sein Onkel gehört dem Korps an. Von

Kindesbeinen an wurde ihm die Treue zum Korps eingehämmert. Er war schon sehr früh im Palast des Sultans tätig, wo seine Treue jedoch vor allem den eigenen Offizieren und weniger dem Sultan galt. Bisher hat es zwischen euch beiden nie den geringsten Konflikt gegeben, doch du darfst nicht erwarten, daß Aruj Aga im Zweifelsfall die Treue zu seinem Korps vernachlässigen würde, um dir zu dienen. Er würde ihnen auch dann die Treue halten, wenn er persönlich überzeugt wäre, daß sie im Unrecht sind. Du darfst ihm nicht weiter dein Vertrauen schenken, wenn du deinen Plan verwirklichen willst.«

»Was bleibt mir denn anderes übrig, Baba Hassan?« fragte Caynan Reis seinen Freund und Ratgeber. »Die anderen Staaten werden die Gelegenheit beim Schopfe packen, sich von Istanbul zu lösen. Wenn Hussein Aga zurückkehrt, muß ich ihn meiner Unterstützung versichern. Tue ich es nicht, so wird er mich als Feind ansehen, und seine Männer werden mir nach dem Leben trachten. Die Hohe Pforte wird nicht zögern, mich als Sündenbock hinzustellen. El Sinut ist nur ein kleiner Staat, so daß man es sich erlauben kann, uns zu bestrafen, während man die größeren Staaten ungeschoren läßt. Ich fürchte, ich muß zwischen zwei Übeln wählen. Wenn ich aber den Plan der Janitscharen preisgebe, so habe ich eine größere Chance, ungeschoren davon zu kommen. Wenn El Sinut die Unabhängigkeit erlangt, werde ich den Sultan ersuchen, die Janitscharen von hier abzuziehen. Ich werde meine eigene Truppe aufstellen, um uns zu schützen. El Sinut wird in meinen Händen sein, und in den Händen meiner Familie. Das ist mir ein gewisses Risiko wert. Wenn es einen anderen Weg gibt, wie wir sicher und in Freiheit leben können, Baba Hassan, dann teile ihn mir bitte mit.«

»Es gibt keinen anderen Weg, mein Herr. Alles wird kommen, wie Allah es will«, fügte der Haremswächter schicksalsergeben hinzu.

Caynan Reis pflichtete ihm mit einem Kopfnicken bei. »Nun, mein Freund, wie teilen wir es der Mutter des Sultans mit? Bestimmt hast du schon eine Idee, oder täusche ich mich etwa?«

»Wir werden versuchen, sie rasch zu erreichen. Ich habe mehrere Brieftauben, die mir einst der Kislar Aga überlassen hat. Die meisten Männer in meiner Stellung verfügen über solche Vögel. Wir werden drei Tauben losschicken, die unsere Botschaft nach Istanbul tragen. Außerdem werde ich dem Sultan zwei Knaben zum Geschenk machen, die wir mit dem nächsten Schiff zu ihm schicken. Mein Vertrauter Ali-Ali wird die beiden begleiten und dem Kislar Aga eine Botschaft von mir überbringen.«

»Und wenn Ali-Ali auf den Gedanken kommt, die Botschaft zu lesen?« wandte der Dey ein.

»Ich werde sie in einer Geheimsprache verfassen, die nur der Kislar Aga kennt – und natürlich jene Männer, denen er seine Brieftauben anvertraut. Das ist eine wirklich kluge Vorkehrung.«

»Warum schickst du Knaben, und nicht schöne Mädchen?« wollte der Dey wissen.

»Die Mutter des Sultans hat ihren Sohn ermutigt, sich mehr mit Knaben als mit Mädchen abzugeben. Auf diese Weise will sie sicherstellen, daß sie ihren Einfluß auf ihren Sohn nicht verliert, indem ein weibliches Wesen ihn mit ihren Reizen an sich bindet, oder indem sie ihm einen Sohn schenkt. Das wird sich mit der Zeit wohl ändern, aber im Augenblick sind wir besser beraten, hübsche Knaben zu schicken und nicht schöne Mädchen.«

»Wie können wir wissen, ob der Sultan unsere Warnung erhalten hat? Und wird sie ihn überhaupt rechtzeitig erreichen?« fragte Caynan Reis.

»Wir werden es erst wissen, wenn Ali-Ali zurück ist, mein Herr. Daran können wir nichts ändern, fürchte ich – aber bedenke, daß Hussein Aga einige Wochen für seine Mission benötigen wird, ehe er wieder nach El Sinut zurückkehrt. Dann hat er noch die Fahrt nach Istanbul vor sich. Die Tauben, die ich in zwei Tagen losschicken werde, kennen nur den Weg in ihr Zuhause im Serail zu Istanbul. So werden sie auf ihre Aufgabe vorbereitet. Ali-Ali wird mir die Vögel zurückbringen. Auf diese Weise werden wir die verräterischen Janitscharen überlisten.«

»Ich verstehe, aber warum wartest du zwei Tage, ehe du die Tauben fliegen läßt, Baba Hassan? Sollten wir sie nicht gleich morgen früh losschicken?«

»Nein, denn Hussein Aga weiß ganz bestimmt von diesen Tauben. Was wäre, wenn er sie fliegen sähe, wenn er den Palast verläßt? Diese Tauben sind unverwechselbar. Sie sind weiß mit schwarz-weißer Musterung und unterscheiden sich stark von gewöhnlichen Tauben, wie sie auf den Hausdächern sitzen oder auf dem Marktplatz um einen Bissen betteln. Wer von ihnen weiß, wird sie gewiß erkennen – deshalb müssen wir warten, bis der Abgesandte der Janitscharen uns verlassen hat. Wir müssen in dieser Sache äußerste Vorsicht walten lassen.«

»Einverstanden«, sagte der Dey und erhob sich von seinem Stuhl. »Azura soll die einzige sein, die von unserem Plan erfährt, Baba Hassan.«

»Deine Gemahlin sollten wir ebenfalls einweihen, mein Dey«, riet Baba Hassan ihm. »Sie ist ein sehr kluges Mädchen und kann dir vielleicht noch behilflich sein, wenn sie von allem weiß.«

»Aber was ist mit dem Kind? Wird sie nicht das Kind in Gefahr bringen?«

»Nichts von alldem zu wissen, wäre noch viel gefährlicher, mein Herr. Sie ist eine sehr temperamentvolle Dame mit viel Fantasie. Wenn sie sich Sorgen macht, ohne etwas zu wissen, könnte das dem Kind viel mehr schaden. Wenn sie aber weiß, was vor sich geht, so wird sie daraus Mut und Kraft schöpfen. Schließlich willst du El Sinut für deinen Sohn gewinnen, mein Herr, und es ist ebenso ihr Sohn – das darfst du nicht vergessen. Frauen sind gar nicht erfreut – und das zurecht –, wenn ein Mann seinen Sohn als *sein* Kind allein betrachtet. Schließlich hat die Frau das Kind fast ein Jahr lang in sich getragen.«

»Wie kommt es, daß du so überaus weise bist, Baba Hassan?« fragte der Dey staunend. »In unserem Palast hat es nie Kinder gegeben – zumindest nicht zu meiner Zeit oder zur Zeit unseres Herrn Sharif.«

»In meiner Jugend«, antwortete der Eunuch, »habe ich am

Hofe eines Sultans gedient, wo es viele Kinder gab, darunter die Tochter meiner jungen Herrin. Der Sultan verlor jedes Interesse an ihr, als sie schwanger wurde, und – um die Wahrheit zu sagen – sie war zwar schön, aber nicht besonders klug. Ihr Töchterchen war nur eines von vielen kleinen Mädchen, die der Sultan gezeugt hatte. Meine Herrin wurde zur Unruhestifterin, so daß sie schließlich zusammen mit ihrem Kind in den alten Palast geschickt wurde. Ich selbst wurde auserwählt, Azura nach El Sinut zu begleiten, nachdem der Sultan sie seinem treuen Dey Sharif zum Geschenk gemacht hatte. Das ist der Grund, warum ich so manches über schwangere Frauen und ihre Kinder weiß«, sagte Baba Hassan lachend. »Ich habe in meinen fünfzig Jahren einiges gelernt, mein Dey.«

»Ich verneige mich vor deiner Weisheit«, sagte der Dey mit einem anerkennenden Lächeln.

Baba Hassan lachte kurz auf. »Ich stehe dir zu Diensten, Herr, wann immer du mich brauchst.«

Am nächsten Morgen traf Caynan Reis mit Hussein Aga zusammen, ehe dieser den Palast verließ, um zu seinem Schiff zu gelangen. »Hattest du eine erquickliche Nacht?« fragte der Dey seinen Gast, der so aussah, als hätte er kaum ein Auge zugetan.

»Noch nie in meinem Leben habe ich eine solche Nacht erlebt!« antwortete der Janitschare voller Begeisterung. »Der Dey von Algier wird sich an Gastfreundschaft gewiß nicht mit dir messen können, und auch nicht der Dey von Tunis. Ich sehe mit großer Vorfreude meiner Rückkehr nach El Sinut entgegen. Sowohl Sarai als auch Nila sind einfach wundervoll!« sagte er und verneigte sich tief.

»Es freut mich, daß wir dir eine angenehme Abwechslung auf deiner beschwerlichen Reise bieten konnten«, antwortete der Dey und deutete eine Verbeugung an. »Möge Allah dich auf deinem Weg begleiten und dich schützen. Ich hoffe, du wirst schon bald wieder nach El Sinut zurückkehren, Hussein Aga.«

Als der Abgesandte das Zimmer verlassen hatte, wandte

sich der Dey seinem Freund zu. »Und hattest du ebenfalls eine schöne Nacht, Aruj Aga?« fragte er.

»O ja. Mirmah ist eine wundervolle Frau. Aber warum warst du so besonders großzügig zu Hussein Aga, Caynan? Er hat mir erzählt, er wäre fast gestorben vor Lust. Hattest du etwa die Absicht, ihn zu töten?«

»Es gab schon einen Grund für meine Großzügigkeit. Ich wollte nicht, daß er es mir übel nimmt, daß ich ihm nicht meine Unterstützung für seine Pläne zusagen konnte. Das kann ich mir in meiner Situation einfach nicht leisten.«

»Aber du wirst dich uns anschließen, wenn es auch die größeren Staaten tun?« fragte Aruj Aga geradeheraus.

»Du weißt genau, da ich immer das tue, was für El Sinut am besten ist«, antwortete der Dey wahrheitsgemäß. »Habe ich das nicht immer getan? Und habe ich die Janitscharen nicht stets respektiert?«

»Das hast du in der Tat«, antwortete Aruj Aga beruhigt. »Das habe ich auch Hussein Aga versichert, als er Zweifel an deiner Treue äußerte.«

Der Dey klopfte seinem Freund auf den Rücken. »Wir sind wie zwei Pferde, die zusammengespannt sind, um eine Kutsche zu ziehen«, sagte er. »Zusammen haben wir es erreicht, daß El Sinut ein sicherer und blühender Ort blieb. Ich glaube, ich habe den Staat recht gut verwaltet, aber ohne deine Hilfe hätte ich das niemals geschafft. Möge es immer so bleiben.«

»Wenn es Allahs Wille ist«, stimmte Aruj Aga zu.

»Wie gehen die Arbeiten an deinem Schiff voran?« wollte der Dey wissen.

»Sehr gut. In einem Monat sollten wir wieder in See stechen können, und auch Osman arbeitet daran, sein Schiff und die Mannschaft vorzubereiten. Ich denke, ich werde ihm gestatten, die *Sultan Murat* zum ersten Mal wieder als Kapitän zu führen, aber meine Männer werden selbstverständlich an Bord sein.«

»Es ist ohnehin üblich, daß Janitscharen mit an Bord sind«, sagte der Dey. »Ich halte es für eine kluge Entscheidung von dir, einem so erfahrenen Kapitän wieder Verantwortung zu übertragen. Meine Gemahlin wird erfreut sein, daß du ihren Vetter auf diese Weise ehrst.«

India war tatsächlich hocherfreut, als sie die Neuigkeit hörte. »Wenn wir die Janitscharen eines Tages fortschicken«, sagte sie, »hilft mein Vetter dir vielleicht, deine neue Truppe zusammenzustellen. Wir haben viele gute Männer aus Europa hier, die eine solche Gelegenheit gern ergreifen würden.«

»Du mußt vorsichtig sein, mein Liebling«, warnte er sie. »Noch darf niemand ein Sterbenswörtchen von alldem erfahren.« Er seufzte tief »Es tut mir weh, daß ich Aruj Aga in dieser Sache nicht vertrauen darf, aber Baba Hassan hat recht. Die Treue meines Freundes gehört zuallererst seinen Janitscharen.«

»Vielleicht wird er beizeiten erkennen, daß du klug gehandelt hast«, versuchte India ihren Gemahl zu trösten. Sie wußte, wie sehr er die Freundschaft dieses Mannes genoß, mit dem er in den Wäldern der Jagd nachging und mit dem er, bevor India gekommen war, oft Schach gespielt hatte. Caynan würde sich einsam fühlen, wenn Aruj Aga nach Istanbul gesandt wurde, aber vielleicht würde ihr Vetter Tom Southwood – Osman – seinen Platz einnehmen. Sie wünschte, sie könnte ihn sehen, doch das war nun nicht mehr möglich. Zumindest nicht, bis er in den engeren Kreis der bewährtesten Diener des Dey aufgenommen wurde, als ein getreuer und verläßlicher Kapitän, aber auch als Verwandter der ersten Frau des Dey.

Thomas Southwood hatte davon gehört, daß der Dey seine Cousine zur Frau genommen hatte. Er war erleichtert, daß sie Vernunft angenommen hatte und nun in Sicherheit war. Er zweifelte nicht daran, daß sie gern nach England zurückkehren würde, wenn sich die Gelegenheit dazu böte, und er hatte auch die feste Absicht, sie mitzunehmen, wenn er selbst aufbrechen würde. Das hatte er ihr versprochen – und auch vor ihrer Familie hätte er es nicht verantworten können, sie einfach hier zurückzulassen. Mehrere Frauen aus der Familie waren einst in einer ähnlichen Situation gewesen wie India, und sie hatten alle wieder nach England zurückkehren können. Indias fette Mitgift würde ihr trotz ihres abenteuerlichen Vorlebens mit Sicherheit einen Gemahl aus bestem Hause sichern. Sollte es ein Mann aus dem schottischen Hochland sein, so würde er gewiß nicht danach fragen, was irgendwo in El Sinut vorgefallen sein könnte. Gewiß kannten Indias Großmutter und ihre Mutter Mittel und Wege, um den Makel, der ihr durch ihre gegenwärtige Ehe anhaftete, wieder gutzumachen. Indias Ehemann würde sicher nicht an der Jungfräulichkeit seiner Braut zweifeln.

Tom Southwood hatte große Geduld gezeigt. Er wußte, daß er, wenn er Erfolg haben wollte, nichts übereilen durfte. Wie viele arme Narren hatten nicht schon versucht, der Gefangenschaft in den Barbareskenstaaten zu entfliehen, und mußten dabei ihr Leben lassen. Er hatte jene Mitglieder seiner Mannschaft, die bei ihm geblieben waren, stets zur Geduld gemahnt. Schließlich wurden sie ja nicht schlecht behandelt. »Betrachtet das Ganze als ein großes Abenteuer, von dem ihr noch euren Enkelkindern zu Hause in Devon erzählen könnt«, sagte er zu ihnen. »Lernt soviel ihr könnt von dem Leben hier. Freut euch an den Frauen, die es hier gibt. Genießt das gute Essen und die Sonne. Ich bringe uns schon nach England zurück!«

Und während er sie immer wieder aufmunterte, schmiedete er seine Pläne zur Flucht. Wenn sie Erfolg haben wollten, mußte alles bis ins kleinste Detail durchdacht sein. Es gab so vieles, an das er denken mußte. Die Leuchtturmwärter mußten daran gehindert werden, Alarm zu schlagen. Dann mußte die große Kette an der Hafeneinfahrt gesenkt und danach wieder angehoben werden. Die meisten dachten, die Kette würde nur dann gehoben, wenn man einen Angriff auf El Sinut befürchtete. Kaum jemand wußte, daß die Kette jede Nacht die Einfahrt versperrte. Es war in El Sinut seit jeher üblich gewesen, keine Schiffe zwischen Sonnenuntergang und Sonnenaufgang einzulassen.

Das größte Problem würde jedoch darin bestehen, ungesehen in den Palast zu gelangen, um India und das schottische Mädchen zu holen. Tom Southwood hatte erfahren, daß die persönliche Dienstmagd seiner Cousine eine junge Schottin war, die Tochter eines Kapitäns, der getötet worden war, als sein Schiff gekapert wurde. Nur wenige aus der Mannschaft hatten überlebt, aber drei von ihnen waren in El Sinut gelandet, und einer war so klug gewesen, den Islam anzunehmen. Er wurde Osmans Mannschaft zugewiesen. Von diesem Mann hatte Kapitän Southwood auch erfahren, daß Indias Dienstmagd Schottin war. Er nahm sich deshalb vor, sie ebenfalls zu befreien, doch wie – das war nach wie vor ein ungelöstes Problem.

Besonders schwierig stand die Sache mit Adrian Leigh. Es gab einfach keine Möglichkeit, ihn zu retten, da er zusammen mit mehreren anderen Männern an das Ruder der Galeere gekettet war. Jeder Versuch, auch Viscount Twyford zu retten, hätte ihren ganzen Plan gefährdet, denn gewiß würden auch die übrigen Galeerensklaven mitkommen wollen. Viele von ihnen waren ziemlich üble Burschen, denen man nicht trauen konnte. Sie würden wahrscheinlich vor der Abfahrt plündernd durch El Sinut ziehen, was die Aussicht auf eine gelungene Flucht ziemlich gering erscheinen ließ. Deshalb konnte Adrian Leigh nicht mitkommen, und es war zu hoffen, daß India nicht allzu betrübt darüber sein würde. Sie würden jedoch die Familie des jungen Leigh davon in Kenntnis setzen, wo er sich aufhielt. Auf diese Weise hatten seine Eltern die Möglichkeit, ihn vielleicht gegen ein stattliches Lösegeld freizubekommen.

Langsam und sorgfältig bereitete Tom Southwood seinen Plan vor. Seine Männer waren jedenfalls bereit. Es war alles nur eine Frage des richtigen Zeitpunktes – denn sie wußten, daß sie keine zweite Chance bekommen würden. Wenn sie scheiterten, würde es sie das Leben kosten. Und es würde kein rascher, schmerzloser Tod sein, der sie erwartete. Er hatte mit angesehen, was mit Männern passierte, die versucht hatten zu fliehen. Er hatte nicht vor, selbst auf diese Weise zu enden, und auch seinen Männern wollte er ein solches Schicksal möglichst ersparen. Jetzt, wo der Augenblick nahe war, hieß es, nicht die Geduld zu verlieren, die er all die Monate über bewahrt hatte. Auf diese Weise würde er sein

Ziel erreichen, und sie würden nicht einmal ein Jahr nach ihrer Abreise aus England wieder zu Hause sein.

»Bald ist es soweit«, versicherte er seinen Männern. »Sehr bald. Ich spüre es. Jeder von euch kennt seine Aufgabe, wenn es losgeht. Wir dürfen uns keinen Fehler leisten, Männer.«

Und dann kam tatsächlich die einzigartige Gelegenheit.

9

India lag nackt in den Armen ihres Gemahls und sah lächelnd zu ihm auf. »Ich verstehe gut, daß du mit Aruj Aga für ein paar Tage zur Jagd gehen möchtest«, sagte sie. »Ich habe fünf Brüder und viele Onkel und Vettern. Männer jagen nun einmal gern.«

Er streichelte ganz leicht ihre schönen Brüste und sah erfreut, wie die kleinen Warzen auf seine Berührung ansprachen. »Bist du jemals mit den Männern zur Jagd gegangen?« fragte er. »Ich habe gehört, daß in deinem Land auch Frauen gern jagen.«

»Manche tun es, ja. Meine Mutter und meine Schwester haben meinen Vater und meine Brüder gern begleitet, um einen Tag im Wald zu verbringen, aber ich hatte dafür nie allzuviel übrig.« Sie beugte sich vor, küßte ihn auf den Bauch und blickte ihn mit einem verführerischen Lächeln an. »Dafür habe ich weitaus mehr übrig«, murmelte sie.

»Du bist unersättlich«, sagte er lachend und zog sie in seine Arme. Er bewunderte ihren makellosen Körper, dem man die beginnende Schwangerschaft noch nicht ansah. Noch war ihr Bauch flach, und die Proportionen waren vollkommen. Die einzige Veränderung, die ihm auffiel, war, daß ihre Brüste runder und voller geworden waren. Er setzte sie auf sich, so daß sie auf seinen Schenkeln ruhte, und begann eine der Brüste zu küssen.

Seine Liebkosungen lösten ein wohlbekanntes Prickeln in ihr aus. Ihre Brustwarze war prall und fest – und doch so unerhört empfindlich, daß India bald das Gefühl hatte, die federleichte Berührung seiner Zunge nicht länger ertragen zu können. Plötzlich begann er heftig zu saugen, während er einen Finger zwischen ihre Schamlippen gleiten ließ. In Indias Kopf begann sich alles zu drehen, als ihre Sinne mit diesem neuen Reiz konfrontiert wurden. Mit sanftem Druck wanderte der Finger über ihre intimste Stelle, bis die

Lust sie mit sich zu reißen begann, und sie am ganzen Körper erbebte.

»Du Teufel!« stieß sie stöhnend hervor. »Gefällt es dir etwa, mich zu quälen? Hör sofort auf! Ich falle gleich in Ohnmacht!«

Lachend warf er sie auf den Rücken, legte sich auf sie und ließ seine Lippen zärtlich über die ihren streifen. »Ja, ich muß zugeben, es gefällt mir, dich zu quälen, du einzigartiges Geschöpf.« Er rieb sich aufreizend an ihr. »Heute werde ich es dir nicht gestatten, oben zu sein, mein Schatz. Ich möchte dich viel lieber vor Lust schreien hören.« Und im nächsten Augenblick drang er tief in sie ein. »Genießt du diese Qualen, India, mein Schatz?« stieß er hervor und küßte sie.

Sie umschloß ihn, so fest sie konnte, und fragte: »Und du – genießt du *diese* Qual?« Ihre Beine schlangen sich um seinen Körper, so daß sie ihn außen und innen gleichermaßen fest umfing.

»Ah, du Miststück! Du willst mich wohl umbringen, was?«

»Denk an mich, wenn du durch die Berge reitest«, neckte sie ihn. »Und in der Nacht, wenn du auf deinem harten Lager ruhst.«

Er begann sich immer schneller auf ihr zu bewegen. »Und du erinnere dich an meine Leidenschaft, wenn du allein in deinem Bett liegst, meine reizende India«, sagte er, ehe er seine Lippen hungrig auf die ihren preßte.

Sie konnte kaum noch atmen. Für einen Augenblick hatte sie das Gefühl, daß es nichts außer seinen Lippen auf der Welt gab – und es genügte ihr vollauf! Sie spürte, wie eine schier unerträgliche Spannung sich in ihr aufzubauen begann, bis sie sich in einem gewaltigen Ausbruch entlud und sie einander in die Arme sanken. India lag an seiner Brust und hörte, wie sein Herzschlag sich allmählich beruhigte. Sie rieb ihre Wange an seiner glatten, feuchten, duftenden Haut. Sie war überrascht gewesen, als sie entdeckte, daß Männer ihren eigenen Geruch hatten – und der seine war ganz und gar nicht unangenehm. »Ich liebe dich, Caynan«, murmelte sie und küßte ihn seufzend auf die Brust.

Sein Arm schloß sich enger um sie. »Und ich liebe *dich*«, gab er zurück. O ja, er liebte sie wirklich. So sehr, daß er die feste Absicht hatte, sein Versprechen einzulösen, wenn er von der Jagd zurückkehren würde. Er hatte kürzlich einen protestantischen Pfarrer in der Stadt gefunden, einen sehr freundlichen Lutheraner, der sich bereit erklärt hatte, den Dey und seine erste Frau zu trauen und es für sich zu behalten.

»Ich verstehe wohl, mein Herr, daß diese Tatsache nicht bekannt werden darf. Es würde Eure Stellung schwächen, wenn herauskäme, daß Ihr der Bitte einer Frau nachgegeben habt. Trotzdem, Allah möge Euch dafür segnen. Es ist offensichtlich, daß Ihr Gott achtet, gleich, auf welche Weise er verehrt wird.« Der alte Pfarrer lächelte ihm verschmitzt zu. »Ich verehre Gott auch in seinen vielen Erscheinungsformen; das ist ja der Grund, warum ich hier in El Sinut bin. Ich halte nicht viel von strengen Lehren, weshalb ich bei meinen Vorgesetzten nicht allzu beliebt bin. Ich wurde hierher geschickt, um mich um das Seelenheil der protestantischen Gefangenen zu kümmern. Auf diese Weise wollte der Bischof wohl verhindern, daß ich bei uns zu Hause unschuldige Gläubige mit meinen Ansichten verderbe«, fügte er hinzu und lachte vergnügt.

Der Dey hatte den Worten des Pfarrers lächelnd gelauscht. »Ich weiß es zu schätzen, daß du verschwiegen bist«, sagte er. »Es wird India glücklich machen, und das ist mir sehr wichtig. Wir werden in einigen Tagen zu dir kommen, denn es ist leichter für mich, mit ihr hierher zu kommen, als daß du ungesehen in meinen Palast gelangst. Als Gegenleistung verspreche ich dir, daß du jederzeit zu mir kommen kannst, wenn es darum geht, protestantische Gefangene gegen ein Lösegeld freizulassen.«

Der Pfarrer hatte ihm überschwenglich, mit Tränen in den Augen, gedankt, und der Dey war in den Palast zurückgekehrt. Ja, sie würden christlich getraut werden, denn er wußte, daß auch Indias Eltern sich das wünschen würden. Und dann gab es da noch einen Grund. Er hatte die Absicht, India zu verraten, daß er Engländer war; daß er Deverall Leigh war, Adrians Halbbruder und der wahre Erbe des Earl von Oxton. Er wußte, daß er sie damit schockieren würde, doch er wußte auch, sie würde ihm glauben, daß er Lord Jeffers nicht getötet hatte. Sie würde ihm glauben, daß er zu Unrecht angeklagt worden war und keine andere Möglichkeit gesehen hatte, als zu fließen. Wie hätte er auch das Gegenteil beweisen sollen, wo es doch sein Messer war, mit dem allem Anschein nach die Tat begangen worden war. Ein Dolch, auf den er sehr stolz war, weil er aus der Familie seiner Mutter stammte. Ein Dolch, von dem jeder wußte, daß er ihm gehörte. India würde das alles verstehen. Und dann würde er von seinem eigenen Gold ein Lösegeld für Adrian bezahlen und ihn zu seinem Onkel nach Neapel schicken. Was Adrian anschließend tat, war seine Sache, aber Caynan vermutete, daß er nicht gleich nach England zurückkehren würde – aus Angst vor dem Herzog von Glenkirk. Und wenn India erst ihr Kind zur Welt gebracht hatte, sollte sie ihren Eltern eine Nachricht schicken. Er wollte nicht, daß sie leiden mußten, so wie sein Vater all die Jahre gelitten hatte. Er blickte auf seine schlafende Frau hinunter und strich ihr zärtlich über die schwarzen Locken.

Am nächsten Morgen stieg sie verschlafen aus dem Bett, um ihn zu baden – eine Aufgabe, die sie auch jetzt nicht einer Sklavin überlassen wollte. Sie sorgte dafür, daß er ein kräftiges Frühstück bekam, und begleitete ihn dann, gut verschleiert, in den Hof hinaus, um sich von ihm und Aruj Aga zu verabschieden. Der Janitschare verneigte sich tief vor ihr, und India nickte ihm freundlich zu.

»Gib auf meinen Gemahl acht, Aruj Aga«, sagte sie.

»Das werde ich ganz gewiß, India«, versicherte er lächelnd.

Als sie wieder in den Palast trat, kam ihr Samara entgegen, die sie an der Hand nahm und sie aufforderte: »Komm doch zu uns in den Harem. Nila und Sarai erzählen uns, wie sie den Besucher aus Istanbul gestern nacht unterhalten haben. Sie wollen, daß wir es alle hören, wenngleich ich nicht glaube, daß ich etwas Neues erfahren werde«, fügte sie selbstgefällig hinzu.

India hätte lieber abgelehnt, denn sie wäre gern eine Weile allein gewesen – doch sie wußte, daß sie die Frauen damit beleidigt hätte. So folgte sie also Samara in das Frauengemach, wo die Damen bereits auf sie warteten. Mirmah erhob sich und rief India herbei.

»Komm, Herrin, und nimm Platz.« Sie führte India zu einem bequemen Diwan und bestand darauf, daß sie die Beine hochlagerte. »Ich habe gehört, daß man das tun soll, wenn man ein Kind bekommt«, sagte sie.

Als die Frauen schließlich alle Platz genommen hatten und Kuchen, Früchte und Sorbet gebracht worden waren, sagte Samara ungeduldig: »Nun?«

Sarai lachte mit ihrer etwas rauchigen Stimme. »Wir alle wissen ja, daß das Geschlecht bei einem Mann recht unterschiedlich ausgeprägt sein kann. Es gibt ganz kleine, und es gibt sehr große Exemplare, aber Hussein Aga läßt sich nicht mit solchen Maßstäben messen.«

Die Frauen blickten sie erstaunt an.

»Wie war er denn?« fragte Deva schließlich.

»Wir nannten ihn den Stier«, gab Sarai augenzwinkernd zurück.

»Noch nie in meinem Leben«, warf Nila ein, »habe ich ein so riesiges Geschlecht gesehen. Dieser Janitschare war einfach gigantisch! Wir alle wissen ja, unser Dey ist ein richtiger Hengst, und er hat uns noch nie enttäuscht – aber dieser Hussein Aga hat ein wahres Ungetüm zwischen den Beinen.«

»Und er konnte nicht genug bekommen«, sagte Sarai. »Kaum hatten wir ihn ausgezogen, starrte uns auch schon sein riesiger Knüppel entgegen!«

Die Frauen kicherten vergnügt, und auch India fand die Erzählung zu ihrer eigenen Überraschung amüsant. »Weiter, weiter«, drängte sie die beiden Frauen. »Im Vergleich zu euch bin ich ja noch völlig unschuldig – darum müßt ihr es mir ganz genau erklären.«

Die anderen kicherten über ihre Bemerkung, ehe Sarai schließlich weitererzählte.

»Er war kräftig gebaut und hatte eine breite Brust. Er legte seine Arme um uns und ging so mit uns zum Bett. Wir legten ihn auf den Rücken und trachteten sofort danach, ihn zu erregen. Er versicherte uns, ein unermüdlicher Liebhaber zu sein und uns ganz gewiß zufriedenstellen zu können. Wir versprachen ihm, daß auch er sich nicht werde beklagen müssen.«

»Ich begann ihn zunächst mit meinem Haar zu liebkosen«, sagte Nila. »Das gefiel ihm sehr, aber noch mehr gefiel es ihm, als ich seinen Knüppel in den Mund nahm. Ich verschlang ihn fast, und er stöhnte wie ein kleiner Junge bei seiner ersten Frau. Ich saugte so lange an ihm, bis er zu explodieren glaubte, doch dann hielt ich inne und begann ihn sanft zu lecken. Als er es nicht länger ertragen konnte, ritt ich auf ihm und mußte nicht lange warten, bis er sich in mich ergoß.«

»Er war jetzt halb verrückt vor Lust«, warf Sarai ein. »Seine Augen traten ihm aus den Höhlen.« Sie machte einen Schmollmund. »Nila hatte bis dahin das ganze Vergnügen für sich allein gehabt, und so setzte ich mich auf ihn und ließ ihn meine Schamlippen küssen. Zuerst schien er gar nicht atmen zu können, doch dann wagte sich seine Zunge hervor und fand meine intimste Stelle. Seine Zunge schien genau zu wissen, wo sie mich zu liebkosen hatte. Als meine Liebessäfte zu fließen begannen, trank er sie so begierig wie ein Mann, der drei Tage ohne Wasser in der Wüste umhergeirrt war. Er schien mich regelrecht verschlingen zu wollen, und Nila und ich gelangten fast gleichzeitig an die Pforten des Paradieses.«

»Ich ritt auf ihm«, warf Nila ein, »und ich spürte sein Geschlecht so tief in mir, wie ich es noch nie erlebt hatte. Nie zuvor habe ich eine solch unbändige Leidenschaft bei einem Mann gesehen. Es wäre beinahe zum Fürchten gewesen, wenn es mir nicht solche Lust bereitet hätte. Bevor ich die Augen schloß und mich der Verzückung überließ, sah ich seine großen Hände, wie sie sich um Sarais Hinterbacken schlossen«, erzählte Nila.

Die Frauen lauschten wie gebannt.

»Erzählt weiter«, brachte Samara schließlich hervor.

»Nila weinte vor Lust, aber dieses Ungetüm war noch nicht zufrieden«, begann Sarai. »Er rollte Nila von sich herunter, ehe er mich auf den Rücken warf und mich nahm, bis ich halb ohnmächtig war. Erst dann entlud er sich in mir.«

»Bist du …«, begann Leah.

»Gleich zweimal«, antwortete Sarai.

»Er muß tatsächlich ein Stier sein«, meinte Layla fast neidisch.

»Erzählt weiter«, forderte Mirmah sie auf. »Hat er euch auch so genommen, wie es die Janitscharen angeblich tun?«

»Uns beide«, antwortete Nila, »aber nur einmal, denn es gefiel uns nicht so sehr, und wir erinnerten ihn daran, daß wir dem Dey gehören und er uns nie auf diese Weise nimmt. Ich muß zugeben, es war schon aufregend, aber doch ein wenig zu abartig.«

»Ich hatte eher Angst, daß er mir weh tun könnte mit seinem riesigen Ding«, warf Sarai ein.

India blickte die beiden verständnislos an. »Wovon sprecht ihr eigentlich?« wandte sie ein.

»Er ist beim Hinterteil in sie eingedrungen«, erklärte Samara ihr. »Die Janitscharen wachsen ohne Frauen auf. Deshalb lernen sie die Erotik mit ihresgleichen kennen. Später dann wenden sie sich natürlich auch den Frauen zu. Ich finde es nicht weiter schlimm, daß sie sich in ihrer Jugend miteinander vergnügen.«

»Ich stelle es mir abstoßend vor«, sagte India erschaudernd.

Die anderen Frauen nickten zustimmend, außer Samara. »Eine Frau muß das tun, was ihrem Herrn gefällt – gleich, wie ihre eigenen Vorlieben sind. Ich verweigere unserem Herrn *nichts*, rein gar nichts«, sagte sie in bissigem Ton.

India war ziemlich vor den Kopf gestoßen von dem etwas feindseligen Ton des Mädchens.

»Sie schwätzt doch nur Unsinn«, wandte sich Sarai an die Gemahlin des Dey und warf Samara einen vorwurfsvollen Blick zu. »Du könntest jemanden erdolchen mit deiner spitzen Zunge! Du weißt ganz genau, daß unser Dey noch von keiner von uns etwas Derartiges verlangt hat. Wozu erschreckst du unsere Herrin so?«

Samara zuckte nur die Achseln und schwieg.

»Sie ist eine schreckliche Lügnerin«, flüsterte Mirmah. »Wir kennen unseren Herrn mindestens genausogut wie sie – und wir wissen, daß er so etwas nicht tun würde.«

»Ich will ihn ja glücklich machen«, sagte India mit leiser Stimme.

»Das tust du doch«, erwiderte Mirmah »Du wirst ihm ein Kind schenken, und das wird Samara nie für ihn tun können. Achte am besten gar nicht auf sie, Herrin.«

Mirmahs freundliche Worte gaben India neuen Mut, und sie sagte: »Erzählt ruhig weiter, meine Damen. Ich lerne viel, indem ich euch bloß zuhöre. Ich werde schon bald versuchen, einiges von dem, was ihr sagt, in die Tat umzusetzen. Manches klingt wirklich ziemlich verrucht.«

»Es ist doch nichts Schlechtes, einem Mann Freude zu bereiten«, warf Deva ein. »Besonders wenn man selbst daran Vergnügen findet.«

Die Frauen nickten, worauf Sarai und Nila mit ihrem Bericht fortfuhren. Sie erzählten von Küssen und Liebkosungen und davon, wie der Janitschare sie beide aufforderte, sich gegenseitig zu liebkosen – ein Anblick, der ihn offensichtlich so erregte, daß er sie gleich darauf beide nahm. Er war genauso unermüdlich wie die beiden Mädchen. Baba Hassan hatte dafür gesorgt, daß erfrischende Getränke bereitstanden, die ihnen halfen, immer wieder zu Kräften zu kommen, bis sie eine Stunde vor Sonnenaufgang endlich einschliefen.

»Er hat gesagt, daß er unbedingt wieder mit uns zusammensein will, wenn er nach El Sinut zurückkehrt«, erzählte Sarai vergnügt. »Ich frage mich, ob der Dey wohl noch einmal so großzügig sein wird. Er hat uns anvertraut, daß er uns nur deshalb diesem Mann überlassen hat, um ihn wohlgesonnen zu stimmen. Ich glaube nicht, daß er noch einmal dazu bereit sein wird.«

»Ja«, pflichtete Nila ihr bei. »Die Gastfreundschaft unseres Herrn hat gewiß auch ihre Grenzen.«

India blieb noch im Harem, um mit den Damen zu speisen, so daß sie erst spät am Abend zusammen mit Azura in ihre Gemächer zurückkehrte. Meggie beeilte sich, ihre Herrin auf das Zubettgehen vorzubereiten.

»Sie ist ein gutes Dienstmädchen«, stellte Azura fest, als sie sah, wie gewissenhaft das Mädchen seinen Pflichten nachkam.

»Baba Hassan hat gut gewählt«, stimmte India zu.

»Bist du glücklich?« wollte Azura wissen.

»Ja, sehr«, antwortete India. »Oh, Azura! Ich liebe ihn! Ich hätte so etwas nicht für möglich gehalten. Noch vor einem Jahr war ich nichts als ein verwöhntes Kind, aber heute bin ich eine andere – und das verdanke ich nur ihm. O ja! Ich bin so glücklich wie nie zuvor.«

»Das freut mich zu hören, India«, sagte Azura. »Ich möchte ganz ehrlich zu dir sein: Vielleicht hast du es ohnehin schon geahnt – aber Baba Hassan und ich haben irgendwie gewußt, daß du die ideale Frau für Caynan Reis wärst, und wir haben uns sehr bemüht, dir die Augen für ihn zu öffnen.«

India lachte. »Es fiel mir erst auf, als ich schon begonnen hatte, ihn zu lieben, Azura«, sagte sie und umarmte die ältere Frau. »Er ist für dich der Sohn, den du selbst nicht bekommen konntest, nicht wahr?«

»Ja, das stimmt«, gab Azura zu.

»Meine Mutter hat immer gemeint, daß das Leben eines jeden Menschen zum Teil schon vorherbestimmt ist, noch bevor man zur Welt kommt. Kein Wunder, daß ich in England und Schottland keinen Ehemann fand, wo doch Caynan Reis hier in El Sinut war. Wäre ich nicht so dumm gewesen, mit Adrian Leigh durchzubrennen, dann hätte ich die Liebe meines Lebens niemals gefunden. Wie seltsam das Leben doch ist.«

Azura drückte India fest an sich und küßte sie auf die Stirn. »Allah, der alles sieht und alles weiß, hat dich zu uns geführt, meine Tochter.« Im nächsten Augenblick schien sie sich zu besinnen und sagte: »Das war ein langer Tag für dich. Deine Dienstmagd soll dir etwas zu essen bringen, und dann ab ins Bett mit dir. Immerhin trägst du den Thronfolger von El Sinut in dir, und wir müssen doch auf sein Wohl achten, nicht wahr?«

India lächelte und nickte zustimmend.

Der nächste Tag verging sehr ruhig, doch am Himmel türmten sich dunkle Wolken, was für einen Sommertag recht ungewöhnlich war. Am späten Nachmittag setzte dann ein heftiges Gewitter ein, und es begann in Strömen zu regnen. Die Stadt wirkte wie ausgestorben, und selbst die unermüdlichen Verkäufer auf dem Marktplatz hatten ihre Stände geschlossen.

»Heute abend ist es soweit«, teilte Tom Southwood seinen Männern mit.

»Bei diesem Wetter, Kapitän?« wandte Jeremiah James, der zweite Offizier, ein.

»Die Leute hier sind einen so heftigen Regen im Sommer nicht gewohnt und werden gewiß alle zu Hause bleiben. Es ist ein sehr günstiger Augenblick, James. Wir sind doch schon in viel heftigeren Stürmen unterwegs gewesen. Nein, besser hätte es gar nicht kommen können.«

»Was machen wir nur mit jenen Männern unserer Besatzung, die von hier sind?« wollte Francis Bolton, der erste Offizier, wissen. »Das ist das einzige, was Ihr uns noch nicht mitgeteilt habt, Kapitän. Wenn wir es wirklich heute abend versuchen wollen, dann müssen wir Bescheid wissen.«

»Ich habe lange darüber nachgedacht, Bolton«, antwortete Tom Southwood. »Ich habe schon überlegt, ob ich ihnen vielleicht Urlaub geben sollte – wegen des Sturms, aber es könnte ja sein, daß einer oder zwei von ihnen doch aufs Schiff zurückkehren wollen und dann Alarm schlagen, wenn sie sehen, daß es fort ist. Ich habe auch daran gedacht, sie zu töten, aber das würde ich gerne vermeiden. Somit bleibt uns nichts anderes übrig, als sie zu überwältigen und gefangenzuhalten, um sie dann später beim Leuchtturmwärter zurückzulassen, wenn wir verschwinden. Bis man sie entdeckt oder sie sich befreien können, sind wir bestimmt bereits auf hoher See.«

»Und Lady India?« wandte Knox, der Steward, ein.

»Ihr, James und ich – wir drei werden meine Cousine und das schottische Mädchen befreien, sobald es dunkel wird. Bolton, Ihr übernehmt das Kommando auf dem Schiff, bis ich wieder zurück bin. Wenn wir bis eine Stunde vor Tagesanbruch nicht zurück sind, dann brecht ihr ohne uns auf und segelt auf der *Royal Charles* nach England zurück. Sagt meiner Familie, was geschehen ist. Wenigstens wissen sie dann, wo Lady India ist.«

»Aber wie kommen wir in den Palast, Käpt'n?« fragte Knox. »Wir werden ja wohl nicht einfach hineinspazieren, oder?«

Thomas Southwood lachte. »Nein, Knox, das nicht. Wir werden über eine Mauer klettern. Ich habe aus zwei der kleineren Ankern eine Art Enterhaken gemacht. Mit dessen Hilfe werden wir die Mauer überwinden, die den Palast des Dey umgibt«, antwortete er. »Ihr, Knox, wartet draußen auf der Straße auf mich und James, damit Ihr den Ladies helfen könnt, wenn es soweit ist.«

Die Männer machten ein etwas mißtrauisches Gesicht, und so erläuterte ihnen Thomas Southwood seinen Plan etwas genauer.

»Ich bin jetzt vier Monate im Palast ein und aus gegangen und habe dabei ständig nach irgendeiner Schwachstelle Ausschau gehalten. Die Gemächer des Dey und sein Harem befinden sich in einem Innenhof. Es scheint, als würden sie an keiner Stelle von außen zugänglich sein. Ich habe das einmal gegenüber Aruj Aga erwähnt und betont, wie klug das sei und daß es mich an eine englische Burg erinnere. Er teilte mir im Vertrauen mit, daß man sich beim Bau der Anlage den Sultanspalast in Istanbul zum Vorbild genommen habe, es jedoch dennoch eine kleine Schwachstelle gebe: Eine Ecke der privaten Gärten des Dey liege direkt an einer kleinen Gasse. Als ich ihn fragte, warum die Gasse nicht abgesperrt sei, um den Zugang unmöglich zu machen, sagte Aruj Aga, daß die Mauer über vier Meter hoch sei und daß man dort keine Bäume oder Sträucher wachsen lasse, die sich ein eventueller Eindringling zunutze machen könnte. Außerdem, sagte er, wisse überhaupt niemand, nicht einmal die Straßenbettler, von dieser entlegenen Gasse. Ich habe das Gäßchen lange gesucht und es erst kürzlich entdeckt.«

»Seid Ihr sicher, Kapitän, daß die Gasse zur richtigen Mauer führt?« fragte Bolton.

»Absolut sicher«, antwortete Tom Southwood. »Ich bin erst vor wenigen Tagen auf die Hügel oberhalb der Stadt gestiegen, um auf den Palast hinunterzublicken. Schließlich fand ich die Stelle. Ich hatte ein kleines Fernglas bei mir. Ich folgte der Mauer und orientierte mich an bestimmten Punkten. Als ich in die Stadt zurückkehrte, ging ich sofort zu der Gasse und fand all diese markanten Punkte wieder. Ein Irrtum ist also ausgeschlossen.«

»Was ist, wenn Aruj Aga Euch das alles absichtlich anvertraut hat? Wenn das Ganze eine Falle ist?« wandte Bolton ein.

Thomas Southwood schüttelte den Kopf. »Ausgeschlossen, Francis. Aruj Aga ist ein guter Soldat und ein großmütiger Mensch, aber er ist auch sehr stolz darauf, der Vertraute des Dey zu sein – und deshalb prahlt er ganz gerne ein wenig damit, wie wichtig er sei. Er hat ganz sicher überhaupt nicht gemerkt, was er mir da anvertraute, denn ich war sehr vorsichtig und stellte nicht zu viele Fragen, die ihn mißtrauisch hätten machen können. Übrigens sind der Aga und der Dey gerade auf der Jagd. Sie werden heute nacht nicht hier sein – ein weiterer Grund, warum wir heute zuschlagen sollten.«

»Also gut, Kapitän«, sagte Bolton schließlich. »Wir werden Eurem Plan folgen. Möge Gott uns dabei helfen. Ich werde mich jedenfalls erst wieder wohler fühlen, wenn wir auf hoher See sind – zumal aufgrund dieser Kanonen, mit denen die Janitscharen unser Schiff ausgerüstet haben. Damit brauchen wir uns vor niemandem zu fürchten, denke ich.«

»Besonders wenn wir mit der Flagge des Dey durch das Mittelmeer segeln«, warf James ein. »Im Moment herrschen ja hier die Türken.«

»Kapitän«, wandte Knox nachdenklich ein, »vielleicht wäre es besser, Eure Cousine bei ihrer Großmutter in Neapel abzusetzen, anstatt sie der langen Reise nach England auszusetzen. Immerhin könnte es ja sein, daß wir das eine oder andere Gefecht auszutragen haben.«

»Ihr könntet recht haben, Knox«, überlegte Thomas Southwood. »Aruj Aga wird annehmen, daß wir Kurs auf Gibraltar nehmen. Er wird sicher nicht daran denken, daß wir nach Neapel ausweichen. Lady India wäre bei der Mutter ihres Vaters gut aufgehoben. Besser jedenfalls als bei uns auf hoher See. Ich glaube, so werden wir es machen. Wirklich eine ausgezeichnete Idee, Knox!«

»Danke, Kapitän«, sagte der Steward und errötete vor Stolz.

»Es wird Zeit, daß wir die Spreu vom Weizen trennen«, bemerkte Francis Bolton trocken.

»Ja, es ist Zeit«, stimmte Thomas Southwood zu.

Bald war die Nachricht unter den aus England und anderen europäischen Ländern stammenden Besatzungsmitgliedern verbreitet. Die aus El Sinut stammenden Männer des Schiffes wurden ohne Zwischenfälle gefangengenommen und ganz unten im Schiff in eine dunkle Kajüte gesperrt.

»Euch geschieht nichts, solange ihr nicht zu fliehen versucht«, teilte Thomas Southwood ihnen in drohendem Ton mit. »Wenn einer von euch so dumm ist, es zu versuchen, wird er auf der Stelle getötet. Ich lasse mich von euch nicht aufhalten, und meine Männer denken ebenso.« Dann ließ er sie in dem dunklen Loch zurück.

Als er wieder an Deck war, regnete es immer noch in Strömen, und Blitze zuckten über den nächtlichen Himmel.

»Wie kommen wir zu dieser Gasse?« wollte Jeremiah James wissen.

»Wir nehmen die Pferde, die in den Stallungen an den Docks bereit stehen. Dort ist nur ein Knabe, der auf sie acht gibt. Ich habe dem Stallmeister gesagt, er könne an diesem unfreundlichen Abend nach Hause zu seiner Frau gehen. Ich sagte ihm, daß sie sich möglicherweise ängstigen könnte und sich bestimmt freuen würde, wenn er bei ihr wäre. Ich zwinkerte ihm zu und lächelte, und er konnte es kaum erwarten, zu ihr zu kommen. Der Knabe wird uns keine Fragen stellen, außerdem habe ich ihm Süßigkeiten gegeben, die mit Schlafpulver versetzt waren. Wir nehmen nur drei Pferde, um keinen Verdacht zu wecken, falls doch irgend jemand auf der Straße sein sollte. Die Frauen können wir zu uns auf die Pferde nehmen. Los jetzt«, forderte er seine Begleiter auf. Er eilte zur Tür hinaus, gefolgt von James und Knox, während der erste Offizier auf dem Schiff zurückblieb.

»Viel Glück, Kapitän, und kommt heil zurück«, rief Bolton den drei Männern mit gedämpfter Stimme nach.

Der Stallbursche lag schnarchend im Stroh, als sie ankamen. Rund um ihn waren Süßigkeiten und Früchte auf dem Boden verstreut. Sie sattelten drei Pferde, führten sie aus dem Stall und schlossen die Tür hinter sich. Dann ritt Thomas Southwood voraus, um ihnen den Weg durch die menschenleeren Straßen von El Sinut zu zeigen. Es regnete nach wie vor, als sie jenes Gäßchen erreichten, das, wie der Kapitän richtig gesagt hatte, gut verborgen war. Sie wären gewiß daran vorbeigeritten, wenn der Kapitän sie nicht darauf aufmerksam gemacht hätte.

Sie ritten ein Stück weit die Gasse entlang, ehe der Kapitän ihnen das Zeichen zum Stehenbleiben gab. Sie stiegen ab, und Knox nahm die Pferde in seine Obhut, während Thomas Southwood und Jeremiah James ihre Haken nahmen und sie nacheinander hoch auf die Mauer warfen, wo sie sich dank der Widerhaken festkrallten. Schweigend kletterten die beiden Männer die Mauer hoch und zogen, als sie oben angelangt waren, die Seile zu sich herauf, um sie auf der anderen Seite der Mauer hinabzulassen und daran nach unten zu klettern. Im nächsten Augenblick entschwanden sie aus Knox' Blickfeld. Der Schiffssteward wartete pochenden Herzens mit den drei Pferden im Regen. Er schrak hoch, als es plötzlich donnerte, fing sich jedoch gleich wieder und beruhigte die Pferde, während er ein Gebet vor sich hin murmelte.

Als er im Garten ankam, blickte Thomas Southwood sich zunächst einmal um. Er sah den Palast am anderen Ende des Gartens und auch das flackernde Licht im Inneren des Gebäudes. Er berührte James wortlos am Arm, um ihm anzuzeigen, daß er ihm folgen solle. Schweigend huschten die beiden Männer zum Palast hinüber. Es war genauso wie er es erwartet hatte: Die privaten Gemächer des Dey waren unbewacht. Er hielt einen Augenblick inne und lauschte. Durch die seidenen Vorhänge drang genug Licht nach draußen, daß sie einander sehen konnten. Thomas Southwood legte mahnend einen Finger an die Lippen und lauschte den Worten, die im Haus gesprochen wurden.

»Gute Nacht, Azura«, hörte er India sagen, worauf eine Tür geschlossen wurde. »Meggie, hol mir doch bitte etwas zu essen – ich bin am Verhungern.«

»Jawohl, Mylady«, kam die Antwort, und erneut ging eine Tür auf und zu.

Er bedeutete seinem Offizier zu bleiben, wo er war, schob vorsichtig eines der Gitterfenster zur Seite und trat ins Innere. »Guten Abend, India«, sagte er leise.

India erkannte seine Stimme und konnte gerade noch einen Aufschrei unterdrücken, als sie herumwirbelte. »Tom Southwood! Bist du verrückt?« flüsterte sie. »Wenn man dich hier findet, bist du so gut wie tot, und ich werde nichts tun können, um dir zu helfen!« Ihr schönes Gesicht drückte die Sorge um ihn aus.

»Ich bin gekommen, um dich zu befreien, India«, sagte er. »Ich habe dir ja versprochen, daß ich dich mitnehmen würde, wenn ich aus El Sinut verschwinde. Nun, ich halte mein Wort. Wir brechen noch heute nacht auf. Ich habe gehört, daß deine Dienstmagd Schottin ist. Wir nehmen sie auch mit.«

»Nein«, entgegnete India mit fester Stimme. »Ich bin jetzt verheiratet, Tom, und deshalb bleibe ich hier bei meinem Gemahl. Geh jetzt, bevor sie dich erwischen. Ich wünsche dir viel Glück. Sag meiner Familie, daß ich glücklich bin.«

»Ich nehme dich mit, India«, wandte er entschlossen ein. »Wie könnte ich ohne dich nach England zurückkehren?«

»Tom, bitte versteh mich doch. Ich bin glücklich. Ich liebe Caynan Reis. Ich bin seine Gemahlin. Wir sind vor einigen Monaten vor den Imam getreten, um uns trauen zu lassen. Ich werde meinen Gemahl nicht verlassen – meine Familie würde das gewiß verstehen. Ich gebe zu, es ist eine recht eigenartige Geschichte, wie wir zueinanderkamen, aber wir sind ein glückliches Paar, das versichere ich dir. Und jetzt geh bitte! Ich will gar nicht fragen, wie du es geschafft hast, hier hereinzukommen.«

»Du hast dich kein bißchen verändert«, sagte er. »Du bist immer noch genauso dickköpfig wie früher, India. Aber ich gehe ohne dich hier nicht weg. Jetzt hol schon dein Schmuckkästchen, wenn du es mitnehmen willst. Wir müssen verschwinden, sobald deine Dienstmagd zurück ist. Mein zweiter Offizier wartet draußen – wir werden dich zum Schiff bringen. Wir müssen im Schutze dieses Sturms aufbrechen.«

»Mein Gemahl wird gleich kommen, und er wird dich töten«, log India.

»Caynan Reis ist mit Aruj Aga in den Bergen zur Jagd«, entgegnete er. »Glaubst du wirklich, ich wäre so dumm, in den Palast einzudringen, wenn dein Gemahl hier wäre? Und auch das Schiff hätten wir nicht übernehmen können, wenn Aruj Aga hier wäre. Jetzt beeil dich schon!«

Sie hörten beide die Schritte, die sich von draußen näherten. India wurde bleich im Gesicht, doch Thomas Southwood trat hinter die Tür, als sie sich auch schon öffnete und Meggie hereinkam. »Hier, Euer Abendessen, Mylady. Abu hat gemeint, Ihr hättet sicher gern eine heiße Suppe.«

»Bleib jetzt ganz ruhig, Meggie«, sagte India, nahm ihr das Tablett ab und stellte es auf dem Tisch ab.

Das Mädchen machte ein verblüfftes Gesicht, als sie Thomas Southwood sah. »Mylady?« murmelte sie verdutzt.

»Das ist mein Vetter. Er sagt, er ist gekommen, um mich zu befreien, Meggie. Ich werde nicht mit ihm gehen, aber wenn du gehen möchtest, werde ich dich nicht aufhalten. Ich weiß, daß du dir Sorgen um deine Mutter machst.«

»Ich habe niemanden mehr in Schottland außer meiner Mutter, und sie denkt wahrscheinlich, daß ich tot bin, wie mein Dad. Ian wird wohl inzwischen Flora MacLean geheiratet haben, und sie wird gewiß überall herumerzählt haben, daß ich meine Unschuld verloren hätte. Sie hat mich schon immer gehaßt, weil Ian mich ihr vorgezogen hat. Nein, ich bleibe bei Euch, Mylady.«

»Ihr kommt beide mit mir«, warf Thomas Southwood ein, »und jetzt will ich nichts mehr hören.«

»Wenn du nicht sofort gehst, Tom, dann schreie ich, und die Wache kommt«, erwiderte India unnachgiebig.

»Kannst du denn nicht *einmal* vernünftig sein?« wandte er ein.

»Kannst du mir denn nicht glauben, wenn ich dir sage, daß ich Caynan Reis liebe und daß ich freiwillig hier in El Sinut bleibe?« entgegnete sie mit zorniger Miene. »Geh jetzt, Tom!«

Er drehte sich um, wirbelte jedoch im nächsten Augenblick herum und versetzte ihr einen Faustschlag ans Kinn, worauf er sie in seinen Armen auffing, als sie niedersank. »Komm schon, Mädchen«, forderte er die schockierte Meggie auf, während er mit India nach draußen eilte.

»Wartet, Sir! Ich hole rasch unsere Mäntel, damit wir nicht durch und durch naß werden. Lady India würde sich den Tod holen da draußen!«

»Beeil dich, Mädchen«, sagte er.

Meggie biß sich auf die Unterlippe, als sie die Truhe öffnete und zwei lange Umhänge hervorholte. Sollte sie zur Tür laufen und die Wache alarmieren – oder sollte sie mit ihm gehen? Dieser Mann war immerhin mit ihrer Herrin verwandt. Würde Lady India ihr dankbar sein, wenn der Dey ihn enthaupten ließ? Sie steckte in einem schrecklichen Dilemma. Meggie kam zu dem Schluß, daß sie niemandes Tod auf dem Gewissen haben wollte. Sie legte den einen Umhang an und nahm den anderen mit sich, um ihn ihrer bewußtlosen Herrin umzuhängen.

»Hol rasch einen Schal, Mädchen«, befahl er ihr, und sie kam eilig seiner Aufforderung nach. »Du brauchst nicht zu erschrecken, wenn du draußen meinen zweiten Offizier siehst. Er wird dir helfen.«

Sie folgte ihm und seinem Kameraden durch den Garten zu der Mauer, von der zwei Seile herabhingen. Dort blieben sie stehen, und James band Indias Handgelenke mit dem Schal zusammen, ehe er sie hochhob und ihre Arme um Thomas Southwoods Hals legte.

»Sie ist totes Gewicht, Kapitän. Es wird ziemlich schwer für Euch«, sagte er.

»Ich weiß, James, aber Ihr habt ja gehört, daß sie sich geweigert hat – stur, wie sie nun einmal ist. Mir blieb nichts anderes übrig als ihr einen Kinnhaken zu versetzen. Wir hatten keine Zeit mehr zu verlieren.« Er griff nach dem Seil und begann sich langsam und mühevoll hochzuziehen.

»Leg deine Arme um meinen Hals, Mädchen«, sagte der

zweite Offizier. »Ich bin wahrscheinlich schneller oben als er, dann können wir ihm helfen.«

Meggie gehorchte schweigend, und der Mann kletterte trotz der Last so behende wie ein Affe an dem Seil hoch. Er setzte sie auf der Mauer ab und reichte dem Kapitän die Hand, um ihm herauf zu helfen. Danach wurden die Seile hochgezogen und auf der Straßenseite hinuntergelassen. Der Abstieg war bedeutend leichter, und Meggie fand sich im Nu auf der Straße wieder. Zu ihrer Überraschung wartete hier ein weiterer Mann mit drei Pferden.

»Ist Lady India in Ordnung?« flüsterte er besorgt.

»Sie wollte nicht mitkommen, das dumme Ding«, antwortete Thomas Southwood. »Ich mußte sie zu ihrem eigenen Besten mit Gewalt überreden.«

Ein mächtiger Donner zerriß die Luft über ihnen, und die Pferde begannen unruhig hin und her zu tänzeln.

»Los, nichts wie weg hier«, forderte Thomas Southwood die beiden Männer auf, nachdem James ihm India abgenommen hatte. Er stieg auf eines der Pferde und hob India zu sich herauf, um sie in den Armen zu tragen. Er zog ihre Kapuze hoch, damit sie vom Regen geschützt war.

Auch die beiden anderen Männer stiegen auf ihre Pferde; Meggie sprang zu Jeremiah James aufs Pferd, um hinter ihm zu sitzen. Dann ritten sie zum Hafen hinunter, wo der Kapitän und James die Pferde in die Stallungen zurückstellten, während Knox India an Bord trug und Meggie hinter ihm herging. Er brachte die beiden in die Kapitänskajüte.

»Wohin fahren wir denn, Sir?« fragte Meggie.

»Nach Hause natürlich, so Gott will«, antwortete Knox. »Ich muß euch hier einsperren, bis wir den Hafen verlassen haben. Kümmere dich um deine Herrin. Auf dem Tisch findest du Wasser und Früchte. Leider haben wir keinen Wein, aber wie du ja weißt, halten sie hier nicht viel von solchen Getränken.« Er schloß die Tür hinter sich, und Meggie hörte, wie der Schlüssel im Schloß umgedreht wurde.

India lag auf dem Bett des Kapitäns, und Meggie eilte zu ihr, um zu sehen, ob sie wieder zu sich kam. Rasch löste sie das Tuch von ihren Handgelenken. Sie schüttelte erschrocken den Kopf, als sie den bläulichen Fleck an Indias Kinn sah. »Oh, dieser Rohling!« stieß das Mädchen empört hervor. »Ich hoffe, Lady India ist mir nicht böse, daß ich nicht um Hilfe gerufen habe, als ich Gelegenheit dazu hatte – aber ich hätte es nicht ertragen, den Tod der drei Männer auf dem Gewissen zu haben.« Kopfschüttelnd ging sie zum Tisch und goß etwas Wasser in einen Becher. Dann hob sie India hoch und versuchte vorsichtig, ihr ein wenig Wasser einzuflößen. India hustete und schlug die goldfarbenen Augen auf.

»Meggie!« Sie fuhr sich mit der Hand über das Kinn. »Oh, das tut weh.« Sie blickte sich in der Kajüte um. »Wo sind wir denn?« fragte sie das Dienstmädchen.

»An Bord eines Schiffes, Mylady. Er hat Euch geschlagen und dann aus dem Palast fortgebracht. Oh, Mylady! Wenn ich um Hilfe gerufen hätte, dann hätten sie ihn getötet – und er ist doch immerhin Euer Verwandter. Ich wußte einfach nicht, was ich tun sollte!«

»Ist schon in Ordnung, Meggie. Ich werde ihn selber töten«, sagte India. »Haben wir den Hafen schon verlassen?«

»Sie wollen gleich in See stechen – trotz des Sturms«, antwortete Meggie besorgt. »Ich fürchte, dieser Knox hat uns eingesperrt.«

»Verdammt!« stieß India hervor und versuchte aufzustehen, sank jedoch gleich wieder stöhnend zurück. »Allah! Ist mir schwindelig.« Im nächsten Augenblick strich sie sich über den Bauch. Außer den Kopfschmerzen schien alles in Ordnung zu sein.

»Wartet ein paar Minuten, Mylady«, riet Meggie ihr, »und versucht dann noch einmal, Euch aufzusetzen. Im Augenblick gibt es ohnehin nichts, was wir tun könnten.«

»Du darfst niemandem mein Geheimnis verraten, Meggie«, sagte India eindringlich.

Das junge Dienstmädchen verstand sofort und fragte: »Warum habt Ihr es ihm nicht gesagt, Mylady? Dann hätte er Euch in Frieden gelassen.«

»Ich hätte es ja getan, aber als er sich umdrehte, als wolle er gehen, hielt ich es nicht mehr für nötig, es ihm zu sagen. Da wirbelte er plötzlich herum und schlug mich nieder. Ich kam gar nicht mehr dazu, irgend etwas zu sagen«, antwortete India. »Was soll ich jetzt nur tun? Wir sind hier eingesperrt, und Tom ist drauf und dran, mit uns in See zu stechen. Nein, ich muß mein Geheimnis erst einmal für mich behalten. Mir fällt schon etwas ein, wie ich ihm entkommen kann. Ich bin meiner Familie schon einmal entwischt.«

»Dieser Mr. Knox hat gemeint, daß wir nach England zurückkehren, Mylady«, teilte Meggie ihrer Herrin mit. »Es wird Wochen dauern, bis wir wieder festen Boden unter den Füßen haben. Ihr habt also keine Möglichkeit zu entkommen, fürchte ich.«

»In El Sinut habe ich gelernt, geduldig zu sein«, entgegnete India. »Sobald wir in London ankommen, werde ich meinem Vetter entwischen. Ich kann unser Haus in Greenwood aufsuchen – außer dem Pförtner und seiner Frau ist im Augenblick sicher niemand dort. Ich werde eine Nachricht an meinen Gemahl abschicken und ihm mitteilen, wo wir sind. Es wird einige Zeit vergehen, und wahrscheinlich wird mein Kind zur Welt kommen, bevor Caynan Reis mich holen kann. Aber inzwischen werde ich meinem Vetter Thomas Southwood das Leben schwer machen«, fügte India kichernd hinzu. »Dieser Narr behandelt mich so, als wäre ich noch ein Kind. Dafür wird er bezahlen müssen.«

Das Schiff setzte sich langsam in Bewegung und hielt auf die Durchfahrt zwischen den beiden Leuchttürmen zu. Immer noch ging der Regen in Strömen nieder, und Blitze zuckten über den Himmel, gefolgt von markerschütterndem Donner. Als sie die Leuchttürme erreichten, ging das Schiff vor Anker. Die Boote wurden hinuntergelassen und mit je vier Mann besetzt. Rasch ruderten sie zu den Leuchttürmen, um die beiden Wärter zu überwältigen, zu fesseln und zu knebeln, so wie sie es mit den Seeleuten auf ihrem Schiff getan hatten. Ein Laternensignal zeigte an, daß beide Wärter außer Gefecht waren. Während die Boote von je zwei Matrosen zum Schiff zurückgerudert wurden, senkten die übrigen Matrosen mit Hilfe der Winde die große Kette, die die Hafeneinfahrt absperrte.

Dann kehrten die Boote noch zweimal zu den Leuchttürmen zurück, um die gefangenen Seeleute hinzubringen und dort einzusperren. Der Anker wurde gelichtet, und die *Royal Charles* verließ den Hafen, um gleich darauf erneut vor Anker zu gehen, während die Männer in den Booten die Kette wieder hochzogen und anschließend in dem unruhigen Gewässer zum Schiff zurückkehrten.

Der Sturm tobte mit unverminderter Kraft, und auch das Gewitter schien eher stärker zu werden, als sich die *Royal Charles* schließlich in Bewegung setzte, um auf das Meer hinauszusegeln. Der Kapitän überließ das Kommando über sein zurückerobertes Schiff dem ersten Offizier, um sein Quartier aufzusuchen, wo India eingesperrt war. Als er eintrat, konnte er nur mit knapper Not dem Wasserkrug ausweichen, den seine Cousine Lady India Lindley nach ihm warf.

»Du Idiot! Warte nur, wenn mein Gemahl erfährt, was du getan hast! Er wird Aruj Aga befehlen, alle Weltmeere nach mir abzusuchen! Und wenn sie dich schließlich erwischen und dir den arroganten Kopf vom Rumpf trennen, werde ich nicht die geringsten Gewissensbisse haben!«

»Ist das der Dank dafür, daß ich dich befreit habe?« fragte er. »Du bist immer noch ein verwöhntes Kind, India.«

»Ich bin neunzehn, Tom«, erwiderte India und wurde mit einem Mal ernst. »Als meine Mutter neunzehn war, hatte sie bereits ihren zweiten Ehemann, außerdem zwei Kinder, und das dritte trug sie in sich. Meine Großmutter hatte mit neunzehn bereits meine Mutter zur Welt gebracht, und die Geburt von Onkel James stand kurz bevor. Warum behandelst du mich ständig wie ein Kind, Thomas Southwood? Ich bin eine verheiratete Frau, und ich bin es gern. Warum hast du nicht auf mich gehört, als ich sagte, daß ich nicht mit dir kommen will? Warum bildest du dir ein, ich wäre ein kleines Kind, das deinen Schutz braucht? Habe ich dich etwa darum gebeten? Hast du mich gefragt, ob ich befreit werden möchte? Du bist in mein Zuhause eingedrungen und hast mich brutal niedergeschlagen und weggebracht. Du meinst es vielleicht gut – trotzdem bist du ein Riesenidiot.«

»Ich kann dich nicht wieder zurückbringen«, sagte er mit schwacher Stimme.

»Das weiß ich«, sagte sie. »Meinst du etwa, ich würde das Leben all dieser Männer aufs Spiel setzen, die alles darangesetzt haben, um von hier fliehen zu können? Wenn Aruj Aga dich erwischt, dann wird er keine Gnade kennen. So ist das nun einmal hierzulande.«

»Liebst du ihn denn wirklich, India?« fragte er neugierig.

»Ja. Wie oft soll ich dir das noch sagen? Ich bin die Gemahlin des Dey von El Sinut, und ich bin stolz darauf.«

»Es war keine wirkliche Heirat«, erwiderte er in dem Versuch, sich zu rechtfertigen. »Es war keine christliche Heirat, India, und du bist nun einmal Christin.«

»Ja, ich bin Christin, aber wenn du den Islam nur ein wenig besser kennen würdest, dann wüßtest du, daß meine Ehe sehr wohl gültig ist. Außerdem hat er nach einem protestantischen Pfarrer in El Sinut gesucht, der uns christlich trauen sollte, wenn auch heimlich. Du wärst unser Trauzeuge gewesen, Thomas Southwood.«

»So sehr liebt er dich?« fragte Thomas Southwood – verblüfft darüber, daß Caynan Reis ein solches Risiko einzugehen bereit war. »Ich glaube, das hat er dir nur gesagt, um dich zu beruhigen. Der Dey würde nie eine christliche Ehe eingehen – es wäre viel zu gefährlich für ihn.«

»Er hätte es getan, da bin ich mir ganz sicher. Hast du übrigens gewußt, daß die Janitscharen eine Verschwörung gegen den jungen Sultan planen? Ihr Abgesandter kam zu Caynan Reis und ersuchte ihn um seine Unterstützung. Er antwortete dem Mann, daß er erst dann bereit sei, den Plan zu unterstützen, wenn auch die Deys von Algier und Tunis ihre Zustimmung gäben. Nachdem der Mann aufgebrochen war, schickte Caynan eine Nachricht an die Mutter des Sultans, um sie von der Verschwörung zu unterrichten. Es war seine Absicht, sie um die Unabhängigkeit von El Sinut zu bitten, wenn sie ihm eine Belohnung für seine Treue anbieten würde. Auf diese Weise wären unsere Söhne Caynans Erben«, berichtete India ihrem verblüfften Vetter. »Meinst du wirklich, ich könnte von alldem wissen, wenn mich mein Gemahl nicht als seine wahre Gemahlin und Vertraute betrachten würde? Glaubst du, die Frauen des Harems wissen davon, Thomas Southwood? Aber du mußtest mich ja unbedingt *befreien* und mich zwingen, nach Schottland zurückzukehren!« Sie starrte ihn mit zornfunkelnden Augen an.

Thomas Southwood zweifelte einen Augenblick daran, das Richtige getan zu haben, doch er schob die Zweifel rasch beiseite. Sie verstand das Ganze einfach nicht richtig. Caynan Reis hätte ein oder zwei Kinder von ihr bekommen und sich dann eine zweite, vielleicht auch eine dritte und vierte Frau genommen. Das hätte India mit Sicherheit sehr unglücklich gemacht. Sie war besser dran, wenn sie zu ihrer Familie nach Glenkirk zurückkehren konnte, in eine Welt, die sie kannte und die sie verstand. Irgendwie würde es ihnen schon gelingen, Indias lange Abwesenheit zu erklären und einen Ehemann für sie zu finden. Sie würde Caynan Reis vergessen. Ihr großes Vermögen würde gewiß helfen, eventuelle Schwierigkeiten zu beseitigen.

Er blickte ihr direkt in die Augen. »Es ist zu gefährlich, wenn wir dich direkt nach England bringen. Wir könnten unterwegs auf Piraten stoßen und gezwungen sein, um unsere Freiheit zu kämpfen, was wir gewiß täten – so gut, wie wir jetzt bewaffnet sind. Ich bringe dich nach Neapel zu deiner Großmutter Lady Stewart-Hepburn. Wenn du dann in einigen Monaten nach Hause zurückkehrst, könnt ihr ja sagen, du wärst die ganze Zeit über bei ihr gewesen.«

»Und wie wird man sich die Abwesenheit von Adrian Leigh erklären?« wollte India wissen.

»Du liebe Güte, India! Du willst doch nicht etwa sagen, daß du immer noch etwas für diesen arroganten kleinen Mistkerl empfindest?«

»Nein, ich liebe ihn nicht«, entgegnete India in scharfem Ton, »aber wegen mir wurde Adrian auf eine Galeere gesteckt. Warum hast du ihn nicht mitgenommen?«

»Das war nicht möglich, denn sonst hätte ich alle Galeerensklaven auf Aruj Agas Schiff mitnehmen müssen. Um Himmels willen, India! Ich wäre unmöglich mit all den Kerlen fertig geworden. Und wenn ich versuchte hätte, Adrian als einzigen zu befreien, dann hätte es einen Aufstand gegeben. Dann wäre unser ganzer Plan gescheitert. Außerdem geschieht es Adrian Leigh recht, immerhin hat er dich zu dieser unüberlegten Flucht überredet.«

»Du bist wirklich ein Bastard, Tom«, sagte India. »Wenn das hier jetzt meine Kajüte sein soll, dann verschwinde auf der Stelle! Und laß dich nicht mehr blicken, solange ich hier bin! Wie leicht es dir doch fällt, das Leben anderer Menschen zu zerstören – und alles nur um deines verdammten Schiffes willen!«

»Mit diesem verdammten Schiff wirst du nach Hause zurückkehren«, erwiderte er verärgert.

»El Sinut ist jetzt mein Zuhause«, gab sie unbeirrt zurück.

10

Der Morgen nach der Flucht aus El Sinut war sonnig und wolkenlos. Es wehte immer noch ein recht kräftiger Wind, der sie jedoch mit Riesenschritten ihrem Ziel, Neapel, näher brachte. Bestimmt hatte man inzwischen bemerkt, daß die Gemahlin des Dey und ihr Dienstmädchen fort waren. Und auch das Verschwinden des englischen Schiffes war gewiß nicht unentdeckt geblieben. Baba Hassan würde mit Sicherheit ahnen, daß zwischen den beiden Ereignissen ein Zusammenhang bestand – insbesondere wenn man die beiden Haken auf der Mauer zum Garten des Palastes finden würde. James hatte den Haken mit dem Seil hinuntergeworfen, an dem sein Kapitän mit India hinabgeklettert war – aber nachdem er selbst mit Meggie unten angekommen war, hatte er seinen eigenen Haken nicht entfernen können, so daß sie ihn hatten zurücklassen müssen. Doch es war höchst unwahrscheinlich, daß man sie einholen würde, bevor sie Neapel erreichten. Bis man Caynan Reis und Aruj Aga verständigen konnte und sie in die Stadt zurückgekehrt waren, um die Verfolgung aufzunehmen, würden gewiß zwei Tage vergehen.

Völlig unbehindert fuhren sie ihres Weges, bis sie sich schließlich am dritten Morgen der Küste von Neapel näherten. India stand an Deck und genoß die morgendliche Stille und den Anblick des pfirsich- und lavendelfarbenen Himmels. Grauer Nebel hing wie ein seidener Schleier in der Luft. Hier und da tauchten kleine Inseln aus dem nebelbedeckten Wasser auf. Winzige Fischerboote waren zu sehen, und Kirchenglocken ertönten in der morgendlichen Stille. Eine sanfte Brise blähte die Segel und ließ das Schiff auf die Küste zugleiten. Die Luft war feucht und warm.

»Nun, India«, sagte Tom Southwood und trat an ihre Seite, »in wenigen Stunden bist du bei deiner Großmutter. Ich möchte, daß du an Bord bleibst, während ich Lady Stewart-Hepburn aufsuche und mit ihr spreche. Bestimmt hat sie erfahren, daß du vor einem Jahr verschwunden bist. Ich bin sicher, sie wird sofort eine Nachricht an deine Familie abschicken. Ich bin zu froh, nicht mehr für dich verantwortlich zu sein, das kann ich dir sagen. Mit dir hat man es wirklich nicht leicht, India.«

»Du verstehst überhaupt nichts, lieber Vetter«, gab sie zurück.

»Irgendwann wirst du mir verzeihen und erkennen, daß ich nur in deinem Interesse gehandelt habe«, sagte er in sanftem Ton.

India wandte sich ihm zu und blickte ihn mit zornfunkelnden Augen an. »Geh zum Teufel!« sagte sie und ging in die Kajüte zurück, wo Meggie sie erwartete.

»Der Kapitän hat Euch gesucht, Mylady«, sagte das Mädchen.

»Er hat mich gefunden«, antwortete India. »Ich bin froh, ihn bald los zu sein. Hoffentlich ist Lady Stewart-Hepburn etwas weniger hochnäsig.«

»Ihr nennt sie nicht Großmutter?« fragte Meggie überrascht.

»Sie ist die Mutter meines Stiefvaters, und ich habe sie vor zwei Jahren in Frankreich zum ersten Mal gesehen. Sie lebt schon seit vielen Jahren in Neapel. Meinem Stiefvater zuliebe sage ich ›Großmutter‹ zu ihr, aber ich kann nicht sagen, daß sie eine solche für mich ist. Meine Lindley-Großeltern starben, bevor mein Vater und meine Mutter heirateten. Meine einzigen wirklichen Großeltern sind der Earl und die Gräfin von BrocCairn, die Eltern meiner Mutter, wenngleich der Earl nur der Stiefvater meiner Mutter ist. Die meisten Frauen aus meiner Familie hatten mehrere Ehemänner. Sie wurden für gewöhnlich ziemlich alt, Meggie.«

Knox hatte ihnen eine kleine Mahlzeit gebracht – etwas Fladenbrot, Datteln und eine kleine Karaffe Wasser. Nachdem die beiden Frauen gegessen hatten, brachte Meggie eine Schüssel mit Wasser, damit sie sich waschen konnten. Sie trugen immer noch dieselben Kleider wie bei ihrer Abreise aus El Sinut. Sie hatten nicht einmal einen Kamm, und auch ihren kostbaren Schmuck hatte India zurücklassen müssen. Doch gerade das würde ihrem Gemahl zeigen, daß sie ihn nicht freiwillig verlassen hatte, dachte sie hoffnungsvoll. *Caynan!* rief sie stumm über den weiten Ozean hinweg. *Ich liebe dich! Bitte komm und hol mich zurück!*

Das Schiff ging in der Bucht von Neapel vor Anker. Sie hatten bereits am Morgen zwei neue Flaggen gehißt – die eine, um sich als englisches Schiff auszuweisen, die zweite, um ihre Zugehörigkeit zur O'Malley-Small-Handelsgesellschaft anzuzeigen. Kapitän Thomas Southwood verließ das Schiff, um sich in einem Boot an Land rudern zu lassen. Er meldete sein Schiff beim Hafenmeister an und erläuterte ihm, daß sie der Gefangenschaft in den Barbareskenstaaten entkommen waren, indem sie die *Royal Charles* wieder an sich gerissen hatten. Er äußerte den Wunsch, daß ein Maler kommen möge, damit das Schiff wieder mit seinem richtigen Namen versehen werde. Dann erkundigte er sich nach dem Weg zur Villa del Pesce d'Oro, lieh sich ein Pferd und ritt zu dem kleinen Anwesen hinaus, das sich außerhalb der Stadt direkt am Meer befand.

In diese wunderschöne Villa war Catriona Leslie einst gekommen, um Francis Stewart-Hepburn zu heiraten. Von hier wurde sie später entführt und als Sklavin in das osmanische Reich gebracht. Doch Francis Stewart-Hepburn ließ es nicht zu, daß man ihm die große Liebe seines Lebens so einfach wegnahm – und nachdem er erfahren hatte, wo man sie festhielt, gelang es ihm tatsächlich, sie zu befreien. Sie waren nicht gleich in die Villa del Pesce d'Oro zurückgekehrt, denn Lady Stewart-Hepburn litt immer noch unter den Auswirkungen ihres schweren Schocks – und so hatten sie sich in eine Villa oberhalb von Rom, Villa Mia genannt, zurückgezogen.

Während der folgenden Jahre, als Lady Stewart-Hepburn sich langsam von dem Schock erholte, suchten sie die Villa in Neapel jeden Sommer auf, um dann im Herbst wieder in ihre Villa Mia zurückzukehren. Lord Bothwell hatte die Wärme in Neapel besonders genossen. Er war auch dort begraben worden – mit Ausnahme seines Herzens, das man ihm nach seinem Tod entnahm, um es in ein Eichenholzkästchen zu legen, welches seine Gemahlin fortan in einem silbernen Schrein auf einem Tisch neben ihrem Bett aufbewahrte. Selbst auf ihre Reisen nahm sie den Schrein mit. Und wenn sie einmal starb, sollte sein Herz mit ihr begraben werden.

Die Tore zur Villa öffnete ein freundlicher Pförtner. An der Haustür wurde Thomas Southwood von einem Schotten mit zerfurchtem Gesicht empfangen, der einen Kilt trug.

»Ja?« knurrte der grauhaarige Mann.

»Ich bin Kapitän Thomas Southwood von der *Royal Charles*, einem Schiff der O'Malley-Small-Handelsgesellschaft. Ich würde gern Lady Stewart-Hepburn sprechen.«

»Und worum geht es, Kapitän?« wollte der Pförtner wissen.

»Eine Privatangelegenheit, die ich bestimmt nicht mit einem Dienstboten besprechen werde«, gab Thomas Southwood barsch zurück.

»Kein Grund, gleich wütend zu werden, Kapitän«, sagte der Schotte, »aber in dieses Haus kommt niemand rein, ohne daß ich den Grund für sein Eintreten kenne. Ich habe meinem Herrn auf seinem Totenbett versprochen, auf Mylady acht zu geben – und dieses Versprechen werde ich auch halten.«

»Ich bin ein Sohn des Earl von Lynmouth, des Onkels der Herzogin von Glenkirk«, sagte Thomas Southwood. »Es geht um Familienangelegenheiten. Seid Ihr nun zufrieden? Darf ich nun eintreten?«

»Kommt nur, ich bringe Euch zu Mylady«, antwortete der Schotte in ruhigem Ton. Er drehte sich um und führte den Kapitän in einen hellen Salon, von dem man die prächtigen Gärten der Villa überblicken konnte, die gerade in voller Blüte standen. »Kapitän Thomas Southwood, Mylady«, verkündete der Schotte.

Catriona Stewart-Hepburn saß am offenen Fenster, mit einer Stickarbeit beschäftigt. Sie erhob sich, und er erkannte, daß sie dieselbe Eleganz besaß wie einst seine Großmutter.

»Mylady«, sagte er und verbeugte sich über ihrer ausgestreckten Hand.

»Southwood. Seid Ihr mit dem Earl von Lynmouth verwandt?« fragte sie.

»Robert Southwood ist mein Vater«, antwortete er.

»Wie nett von Euch, mich zu besuchen«, sagte sie. »Es passiert nicht so oft, daß ich Besuch aus dem Norden bekomme. Bringt Ihr mir etwa eine Nachricht von meiner Familie?«

»Ich bringe Euch Eure Enkeltochter, Lady India Lindley«, teilte er ihr mit und lächelte, als er ihr verblüfftes Gesicht sah.

»India! Gott sei Dank! Jemmie und Jasmine haben sich solche Sorgen gemacht! Wo habt Ihr sie gefunden? Ist sie wohlauf? Wo war sie denn die ganze Zeit?« Sie ließ sich auf einen Stuhl sinken und forderte ihn mit einer Handbewegung auf, sich ebenfalls zu setzen.

»India wird Euch alles ganz genau erzählen, Mylady, deshalb will ich Euch in aller Kürze antworten. Vor einem Jahr überredete Adrian Leigh, der Viscount Twyford, India, mit ihm durchzubrennen. Weder meine Cousine Jasmine noch ihr Gemahl billigten diese Verbindung. Daraufhin ließ ihn India zwei Plätze auf einem unserer Schiffe buchen, worauf sie verkleidet an Bord ging. Doch sie wurde schließlich entlarvt, und ich sperrte sie in meine Kajüte. Auch ihren jungen Verehrer nahm ich in Gewahrsam. Kurz danach wurde das Schiff jedoch von Piraten aus El Sinut gekapert. Ich riet meinen Männern, sich zum Islam zu bekehren, was die meisten von ihnen auch taten, wodurch sie vermieden, als Sklaven auf einer Galeere zu landen. Wir wurden nach El Sinut gebracht und vor Caynan Reis, den Dey, geführt. Da unser Schiff das erste dieser Art war, das ihnen in die Hände gefallen war, und da ich ebenfalls zum Islam übertrat, durfte ich zusammen mit dem Aga der Janitscharen als sein Steuermann zur See fahren. Als man schließlich meinte, daß ich vertrauenswürdig sei, übertrug man mir die Aufgabe, den Seeleuten des Dey beizubringen, wie man mit einem Schiff dieser Art umgeht. Doch insgeheim überlegte ich ständig, wie wir fliehen könnten – und vor drei Tagen war es dann soweit. Ich habe natürlich auch India mitgenommen, zusammen mit ihrem Dienstmädchen, einer jungen Schottin.«

Catriona Stewart-Hepburn ahnte die Antwort auf die Frage, die sie als nächstes stellte, bereits im voraus. »Was ist mit India geschehen, als ihr in El Sinut ankamt?«

»Der Dey fand Gefallen an ihr, und so kam sie in seinen Harem«, lautete die wenig überraschende Antwort.

»Ach, das arme Kind«, sagte Lady Stewart-Hepburn und erinnerte sich an ihre eigene Gefangenschaft und den Schock, an dem sie noch Jahre nach ihrer Befreiung litt. »Wie geht es ihr, Sir? Wann kann ich sie sehen?«

»Sie ist außer sich vor Zorn, Madame, denn sie bildet sich ein, den Dey zu lieben. Ich mußte sie bewußtlos schlagen, um sie mit mir nehmen zu können. Ich würde es sehr begrüßen, wenn Ihr mir das Mädchen sofort abnehmt, damit ich nichts mehr mit ihr zu tun habe. Vielleicht könnt Ihr Euch dann darum kümmern, daß sie zu ihren Eltern nach Schottland oder England zurückgebracht wird.«

»Ist sie an Bord Eures Schiffes?«

»Jawohl, Madame, das ist sie«, antwortete er.

»Ich werde Conall zum Hafen schicken, um sie zu holen«, sagte Lady Stewart-Hepburn. »Hat sie viel Gepäck?«

»Madame, ich habe sie ohnmächtig über eine vier Meter hohe Mauer geschleppt. An Gepäck war da nicht zu denken.«

»Wo war der Dey zu diesem Zeitpunkt?«

»Auf der Jagd in den Bergen, zusammen mit dem Aga der Janitscharen. Das gab mir erst die Gelegenheit zur Flucht«, erklärte er ihr.

»Bleibt doch einige Tage hier bei mir«, bot sie ihm an. »Ihr und Eure Männer könnt gewiß eine kleine Rast gebrauchen nach Eurem Abenteuer.«

»Ich danke Euch, Madame, aber wir müssen so rasch wie möglich wieder in See stechen, um möglichst bald nach England zu kommen.«

»Wenn Ihr nach Westen segelt, lauft Ihr Gefahr, erneut gekapert zu werden«, sagte sie. »Ich würde an Eurer Stelle noch einige Tage hier in Neapel bleiben und dann mit irgendeiner Ladung ostwärts nach Istanbul segeln. Wenn Ihr Euch dann wieder westwärts wendet, werden Eure Verfolger die Suche wahrscheinlich schon aufgegeben haben, und Ihr habt sogar noch einen Gewinn für all Eure Mühen.« Sie lächelte ihm mit ihren leuchtend grünen Augen zu.

»Ich habe schon so manches Lob über Euch gehört, Madame – aber es wird Euch nicht annähernd gerecht«, sagte er anerkennend.

»Bitte«, warf sie ein, »würdet Ihr zur Tür gehen und Conall auftragen, daß er Lady India und ihr Dienstmädchen vom Schiff abholen möchte? Er steht wahrscheinlich an der Tür und versucht etwas von dem aufzuschnappen, was wir hier sprechen – aber ich fürchte, daß sein Gehör nicht mehr das allerbeste ist.«

Im nächsten Augenblick ging die Tür auf, und der Schotte sagte mit finsterer Miene: »Ich höre immer noch gut genug, Mylady. Eine solche Beleidigung habe ich mir wirklich nicht verdient, wo ich Euch stets so treu gedient habe. Wie heißt Euer Schiff, Kapitän?«

»Royal Charles, aber im Moment trägt sie noch einen türkischen Namen, noch dazu in arabischen Buchstaben. Der Hafenmeister sagt Euch, wo wir vor Anker liegen. Ich danke Euch, Conall.«

Der alte Schotte verließ das Zimmer, und seine Herrin schenkte Wein in zwei kristallene Becher ein. Sie reichte Thomas Southwood einen der Becher. »Wein, Sir?«

Der Kapitän nahm den Becher dankbar entgegen, betrachtete die wunderschöne tiefrote Farbe und sog den vollen Duft des Weines ein. Er blickte hocherfreut zu der älteren Dame auf. »Das ist ein Wein aus Archambault, Madame! Er stammt aus den Weinbergen meiner Großmutter in Frankreich. Gott! Wie oft habe ich während der langen Monate der Gefangenschaft von diesem Wein geträumt, als es nichts zu trinken gab außer Wasser, Minztee, süßes Sorbet und diesen verdammten türkischen Kaffee.« Er nahm einen Schluck und dann noch einen, ehe er den ganzen Becher leerte. »Ah, das tut gut! Wißt Ihr, als sie mein Schiff kaperten, da warfen sie eine ganze Ladung Sherry über Bord.«

Lachend schenkte sie ihm noch einmal ein.

»All die Fässer, die jetzt irgendwo im Wasser treiben«,

sagte er voller Bedauern und nahm erneut einen Schluck von dem Wein.

Conall More-Leslie trug Giovanni, dem alten Kutscher seiner Herrin auf, zum Hafen zu fahren, während er selbst auf seinem Pferd voranritt. Dort wies er Giovanni an, auf ihn zu warten. »Ich muß zwei Ladies abholen«, teilte er dem Kutscher mit. »Sie sind an Bord eines Schiffes.«

Er wurde in einem Boot zur *Royal Charles* gerudert und sah, daß ein Maler auf seinem wackeligen Gerüst bereits damit beschäftigt war, die fremden Schriftzeichen zu übermalen, um dem Schiff seinen alten Namen zurückzugeben. Er kletterte über die Strickleiter an Bord und stellte sich dem ersten Offizier vor.

»Ich hole gleich Lady India und Meggie«, sagte Francis Bolton. »Ich bin ohnehin erleichtert, wenn sie nicht mehr an Bord sind. Frauen auf einem Schiff – das bringt Unglück, und wir haben tatsächlich nichts als Schwierigkeiten gehabt, seit Lady India an Bord kam.«

Conall More-Leslie nickte, doch in Wahrheit hielt er den Seemann für einen abergläubischen Narren. Wenig später sah er die beiden jungen Frauen in orientalischen Kleidern an Deck kommen. Er verneigte sich vor India. »Ich bin Conall More-Leslie, der Haushofmeister Eurer Großmutter. Man hat mich geschickt, um Euch zu ihr zu bringen, Mylady. Und das Mädchen natürlich auch.«

»Dann gehen wir«, sagte India barsch. »Wie zum Teufel kommen wir von diesem verdammten Schiff herunter?«

»Ihr müßt die Strickleiter hinabklettern, Mylady. Ich gehe voraus, dann das Dienstmädchen und dann Ihr, Mylady«, sagte er. »Mr. Bolton, würdet Ihr den Ladies helfen?«

»Mit dem größten Vergnügen«, antwortete der erste Offizier.

»Auf Wiedersehen, Knox!« rief India. »Danke für alles.«

Zu Indias Erstaunen kletterten Meggie und sie selbst ohne Schwierigkeiten die Strickleiter hinunter – und das, obwohl sie barfuß waren. Als sie sicher im Boot angekommen waren, blickten sie zur Küste hinüber. Wenig später saßen sie bereits in der großen, bequemen Kutsche und fuhren durch die geschäftigen, lauten Straßen der Stadt. India wurde schwindelig von der Hitze und den Gerüchen, die von überallher zu ihnen drangen.

»Warum ist mir nur so unwohl im Magen, wo ich doch so wenig gegessen habe?« fragte sie sich.

»Wir müssen uns eben erst wieder an das Festland gewöhnen, Mylady«, sagte Meggie. »Außerdem könnte es ja sein, daß das Baby Hunger hat. Oh, wie schön wäre jetzt eine Schüssel von Abus Suppe!«

»Lady Stewart-Hepburn wird sich schon um uns kümmern, Meggie. Ich kenne sie zwar kaum, aber ich weiß, daß sie eine sehr verständnisvolle Frau ist.«

Sie ließen die Stadt hinter sich und fuhren auf einer Landstraße die Küste entlang, bis sie nach einer Weile die Villa del Pesce d'Oro erreichten. Die Pferde schienen ihren Weg genau zu kennen und blieben schließlich vor der Haustür stehen. Ein Diener kam gelaufen, um die Türe der Kutsche zu öffnen und India herauszuhelfen. Kaum hatte sie die Kutsche verlassen, kam Catriona Stewart-Hepburn auch schon auf sie zu.

India ließ sich bereitwillig in die ausgebreiteten Arme der älteren Frau sinken. »Ich habe ja gleich gesagt, daß es einen Skandal geben würde, wenn du nicht bald heiratest«, stellte Lady Stewart-Hepburn trocken fest. »Und jetzt stehst du hier, glücklich deinen Abenteuern entronnen. Jemmie wird so erleichtert sein. Komm ins Haus, meine Liebe. Du siehst erschöpft aus und wirst gewiß ein Bad zu schätzen wissen, und auch etwas zu essen und frische Kleider. Ist das dein Dienstmädchen? Da hast du aber Glück gehabt, mein Kind, denn wenn du nicht das Dienstmädchen meiner Enkeltochter wärst, dann hättest du wohl nicht nach Schottland zurückkehren können.«

»Jawohl, Mylady«, sagte Meggie und machte einen Knicks vor der schönen Dame, die noch keineswegs alt genug wirkte, um Großmutter zu sein.

»Kommt jetzt«, sagte Lady Stewart-Hepburn und führte sie ins kühle Haus und in den Salon, wo Kapitän Southwood wartete.

»Ah, da bist du ja, Cousine«, sagte er freundlich.

»Geh mir aus den Augen«, erwiderte India zornig. »Du bist schuld, daß ich jetzt nicht bei meinem Gemahl sein kann. Das werde ich dir nie verzeihen, Tom!«

»Was höre ich da?« fragte die Dame des Hauses und blickte die beiden verwundert an. »Ihr habt mir berichtet, der Dey hätte Gefallen an India gefunden – aber nicht, daß sie seine Gemahlin ist, Thomas Southwood!«

»Wie kann eine englische Adlige die Gemahlin eines Ungläubigen sein?« fragte er gereizt.

»Weil der Imam uns getraut hat, du arroganter Bastard!« stieß India wütend hervor. Dann wandte sie sich ihrer Großmutter zu. »Er wollte einfach nicht auf mich hören, Madame. Er hat mich bewußtlos geschlagen und mich dann aus meinem eigenen Haus entführt.« Sie zeigte ihr den bläulichen Fleck an ihrem Kinn. »Caynan wird außer sich vor Wut sein. Ich muß unbedingt zu ihm zurück!«

»Er wird ein Mädchen aus seinem Harem an deine Stelle setzen«, warf ihr Vetter ein. »Für diese Kerle ist ein Mädchen so gut wie das andere.«

Mit einem Aufschrei stürzte sich India auf ihn, um ihm das Gesicht zu zerkratzen. »Du gemeiner Bastard!« schrie sie außer sich. »Ich könnte dich umbringen!«

Conall More-Leslie eilte herbei und zog das wütende Mädchen von seinem Opfer weg. »Immer mit der Ruhe, Mädchen. Ihr könnt den Mann doch nicht umbringen, nur weil er das getan hat, was er für richtig hielt.«

»Er hat mir nicht einmal zugehört!« rief India erneut. Ihr Herz pochte wie wild vor Wut. Nie hätte sie gedacht, daß sie jemals so wütend sein könnte, wie sie es in diesem Augenblick auf Thomas Southwood war.

Der Kapitän griff sich an sein Gesicht und erschrak ein wenig, als er das Blut sah. »Du hast mir das Gesicht zerkratzt«, sagte er ungläubig. »Ich blute, du verdammte Wildkatze!«

»Ich würde dir das Herz mit den Zähnen herausreißen, wenn ich könnte«, stieß sie hervor und blickte ihn aus zornfunkelnden Augen an.

Unwillkürlich wich er einen Schritt zurück, als er die unbändige Wut in ihren Augen sah.

»Ich denke, es ist das beste, wenn meine Enkeltochter sich jetzt in ihr Gemach zurückzieht«, sagte Lady Stewart-Hepburn mit ruhiger Stimme. »Ich werde meine eigenen Dienstmägde, Susan und May, zu ihr schicken, damit sie ihr helfen.« Sie legte der widerstrebenden India den Arm um die Schulter. »Wir werden dieses Problem gemeinsam lösen, India. Das verspreche ich dir.« Dann entließ sie sie zusammen mit Conall und Meggie.

Als sie draußen waren, wandte sie sich wieder Thomas Southwood zu. »Vielleicht hättet Ihr doch auf sie hören sollen, Sir. Sie ist ziemlich verzweifelt und macht gar nicht den Eindruck einer Frau, die von einem Mann als Sklavin gehalten wurde. Wenn der Dey von El Sinut sie zur Frau genommen hat, dann ist sie seine Frau. Ich verstehe ja, daß Ihr an die Interessen der Familie denkt, aber was glaubt ihr, erwartet sie daheim in Schottland?«

»Sie werden einen Ehemann für sie finden«, antwortete er mürrisch. »Sie ist so reich, daß man nicht so genau nach ihrer Vergangenheit fragen wird.«

»Oje«, sagte Catriona Stewart-Hepburn, »Ich merke, Ihr habt bereits Eure Zweifel, ob es so klug war, was Ihr getan habt, nicht wahr? Nun, es ist nun einmal geschehen. Jetzt gilt es zu überlegen, was wir tun können, um das Problem zu lösen. Ihr bleibt doch für einige Tage in Neapel, oder? Und Ihr werdet auch meinen Rat beherzigen, mit einer Ladung nach Istanbul zu segeln, nicht wahr? Wenn Euch der Dey jetzt erwischen sollte, dann wäre ich sehr besorgt um Euch, Sir. Geht auf Euer Schiff zurück und kommt zum Abendessen wieder. Mein Sohn Ian wird auch da sein. Ihr werdet euch gut verstehen, glaube ich. Er ist auch noch unverheiratet, wie Ihr«, sagte sie lachend. »Aber bevor Ihr geht, erlaubt mir, daß ich mich um diese Kratzer kümmere.« Sie begutachtete sein Gesicht. »Sie sind nicht tief. Euer hübsches Gesicht wird keine Narben davontragen.«

»Ich hätte nie gedacht, daß India einmal solche Schwierigkeiten machen würde«, murmelte Thomas Southwood.

»Euer Sohn hatte wahrscheinlich alle Hände voll zu tun mit ihrer Erziehung.«

»Mein Sohn liebt sie über alles, und sie ihn auch. Ich schätze, das mag die Wahl eines geeigneten Ehemannes noch schwieriger gemacht haben. Sie fand keinen, der sich mit Jemmie hätte messen können. Und dann kam der charmante Viscount Twyford daher. Aber anstatt sie zu unterstützen war Jemmie nur eifersüchtig. Gewiß, der junge Mann war wohl nicht ganz geeignet – aber mein Sohn hätte die Sache mit etwas mehr Fingerspitzengefühl lösen können. Manchmal erinnert er mich sehr an seinen Vater Patrick Leslie. Patrick dachte nie an die Folgen seiner Handlungen, wenn er sich etwas in den Kopf gesetzt hatte«, sagte Lady Stewart-Hepburn. Dann zog sie an dem Klingelzug, woraufhin wenige Augenblicke später ein Dienstmädchen erschien. *»Acqua e un bacile«*, sagte sie.

»Si, Madonna«, sagte das Mädchen mit einem Knicks.

»Ihr sprecht Italienisch?«

Lady Stewart-Hepburn lachte. »Ich lebe seit über fünfundzwanzig Jahren in Neapel und Rom, Kapitän. Einige meiner Dienstboten stammen zwar aus Schottland, aber die meisten sind von hier. Da war es ganz einfach notwendig, mir die Sprache anzueignen. Außerdem klingt sie im Vergleich mit meiner eigenen keltischen Sprache geradezu wie Musik.«

Die Wasserschüssel wurde gebracht, und Lady Stewart-Hepburn wusch das Blut von Thomas Southwoods Gesicht ab. Als sie fertig war, brach er auf, um zu seinem Schiff zurückzukehren. Sie selbst eilte sogleich nach oben, um zu sehen, wie es ihrer Enkeltochter ging. India saß in der Badewanne, und Meggie kümmerte sich um sie. Ihre beiden eigenen Dienstmägde, Susan und May, waren ebenfalls zugegen. Sie waren damit beschäftigt, frische Kleider für den Gast zu holen und ihr Bett zu bereiten.

»Ich habe Kapitän Southwood gesagt, er soll auf sein Schiff zurückkehren und zum Abendessen wiederkommen«, sagte sie zu India.

»Ich kann seine Gegenwart nicht ertragen, Madame«, erwiderte India.

»Du nennst mich nicht mehr Großmama, wie du es in Frankreich getan hast«, stellte Lady Stewart-Hepburn fest.

»Ich habe Euch dort zum ersten Mal gesehen. Ich habe Euch nie als meine Großmutter betrachtet«, antwortete India ehrlich.

»Dann nenn mich doch Cat«, sagte die ältere Frau. »Ich heiße eigentlich Catriona Mairi, aber für meine Freunde war ich immer nur Cat. Ich hoffe doch, daß wir beide wenigstens Freundinnen sind, mein Kind.«

»O ja!« antwortete India lächelnd. Sie stieg aus der Wanne, und Meggie hüllte sie in ein warmes Tuch und trocknete ihr Haar, nachdem ihre Herrin auf einem Stuhl Platz genommen hatte.

»Du mußt dem armen Southwood verzeihen«, sagte Cat. »Er hat nur das getan, was ihm richtig erschien.«

»Wie alle Männer hat er mir überhaupt nicht zugehört«, sagte India. »Ich muß unbedingt zurück nach El Sinut!«

»Bist du sicher, daß du zurück willst?« fragte sie und musterte die junge Frau aufmerksam.

»Ja, absolut sicher!« antwortete India. »Oh, Cat! Ich liebe ihn, und er liebt mich! Ich war nie glücklicher als mit Caynan Reis. Wir hatten so viele Pläne. Ich sagte meinem Vetter, daß ich gern dortbleiben würde. Ich habe ihn gebeten, meinen Eltern eine Nachricht von mir zu überbringen – aber nein! Mit seiner falsch verstandenen Treue zur Familie mußte er mich unbedingt mitnehmen. Ich kann einfach nicht vergessen, wieviel Kummer er mir und meinem Gemahl bereitet hat.«

»Ich verstehe«, sagte sie. »Ja, wirklich, India. Als ich von meinem Gemahl Lord Bothwell getrennt wurde, dachte ich, ich würde sterben vor Kummer. Das erste, was wir tun müssen, ist, deinem Gemahl eine Nachricht zukommen zu lassen. Er soll wissen, daß du in Sicherheit bist. Dein Vetter braucht davon ja nichts zu erfahren. Wenn du dir selbst so sicher bist, dann sollte man dich nicht von dem Mann trennen, den du liebst – auch wenn die ganze Welt dagegen ist!«

India brach in Tränen aus. »Oh, ich danke dir!« stieß sie schluchzend hervor.

»Ich werde dich für das Abendessen entschuldigen«,

sagte Cat. »Du hattest immerhin eine anstrengende Reise. Dein Vetter wird noch einige Tage hierbleiben – und bevor er geht, wirst du dich mit ihm versöhnen. Er muß ja nicht wissen, was wir vorhaben – aber tu es mir zuliebe, India. Immerhin habe ich mich bereit erklärt, dir zu helfen.«

»O ja, Cat, so machen wir es!« sagte India unter Tränen.

»May ...«, rief Cat ihre Dienstmagd. »Geh in die Küche und hol einen Teller von Annas Suppe, dazu etwas Käse, Früchte und Wein für Lady Lindley. Sie muß etwas essen, und dann werden wir sie ins Bett stecken.« Sie wandte sich Meggie zu. »Wie heißt du denn, Mädchen? Ich habe gehört, wir sind Landsleute. Woher kommst du denn?«

»Ich heiße Meggie, Mylady, und ich komme aus Ayr«, antwortete das Mädchen.

»Dann geh mit May, Meggie, und bleib gleich in der Küche, um auch etwas zu essen. Anna wird dafür sorgen, daß du ordentlich satt wirst. Danach komm zurück und kümmere dich um deine Herrin. Unter dem Bett findest du ein schönes Rollbett, und Susan wird es für dich beziehen. Du siehst ziemlich erschöpft aus, Mädchen.«

»Danke, Mylady«, sagte Meggie und machte einen Knicks. Dann wandte sie sich fragend an India. »Mylady?«

»Geh nur, Meggie. Ich komme schon zurecht«, sagte India. In der warmen Luft war ihr Haar bereits fast völlig getrocknet.

Cats zweite Dienstmagd Susan kam herein und brachte ein seidenes Nachthemd, das sie India anzog. »So, Mylady. Es geht doch nichts über ein schönes Bad und frische Kleider. Da fühlt man sich doch gleich viel wohler.«

»Du kommst auch aus Schottland, nicht wahr?« fragte India.

»Ganz richtig, Mylady. Wir kommen beide aus Schottland – May und ich sind nämlich Schwestern. Aber wir sind schon eine halbe Ewigkeit hier bei unserer Herrin. Conall ist unser Onkel. Wir sind vor vielen Jahren mit Mistress Cat aus Glenkirk hierher gekommen.«

»Sehnst du dich nicht manchmal nach deiner Heimat?« wollte India wissen.

»Eigentlich nicht«, antwortete Susan freimütig. »Das Wetter hier ist viel angenehmer als bei uns in Schottland. Kommt jetzt, Mylady, und legt Euch ins Bett.«

India war froh, wieder einmal in einem bequemen Bett liegen zu können. Sie war sich sicher, daß sie einschlafen würde, noch bevor May mit dem Essen zurück kam, doch sie irrte sich. Dann saßen die beiden Frauen, während sie aß, an ihrer Seite und erzählten ihr allerhand Geschichten aus der Zeit, als Cat mit Indias Stiefvater schwanger war und sich weigerte, den Vater des Kindes zu heiraten, solange ihr Patrick Leslie nicht jene Güter zurückerstattete, die Cats Vater irrtümlich der Mitgift beigefügt hatte, die jedoch in Cats Besitz hätten bleiben müssen.

»Und hat sie sie zurückbekommen?« fragte India, während sie von dem Brot und dem köstlichen Käse aß.

»Ja«, sagte Susan, »und ihre Fruchtblase platzte genau in dem Augenblick, als sie ihr Ehegelübde sprach.«

»Sie muß sehr temperamentvoll und eigenwillig gewesen sein«, stellte India fasziniert fest.

»Das ist sie immer noch«, erwiderte Susan, »wenn auch unser Leben hier nicht mehr so aufregend ist wie damals.«

Als India mit ihrer Mahlzeit fertig war und einen Becher von dem wunderbaren Wein getrunken hatte, nahmen die beiden Mägde das Tablett und ließen sie allein. Sie wußte nicht, ob sie würde schlafen können, doch es dauerte nicht lange, bis sie in einen tiefen Schlummer sank, der bis zum nächsten Morgen anhielt. Als sie erwachte, sah sie Meggie friedlich auf ihrem Bett schlummern. India lag still da und lauschte den Geräuschen des frühen Morgens. Die Luft, die durch die hohen Fenster hereinwehte, war von allerlei Blütendüften erfüllt. Nur das Gezwitscher der Vögel durchbrach die Stille. Es war wirklich wunderschön hier, doch sie sehnte sich nach El Sinut. Cat hatte gemeint, sie würden eine Nachricht an Caynan Reis schicken – aber wie sollten sie das anstellen? Das war eine Frage, die sie heute würden lösen müssen. Sie hoffte sehr, daß Cat das nicht nur gesagt hatte, um sie zu beruhigen.

Wie sich bald zeigen sollte, meinte Cat es mit ihrem

Bemühen, India mit Caynan Reis zu vereinen, durchaus ernst. Sie schickte Conall noch am selben Morgen zum Hafen, um ein Schiff zu finden, das nach El Sinut segeln würde. Er hatte jedoch keinen Erfolg und stieß schließlich auf ein Fischerboot, dessen Besitzer bereit war, die Fahrt zu unternehmen und die Nachricht zu überbringen.

»Aber kann man ihm denn trauen?« fragte India den Schotten, der zurückkam, als sie mit Lady Stewart-Hepburn beim Frühstück saß.

»Der Mann sagt, daß er vom Fischfang lebt, aber er und seine Männer schmuggeln auch ein wenig«, sagte Conall. »Seine kleine Felucke ist regelmäßig zwischen Tunis, El Sinut und Neapel unterwegs. Sie würden Eure Nachricht überbringen und dann zurückkehren.«

»Und sie wollen es tun?« fragte Cat ihren Haushofmeister.

»Jawohl. Ich habe ihnen eine hübsche Belohnung versprochen; eine Hälfte würde ich ihnen gleich bezahlen, die andere Hälfte bekommen sie, wenn der Auftrag erledigt ist. Und ich habe durchblicken lassen, daß sie dem Dey von El Sinut damit einen großen Gefallen erweisen würden, weshalb sie mit einer zusätzlichen Summe rechnen könnten, wenn sie mit seiner Antwort nach Neapel zurückkehren würden. Die Habgier ist ein überaus starker Antrieb«, fügte er trocken hinzu.

»Fahren sie noch heute los?« wollte India wissen.

»Sobald ich ihnen die Nachricht übergebe, Mylady«, antwortete er.

Cat holte Papier und Feder, und India machte sich sogleich daran, die Nachricht an ihren Gemahl zu verfassen. Sie berichtete ihm, wie ihr Vetter in den Garten und das Haus eingedrungen war und sie bewußtlos geschlagen hatte, um sie mitzunehmen. Sie schrieb, sie befinde sich mit ihrem Dienstmädchen in Neapel, wo sie im Haus der Mutter ihres Stiefvaters, Lady Stewart-Hepburn wohne, die durchaus Verständnis dafür habe, daß sie zu ihrem Gemahl zurückkehren müsse. Aufgrund der ständigen Auseinandersetzungen zwischen den islamischen Staaten und dem christlichen Europa sei man jedoch unschlüssig, wie sie am besten und sichersten zurückkehren könne. Sie fügte hinzu, daß sie ihn liebe und es nicht mehr erwarten könne, wieder in seinen Armen zu sein.

Das Pergament wurde gefaltet und versiegelt, in eine lederne Hülle gesteckt und erneut versiegelt. Conall More-Leslie kehrte zum Hafen zurück und übergab die Botschaft zusammen mit einem vollen Geldbeutel an Kapitän Pietro. Der Kapitän wog den Beutel prüfend in der Hand.

»Wenn Ihr nach El Sinut kommt«, teilte Conall ihm mit, »dann geht direkt zum Palast des Dey und fragt nach seinem Haremswächter Baba Hassan. Sagt ihm, Ihr hättet eine Nachricht von seiner Herrin, die unverzüglich dem Dey zu überbringen sei. Dann tut ihr das, was der Mann Euch sagt, und wenn er Euch eine Antwort übergibt, dann bringt Ihr sie nach Neapel zurück, wo Ihr dann den Rest Eures Lohns erhaltet. Wie ich Euch schon sagte, der Dey wird uns anweisen, Euch eine zusätzliche Summe auszuhändigen – also laßt uns nicht im Stich, Kapitän Pietro.«

»Das Ganze ist doch nicht etwa eine Verschwörung gegen Neapel?« fragte der Kapitän.

Conall schüttelte den Kopf, ziemlich verblüfft darüber, daß dieser Schmuggler offensichtlich patriotische Gefühle hegte. »Es ist eine Privatangelegenheit«, sagte er. »Nicht mehr.«

»*Bene*«, sagte der Kapitän und nickte.

Nun, wo India wußte, daß ihre Nachricht nach El Sinut unterwegs war, legte sich ihr Zorn auf Thomas Southwood ein wenig – doch so richtig versöhnt, das wußte sie, würde sie erst sein, wenn sie eine Antwort ihres Gemahls in ihren Händen hielt. Dennoch war sie beim Abendessen anwesend, das sie zusammen mit Cat, deren gutaussehenden Sohn Ian und Thomas Southwood einnahm. India stand diesmal nicht im Mittelpunkt des Interesses, da Ian seiner völlig überraschten Mutter mitteilte, daß er sich Thomas Southwood anschließen werde.

»Aber warum denn das?« fragte Cat.

»Weil es an der Zeit ist, liebe Mama, daß ich etwas aus meinem Leben mache. Ich bin jetzt dreiunddreißig Jahre alt und habe mich zumeist dem Müßiggang hingegeben. Ich bin lange genug ein Taugenichts gewesen.«

»Aber was willst du auf Toms Schiff anfangen?« fragte Cat ein wenig verwirrt. »Du bist schließlich kein Seemann, Ian, und in deinem Alter wirst du wohl auch keiner mehr werden.«

»Aber Kaufmann kann ich werden, Mama«, sagte er. »Ich habe eine Ladung Olivenöl gekauft, außerdem habe ich aus Florenz ein Dutzend der allerbesten Sättel angefordert. Mit diesen Gütern möchte ich auf der *Royal Charles* nach Istanbul reisen, wo ich sie verkaufen will. Dann kaufe ich dort etwas, vielleicht Seide, und komme damit nach Neapel zurück.«

»Ian! Du bist der Sohn des Earl von Bothwell«, wandte Cat ein. »Wie kannst du dich da so einfach als Kaufmann betätigen?«

»Ja, ich bin der jüngste Sohn von Francis Stewart-Hepburn, dem einstigen Earl von Bothwell, Vetter der königlichen Stuarts – doch mein Vater wurde gezwungen, Schottland zu verlassen. Man nahm ihm alles weg, sogar dich wollte man ihm nehmen. Es gibt keinen Titel mehr, keine Ländereien, die wir erben könnten – und wenn es welche gäbe, dann hätte Margaret Douglas, seine erste Frau, sie längst für sich beansprucht. Ihre Kinder stehen in der Erbfolge über uns drei Jüngsten, die wir zur Welt kamen, als du noch mit dem Earl von Glenkirk verheiratet warst. Bis unser Vater uns als seine Kinder zu sich nahm, wurden wir als Leslies betrachtet. Aber gerade weil ich der Sohn meines Vaters bin, kann ich mein Leben nicht in Untätigkeit zubringen. Ich kann nicht nach Schottland zurück, denn dort habe ich nichts mehr verloren. Man würde mich als Bothwells unehelichen Sohn ziemlich schief ansehen. Nein, ich muß mir jetzt selbst etwas aufbauen. Ich habe einiges an Bildung mit auf den Weg bekommen und mich dann so manches Jahr sorglos vergnügt – aber jetzt will ich etwas Neues versuchen. Dank deiner großzügigen Unterstützung kann ich diesen Schritt nun wagen. Ich glaube, ich habe ein gewisses Talent dafür. Ich beschäftige mich gern mit solchen Geschäften. Vielleicht werde ich sogar erfolgreich sein und mir schließlich eine Frau nehmen. Ich weiß doch, daß dich das freuen würde, nicht wahr, Mama?«

Eine Weile starrte Catriona den jungen Mann schweigend an, der ihrem Gemahl so ähnlich sah mit seinen blauen Augen und dem kastanienbraunen Haar. Sie fragte sich, was ihr Francis wohl zu dem Ansinnen seines jüngsten Sohnes gesagt hätte, ein Kaufmann zu werden. Ihr wurde bewußt, daß die Welt sich änderte und all jene, die diesen Wandel nicht mitmachten, wohl oder übel untergehen würden. Francis würde es gewiß ebenso sehen. Auch er war in gewisser Weise seiner Zeit voraus gewesen. Wenigstens wollte ihr Sohn etwas aus seinem Leben machen. Und hatten nicht auch die Leslies, Cats Vorfahren, mit dem Handel ein Vermögen verdient? »Ich bin überrascht«, gab sie ganz offen zu, »aber wenn du es wirklich willst, Ian, dann kann ich es dir nicht verwehren. Aber ich erwarte, daß du wenigstens Erfolg hast, verdammt noch mal! Geh deinen Geschäften mit Umsicht und Klugheit nach, und sieh zu, daß du so bald wie möglich dein eigenes Schiff hast – denn das ist der Schlüssel zum Erfolg, mein Sohn. Wer sein eigenes Schiff hat, braucht niemanden dafür zu bezahlen, daß er seine Güter transportiert.«

»Genau, Madame«, stimmte Thomas Southwood ihr zu. »Die *Royal Charles* gehört mir, weshalb mir auch so viel daran lag, sie zurückzubekommen.«

»Wärt Ihr eventuell bereit, mir einen Drittelanteil an dem Schiff zu verkaufen, Sir?« fragte Cat den verblüfften jungen Mann. Sie wandte sich Ian zu. »Das wäre mein Geschenk an dich. Dann hättest du deinen eigenen Anteil an dem Schiff.« Ihr Blick ging zu Thomas Southwood zurück. »Der Betrag, den ich Euch für den Anteil bezahle, würde Euch für den Verlust der Ladung entschädigen, den Ihr erlitten habt, als das Schiff gekapert wurde. Ich weiß, daß Ihr unter der Flagge der O'Malley-Small-Handelsgesellschaft unterwegs seid – aber sagt, besitzt die Gesellschaft ebenfalls einen Anteil an der *Royal Charles*?«

Tom Southwood schüttelte den Kopf. »Sie gehört mir ganz allein, Madame«, sagte er. »Mehrere meiner Verwandten besitzen heute ihr eigenes Schiff, aber aus verschiedenen Gründen segeln wir immer noch unter der Familienflagge.«

»Ich verstehe«, sagte Cat. »Nun, werdet Ihr mir einen Anteil an Eurem Schiff verkaufen?«

»Ja«, antwortete er. »Das würde mich in der Tat für die Verluste entschädigen. Außerdem könnte ich auch meinen Männern einen gewissen Betrag zukommen lassen, denn auch sie haben durch unseren Aufenthalt in El Sinut Einbußen erlitten.«

India hatte dem Gespräch mit großem Interesse gelauscht, doch jetzt, wo man die Details des Geschäfts zu besprechen begann, wanderten ihre Gedanken wieder zu ihrer eigenen Situation zurück. Wo mochte ihre Nachricht mittlerweile sein? Und wie würde ihr Gemahl es anstellen, sie sicher zu sich zurückzuholen? Was würde wohl ihre Familie von alldem halten? Sie wußte nicht recht, ob sie ihren Eltern schreiben sollte, denn tief in sich trug sie die Angst, daß die beiden sie daran hindern könnten, nach El Sinut zurückzukehren. Sie wußte, daß ihre Angst unbegründet war, da ihre Familie weit entfernt in Schottland lebte, vielleicht auch in England. Dennoch wollte sie nicht das geringste Risiko eingehen und beschloß, erst einmal abzuwarten.

Mehrere Wochen vergingen, in denen die *Royal Charles* wieder auf Vordermann gebracht wurde – doch die Kanonen, mit denen die Janitscharen das Schiff ausgerüstet hatten, blieben an Bord. Thomas Southwood hatte beschlossen, den Verlust von etwas Laderaum in Kauf zu nehmen und dafür die Möglichkeit zu erhalten, das Schiff im Notfall verteidigen zu können. Schließlich kamen er und Ian eines sonnigen Morgens in die Villa, um sich von den Damen zu verabschieden. Das Schiff war vollbeladen und bereit zur Abfahrt nach Istanbul.

»Wann gedenkt Ihr India nach Hause zu schicken?« wollte der Kapitän von Lady Stewart-Hepburn wissen. »Habt Ihr Eurem Sohn schon geschrieben?«

»Dazu war noch keine Zeit bei all der Aufregung in den letzten Wochen«, antwortete Cat in unschuldigem Ton. »Aber natürlich werde ich bald an Jemmie und Jasmine schreiben. Trotzdem freut es mich, daß India hier bei mir ist –

und ich kann mir vorstellen, daß sie mir im Winter in meiner Villa bei Rom Gesellschaft leistet. Sie kann ja dann nächsten Frühling nach England zurückkehren.«

»Ich lasse die Angelegenheit in Euren Händen, Madame. Ich habe meine Pflicht getan und India befreit. Mein Gewissen ist rein«, antwortete Tom Southwood lächelnd. Er küßte ihr die Hand und wandte sich dann seiner Cousine zu. »Es freut mich, daß du Vernunft angenommen hast, India.«

»Geh zum Teufel«, antwortete sie mit einem strahlenden Lächeln.

Er lachte ebenfalls. »Möglicherweise bist du bereits zu alt, um zu heiraten, wenn du schließlich nach Schottland zurückkehrst. Vielleicht wirst du ja dein Leben ohne Ehemann führen. Ich wünsche dir jedenfalls viel Glück.«

»Leb wohl, Thomas Southwood. Und alles Gute«, sagte India und wandte sich ab, um Ian Stewart-Hepburn auf Wiedersehen zu sagen. »Ich hoffe, daß dein Vorhaben gelingt. Hör ruhig gelegentlich auf Tom. Er weiß sehr viel, wenn er auch ein verdammter Dickkopf ist.«

Ian lachte. »Viel Glück, India«, sagte er mit einem Augenzwinkern.

Für einen Augenblick war India ein wenig verwirrt, doch dann wurde ihr klar, daß Ian von ihren Plänen wußte. Sie lachte laut auf und antwortete: »Ich danke dir, Ian. Du siehst zwar deinem Vater sehr ähnlich, aber du bist mindestens genauso sehr der Sohn deiner Mutter.« Dann küßte sie ihn auf die Wange.

Einige Tage später erschien Kapitän Pietro in der Villa del Pesce d'Oro. Er wurde in den Salon geführt, wo die beiden Frauen ihn schon erwarteten. Er blickte sich staunend in dem exquisit eingerichteten Raum um – doch es war nicht nur die Einrichtung, sondern auch die beiden außergewöhnlich schönen Damen, die ihn für einen Augenblick sprachlos machten. Erst als Conall ihn unsanft anstieß, kam er wieder zu sich.

»Nun, was bringt Ihr uns für Neuigkeiten?« fragte Conall.

Der Kapitän holte die lederne Hülle mit der Nachricht

hervor und reichte sie Conall. »Wir konnten sie nicht übergeben, Signore.«

»Warum denn nicht?« platzte es aus India heraus.

»Es hat einen Umsturz in El Sinut gegeben. Die halbe Stadt steht in Flammen. Ein Teil der Bevölkerung flüchtet sich in die Berge, andere wiederum ziehen plündernd durch die Straßen. Die Janitscharen haben versucht, die Ordnung wiederherzustellen. Es war unmöglich, auch nur in die Nähe des Palastes zu kommen. Der Dey wurde von den Janitscharen getötet. Wie es schien, hat er ihnen gegenüber sein Wort gebrochen – zumindest erzählt man sich das. Es tut mir leid, Madonna.«

India hörte nicht, was er noch sagte. Sie war bereits ohnmächtig zu Boden gesunken.

TEIL 3

Schottland und England, 1628–1629

1

Nie hätte ich gedacht, dich noch einmal hier in diesem Haus zu sehen«, sagte der Herzog von Glenkirk zu Lady Stewart-Hepburn. »Willkommen zu Hause, Mutter!«

»Danke, Jemmie.« Cat ließ den Blick durch den Raum schweifen. Nur wenig hatte sich in all den Jahren ihrer Abwesenheit verändert. Ihre Urgroßmutter Janet Leslie blickte immer noch von dem großen Bild über dem Kamin herab. *Du liebe Güte, ob Mam wohl jemals vor solchen Problemen stand, wie ich sie jetzt zu lösen habe?* Cat konnte es sich nicht vorstellen.

»Wo ist India?« fragte der Herzog.

»Sie ist bei ihrer Mutter, Jemmie. Sie müssen sich erst einmal aussprechen«, antwortete Cat. »India hat einiges durchgemacht.«

»Komm, setzen wir uns ein Weilchen an den Kamin«, sagte er und führte sie an der Hand zu einem bequemen Stuhl. Er gab einem der Dienstmädchen ein Zeichen, ihnen eine Erfrischung zu bringen. »Es geschieht India ganz recht, daß sie für ihren Ungehorsam büßen muß«, sagte James Leslie in strengem Ton. »Ich schätze, dieser englische Geck hat sie sitzen lassen, nachdem er seinen Spaß mit ihr hatte. Wahrscheinlich hat er gemerkt, daß er nicht an ihr Vermögen herankommt, solange ihre Mutter und ich es nicht herausgeben, und so verlor er wohl das Interesse an ihr. Auf jeden Fall hat India mit dieser Eskapade ihren Ruf ruiniert, und das werde ich ihr nie verzeihen!«

»Verdammt, Jemmie, du bist ziemlich engstirnig geworden auf deine alten Tage. Nun, es stimmt, daß India mit dem jungen Leigh durchgebrannt ist – aber immerhin war sie klug genug, ein Schiff von O'Malley-Small auszuwählen. Sie ging als alte Frau verkleidet an Bord, in Begleitung ihres Neffen aus Neapel. Zum Glück war Thomas Southwood, der Vetter deiner Gemahlin, Kapitän des Schiffes. Ihre List war schnell durchschaut, und Southwood nahm sie unter seine Obhut, während er ihren Verehrer in seiner Kabine einsperrte. Mehr als ein paar Küsse hat es zwischen den beiden nicht gegeben. Doch dann passierte es: Ihr Schiff wurde von Piraten aus El Sinut gekapert. Thomas Southwood riet seinen Männern, den Islam anzunehmen, um nicht auf einer Galeere zu landen. Auch er selbst trat zum Islam über, und es gelang ihm schließlich nach einem Jahr, sein Schiff wieder an sich zu reißen. Der junge Leigh jedoch beleidigte den Dey von El Sinut und befindet sich deshalb immer noch in Ketten auf einer Galeere. Wir wissen nicht einmal, ob er noch lebt.«

»Und meine Tochter? Was ist mit India geschehen?« fragte der Herzog.

»Der Dey fand Gefallen an ihr und nahm sie in seinem Harem auf. Er verliebte sich in sie und machte sie zu seiner ersten Frau. Sie liebte ihn sehr, doch Tom Southwood nahm sie mit Gewalt mit, als er aus El Sinut floh. Er wollte nicht auf sie hören, als sie ihm versicherte, wie glücklich sie sei. So brachte er sie zu mir nach Neapel. Als ich die Geschichte hörte, wollte ich sie natürlich zu ihrem Gemahl zurückschicken – doch dann erfuhren wir, daß es in El Sinut Unruhen gegeben hätte, in denen der Dey den Tod fand. Seither ist sie untröstlich. Deshalb habe ich mich nun entschlossen, sie nach Hause zu bringen und nicht mit ihr den Winter über nach Rom zu fahren, wie ich es zunächst vorhatte. India braucht ihre Familie nun mehr als je zuvor, Jemmie.«

»Wir haben unseren Nachbarn erzählt, sie sei in England geblieben und würde anschließend ihre Verwandten in Frankreich und Italien besuchen«, sagte er nachdenklich. »Ich glaube nicht, daß irgend jemand in England von ihrer Dummheit weiß, da wir kurz nach ihrer Flucht das Land verließen. Wenn wir es geschickt anstellen, können wir vermeiden, daß jemand von ihren Eskapaden erfährt. Sie ist schon fast zwanzig, aber ich glaube dennoch, daß wir noch einen guten Ehemann für sie finden können. Ihr Vermögen wird uns dabei gute Dienste leisten.«

»Jemmie, ich muß dir dringend raten, nichts zu überstürzen«, wandte Cat ein. »Sie ist einfach noch nicht bereit für eine neue Heirat. Du mußt etwas Geduld mit ihr haben.«

»Also, ich war wirklich mehr als geduldig mit India, aber jetzt ist meine Geduld am Ende«, erwiderte der Herzog von Glenkirk gereizt. »Für mich steht fest, daß das Mädchen bis zum Dreikönigstag verheiratet sein muß. Dann bin ich nicht länger für sie verantwortlich, und was sie danach anstellt, ist nicht mehr mein Problem. Dann kann sich ihr Ehemann mit ihr herumschlagen. Ich liebe sie wirklich, Mutter, so als wäre sie meine eigene Tochter, aber India ist ziemlich aufmüpfig. Ich kann es einfach nicht zulassen, daß sie eine solche Unruhe in die Familie bringt. Jasmine wollte nicht nach Irland fahren, um einen Ehemann für Fortune zu finden, solange India weg war – dabei würde das arme Mädchen liebend gern heiraten und ihr eigenes Zuhause haben. Nein, India muß so bald wie möglich heiraten, das steht fest.«

»Und welcher Mann sollte mich haben wollen, in meinem Zustand?« fragte India, als sie ins Zimmer trat. Sie ging direkt auf ihren Stiefvater zu.

James Leslies dunkelgrüne Augen wurden nahezu schwarz vor Zorn, als er ihren gerundeten Bauch sah. »Oh, Gott!« stieß er verärgert hervor. »Darf man fragen, von wem das Kind ist?«

»Wie kannst du so etwas nur fragen«, entgegnete India in kühlem Ton. »Es ist das Kind von meinem Gemahl und mir. Das Kind ist alles, was mir von Caynan Reis geblieben ist. Ich hatte einen Ehemann, Papa, und ich will keinen anderen mehr haben. Kein Mann wird je seinen Platz einnehmen.«

Der Herzog von Glenkirk war für einen Augenblick sprachlos.

»Hast du mit deiner Mutter gesprochen?« fragte Cat.

»Ja, und ich habe ihr alles erzählt«, antwortete India. »Sie versteht mich und meint, daß ich hier willkommen bin. Ich habe ihr gesagt, daß ich nicht vorhabe zu bleiben, wenn das Kind auf der Welt ist, sondern daß ich mir ein Haus in der Nähe von Cadby kaufen werde, wo mein Bruder seine Ländereien hat. Ich bin im Winter lieber in England als im rauhen schottischen Hochland.«

Schließlich fand James Leslie die Sprache wieder. »Und was wirst du den Leuten sagen, wenn sie dich fragen, wer der Vater des Kindes ist? Irgendein Ungläubiger, der dich in seinen Harem aufgenommen hat? Es ist ein uneheliches Kind, India, so einfach ist das. Mit diesem Kind am Hals wirst du keinen Ehemann finden.«

»Ich war mit Caynan Reis verheiratet«, wandte India mit müder Stimme ein.

»Wurdest du in einer christlichen Kirche getraut? Von einem christlichen Pfarrer oder Priester?« fragte er wütend. Das Blut pochte ihm in den Schläfen, so sehr brachte sie ihn in Rage. Dabei liebte er sie doch. Er hatte sie großgezogen, doch wie kein anderes weibliches Wesen auf der Welt schaffte sie es, ihn zur Weißglut zu bringen.

»Wir wurden vom Obersten Imam von El Sinut getraut«, sagte India, »aber mein Gemahl hat mir eine christliche Trauung versprochen, sobald er einen protestantischen Pfarrer gefunden hätte, der die Sache vertraulich behandelt hätte.«

»Warum sollte der Pfarrer die Trauung vertraulich behandeln?« rief der Herzog in seiner Wut.

»Weil es Menschen gibt, die es einem islamischen Herrscher übel nehmen, wenn er sich christlich trauen läßt. Mein Gemahl war immerhin der Stellvertreter des Sultans in El Sinut«, erklärte India. »Hast du denn nicht gewußt, Papa, daß Mamas erster Ehemann Prinz Javid Khan sie auch heimlich in einer christlichen Zeremonie geheiratet hat?«

»Alle werden das Kind als unehelich ansehen, India«, entgegnete der Herzog.

»So wie man meine Mutter als unehelich angesehen hat?« wandte India ein.

»Deine Mutter war die Tochter eines Moguls«, erwiderte er. »Sie wurde von ihrem Vater in Indien großgezogen. Dein Großvater Akbar wußte genau, daß man sie als unehelich angesehen hätte, wenn deine Großmutter Velvet sie mit nach England genommen hätte. Als deine Mutter nach England kam, war sie bereits erwachsen, und niemand außer deiner Tante Sybilla wagte es, ihre Herkunft zur Sprache zu bringen – und das auch nur, weil sie glaubte, in mich verliebt zu sein, und auf deine Mutter eifersüchtig war.«

»Ich bin eine vermögende Frau, Papa. Ich brauche keinen

Gemahl, und es ist mir egal, wen die Leute für den Vater meines Kindes halten. Wenn ich mich in England nicht mehr wohl fühle, dann gehe ich nach Frankreich oder Italien«, sagte India.

»Ich glaube, wir sollten jetzt nicht weiter darüber diskutieren«, warf Cat ein. »Meine Enkeltochter und ich hatten eine lange Reise, Jemmie. Außerdem habe ich noch eine andere sehr wichtige Sache mit dir zu besprechen. India, mein Kind, geh doch zu deiner Mutter zurück, während ich mich mit meinem Sohn unterhalte.«

India küßte Cat auf die Wange und verließ das Zimmer.

»Du magst sie«, stellte James Leslie fest.

»Das stimmt. Sie ist ein gutes Kind und sehr ehrlich. Gib ihr etwas Zeit, Jemmie. Aber nun zu etwas ganz anderem. Wie du weißt, ist Bothwell in unseren Gärten in Neapel begraben. Wenn ich sterbe, möchte ich an seiner Seite begraben werden. Nun befindet sich aber sein Herz in einem silbernen Schrein, den ich seit seinem Tod immer bei mir trage. Diesen Schrein habe ich jetzt nach Schottland gebracht, um ihn beizusetzen – und zwar in unserer Familienkrypta. Und wenn ich sterbe, soll mein Herz ebenfalls nach Glenkirk heimkehren, um neben dem seinen zu ruhen. Das braucht aber niemand hier zu erfahren, Jemmie. Wenn du mir diesen Wunsch erfüllst, dann werde ich dich nie wieder um etwas bitten«, fügte Cat hinzu.

James Leslie schüttelte den Kopf. »Aber du hast doch nie irgendwelche Forderungen gestellt – du hast immer nur gegeben, und das aus vollem Herzen. Mein Vater war ein Narr, daß er dich gehen ließ.«

»Nein«, erwiderte Cat. »Du darfst Patrick keinen Vorwurf machen, denn unsere Ehe wurde von unseren Familien beschlossen, als ich kaum aus den Windeln und er ein junger Mann war. Er war genauso eigensinnig wie du, mein Sohn, und ich war so wild wie ein Hochlandpony. Ich habe ihn geliebt, bis er mich verriet, indem er es duldete, daß der König mir das Leben schwer machte. Aber in Wahrheit, das wissen wir beide, war nun einmal Francis Stewart-Hepburn die große Liebe meines Lebens. Das hätten wir uns jedoch niemals eingestanden, wenn dein Vater damals nicht so stur und blind gewesen wäre. Nein, Patrick Leslie war nicht dumm, er war nur genauso dickköpfig und stolz wie ich selbst, auch wenn er das niemals zugegeben hätte.«

»Wir werden einen Platz für euch beide finden«, versicherte ihr der Herzog von Glenkirk.

»Nur du, Conall und ich sollen die Wahrheit kennen«, sagte Cat lächelnd.

»Und du meinst nicht, es könnte ihn vielleicht stören, daß er in Glenkirk seine Ruhestätte findet?« dachte Jemmie laut nach.

Cat lachte. »Nein, er würde es sehr amüsant finden, daß dein Vater nicht hier bestattet ist – er aber schon. Ich kann mir lebhaft vorstellen, wie er darüber lachen würde, Jemmie«, sagte sie.

»Wann soll es geschehen?« fragte er.

»Möglichst bald. Ich möchte nach Rom zurückkehren, bevor das Winterwetter es unmöglich macht zu reisen. Ich bin nur gekommen, um Francis nach Schottland heimzubringen – und natürlich auch India«, fügte sie hinzu. »Ich möchte noch vor dem Andreastag das Schiff in Aberdeen nehmen.«

»Bleib doch den Winter über hier«, bat er sie.

Sie schüttelte den Kopf »Ich könnte das Wetter hier nicht mehr ertragen, Jemmie. Ich bin kein junges Mädchen mehr, sondern eine alte Lady von fünfundsechzig Jahren. Das Klima in Rom ist viel milder, es tut mir einfach gut.«

»Es ist kein guter Zeitpunkt für eine Seereise«, wandte er ein.

»Ende November ist es meistens noch einmal recht mild, bevor der Winter einsetzt«, erwiderte Cat. »Auf diese Weise werde ich viel schneller nach Calais kommen, als wenn ich auf dem Landweg reisen würde. Unterwegs werde ich noch deine Schwester und Jean-Claude besuchen und dann Richtung Süden weiterfahren – über Marseilles, Monaco, San Lorenzo und Genua, und schließlich über Florenz nach Rom. Ich habe Freunde in Monaco, Genua und Florenz. Es wird eine recht angenehme Reise. Wir sind auch auf diesem Weg gekommen, haben aber nur über Nacht haltgemacht, um den

Pferden eine Rast zu gönnen. Übrigens warten die Tiere zusammen mit meinem Kutscher in Calais auf mich. Du siehst also, es ist schon alles genau geplant.«

Und Catriona Hay Leslie Stewart-Hepburn blieb tatsächlich nicht lange bei ihrem Sohn und seiner Familie in Glenkirk. Trotz ihres kurzen Aufenthalts kamen all ihre Söhne und Töchter zusammen, als sie von ihrer Anwesenheit erfuhren; da waren ihre beiden Söhne Colin und Robert und ihre Töchter Bess, Amanda und Morag – also jene Kinder, die sie von Patrick Leslie hatte. Sie hatte sie so lange nicht mehr gesehen, daß sie mittlerweile fast zu Fremden für sie geworden waren. Und auch ihre vielen Enkelkinder bekam sie zu Gesicht. Sogar ihre Brüder kamen mit ihren Familien nach Glenkirk, um sie zu sehen – doch im Grunde waren es fremde Menschen für sie. Sie alle waren stets rauhe, aber gutmütige Menschen gewesen, während Cat in gewisser Weise immer eine Außenseiterin war. Dennoch stellte sich ein gewisses Familiengefühl ein, und Cat hatte schließlich Tränen in den Augen, als sie sich von ihnen verabschiedete.

Was ihr am meisten leid tat, war, daß sie nichts tun konnte, um die Spannungen zwischen ihrem Sohn und India zu beseitigen. Sogar ihre Schwiegertochter Jasmine war in dieser Sache machtlos. Es konnte James Leslies Zorn nicht mildern, daß seine Frau und seine Mutter ihm zur Geduld rieten. Jemmie und India waren so wütend aufeinander, daß eine echte Versöhnung der beiden starken Persönlichkeiten in weiter Ferne zu liegen schien.

»Warum hat sie bloß nicht auf mich gehört?« fragte der Herzog seine Frau zum hundertsten Mal. »Hab' ich ihr denn nicht gesagt, daß der Viscount Twyford nicht der geeignete Mann für sie ist? Jetzt sieht sie ja, wie weit sie mit ihrer Dickköpfigkeit gekommen ist!«

»Sie ist eine Witwe mit einem Kind«, entgegnete Jasmine, um die Sache auf möglichst nüchterne Weise zu beschreiben. Sie blickte auf die Hände ihres Gemahls, die in den ihren lagen, und dann in sein Gesicht. »Jemmie, sie war in El Sinut rechtmäßig verheiratet. Und sie wurde geliebt.«

»Von wem?« fragte er. »Von irgendeinem gutaussehenden Renegaten von unbekannter Herkunft«, fügte er hinzu und entzog ihr seine Hände. »Jasmine, wir können ihr nicht erlauben, einfach zu gehen und ihr Kind allein aufzuziehen. Es würde immer unangenehme Fragen geben. Was sollten wir dann nur sagen? Welcher Mann würde sie schon zur Frau nehmen, ohne eine Antwort auf diese Fragen zu bekommen? Wir haben bisher immer gesagt, daß sie in England, Frankreich und Italien war. Daß sie mit meiner Mutter nach Hause gekommen ist, paßt sehr gut in dieses Bild. Es verleiht unserer Geschichte eine gewisse Glaubwürdigkeit – aber für Indias dicken Bauch gibt es keine Ausrede, genausowenig wie für das Kind, das sie im Frühling zur Welt bringen wird. Ich kann es nicht zulassen, daß unsere Tochter ihr Leben zerstört – und ich werde es auch nicht zulassen!«

»Aber was sollen wir denn tun?« fragte die Herzogin von Glenkirk ihren Gemahl.

»Sie muß nach A-Cuil fahren, wo niemand sie sieht, wenn ihr Zustand allzu offensichtlich wird – und das wird schon sehr bald der Fall sein. Wir werden uns irgendeinen Grund für ihre neuerliche Abwesenheit einfallen lassen. Zum Beispiel, daß sie Verwandte in Edinburgh besucht. Wenn das Kind da ist, werden wir es zur Frau irgendeines kleinen Bauern in Pflege geben. Nicht in Glenkirk, vielleicht in Sithean oder Greyhaven. India soll nicht erfahren, wo das Kind ist. Wenn es eine schwere Geburt ist, werden wir ihr sagen, daß das Kleine gestorben ist, und damit ist die Sache erledigt. Dann suchen wir einen geeigneten Ehemann für sie. Das ist die einzige Möglichkeit.«

»Ach, Jemmie«, wandte seine Gemahlin ein, »das klingt alles so einfach, aber da gibt es einiges, was du nicht bedacht hast. Wie sollen wir ihrem künftigen Ehemann erklären, warum sie keine Jungfrau mehr ist? Und wie bringst du India dazu, daß sie das Kind so einfach aufgibt? Mein Vater hat meiner Mutter ein Schlafmittel geben lassen, damit er mich ihr wegnehmen konnte – und das hat sie ihm nie verziehen. India hat ihren Gemahl geliebt. Sie wird es nicht zulassen, daß du ihr das Kind wegnimmst.«

»Ihr bleibt nichts anderes übrig, Jasmine.«

»Wenn du das tust, werde ich dir das nie verzeihen!« erwiderte die Herzogin von Glenkirk mit zorniger Stimme.

»Ich tue das, was für India das beste ist«, entgegnete er. »Wenn du mich gleich einen Ehemann für sie hättest suchen lassen, anstatt ihr andauernd ihren Willen zu lassen, dann hätten wir jetzt diese ganzen Probleme nicht. Aber diesmal werde ich das tun, was für unsere Tochter am besten ist!«

»Was soll ich nur tun?« wandte sich Jasmine verzweifelt an ihre Schwiegermutter.

»Laß nicht zu, daß wegen dieser Sache der Friede innerhalb deiner Familie aufs Spiel gesetzt wird«, riet ihr Cat. »Ich weiß, daß du deine Tochter liebst – aber du und Jemmie, ihr liebt euch doch auch. India hat begonnen, ihren eigenen Weg zu gehen, und jetzt muß sie selbst damit zurechtkommen. Du kannst sie nicht ewig beschützen, meine Liebe.«

»Heißt das, du gibst Jemmie recht?«

»Nein, das heißt es nicht, aber ich kenne meinen Sohn gut genug, und ich glaube, du auch. Du müßtest doch wissen, daß du ihn nie mit Gewalt zu irgend etwas überreden kannst. Wenn du bei ihm etwas erreichen willst, dann mußt du es indirekt versuchen, so daß er es gar nicht merkt«, sagte sie und lachte. »Er ist genauso dickköpfig wie ich früher, und so wie sein Vater denkt er nicht daran, was er mit seiner Sturheit anrichtet. Jemmie kann manchmal ein wenig schwierig sein, das weiß ich, Jasmine – aber du solltest bei all den Problemen mit India nicht vergessen, daß du ihn liebst. India wird sich von ihrem gebrochenen Herzen erholen, und sie wird heiraten und dich und Jemmie verlassen. Aber ihr beide werdet weiter zusammensein, und deshalb ist es wichtig, daß ihr euch nicht entfremdet.«

»Aber Indias Kind! Was soll aus dem Kind werden, wenn es von irgendeiner fremden Frau aufgezogen wird und wir nicht einmal wissen, wo?« fragte Jasmine ziemlich verzweifelt.

»Sieh zu, daß du erfährst, wo das Kind ist«, sagte Cat. »Dann kannst du die Bauersfrau besuchen, bei der es lebt.

Die Frau soll ruhig wissen, wie wichtig dir das Wohlergehen des Kindes ist. Mehr kannst du nicht tun. Später kannst du dafür sorgen, daß es Unterricht bekommt, und wenn es ein Junge ist, daß er auf seine Rolle als Erbe vorbereitet wird. Wenn es ein Mädchen ist, kannst du ihm ebenfalls Unterricht zuteil werden lassen und dafür sorgen, daß es eines Tages einen geeigneten Ehemann bekommt. Aber laß Jemmie niemals wissen, was du für das Kind tust.«

»Und India?«

»Erzähl es ihr erst, wenn sie wieder glücklich ist, damit die Wunden erst einmal heilen können«, antwortete Cat.

»Ich wünschte, du würdest hier bei uns bleiben«, sagte Jasmine mit Tränen in den Augen.

Ihre Schwiegermutter lachte herzlich. »Nein, meine Liebe, ich brauche die Ruhe und Beschaulichkeit, die ich in Rom und Neapel finde. Ich bin den ganzen Trubel nicht mehr gewohnt. Ich habe in meiner Jugend genug Abenteuer erlebt, aber jetzt sitze ich lieber in meinem Garten oder blicke aufs Meer hinaus; ich beschäftige mich lieber mit Lesen und Briefeschreiben oder esse mit Freunden zu Abend. India ist dein Problem, und ich habe zwar gern geholfen, soweit ich konnte, aber ich freue mich schon darauf, wenn ich morgen von Aberdeen abfahren kann, damit ich, wenn ich Glück habe, bis Februar meine Villa erreicht habe.« Sie tätschelte Jasmine aufmunternd die Hand. »Du bist eine kluge Frau, Jasmine, aber vielleicht sind deine Geistesgaben hier in der Ruhe und Behaglichkeit von Glenkirk ein wenig eingerostet. Wenn du dich anstrengst, wird dir bestimmt ein Weg einfallen, wie du India am besten helfen kannst.«

Am nächsten Morgen reiste Lady Stewart-Hepburn ab. Ihre Kutsche rumpelte über die Zugbrücke der Burg und den Hügel zur Hauptstraße hinunter. Einige Wochen später traf eine Botschaft aus Calais ein, in der sie ihrer Familie mitteilte, daß ihre Reise bisher ohne Zwischenfälle verlaufen sei und daß sie noch einmal vom Schloß ihrer Tochter aus schreiben würde, ehe sie nach Rom weiterreiste.

Es wurde allmählich kälter, und immer öfter ging ein eisiger Regen nieder. Als India eines Morgens im Bett lag, kam ihr Vater zu ihr ins Zimmer. Seit Cats Abreise hatten sie es irgendwie geschafft, ohne große Auseinandersetzungen nebeneinander her zu leben, doch sie sprachen nicht mehr als das Nötigste miteinander.

»Geht's dir gut?« fragte er sie in etwas mürrischem Ton.

»Ja, danke«, gab sie kurz angebunden zurück.

»Du wirst Glenkirk verlassen, India«, teilte er ihr mit. »Ich will nicht, daß die Leute über deinen Bauch zu reden beginnen – und wenn du noch länger hierbleibst, läßt sich das nicht vermeiden. Du mußt weg.«

Zu seiner Überraschung stimmte sie zu. »Ja. Wenn Fortune einen anständigen Ehemann bekommen soll, dann darf es keinen Skandal wegen mir geben. Und wir müssen auch an Autumn denken, obwohl sie noch viel zu jung ist, um verlobt zu werden.«

»Es freut mich, daß du das verstehst«, sagte er, nun eine Spur freundlicher. »Und es gefällt mir, daß du zuerst an das Wohl deiner Schwester denkst. Ich bin nicht mehr zornig auf dich, Mädchen, aber ich muß jetzt das tun, was für dich am besten ist.« Er tätschelte ihr die Hand, die, wie er feststellte, ganz kalt war.

»Wo soll ich denn hingehen, Papa?« wollte sie wissen. »Nach Edinburgh zu Großonkel Adam und seiner Fiona? Oder nach Queen's Malvern? Dort ist ohnehin kein Mensch, außer im Sommer, wenn mein Bruder sich dort aufhält.«

»Nein, du wirst nach A-Cuil gehen, India. Meggie wird dich begleiten, und auch Red Hughs jüngerer Bruder Diarmid«, teilte ihr der Herzog von Glenkirk mit.

»Dort oben werde ich erfrieren!« wandte India ein. »Willst du mich umbringen, Papa?«

»Das Haus ist aus Stein«, sagte er, »und es hat einen guten Kamin im Wohnzimmer, und auch einen in deinem Schlafzimmer. Du wirst nicht frieren, du bist dort nur ein wenig abgeschieden, so daß niemand von deiner Schwangerschaft erfahren wird. Diarmid wird ein großes Feuer entzünden, wenn die Geburt bevorsteht, damit wir Bescheid wissen. Dann wird deine Mutter zu dir kommen.«

»Und was wird aus meinem Kind?« fragte India geradeheraus.

»Über das Kleine zerbrechen wir uns den Kopf, wenn es da ist«, sagte er in beruhigendem Ton und legte den Arm um sie. »Mädchen, ich will dich doch nur schützen. Du bist schließlich meine Tochter, und ich wollte immer nur das Beste für dich.«

Plötzlich brach India in Tränen aus. »Oh, Papa, ich bin ja so unglücklich! Ich habe ihn geliebt, Papa! Ich habe Caynan Reis geliebt! Ich sollte in El Sinut sein, bei Baba Hassan und Madame Azura, und mein Kind bei ihnen großziehen.« Sie blickte zu ihm auf. »Papa, ich weiß nicht einmal, was aus ihm geworden ist! Es heißt, er sei bei den Unruhen ums Leben gekommen und El Sinut sei zwischen Algier und Tunis aufgeteilt worden. Was ist nur aus den Frauen des Harems geworden? Aus Baba Hassan und Azura? Ich hätte bei ihnen sein sollen! Vielleicht wäre dann das alles gar nicht geschehen. Azura hat oft gesagt, daß ich Caynan Reis großen Rückhalt gebe.«

Der Herzog zog sie enger an sich und sagte: »Wenn du bei ihnen gewesen wärst, India, dann wärst du vielleicht getötet oder entführt worden, um als Sklavin verkauft zu werden. Gott sei Dank bist du hier bei uns und nicht bei diesem Verschwörer!«

»Das stimmt nicht, Papa! Mein Ehemann war kein Verräter«, erklärte sie ihm, während ihr die Tränen über die Wangen liefen. »Es waren die Janitscharen, die eine Verschwörung gegen den Sultan anzettelten, und mein Gemahl hat die Mutter des Sultans gewarnt. Er hat ein großes Risiko auf sich genommen, aber er hat es für uns und unsere Kinder getan. Bestimmt hätte die Mutter des Sultans ihn für seine Treue belohnt und ihm seinen Wunsch, die Unabhängigkeit für El Sinut, erfüllt. Das Volk von El Sinut hätte sich niemals einem Umsturzversuch angeschlossen. Die Menschen dort waren friedlich und lebten im Wohlstand. Es waren bestimmt die Janitscharen, die meinen Gemahl töteten!«

»Aber du kannst es jetzt auch nicht mehr ändern, Mädchen«, redete er ihr zu. »Der Mann ist nicht mehr unter uns, Gott sei ihm gnädig, aber du bist am Leben. Ich kann nicht um einen Menschen trauern, den ich nicht kenne, der mir meine Tochter weggenommen und sie geschwängert hat. Ich muß dich schützen, India. Morgen wird strahlendes Wetter sein, wie es immer nach zwei Regentagen ist. Du wirst nach A-Cuil aufbrechen. Und mach dir keine Sorgen – es wird dir dort an nichts fehlen. Ich will nur, daß es kein Gerede über dich gibt.«

»Ja, Papa.« Was sollte sie auch sonst sagen, dachte India traurig. Sie würde im Sommer zwanzig werden und war trotz ihres großen Vermögens gezwungen, mit einem geringen Taschengeld auszukommen; ihre Eltern hatten dafür gesorgt, daß sie erst wenn sie heiratete über ihr Vermögen verfügen konnte. Aber wohin sollten sie und Meggie ohne Geld schon gehen? Sie saß in der Falle und war zumindest im Augenblick gezwungen, auf ihre Eltern zu hören. Sollten sie ruhig glauben, daß sie all das freiwillig tat. Und irgendwann würde sie für sich und ihren Sohn einen Ort finden, wo niemand sich über sie oder den Kleinen Gedanken machte. Ihre Eltern würden sich schon mit ihrer Situation abfinden. Es mußte irgendwo einen Ort geben, wo sie mit ihrem Kind in Frieden leben konnte. Sie würde, wenn es notwendig wäre, auch ihren Schmuck verkaufen – aber irgendwie mußte sie dafür sorgen, daß sie Caynan Reis' Sohn in Ruhe aufziehen konnte.

Der Herzog von Glenkirk küßte seine Tochter auf die Stirn. »Ich bin froh, daß du so vernünftig bist, mein Schatz. Ich weiß, du hast viel durchmachen müssen, aber keine Sorge – dein Papa wird es schon in Ordnung bringen. Das habe ich doch immer getan, nicht wahr?«

Du liebe Güte, dachte India, nachdem er gegangen war, *hält er mich immer noch für ein kleines Kind?* Er mußte doch wohl sehen, daß sie mittlerweile eine erwachsene Frau war. James Leslie war ein wunderbarer Vater gewesen. Er liebte die Kinder seiner Gemahlin, als wären sie seine eigenen. Diese Zuneigung war wohl auch der Grund dafür, daß die Kinder es nicht eilig zu haben schienen, den Schoß der Familie zu verlassen.

Nur ihr Bruder Henry, der Marquis von Westleigh, hatte

in der Zeit von Indias Abwesenheit den Entschluß gefaßt, sich auf seinem Landsitz in Cadby niederzulassen, doch alle anderen wohnten immer noch zu Hause. Papa mochte sich vielleicht darüber beklagen, daß Fortune aufgrund von Indias Abenteuern noch nicht in der Lage gewesen sei, sich nach einem Ehemann umzusehen – aber allzusehr schien er sich gar nicht darauf zu freuen, Fortune zu verlieren. James Leslie war ein richtiger Patriarch, und er liebte es, alle seine Kinder um sich zu haben.

Doch auf sein erstes Enkelkind freute er sich gar nicht, das war India bewußt. Sie hatte keine Ahnung, was er mit dem Kind für Pläne hatte, doch wenn es erst einmal auf der Welt war, würde sie schon noch genügend Zeit haben, um ihre Flucht vorzubereiten. Mama würde sie unterstützen, da war sie sich ganz sicher. Fürs erste jedoch brauchte sie Ruhe und die Gewißheit, daß man sich um sie kümmerte, während sie Caynan Reis' Sohn in sich trug.

Wer war er nur? Immer wieder ging ihr diese Frage durch den Kopf. Während sie mit ihm zusammen war, hatte das nicht die geringste Rolle gespielt; er war ganz einfach Caynan Reis, der Dey von El Sinut. Doch er war ein anderer gewesen, bevor er Caynan Reis wurde, und jetzt hätte sie nur zu gerne mehr über diesen ihr unbekannten Menschen gewußt. Schon um ihres Kindes willen, das seinen Vater nie kennen lernen würde.

Der nächste Morgen war sonnig und kalt, wie James Leslie es vorhergesagt hatte. India hatte beschlossen, doch lieber im bequemen Pferdewagen zu fahren, anstatt die Reise auf dem Rücken ihres Pferdes zu bewältigen. Der Gepäckwagen, den sie mitführten, war vollbeladen, und ein weiterer Wagen enthielt genügend Vorräte für den Winter. Jasmine hatte beim Abschied Tränen in den Augen; sie war gar nicht erfreut, ihre Tochter in die Berge zu dem Jagdhäuschen der Familie aufbrechen zu sehen. Das Schlimmste war die Abgeschiedenheit des Ortes. Was war, wenn Indias Kind während eines heftigen Schneesturms zur Welt kam? Wie sollte Jasmine dann zu ihrer Tochter gelangen?

»Bitte, Jemmie, schick sie nicht nach A-Cuil«, bat sie ihren Gemahl noch kurz vor der Abfahrt.

»Mama, es ist schon in Ordnung«, sagte India. »Es macht mir überhaupt nichts aus. Meggie ist ja bei mir, und Diarmid wird die schwere Arbeit machen – er wird Holz hacken und jagen. Ich will nicht schuld daran sein, daß Fortune und Autumn vielleicht geringere Chancen haben, einen geeigneten Ehemann zu finden«, fügte sie mit einem schmerzlichen Lächeln hinzu.

»Das Mädchen ist vernünftiger als du, meine liebe Jasmine«, sagte der Herzog mit leichtem Vorwurf in der Stimme.

»Und ich gehe mit ihr«, verkündete Fortune plötzlich.

»Das wirst du nicht tun!« entgegnete Jasmine.

»Doch, Mama«, erwiderte Fortune hartnäckig. »Komm schon, Mama, wir sind doch auch hier in Glenkirk ziemlich abgeschieden. Wen kümmert es denn, ob ich hier oder in Edinburgh oder irgendwo anders bin? Ich möchte bei India sein. Ich habe meine Schwester schon einmal verloren, ein zweites Mal passiert mir das nicht!«

»Da hast du's!« rief Jasmine, zu ihrem Gemahl gewandt. »Bist du jetzt zufrieden, Jemmie? Jetzt verliere ich beide Mädchen wegen deiner verdammten Sturheit.«

Es lag ihm fern, in diesem Moment mit seiner Frau oder Fortune zu streiten. »Fahr los, Diarmid, und nimm deine Ladies mit.« Dann wandte er sich an Fortune und sagte: »Aber du kannst nicht allein zurückkehren. Wenn du mitfährst, dann mußt du oben bleiben. Möchtest du wirklich das Weihnachtsfest hier in Glenkirk verpassen? Es wird ohnehin das letzte Mal sein, wenn du nächstes Jahr nach Irland gehst.«

»Ich habe so viele schöne Weihnachten hier erlebt, Papa«, antwortete Fortune in ruhigem Ton. »Jetzt will ich bei meiner Schwester sein. Ich glaube, sie braucht mich mehr als du.« Sie stieg auf ihr Lieblingspferd, einen großen grauen Wallach, und ritt hinter Indias Wagen her.

Jasmine mußte sich die Tränen verbeißen, als sie zu ihrem Gemahl sagte: »Weiß India, was du mit ihrem Kind vorhast, Jemmie?«

»Nein«, sagte er. »Das würde sie nur unnötig aufregen. Du hast ja gesehen, daß sie sich endlich wieder beruhigt hat.«

»Ja«, stimmte Jasmine zu. »Das war klug von dir.« Sie blickte dem Troß nach, der sich langsam entfernte, und es war ihr, als höre sie India lachen, als Fortune ihren Wagen einholte.

Als Fortune zu Indias Wagen aufschloß wollte India wissen: »Sag, warum bist du mitgekommen? Bist du jemals in A-Cuil gewesen? Es ist sehr eng dort und nicht allzu bequem. Wir werden einander wahrscheinlich schon bald auf die Nerven gehen.«

»Ich bin lieber bei dir als zu Hause in Glenkirk«, erwiderte Fortune. »Du kannst mir von deinen Abenteuern erzählen, und wie es ist, von einem Mann geliebt zu werden. Ich werde das ja nächsten Sommer auch erleben.«

»Wenn Papa dich gehen läßt«, wandte India ein.

»Mama wird schon dafür sorgen«, sagte Fortune. »Dann hast du also auch bemerkt, daß er uns auf einmal gar nicht mehr so gern ziehen läßt?« Sie lachte. »Armer Papa. Er liebt uns wirklich sehr, aber trotzdem werden wir beide in einem Jahr um diese Zeit schon verheiratet sein. Henry hat sich ja schon in Cadby niedergelassen. Außerdem hat der König Papa geschrieben, daß Charlie mehr Zeit am Hof verbringen soll und sich als Herzog von Lundy auf Queen's Malvern niederlassen müsse. Also wird sich Papa mit Patrick, Adam, Duncan und Autumn begnügen müssen. Die arme kleine Autumn. Glaubst du, daß Papa sie jemals weglassen wird, wenn es Zeit für sie ist zu heiraten?«

India lachte und antwortete schließlich: »Das weiß ich nicht, aber dann wird es unsere Aufgabe sein, dafür zu sorgen, daß sie Glenkirk verlassen kann.«

»Es tut so gut, dich wieder lachen zu hören«, sagte Fortune.

»In letzter Zeit hatte ich nicht allzuviel zu lachen«, stellte India fest. »Aber bald werde ich einen Sohn haben, und das wird mich wieder glücklich machen.«

»Du mußt dich in acht nehmen«, wandte Fortune ein.

»Papa hat vor, dir das Kind wegzunehmen. Mama versucht ihn noch umzustimmen.«

»Mama wird sich schon durchsetzen – aber wenn nicht, dann werde ich mich Papas Plan nicht beugen. Ich werde es nicht zulassen, daß man mir mein Kind wegnimmt, Fortune. Es ist Caynan Reis' Sohn, und ich werde ihn mit allen Mitteln schützen. Meinem Sohn wird nichts geschehen, und James Leslie soll mich kennenlernen, wenn er versucht, dem Kleinen zu schaden!« sagte India mit grimmiger Miene.

»Du hast dich verändert«, stellte Fortune fest.

»Ja«, stimmte India zu. »Ich werde jeden bekämpfen, der mich oder die Meinen bedroht.«

2

A-Cuil war durch die Mutter des Herzogs, Lady Stewart-Hepburn, in den Besitz der Leslies von Glenkirk gelangt. Das Jagdhäuschen hatte Cats Großmutter väterlicherseits, Jean Gordon Hay, gehört, die es an Cat weitergab. Zu dem Häuschen, das mitten in der Abgeschiedenheit des Berglandes lag, gehörten noch ausgedehnte Wälder. A-Cuil war aber nicht nur als Jagdhütte genutzt worden – einmal hatten sich Jemmie und Jasmine sogar hierher zurückgezogen, um einem Mann aus dem Weg zu gehen, der ebenfalls um Jasmines Gunst buhlte.

Das Häuschen stand auf einem Felsen, von dem aus man einen atemberaubenden Blick auf Glenkirk Castle, Sithean Castle und Greyhaven hatte. Es war eine wunderschöne, wilde und unberührte Landschaft. Das Häuschen, das aus Stein gebaut und mit einem Dach aus Schiefer gedeckt war, lag auf dem Hügel inmitten von dichten Wäldern.

India und Fortune hatten zwar von dem Häuschen gewußt, waren selbst jedoch nie hier gewesen. Es war für sie eine Reise in unbekanntes Gelände, als sie sich immer weiter von Glenkirk entfernten und allmählich in hügeliges Land gelangten, bis sie schließlich den steilen Gebirgsweg hochfuhren. Mehrmals neigte sich ihr Wagen so gefährlich, daß India fürchtete, er könnte umkippen und den Abhang hinunterstürzen. Der Wald war stellenweise so dicht, daß kein Sonnenstrahl das Dickicht durchdrang. Immer höher stieg der kleine Troß, bis sie schließlich eine sonnige Lichtung erreichten und das Häuschen samt Stall vor ihnen stand.

»Du liebe Güte«, stieß Fortune hervor. »Es ist wirklich klein, was?«

»Du kannst ja wieder umkehren – der Wagen mit den Vorräten kehrt ohnehin wieder nach Glenkirk zurück, wenn wir alles ausgeladen haben«, schlug India vor.

Fortune schüttelte den Kopf »Nein. Das wird ein richtiges

Abenteuer, außerdem kann man hier im Wald sicher sehr gut jagen. Ich bin schon öfter mit Diarmid More-Leslie auf der Jagd gewesen. Wir beide werden dafür sorgen, daß immer frisches Fleisch da ist.«

Indias Wagen kam zum Stillstand, und sie stieg aus, während Fortune von ihrem Pferd sprang. »Sehen wir mal nach, wie es drinnen aussieht«, schlug India vor.

Das Häuschen war nett eingerichtet, wenn es auch ziemlich eng darin war. Im Erdgeschoß gab es nur zwei Räume – einen kleineren, der als Küche und Vorratskammer diente, und einen etwas größeren, der das Wohnzimmer darstellte, wo sie auch ihre Mahlzeiten zubereiten mußten, da sich in der Küche keine Kochstelle befand. Die Einrichtung wirkte einfach, aber nicht unbequem.

»Lieber Himmel«, murmelte India. »Hier drin ist es ja eiskalt. Diarmid«, rief sie nach draußen, »bring uns etwas Holz herein, bevor wir zu Eiszapfen erstarren! Meggie, geh und hilf ihm.«

»Ja, Mylady«, sagte Meggie und eilte hinaus, wo es ihr ohnehin wärmer vorkam als im Inneren des Häuschens.

»Sehen wir mal nach, wie es oben aussieht«, schlug Fortune vor und stieg die enge Treppe hoch, India folgte ihr hinauf.

Oben befand sich ein kleines Schlafzimmer, das immerhin mit einem Kamin ausgestattet war. Vom Fenster aus konnte man einen Teil des Tales sowie der umliegenden Wälder überblicken. Die wenigen Möbelstücke machten den Raum einigermaßen wohnlich, und das Himmelbett schien durchaus bequem zu sein. Der Fußboden war mit dickem Schaffell ausgelegt.

»Alles ist sauber, sogar die Fenster«, stellte India fest. »Papa muß das Ganze schon länger geplant haben.« Sie verließ das Zimmer und stieg langsam die Treppe hinunter, um das Wohnzimmer zu betreten. »Auch hier – alles sauber. Aber es ist wirklich sehr klein. Wenn ich an meinen Palast in El Sinut denke … Allein meine Gemächer waren größer als das ganze Häuschen hier, nicht wahr, Meggie?«

»Euer Wohnzimmer allein war größer als das Häuschen«,

stimmte Meggie ihr zu. »Gegen den Palast ist das hier das reinste Mauseloch, Mylady, aber es gibt viele, die mit noch weniger Platz auskommen müssen. Wir werden schon zurechtkommen.«

Diarmid brachte das Holz herein, und bald darauf brannte ein Feuer in dem riesigen Kamin. »Ich werde auch oben im Schlafzimmer Feuer machen«, sagte er.

»Bring genug Holz für die Nacht herein«, trug India ihm auf. »Ich möchte morgen früh nicht halb erfroren aufwachen.«

Die Fuhrmänner von Glenkirk luden die Vorräte ab und brachten sie ins Haus, wo Meggie sie verstaute. Sie hatten Mehl, um Brot zu backen, außerdem Salz, Gewürze und jede Menge Kräuter. Mehrere Fässer Wein und Bier wurden in die Vorratskammer getragen, außerdem Äpfel, ein großer Laib Käse und zwei ganze Schinken. Sie hatten sogar zwei Milchkühe mitgenommen, die im Stall untergebracht wurden. Im Hof wurde ein Hühnerstall eingerichtet, der von einem halben Dutzend Hühnern und einem Hahn bevölkert werden sollte. Eine Rindslende sowie ein Stück Wildbret fand neben dem Schinken in der Vorratskammer Platz. Auch an Zucker und Honig fehlte es nicht. Ein großer, fetter Kater sollte dafür sorgen, daß nicht allzu viele kleine Nagetiere das Häuschen mit ihnen teilten. Ein Collie sowie ein Hirschhund sollten ihnen Schutz und Beistand bei der Jagd bieten.

»Das ist jetzt die letzte Chance, nach Glenkirk zurückzukehren«, machte India ihre Schwester aufmerksam, bevor die Pferdewagen die Rückreise antraten. Es war schon Nachmittag, und in zwei Stunden würde die Sonne untergehen.

»Ich bin am Verhungern«, sagte Fortune, gar nicht auf die Worte ihrer Schwester achtend. »Was gibt es denn heute Gutes?«

»Ich werde nachsehen, was wir im Korb haben«, antwortete Meggie. »Die Köchin war so freundlich, uns etwas mitzugeben, damit wir für heute kein Essen mehr zubereiten müssen.« Sie eilte sofort in die Küche.

»Was für eine Perle«, sagte Fortune zu ihrer Schwester. »Du hast wirklich Glück, Meggie gefunden zu haben, und auch, daß sie nicht nach Ayr zurückgekehrt ist.«

»Papa hat sich nach ihren Verwandten erkundigt«, antwortete India, »und dabei stellte sich heraus, daß ihre Mutter ganz plötzlich gestorben ist – noch bevor Meggie entführt und ihr Vater getötet wurde. Und ihr Verlobter hat genau das getan, was Meggie vorhergesagt hatte: Er hat Meggies Rivalin geheiratet. Sie hat niemanden mehr, zu dem sie zurückkehren könnte.«

Wenig später saßen sie bei ihrer ersten Mahlzeit, zu der es gebratenen Kapaun, Kaninchenfleischpastete, Brot, Käse und Äpfel gab. India bestand darauf, daß auch Diarmid mit ihnen aß.

»Du mußt gleich morgen nach Glenkirk zurückfahren«, wandte sich India an ihn, »und Karotten, Zwiebeln und Porree holen. Wir können nicht den ganzen Winter nur von Fleisch, Brot und Käse leben.«

»Jawohl, Mylady«, antwortete Diarmid, »obwohl man, glaube ich, ganz gut von dem leben könnte, was wir hier haben. Aber der Herzog hat mir aufgetragen, Eure Wünsche zu erfüllen, soweit es möglich ist – darum werde ich gleich morgen fahren. Zum Glück läßt es das Wetter noch zu. Gibt es sonst noch etwas, das ich mitnehmen soll?«

»Ja, Birnen. Sie halten sich sehr gut in der Kälte«, antwortete India.

»Und eingemachtes Obst«, warf Fortune ein. »Und vielleicht auch etwas Marmelade.«

»Sieh mal in der Küche nach, Meggie«, sagte India, »ob du noch irgend etwas brauchst.«

Diarmid aß noch zu Ende und erhob sich dann, um sich zurückzuziehen. »Ich lasse euch den Collie hier im Haus. Vergeßt nicht, die Türen zu verriegeln. Ich schlafe auf dem Heuboden im Stall. Da ist ein kleiner Raum.«

»Aber ist es denn da auch warm genug?« fragte India besorgt.

»Ja, der Raum ist ja sehr klein, und außerdem kann mich ja der Hund wärmen«, antwortete Diarmid lächelnd. Als er das Haus verlassen hatte, schloß Meggie die Tür und verriegelte sie.

Die drei jungen Frauen schliefen oben im Schlafzimmer –

India und Fortune auf dem großen Doppelbett und Meggie auf dem niedrigen Rollbett. Der Collie legte sich am oberen Ende der Treppe zur Ruhe, so als wolle er die drei bewachen.

Der nächste Morgen war klar und heiter. Nachdem Diarmid sein Frühstück zu sich genommen hatte, das aus Haferkuchen und Bier bestand, brach er sogleich nach Glenkirk auf, um die gewünschten Lebensmittel zu besorgen. Meggie begann die Küche in Ordnung zu bringen, während India und Fortune die verborgenen Winkel des Häuschens erkundeten. In einer Nische in der Küche fanden sie eine Wanne aus Eichenholz, und im Flur im Obergeschoß stand eine Truhe mit Frauenkleidern.

»Meinst du, daß die Kleider Mama gehören?« überlegte India laut.

»Nein«, meinte Fortune, während sie ein ledernes Wams mit Knöpfen aus Silber und Horn betrachtete. »Das ist viel zu altmodisch für sie. Mama trägt viel elegantere Kleider.« Fortune probierte das Wams an. »Es könnte Papas Mutter gehört haben. Es heißt, sie habe sich hier oben vor ihrem ersten Gemahl versteckt, um ihn nicht heiraten zu müssen. Ich glaube, ich werde es behalten. Ich mag Jagdkleidung gern.«

»Es steht dir gut«, sagte India lächelnd. Im nächsten Augenblick hielt sie den Atem an.

»Was ist denn los?« fragte Fortune, als sie Indias verdutztes Gesicht sah.

»Er hat sich bewegt!« antwortete India. »Das Baby hat sich in mir bewegt, Fortune!« Im nächsten Augenblick brach sie in Tränen aus, und sie setzte sich auf der obersten Stufe der Treppe nieder. »Verdammt! Verdammt! Verdammt!« fluchte sie leise vor sich hin. »Mein Kind lebt und regt sich in mir, und sein Vater wird es niemals kennen lernen. Das ist so ungerecht, Fortune, so ungerecht!«

»Du hast kaum von ihm gesprochen, seit du wieder bei uns bist«, sagte Fortune, setzte sich neben ihre ältere Schwester und legte ihr den Arm um die Schulter. »Hast du ihn sehr geliebt, India? Wie war er denn? Sah er gut aus?«

India wischte sich mit dem Ärmel die Tränen von den Wangen. »Ja, er hat sehr gut ausgesehen. Er war groß und hatte Haare so schwarz wie die Flügel eines Raben, und die blauesten Augen, die du je gesehen hast. Seine Nase war gerade, sein Kinn kräftig und sein Mund …« Sie hielt einen Augenblick inne, ehe sie fortfuhr: »Sein Mund war so süß, daß man ihn unentwegt hätte küssen mögen.«

»Wie ist es, wenn man geküßt wird?« wollte Fortune wissen.

»Wunderschön«, antwortete India. »Ich kann es dir nicht erklären. Eines Tages wirst du selbst den Mann küssen, den du liebst, Fortune, und dann weißt du es.«

»Ja, wahrscheinlich«, gab Fortune zurück.

Die Tage in dem Waldhäuschen verliefen in einem ganz bestimmten Rhythmus. Aufgrund ihrer gesellschaftlichen Stellung hatten India und Fortune stets jemanden gehabt, der ihnen die Arbeit abnahm. Nun jedoch ging Fortune jeden Morgen nach dem Aufstehen in den Stall hinunter, um frische Hühnereier zu holen und – sofern schönes Wetter war – die Kühe auf die kleine Weide hinauszutreiben. Solange es nicht schneite, konnten sich die Kühe draußen ihr Futter suchen – doch wenn der Winter einsetzte, würden die Tiere den Stall nicht mehr verlassen können. Indias Aufgabe war es, den Tisch für die Mahlzeiten zu decken sowie die schmutzige Wäsche zu sammeln – doch Meggie und Fortune waren stets darauf bedacht, daß India sich ihrem Kind zuliebe nicht überanstrengte.

Fortune ritt bisweilen mit Diarmid in den Wald, um zu jagen, während India mit Meggie am frühen Nachmittag durch Wiesen und Wälder spazierte. Meggies Aufgabe war es, zu kochen, Wäsche zu waschen und das Haus sauber zu halten – mit Ausnahme des Schlafzimmers, um das sich die beiden Schwestern alleine kümmerten. Jeden Morgen schüttelten sie die Matratze aus, wie Meggie es ihnen gezeigt hatte, und breiteten dann fein säuberlich die Bettlaken darüber. Nie zuvor hatten sich die beiden mit solch einfachen Tätigkeiten beschäftigt, doch nun waren sie fast dankbar dafür, weil es ihnen half, die langen, einsamen Stunden auszufüllen. Fortune hatte sich ihre Laute aus Glenkirk bringen lassen und spielte an so manchem Abend für sie. Dann sangen sie zusammen die alten Lieder von unglücklicher Liebe und großen Schlachten, von Helden und Königen. Diarmid hatte seinen Dudelsack mitgebracht und ließ sich ebenfalls nicht lange bitten, für sie zu spielen.

So wie sein Bruder Red Hugh war auch Diarmid ein großer, kräftiger, eher wortkarger Mann, der jedoch stets freundlich war. Er hatte haselnußbraunes Haar und bernsteinfarbene Augen. Er trug einen kurzgeschnittenen Bart und hatte das Haar mit einem kleinen Lederriemen zusammengebunden. Er kam bei den Frauen durchaus gut an, wie die beiden Schwestern wußten, hatte aber nie geheiratet. Gewiß würde er sich im Winter einsamer fühlen als die drei Frauen, die wenigstens einander hatten. Während er den beiden Töchtern des Herzogs sehr respektvoll begegnete, hatte er mit Meggie eine mittlerweile recht enge Freundschaft geschlossen. Jeden Tag vor dem Morgengrauen hatte er bereits Feuer im Kamin gemacht und Wasser in die Küche gebracht, noch bevor Meggie nach unten kam, um den Brotteig in den Ofen zu schieben. Auch war er Meggie gegenüber um einiges gesprächiger, und es geschah sogar hin und wieder, daß der große, starke Mann in ihrer Gegenwart errötete.

»Du hast eine Eroberung gemacht«, neckte India ihr Dienstmädchen eines Tages.

»Hmpf«, machte Meggie nur, doch sie lächelte dabei.

Kurz vor Weihnachten begann es dann zu schneien. Als sie eines Morgens erwachten, sahen sie große weiße Flocken rund um das Häuschen tanzen. Diarmid besorgte sogar ein passendes Weihnachtsscheit aus dem Wald, das er am Weihnachtstag ins Haus trug und in den Kamin legte, wo es fast zwei Tage lang brannte. Sie erzählten einander abwechselnd Weihnachtsgeschichten und sangen gemeinsam Weihnachtslieder. Am Dreikönigstag entzündeten sie draußen auf der Spitze des Felsens ein Feuer und hielten nach anderen Feuern unten im Tal Ausschau. Vor allem versuchten sie natürlich das Feuer von Glenkirk zu erspähen.

Nun setzte der Winter mit all seiner Härte ein. India bestand darauf, daß Diarmid nun vor dem Kamin im Wohnzimmer schlief und die Nächte nicht mehr auf dem kalten Heuboden verbrachte. Sogar die Kühe, Pferde und Hühner wurden in einen kleinen Stall gebracht, der an die Küche angrenzte und deshalb etwas wärmer war. Der Geruch der Tiere verbreitete sich im ganzen Haus, doch das störte India und Fortune nicht – ging es doch vor allem darum, den kalten Winter zu überstehen.

Anfang Februar wurden die Tage bereits spürbar länger – der Schnee und die Kälte wollten jedoch noch nicht weichen. Im März schließlich schneite es schon etwas seltener, dafür regnete es immer öfter. Indias Bauch war nun prall und rund, so daß ihr selbst das Gehen schon schwer fiel, wenngleich sie sich nie beklagte. Oft lag sie auf dem Bett, die Hände schützend auf den Bauch gelegt, und träumte vor sich hin, wie ihr Kind wohl aussehen würde. Sie war sich ganz sicher, daß es ein Knabe war. Wie sollte sie ihn nennen? Sie wußte, daß Caynan Reis selbst aus einem europäischen Land stammte – doch das war auch schon alles, was ihr über seine Vergangenheit bekannt war. Wenn sie wenigstens seinen Namen gekannt hätte, dann hätte sie ihren Sohn nach ihm benennen können.

Schließlich kam sie zu einem Entschluß. »Ich werde ihn Rowan taufen – nach unserem Vater«, vertraute India ihrer Schwester eines verregneten Nachmittags im März an.

»Rowan – und wie noch?« fragte Fortune.

»Er wird meinen Namen tragen, da ich den europäischen Namen seines Vaters nicht kenne«, antwortete India. »Rowan Lindley. Das klingt doch gut!«

»Und was willst du tun, wenn Rowan Lindley auf der Welt ist? Du hast doch nicht etwa immer noch vor, mit ihm fortzugehen, oder?« wandte Fortune besorgt ein.

»Genau das habe ich vor«, antwortete India mit ruhiger Stimme. »Ich will ja nicht Schande über die Familie bringen oder deine Chancen auf eine gute Ehe zunichte machen.«

»Verdammt!« stieß Fortune hervor. »Meinst du, es kümmert mich, was die Leute reden? Ich bin Lady Fortune Lindley, die Tochter des verstorbenen Marquis von Westleigh –

und jeder, der an meinen Verwandten etwas auszusetzen hat, kann sich meinetwegen zum Teufel scheren. Vergiß nicht, India, unser Großvater war Herrscher über ein großes Land. Und unsere Urgroßmutter hat sich gegen eine mächtige Königin durchgesetzt. Was war Madame Skye für eine großartige Frau! Wir sind Frauen, die ihr Leben selbst in die Hand nehmen. Wir sind keine Heuchler, die immer in die Kirche rennen und dann im Verborgenen sündigen. Wir leben so, wie wir es für richtig halten – und der Teufel soll all jene holen, die uns deswegen Vorwürfe machen!«

India lachte laut auf. »Weißt du eigentlich, wie sehr ich dich vermißt habe, als ich weg war?«

»Nun«, gab Fortune zurück. »Ich bin eben deine Schwester!« Im nächsten Augenblick sprang sie auf. »Es regnet nur ganz leicht. Komm, nimm deinen Mantel – wir machen einen kleinen Spaziergang.«

»Aber wenn ihr zurückkommt, zieht die Schuhe aus, bevor ihr ins Haus geht«, sagte Meggie mit drohendem Unterton. »Ich mag es nicht, wenn ihr den ganzen Schmutz auf meine sauberen Fußböden tragt!«

»Komm doch mit uns«, bat India sie.

»Nein, Mylady, ich muß mich um das Abendessen kümmern. Es gibt Kanincheneintopf «

»Schon wieder?« riefen die beiden Schwestern im Chor.

»Seid froh, daß der Frühling bald da ist«, sagte Meggie in schroffem Ton. »Die Karotten und Zwiebeln reichen nämlich gerade noch für den Eintopf heute abend. Wir können von Glück sagen, daß Diarmid heute ein Kaninchen erwischt hat, sonst gäbe es nämlich nichts als Brot und Käse.«

Die beiden Schwestern spazierten durch den Wald, bis sie zu einer Wiese gelangten. Der leichte Regen hörte ganz auf, und hie und da blinzelte sogar die Sonne hinter den Wolken hervor.

Als sie zu ihrem Häuschen zurückkamen, duftete Meggies Eintopf bereits überaus köstlich. India stieg langsam die enge Treppe hoch, um sich ein wenig hinzulegen; sie war müde, und der Rücken tat ihr weh. Als sie aus ihrem kurzen Schlummer erwachte, verspürte sie einen stechenden Schmerz.

»Meggie! Fortune!« rief sie und versuchte sich aufzusetzen.

Die beiden Mädchen kamen sogleich herbeigeeilt. Sie sahen auf den ersten Blick, daß India drauf und dran war, ihr Kind zu bekommen.

»Weißt du, was zu tun ist?« wandte sich Fortune an Meggie.

Meggie schluckte erst einmal, ehe sie antwortete: »Ich glaube schon. Ich war dabei, als meine Mutter ihr letztes Kind zur Welt brachte. Wir brauchen heißes Wasser und saubere Tücher. Und schickt um Himmels willen Diarmid nach Glenkirk, damit er der Herzogin Bescheid sagt. Sie wird sicher heraufkommen wollen, um bei ihrer Tochter zu sein.«

Fortune eilte augenblicklich die Treppe hinunter und setzte einen Kessel mit Wasser auf. Dann rannte sie zum Stall hinaus und rief nach Diarmid. Dieser brauchte das Mädchen nur kurz anzusehen, um den Grund für ihre Aufregung zu kennen.

»Nehmt Euer Pferd, Mistress Fortune, und reitet nach Glenkirk, um Eure Eltern zu holen. Ihr könnt hier ohnehin nichts tun. Nehmt mir's nicht übel – aber ich bin Meggie jetzt sicher eine größere Hilfe als Ihr.«

Fortune ließ sich auf keine Diskussion mit dem Mann ein. Sie wußte, daß er recht hatte. »Ich habe in einem Kessel Wasser aufgesetzt, und in dem Schrank beim Kamin findest du saubere Tücher, Diarmid.«

Er nickte und ging ins Haus, während sie in den Stall lief, um ihren grauen Wallach zu satteln. Der Ritt nach Glenkirk würde etwa zwei Stunden dauern, sie würde also noch vor Sonnenuntergang ankommen. Bestimmt würde Mama sich durch nichts davon abbringen lassen, zu India zu kommen – und wenn sie in der Dunkelheit fahren mußte. Fortune schwang sich in den Sattel und ritt aus dem Stall und den Weg ins Tal hinunter.

Indias Wehen waren heftig, aber sehr kurz. Sie schwitzte und stieß so derbe Flüche aus, daß Meggie errötete, während Diarmid nur lachte und sie ermutigte, weiterhin tapfer zu sein.

»Oh, Mylady, das Kind sollte solche Ausdrücke nicht hören, wenn es zur Welt kommt«, ermahnte Meggie ihre Herrin.

»Verdammt und zugenäht!« knurrte India. »Es tut so weh, verflucht noch mal! Warum will der kleine Wicht nicht endlich kommen! Ahhh! Merde! Merde! Merde!«

»Das machst du großartig, Mädchen«, redete Diarmid ihr zu. »Wenn der Schmerz wiederkommt, dann presse, so fest du kannst, damit du dem Kleinen hilfst.«

India nickte.

»Ich glaube nicht, daß du hierbleiben solltest«, sagte Meggie, zu Diarmid gewandt.

»Er bleibt!« rief India. »Er versteht offensichtlich mehr davon als du. Außerdem hat Diarmid sicher schon genug Frauen ohne Unterwäsche gesehen. Oooooh!«

»Pressen, Mädchen! Pressen! Ja, so ist es recht«, sagte Diarmid mit ruhiger Stimme, in dem gleichen Ton, in dem er auch mit seinem Collie sprach. »Da haben wir ja schon sein Köpfchen – schau nur, die schwarzen Haare! Noch einmal pressen, Mädchen.« Als India seiner Aufforderung nachkam, sagte er: »Jetzt ist er schon zur Hälfte da.« Er beugte sich hinunter, um dem Kleinen ein Schleimklümpchen aus dem Mund zu entfernen.

Das Baby holte Luft und begann zu wimmern.

»Oh! Oh! Oh!« schrie India und preßte noch einmal, so fest sie konnte. Dann spürte sie, wie das Baby aus ihrem Unterleib glitt. »Ist er gesund? Laßt ihn mich sehen!« rief sie den beiden aufgeregt zu.

Meggie hatte das Kind in ein Tuch gehüllt und legte es der Mutter auf den Bauch. »Hier ist er, Mylady«, sagte sie mit Tränen in den Augen.

India wiegte ihren Sohn eine Weile still in den Armen. Er hatte ihr schwarzes Haar, und die blauen Augen, aus denen er sie ansah, waren die Augen von Caynan Reis. Tränen liefen ihr die Wange hinunter, als sie dieses Wunder betrachtete, das der Liebe zwischen Caynan und ihr entsprungen war. Das Baby hatte zu weinen aufgehört. »Du heißt Rowan Lindley, mein Sohn«, flüsterte sie ihm zu.

»Gebt mir jetzt den Kleinen, Mylady«, sagte Diarmid. »Ich muß die Nabelschnur durchtrennen. Meggie kümmert sich weiter um Euch. Ihr braucht mich jetzt nicht mehr.« Er nahm den Kleinen und versorgte die Nabelschnur. Dann verließ er wortlos das Schlafzimmer.

»Danke, Diarmid More-Leslie«, rief India ihm nach.

Meggie reinigte das Baby von dem Blut und rieb es mit warmem Öl und Wein ein. Dann wickelte sie es in Windeln und gab es India zurück. Später legte sie das Kind in die Wiege, die neben dem Bett stand, und half ihrer Herrin aufzustehen, um sie zu waschen, umzuziehen und in einen Stuhl am Kamin zu setzen, während sie die Bettwäsche wechselte. Schließlich half sie India wieder ins Bett und gab ihr ihren kleinen Sohn zurück. »Ich lasse Euch jetzt mit dem Kleinen allein, Mylady. Ich komme aber gleich wieder zurück und bringe Euch einen kräftigen Trank.«

India lag still da, während sie den Kleinen an sich geschmiegt hielt. Wie stolz wäre Caynan Reis auf ihn gewesen. Sie suchte in dem kleinen Gesicht ihres Sohnes nach einer Ähnlichkeit mit seinem Vater – doch nur die blauen Augen erinnerten sie an Caynan. Wie seltsam dieses kleine Babygesicht doch aussah, dachte sie, als der Kleine plötzlich den Blick direkt auf sie richtete. »Wir werden gut zurecht kommen, du wirst schon sehen, Rowan, Sohn von Caynan Reis«, sagte sie zu ihm, worauf er die Äuglein schloß und im sicheren Gefühl seiner Geborgenheit augenblicklich einschlief. India blickte aus dem Fenster und verfolgte das atemberaubende Schauspiel des Sonnenuntergangs.

Sie döste vor sich hin, als Meggie zurückkehrte und ihr einen Trank aus Kräutern, Eiern und rotem Wein brachte. Das Dienstmädchen nahm das Baby an sich und legte es in die Wiege, die sie an den Kamin stellte, wo es am wärmsten war. India trank das kräftigende Gebräu und gab Meggie den Becher zurück, woraufhin auch sie wenig später einschlief. Meggie verließ den Raum auf Zehenspitzen und ging hinunter zu Diarmid.

»Ich mache uns etwas zu essen«, sagte sie. »Lady India und der Kleine schlafen beide tief und fest. Es war ein langer

Tag. Glaubst du, daß der Herzog und die Herzogin heute noch kommen?«

»Ja«, antwortete er. »Die Herzogin wird natürlich um ihre älteste Tochter besorgt sein. Sie kommen bestimmt. Mistress Fortune ist sicher schon in Glenkirk angekommen. Die Sonne geht ja erst unter, und die Dämmerung dauert noch eine ganze Weile. Sie werden mit Fackeln den Berg heraufkommen.«

Sie brachte zwei Teller mit Kanincheneintopf, dazu Brot und Käse. Dann schenkten sie sich den letzten Rest Bier ein, den sie noch besaßen, um auf Rowan Lindley anzustoßen. Nachdem sie gemeinsam abgewaschen hatten, setzten sie sich ans Feuer und unterhielten sich mit leiser Stimme.

Es war schon dunkel, als die Hunde zu bellen begannen. Diarmid erhob sich und öffnete die Haustür. Er konnte das Flackern der Fackeln zwischen den Bäumen erkennen, und wenig später tauchte der Troß des Herzogs auf der Waldlichtung auf.

James Leslie, der Herzog von Glenkirk, trieb sein Pferd zur Eile an und ließ es direkt vor Diarmid More-Leslie halten. »Ist das Kind schon da?« wollte er wissen und sprang vom Pferd.

»Schon seit einigen Stunden, Mylord. Es ist ein starker, gesunder Junge«, antwortete Diarmid.

Jasmine stieg ebenfalls von ihrem Hengst. »Geht es meiner Tochter gut?«

»Jawohl, Mylady. Sie schläft jetzt. Kommt doch ins Haus. Meggie kann Euch alles ganz genau erzählen.«

»Kümmere dich um die Männer«, befahl ihm der Herzog und betrat Arm in Arm mit seiner Gemahlin das Häuschen.

Meggie begrüßte die beiden mit einem Knicks. »Mylord. Mylady.«

Jasmine lächelte dem Dienstmädchen zu und eilte dann sofort die Treppe hinauf. Als sie das Schlafzimmer betrat, sah sie India in tiefem Schlummer. Sie blickte in die Wiege und lächelte vor Freude, als sie den Kleinen sah.

»Mama?« hörte sie plötzlich ihre Tochter murmeln.

»Mein Schatz, er ist so ein reizender Junge«, sagte Jasmine mit leiser Stimme.

»Er heißt Rowan«, murmelte India und war im nächsten Augenblick schon wieder eingeschlafen.

Jasmine verspürte einen schmerzhaften Stich in der Brust. Ihre Tochter hatte ihren Sohn nach ihrem Vater benannt. Sie glaubte nicht, daß India sich an Rowan Lindley erinnern konnte, und dennoch hatte sie ihrem Kind seinen Namen gegeben. Die Herzogin stieg die Treppe hinunter.

»Wie geht es unserem Mädchen?« fragte Jemmie seine Gemahlin.

»Sie schläft, aber für einen Augenblick war sie wach. Sie will ihren Sohn Rowan nennen. Er ist ein prächtiger Junge«, berichtete Jasmine ihrem Gemahl.

»Du weißt, was zu tun ist«, sagte der Herzog.

»Jemmie, ich bitte dich, tu es nicht. India wird es dir nie verzeihen. Oder willst du, daß deine Tochter dich ein Leben lang haßt?« wandte sich die Herzogin in eindringlichem Ton an ihren Gemahl.

»Jasmine, es bleibt uns nichts anderes übrig. Wir haben das lang und breit besprochen. Es ist die einzige Möglichkeit, wie wir Indias Ruf retten können. Wir haben einen guten Antrag für unsere Tochter bekommen, und ich habe zugesagt. Sie kann doch nicht mit dem unehelichen Kind zu ihrem Ehemann kommen.«

»Mein Enkel ist kein uneheliches Kind, James Leslie«, entgegnete Jasmine erbost.

»Aber wie sollen wir je ihre Ehe mit diesem Ungläubigen erklären – und ihr Kind?« wandte der Herzog ein. »Der Earl ist bereit, eine Ferntrauung zu schließen, ehe sie dann vor dem Sommer nach England aufbricht.« Und in deutlich milderem Ton fügte er hinzu: »Erinnerst du dich noch an die Zeiten, als A-Cuil unser Versteck war?«

»Lenk nicht vom Thema ab, Jemmie«, entgegnete seine Gemahlin in schroffem Ton.

Meggie war ziemlich verwirrt angesichts des Gespräches, und so ging sie hinaus, um den beiden Wein zu bringen. Sie dankten ihr, und der Herzog forderte sie auf, zu ihrer Herrin hinaufzugehen und die Nacht bei ihr zu verbringen. Er und seine Gemahlin würden hier unten bleiben.

Das Baby begann zu weinen, als Meggie das Zimmer betrat. India war augenblicklich wach, und Meggie brachte ihr den Kleinen, damit sie ihn stillen konnte. Als er gesättigt war, schlief er wieder ein, und Meggie legte ihn in die Wiege zurück.

Bis Sonnenaufgang wurde der Kleine noch zweimal an der Brust seiner Mutter gestillt. Währenddessen sprach India mit leiser Stimme zu ihrem Sohn und strich ihm zärtlich über die weichen schwarzen Haare.

Die Sonne blinzelte gerade durch das Schlafzimmerfenster, als der Herzog von Glenkirk das Zimmer betrat. India erwachte, als ihr Vater sich über die Wiege beugte, den Kleinen herausnahm und sich anschickte, mit ihm das Zimmer zu verlassen.

»Gib mir meinen Sohn«, sagte India voller Angst. Nun erwachte auch Meggie, die vor dem Kamin lag, und ihr besorgter Blick ging zwischen dem Herzog und seiner Tochter hin und her.

»Du hast keinen Sohn, India«, entgegnete der Herzog und verließ das Zimmer. Seine Schritte hallten noch herauf, als er die Treppe hinunterging.

India rappelte sich hoch und folgte ihm. »Gib mir meinen Sohn!« schrie sie außer sich. »Wenn du ihm wehtust, dann bringe ich dich um, Papa! Gib mir meinen Sohn!«

Der Herzog von Glenkirk übergab das Baby, das nun ebenfalls wach war und lauthals schrie, an Diarmid More-Leslie. »Du weißt, was du zu tun hast«, sagte er.

Der Bedienstete nahm den Kleinen an sich und verließ mit ihm das Haus.

India schleppte sich die Treppe hinunter und schrie: »Bring ihn zurück! Bring mir meinen Sohn zurück!« Sie taumelte auf den letzten Stufen und fiel hin, rappelte sich jedoch wieder hoch und versuchte, zu ihrem Kind zu gelangen.

Der Herzog schloß die Haustür und versperrte ihr mit seinem stämmigen Körper den Weg. »Es ist besser so, mein Liebling. Du wirst in einigen Wochen heiraten. Dem Kleinen wird es an nichts fehlen, das verspreche ich dir.« Er streckte die Hand aus, um sie zu besänftigen.

India wich zurück und blickte ihn aus zornfunkelnden Augen an. »Verschwinde, du Scheusal!« stieß sie hervor. »Verschwinde! Ich will meinen Sohn wiederhaben! Ich will meinen Sohn!« Sie stürzte sich auf ihn und versuchte ihn zur Seite zu stoßen.

»Komm schon, Mädchen, es wird ja alles gut werden«, versicherte er ihr und griff nach ihren Händen, ehe sie ihn schlagen konnte. »Jasmine!« rief er nach seiner Gemahlin. »Komm und bring deine Tochter in ihr Zimmer. Sie braucht jetzt Ruhe, damit sie rechtzeitig zur Hochzeit wieder bei Kräften ist.«

Jasmine starrte ihren Gemahl wütend an. Nie hätte sie gedacht, daß ihr Ehemann ein so grober, gefühlloser Klotz sein konnte. Sie wollte ihre Tochter in die Arme nehmen, doch India stieß sie zur Seite.

»Wie konntest du das zulassen?« schluchzte das verzweifelte Mädchen. »Wie konntest du ihm nur erlauben, mir meinen Sohn wegzunehmen? Das werde ich dir nie verzeihen. Euch *beiden* werde ich das nie verzeihen!« Dann sank sie zu Boden und weinte bittere Tränen.

3

Sie fühlte sich wie zu Eis erstarrt. Das Feuer, daß Caynan Reis in ihr entzündet hatte, war in dem Augenblick erloschen, als sie ihr ihren Sohn wegnahmen. Sie fühlte sich absolut leer, und eine ganze Weile war es ihr völlig egal, ob sie weiterlebte oder starb. Es machte ganz einfach keinen Unterschied mehr. Aus ihren goldfarbenen Augen war jedes Leuchten verschwunden. Sie sprach nur, wenn man das Wort an sie richtete, und auch dann beschränkten sich ihre Antworten auf das Allernötigste. Die meiste Zeit über weinte sie. Als dann auch die Milch in ihren Brüsten versiegte, hätte sie sich am liebsten von den Zinnen von Glenkirk Castle gestürzt.

Der Herzog von Glenkirk war abwechselnd wütend und verzweifelt. Er hatte getan, was seiner Ansicht nach am besten für seine geliebte Stieftochter war, doch sie wollte es ganz einfach nicht einsehen. India war nun einmal kein junges Mädchen mehr. Der Antrag, der eines Tages aus England eingetroffen war, erschien ihm wie ein Geschenk des Himmels. India würde nun doch noch den adeligen Ehemann bekommen, den sie verdiente. Die wenigen Menschen, die von ihrem Abenteuer wußten, würden schweigen wie ein Grab. Ihr Zukünftiger hatte allen Bedingungen zugestimmt, welche die Leslies von Glenkirk gestellt hatten, um ihre Tochter und ihr Vermögen zu schützen. Die hohe Mitgift war bereits bezahlt, doch die Braut schien noch immer nicht imstande, die weite Reise nach Süden zu ihrem Gemahl anzutreten, obwohl es bereits Anfang Mai war; im Gegenteil – sie wurde mit jedem Tag dünner und blasser. Wie ein Gespenst mit großen Augen und schwarzem Haar sah sie aus, und ihre Lebensgeister regten sich nur noch, wenn sie zufällig ihren Eltern begegnete und ihre Augen vor Haß zu funkeln begannen.

»Ich habe versucht, ihn daran zu hindern«, bemühte sich

Jasmine ihrer Tochter zu erklären, als sie eines Nachmittags mit ihr beisammensaß. »Es war das erste Mal in unserer Ehe, daß er absolut nicht auf mich hören wollte. Ich verspreche dir, ich werde versuchen herauszufinden, wohin sie deinen Sohn gebracht haben. Wenn es mir gelingt, dann schwöre ich dir, daß es ihm an nichts fehlen wird!«

»Nur seine Mutter wird er nicht haben«, entgegnete India voller Bitterkeit. »Wie konntest du das nur zulassen? Ausgerechnet du, die du selbst deiner Mutter weggenommen wurdest. Wie konntet ihr mir das einzige wegnehmen, was mir noch von Caynan Reis geblieben ist? Deine Mutter wußte wenigstens, daß du bei deinem Vater in Sicherheit warst und daß deine Pflegemutter ihre enge Freundin Rugaiya Begum war. Selbst dieser Trost ist mir versagt. Mein Ehemann ist tot, seinen Sohn hat man mir weggenommen, und ich soll mit einem Fremden verheiratet werden. Ich will mein Kind zurückhaben!« Es war das erste Mal, seit sie wieder in Glenkirk war, daß sie so viel und so leidenschaftlich sprach.

»Ich weiß selbst nicht, wo Rowan ist«, sagte Jasmine, »aber ich werde alles tun, um es herauszufinden, India. Nur darfst du von mir keine Wunder erwarten. Jemmie war bis jetzt in dieser Sache unnachgiebig. Was deine bevorstehende Heirat betrifft, so läßt sich daran nichts mehr ändern, fürchte ich. Es ist alles vereinbart, und du wirst nach England aufbrechen, sobald du die Strapazen der Reise aushältst. Länger als bis zum Ende des Monats wird dein Vater aber nicht mehr warten.« Sie nahm die Hände ihrer Tochter in die ihren und blickte in Indias glanzlose, leere Augen. »Es ist eine gute Verbindung, India, und er hat all unseren Bedingungen zugestimmt. Wenn man bedenkt, wie alt du schon bist, so haben wir wirklich Glück gehabt.«

»Ich wäre vollauf zufrieden damit gewesen, mit meinem Kind ein ruhiges, zurückgezogenes Leben zu führen«, erwiderte India. Wenigstens war sie jetzt in der Lage, ihren Zorn und ihren Kummer in Worte zu fassen.

»Wie hättest du die Tatsache erklärt, daß du einen Sohn hast?« wandte ihre Mutter ein.

»Bin ich denn jemandem eine Erklärung schuldig?« erwiderte India schroff. »Ist meine Urgroßmutter nicht ebenfalls schwanger aus Algier zurückgekehrt? Und hat es damals vielleicht irgend jemand gewagt, ihre Geschichte anzuzweifeln, als sie erzählte, daß sie mit einem spanischen Kaufmann verheiratet gewesen sei? Tante Willow, ihre Tochter, wurde mit offenen Armen in der Gesellschaft aufgenommen. Sie diente sogar der alten Königin als Hofdame und schloß eine treffliche Ehe. Warum sollte man also mir nicht glauben? Warum hat man mir meinen Sohn aus den Armen gerissen, kurz nachdem er das Licht der Welt erblickt hatte? Warum versteckt man ihn vor der Welt, als müßte ich mich für ihn schämen?«

»Über die Herkunft meiner Tante hat es nie auch nur die geringsten Zweifel gegeben«, wandte Jasmine ein.

India stieß ein verächtliches Schnauben aus. »Ich schätze, es waren wohl einfachere Zeiten damals«, sagte sie spöttisch. »Ich hätte damals leben sollen und nicht heute. Dann hätte ich mein Kind behalten können.«

»Ich tu', was ich kann«, versuchte Jasmine ihrer Tochter Mut zu machen.

»Das genügt offensichtlich nicht«, erwiderte India in kaltem Ton. »Du hättest deinen Ehemann daran hindern sollen, meinen Sohn zu entführen.«

»India, dein Vater hat das nur getan, um dich zu schützen!« entgegnete Jasmine mit lauter Stimme.

»James Leslie ist nicht mein Vater. Rowan Lindley war mein Vater. Und du, du hast mich zwar zur Welt gebracht, aber ich wäre besser drangewesen, wenn ich von einer Wölfin aufgezogen worden wäre. Bist du nicht einst Prinz Henrys Hure gewesen? Und du warst auch noch stolz darauf, ein uneheliches Kind von ihm zur Welt zu bringen. Du hast dieses Kind sehr wohl behalten, während man mir, die ich rechtmäßig verheiratet war, mein Kind weggenommen hat. Und jetzt willst ausgerechnet du mir einreden, daß ich diesen Mann eurer Wahl heiraten soll, damit der stolze Herzog von Glenkirk nicht Spott und Schande befürchten muß. Also gut, ich werde gehen, aber aus einem einzigen Grund: damit ich von dir und James Leslie wegkomme. Ihr werdet in meinem Haus nicht willkommen sein. Ich will euch beide nie mehr sehen, wenn ich von hier fort bin!«

Jasmine taumelte zurück, als hätte ihre Tochter ihr einen Schlag ins Gesicht versetzt. Indias kalte, unbarmherzige Worte trafen sie tief. Für einen Augenblick konnte sie kaum atmen vor Schmerz.

»Wer ist er?« wollte India wissen.

»Was?« brachte Jasmine mit krächzender Stimme hervor.

»Ihr habt es bisher nicht der Mühe wert gefunden, mir zu verraten, wer dieser ach so exzellente Mann ist, den ich heiraten soll«, sagte India. »Also, wer ist es?«

»Der Earl von Oxton«, begann Jasmine, als ihre Tochter ihr mit einem Aufschrei der Empörung ins Wort fiel.

»Der Earl von Oxton? Adrians Vater? Er ist doch steinalt und schwer krank, und außerdem ist er verheiratet!« kreischte India empört.

»Adrians Vater ist tot. Er ist vor einigen Monaten gestorben«, murmelte Jasmine. »Seine zweite Frau, die Italienerin, wurde in ihre Heimat geschickt – und zwar vom jetzigen Earl, Lord Deverall Leigh.«

»Adrians Bruder? Der Mörder? Also, das ist wirklich die Höhe. So etwas hätte ich nicht einmal dir und deinem Gemahl zugetraut!« sagte India entrüstet. Sie wollten sie tatsächlich mit einem Mörder verheiraten!

»Lord Leigh wurde von der Anklage freigesprochen«, begann Jasmine zögernd, wartete einen Augenblick, ob India erneut aufschreien würde, um dann – als ihre Tochter schwieg – rasch fortzufahren: »Er ist vor einigen Monaten nach England zurückgekehrt, und er konnte offensichtlich seine Unschuld beweisen. Der König selbst hat ihn von aller Schuld freigesprochen. Er war rechtzeitig zurückgekehrt, um seinen Vater noch zu sehen, der wenig später starb. Die Witwe wurde daraufhin nach Italien zurückgeschickt – der König verbannte sie für alle Zeiten aus England. Lord Leigh hat dich einmal am Hof gesehen, als du noch ein Kind warst. Er erkundigte sich, ob du schon verheiratet oder verlobt seist und hielt dann um deine Hand an. Es ist eine sehr gute Verbindung, India. Obwohl der König ihn freigesprochen hat, hat sein Ruf doch unter alldem ein wenig gelitten. Die meisten ehrenwerten Familien würden ihn nicht als Schwiegersohn in Erwägung ziehen. Und auch bei dir hat es einiges Gerede um deine Bekanntschaft mit Adrian Leigh gegeben, auch wenn man dir nicht direkt unschickliches Benehmen vorgeworfen hat. Das macht es auch nicht ganz einfach, dich zu verheiraten, obwohl du so wohlhabend bist.«

»Adrian wolltet ihr mich nicht heiraten lassen, aber seinen Bruder, diesen Taugenichts, schon? Das verstehe, wer will«, sagte India spöttisch.

»Die Earls von Oxton sind eine ehrenwerte Familie«, erwiderte Jasmine und ignorierte den höhnischen Ton ihrer Tochter. »Deverall Leighs Mutter war Susanne Deverall, die Tochter des Marquis von Whitley, einer ebenfalls sehr respektablen Familie. Der unglückliche Adrian hat jedoch eine Mutter von eher geringer Herkunft. Von Lady Stewart-Hepburn weiß ich, daß die Mitglieder der Familie di Carlo stets als Kaufleute in Neapel tätig waren.«

»Auch unter den Leslies und den O'Malleys gibt es viele Kaufleute«, wandte India ein. »Wodurch sind wir denn besser als die di Carlos?«

»Also wirklich, India«, antwortete ihre Mutter überrascht. »Unsere Familien waren zuerst adelig, und dann erst verlegten sie sich auf den Handel – und zwar, weil es ihnen Spaß machte und auch das Gold nicht zu verachten ist. Die di Carlos hingegen konnten nur deshalb einen so hohen Rang erreichen, weil sie einmal einem Herzog halfen, einen Skandal zu vermeiden. Wenn ihre Tochter nicht mit ihrer Jugend und ihrer Schönheit das Herz des Earl von Oxton erobert hätte – wer weiß, was dann aus ihr geworden wäre? Nun, sie hat sich jedenfalls wie eine gewöhnliche Hure benommen, was zweifellos den armen Earl in den Tod getrieben hat. Sein ältester Sohn ist als Ehemann durchaus geeignet für dich. Man sagt, daß er gut aussieht und daß er nach all dem, was er durchgemacht hat, seinen jugendlichen Übermut verloren hat und reifer geworden ist.«

»Das spielt keine Rolle«, erwiderte India gleichgültig.

»Er möchte Kinder«, wandte Jasmine mit leiser Stimme ein.

»Glaubst du wirklich, daß ich meinen Sohn vergessen kann, wenn ich von einem anderen Mann Kinder bekäme?« entgegnete India in kaltem Ton. »Hat denn Großmutter *dich* jemals vergessen? Wie oft mag sie wohl um dich geweint haben? Ich werde noch öfter weinen, wo ich nicht einmal weiß, was aus meinem Sohn wird.«

»Ich werde ihn finden, das schwöre ich dir!« versicherte Jasmine ihrer Tochter.

India betrachtete ihre Mutter mit ihren stumpfen, leeren Augen. »Ich möchte meine Aussteuer und mein gesamtes Vermögen – Schmuck, Geschirr, Felle, Wäsche; ich werde alles mitnehmen, was mir gehört, weil ich nie wieder hierher zurückkehren werde.«

»Du sollst alles bekommen, was du willst, mein Liebling«, sagte Jasmine. »Du bist die Erbin eines großen Vermögens und außerdem die Stieftochter des Herzogs von Glenkirk. Wir werden es nicht zulassen, daß du deinem Gemahl wie eine Bettlerin gegenübertrittst.«

»Ich werde am dreißigsten Mai abreisen. Zuerst werde ich nach Queen's Malvern fahren. Wo liegt Oxton Court genau?« fragte India.

»Nicht weit von Queen's Malvern entfernt, aber nicht in Worcester, sondern in Gloucester«, antwortet Jasmine ihrer Tochter. »Es soll ein sehr schönes Gut sein, habe ich gehört. Ich glaube, es wird dir dort gefallen.«

»Es ist nicht wichtig, ob es mir gefällt oder nicht«, gab India zurück. »Es wird mein Zuhause sein bis zu meinem Tod, bis ich wieder mit meinem geliebten Caynan vereint sein werde.«

»Wenn du stirbst«, wandte Jasmine ein, »was soll dann aus dem kleinen Rowan Lindley werden? Hast du denn gar keine Hoffnung, deinen Sohn eines Tages wiederzusehen, India? Vielleicht ist der Earl von Oxton ja ein freundlicher, großzügiger Mensch, und du kannst ihn eines Tages bitten, daß du deinen Sohn zu dir nehmen darfst. Erzähl bitte nicht deinem Stiefvater, daß ich das gesagt habe! Er wäre bitterböse auf mich, und dann hätte ich keine Möglichkeit mehr, herauszufinden, wo dein Sohn sich befindet, India.«

»Hältst du das denn für möglich?« fragte India, zum ersten Mal mit ein klein wenig Hoffnung.

»Wenn du die Zuneigung und das Vertrauen deines Gemahls gewinnst, dann könnte es durchaus möglich sein«, ermunterte Jasmine ihre Tochter.

»Ich muß ihm doch sagen, daß ich einen Sohn habe, außerdem wundert er sich gewiß, warum ich nicht mehr Jungfrau bin«, sagte India. »Bestimmt hat der Herzog sich darüber nicht den Kopf zerbrochen. Wie soll ich das bloß erklären, wo ich doch angeblich nie verheiratet war? Er wird mich für ein leichtes Mädchen halten, aber daran hat dein Gemahl wohl nicht gedacht. Alles, was ihn interessierte, war ein gutes Angebot, um mich möglichst rasch loszuwerden!«

Jasmine wußte nicht, was sie ihrer Tochter antworten sollte, denn India hatte im Grunde recht. James Leslie war so erfreut gewesen, daß ein respektabler Mann um Indias Hand anhielt, daß er sich sofort daran klammerte wie ein Ertrinkender an einen Strohhalm. Als Jasmine dann das Problem von Indias verlorener Jungfräulichkeit ansprach, sagte er nur, daß seine Frau schon einen Weg finden werde, um ihrer Tochter zumindest den Anschein der Jungfräulichkeit zurückzugeben. Die Herzogin verbiß sich die scherzhafte Bemerkung, die ihr auf den Lippen lag, als sie sah, daß ihr Gemahl es durchaus ernst meinte und er diese Heirat mit allen Mitteln durchsetzen wollte.

»Ich denke«, sagte sie nachdenklich, »du könntest dem Earl anvertrauen, daß du eine Ehe geschlossen hast, als du im Ausland warst, der Bräutigam aber kurze Zeit später starb. Aber vielleicht ist das alles überhaupt kein Problem. Vielleicht ist dein Gemahl ein sehr verständnisvoller Mensch, den du mit der Zeit sogar lieben lernst. Du bist ja vertraut mit den Freuden, die Mann und Frau einander geben können – und bestimmt wirst du dem Earl diese Freuden nicht vorenthalten wollen. Dadurch wirst du bestimmt seine Zuneigung gewinnen, so daß er trachten wird, dir all deine Wünsche zu erfüllen – auch deinen Wunsch, den kleinen Rowan zu dir zu nehmen.«

»Und wann soll ich ihm das anvertrauen?« fragte India, halb spöttisch und halb hoffnungsvoll.

»Erst wenn du sein volles Vertrauen gewonnen hast«, riet ihr ihre Mutter. »India, dein Sohn ist in Sicherheit, das weiß ich genau. Jemmie mag sehr hart sein, aber er ist nicht absichtlich grausam. Das Kind ist wohlauf – eine Bauersfrau kümmert sich um ihn, die das Geld, das sie dafür bekommt, gut gebrauchen kann. Die Frau weiß, daß sie gut auf den Kleinen achtgeben muß, damit sie diese Einnahmequelle nicht verliert und weil sie sonst streng bestraft würde. Ich habe dir versprochen, daß ich deinen Sohn finden werde. Ich werde ihn regelmäßig besuchen, woran die Bäuerin erkennen kann, wie wichtig das Wohlergehen des Kindes ist. Inzwischen versuchst du, die Zuneigung deines Gemahls zu gewinnen, damit du den kleinen Rowan bald zu dir nehmen darfst.«

»Ich werde dem Earl schon vor der Hochzeit erzählen, daß ich einen Sohn habe«, entgegnete India hartnäckig. »Ich kann ohne mein Kind nicht glücklich werden, und ich kann diesen Mann nicht heiraten, wenn er mir nicht gestattet, Rowan zu mir zu nehmen.«

»Ich bitte dich, India«, wandte die Herzogin von Glenkirk fast flehend ein, »warte noch, bevor du Lord Leigh von deinem Kind erzählst! Wenn diese Heirat nicht zustandekommt, was willst du dann tun? Jemmie wird dich im höchsten Turm von Glenkirk einsperren, und du wirst dein Kind nie wiedersehen – dafür wird er sorgen. Wenn du klug bist, wirst du alles bekommen, was du dir wünschst. Du darfst dir nicht selbst schaden, nur weil du dich vielleicht an deinem Stiefvater rächen willst.«

India schwieg eine ganze Weile und sagte schließlich: »Du hast recht. Ich sollte nichts Unüberlegtes tun. Sag, wann soll die Trauung stattfinden, und wo?«

»Es wird eine Ferntrauung sein, die kurz vor deiner Abreise hier in Glenkirk vollzogen wird.«

»Da weder Henry noch Charlie hier sind, wäre ich dafür,

daß mein Bruder Patrick Leslie den Bräutigam vertritt«, sagte India. »Es wird eine gute Übung für jenen Tag sein, an dem er selbst heiratet. Patrick und meine jüngeren Brüder wissen noch sehr wenig davon, wie man sich in der Gesellschaft bewegt. Sie fühlen sich ganz als wilde Schotten – auch wenn du dir noch so viel Mühe mit ihnen gibst. Die Trauung soll am dreißigsten Mai stattfinden; ich werde unmittelbar danach nach England aufbrechen. Wird mich der Earl von seinen Leuten abholen lassen?«

»Du wirst von unseren Leuten bis zur Grenze begleitet werden. Dort werden dich die Männer des Earl erwarten«, teilte Jasmine ihrer Tochter mit.

»Ich nehme Meggie mit mir, und Diarmid More-Leslie wird ebenfalls mitkommen. Er und Meggie haben mich um meine Erlaubnis gebeten, heiraten zu dürfen. Ich habe gerne zugestimmt. Sie werden unmittelbar nach mir heiraten. Es ist besser, wenn sie schon als Mann und Frau reisen.«

Jasmine teilte die Ansicht ihrer Tochter und nickte. »Dein Vater … *Stiefvater* … muß Diarmid erst noch seine Erlaubnis geben«, sagte sie.

»Er kann doch unmöglich etwas einzuwenden haben«, entgegnete India.

»Oh, bestimmt nicht«, versicherte Jasmine rasch, bevor India erneut in Wut geraten konnte.

»Uns bleibt nicht mehr allzuviel Zeit. Wir sollten deshalb gleich beginnen, meine Aussteuer zusammenzustellen«, teilte India ihr mit. »Ich möchte wirklich alles mitnehmen, was mir gehört.«

»Du bekommst von mir die berühmten *Sterne von Kaschmir* als Hochzeitsgeschenk«, sagte Jasmine mit leiser Stimme. »Du bist meine älteste Tochter. Wenn *deine* älteste Tochter eines Tages heiratet, gib die Edelsteine an sie weiter. Sie sollen in der weiblichen Linie bleiben.«

»Mama!« rief India verblüfft aus. »Das ist doch nicht dein Ernst, oder? Doch nicht diese wunderbaren Steine?«

»Ich hatte sie immer schon dir zugedacht«, antwortete Jasmine. »Außerdem habe ich hier in Glenkirk ohnehin keine Gelegenheit mehr, sie zu tragen. Warum sollen sie in meinem Schmuckkästchen vergammeln? Ich bin sicher, daß du deine Freude daran haben wirst. Vielleicht wird der Earl ja mit dir den Hof besuchen, dann kannst du alle damit verblüffen.«

»Es wäre amüsant, als Gräfin von Oxton den Hof zu besuchen«, stellte India fest. »Trotzdem hoffe ich, daß es dem Earl auf dem Land besser gefällt. Ich möchte die Erziehung meiner Kinder nicht anderen überlassen.«

Jasmine nickte zustimmend.

Am nächsten Tag kam die Näherin aus dem Dorf, um Indias Aussteuer vorzubereiten. India ließ sich geduldig die Maße abnehmen. Sie hatte nur die allerfeinsten Stoffe aus den Lagerräumen der Burg ausgewählt – prächtigen Samt, Brokat und Seide. Der Reifrock war mittlerweile aus der Mode gekommen – nun sah man überall nur mehr wallende Röcke. Man trug jetzt, um den Rock zu stützen, mehrere Unterröcke, die teilweise aus spitzenbesetzter Baumwolle und weißem Flanell waren, teilweise aber auch aus Seide und Brokat. Das Oberteil war sehr einfach geschnitten und wies einen leicht V-förmigen Halsausschnitt mit abschließendem Spitzenkragen auf. Die Puffärmel waren ebenfalls mit Spitzen geschmückt. India verlangte ein Dutzend seidener Unterhosen und ebensoviele Unterhemden. Sie verfügte über mindestens zwei Dutzend Nachthemden, die allesamt reich mit Spitzen besetzt waren.

»Da bleibt ja für meine Aussteuer nichts mehr übrig«, beklagte sich Fortune, als sie sah, wie die mit Edelsteinen geschmückten Kleider, die pelzgefütterten Umhänge sowie die Schuhe aus weichem Leder sich türmten.

Die Herzogin holte den gesamten Schmuck hervor, den sie von ihrem zweiten Ehemann Rowan Lindley bekommen hatte, und teilte ihn in zwei gleich große Hälften, die für ihre beiden Töchter India und Fortune gedacht waren. Die schwarzhaarige India sollte die Saphire und Rubine bekommen, während der rothaarigen Fortune die Smaragde und Diamanten besser zu Gesicht standen.

Doch außer den Kleidern und dem Schmuck waren da

noch viele andere Dinge: feine Bettwäsche, Matratzen, Kissen und Vorhänge, außerdem silberne Kerzenständer und silberne Salzfäßchen, Tassen aus Gold und Silber sowie erlesene Bestecke. Auch jede Menge Schüsseln und Teller aus Porzellan durften nicht fehlen, die allesamt sorgfältig verpackt wurden. Mit all der Arbeit waren die Tage bis zur Abreise im Nu verflogen.

»Sie wird mir nicht verzeihen, nicht wahr, mein Liebling?« wandte sich der Herzog traurig an seine Gemahlin.

Jasmine schüttelte den Kopf »Nein, Jemmie, sie wird dir nicht verzeihen, und du kannst es ihr nicht einmal verübeln. Glaubst du wirklich, ein Ehemann kann ihr den Sohn ersetzen, den sie verloren hat?« Die Herzogin von Glenkirk strich ihrem Gemahl mit einer Hand zärtlich über die Wange. »Ich liebe dich, Jemmie Leslie – aber ich muß meiner Tochter recht geben. Du warst sehr grausam zu ihr. Nicht einmal ich weiß, wo sich unser Enkel befindet. Wenn ich es wüßte, könnte ich mich wenigstens vergewissern, daß es ihm gutgeht. Eine Frau hat ein viel besseres Auge für solche Dinge als ein Mann. Ich muß wissen, ob das Häuschen auch wirklich sauber ist und ob es eine gute Frau ist, in deren Hände du unseren Enkel gegeben hast. Wir dürfen nicht zulassen, daß es dem Jungen an irgend etwas fehlt, Jemmie.«

Er nickte. Er hatte es für sich behalten, daß er den Kleinen bereits mehrmals besucht hatte. Sein Enkel war in Sicherheit, wenn auch in einem etwas abgelegenen Teil seiner Ländereien. Die Bauersfrau dachte, daß sein Interesse an dem Kleinen daher rührte, weil er selbst der Vater sei. Wenn sie den Knaben aus diesem Grund noch freundlicher behandelte, so sollte es dem Herzog auch recht sein. Rowan war ein aufgeweckter Junge, dessen leuchtend blaue Augen sich sofort regten, wenn er von irgendwo ein Geräusch vernahm. »Wenn India in England ist, dann verrate ich dir, wo der Kleine ist. Ich kenne dich ja, mein Schatz, und ich weiß, daß du erst zufrieden bist, wenn du ihn selbst sehen kannst.« Er nahm ihre Hand und küßte sie.

Die Herzogin blickte ihn lächelnd an. »Einverstanden«, sagte sie. Als sie später mit India allein war, berichtete sie ihr von dieser Vereinbarung. »Du mußt jetzt geduldig sein, mein Schatz«, redete sie ihr zu. »Jemmie hat ein schlechtes Gewissen, weil er genau weiß, daß ich sein Verhalten nicht gutheißen kann. Aber er wird erst wieder mit sich reden lassen, wenn du glücklich verheiratet bist. Du mußt nur ein wenig warten können, India, vor allem Rowan zuliebe.«

»Das werde ich«, versprach India ihrer Mutter. »Mehr als alles andere will ich meinen Sohn wiederhaben!«

Es waren zwei Hochzeitskleider für India angefertigt worden. Das einfachere der beiden würde sie zur Ferntrauung tragen; es war aus rosafarbener Seide und hatte einen eckigen Ausschnitt sowie einen zarten Spitzenkragen. Durch die Rocköffnung schimmerte ein Unterrock, der mit Gold- und Silberfäden durchwirkt war. Die Puffärmel waren mit Schleifen aus Goldbrokat besetzt. Um den Hals trug India eine Kette aus champagnerfarbenen Perlen. Ihr Haar war im Nacken zu einem schlichten Knoten gebunden. An den Füßen trug sie rosafarbene Seidenschuhe.

Ihr Halbbruder trug einen blau-grün-karierten Schottenrock, dazu ein weißes Hemd mit spitzenbesetzten Ärmeln. Sein ärmelloses Wams war mit silbernen Knöpfen geschlossen. Patrick, der von seinem Vater das schwarze Haar und von seiner Mutter die türkisblauen Augen geerbt hatte, führte India stolz zum Altar, wo der anglikanische Pfarrer sie bereits erwartete. Mit lauter und deutlicher Stimme sprach er das Ehegelübde in Vertretung des Earl von Oxton. Indias Stimme hingegen klang etwas zögernder. Die Erinnerung an ihre Ehe mit Caynan Reis kam so plötzlich und war so überwältigend, daß ihr fast die Tränen kamen und sie für einen Augenblick kein Wort herausbrachte.

Als die Zeremonie vorüber war, stand sie still da und nahm die Glückwünsche ihrer Angehörigen entgegen. Es kam ihr seltsam vor, daß man ihr gratulierte, wo doch jeder wußte, daß sie zu dieser Heirat gezwungen worden war. Schweigend verfolgte sie die Trauung ihrer beiden Diener Meggie und Diarmid. Zumindest diese Heirat war ein freudiges Ereignis – wußte sie doch, daß die beiden aus Liebe heirateten. Als auch die zweite Trauung vorbei war, kehrte die Hochzeitsgesellschaft in den großen Saal zurück, um das Frühstück einzunehmen.

Der Herzog von Glenkirk erhob sich, um auf das Wohl seiner Stieftochter zu trinken. »Mögest du stets glücklich sein und gesunde Söhne zur Welt bringen.« Er hob den Becher auf ihr Wohl und trank ihn in einem Zug leer.

India warf ihm einen bitterbösen Blick zu. Dann hob sie ihrerseits den Becher. »Auf meinen Sohn Rowan, wo immer er sich gerade befindet«, sagte sie mit leiser Stimme.

James Leslies Augen verdunkelten sich vor Zorn, doch dann besann er sich und lachte über ihre Worte. »Ich bin jetzt nicht mehr für dich verantwortlich«, sagte er freimütig. »Iß und trink, India, und dann wünsche ich dir eine gute Reise, Mädchen.«

Jasmine drückte unter dem Tisch die Hand ihrer Tochter, so als wolle sie sie ersuchen, jetzt keinen Streit anzufangen. India erwiderte den Händedruck, während die allgemeine Aufmerksamkeit sich den Speisen zuwandte, die soeben aufgetragen wurden. Das Hochzeitsfrühstück bestand aus pochierten Eiern in einer Sauce aus Rahm und Marsalawein, Bratäpfeln mit Zimt, warmem Brot, frischer Butter, Schinken sowie Lachs Weißwein und Dill. Als Nachtisch wurde jedem eine Honigwabe gereicht. Dazu trank man Bier, Apfelmost und Wein.

India ließ ihren Blick in die Runde schweifen. Ihre Brüder Henry und Charlie waren nicht anwesend – dafür würde sie die beiden schon bald in England wiedersehen. Ihre Halbbrüder Patrick, Adam und Duncan würde sie in Zukunft nur noch sehr selten, wenn überhaupt, sehen. Patrick würde eines Tages zweiter Herzog von Glenkirk werden, während seine beiden jüngeren Brüder eines Tages reiche Erbinnen heiraten würden. Und was würde aus der Autumn werden? *Wir werden uns vielleicht nie richtig kennenlernen. Was für ein Glück, daß wenigstens Fortune und ich einander hatten!*

Fortune. Die gute Fortune, die oft so spontan handeln konnte und dabei doch so praktisch dachte. Was würde das Schicksal für sie bereithalten? Sie bekam MacGuire's Ford samt seinen Ländereien in die Ehe mit – doch gab es in Irland nicht immer wieder Unruhen? Aber ihre Eltern hatten sich nun einmal darauf festgelegt, in Irland einen Ehemann für Fortune zu finden. Immerhin war auch sie schon fast siebzehn Jahre alt. Sie blickte zu ihrer Schwester hinüber. In diesem Moment blickte Fortune auf und lächelte India aufmunternd zu. Was immer Fortune noch erwartete – sie hatte jedenfalls keine Angst davor. *Ich beneide sie*, dachte India. Fortune würde sich bestimmt über sie lustig machen, wenn sie das wüßte, überlegte India mit einem schmerzlichen Lächeln.

»Jetzt, wo ihr mich verheiratet habt, wird wohl Fortune die nächste sein, nehme ich an«, sagte India, zu ihrer Mutter gewandt. »Wen habt ihr denn für sie im Auge? Nachdem ihr für mich einen Earl gefunden habt, darf es für sie gewiß kein Mann von niedrigerem Rang sein.«

»Es ist mir gleich, wer es ist – Hauptsache, er ist nicht dumm und hat ein gutes Herz«, warf Fortune lachend ein. »Einen Adelstitel habe ich selbst, dazu brauche ich keinen Ehemann.«

»Wir wollen diesen Sommer noch nach MacGuire's Ford fahren«, sagte Jasmine. »Wir werden diesmal nicht nach Queen's Malvern kommen. Ich habe bereits an Rory MacGuire geschrieben, der das Gut für uns verwaltet. Da Fortune die Erbin von MacGuire's Ford ist, freuen sich die Leute dort schon sehr darauf, sie wiederzusehen. Das letzte Mal haben sie sie gesehen, als sie ein kleines Kind war.«

»Ich erinnere mich noch daran, wie Fortune getauft wurde«, warf India ein. »Es war in der Kirche von MacGuire's Ford. Ich weiß noch, daß ich zu unserem Urgroßvater Adam sagte, ich hätte mir ein Pony gewünscht und nicht eine kleine Schwester. Wer hat übrigens Fortune getauft?«

»Mein Vetter Cullen Butler«, antwortete die Herzogin.

»Ein katholischer Priester?« fragte Fortune verblüfft. »Ich wurde von einem katholischen Priester getauft? Warum hat man mir das nie erzählt?«

Jasmine antwortete ihr mit leiser Stimme: »Du weißt ja, wie ich über Religion denke. Ich bin derselben Ansicht wie die frühere Königin, die oft gesagt hat, es gebe nur einen

Herrn Jesus Christus, und alles andere wäre nebensächlich. Auch für meinen Vater war Glaubensfreiheit ein wesentlicher Grundsatz; er hat alle Religionen in seinem Reich geduldet. Es ist doch wirklich ungeheuer anmaßend, wenn man meint, der eigene Glaube sei der einzig wahre und alle anderen Religionen wären ein Irrtum. Hat nicht Jesus Christus selbst gesagt, in seines Vaters Haus gäbe es viele Wohnungen? Und wenn es so ist, dann muß es auch viele Wege geben, die zum Reich Gottes führen. Ja, es stimmt, Fortune, du bist tatsächlich im sogenannten alten Glauben getauft worden. Deine Taufpaten sind eine Frau namens Bride Duffy, eine hochgeachtete Lady aus dem Dorf, und Rory MacGuire, unser Gutsverwalter. Bevor die Engländer ihm sein Land wegnahmen und es mir gaben, war er der Herr von Erne Rock Castle. Er hat sich stets mit großer Hingabe um deine Ländereien gekümmert. Ich bin ihm überaus dankbar, und das solltest du auch sein. Die Pferde, die er gezüchtet hat, sind nicht nur in England, sondern in ganz Europa äußerst begehrt. Rory MacGuire hat dich zu einer reichen Frau gemacht, Fortune – das solltest du nicht vergessen. Was deine katholische Taufe betrifft – sie ist auch in England anerkannt.«

Fortune errötete. »Ich glaube, ich muß noch viel über Irland lernen, Mama. Ich hoffe, Master MacGuire wird mir dabei helfen, damit ich die Menschen nicht vor den Kopf stoße, für die ich verantwortlich bin. Ich möchte nur noch eines wissen: Wie kommt es, daß in all den Jahren auf meinem Land stets Friede geherrscht hat – wo es doch ringsum so viele Unruhen gab?«

»Ich denke, weil die armen bedrängten Katholiken und unsere protestantischen Pächter einander stets respektierten. Sie haben beide ihre Kirche und auch ihre Dorfältesten. Außerdem achten wir darauf, daß unsere Leute nicht allzuviel mit der Umgebung in Berührung kommen, damit sie nicht mit dem Fanatismus angesteckt werden, der überall grassiert. Wenn sich jemand nicht damit abfinden kann, daß wir dort herrschen, kann er gern woandershin gehen. Ich werde es jedenfalls nicht zulassen, daß es auf unseren Ländereien Unruhen gibt. Dieser furchtbare Haß war auch am Tod deines Vaters schuld. Ich werde das nie vergessen.«

»Ich weiß nicht, ob ich die Ordnung aufrechterhalten kann«, sagte Fortune ein wenig unsicher.

»Du bist die Herrin von Erne Rock Castle«, sagte ihre Mutter. »Mit Rory MacGuires Hilfe und einem guten Ehemann wird MacGuire's Ford weiterhin blühen.« Sie wandte sich India zu. »Es wird Zeit, meine Tochter, daß du dich umziehst. Du hast eine lange Reise vor dir – und je früher du aufbrichst, um so besser.«

India erhob sich von der Hochzeitstafel und verließ den Saal. Ihr Schlafzimmer war bereits so gut wie leer, denn alles, was sie besaß, war entsprechend ihrem Wunsch eingepackt worden. Allein für ihr Gepäck waren mehrere Wagen nötig.

Meggie half ihr aus dem Hochzeitskleid. »Soll ich es einpacken?« fragte sie.

»Nein, laß es hier. Ich will es nicht haben«, wies India sie an. »Ich würde es ja dir schenken – aber ich fürchte, ich möchte es nie wiedersehen; ich will nicht, daß es mich an diesen Tag erinnert.«

»Es ist mir ohnehin zu groß«, erwiderte Meggie mit fröhlicher Stimme. »Außerdem, wann sollte ich es denn jemals tragen? Ich habe Eure Reitkleider vorbereitet. Ich dachte mir, daß Ihr lieber reitet, als in der engen Kutsche zu sitzen.«

India nickte und begann sich umzuziehen. Die Lederstiefel waren mit Sicherheit bequemer als die Schuhe, die sie zur Trauung getragen hatte. Sie zog eine Hose aus weichem Leder an, darüber einen weiten Rock, außerdem ein weißes Hemd und eine mit silberumrandeten Hornknöpfen versehene Jacke. Zuletzt setzte sie die Kappe aus grünem Samt auf, die mit einer Adlerfeder geschmückt war. Dann nahm sie die parfümierten Lederhandschuhe entgegen, die Meggie ihr reichte, und hielt einen Augenblick inne, um sich im Zimmer umzublicken. Meggie zog sich diskret zurück.

India war zwar immer noch wütend auf ihren Stiefvater – dennoch war sie nicht wirklich glücklich, Glenkirk verlassen zu müssen. Viele Jahre lang war sie hier zu Hause gewesen. Als Kind war sie einst zusammen mit Henry, Fortune und

Charlie hierhergekommen. Hier waren sie aufgewachsen, waren durch die langen Gänge getollt und hatten in den weitgehend unbenutzten Turmzimmern Verstecken gespielt. Hier war sie glücklich gewesen – doch das alles war nun getrübt durch den Verlust ihres Sohnes. Ihrem Stiefvater hatte sie es zu verdanken, daß die glücklichen Jahre mit einem Schlag wie weggewischt waren. Das würde sie James Leslie nie verzeihen.

Ohne einen Blick zurück verließ India das Zimmer, eilte die Treppe hinunter und in den Hof hinaus. Sie sagte den Dienstboten, die sie seit ihrer Kindheit kannte, Lebewohl und nahm ihre besten Wünsche für die Zukunft entgegen. Sie küßte ihre kleine Schwester Autumn zum Abschied, doch das kleine Mädchen verstand noch nicht, worum es ging. Dann küßte sie ihre beiden Brüder Adam und Duncan, doch Patrick streckte ihr die Hand entgegen. India schob sie beiseite und schloß ihn in die Arme. »Laß dir ruhig ein wenig Zeit beim Größerwerden, Paddy«, flüsterte sie ihm zu. »Es ist nicht so leicht, erwachsen zu sein – das wirst du schon noch früh genug feststellen, fürchte ich.«

»Du darfst bei deinem Pferd nicht so an den Zügeln reißen«, sagte er und befreite sich aus ihrer Umarmung. »Du verletzt das arme Tier sonst am Maul, India. Wirst du's auch nicht vergessen?«

»Keine Sorge«, antwortete sie und strich ihm über das schwarze Haar. Dann fiel ihr Blick auf ihren Stiefvater. Sie nickte dem Herzog von Glenkirk kurz zu. »Leb wohl«, sagte sie in kaltem Ton und wandte sich ihrer Mutter zu. »Vergiß nicht, was du mir versprochen hast. Ich schicke dir eine Nachricht, sobald ich in Queen's Malvern ankomme, und danach aus Oxton Court.«

Jasmine schloß ihre älteste Tochter in die Arme. »Du bist das Kind einer großen Liebe, India, vergiß das nicht. Ich habe immer versucht, dir eine gute Mutter zu sein. Ich liebe dich sehr.« Sie küßte India auf die Wange. »Gott schütze dich, mein Kind.«

»Ich liebe dich auch, Mama«, antwortete India und spürte, wie ihr die Tränen in die Augen traten. Sie war zwar immer noch wütend auf James Leslie, doch der Zorn auf ihre Mutter war inzwischen verraucht. India küßte sie ebenfalls, ehe sie sich ihrer Schwester Fortune zuwandte und sie wortlos umarmte. Schließlich gab sie sich einen Ruck und stieg auf das Pferd, das Diarmid für sie festhielt. »Lebt wohl«, sagte sie und hob die Hand zum Abschied – dann ritt sie los, unter dem Fallgitter hindurch und über die Zugbrücke, die direkt in die Straße nach Süden mündete.

Sie war von mehr als hundert Soldaten aus Glenkirk umgeben, die sie bis zur englischen Grenze begleiten würden. In ihrem Troß befand sich auch eine bequeme Reisekutsche, in der nur Meggie saß – doch India konnte jederzeit zu ihr in die Kutsche steigen, wenn sie wollte. Ihre Besitztümer waren auf fünfzehn Gepäckwagen verteilt, und auch ein Dutzend prächtiger Pferde waren mit dabei, die ebenfalls zu ihrer Mitgift gehörten. Während India die Straße entlangritt, betrachtete sie die wohlvertraute Landschaft – und immer wieder tauchte in ihren Gedanken die Frage auf, wo hinter diesen grünen Hügeln wohl ihr Sohn versteckt war. Sie würde ihn finden – koste es, was es wolle. Er war Caynan Reis' Sohn, und er sollte nicht unter Fremden aufwachsen. Irgendwo zwischen diesen Hügeln, womöglich in einem engen, verborgenen Tal befand sich ihr Sohn – und sie würde bald kommen, um ihn zu holen. Fest entschlossen ritt die frischvermählte Gräfin von Oxton Richtung England, wo ihr neues Zuhause lag.

4

Deverall Leigh, der Earl von Oxton, hatte den Morgen damit zugebracht, durch seine Ländereien zu reiten. Nach elf Jahren an der nordafrikanischen Küste konnte er nicht genug bekommen von dem wunderbar satten Grün der englischen Landschaft. Seine Ländereien lagen in einem blühenden, fruchtbaren Tal zwischen den Flüssen Severn und Avon. Auf den Wiesen tummelten sich die Schafe. Die Apfel- und Birnbäume seiner ausgedehnten Obstgärten standen nun in voller Blüte. Die saftigen grünen Weiden waren wie geschaffen für die Pferde, die seine Braut ihm bringen würde und mit denen er Rennpferde züchten wollte.

Seine Braut. Lady India Lindley, Tochter eines Herzogs, Schwester eines Marquis und eines Herzogs. Ein hinterlistiges Miststück, das in seinen Armen geschwelgt hatte und ihm versichert hatte, ihn zu lieben. Doch das war eine Lüge gewesen. Sie hatte die erste Gelegenheit ergriffen, die sich ihr bot, um aus El Sinut zu fliehen, obwohl sie doch sein Kind in ihrem Bauch trug – falls das nicht auch eine Lüge gewesen war, um sich sein Vertrauen zu erschleichen. Dabei hatte er doch wahrlich schon früh in seinem Leben gelernt, daß man Frauen nicht trauen konnte. Irgendwie hatte sie es trotzdem geschafft, daß er ihr glaubte – doch sie verließ ihn, als er ihr nicht mehr von Nutzen war.

Er erinnerte sich noch genau an jenen Tag, als er mit Aruj Aga von dem Jagdausflug zurückgekehrt war. Man teilte ihm mit, daß englische Gefangene ihr Schiff zurückerobert hätten und geflohen wären. Die Flucht mußte mit großer Umsicht geplant gewesen sein. Bei dem Vorsprung, den die Engländer bereits gewonnen hatten, wäre es zwecklos gewesen, sie zu verfolgen. Doch dann stellte sich heraus, daß auch India verschwunden war. Nachdem die Flucht der Engländer von Kapitän Southwood angeführt wurde, bestand kein

Zweifel, wo sie war. Ihr Verschwinden löste in ihm abwechselnd tiefe Verzweiflung und blinde Wut aus.

»Sie wurde entführt, mein Herr«, versicherte ihm Baba Hassan, und Azura pflichtete ihm bei.

»Sie liebt dich, Caynan Reis«, meinte Azura. »Sie war so glücklich, daß sie ein Kind von dir bekommen würde. Niemals hätte sie dich freiwillig verlassen. Du mußt ihr folgen, mein Herr!«

»Ein Teil der Gartenmauer war nicht abgesichert«, erklärte ihm Baba Hassan. »Das haben wir einfach übersehen. Ich übernehme die volle Verantwortung dafür. Sie sind mit Haken und Stricken über die Mauer geklettert. Erst als wir das Verschwinden unserer Herrin bemerkten, suchten wir den Garten ab und fanden einen der Haken auf der Mauer. Sie müssen zu zweit gewesen sein – den einen der Haken haben sie zurückgelassen, nachdem der zweite Mann auf die Straße hinuntergeklettert war. Denn es sind ganz deutlich die Spuren eines zweiten Hakens auf der Mauer zu erkennen. Sowohl deine Gemahlin als auch ihr Dienstmädchen wurden entführt. Sie konnten es sich nicht leisten, das Mädchen zurückzulassen, weil sie alles verraten hätte können. Aber da sie aus ihrem Land stammte, nahmen sie sie natürlich mit, anstatt sie zu töten.«

»Aber warum hat India nicht geschrien?« wandte der Dey zornig ein. »Die Wachen wären ihr sofort zu Hilfe geeilt.«

»Wahrscheinlich wollte sie ihren Vetter nicht in Gefahr bringen. Sie ist eine Frau und von Natur aus weichherzig. Außerdem wütete in dieser Nacht ein heftiges Gewitter. Man hätte sie wahrscheinlich ohnehin nicht gehört, auch wenn sie noch so sehr um Hilfe gerufen hätte«, erwiderte der Eunuch. »Wir müssen sie finden, Herr!«

»Ich kann mir nicht vorstellen, daß man sie über die Mauer hätte schleppen können«, entgegnete Caynan Reis, »es sei denn, sie ist freiwillig mitgegangen. Nein, sie hat mich verraten, dieses falsche Miststück!«

»Vielleicht waren beide Mädchen bewußtlos«, warf Azura ein.

»Beide?« sagte der Dey in höhnischem Ton. »Es wäre

schon schwer genug, allein über die Mauer zu klettern, oder mit einem zweiten auf dem Rücken – aber mit jemandem, der bewußtlos ist ... nein, das kann ich mir nicht vorstellen. Nein, meine liebe Azura. India hat immer die Absicht gehabt, aus El Sinut zu fliehen. Sie hat mich hintergangen – und auch euch, denn ihr wart ihre Freunde. Sie ist um nichts besser als andere Frauen, auch wenn es nicht so ausgesehen hat.«

»Trotzdem, mein Herr – es ist nicht ausgeschlossen, auch mit einer Bewußtlosen auf dem Rücken über die Mauer zu klettern«, wandte Baba Hassan ein. »Die Haken haben sich tief eingegraben.«

»Und was beweist das schon? Daß an jedem Seil zwei Menschen hingen? Das wissen wir ohnehin, mein Freund. Ich weiß, es fällt dir schwer, dir einzugestehen, daß wir uns alle getäuscht haben. Sie hat uns geblendet mit ihrer Schönheit und ihrem Charme, um uns dann kaltblütig zu hintergehen. Ich möchte ihren Namen hier nie wieder hören, Baba Hassan, hast du verstanden?«

»Aber was ist mit dem Kind?« rief Azura verzweifelt.

»Das war wahrscheinlich auch nur eine Lüge«, entgegnete der Dey mit trauriger Miene.

»Nein, niemals!« sagte Azura entschieden. »Das hätte India niemals getan!«

Schließlich schickte er die beiden weg, um allein zu sein. Er war am Boden zerstört. Er hatte diese Frau geliebt. Nein, er liebte sie immer noch – trotz ihres Verrats. Wenn sie in diesem Augenblick das Zimmer betreten hätte, dann hätte er ihr auf der Stelle vergeben. Und was das Kind betraf, so konnte er in seinem tiefsten Herzen selbst nicht glauben, daß sie ihn auch in diesem Punkt belogen hätte. Auch konnte sie unmöglich von den Plänen ihres Vetters gewußt haben, bevor er zu ihr kam, um sie mitzunehmen. Und wenn sie ihre Schwangerschaft nur vorgetäuscht hätte – was hätte sie dann gesagt, wenn kein Kind gekommen wäre?

Während der Earl von Oxton nach Hause ritt, kehrten seine Gedanken zu jenen Ereignissen zurück, die ihn schließlich veranlaßt hatten, nach England zurückzukehren. Kurz nach ihrer Heimkehr von der Jagd berichtete ihm Aruj Aga, der junge englische Mylord läge mit hohem Fieber im Sklavenkrankenhaus am Hafen.

»Der Arzt glaubt nicht, daß er überleben wird«, teilte der Janitschare ihm mit.

»Allah!« rief der Dey erschüttert. »Ich muß sofort zu ihm. Ich wollte ihn schon längst gegen ein Lösegeld freilassen, aber ich war so glücklich, daß ich ganz auf ihn vergaß. Vielleicht erholt er sich wieder, wenn er Hoffnung hat, nach Hause zurückkehren zu können. Mein Glück ist jetzt zerstört – und dieselbe Frau, die mich in solche Verzweiflung gestürzt hat, ist vielleicht auch für Adrians Tod verantwortlich.«

»Adrian?« fragte Aruj Aga verblüfft. »Woher weißt du seinen Namen?«

»Er ist mein Halbbruder«, verriet ihm Caynan. »Ich glaube, daß er und seine Mutter dafür verantwortlich sind, daß ich aus England fliehen mußte. Zuerst wollte ich India nur deshalb haben, um mich an ihm zu rächen. Er hat mich nicht erkannt – schließlich war er noch ein Knabe, als ich mein Heimatland verließ, und ich trug damals noch keinen Bart. Ich wollte mich ihm zu erkennen geben, sobald seine Verlobte mein war. Es war meine Absicht, ihn zu kränken, so wie er mich gekränkt hatte – doch dann entwickelten sich die Dinge anders, als ich erwartet hatte. Ich beschloß, ihn von dem Dienst auf der Galeere zu befreien und ihn hier in El Sinut festzuhalten, bis das Lösegeld eingetroffen wäre. Dann hätte ich ihm gesagt, wie glücklich ich mit meiner schönen englischen Gemahlin bin, die beinahe seine Frau geworden wäre. Er und seine habgierige Mutter wären gar nicht erfreut gewesen, zu erfahren, daß ich ihnen nicht nur ein hohes Lösegeld abgeluchst hätte, sondern ihnen auch noch eine äußerst vermögende Erbin weggeschnappt habe. Aber ich schwebte wohl wie auf Wolken – und so vergaß ich völlig auf ihn. Und jetzt liegt er im Sterben, sagst du? Ich muß sofort zu ihm! Er ist der Sohn meines Vaters, so wie ich, und deshalb immer noch mein Bruder – egal, was seine Mutter und er mir angetan haben.«

Der Aga brachte den Dey zum Sklavenkrankenhaus.

Caynan Reis stand an dem Lager des jungen Mannes und blickte auf ihn hinunter. Er sah nicht mehr den anmaßenden Geck vor sich, sondern einen schlanken, muskulösen jungen Mann, der still und mit gerötetem Gesicht dalag. Tränen traten dem Dey in die Augen, als er sich erinnerte, wie er dem Knaben einst das Reiten beigebracht hatte. Man brachte ihm einen Stuhl, und er ließ sich an der Seite seines Bruders nieder, ehe er den Anwesenden ein Zeichen gab, ihn allein zu lassen.

»Adrian«, sagte er mit ruhiger Stimme. »Mach die Augen auf, Adrian. Wir müssen miteinander reden.« Es war ein eigenartiges Gefühl für ihn, wieder Englisch zu sprechen.

Adrian Leighs bläuliche Augenlider öffneten sich, schlossen sich gleich wieder, um sich erneut zu öffnen. »Wer bist du?« fragte er mit leiser Stimme.

»Dein Bruder, Deverall Leigh«, antwortete der Dey.

Adrian Leigh starrte ihn einen Augenblick an, ehe plötzlich Tränen über seine Wangen liefen. »Vergib mir, Dev!« sagte er.

»Ich soll dir vergeben? Eigentlich müßte ich dich um Vergebung bitten, daß ich so grausam war und dich auf eine Galeere geschickt habe, kleiner Bruder – aber ich war einfach zu wütend über das, was deine Mutter mir angetan hat.«

»Du wußtest es?«

»Ich wußte das, was der alte Rogers mir in jener Nacht mitgeteilt hat«, antwortete Deverall Leigh. »Er sagte, daß Jeffers getötet werden solle und daß man mich dafür verantwortlich machen würde. Er meinte, ich müsse unverzüglich fliehen, um dem Galgen zu entrinnen. Da begriff ich, daß MariElena beschlossen hatte, mich aus dem Weg zu räumen, damit du unserem Vater als Earl von Oxton nachfolgen konntest. Stur wie ich nun einmal bin, wartete ich jedoch noch ab, um zu sehen, was passierte – doch als ich hörte, daß Lord Jeffers tatsächlich tot aufgefunden worden war, noch dazu mit meinem Dolch in der Brust, da nahm ich das erstbeste Schiff, das in See stach.«

»Wie bist du hierher gekommen?« fragte Adrian und begann sogleich heftig zu husten.

Der Dey von El Sinut hielt ihm einen Becher mit kaltem Wasser an die Lippen, um ihn trinken zu lassen. Als der Hustenanfall vorüber war, legte er Adrian vorsichtig auf sein Lager zurück. »Mein Schiff war genauso wie das deine ins Mittelmeer unterwegs, und es wurde ebenfalls gekapert. Ich landete auf einer Galeere – doch als ich mich als vertrauenswürdig erwies und mich zum Islam bekehrte, machte man mich zum Sekretär des Kapitäns, vor allem, weil ich damals schon mehrere Sprachen sprach. Eines Tages, als wir hier im Hafen vor Anker lagen, kam der Dey Sharif zu uns aufs Schiff, um mit dem Kapitän zu sprechen. Eine plötzliche Welle brachte sein Boot zum Kentern, und alle Mann gingen über Bord. Ich sprang ins Wasser und konnte den Dey retten. Aus Dankbarkeit nahm er mich zu sich in seine Dienste. Ich wurde sein enger Vertrauter, und mehr noch – er adoptierte mich, so daß ich sein Erbe wurde. Er bat den Sultan in Istanbul, daß ich ihm als Dey nachfolgen dürfe, da er damals bereits krank war und sich zurückziehen wollte. Der Sultan erfüllte ihm diesen Wunsch, und so wurde ich zum Dey von El Sinut, kleiner Bruder.«

»Ich werde sterben«, sagte Adrian mit leiser Stimme.

»Wir werden dafür sorgen, daß du wieder gesund wirst«, entgegnete der Dey. »Du mußt auch nicht wieder auf die Galeere zurück, sondern kannst nach England zurückkehren.«

Adrian Leigh schüttelte langsam den Kopf. »Nein, ich werde England nie wiedersehen. Ich muß jetzt vor allem das gutmachen, was meine Mutter und ich dir damals angetan haben, Dev!« Er hustete wieder, unterdrückte aber tapfer den erneuten Anfall. »Ich brauche jemanden, der all das niederschreibt, was ich jetzt sage, Dev, und danach werde ich meinen Namen darunter setzen. Unser Vater hat unter deiner Flucht schrecklich gelitten. Du mußt ihm als Erbe nachfolgen, so wie es von Anfang an hätte sein sollen. Du bist der Viscount Twyford, nicht ich.«

»Ich bin der Dey von El Sinut, Adrian – und das genügt mir vollauf. Du wirst wieder gesund und kehrst nach England zurück«, erwiderte Deverall.

»Nein!« rief Adrian mit schwacher, aber verzweifelter

Stimme. »Dein Name muß reingewaschen werden, damit du nach Hause zurückkehren kannst! Du willst mir doch nicht weismachen, daß du dich nicht mehr nach England sehnst? Bitte, hol rasch jemanden, der alles niederschreiben kann, was ich zu sagen habe, damit ich diese Welt mit reinem Gewissen verlassen kann. Laß mich nicht mit dieser entsetzlichen Schuld sterben, Dev!«

»Ich werde deinen Sekretär holen«, sagte Aruj Aga, der alles mitangehört hatte.

Der Dey nickte und nahm die Hand seines Bruders, um ihn zu beruhigen. »Geh«, sagte er zum Aga.

Als der Schreiber schließlich mit Papier und Feder kam und sich mit gekreuzten Beinen hinsetzte, fragte ihn der Dey, ob er der englischen Sprache mächtig sei. Der Mann nickte.

»O ja, mein Herr. Außerdem schreibe ich auch in Französisch und Italienisch.«

Adrian Leigh begann mit leiser, stockender Stimme zu erzählen. Er berichtete, wie er auf Geheiß seiner Mutter in das Zimmer seines Bruders eingedrungen war und dessen Dolch gestohlen hatte. Er erzählte weiter, wie MariElena Lord Jeffers' Geliebte wurde, um sein Vertrauen zu gewinnen, und wie sie ihn schließlich tötete, indem sie fein zermahlenes Glas – mit Haaren vermischt – in sein Weinglas gab. Als er tot war, wies sie Adrian an, dem Mann den Dolch in die Brust zu stoßen, so daß alle Welt glauben mußte, sein Rivale hätte ihn getötet. Der Sekretär des Dey schrieb mit ausdruckslosem Gesicht alles auf und hob nur hin und wieder kurz eine Augenbraue. Adrian erzählte, daß seine Mutter ihn an sich zu binden hoffte, indem sie ihm auftrug, den Dolch ins Herz des Toten zu stoßen. Er habe in den folgenden Jahren sehr wohl gesehen, wie sehr sein Vater darunter litt, seinen ältesten Sohn verloren zu haben, und habe sich deshalb auch schuldig gefühlt.

Doch dann kam er an den Hof und konnte sich von dem Einfluß seiner Mutter etwas lösen. Er lernte neue Freunde kennen und genoß das Leben. Eines Tages begegnete er India Lindley. Sie war wunderschön, reich und obendrein völlig unschuldig, was Männer betraf. Zunächst war alles nur ein Spiel für ihn; es reizte ihn, dieses Mädchen, das noch keiner hatte erobern können, zu verführen. Allmählich kam ihm jedoch der Gedanke, daß sie die ideale Gemahlin für ihn wäre. Dank ihres Vermögens würde er endlich den Einfluß seiner Mutter abschütteln können und Macht über sie erlangen. Und so machte er India mit viel Geduld den Hof, obwohl ihre Familie von Anfang an gegen die Verbindung war.

Adrian berichtete weiter, wie seine Mutter von seinen Bemühungen erfuhr und nach London kam, um ihn zu beraten. Und sie hatte tatsächlich die Lösung für sein Problem. Er folgte ihrem Rat und überredete India, mit ihm nach Neapel durchzubrennen. Doch der Kapitän ihres Schiffes kam ihnen auf die Schliche und trennte sie voneinander. Wenig später wurde ihr Schiff gekapert. »Meine Arroganz ist schuld an meinem Elend«, fügte Adrian hinzu, »aber ich kann nicht so einfach sterben, ohne den Namen meines Bruders Deverall Leigh, Viscount Twyford, reinzuwaschen. Er trägt an dem Tod von Lord Charles Jeffers nicht die geringste Schuld. Für dieses Verbrechen sind allein meine Mutter, die Gräfin von Oxton, und ich verantwortlich. Gott sei uns gnädig.«

»Ist das alles, Sir?« erkundigte sich der Sekretär des Dey höflich.

»Ja«, antwortete Adrian mit schwacher Stimme. »Laßt mich meine Unterschrift unter den Bericht setzen, solange ich noch dazu in der Lage bin.«

Sie stützten ihn, damit er sich aufsetzen konnte, und reichten ihm die Feder. Mit größter Anstrengung gelang es Adrian Leigh, seinen Namen in lesbarer Schrift unter das Dokument zu setzen. Dann ließ er ermattet die Feder fallen und sank in die Arme seines Bruders. So lag er noch einige Stunden da, bis seine Leiden ein Ende fanden. Sein Leichnam wurde in ein weißes Leichentuch gehüllt und sofort beerdigt, um der Verwesung zuvorzukommen, die bei dieser Hitze sehr rasch einsetzte. Er wurde in dem kleinen christlichen Friedhof außerhalb der Stadt beigesetzt. Der freundliche protestantische Pfarrer, der den Dey und India hätte trauen sollen, kam, um an Adrians Grab zu beten. Er sah wohl den

Kummer, der dem Dey ins Gesicht geschrieben stand, doch er stellte keine Fragen.

Der Dey von El Sinut zog sich mehr und mehr in sich selbst zurück, um zu trauern. Er verfügte nun über ein Dokument, das ihn von der Anklage des Mordes freisprach – doch das war ihm gleichgültig. Er fiel in eine tiefe Niedergeschlagenheit, aus der er sich nicht mehr zu erholen schien. Er hatte die Frau verloren, die er liebte, und kurz darauf auch noch seinen Bruder. Nichts war für ihn noch von Bedeutung. Da schlug das Schicksal erneut zu und zwang ihn, eine Entscheidung zu treffen.

Zwei Janitscharenverbände marschierten in El Sinut ein – der eine aus Algier, der andere aus Tunis. Sie näherten sich mit feindlichen Absichten der Stadt, wie Baba Hassan über seine Kundschafter erfuhr. Er eilte sogleich zu seinem Dey, um ihm von dem Aufmarsch zu berichten.

»Sie haben es auf dich abgesehen, Herr. Sie kommen mit dem Befehl, dich zu töten, weil du sie an den Sultan verraten hast. Die Rebellion in Istanbul wurde niedergeschlagen, doch in Algier und Tunis gab es heftige Kämpfe, weil sie noch nicht wissen, daß der Umsturzversuch gescheitert ist. Und du, mein Herr, sollst nun büßen.«

»Wer hat den Befehl dazu gegeben?« wollte der Dey wissen.

»Der Oberbefehlshaber der Janitscharen. Der Sultan wird nicht eingreifen. Er und seine Mutter sind anscheinend bereit, dich den Janitscharen zu opfern, obwohl du ihnen den Thron gerettet hast«, sagte Baba Hassan. »Du mußt El Sinut sofort verlassen, mein Herr.«

»Nein, ich werde kämpfen«, erwiderte Caynan Reis.

»Wie denn?« wandte Baba Hassan ein. »Du hast kein Heer. Du hast nur deine Janitscharentruppe für den Schutz von El Sinut – und sie werden sich bestimmt nicht gegen ihre Mitstreiter erheben. Sie werden sich von dir abwenden, mein Herr, während die anderen dich töten. Du hast jetzt die Möglichkeit, in deine Heimat zurückzukehren. Allah hat dir im richtigen Augenblick die Mittel dazu in die Hand gegeben. Geh zurück nach England, Herr. Suche India und das Kind und fange ein neues Leben an! Wenn du es schon nicht für dich selbst tun willst, dann tu es wenigstens für Azura und mich. Wir lieben dich wie einen Sohn. Und denk doch auch an deinen Vater. Wenn du nicht zurückgehst, dann hat er keinen Erben. Willst du denn alles wegwerfen, wo du endlich die Möglichkeit hast, das alles zurückzugewinnen?«

»Was soll aus dir und Azura werden? Und aus den Frauen des Harems?« fragte der Dey. »Ich kann euch doch nicht hierlassen, damit ihr für mich büßen müßt.«

»Ich bin schon so lange hier in diesem Palast«, antwortete Baba Hassan, »und Azura ebenfalls. Wir finden schon einen Weg – für uns und auch für die Haremsfrauen. Ich schätze, daß Aruj Aga an deiner Stelle hier herrschen wird, Caynan Reis.«

Da faßte er einen Entschluß – er würde gehen. Baba Hassan hatte recht. Sein Vater brauchte ihn, und außerdem hatte er in England einige Rechnungen zu begleichen. Zuerst mußte er seine hinterhältige Stiefmutter in die Schranken weisen, und dann würde er sich um Lady India Anne Lindley kümmern. Er folgte dem Haremswächter zu Azuras Gemächern.

Sie wußte augenblicklich, daß die Entscheidung gefallen war. Azura ging zu einem Schrank und holte einen Umhang aus weißer Wolle hervor. »Der ist für dich, mein Dey. Unter dem Futter findest du ein kleines Vermögen an Goldmünzen. Außerdem sind in den Saum Edelsteine eingenäht. Das ist nur ein kleines Dankeschön für alles, was du für El Sinut getan hast, mein Herr. Wir wünschten, wir könnten dir mehr mitgeben.« Sie legte den langen Umhang um seine breiten Schultern.

Der Dey nahm sie in die Anne und küßte sie auf die Stirn. »Ich werde dich niemals vergessen, Azura«, sagte er. »Würdet ihr vielleicht eines Tages zu mir nach England kommen und euch um mein Haus kümmern, so wie ihr euch hier um diesen Palast gekümmert habt?«

Sie blickte ihn lächelnd an. »Mein Herr, ich lebe schon so lange hier, daß ich nirgendwo anders mehr sein möchte – aber ich danke dir für das großzügige Angebot.«

»Ich ebenfalls«, warf Baba Hassan ein. In die etwas peinliche Stille, die daraufhin entstand, sagte der Eunuch: »Komm jetzt, mein Herr. Ich muß dich aus dem Palast bringen, ehe es zu spät ist. Hörst du nicht den Lärm von draußen? Die Janitscharen ziehen plündernd durch die Straßen. Eine kleine Felucke steht im Hafen für dich bereit. Ich habe einige Gefangene aus Europa ausgewählt, die dich begleiten werden. Ihr fahrt am besten nach Neapel, dieser Hafen ist von hier aus am leichtesten zu erreichen.«

Der Dey küßte Azuras Hände, ehe er sich umwandte, um mit Baba Hassan zu gehen. Der Haremswächter führte ihn durch enge dunkle Gänge, von deren Existenz Caynan Reis bisher gar nichts gewußt hatte. Sie gingen ungehindert ihres Weges, bis sie schließlich den Palast verließen. Dann überquerten sie einen Hof und schlüpften durch eine kleine Tür auf die Straße hinaus. Sie liefen einige enge Gassen entlang, bis der Dey endlich das Wasser des Hafens in der Nachmittagssonne glitzern sah und den salzigen Duft des Meeres wahrnehmen konnte.

Sie beschleunigten ihre Schritte – doch als sie auf eine etwas breitere Straße gelangten, trat ihnen plötzlich ein junger Janitschare entgegen. Noch ehe Caynan Reis den Säbel zücken konnte, traf der Mann ihn mit dem Säbel im Gesicht und fügte ihm eine tiefe Fleischwunde zu, die vom linken Auge bis zum Mundwinkel reichte. Caynan Reis griff unwillkürlich nach der Wunde, als Aruj Aga mit einem Mal hinter dem jungen Janitscharen auftauchte und ihn mit dem Säbel durchbohrte. Der Mann fiel vornüber zu Boden und war sofort tot.

»Ein junger Türke, der berühmt werden wollte – aber man kann im Korps nicht durch eine unehrenhafte Tat zu Ehren gelangen, mein Dey«, sagte der Aga und reichte seinem Freund ein Taschentuch, um die Blutung zu stillen.

»Paß gut auf Baba Hassan und Azura auf, und auch auf die Haremsdamen«, bat Caynan Reis seinen alten Freund.

»Das werde ich«, antwortete Aruj Aga, ehe er sich umdrehte und in einer Seitengasse verschwand. »Allah sei mit dir«, sagte er noch.

»Laß mich sehen«, sagte Baba Hassan besorgt und untersuchte die Wunde. »Das wird eine Narbe geben, mein Herr, aber gefährlich ist es nicht«, stellte er fest. »Komm. Dort ist die Felucke. Du mußt den Hafen vor Sonnenuntergang verlassen haben – bevor die Kette hochgezogen wird.«

Drei junge Männer warteten bereits auf sie. Es waren Italiener, und Baba Hassan gab jedem von ihnen einen kleinen Beutel mit einer Goldmünze und fünf Silbermünzen. »Bringt diesen Mann sicher nach Neapel. Dort erwartet euch ein Mann, der euch in meinem Auftrag eine weitere Goldmünze geben wird. Ich schenke euch zu diesem Zweck die Freiheit. Wenn ihr mein Vertrauen mißbraucht, so werde ich es erfahren – und ihr werdet sicher nicht ungeschoren davonkommen – egal, wo ihr euch versteckt.«

Die drei Männer nickten.

»Danke, Baba Hassan«, sagte der Dey und bestieg die Felucke.

Der Haremswächter nickte. »Allah sei mit dir, Mylord Leigh«, sagte er, drehte sich um und tauchte in das Labyrinth der Straßen von El Sinut ein.

Seine Reisebegleiter taten, was Baba Hassan ihnen aufgetragen hatte, und nach drei Tagen erreichten sie Neapel. Im Hafen erwartete sie ein gutgekleideter Herr, der die drei Seeleute bezahlte.

»Die Felucke gehört euch«, sagte er zu ihnen und wandte sich Deverall Leigh zu. »Mylord Leigh, ich bin Cesare Kira. Kommt bitte mit mir – wir werden das Bankhaus meines Vaters aufsuchen, wo wir uns um Euer Vermögen kümmern. Danach leiten wir alles für Eure Rückreise nach England in die Wege.«

Deverall folgte dem jungen Mann, der ihn zu seinem Vater Benjamin Kira brachte. Dieser nahm seinem Gast den Umhang ab und gab ihn seiner Tochter, die das obere Futter entfernte und die Münzen ihrem Vater reichte, der sie vor sich auf den Zähltisch legte. Dann begann er die Münzen zu zählen und das Gold abzuwiegen. Schließlich nickte er seiner Tochter zu, die nun begann, die Säume aufzutrennen, unter denen sich eine beträchtliche Menge Edelsteine befanden, die sie ebenfalls ihrem Vater vorlegte. Danach schickte sie sich an, das Futter wieder anzunähen, damit er den Umhang wieder tragen konnte.

»Ich brauche kein doppeltes Futter, Mistress«, sagte Deverall zu dem Mädchen. »Wenn Ihr wollt, könnt Ihr den Seidenstoff gern behalten.«

Ein strahlendes Lächeln erhellte ihre Miene. »Sehr gerne. Ich danke Euch, Mylord.« Dann begann sie die Säume wieder zuzunähen.

»Ihr seid sehr großzügig«, sagte Benjamin Kira. »Es ist ein Stück allerfeinster Seide, was Ihr meiner Tochter da geschenkt habt. Daraus machen wir ihr ein Hochzeitskleid, nicht wahr, Soshanna?« Er lächelte, als das Mädchen errötete, und wandte sich wieder Lord Leigh zu. »Baba Hassan hat Euch ein stattliches Vermögen mit auf den Weg gegeben, Mylord«, stellte er fest. »Was habt Ihr damit vor, und wie können wir Euch helfen?«

»Ich bin der Erbe des Earl von Oxton«, erklärte er. »Was wißt Ihr denn von meiner Geschichte, Signore Kira?«

»Ich weiß, daß Ihr seit neun Jahren der Dey von El Sinut seid und daß Euch eine Rebellion der Janitscharen zwang, das Land zu verlassen.«

»Das stimmt«, bestätigte Deverall Leigh. »Der Sultan überstand den Umsturzversuch, weil ich ihn warnte. Zum Dank dafür opferte er mich seinen Feinden. Mir blieb nichts anderes übrig als zu fliehen. Jetzt werde ich nach England zurückkehren, wo man mich einst eines Verbrechens anklagte, das ich nicht begangen habe. Den Beweis für meine Unschuld trage ich hier bei mir.« Er holte das Schriftstück hervor, das er in seinem Hemd getragen hatte. »Ich hoffe, daß der König selbst mich von der Anklage freisprechen wird. Dann werde ich heiraten und das Leben führen, das mir von Anfang an bestimmt gewesen wäre.«

Der Bankier nickte. »Das Schicksal führt uns oft auf seltsame Pfade«, bemerkte er trocken. »Aber nun müssen wir Eure Rückreise planen. Mit Eurer Erlaubnis, Mylord, werde ich mich um alles kümmern und dafür sorgen, daß Euer Gold und die Edelsteine sicher nach London gebracht werden.«

Deverall Leigh reiste zusammen mit einigen Kaufleuten nach Paris, wo ihn der Bankier Henri Kira empfing, der ihn weiter nach Calais schickte. Er überquerte den Ärmelkanal und wurde in Dover von Master Jonathan Kira erwartet, der ihn nach London begleitete, wo er ihn zu seinem Vater James Kira brachte.

»Ich hoffe, Ihr hattet eine angenehme Reise, Mylord«, sagte der englische Bankier. »Ich habe mir erlaubt, mich nach der Gesundheit Eures Vaters zu erkundigen. Der Earl ist sehr schwach, aber nicht in unmittelbarer Gefahr. Außerdem war ich so frei, dafür zu sorgen, daß die Gräfin beobachtet wird; wir wollen doch nicht, daß sie Gloucestershire verläßt, bevor Ihr zu Hause ankommt.« Er zeigte auf ein kleines Kästchen auf seinem Tisch und öffnete es. »Eure Edelsteine, Mylord. Wollt Ihr Euch bitte überzeugen, daß nichts fehlt?«

Deverall Leigh war verblüfft, wie rasch und verläßlich die Kiras arbeiteten. Er holte das Papier mit der Aufstellung aller Edelsteine hervor, die er in Neapel angefertigt hatte, und prüfte nach, ob alles da war. »Es fehlt nicht das kleinste Steinchen«, sagte er schließlich. »Das Gold ist sicher verwahrt, nehme ich an, Master Kira?«

»Jawohl, Mylord«, antwortete der Bankier lächelnd. »Ihr werdet jetzt eine Privataudienz bei König Charles brauchen, nicht wahr?«

»Ganz genau«, antwortete er.

»Ich werde mich darum kümmern. Die Familie des Herzogs von Buckingham zählt zu unseren besten Kunden.« Er blickte in das immer noch geöffnete Kästchen mit den Edelsteinen und holte einen großen runden Diamanten hervor. »In Gold gefaßt – ein hübsches Geschenk für den König, meint Ihr nicht auch?« sagte er. »Und ein Kreuz aus Gold, Rubinen und Perlen für die Königin – das scheint mir gut geeignet zu sein.«

»Mein Anliegen ist bei Euch in den allerbesten Händen, wie ich sehe«, antwortete Deverall Leigh. »Wo werde ich wohnen, Master Kira, und wie lange muß ich in London bleiben? Ich freue mich schon darauf, meinen Vater wiederzusehen, wie Ihr Euch sicher denken könnt.«

»Ich schätze, in einigen Tagen eine Audienz für Euch arrangieren zu können, Mylord. Es wäre am besten, wenn Ihr während dieser Zeit als mein Gast hierbleibt. Ihr solltet Euch nicht auf den Straßen sehen lassen, solange der König Euch nicht freigesprochen hat – Ihr lauft sonst Gefahr, festgenommen zu werden.«

Deverall Leigh nahm das Angebot dankbar an. Die Kiras behandelten ihn äußerst zuvorkommend. Einige Tage später brachte man ihm neue Kleider aus schwarzem Samt. Die Beine der Kniehosen waren mit breiten Silberbändern und schwarzsilber glänzenden Schleifen versehen. Das Wams war mit Silberknöpfen besetzt, und durch die Puffärmel schien das glänzend-weiße Hemd hindurch. Die Strümpfe aus weißer Seide reichten bis zu den Kniehosen, und die Schuhe aus schwarzem Leder waren mit silbernen Schleifen verziert. Die weißen Lederhandschuhe waren mit Silberfäden durchwirkt. Deverall hatte kurzgeschnittenes Haar und trug – entgegen der herrschenden Mode – keinen Bart. Von der einen Seite betrachtet war sein Gesicht makellos, doch auf der anderen Seite verlief eine breite Narbe vom Auge bis zum Mund, die ihm einen grimmigen Ausdruck verlieh.

In einer Kutsche, die seine Gastgeber für ihn bereitstellten, fuhr er nach Whitehall Palace, wo er von einem Gentleman des Hofes empfangen wurde, der bei den Kiras verschuldet war. Dieser Gentleman, ein Mitglied der Familie des Herzogs von Buckingham, brachte ihn in ein Privatgemach, wo er warten sollte. Nach kurzer Zeit kam der König zu ihm. Er hörte sich Deverall Leighs Geschichte an und nahm dann das Schriftstück entgegen, das Adrian Leigh kurz vor seinem Tod diktiert hatte. Charles Stuart las den Bericht und ging dann hinaus, nachdem er seinen Gast angewiesen hatte, zu warten, bis er wiederkehrte.

Deverall Leigh schenkte sich einen halben Becher Wein ein, doch die Kekse, die man ihm angeboten hatte, rührte er nicht an. Unruhig ging er im Zimmer auf und ab, bis er sich schließlich am Kamin niederließ und sich fragte, zu welcher Entscheidung der König wohl gelangen würde. Würde er Adrians Geständnis akzeptieren, oder würde er Deverall

Leigh hängen lassen? Er blickte aus dem Fenster und sah, daß es zu regnen begonnen hatte. Er betrachtete die Regentropfen, wie sie an der Fensterscheibe herabliefen, während das Feuer im Kamin lebhaft knisterte. Schließlich öffnete sich die Tür, und der König betrat das Zimmer. Deverall Leigh sprang auf und verneigte sich tief.

Charles Stuarts Mundwinkel zuckten ein wenig, doch seine Stimme klang ernst, als er zu sprechen begann. »Ich habe mit meinen Ratgebern gesprochen, Viscount«, sagte er. »Wir sind der einhelligen Auffassung, daß das Geständnis, das Ihr uns mitgebracht habt, echt ist. Wenn man den Ruf bedenkt, in dem Eure Stiefmutter steht, dann könnte es sich durchaus so zugetragen haben, wie es Euer unglücklicher Bruder geschildert hat. Wir bedauern, daß er sterben mußte. Es wurde auch festgestellt, daß Ihr in Eurer Jugend zwar ein wenig ... sagen wir, ungestüm wart, jedoch nie wegen Gewalttätigkeit aufgefallen seid. Auch wart Ihr nicht als Dummkopf bekannt – und wenn man bedenkt, welchen Ruf Lady Clinton genießt, dann erscheint es undenkbar, daß Ihr einen Mann wegen ihr getötet haben sollt, wo sie doch ihre Gunst ohnehin jedem schenkte, der sie wollte. Wir verstehen auch, daß Ihr Angst hattet und die Flucht Euch als einziger Ausweg erschien. Immerhin gehörte die vermeintliche Mordwaffe ja Euch. Zermahlenes Glas und Haare. Eine interessante Variante.«

»Diese Methode wurde in Neapel entwickelt«, sagte Deverall Leigh.

»Ah, ja«, sagte der König. »Eure Stiefmutter kommt ja aus Neapel. Ich muß sagen, ein wirklich teuflischer Plan. Vielleicht war es klug von Euch, aus England zu fliehen. Außerdem habt Ihr ja auch einige Abenteuer erlebt. Ich schätze, Ihr werdet das Leben hier in Gloucestershire recht langweilig finden – nach allem, was Ihr durchgemacht habt. Ich nehme an, Ihr wollt bald heiraten?«

»Ja, Eure Majestät – das heißt, falls Ihr mich von der Anklage freisprecht«, antwortete Deverall Leigh.

»Falls ich Euch freispreche? Verdammt! Habe ich das denn noch nicht gesagt? Nein, natürlich nicht – sonst hättet

Ihr ja wohl nicht gefragt. Also: Ja! Ihr seid hiermit von der Anklage freigesprochen, Viscount Twyford. Mein Sekretär setzt soeben die Papiere für Euch auf, damit Ihr keine Schwierigkeiten mit dem Sheriff bekommt. Nun, gibt es eine hübsche Lady, die all die Jahre auf Euch gewartet hat?«

»Nein, Mylord. Ich fürchte, in meiner Jugend stand mir der Sinn nicht danach, ein ehrenwertes Mädchen zu finden und zu heiraten. Jetzt muß ich wohl ganz von vorne anfangen zu suchen. Ich kann mich jedoch erinnern, daß ich früher am Hof ein hübsches kleines Mädchen gesehen habe, das aber heute wohl schon im heiratsfähigen Alter ist, wenn sie nicht schon längst geheiratet hat. Ihr Name ist Lady India Anne Lindley.«

»Da habt Ihr hohe Ambitionen, Mylord«, sagte der König. »Lady Lindley ist die Halbschwester meines Neffen und nebenbei Erbin eines beträchtlichen Vermögens. Doch wenn ich mich recht erinnere, war sie ein wenig flatterhaft und konnte sich nicht für einen Ehemann entscheiden. Ich glaube, ihre Familie hat sie mit nach Schottland genommen. Mir ist nichts bekannt, daß sie schon geheiratet hätte – und mein Neffe hätte es mir bestimmt mitgeteilt, wenn es so wäre. Er weilt ja jetzt auch hier bei uns am Hof. Sie muß schon mindestens zwanzig Jahre alt sein. Ich würde mir an Eurer Stelle eine jüngere Gemahlin suchen.«

»Ich werde den Rat Eurer Majestät in Betracht ziehen«, sagte Deverall Leigh in unverbindlichem Ton. Dann holte er aus seinem Wams zwei samtene Beutel hervor. »Ich habe Eurer Majestät eine Kleinigkeit mitgebracht«, sagte er und reichte dem König den purpurnen Beutel. »Und das ist für Ihre Majestät, die Königin.« Er übergab ihm auch den Beutel aus weißem Samt.

Charles Stuart nahm den runden, in Gold gefaßten Diamanten, der als Anstecknadel gearbeitet war, aus dem Beutel und steckte ihn sich an sein Wams. »Ein hübsches Stück, Mylord«, sagte er anerkennend. Dann holte er auch das Geschenk der Königin hervor und betrachtete es mit einem leisen Kichern. »Für jemanden, der so lange aus England fort war, versteht Ihr meine Gemahlin erstaunlich gut – ich würde sagen, besser als ich. Sie wird sich über dieses Geschenk sicher freuen.« Er legte das Kreuz aus Perlen und Rubinen in den Beutel aus weißem Samt zurück.

Inzwischen war auch der Sekretär des Königs mit der Urkunde zurück, die Deverall Leigh als freien und unbescholtenen Mann auswies.

»Ihr könnt jetzt wieder in Euer Zuhause zurückkehren, Mylord. Alles Gute«, sagte der König, ehe er ihn entließ.

Er verließ London noch am selben Tag und kam eine Woche später nach elfjähriger Abwesenheit in Oxton Court an. Sein Vater weinte, als er seinen Sohn wiedersah und erfuhr, daß er von der Anklage des Mordes freigesprochen war. Seine Stiefmutter weinte ebenfalls – doch aus Trauer um Adrian. Später jedoch kam sie in sein Zimmer, um ihn zu verführen – so wie sie es einst getan hatte. Er wies sie zurück und erzählte ihr, was er seinem Vater verschwiegen hatte: daß der König die Wahrheit über Lord Jeffers' Tod wußte und daß sie gewiß gehängt würde, wenn ihm etwas zustoßen sollte. MariElena Leigh erkannte, daß sie es nun nicht mehr mit einem Jungen zu tun hatte, den sie leicht beeinflussen konnte, sondern mit einem gefährlichen Gegner. Zum ersten Mal in ihrem Leben hatte sie Angst. Von diesem Augenblick an tat sie ihr Möglichstes, um ihm aus dem Weg zu gehen – und wenn sich ihre Wege dennoch kreuzten, dann benahm sie sich überaus ehrerbietig.

Sein Vater starb einen Monat später – in der Gewißheit, daß sein ältester Sohn in seine Fußstapfen als Earl von Oxton treten würde. Seine Stiefmutter hingegen fragte sich voller Bangen, was nun aus ihr werden würde. Sie sollte es wenig später erfahren. Ein königlicher Bote kam nach Oxton, der ihr die Nachricht ihrer Verbannung aus England überbrachte. MariElena di Carlo Leigh mußte nach Neapel zurückkehren und würde nie wieder einen Fuß auf englischen Boden setzen dürfen.

»Ich werde dafür sorgen, daß du eine jährliche Zuwendung über das Bankhaus von Benjamin Kira bekommst«, teilte Deverall Leigh seiner Stiefmutter in kaltem Ton mit.

»Sei froh, daß ich dich nicht töte für das, was du meiner Familie angetan hast. Mein Vater hätte noch viele Jahre leben können, und mein Bruder ebenso, wenn du sie nicht ins Unglück gestürzt hättest. Du kannst deine Kleider und den Schmuck mitnehmen, den mein Vater dir geschenkt hat – aber keine Erbstücke unserer Familie.« Vor ihrer Abreise durchsuchte er ihr Gepäck zusammen mit ihrer alten einäugigen Dienstmagd, die mit ihr aus Neapel gekommen war – und tatsächlich fand er in ihren Sachen mehrere wertvolle Stücke, die seit langem im Familienbesitz waren, sowie einen prächtigen silbernen Kerzenhalter, ein Geschenk von Henry VIII. Er schickte die Frau mit ihrer Magd nach London, wo einige Beauftragte des Bankhauses Kira persönlich darauf achteten, daß sie auch wirklich das Schiff bestieg, das sie nach Neapel bringen würde.

Danach wandte sich Deverall seinem zweiten Problem zu, das es zu lösen galt – und dieses Problem hatte einen Namen: India Lindley. Er wandte sich über seine Mittelsmänner an ihren Vater und war überrascht, daß sein Heiratsantrag ohne Umschweife angenommen wurde. Er ging bereitwillig auf die Bedingung ein, daß Indias Vermögen in ihren Händen bleiben müsse, so daß sie es nach eigenem Gutdünken verwenden könne. Die Mitgift war doppelt so hoch, wie er es erwartet hatte – doch um zu sehen, wie hoch er mit seinen Forderungen gehen konnte, verlangte er außerdem einen Zuchthengst und elf Stuten aus Irland oder Queen's Malvern. Seine Forderung wurde erfüllt, woraufhin man den Ehevertrag unterzeichnete, die Mitgift bezahlte und die Ferntrauung vollzog. Seine Braut war bereits vor mehreren Wochen aus Schottland aufgebrochen, so daß sie bereits auf Oxton Court erwartet wurde.

Deverall Leigh ritt zu seinen Stallungen und stieg vom Pferd. Sehr bald schon würde sie wieder in seiner Hand sein, und es würde ihr leid tun, ihm so übel mitgespielt zu haben. Sie würde ihn bestimmt nicht wiedererkennen, denn Deverall Leigh unterschied sich mit seinem bartlosen Gesicht und seiner Narbe doch stark von Caynan Reis; außerdem sprach er Englisch, und nicht Französisch, wie Caynan es getan hatte. Nein, er würde für sie ein völlig anderer Mensch sein, denn er war tatsächlich ein anderer – ein Mann, der sich hüten würde, noch einmal einer Frau zu vertrauen. Diesmal würde er keine Geduld mit ihr haben. Er würde dafür sorgen, daß sie sich seinem Willen unterwarf. Und er würde ihr bestimmt keine Gelegenheit mehr geben, ihn noch einmal zu hintergehen. Lieber würde er sie töten. Doch zuvor mußte er unbedingt erfahren, was sie mit dem Kind gemacht hatte, dessen Vater er war.

5

Als Indias Troß die vereinbarte Stelle an der Grenze zwischen Schottland und England erreichte, wo man mit den Männern des Earl von Oxton zusammentreffen wollte, kamen ihnen zwanzig Soldaten entgegen. Ihr Hauptmann ließ seinen Blick über den riesigen Troß schweifen und schüttelte den Kopf.

»Für das alles kann ich nicht die Verantwortung übernehmen«, sagte er geradeheraus. »Fünfzehn Wagen! Was zum Teufel bringt das Mädchen denn alles nach Oxton Court mit?«

»Nun mal langsam«, knurrte Red Hugh, der Hauptmann des Herzogs. »Mylady ist die Erbin eines riesigen Vermögens und nicht irgendein armes Waisenkind. Euer Herr kann sich glücklich schätzen, unsere Herrin zur Gräfin zu bekommen. So wie die meisten Männer weiß er wahrscheinlich nicht, daß eine Braut, wenn sie zu ihrem Ehemann kommt, alles mitnimmt, was sie besitzt – und meine Herrin besitzt sehr viel, wie Ihr wohl sehen könnt«, fügte er hinzu.

»Und Pferde obendrein!« sagte der Hauptmann des Earls.

»Wie sicher sind die Straßen nach Oxton?« wollte Red Hugh wissen.

»Nun, nicht unsicherer als andere Straßen auch«, gab der Engländer zurück.

Red Hugh gab ein nachdenkliches Brummen von sich. Schließlich sagte er: »Wir können es nicht zulassen, daß Ihr unsere Herrin mit so wenigen Männern nach Oxton geleitet. Ich werde einige meiner Männer nach Hause schicken – und die anderen werden Euch bis nach Queen's Malvern begleiten, wo Mylady sich einige Tage aufhalten will, bevor sie zu ihrem Gemahl weiterreist.«

»Ich wäre Euch verdammt dankbar, wenn Ihr mitkommt«, sagte der Engländer erleichtert. »Fünfzehn Gepäckwagen und all diese Pferde – das ist viel mehr, als ich erwartet hatte.

Ich habe mit einer Kutsche und vielleicht einem Wagen gerechnet.«

Red Hugh, Diarmids Onkel, schickte zwanzig seiner Männer nach Glenkirk zurück, um James Leslie zu berichten, in welchem Dilemma sich der Hauptmann der kleinen englischen Eskorte befand. Er wußte, daß er ganz im Sinne seines Herzogs handelte, wenn er den Engländer begleitete. Der Troß kam auf englischem Boden rasch voran. Die Reiter achteten stets darauf, daß die Wagen mit ihnen Schritt hielten.

Als sie schließlich in Queen's Malvern ankamen, schickte India die Gepäckwagen und die Pferde nach Oxton weiter, während sie selbst das Haus ihres Bruders aufsuchte, um sich von den Strapazen der Reise auszuruhen. Sie freute sich sehr, ihren sechzehn Jahre alten Bruder, den Herzog von Lundy, zu Hause anzutreffen. Die beiden begrüßten sich mit einer herzlichen Umarmung.

»Warum bist du nicht am Königshof?« wollte India wissen.

Charles Frederick Stuart verdrehte die Augen. »Ich hielt es dort keine Minute länger aus. Die Königin und Buckingham streiten sich wie zwei Kinder um die Gunst des Königs. Ich weiß nicht, wer von beiden schlimmer ist. Ich habe meinen Onkel um die Erlaubnis gebeten, nach Queen's Malvern zurückkehren zu dürfen, um nach meinen Ländereien zu sehen, obwohl ich mich eigentlich um nichts kümmern muß. Meine Leute wissen auch allein, was zu tun ist, so daß ich mich darauf beschränken kann, mit Henry auf die Jagd zu gehen oder ihn in Cadby zu besuchen. Weißt du, am Hof gibt es einfach zu viele ehrgeizige Mütter, die mir ständig ihre heiratsfähigen Töchter unter die Nase halten. Ich bin zu jung, um zu heiraten – und das sage ich ihnen auch immer wieder. Aber diese Frauen sehen nur meine Verbindungen zum Königshaus und mein Vermögen. Es ödet mich wirklich an, Schwesterherz. Wenn der Zeitpunkt dafür gekommen ist, werde ich mir schon selbst eine Braut suchen.«

India lachte, während sie sich auf einen Stuhl am Kamin setzte und genüßlich die Beine ausstreckte. »Tja, man hat es nicht leicht, wenn man so hübsch und so reich ist wie du, Charlie.«

»Findest du denn, daß ich gut aussehe?« fragte er in unschuldigem Ton.

»Sogar sehr gut«, antwortete sie.

»Man sagt, ich sehe meinem Vater ähnlich«, berichtete er ihr stolz.

India betrachtete ihren Bruder aufmerksam. »Ja, das stimmt«, pflichtete sie ihm bei. »Ich erinnere mich noch gut an Prinz Henry. Er war immer so nett zu uns. Wir waren sehr traurig, als er starb, kurz nachdem du zur Welt kamst.«

»Ich wünschte, ich hätte ihn gekannt – aber er hätte Mama ohnehin nicht heiraten können, weil er ja König James' Erbe war, und Mamas Herkunft nicht ganz so nobel ist.«

»Mama ist die Tochter eines Moguls«, wandte India ein. »Die Familie ihres Vaters ist genauso alt und ehrwürdig wie die der Stuarts.«

»Ja«, stimmte Charlie lächelnd zu, »aber das Reich des Moguls ist nun einmal nicht England.«

»Da hast du auch wieder recht«, stimmte India lachend zu.

Er schenkte ihnen beiden Wein ein und setzte sich dann zu ihr. »Erzähl mir doch von dem Earl, den du geheiratet hast«, sagte er.

»Ich weiß eigentlich gar nichts von ihm«, antwortete India. »Er hielt um meine Hand an und unser Stiefvater schnappte zu wie eine hungrige Forelle nach einer Fliege. Er hatte es ziemlich eilig, mich loszuwerden, Charlie.«

»Sag, was ist eigentlich passiert?« fragte der Herzog von Lundy seine Schwester. »Du warst für eine ganze Weile verschwunden; Mama hat uns erzählt, du würdest Verwandte besuchen – aber ich glaube nicht, daß das stimmt. Außerdem bist du so wütend auf Papa. Warum eigentlich, India? Du warst doch immer sein Liebling. Was ist geschehen? Du kannst es mir ruhig erzählen, Schwesterherz, ich werde es für mich behalten.«

Sie erzählte ihm die ganze Geschichte – angefangen von ihrer Flucht und Gefangenschaft, ihrer langsam aufkeimenden Liebe zu Caynan Reis bis hin zu jenem Tag, an dem ihr Vetter sie mit Gewalt aus El Sinut fortbrachte, und sie schließlich vom Tod ihres Gemahls erfuhr. Sie berichtete ihm auch davon, was danach zu Hause vorgefallen war – von dem Entschluß des Herzogs, sie nach A-Cuil zu bringen, wo sie ihren Sohn zur Welt brachte, den der Herzog ihr gleich nach der Geburt wegnahm. »Das werde ich ihm nie verzeihen, Charlie«, fügte sie schließlich hinzu.

»Und nachdem er dir das Kind weggenommen hatte, nahm er sofort den Antrag des Earl von Oxton an«, sagte der junge Herzog und schüttelte den Kopf. »Ich wünschte, ich könnte dir etwas über den Mann erzählen – aber außer den Gerüchten rund um Deverall Leighs Flucht und seine plötzliche Rückkehr vor einem Jahr weiß ich eigentlich nichts über ihn. Er lebt ziemlich zurückgezogen.«

»Es ist auch nicht allzu wichtig«, sagte India. »Er ist jetzt mein Ehemann. Es gab keine andere Möglichkeit, Glenkirk zu verlassen, als durch eine Heirat – warum sollte es also nicht der Earl von Oxton sein? Sein Ruf ist ein wenig beeinträchtigt, also kann er nichts einzuwenden haben, daß auch der meine nicht mehr ganz makellos ist.«

»Du kannst so lange auf Queen's Malvern bleiben, wie du willst«, sagte ihr Bruder. »Ich freue mich, daß du hier bist.«

»Ich möchte nur ein paar Tage bleiben, um mich auszuruhen, damit ich auf alles vorbereitet bin, was mich in Oxton erwartet.«

Am folgenden Morgen traf Henry Lindley, der neunzehn Jahre alte Marquis von Westleigh, auf Queen's Malvern ein. »Ich bleibe hier, dann können wir India gemeinsam zu ihrem neuen Ehemann nach Oxton begleiten«, teilte er ihnen mit und küßte seine Schwester herzlich auf beide Wangen. »Du bist dünn geworden, Liebes. Sag, was ist geschehen?«

Sie saßen im Speisesaal beisammen und aßen Bratäpfel mit Sahne, während India Henry all das berichtete, was sie am Vorabend Charlie erzählt hatte. Ihr Bruder lauschte ihren Worten mit unbewegtem Gesicht, so daß nur die Augen seine Gefühle verrieten.

»Du hattest es wirklich nicht leicht«, sagte er, als sie mit ihrer Erzählung geendet hatte. »Ich meine auch, daß unser Stiefvater ziemlich hart zu dir war – aber ich verstehe auch seine Befürchtung, daß du nach deinem Abenteuer als nicht mehr heiratsfähig gelten könntest. Weißt du, die Zeiten haben sich geändert. Heute gewinnen die Puritaner immer mehr Einfluß. Sie würden dich als gefallene Frau betrachten und alles tun, um dir und deinem Sohn das Leben schwer zu machen«, fügte er mitfühlend hinzu. Er war ein sehr gutaussehender junger Mann mit seinem blonden Haar und Schnurrbart und den türkisblauen Augen seiner Mutter.

»Das hätte ich mir denken können, daß du ihn in Schutz nimmst«, entgegnete India leicht verstimmt.

Henry Lindley schüttelte den Kopf. »Ich nehme ihn nicht in Schutz, India. Aber als Mann verstehe ich das Dilemma, in dem er sich befand. Wenn die Wahrheit herausgekommen wäre, dann hätte man dich vielleicht aus der Gesellschaft ausgestoßen. Dein Sohn ist eben kein Nachkomme der königlichen Familie; auch unsere Mutter hatte großes Glück, daß die Eltern von Prinz Henry so gut zu ihr waren.« Er tätschelte ihr aufmunternd die Hand. »Du solltest jetzt ganz neu beginnen – und vielleicht kannst du ja deinen Sohn zu dir nehmen, wenn dein Gemahl sich in dich verliebt, was mit Sicherheit geschehen wird, wenn du dich nur ein klein wenig bemühst.«

»Und wann hast *du* vor, dir eine Frau zu suchen, Bruderherz?« wollte India wissen.

Der Marquis von Westleigh verdrehte die Augen. »Du liebe Zeit. So weit bin ich noch lange nicht. Charlie und ich müssen uns vorher noch ordentlich die Hörner abstoßen«, sagte er und lachte.

»Warst du am Königshof?« fragte India neugierig.

»Im Winter ist es recht langweilig auf Cadby«, antwortete der Marquis. »Ja, ich habe den Winter am Hof verbracht – und ich kann dir sagen, da ging es ordentlich rund. Ständig stritten sich das Parlament und der König über die Frage, warum der Kriegszug gegen Spanien ein solcher Fehlschlag war. Außerdem meinte das Parlament, es sei nicht genug getan worden, um den französischen Protestanten zu helfen. Ich war einige Male im Oberhaus anwesend – und ich muß sagen, jetzt schätze ich es wieder so richtig, hier auf dem Land zu sein. Charles Stuart ist ein anständiger Mensch – aber ein miserabler König, so leid es mir tut.«

Der Herzog von Lundy nickte. »Ich habe Angst um meinen Onkel«, sagte er. »Vor allem die religiösen Fanatiker setzen ihm ordentlich zu. Diese Puritaner beklagen sich ständig darüber, daß er die konservativeren Arminianer bevorzugt.«

»Aber wo liegt denn da der Unterschied?« wollte India wissen.

»Nun, die Arminianer glauben an den freien Willen und sind nicht der Ansicht, daß alles vorherbestimmt ist. Bei ihnen unterscheidet sich die Messe nicht so sehr von jener der Katholiken. Ihre Predigten sind furchtbar lang, und es gibt auch oft spontane Gebete. Bei den Puritanern hingegen muß alles klar und einfach sein. Sie meinen, Gottes Gnade werde nur denen zuteil, die genauso sind wie sie. Für die feierliche Zeremonie haben sie nichts übrig. Ich finde beide Seiten irgendwie lächerlich.«

»Und dann geht es noch um diese *Petition of Right*«, warf der Herzog von Lundy ein. »Wir wollen uns nämlich nicht damit abfinden, daß es jederzeit zusätzliche Steuern ohne Zustimmung des Parlaments geben kann. Und wir wenden uns gegen jede Verhaftung ohne Angabe des Grundes. Der König hat die Petition angenommen, aber es ist nicht sehr wahrscheinlich, daß er sich daran hält. Er hat das Parlament aufgelöst, als es drohte, Buckingham wegen des Scheiterns in Spanien unter Anklage zu stellen. Da zogen es Henry und ich vor, uns zu verabschieden und nach Hause zurückzukehren.«

»Da braut sich einiges zusammen«, sagte Henry Lindley voll düsterer Vorahnung, »und ich bin lieber hier in Sicherheit, wenn es soweit ist.«

Während der nächsten Tage ließen India und ihre Brüder noch einmal für kurze Zeit die Verantwortung hinter sich, die sie bereits zu tragen hatten, und vergnügten sich wie einst in den unbeschwerten Tagen ihrer Kindheit. Sie gingen gemeinsam zur Jagd und zum Fischen und ruderten mit dem Boot auf den See hinaus. Stundenlang saßen sie in den Gärten von Queen's Malvern und unterhielten sich. Sie wußten, daß es unwiederbringliche Tage waren, die sie erlebten. Allen tat es leid, daß Fortune nicht bei ihnen sein konnte – und sie fragten sich, was die nahe Zukunft wohl für ihre Schwester bringen würde.

»Sie findet sich bestimmt nicht mit einem Mann ab, den sie nicht will«, stellte Henry fest – und alle stimmten ihm zu.

Die Tage verflogen im Nu, und India wußte, daß es nun Zeit wurde, nach Oxton Court aufzubrechen, das weniger als einen Tagesritt entfernt war. Ein Dutzend Männer aus Glenkirk begleiteten sie, ehe Red Hugh mit seinem Trupp wieder nach Schottland zurückkehren würde. Auch Charlie Stuart und Henry Lindley schlossen sich ihrer Schwester an. Diarmid und Meggie waren bereits am Tag davor vorausgeritten, um dem Earl von Oxton die Ankunft seiner Braut anzukündigen.

Die Tage der Rast hatten India gutgetan. Die Dienstboten ihres Bruders hatten sie eine Woche lang verwöhnt und aufgepäppelt. In ihre Augen kehrte das gewohnte goldene Leuchten zurück. Sie trug ein blauseidenes Reitgewand, das reich mit Spitzen besetzt war, und eine Kappe aus blauem Samt, auf der zwei Federn prangten. Sie ritt im Herrensitz, wie sie es gewohnt war – doch ihre Beine waren sorgfältig unter den Röcken verborgen.

Sie brachen kurz nach Sonnenaufgang auf und kehrten zur Mittagsstunde in einem kleinen Gasthaus ein, um sich und den Pferden eine kurze Rast zu gönnen. Am frühen Nachmittag trafen sie schließlich auf Oxton Court ein. Red Hugh hatte einen Reiter vorausgeschickt, der dem Earl die bevorstehende Ankunft seiner Gemahlin verkünden sollte. Als sie den Hügel über Oxton erreichten, blickte India ins Tal hinunter, wo das Anwesen stand, auf dem sie ab jetzt leben würde. Es bot einen recht anmutigen Anblick. Ihr neues Zuhause war aus altem Backstein gebaut. Die einzelnen Gebäudeflügel umschlossen einen viereckigen Hof. Schafe weideten friedlich auf den saftigen grünen Wiesen. India sah, daß auch ihre Pferde zufrieden über die Weiden streiften. An einer Seite des Hauses waren bunte Flecken im Grün zu erkennen, was auf einen Blumengarten hindeutete. Das schöne, stattliche Herrenhaus, das mit einem Schieferdach gedeckt war, schien ungefähr so alt wie Queen's Malvern zu sein. Am anderen Ende des Tales lag ein kleines Dorf, dessen Kirchturm in der Ferne zu erkennen war. Schließlich ritt India mit ihrem Gefolge ins Tal hinab.

Die Straße wand sich zwischen üppigen Obsthainen hindurch, deren Bäume bereits Äpfel und Birnen trugen, die bald reif sein würden. Es war ein ruhiger, friedlicher Ort, der wie geschaffen schien, um Kinder aufzuziehen. *Bitte, lieber Gott,* betete sie, *gib, daß der Earl ein gütiger Mensch ist, der es mir erlaubt, meinen Sohn hierher zu holen. Ich werde ihm eine gute Ehefrau sein, das verspreche ich. Aber laß meinen kleinen Rowan wieder zu mir kommen. Er ist alles, was mir von Caynan Reis geblieben ist.*

Als sie das Haus schon fast erreicht hatten, kam ihnen aus dem Bogengang, der vom Hof herausführte, ein Mann entgegen. Sie versuchte, sein Gesicht zu erkennen, doch die Sonne schien ihr direkt in die Augen. Alles, was sie sah, war, daß er sehr förmlich in Schwarz gekleidet war – und sie vermutete, daß es ihr Gemahl war, der ihr zur Begrüßung entgegenkam. Was war, wenn sie einander nicht ausstehen konnten? Wenn sie nicht zu einer Übereinkunft gelangten? Die Pferde blieben direkt vor dem Mann stehen, und er half India von ihrem Pferd herab. Schüchtern blickte sie zu ihm auf und erschrak, als sie sein Gesicht sah. Eine lange Narbe lief von seinem linken Auge bis zum Mundwinkel herab. Noch mehr erschreckte sie allerdings der eiskalte Blick seiner blauen Augen.

Ihre Brüder waren rasch von den Pferden gestiegen, und Henry trat vor, um dem Earl von Oxton die Hand zu reichen. »Ich bin Henry Lindley, Sir, der Marquis von Westleigh«, sagte er. Dann zog er seinen jüngeren Bruder, der sich im Hintergrund gehalten hatte, am Arm nach vorn. »Und das ist mein Bruder Charles Frederick Stuart, der Herzog von

Lundy. Mylord, wir bringen Euch unsere Schwester India, Eure Braut.«

Deverall Leigh schüttelte den beiden jungen Männern die Hand. »Ich danke Euch, meine Herren«, sagte er. »Bleibt Ihr über Nacht hier bei uns?« Er bot India den Arm und führte sie durch den Bogengang in den Hof hinein.

»Danke, Mylord«, antwortete Henry, »aber wir müssen nach Queen's Malvern zurück, damit ich morgen nach Cadby aufbrechen kann.«

»Aber einen Becher Wein trinkt Ihr doch mit uns, Gentlemen, nicht wahr?« fragte der Earl. »Oxton Court ist für seine Gastfreundschaft bekannt, und ich würde die Brüder meiner Braut nur ungern ohne eine kleine Erfrischung ziehen lassen.«

»Das nehmen wir gerne an, Mylord, vielen Dank«, antwortete Henry.

»Oh, wie reizend!« rief India aus, als sie den Blick über den Hof schweifen ließ, in dem außer Rosen noch viele andere Blumen blühten.

»Ihr mögt Gärten, Madame?« fragte der Earl.

»O ja!« antwortete India und zwang sich, mit einem Lächeln in dieses harte Gesicht zu blicken.

»Das freut mich. Die Gärten hier stehen zu Eurer Verfügung«, sagte der Earl in höflichem Ton.

Sie betraten das Haus, und der Earl führte sie in den großen Saal, an dessen hohen Wänden bunte Fahnen prangten, die früher wohl in der Schlacht getragen worden waren. Durch die großen Fenster schien die Nachmittagssonne herein und erhellte den Raum. An einem Ende des Saales befand sich ein großer Kamin, der von zwei steinernen Löwen flankiert wurde. Dienstboten kamen herbeigeeilt, um allen Anwesenden Wein zu servieren. Sie begrüßten India mit einem schüchternen Lächeln, und India lächelte ihnen ebenfalls zu. Man unterhielt sich über die Obstgärten des Earls, und er versprach, seinen beiden Schwägern nach der Ernte mehrere Körbe Äpfel und Birnen zu schicken. India blieb ziemlich still, bis ihre Brüder sich schließlich zum Gehen aufmachten.

»Ich wünschte, ihr müßtet noch nicht gehen«, murmelte sie leise mit Tränen in den Augen.

»Sieh zu, daß du gut mit deinem Gemahl auskommst«, riet ihr Henry mit leiser Stimme, als er sie zum Abschied umarmte. »Die Narbe sieht ein wenig furchterregend aus, aber er scheint kein übler Kerl zu sein.« Er küßte sie auf beide Wangen. »Ich bin in Cadby, wenn du mich brauchst.«

Auch Charlie umarmte sie herzlich. »Bleib schön brav, Mädchen«, neckte er sie lächelnd und wischte ihr eine Träne von der Wange, die sie nicht hatte zurückhalten können.

»Du hast es nötig«, gab sie lächelnd zurück und gab ihm einen liebevollen Klaps auf die Wange.

»Wir sind beide in der Nähe, wenn du uns brauchst, große Schwester«, erinnerte sie Charlie mit leiser Stimme.

Dann geleitete ihr Ehemann die beiden hinaus. India stand allein da und wußte nicht, was sie tun sollte. Der Earl hatte sie seit ihrer Ankunft so gut wie völlig ignoriert, und sie spürte, wie ein gewisser Unmut in ihr hochkam. Seine Begrüßung war alles andere als herzlich gewesen, und er hatte kaum mehr als ein Dutzend Worte mit ihr gewechselt. Doch dann kam ihr der Gedanke, daß die Situation vielleicht auch für ihn ein wenig seltsam war. Immerhin trafen sie sich zum ersten Mal – und so fragte gewiß auch er sich mit Bangen, ob sie einander mögen würden. Vielleicht mußte sie den ersten Schritt tun, damit er ein wenig auftaute. Dann würde sie sich schließlich auch mit ihm wohler fühlen.

Als Deverall Leigh in den Saal zurückkehrte, lächelte India ihm zu. »Ich freue mich, endlich hier zu sein«, sagte sie mit freundlicher Stimme.

»Du bist sehr schön«, antwortete er, »aber ich schätze, das haben dir schon viele Männer gesagt.«

»So viele waren es nicht – abgesehen von meinen Brüdern, meinen Onkeln und Vettern«, erwiderte India lächelnd.

»Als der König mich von der Anklage freisprach, gab er mir den Rat, mir eine jüngere Gemahlin zu suchen. Wie alt bist du denn?« fragte der Earl.

»Ich bin gerade zwanzig geworden«, antwortete sie. »Warum hast du den Rat des Königs nicht befolgt?«

»Weil ich dich wollte«, sagte er. »Wie kommt es, daß du noch nicht geheiratet hast? Es heißt, du seist ein wenig flatterhaft – und doch hast du einen Mann erwählt, den du noch nie zuvor gesehen hast. Wie kommt das?«

India verspürte erneut einen gewissen Unmut, doch sie zwang sich, ruhig zu bleiben. Er war ja bloß ehrlich, und so würde auch sie offen zu ihm sein. Zumindest bis zu einem gewissen Grad. »Ich habe dich nicht gewählt. Mein Stiefvater, der Herzog von Glenkirk, hat die Wahl getroffen. Ich hatte zuvor alle anderen Anträge abgewiesen, weil sie mir nicht zusagten. Und um ehrlich zu sein – ich war bereits einmal verheiratet. Es war eine Ehe, die ich auf dem europäischen Festland schloß, als ich bei meiner Großmutter zu Besuch war. Mein Mann starb, und ich möchte eigentlich nicht darüber sprechen. Mein Stiefvater hat dich gewählt, weil dein Antrag der einzige war, der nach meiner Rückkehr eintraf. Er bestand darauf, daß ich heirate, bevor überhaupt keine Anträge mehr kämen. Deine Familie ist recht ehrenwert, auch wenn dein Ruf ein wenig gelitten hat; aber gerade deshalb meinte mein Stiefvater, daß ich gut zu dir passe.«

»Ich verstehe«, sagte er nachdenklich. Verdammt, sie sagte wirklich, was sie sich dachte, das kleine Miststück – aber das hatte sie ohnehin schon immer getan. Er konnte den Blick einfach nicht von ihr wenden – schließlich war sie für ihn schon immer die schönste Frau gewesen, die er je gesehen hatte. »Offen gestanden bin ich froh, daß du keine Jungfrau mehr bist«, sagte er. »Mit Jungfrauen braucht man sehr viel Geduld, die ich nicht habe. Möchtest du jetzt deine Gemächer sehen? Deine Dienstboten warten schon auf dich. Wir müssen allerdings noch eine Aufgabe für deinen Diarmid finden. In welcher Stellung war er denn bisher?«

»Er ist mein Leibwächter«, antwortete India in freundlichem Ton.

Er hätte beinahe laut aufgelacht, konnte sich aber gerade noch beherrschen. »Hier auf Oxton Court wirst du keinen Leibwächter brauchen«, sagte der Earl, »aber da er der Gemahl deines Dienstmädchens ist, mußt du einen geeigneten Platz für ihn in unserem Haushalt finden. Komm jetzt!« Er nahm ihre behandschuhte Hand in die seine und führte sie aus dem großen Saal hinaus und die breite Treppe hinauf, bis sie zu ihren Gemächern im Südflügel des Hauses gelangten.

Meggie machte einen Knicks, als die beiden das Zimmer betraten, und eilte dann herbei, um ihrer Herrin Handschuhe und Kappe abzunehmen. »Willkommen zu Hause, Mylady!« sagte sie lächelnd. »Es ist einfach reizend hier, und Seine Lordschaft hat Diarmid und mir ein eigenes Zimmer gegeben!«

»Es freut mich, daß du zufrieden bist, Meggie«, sagte India zu dem strahlenden Dienstmädchen. »Diarmid«, sagte sie zu Meggies Ehemann, der respektvoll gewartet hatte, um sie zu begrüßen, »kannst du schreiben und rechnen?«

»Jawohl, Mylady«, antwortete er.

»Dann wirst du meinen Haushalt verwalten, da der Earl gemeint hat, ich würde auf Oxton Court keinen Leibwächter brauchen«, sagte India und wandte sich ihrem Gemahl zu. »Ist das Problem damit gelöst?«

»Jawohl, ganz und gar. Es freut mich, daß du so einfallsreich bist. Ich hoffe, daß du diese Eigenschaft an unsere Kinder weitergeben wirst.« Er sah den Schatten, der über ihr Gesicht huschte. Doch im nächsten Augenblick hatte sie sich schon wieder gefangen. »Ist alles in Ordnung?« fragte er.

»Aber ja, natürlich«, sagte sie rasch.

Es war ihr also unangenehm gewesen, daß er von Kindern gesprochen hatte. Dieses Miststück! Was hatte sie nur mit dem Kind gemacht? Und dann diese kurze Erwähnung ihrer ersten Ehe! Wollte sie ihm vielleicht weismachen, daß der Verlust so schmerzhaft war, daß sie nicht darüber sprechen wollte? Oh, sie würde noch bezahlen für ihre Heimtücke, das schwor er sich. Dann wandte er sich wieder an sie und sagte: »Wirst du heute abend mit mir speisen? Ein Hochzeitsmahl sozusagen, nachdem der Pfarrer uns getraut hat.«

»Natürlich«, antwortete sie, auch wenn sie lieber abgelehnt hätte. Als er von Kindern gesprochen hatte, war ihr plötzlich zum Weinen zumute gewesen – so sehr schmerzte sie der Verlust ihres Sohnes immer noch. Aber wie hätte sie ihre Tränen ihrem Gemahl erklären sollen?

»Dann lasse ich dich jetzt allein, damit du dich von dem Ritt erholen kannst«, sagte er, verbeugte sich und zog sich zurück.

Er ging jedoch nicht auf den Flur hinaus, sondern verschwand durch eine kleine Tür in der Wand. Sie blickte sich in dem Salon um, in dem sie sich befanden. Es war ein schöner, gemütlicher Raum mit Holztäfelung und einem großen Kamin, der von zwei aufrechten steinernen Engeln umrahmt war. Die Vorhänge an den Fenstern waren aus hellblauem Samt. Die Möbel glänzten, und die Stühle schienen sogar frisch bezogen zu sein. Der Fußboden war mit exquisiten Orientteppichen bedeckt.

»Ist es nicht schön hier?« fragte Meggie.

»Ja, genauso nett wie zu Hause auf Glenkirk«, pflichtete India ihr bei.

»Kommt, Ihr müßt Euch unbedingt das Schlafzimmer ansehen!« sagte Meggie voller Begeisterung und eilte voraus, während Diarmid diskret im Salon blieb.

India mußte zugeben, daß ihr das Schlafzimmer sehr gefiel. Die Vorhänge waren aus rosafarbenem Samt. Das Bett hatte einen ausgedehnten Baldachin, der auf prachtvoll geschnitzten Säulen ruhte. Das Bett war mit ihrer eigenen Matratze und ihren Kissen bedeckt und mit ihrer eigenen duftenden Bettwäsche bezogen. Zu beiden Seiten des Bettes stand ein Tisch, und darauf je eine Kerze. Der Kamin gegenüber dem Bett war von einem Hirsch sowie einem Reh aus Stein flankiert. Daneben stand ein bequemer Stuhl mit einem großen Kerzenhalter. An der gegenüberliegenden Wand befand sich ein kleiner Eßtisch und zwei Stühle. Außerdem waren mehrere geschnitzte Truhen für die Kleider vorhanden. Auf dem Tisch stand eine Vase mit Rosen.

»Es ist wirklich reizend«, sagte India schließlich, »und du hast schon alles eingeräumt – danke, Meggie.«

»Alles? Keineswegs, Mylady. Diarmid und ich werden noch einige Tage brauchen, bis wir das ganze Gepäck abgeladen haben«, sagte das Dienstmädchen. »Ihr wollt Euch gewiß ein wenig ausruhen vor dem Essen, nicht wahr?«

»Ich möchte vor allem baden«, sagte India. »Ich kann

doch kein frisches Kleid anziehen, solange ich noch den Pferdegeruch an mir habe.«

»Das tun aber viele«, wandte Meggie ein. »Ich kenne kaum jemanden, der es mit dem Waschen so genau nimmt wie Ihr, Mylady.«

»Ich rieche eben lieber nach Blumen als nach Pferden und Schweiß«, erwiderte India. »Wasser ist gut für die Haut. Es hält sie weich. Das ist dir doch gewiß auch wichtig. Du möchtest doch wohl nicht, daß sich dein wilder Schotte irgendwann für eine andere interessiert, oder? Ich habe unten im Saal ein paar hübsche Mädchen gesehen.«

»Wenn auch nur eine ihm zu nahe kommt«, entgegnete Meggie mit funkelnden Augen, »dann reiße ich ihr alle Haare aus!«

India lachte und wurde gleich wieder ernst, als ihr einfiel, daß es ihr mit Caynan Reis genauso gegangen war. Sie bezweifelte, für Deverall Leigh jemals so starke Gefühle hegen zu können. Doch sie war nun einmal mit ihm verheiratet, und jetzt galt es, das Beste daraus zu machen – insbesondere, weil sie den kleinen Rowan wiederhaben wollte. Sie hatte ihm bereits anvertraut, daß sie schon einmal verheiratet gewesen war. Zum Glück hatte er sie nicht gefragt, ob sie auch Kinder hatte. Sie war noch nicht bereit, ihm auch das zu verraten. Möglicherweise würde es ihm nicht gefallen, das Kind eines anderen Mannes hier im Haus zu haben. *Nein, ich muß erst seine Zuneigung und sein Vertrauen gewinnen, bevor ich ihm von dem Kind erzähle. Er scheint ein recht harter Mann zu sein, der nicht leicht von etwas zu überzeugen ist.*

Sie nahm ein ausgiebiges Bad und schlief dann ein Weilchen. Als sie erwachte, zog ihr Meggie das cremefarbene Seidenkleid an, das für die Zeremonie hier auf Oxton angefertigt worden war. Die Feierlichkeit würde noch diesen Abend in der Kirche von Oxton stattfinden. Meggie legte ihr die *Sterne von Kaschmir* um den Hals und befestigte die Ohrgehänge. India berührte sie voller Bewunderung. Wie viele ihrer Vorfahrinnen hatten diesen Schmuck schon getragen!

Sie ging die Treppe hinunter und sah, daß er bereits auf sie wartete. »Die Kirche ist ganz in der Nähe«, sagte er, überreichte ihr ein Sträußchen hübscher weißer Blumen und bot ihr den Arm, damit sie sich bei ihm unterhakte.

Im Westen ging bereits die Sonne über den Malvern Hills unter, während im Osten gerade der Mond aufging. Es war nahezu windstill, nur ein leichtes Lüftchen wehte ihr hin und wieder durchs Haar.

In der kleinen Kirche hatten sich bereits alle Dienstboten eingefunden; auch Meggie und Diarmid waren anwesend. Der Raum war mit Kerzen aus Bienenwachs sanft erleuchtet. Der Pfarrer begrüßte sie und verkündete, daß der Earl von Oxton und seine Braut kraft der Ferntrauung, die am dreißigsten Mai im Jahre des Herrn 1628 auf Glenkirk stattgefunden hatte, rechtmäßig getraut seien. Nun, am achtzehnten Juli, segne er die Verbindung im Namen Gottes sowie Seiner Majestät des Königs. Die Eheleute knieten nieder, und der Pfarrer sprach: »Was Gott der Herr verbindet, das soll der Mensch nicht trennen. Im Namen des Vaters, des Sohnes und des Heiligen Geistes. Amen.«

»Amen!« wiederholte die versammelte Gemeinde.

»Mylord«, sagte der Pfarrer mit verschmitztem Blick, »Ihr dürft nun die Braut küssen.«

Indias Augen weiteten sich, als er mit seinen kühlen Lippen die ihren streifte. *Küssen?* Daran hatte sie gar nicht gedacht. *Und erst die körperliche Liebe!* O Gott! In ihrem Zorn und ihrem Bestreben, Glenkirk so schnell wie möglich zu verlassen, hatte sie den Gedanken an diese intimen Dinge möglichst verdrängt. Die versammelte Menge jubelte, und der Earl führte sie aus der Kirche hinaus.

»Du scheinst überrascht zu sein, daß ich dich geküßt habe«, sagte er, als sie zum Haus zurückgingen.

»Das war ja auch kaum ein Kuß«, erwiderte sie. »Es war mehr so, als hätte sich ein Schmetterling kurz auf meinen Lippen niedergelassen.«

»Ich finde, Eheleute sollten sich nicht in aller Öffentlichkeit küssen«, entgegnete er leicht vorwurfsvoll. »Aber da der Reverend mich nun einmal aufgefordert hat, blieb mir wohl nichts anderes übrig. Wir hätten die Dienstboten enttäuscht.«

»Wären die Dienstboten auch enttäuscht, wenn ich dich

ersuchen würde, heute nacht allein sein zu dürfen? Ich bin noch ziemlich müde von der Reise«, ersuchte sie ihn.

»Nicht die Dienstboten – ich wäre enttäuscht«, erwiderte er. »Außerdem hattest du ja zuvor auf Queen's Malvern ausreichend Gelegenheit, dich zu erholen.«

»Ich bin noch nicht bereit, einen Mann in meinem Bett zu empfangen«, sagte India geradeheraus.

»Warum nicht?«

Sie stolperte, und er fing sie rasch auf. »Das weiß ich auch nicht genau. Ich weiß nur, daß es so ist.«

»Du hast wohl noch nicht sehr viel Erfahrung mit Männern«, sagte er nachdenklich. »Nun, ich jedenfalls bin bereit für eine Frau in meinem Bett – und diese Frau bist nun einmal du. Du bist nur ein wenig schüchtern, was im übrigen für deinen Charakter spricht. Du brauchst keine Angst zu haben – ich bin kein Ungeheuer.« *Und vor allem kann ich es kaum noch erwarten, dich in meinen Armen zu halten, du hinterhältiges Biest. Du wirst dich mir hingeben, ob du willst oder nicht. Monatelang habe ich von dieser Nacht geträumt, und jetzt werde ich es nicht zulassen, daß du dich mir verweigerst, India. Nie mehr wirst du dich mir verweigern!*

Bisher war alles so verlaufen, wie er es erwartet hatte. Sie hatte den Earl von Oxton nicht als den Dey von El Sinut erkannt. Nun, das war auch nicht verwunderlich. Der Earl von Oxton hatte kurzgeschnittenes schwarzes Haar, eine furchterregende Narbe im Gesicht und war außerdem glattrasiert, was ihm mit seinen hohen Backenknochen ein völlig anderes Aussehen verlieh. Außerdem sprach er Englisch mit ihr. Der Dey von El Sinut hingegen hatte einen schwarzen Vollbart getragen, und seine Haut war sonnengebräunt gewesen. Er hatte Französisch mit ihr gesprochen, die Sprache der Liebe. Aber heute nacht würde er sie nicht so zärtlich und leidenschaftlich lieben, wie der Dey von El Sinut es getan hatte – nein, er würde es ganz als Earl von Oxton tun.

Er war immer noch zornig auf sie. Wie hatte sie ihn nur verlassen können, nachdem sie ihm doch immer wieder versichert hatte, daß sie ihn liebte? Und wo sie sogar sein Kind in sich trug? Adrian hatte ihm die Antwort auf diese Frage gegeben, als er meinte, daß Indias Treue vor allem ihrer Familie galt. Wenn er nicht gezwungen gewesen wäre, El Sinut zu verlassen, hätte er sie womöglich nie wiedergesehen. Wo befand sich nur ihr gemeinsames Kind? Natürlich würde er sich ihr eines Tages zu erkennen geben müssen, wenn er sein Kind finden wollte – doch für den Augenblick dachte er nur daran, sich an ihr zu rächen. Er hielt sie nicht für so grausam, daß sie ihr Kind in irgendeiner Gefahr zurückgelassen haben könnte. Nein, er würde noch eine Weile warten, bis er ihr sagte, wer er war. Immer wieder fragte er sich, ob er wohl einen Sohn oder eine Tochter hatte.

Sie aßen in dem kleinen Speisesaal zu Abend – nur sie beide allein. Der Earl verzehrte genüßlich die rohen Austern und blickte ihr dabei gelegentlich tief in die Augen, so daß sie zu ihrer eigenen Bestürzung errötete. Es gab Rinderbraten, mit Früchten gefüllte Ente, Reis in einer Sauce aus Wein und Pflaumen, gebratene Forelle, frische Erbsen und junge Karotten. Dazu wurde frischgebackenes Brot und süße Butter gereicht, außerdem ein halber Laib eines harten würzigen Käses.

Er sah, daß sie sich mit einer Scheibe Rindfleisch, einem Löffel voll Karotten und etwas Brot begnügte. »Bist du denn nicht hungrig?« fragte er.

»Es schmeckt alles sehr gut«, antwortete sie hastig und nahm einen Schluck von ihrem zweiten Becher Rotwein. »Ich hatte in letzter Zeit keinen großen Appetit, fürchte ich. Das Essen, das man unterwegs bekommt, ist oft nicht besonders gut.«

»Wenn du fertig bist«, sagte er, »dann kannst du dich ja in deine Gemächer zurückziehen und dich für mich vorbereiten.«

Sie sprang beinahe von ihrem Stuhl hoch, machte einen Knicks und eilte rasch hinaus.

Er blickte ihr mit einem grimmigen Lächeln nach. India hätte niemals zugegeben, daß sie Angst hatte – doch er wußte genau, wie es in ihr aussah.

Sie spürte seinen kalten Blick in ihrem Rücken, als sie hinausging. Was war er nur für ein Mann, daß er darauf bestand, sofort mit ihr ins Bett zu gehen. Gewiß, sie waren jetzt Mann und Frau – aber sie hatten sich doch erst vor wenigen Stunden kennengelernt. Sie wußten so gut wie nichts voneinander. Plötzlich wurde ihr mit einem Schlag alles klar. Wenn die Ehe vollzogen war, dann konnte sie nicht mehr für nichtig erklärt werden; dann gab es kein Zurück mehr. Immerhin hatte sie ihm ja ganz offen gesagt, daß es nicht ihre Entscheidung gewesen war, ihn zu heiraten. Und nun wollte er sichergehen, daß ihm die fette Mitgift nicht doch noch aus den Händen glitt. Sie verfügte zwar selbst über ihr großes Vermögen, doch er rechnete gewiß damit, ihr zumindest einen Teil davon entlocken zu können. Männer! Sie waren so leicht zu durchschauen. Er war nicht anders als alle anderen – aber das war ja auch nicht zu erwarten gewesen.

Wenigstens war sie keine Jungfrau mehr, daß sie sich vor dem Geschlecht eines Mannes fürchtete. Nun, ihr Gemahl würde seine ehelichen Rechte wahrscheinlich ohne viel Federlesens in Anspruch nehmen und dann rasch wieder in seinem Schlafzimmer verschwinden. Sie war nicht die erste Frau, der es so erging, und sie würde auch nicht die letzte sein. Es wäre nett gewesen, wenn sie einander vorher ein wenig besser hätten kennenlernen können – aber es sollte wohl nicht sein.

»Ihr habt so wunderschön ausgesehen in der Kirche, Mylady«, sagte Meggie, während sie ihrer Herrin den Schmuck abnahm. »Ich habe ein besonders reizendes Nachthemd für Euch ausgesucht.« Sie schüttelte Indias Kleider aus, bürstete sie sorgfältig und legte sie dann fein säuberlich in eine Truhe. »Der Earl scheint ein wirklicher Gentleman zu sein.«

»Ja«, sagte India.

»Aber eine furchterregende Narbe hat der arme Mann im Gesicht«, stellte Meggie fest. »Ich frage mich, wie es dazu gekommen ist. Er scheint mir überhaupt nicht streitsüchtig zu sein. Vielleicht war es ja ein Unfall.«

India nahm ein weiches Baumwolltuch und wusch sich mit dem Wasser, das Meggie in einer Schüssel für sie vorbereitet hatte. Dann rieb sie sich mit dem Tuch die Zähne und spülte den Mund mit Minzwasser aus. Schließlich zog sie ihr

Unterhemd aus, worauf Meggie ihr das rosafarbene Nachthemd überzog.

»Du kannst jetzt zu Bett gehen, Meggie«, sagte India schließlich und setzte sich auf die Bettkante, um sich ihre schwarzen Locken zu bürsten. Meggie machte einen raschen Knicks und eilte hinaus. India blickte ihr lächelnd nach. Meggie schien das Eheleben mit Diarmid durchaus zu genießen. Sie blickte sich im Zimmer um und stellte erneut mit Bewunderung fest, wie freundlich und ordentlich es hier war. Das Feuer im Kamin brannte lebhaft vor sich hin, und auf den beiden Nachttischen standen zwei Kerzen, die genügend Licht spendeten. Meggie hatte die Vorhänge bereits zugezogen. Es war angenehm warm im Zimmer, und die Rosen in der Vase auf dem Tisch verströmten einen süßen Duft.

Plötzlich öffnete sich eine kleine Tür in der Wand, und der Earl trat zu ihr ins Zimmer. Zu ihrem größten Erstaunen war er nackt. »Zieh dein Nachthemd aus«, sagte er mit ruhiger Stimme, während die Tür hinter ihm zufiel. »Du wirst immer nackt schlafen, so wie ich – außer wenn du deine Tage hast oder hochschwanger bist, oder wenn ich dir sage, daß ich nicht zu dir kommen werde. Hast du mich verstanden?« Sie nickte, und er sah zu, wie sie ihr Nachthemd auszog. »Gut«, sagte er. Er betrachtete sie von oben bis unten. »Du hast wirklich einen schönen Körper.«

Sie war völlig verdutzt. Seine Direktheit war ihr überaus peinlich.

Er griff mit beiden Händen an ihre Taille, drehte sie um und zog sie an seinen festen Körper. Mit einer Hand umfaßte er ihre rechte Brust. Seine Lippen berührten ihre Schulter, während seine Hand ihre volle Brust umschloß.

Ihr stockte der Atem. Seine Brust fühlte sich hart und fest an. Er verhielt sich gar nicht so, wie sie es erwartet hatte. Sie spürte die Lust in allem, was er tat – doch er machte ihr ganz einfach Angst. Er war ihr Ehemann, und sie war ihm ausgeliefert. India zwang sich, gegen die Furcht anzukämpfen. Sie wußte, daß sie keine Angst zeigen durfte – doch als er einen Finger in ihren Mund steckte, konnte sie einen erschrockenen Laut nicht unterdrücken.

»Leck daran!« befahl er in scharfem Ton.

Sie zögerte einen Augenblick, ehe sie seinen Finger mit der Zunge berührte. Langsam umkreiste sie ihn mehrere Male. Sein Finger war lang und kräftig und erinnerte stark an einen anderen Körperteil.

»Saug daran!« Seine rechte Hand glitt unter ihre Brust und sein Daumen begann, ihre Brustwarze zu streicheln.

India spürte, wie ihr das Blut in den Ohren pochte. Sie saugte an seinem Finger, während er mit wachsender Leidenschaft ihre Brust streichelte.

Schließlich ließ er seine Hand an ihrem Oberkörper hinuntergleiten, bis er ihren Venushügel erreichte. Er fand den Weg zwischen ihre Schamlippen und gelangte zu ihrer intimsten Stelle, die er mit der Fingerspitze zu streicheln begann. »Wie wollüstig du doch bist«, flüsterte er ihr ins Ohr. »Du bist schon ganz feucht. Du möchtest genommen werden, nicht wahr?« Er zog den Finger aus ihrem Mund, damit sie sprechen konnte.

»Du bist mein Ehemann«, gab India mit zitternder Stimme zurück.

Er lachte – und es klang dunkel und bedrohlich in Indias Ohren. »Kleine Hure«, murmelte er. »Du würdest auch genommen werden wollen, wenn ich nicht dein Ehemann wäre, nicht wahr?« Sein Finger begann sich zwischen ihren Beinen zu regen, woraufhin sie sich zu seiner Freude gegen seine Lenden drückte. Es verlangte sie mittlerweile sehr danach, jenen Augenblick der Wonne zu erleben, in dem sich das Verlangen auf wunderbare Weise entlud.

In diesem Augenblick haßte sie ihn – denn es war ihr klar, daß er genau wußte, was er ihr hätte geben können. Doch die Wut verlieh ihr eine gewisse Kraft, und sie wich von ihm zurück und wirbelte herum, um ihm in die kalten Augen zu blicken. »Wie kannst du es wagen, in diesem Ton mit mir zu sprechen? Ich bin deine Ehefrau und nicht irgendein Dienstmädchen, das du beleidigen kannst!«

Rasch trat er auf sie zu, umfaßte sie mit einem Arm, während die andere Hand sich in ihrem Haar vergrub. Dann umschlossen seine Lippen die ihren in einem langen harten

Kuß, der ihr erneut den Atem nahm. Er drückte sie aufs Bett und schwang sich auf sie. Dann drückte er ihr mit den Händen die Beine auseinander und drang unvermittelt in sie ein. Sie versuchte verzweifelt, ihn abzuwerfen, während sie ihn in ihrem Zorn mit wüsten Flüchen bedachte.

Doch es war schon zu spät. Er war raffiniert genug gewesen, Indias Verlangen so sehr anzustacheln, daß sich ihr Körper gegen ihren Willen nach ihm sehnte. Bald stöhnte sie ebenso wie er unter der Glut des Verlangens. Sie krallte sich mit beiden Händen an seinem Rücken fest. Er packte ihre Hände und hielt sie über ihrem Kopf fest, während er noch tiefer in sie eindrang.

»Leg deine Beine um mich, du kleines Biest«, knurrte er ihr ins Ohr, und sie tat es, ohne zu zögern – doch im nächsten Augenblick beugte sie sich vor und biß ihm in die Schulter. Er stieß einen kurzen Schrei aus, um gleich darauf noch tiefer in sie einzudringen.

Sie konnte sich ihm nicht länger widersetzen. Schwer atmend sank sie zurück, während sie spürte, wie sie nach und nach den Gipfel der Leidenschaft erreichte. »Oh, Gott!« stieß sie schluchzend hervor, als die Ernüchterung sie schwach und hilflos zurückließ. »Oh, ich hasse dich!«

Er lag einige Minuten auf ihr, mit pochendem Herzen und außer Atem. Es war so lange her. So lange, seit er ihren Körper das letzte Mal genossen hatte und die Erfüllung erlebte, die nur sie ihm geben konnte. Er hätte sie am liebsten umarmt und ihr die Wahrheit gesagt. Doch das war nicht möglich, weil er ihr nicht trauen konnte. Weil sie ein heißblütiges, aber hinterhältiges Biest war. Sie war um nichts besser als seine Stiefmutter. Sie gab ihren Körper hin, um sich einen Vorteil dadurch zu verschaffen. Er rollte sich von ihr herunter und stand auf. »Gute Nacht«, sagte er und verschwand durch die kleine Tür, durch die er gekommen war.

India lag wie erschlagen da. Ihr ganzer Körper schmerzte, und doch fühlte sie sich entspannt, auch wenn sie es sich nicht gern eingestand. Er hatte sie eine Hure genannt – und er hatte es geschafft, daß sie sich auch fast so fühlte. Der eine Kuß, den er ihr gegeben hatte, war wild und leidenschaftlich gewesen. Sie befühlte mit der Hand ihre Lippen. Sein Kuß hatte eine Erinnerung in ihr geweckt, die ihr nun nicht mehr aus dem Sinn ging. Sie begann leise zu weinen und wußte selbst nicht genau, warum.

Er hatte sich wie ein Mistkerl benommen, was sie ganz und gar nicht erwartet hatte. Sie hatte gedacht, er würde ganz rasch und oberflächlich seine ehelichen Rechte in Anspruch nehmen – doch einer solchen Leidenschaft hätte sie ihn nicht für fähig gehalten. India kroch schutzsuchend unter die Daunendecke. Sie zitterte am ganzen Körper, während ihr heiße Tränen die Wangen hinunterrollten. Worauf hatte sie sich mit dieser Heirat nur eingelassen? Was für Überraschungen würde sie mit diesem Mann noch erleben? Sie sehnte sich danach, geliebt zu werden – und zwar von einem Mann, der nicht mehr lebte, und nicht von Deverall Leigh, dem Earl von Oxton. *Wenn da nicht mein kleiner Sohn wäre, dann würde ich am liebsten sterben.*

Er hörte sie weinen, und in seinem Innersten drängte es ihn, zu ihr zu gehen und sie zu trösten – doch er tat es nicht. Sie weinte, dieses hinterhältige Biest – nur weil er grob zu ihr gewesen war. O Gott, was für ein Verlangen sie wieder in ihm entfacht hatte! Es war einfach unvergleichlich gewesen, nach so langer Zeit wieder ihre Haut zu berühren und ihren Duft einzuatmen. Sie hatte ihn geradezu um den Verstand gebracht. Wahrscheinlich würde sie ihn morgen früh dafür hassen – doch das war ihm egal. Sie hatte ihn hintergangen und ihn dann verlassen. Er wußte nicht, ob er ihr das je verzeihen würde können – doch auch das war ihm jetzt gleichgültig. Er würde dafür sorgen, daß sie wieder ein Kind von ihm bekam – und diesmal würde er es nicht zulassen, daß sie es ihm wegnahm.

6

India erwachte am nächsten Morgen mit einem Gefühl, als hätte sie eine Schlacht hinter sich. Durch den Spalt zwischen den Vorhängen drang ein klein wenig Licht herein. Sie horchte auf eventuelle Geräusche, konnte aber nichts hören – und so erhob sie sich rasch und schlüpfte in ihr Nachthemd, ehe Meggie hereinkommen würde und sie nackt sah. Es war wohl die seltsamste Hochzeitsnacht, die man sich vorstellen konnte, dachte sie, während sie wieder ins warme Bett schlüpfte. Sie kam zu dem Schluß, daß er weder grausam noch brutal gewesen war, sondern lediglich sehr entschlossen. Trotzdem würde sie ihm bessere Manieren im Schlafzimmer beibringen müssen. Er hatte zwar darauf geachtet, daß auch sie nicht leer ausging und ihre Erfüllung fand – doch anstatt sie mit Zärtlichkeit zu verführen, hatte er die Leidenschaft von ihr erzwungen. Offensichtlich hatte er wenig Ahnung davon, wie man mit einer Frau umging – doch das würde sich ändern, beschloß India.

Sie sah ihren Gemahl erst am Abend wieder, als sie sich beim Essen trafen. Sie war den ganzen Tag damit beschäftigt gewesen, ihre Sachen auszupacken; Meggie und Diarmid hatten ihr dabei geholfen. Sie erzählte ihm das und fragte ihn dann, wie er den Tag verbracht hatte.

»Ich bin es gewohnt, mich selbst um meine Ländereien zu kümmern«, antwortete er. »Es ist nicht meine Art, ständig am Hof des Königs herumzulungern – vor allem jetzt, wo ich wieder zu Hause bin. Wir leben von unserer Schafzucht und den Obstgärten. Vielleicht hast du gestern bei deiner Ankunft die Früchte an den Bäumen gesehen. Mit den Pferden, die du mitgebracht hast, möchte ich eine Zucht beginnen. Sind es irische Pferde?«

»Ja«, antwortete sie. »Meine Mutter bekam die irischen Ländereien an ihrem achtzehnten Geburtstag von meinem Vater, dem Marquis von Westleigh. Ihr Gutsverwalter ist der ehemalige Besitzer des Landes. Er hat den Hengst und die Stuten selbst ausgewählt. Die Ländereien gehen jetzt auf meine jüngere Schwester Fortune über.«

»Ich bin dir für die Pferde wirklich dankbar«, sagte der Earl zu seiner Frau. »Nun hätte ich aber einiges mit dir zu besprechen. Die Dienstboten hier im Haus sind alle sehr alt; sie waren großteils schon hier, als mein Vater noch ein junger Mann war. Es wird Zeit, daß sie sich in ihren Häuschen zur Ruhe setzen können. Ich möchte es dir überlassen, neue Dienstboten anzustellen. Kannst du das übernehmen?«

»Mit der Hilfe der gegenwärtigen Dienstboten – ja«, antwortete India und fühlte sich geschmeichelt, daß er ihr die Entscheidung bezüglich einer so wichtigen Sache überließ. »Diarmid More-Leslie wird der Haushofmeister. Ich werde Dover bitten, daß er ihm seine Pflichten erklärt, bevor er sich zur Ruhe setzt. Billigst du diese Entscheidung? Es ist vor allem dein Zuhause, und ich möchte nicht gegen deinen Willen handeln.«

Der Hauch eines Lächelns huschte über seine Lippen. »Es genügt mir, wenn du mit mir sprichst, bevor du eine endgültige Entscheidung triffst«, sagte er.

Sie saßen noch eine Weile schweigend beim Abendessen. Dann erhob sich India vom Tisch. »Ich bin es gewohnt, am Abend vor dem Zubettgehen ein Bad zu nehmen«, sagte sie mit leiser Stimme. »Kommst du nachher zu mir?«

»Ja«, sagte er und schwieg wieder.

Sie machte einen Knicks und zog sich in ihre Gemächer zurück. Er war schon ein seltsamer Mann, dachte sie. Meggie hatte das Bad bereits vorbereitet, und sie entkleidete sich, steckte das Haar hoch und tauchte in das warme, duftende Wasser ein, um sich zu waschen. Nachdem sie sich abgetrocknet hatte und in ihr Nachthemd geschlüpft war, leerten Meggie und Diarmid gemeinsam die Wanne aus und wünschten ihr eine gute Nacht. Als sie draußen waren, stand India noch einmal auf und zog das Nachthemd aus, ehe sie erneut unter die Decke kroch.

Die Vorhänge waren zugezogen, und nur das Feuer im Kamin spendete ein wenig Licht. Meggie hatte vergessen, die

Kerzen auf den Nachttischen anzuzünden, doch das machte India nichts aus. Sie döste vor sich hin und erwachte, als die Tür in der Wand aufging. So wie am Abend davor betrat der Earl ihr Schlafzimmer wieder nackt – doch diesmal hatte sie Gelegenheit, ihn ein wenig genauer zu betrachten. Er hatte einen makellosen Körper. Seine breite Brust war mit schwarzem Haar bedeckt, das in einem schmalen Streifen den Bauch hinunterlief. Ihr entging nicht, daß auch seine Männlichkeit durchaus stattlich war.

Er schlüpfte zu ihr unter die Decke. »Es freut mich, daß du meine Anweisung befolgt hast«, sagte er.

»Es ist ja nicht schwer, dieser Anordnung zu folgen. Was ist schon dabei, nackt im Bett zu liegen?« entgegnete India.

»Ich möchte dich gern ein wenig genauer betrachten«, sagte er und schob die Bettdecke zur Seite. Gestern bin ich nicht dazu gekommen. Ich möchte sehen, was Glenkirk mir geschickt hat.«

»So wie du eine Stute begutachtest, die du bekommen hast«, erwiderte sie in scharfem Ton.

»Genau so«, gab er zurück und nahm sie an der Hand.

»Wenn zwei Eheleute im Bett zusammen sind, so ist das etwas sehr Intimes«, wandte sie ein. »Warum sprichst du mich nie mit meinem Namen an? Ich verstehe ja, daß man in der Öffentlichkeit auf Förmlichkeit Wert legen muß – aber doch nicht hier im Bett.« Er küßte ihre Fingerspitzen, nachdem er sie eingehend betrachtet hatte.

Er steckte einen ihrer Finger in den Mund und begann langsam daran zu saugen. Dann ließ er die andere Hand zwischen ihre Schenkel wandern und begann sie behutsam zu streicheln. Als sie feucht vor Erregung war, zog er den Finger, mit dem er sie gestreichelt hatte, zurück und steckte ihn ihr in den Mund – und sie begann augenblicklich daran zu saugen. »So schmeckst du«, sagte er mit leiser Stimme.

Sie war einerseits schockiert, doch andererseits aufs äußerste erregt. Ihr scheinbar so kühler und korrekter Gemahl war der sinnlichste Mann, der ihr je begegnet war. Nicht einmal ihr geliebter Caynan hatte sich so ausgefallene

Dinge einfallen lassen. India erzitterte und zog seinen Finger aus ihrem Mund.

»Ist dir kalt, India?« fragte er in besorgtem Ton und nahm ihre Finger, um ihre Handfläche mit feurigen Küssen zu bedecken.

»Du machst dich über mich lustig, nicht wahr, Deverall?« flüsterte sie.

»Ich versuche nur, ein wenig rücksichtsvoller und zärtlicher zu sein als gestern«, sagte er in unschuldigem Ton. »Aber vielleicht ist es dir ja lieber, wenn ich dich auf den Rücken werfe und dich nehme, wie mir gerade zumute ist.« Er beugte sich über sie und streifte ihr Ohr mit seinen Lippen. »Ist es dir lieber so, wie ich es gestern gemacht habe?«

»Nein!« brachte sie mit heiserer Stimme hervor, während seine Zunge in ihrem Ohr kreiste.

»Du magst vielleicht denken, ich wüßte nicht, wie man sich bei einer Lady zu benehmen hat«, murmelte er an ihrem Ohr.

»Ja«, antwortete sie rasch. »Das denke ich wirklich.«

»Dann laß mich dir zeigen, daß es nicht so ist, India«, sagte er, drückte sie in die Kissen zurück und küßte sie mit warmen und festen Lippen.

Zu ihrer Überraschung war es ein sehr zärtlicher Kuß, der jedoch allmählich immer leidenschaftlicher wurde, bis sie seine Zunge an der ihren spürte. Sie erbebte bis ins Innerste. *Diese Lippen. Diese Küsse.* Wie kam es, daß seine Küsse sie in ihrem Innersten berührten? Aus irgendeinem Grund war ihr plötzlich zum Weinen zumute.

Er schreckte hoch, als er ihre salzigen Tränen auf den Lippen spürte. Warum weinte sie bloß? Er wußte instinktiv, daß er sie besser nicht danach fragte. Statt dessen nahm er ihr Gesicht in beide Hände und küßte ihr die Tränen von den Wangen. Er tat so als glaube er, daß sie wegen ihm weinte. »Weine nicht, India«, sagte er, »ich werde nie wieder so grob zu dir sein. Wäre es dir lieber, wenn ich dich jetzt allein lasse?«

»Ich möchte dir eine gute Ehefrau sein«, sagte sie schluchzend. O verdammt, was redete sie nur für einen Unsinn!

Er faßte ihre Worte so auf, daß er bleiben solle. Deshalb

ließ er seine Lippen ihren Hals entlang wandern, bis sie ihre Brüste erreichten. Allmählich beruhigte sie sich wieder, während er an ihren Brüsten zu saugen begann – langsam und zärtlich zuerst, und dann immer heftiger und wilder.

Ihre Finger gruben sich in seine Schultern, während er mit wachsender Leidenschaft ihre Brüste liebkoste. Da fiel ihr ein, wie sie einmal zu Caynan gesagt hatte, sie frage sich, was sie nur für ein Mensch sei, daß sie die Intimität mit ihm auch noch genieße, wo sie doch gar nicht mit ihm verheiratet sei. Dieser Mann, dessen schwarzhaariges Haupt an ihren Brüsten ruhte, war ihr Gemahl – und er gab ihr das Gefühl, ein ziemlich lüsternes Weib zu sein. Sie kannte ihn ja kaum – und doch brachten seine Zärtlichkeiten sie fast um den Verstand. Sie murmelte unzusammenhängende Wort und strich ihm zärtlich durchs Haar.

Miststück, dachte er. *Wollüstiges Biest!* Sie sprach sehr wohl auf seine Zärtlichkeiten an, auch wenn sie ihre Gefühle zu verbergen suchte. Wie schnell sie doch Caynan Reis vergessen hatte. Und nun murmelte sie und stöhnte in immer größerer Erregung, während er sie liebkoste. Er hätte sie umbringen können, wenn er sie nicht so sehr geliebt hätte. Er begann sie erneut am ganzen Körper zu küssen. Ihr Bauch war so wunderschön gerundet, und er leckte über ihre zarte Haut, woraufhin sie vor Lust kleine Schreie ausstieß. Dann legte er ihre schlanken Beine über seine Schultern, setzte sich auf und zog sie an sich.

India schrie vor Staunen kurz auf, als seine Lippen ihre intimste Stelle berührten. Er packte ihre Hinterbacken mit beiden Händen und barg seinen Kopf in ihrer süßen Scham. Seine Lippen umschlossen ihre Schamlippen, und seine Zunge suchte sich einen Weg zu ihrer intimsten Stelle. Sie warf den Kopf herum und keuchte wie ein Tier. »Deverall! Dev! O Gott, du bringst mich um!« Eine ungeheure Woge der Lust stieg in ihr hoch. Sie spürte, wie seine Zähne ganz sanft an ihr zu knabbern begannen. Sie schrie auf und erbebte am ganzen Körper, während sie seine Zunge tief in sich spürte. »O Gott! O Gott!« rief sie aus. Dann nahm er rasch ihre Beine von seinen Schultern und zog sie an sich, um in sie eindringen zu können. Sie schrie auf, als eine unbändige Woge der Lust über sie hereinbrach.

Er stieß wieder und wieder zu, und sie empfing ihn, so wie nur sie es konnte. Er hatte nie eine Frau wie India gekannt, und er würde auch nie mehr eine Frau wie sie kennen lernen – und mochte sie noch so ein Biest sein. Er spürte, wie alle Dämme in ihm brachen und er sich in sie ergoß. Er hob für einen Augenblick den Kopf, um sie auf den Mund zu küssen, und sah, daß sie nahezu ohnmächtig war. Er streifte mit seinen Lippen die ihren und flüsterte: »*Je t'aime seulement, ma bijou! Seulement toi, India, ma femme. Seulement toi!*«

In ihrer Benommenheit drang seine Stimme wie aus weiter Ferne zu ihr durch. »*Caynan*«, flüsterte sie. »*Je t'aime aussi. Ah, retournez-moi! C'est un rève.*« Dann sank sie in einen tiefen Schlaf.

Ich liebe dich auch. Kehr zu mir zurück. Was für ein Traum. Ihre geflüsterten Worte berührten ihn zutiefst. Was meinte sie nur damit? Sie hatte ihn doch verlassen. *Oder etwa nicht?* Baba Hassan und Azura hatten ihm versichert, daß India ihn niemals freiwillig verlassen hätte – doch er hatte es nicht geglaubt. Schließlich hatte sie die meiste Zeit, die sie in El Sinut verbracht hatte, davon geträumt, wieder frei zu sein. Und als sie dann verschwunden war, hatte er angenommen, daß ihre Liebe nur gespielt war und sie aus freien Stücken mit ihrem Vetter die Flucht ergriffen hatte.

Wie war er nur auf einen solchen Gedanken gekommen? Weil er ihr in seinem tiefsten Inneren nie vertraut hatte. Er hatte nie mehr einer Frau vertraut, seit seine Stiefmutter ihn verführt und dann zurückgewiesen hatte, als ein anderer ihr besser gefiel. MariElena hatte ihm erklärt, sie habe einen Mann aus ihm gemacht – doch er merkte rasch, daß sie es nur getan hatte, um einen Keil zwischen ihn und seinen Vater zu treiben. Und tatsächlich hatte er sich bitter dafür geschämt, seinen Vater so schmählich hintergangen zu haben. Sie hatte ihm noch im Scherz geraten, nie wieder einer Frau zu vertrauen. Und er hatte sich ihren Rat zu Herzen genommen.

Doch nun ließ ihn der Gedanke nicht mehr los, er könnte sich, was India betraf, geirrt haben. Was war, wenn sie tatsächlich von ihrem Vetter entführt worden war? Wenn sie gar nicht freiwillig mitgekommen war, sondern gezwungen wurde, zu ihrer Familie nach Schottland zurückzukehren? Er fragte sich, was wohl aus ihr geworden wäre, wenn er nicht gezwungen gewesen wäre, nach England zurückzukehren. Der Herzog von Glenkirk hätte gewiß den erstbesten anständigen Antrag angenommen. *Aber was war aus dem Kind geworden?* Hatte sie das Baby zur Welt gebracht, und wenn ja – wo befand es sich jetzt?

Deverall Leigh stand auf und kehrte in sein Zimmer zurück. Er schlüpfte in sein Nachthemd und begann im Zimmer auf und ab zu gehen. Wie sollte er sich India nur zu erkennen geben? Wie konnte er ihr nur gegenübertreten, wo er ihr so sehr mißtraut hatte? Er kannte India genau. Sie würde außer sich vor Wut sein. War sie nicht einst mit dem Dolch auf ihn losgegangen? Er brauchte Zeit, um über alles nachzudenken. Er mußte sich für einige Tage zurückziehen und ihr aus dem Weg gehen – dann würde ihm vielleicht einfallen, wie er sich aus seiner mißlichen Lage befreien konnte, in die er sich mit seinem verdammten Stolz gebracht hatte.

India sah ihren Gemahl für mehrere Tage nicht. Er hatte ihr am folgenden Morgen eine Nachricht geschickt, in der er ihr mitteilte, daß er einige Tage auf seinen Ländereien zu tun haben werde und daß sie inzwischen ihren eigenen Interessen nachgehen solle. Nach der leidenschaftlichen Nacht, die sie mit ihm erlebt hatte, war India erleichtert, eine Weile allein sein zu können. Sie brauchte etwas Zeit, um das Rätsel zu lösen, das dieser Mann für sie darstellte. Sie begann damit, neue Dienstboten einzustellen und sie von ihren Vorgängern ausbilden zu lassen, die froh waren, sich zur Ruhe setzen zu können. Dover, der bisherige Haushofmeister, gab seinem Nachfolger Diarmid jede Menge guter Ratschläge mit auf den Weg. Er mochte den jungen Mann gut leiden und vertraute ihm an, daß er sich ohnehin schon gefragt habe, wer ihm wohl nachfolgen würde.

»Hier gibt es keinen, der das Zeug dazu hätte, diesen Posten auszufüllen«, sagte er. »Ich folgte dem armen alten

Rogers nach, weil ich schon in London sein Assistent war. Nachdem der Earl des Mordes angeklagt worden war, gingen wir nie mehr nach London zurück. Oh, der junge Master Adrian hielt sich wohl weiter in London auf, aber die Familie nicht mehr. Die Leute hier mögen dich. Du wirst es bestimmt gut machen.«

Diarmid lachte. »Ein solches Lob ehrt mich«, antwortete er dem alten Mann. »Wißt Ihr, ich komme aus dem Hochland, und dort ist alles ein wenig rauher. Ich kann Eure Hilfe gut gebrauchen, Dover.«

»Erfahrung ist gar nicht so wichtig, mein Junge«, sagte Dover. »Was zählt, ist das richtige Auftreten, das Benehmen – und das hast du ganz einfach.«

Die einzige unter den Dienstboten, die sich nicht zur Ruhe setzen wollte, war Mrs. Cranston, die Köchin. »Ich habe erst vor acht Jahren die Stelle übernommen, als Mrs. Dover starb«, erzählte sie India. »Ich bin um einiges jünger als die anderen, wie Ihr ja sehen könnt, Mylady – und ich glaube nicht, daß ich schon reif für den Ruhestand bin!« Sie stand vor ihrer Herrin, die Hände in die Hüften gestemmt, und sprach mit so viel Nachdruck, daß ihre weiße Kochmütze wackelte.

»Braucht Ihr vielleicht jemanden, der Euch hilft?« fragte India.

»Nun, Mylady«, sagte Mrs. Cranston nachdenklich, »ich habe einige junge Gehilfen, mit denen ich sehr zufrieden bin. Aber einen Küchenjungen könnte ich schon noch gebrauchen, und vielleicht ein Mädchen, das beim Abwaschen hilft.«

»Habt Ihr jemand Bestimmten im Auge?« wollte India wissen.

»Na ja, Mylady, ich wüßte schon jemanden. Ein Neffe und eine Nichte von mir würden sich ganz gut eignen. Sie sind ehrliche Kinder und werden ihre Arbeit zu Eurer Zufriedenheit tun. Ihre Mutter, meine Schwester, hat ihnen schon beigebracht, was es heißt, zu gehorchen.«

»Seine Lordschaft muß die endgültige Entscheidung treffen, Mrs. Cranston, aber ich glaube, er wird mit mir übereinstimmen, daß Euer Neffe und Eure Nichte gut geeignet sind. Bringt sie gleich einmal her. Wie alt sind sie denn?«

»Der Junge ist neun, und das Mädchen elf, Mylady«, antwortete Mrs. Cranston mit einem breiten Lächeln. »Ich danke Euch von Herzen.«

Zu Indias Überraschung kehrte ihr Gemahl erst nach fünf Tagen wieder zurück. Als er das Haus betrat, sah er sogleich die vielen neuen Gesichter, die ihn mit einem Lächeln begrüßten. Beim Abendessen erzählte ihm India von den Veränderungen, die sie in die Wege geleitet hatte – seine Zustimmung natürlich vorausgesetzt. Er billigte all ihre Entscheidungen, was India sogleich den Dienstboten mitteilte, ehe sie sich in ihre Gemächer zurückzog. Sie nahm ein Bad und entließ Meggie dann, um sogleich ins Bett zu schlüpfen.

Als er zu ihr ins Zimmer kam, war sie überrascht, ihn mit einem weißseidenen Nachthemd bekleidet zu sehen. »Wir müssen uns unterhalten«, sagte er mit ruhiger Stimme und begann im Zimmer auf und ab zu gehen.

»Worüber denn?« fragte sie und überlegte, was sie wohl getan haben könnte, das sein Mißfallen erregte.

»Erzähl mir von deinem ersten Ehemann«, sagte er geradeheraus.

Ihr Herz machte einen Sprung. Was mochte er wohl über ihre Vergangenheit erfahren haben? Ob Adrian es geschafft hatte zurückzukehren und seinem älteren Bruder alles erzählt hatte? »Was willst du denn wissen?« fragte sie beunruhigt.

»Du hast gesagt, er wäre gestorben.« Deverall Leigh blickte ihr direkt in die Augen.

»Ja«, antwortete India, und ihre Hände umklammerten die Bettdecke.

»Wie?«

»Es gab eine Rebellion in seinem Land«, antwortete sie. »Er wurde getötet.« Es preßte ihr das Herz zusammen, und sie fühlte, wie die Tränen in ihr hochstiegen.

»Woher weißt du, daß er getötet wurde?« fragte er beharrlich.

»Woher ich es weiß?« Was wollte dieser Mann bloß von ihr? Sie verbiß sich die Tränen.

»Ja. Woher?«

»Ich war bei meiner Großmutter, Lady Stewart-Hepburn, in Neapel. Sie wollte mir helfen, zu meinem Gemahl zurückzukehren, als plötzlich die Nachricht kam. Ich bin nie wieder ins Land meines Ehemannes zurückgekehrt. Lady Stewart-Hepburn ist mit mir nach Glenkirk gereist. Ich wollte mir ein Haus irgendwo in England kaufen und ein ruhiges, abgeschiedenes Leben führen – aber mein Stiefvater ließ das nicht zu. Ich habe dir ja gesagt, daß er es war, der darauf bestand, daß ich wieder heirate. Ich tat es, um von ihm wegzukommen und über mein Vermögen bestimmen zu können. Ich werde aber trotzdem versuchen, dir eine gute Ehefrau zu sein. Wir brauchen keine Feinde zu sein.«

Sie hatte gedacht, daß er tot war. Aber das erklärte noch nicht, wie sie nach Neapel gekommen war, wenngleich er sicher war, daß sie auf dem Schiff gewesen sein mußte, das Thomas Southwood gestohlen hatte. Er fragte also weiter. »Wer war dieser Mann, mit dem du verheiratet warst, India? Wie hieß er?«

India schloß einen Moment die Augen, um die Ruhe zu bewahren. Dann blickte sie ihm direkt in die Augen und antwortete: »Mein Gemahl hieß Caynan Reis. Er war der Dey eines kleinen Barbareskenstaates namens El Sinut. Bist du jetzt zufrieden? Ich war eine Gefangene, und ich wurde die Gemahlin des Dey, als wir uns ineinander verliebten! Bist du jetzt entsetzt? Wirst du dich jetzt von mir scheiden lassen, weil ich die Gemahlin eines Ungläubigen war?«

»Wie kommt die Gemahlin eines Dey nach Neapel?« wollte er wissen. »Ist es nicht ungewöhnlich für eine Frau aus dem Harem, so weit reisen zu dürfen?«

»Was spielt es denn für eine Rolle, wie ich nach Neapel kam?« rief India aus. »Warum willst du das alles so genau wissen? Warum ist das so wichtig für dich?«

Er blieb stehen und setzte sich neben sie aufs Bett. Dann nahm er ihr Gesicht in beide Hände und sagte: »*Regardez-moi, India.* Sieh mich an!« Seine blauen Augen hatten all ihre

Härte verloren. »Erkennst du in Deverall Leigh denn nicht Caynan Reis wieder? Der Bart ist weg, und ich habe diese Narbe – aber erkennst du mich denn wirklich nicht, mein Liebling?«

Ihre Augen weiteten sich vor Schreck. *Sein Mund! Seine Küsse!* Das war es also, was ihr so sehr zu denken gegeben hatte. »Du Mistkerl!« zischte sie ihm zu und sprang – nackt wie sie war – von ihm weg. »Du verdammter Mistkerl! Wie konntest du mir das nur antun? Und du sagst, du liebst mich? *Ich werde dich umbringen*!« Sie griff nach dem erstbesten Gegenstand, der ihr unterkam, und warf die Blumenvase mit den Rosen nach ihm.

»Ich sollte *dich* umbringen«, rief er zurück und duckte sich gerade noch rechtzeitig. »Aber davor will ich noch wissen, was du mit meinem Kind gemacht hast!«

»Mit *deinem* Kind? *Deinem* Kind?« schrie sie erbost. »Darum geht es also – *dein* Kind?« Sie schnappte ihre silberne Haarbürste und schleuderte sie nach ihm. »Warum bist du nicht nach Glenkirk gekommen, um mich zu holen? Kannst du dir überhaupt vorstellen, wie sehr ich wegen dir gelitten habe?« Sie blickte sich nach einem weiteren Gegenstand um, den sie nach ihm werfen konnte – doch es war weit und breit nichts mehr zu sehen. Sie fletschte die Zähne und stürzte sich im nächsten Augenblick auf ihn, um ihn mit Fäusten und Fingernägeln zu bearbeiten.

Er hätte über ihren Wutausbruch gelacht, wäre die Situation nicht so ernst gewesen. Ihm war bewußt, daß er es irgendwie schaffen mußte, ihren Zorn zu besänftigen – und auch den seinen –, denn vorher würden sie zu keiner Lösung kommen. Er griff nach ihren Händen und hielt sie fest, ehe er sie an sich zog. »India, India«, flehte er sie an. »Das alles ist ein schreckliches Mißverständnis zwischen uns beiden. Wir müssen es unbedingt aufklären. Beruhige dich doch endlich, du kleine Wildkatze, und sag mir, wie du nach Neapel gekommen bist. Du bist mit Tom Southwood gefahren, nicht wahr?«

Sie wand sich in seinem Griff, und es gelang ihr, sich ein wenig Luft zu verschaffen. »Wenn du mich erdrückst, kann ich überhaupt nichts mehr sagen«, knurrte sie.

Er lockerte seinen Griff ein wenig, ohne sie jedoch ganz loszulassen. »Wie bist du nach Neapel gekommen?« fragte er erneut.

»Mein Vetter, dieser Narr, hat herausbekommen, daß ein Stück der Gartenmauer beim Palast über eine kleine Gasse erreichbar ist. Das hat er Aruj Aga irgendwie entlocken können, indem er ihm schmeichelte. Er kam in jener stürmischen Nacht mit einem seiner Männer zu mir. Ich sagte ihm, daß ich dich liebe und in El Sinut bleiben wolle. Ich versuchte es ihm zu erklären. Natürlich hätte ich schreien können – obwohl ich nicht weiß, ob mich die Wachen bei dem ständigen Donner überhaupt gehört hätten. Aber er ist immerhin mein Vetter. Ich wollte nicht, daß er getötet würde. Von mir aus konnte er gern aus El Sinut fliehen – solange er mich nur in Ruhe ließ. Aber nein, Tom wollte einfach nicht auf mich hören. Er schlug mich nieder, daß ich bewußtlos war, und schleppte mich über die verdammte Mauer und auf sein Schiff. Danach setzte er mich in Neapel ab. Meggie wollte nicht allein zurückbleiben und kam mit mir.

Als wir in Neapel ankamen, erzählte ich Lady Stewart-Hepburn, was geschehen war – daß ich dich liebe und dein Kind erwarte. Ich hatte nicht einmal die Möglichkeit gehabt, meinem Vetter zu sagen, daß ich schwanger war. Cat, so nenne ich meine Großmutter, wollte mir helfen, zurückzukehren – doch dann hörten wir von der Rebellion, in der angeblich der Dey ums Leben gekommen sein sollte. Als ich das erfuhr, wäre ich beinahe selbst gestorben. Cat brachte mich nach Schottland zurück, aber als mein Stiefvater erfuhr, daß ich schwanger war, schickte er mich zusammen mit Meggie und Diarmid in die Berge, in das Jagdhäuschen unserer Familie. Meine Schwester Fortune bestand darauf, mitzukommen, und so blieben wir dort oben, bis Rowan geboren war.«

»Rowan?« Er blickte sie mit großen Augen an.

»Unser Sohn, Ich habe ihn nach meinem Vater benannt«, sagte sie mit leiser Stimme.

»Wo ist er?« wollte Deverall Leigh wissen.

»Ich weiß es nicht«, antwortete India, und ihre Augen füllten sich mit Tränen.

»Du weißt es nicht? Sag, was hast du mit unserem Sohn gemacht?« stieß er wütend hervor.

»Ich habe gar nichts gemacht. Mein Stiefvater hat mir den Jungen weggenommen – und zwar gleich nach seiner Geburt. Er hat ihn irgendwo versteckt und wollte nicht sagen, wo«, sagte India mit zitternder Stimme. »Aber das wäre alles nicht passiert, wenn du gleich nach Glenkirk gekommen wärst, anstatt dieses abartige Spiel mit mir zu treiben! Warum nur?« fragte sie schluchzend.

»Weil ich ein Narr bin«, antwortete er zerknirscht. »Ich dachte, du hättest mich verlassen und wärst freiwillig mit Kapitän Southwood gegangen. Baba Hassan und Azura haben dich in Schutz genommen aber ich wollte nicht auf sie hören.« Er erzählte ihr von seiner Stiefmutter, und warum er bisher stets unfähig gewesen war, einer Frau zu vertrauen.

India seufzte betrübt. »Aber wie kommt es, daß du nach England zurückkehren konntest?« fragte sie. »Und wo um alles in der Welt hast du dir diese Narbe zugezogen, Deverall?«

»Ich verdanke es Adrian, daß ich zurückkehren konnte. Er bekam schweres Fieber, und ich ging zu ihm und gab mich ihm zu erkennen. Da erzählte er mir, daß meine Stiefmutter für den Tod von Lord Jeffers verantwortlich sei und es ihr Plan war, mich um meine Erbschaft zu bringen. MariElena hat den Mord selbst begangen. Sie verwickelte meinen Bruder in die ganze Sache, indem sie ihn anwies, dem Toten meinen Dolch in die Brust zu stoßen. Adrian diktierte sein Geständnis und unterzeichnete es, ehe er starb. Ich nahm es an mich, ohne jedoch die Absicht zu haben, jemals nach England zurückzukehren. Doch die Janitscharen hatten erfahren, daß ich den Sultan gewarnt hatte, so daß ihr Umsturzversuch fehlschlug. Sie schickten ihre Truppen aus Algier und Tunis, um in El Sinut einzumarschieren und mich zu töten. Der Sultan überließ mich ihnen als Opfer. Zum Glück erfuhr Baba Hassan rechtzeitig von ihrem Plan und verhalf mir zur Flucht. Auf dem Weg zum Hafen wurde ich von einem jungen Janitscharen überrascht, der sich einen Namen machen wollte, indem er den Dey tötete. Die Narbe stammt von seinem feigen Hieb. Zum Glück war Aruj Aga in der Nähe und tötete ihn, so daß ich schließlich aus El Sinut fliehen konnte.«

»Aber was wurde aus den anderen im Palast?« fragte India.

»Aruj Aga versprach mir, für ihre Sicherheit zu sorgen – und da man ihn, wie ich hörte, zum neuen Dey ernannt hat, brauchen wir uns wohl keine Sorgen um unsere Freunde zu machen«, sagte der Earl zu seiner Gemahlin und zog sie enger an sich. »Weißt du eigentlich, wie sehr ich dich liebe, India?«

»Aber du vertraust mir nicht, und ich weiß nicht, ob ich dir das verzeihen kann«, erwiderte sie.

»Ich werde nie mehr an dir zweifeln«, versprach er und besiegelte seine Worte mit einem Kuß.

»Diarmid!« rief India im nächsten Augenblick und löste sich von ihrem Gemahl. »Diarmid weiß vielleicht, wo Rowan ist – denn er war es, der den Kleinen auf Geheiß meines Stiefvaters wegbrachte.«

»Glenkirk würde dem Jungen doch nichts antun, oder?«

»Nein«, antwortete India mit fester Stimme. »Er wollte lediglich sicherstellen, daß ich in deinen Augen respektabel bin. Ein Grund, warum ich dir gleich zu Beginn von meiner ersten Ehe erzählte, war, daß ich deine Achtung gewinnen wollte – und schließlich auch deine Liebe. Dann hätte ich dir auch anvertraut, daß ich einen Sohn habe, und dich gebeten, ihn hier bei uns zusammen mit unseren eigenen Kindern aufziehen zu dürfen. Meine Mutter hat mir versprochen, herauszufinden, wo unser Kind sich befindet, und sich zu vergewissern, daß es ihm gut geht. Ich habe unseren Sohn nicht freiwillig weggegeben, Deverall, und ich habe getan, was ich konnte, um ihn wiederzufinden. Auf Glenkirk ist jedoch vieles anders als hier in England. Niemand würde sich dem Herzog widersetzen. Die Menschen fühlen sich an ihr Wort gebunden. Außerdem sind die Familienbande dort sehr stark. Ich habe für Rowan getan, was ich konnte – und jetzt kann ich es kaum noch erwarten, ihn wieder in den Armen zu halten!«

»Wir werden gleich morgen früh mit Diarmid sprechen«,

sagte er. »Dann brechen wir sofort nach Schottland auf, um unser Kind zurückzuholen«, versprach er ihr mit einem Lächeln auf den Lippen.

»Schick Diarmid voraus«, schlug sie vor. »Sie haben vor, diesen Sommer nach Irland zu fahren, um einen Ehemann für Fortune zu finden. Wenn wir sie nicht verständigen können, bevor sie aufbrechen, gibt es niemanden, an den wir uns wenden können. Ich fürchte, es könnte ohnehin schon zu spät sein.« Ihre Augen füllten sich aufs neue mit Tränen.

»Diarmids Treue muß nun vor allem Oxton gelten«, sagte Deverall nachdenklich. »Er wird uns alles sagen, und dann werden wir unseren Sohn holen. Das verspreche ich dir, mein Liebling. Wir brauchen Glenkirks Erlaubnis gar nicht. Und ich werde dir von jetzt an immer vertrauen. Wenn ich denke, was ich mit meiner Dummheit beinahe angerichtet hätte!«

»Ich war nicht viel klüger«, gab sie großmütig zu. »Wir müssen ein Denkmal für Adrian errichten. Der Arme. Wenn er nicht mit mir durchgebrannt wäre, dann würde er heute noch leben.«

»Wenn er nicht mit dir durchgebrannt wäre«, wandte Deverall ein, »dann hätten wir uns nicht gefunden, und ich hätte niemals eine so starke Liebe erlebt, die mich dazu trieb, die Weltmeere zu durchkreuzen, um dich wiederzufinden, meine schöne erste Frau.«

»Deine schöne *einzige* Frau«, korrigierte sie ihn lachend. »Daran solltest du dich schon einmal gewöhnen, Deverall Leigh, denn du wirst keine andere Frau außer mir haben!« sagte Lady India Anne Lindley-Leigh und küßte ihren Gemahl leidenschaftlich – und Deverall Leigh, der Earl von Oxton, wußte, daß sie recht hatte.

Epilog

Oxton, Sommer 1630

Dann verzeihst du mir also?« fragte der Herzog von Glenkirk, zu India gewandt.

»Deverall hat mich davon überzeugt, daß ich es tun soll«, antwortete sie.

»Aber du bist immer noch zornig auf mich«, sagte er. »Ich weiß, daß Rowan Lindley dein Vater war – aber ich habe dich nach seinem Tod aufgezogen. Ich habe dich und Fortune immer als meine Töchter betrachtet. Und was ich getan habe, geschah nicht aus Grausamkeit, sondern weil ich dir helfen wollte. Bitte glaub mir, Liebling, es war das schlimmste Jahr meines Lebens, weil du mich gehaßt hast und weil ich fürchtete, du würdest mich für immer hassen.«

»Wenn sich nicht herausgestellt hätte, daß Deverall und der Dey von El Sinut ein und derselbe sind«, wandte India ein, »dann hätte ich Rowan vielleicht für immer verloren. Ich frage mich manchmal, wie mein Vater Rowan Lindley in dieser Situation gehandelt hätte. Du hast mir nicht vertraut. Ob er wohl mehr Vertrauen zu mir gehabt hätte? Du hast mir auch nicht zugehört. Ob er wohl ein Ohr für mich gehabt hätte? Ich weiß, es hat sich alles zum Besten gewendet – aber wenn Deverall nicht Caynan Reis gewesen wäre …«, sagte sie und seufzte.

»Ich weiß«, entgegnete er, »aber mein Enkel war immer in Sicherheit. Flora More ist eine gute Frau, und sie hat sich wirklich vorbildlich um Rowan gekümmert.«

»Das stimmt«, warf die Herzogin von Glenkirk ein, die an die Seite ihres Gemahls getreten war. »Außerdem warst du ja nur fünfeinhalb Monate von deinem Sohn getrennt, India – und nicht fünf Jahre. Du hast deinen geliebten Gemahl und dein Kind wiederbekommen. Denk nicht mehr darüber nach, was hätte sein können – und freu dich darüber, wie es tatsächlich gekommen ist.«

Indias Herz wurde erst versöhnlich gestimmt, als sie ihren kleinen Sohn wankenden Schrittes durch den Garten laufen sah – sein Kindermädchen hinter ihm her. Rowan Leigh, der künftige Earl von Oxton, war ein strammer kleiner Junge mit dem schwarzen Haar seines Vaters und dessen blauen Augen. Er war siebzehn Monate alt und ein rundum glückliches Kind – und er würde sich später nie mehr daran erinnern, zu Beginn seines Lebens ein paar Monate in einem abgelegenen Dorf im schottischen Hochland verbracht zu haben. Die Herzogin hatte recht – es war alles noch einmal gut gegangen.

»Versprichst du mir, Papa, daß du nie wieder an deinen Kindern zweifeln wirst?« fragte India ihren Vater.

»Ich verspreche es hoch und heilig!« versicherte der Herzog von Glenkirk und küßte seiner Tochter die Hand.

»Ich werde dich daran erinnern, wenn Fortune sich nach einem Ehemann umsieht«, warnte die Gräfin von Oxton ihren Vater. Das Baby an ihrer Brust sabberte vor sich hin, und India hob ihre kleine Tochter lachend an die andere Brust. »Adrianna ist ein richtiges kleines Ferkel«, sagte sie und betrachtete liebevoll ihre eine Woche alte Tochter.

»Und genauso schön wie ihre Mutter«, warf Deverall Leigh ein, der an die Seite seiner Gemahlin getreten war. Er lächelte seiner Schwiegermutter zu. »Ich glaube, Jasmine, deine Enkeltochter hat deine türkisblauen Augen, obwohl man mir gesagt hat, es wäre noch zu früh, um das sagen zu können. Trotzdem sehe ich da diesen einzigartigen Farbton in ihren Augen.« Er strich zärtlich mit einem Finger über das schwarz behaarte Köpfchen seiner Tochter.

»Hoffen wir, daß sie ein ruhigeres Leben führen kann als wir«, bemerkte die Herzogin trocken.

»Die Ururenkelin von Skye O'Malley?« wandte James Leslie kichernd ein. »Ich kann mir nicht vorstellen, daß sie bei einer solchen Verwandtschaft ein ruhiges Leben führen kann. Den Frauen dieser Familie scheint die Lust am Abenteuer im Blut zu liegen. Gott allein weiß, in welche Gefahren sich die hübsche Kleine begeben wird, wenn sie größer ist.«

»Vielleicht wird sie ja wie meine Großtante Willow«, erwiderte India. Doch als sie die ungläubige Miene ihres Gemahls sah und ihre Eltern laut auflachen hörte, mußte die Gräfin von Oxton ihrem Vater zustimmen. »Du hast zweifellos recht, Papa. Für ein ruhiges und langweiliges Leben ist die Kleine gewiß nicht geboren.«